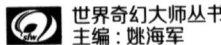

世界奇幻大师丛书

主编：姚海军

夏日之龙

THE SUMMER DRAGON

［美］托德·洛克伍德
著

宽 缘
译

四川科学技术出版社

图书在版编目（CIP）数据

夏日之龙 / [美]托德·洛克伍德　著；宽缘　翻译
——成都：四川科学技术出版社,2019.4
（世界奇幻大师丛书 / 姚海军主编）
书名原文：The Summer Dragon

ISBN 978-7-5364-9410-7

Ⅰ.①夏… Ⅱ.①托… ①宽… Ⅲ.①长篇小说—美国—现代 Ⅳ.① I712.45

中国版本图书馆 CIP 数据核字（2019）第 049575 号

图进字号：21-2019-081

世界奇幻大师丛书

夏日之龙

出 品 人　钱丹凝
丛书主编　姚海军
著　　者　[美]托德·洛克伍德
译　　者　宽　缘
责任编辑　宋　齐
特邀编辑　李克勤
封面绘画　兰世韬
内文插画　[美]托德·洛克伍德
封面设计　李　鑫
版面设计　李　鑫
责任出版　欧晓春
出版发行　四川科学技术出版社
　　　　　四川省成都市槐树街 2 号 出版大厦　邮政编码：610031
成品尺寸　160mm×228mm
印　　张　27.25
字　　数　420 千
插　　页　2
印　　刷　四川华龙印务有限公司
版　　次　2019 年 04 月成都第一版
印　　次　2019 年 04 月成都第一次印刷
定　　价　56.00 元
ISBN 978-7-5364-9410-7

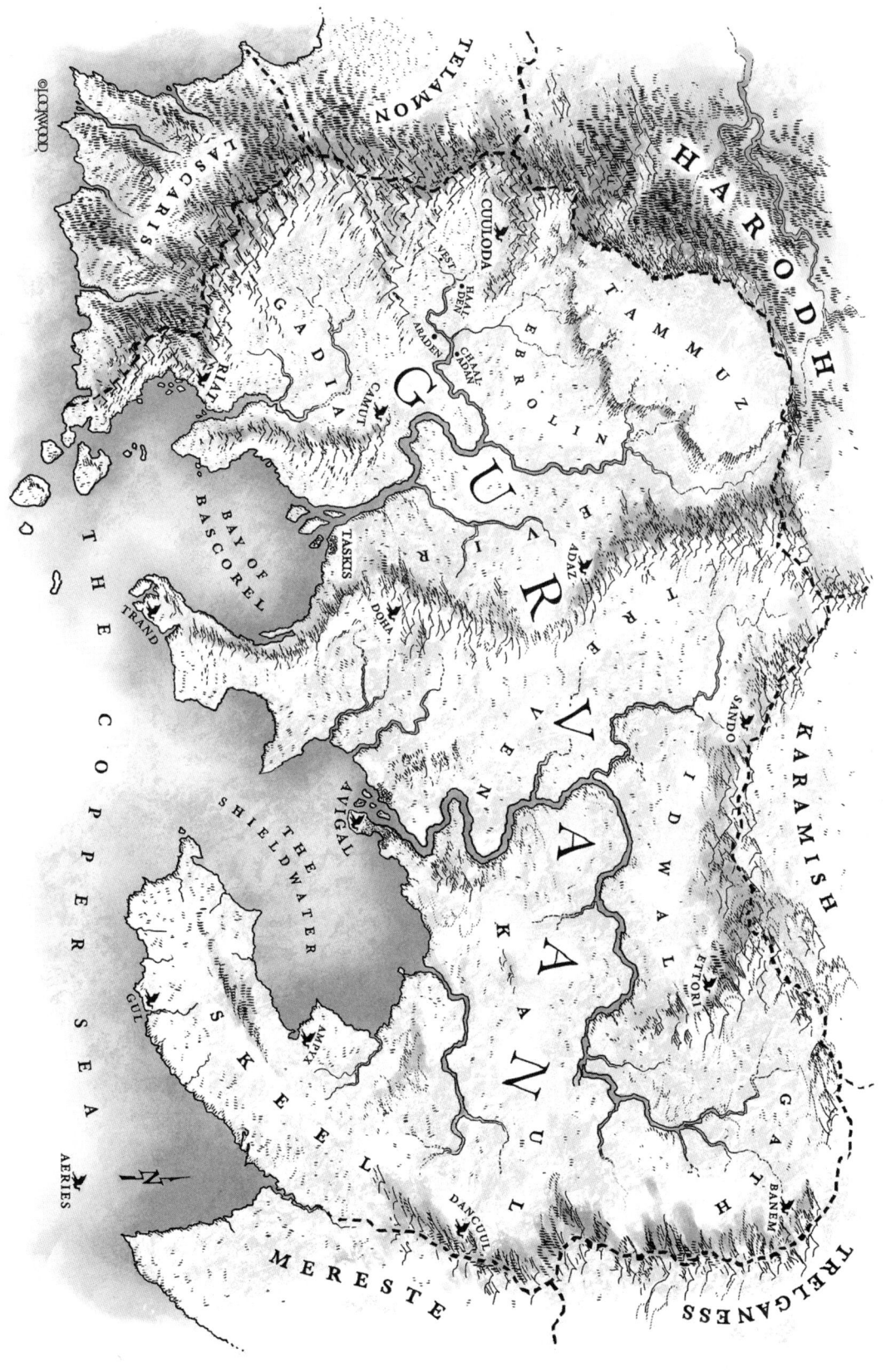

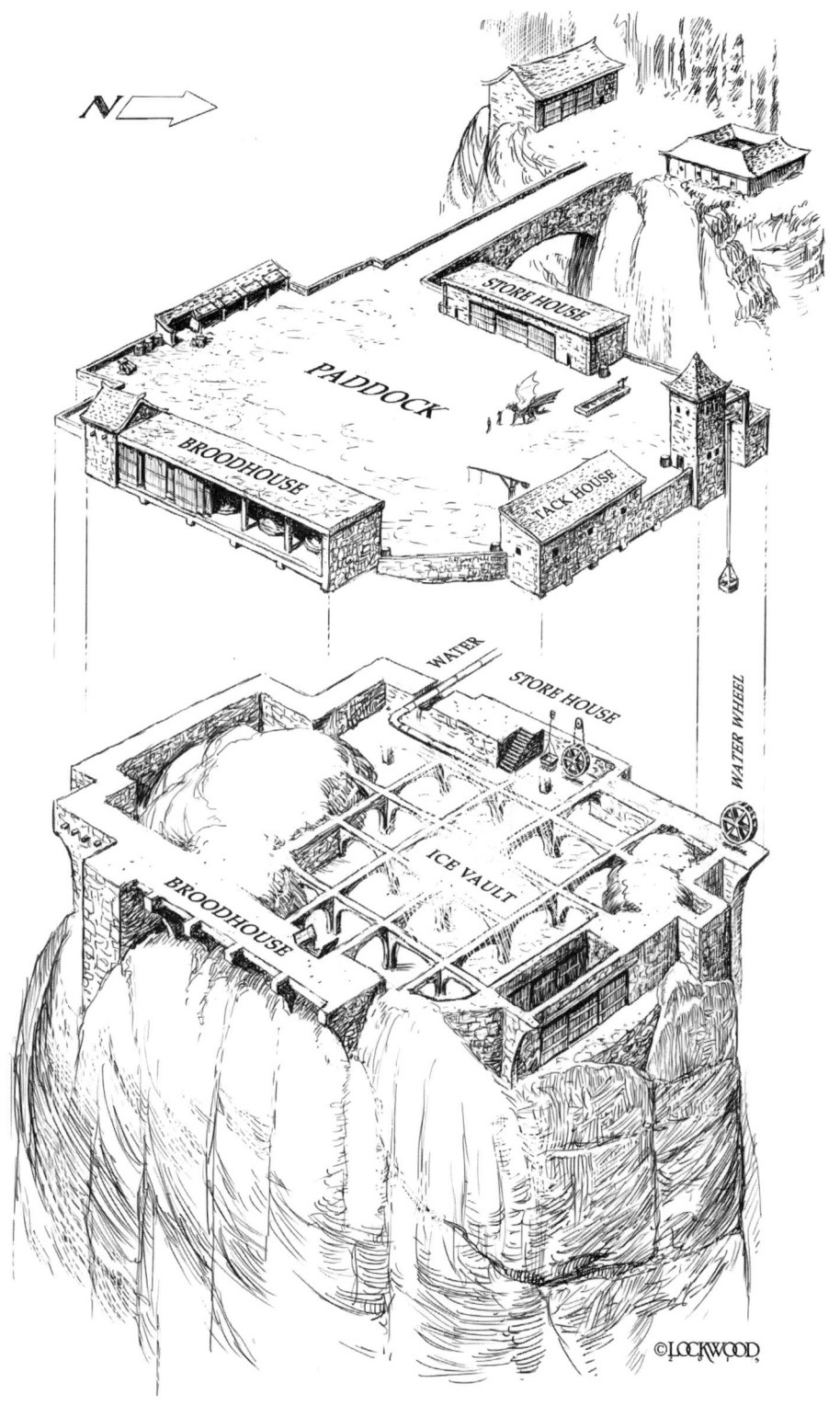

© LOCKWOOD

卷
一 夏龙

序　章

屠杀开始时，他们正给龙宝宝喂食。

格雷登最先发现入侵者：暗淡的阴影，形态参差扭曲，从黄昏的天空降下。他把铲子插进装干鱼的手推车里。见食物断链，巢里的龙仔齐声抱怨。成年龙发出轻柔的声音安抚雏龙，但它们自己也透过偌大的滚轮大门朝天上望去。这是一间又长又窄的育龙房，一侧的大门朝围场打开，另一侧俯瞰高高的悬崖。类似的结构有好几层，层层叠叠地垒在山腰上。下方很远之外，库罗达的房顶挨挨挤挤，被陡峭的岩壁与茂密的森林包裹着，森林一直延伸到远方的平原。

敌人一直试图突破高山龙场，每次都无功而返。库罗达有骑龙的巡逻队和锯齿样的山峰，地势险峻，易守难攻。然而这些东西终于在防线上找到了突破口。

格雷登眯眼细看。瞧着像龙，但又不大对劲。远方的身影显得破破烂烂，由内往外漏出绿光。他突然浑身发冷，裹紧了外套。"父亲——那是什么东西？"

他父亲艾德南也扔下了铲子。微风从悬崖一侧的开口吹进围场，带来灰烬和腐朽的气味。"诸神在上，格雷。"他脸上的血色褪尽了，"谣言是真的。哈洛迪人找到了败坏龙的方法。那是凶煞。飞天凶煞。"

艾德南朝正在围场里泵水的大儿子喊话:"巴赫南——敲钟,警告你弟弟,然后关闭上层龙巢的门。快去!"巴赫南抬头望向育龙房上方的天空,不由张大了嘴巴。他扔下水桶,冲向院子另一头的库房,边跑边喊:"勒姆!哈里恩!"钟声很快响彻院子,其他人大声回应他。

"格雷,帮我关门。快!"艾德南和格雷登一齐冲向面朝围场一侧的大门,顺着轨道将龙仔推过来,将龙巢封闭。

龙仔感受到了陌生的紧张气氛,发出惊疑不定的尖叫。它们的父母转向悬崖一侧,面对不断接近的噩梦张开翅膀,摆出威胁的架势庇护自己的宝宝。洪亮的钟声停歇,格雷登冒险朝围场望了最后一眼。只见巴赫南领着两个弟弟正往山腰上冲,顺着长长的阶梯跑向下一间育龙房。阴影在他们身后追赶。

有什么东西撼动着屋顶,泥灰雨点般落下。格雷登焦躁地大吼一声,终于关好最后一扇门,放下门闩。他的目光投向平台对面。天色越来越暗,扭曲的阴影纷纷降落,多到数不清。他和父亲别想赶在它们之前关上悬崖一侧的门。

屋外一片尖啸。天花板上方第二次传来重物落下的声响,引发又一轮惊恐的叫唤。"格雷,"他父亲道,"得有人去哈尔登,给龙骑士团报信。"

"什么?"

"骑基文去。"

"围场的门已经关了,我去不了装备库——"

屋外传来弓箭的呼啸。一声尖叫。格雷登听出那是哈里恩的声音。尖叫声被一片粗粝的咆哮拦腰截断。他浑身的血都凝固了。

"没时间了,"他父亲说,"直接骑,不用鞍。相信我,孩子——你必须去。现在。"

格雷登冲向自己最爱的坐骑、属于他的龙父基文。他一跃跳上基文的脖子。几乎同时,打头的凶煞降落在往下两层的平台边缘。那是个长翅膀的巨大阴影,背上骑着深色的人形怪物,绿碳似的眼睛扫视龙巢。又一个降落在它身旁。然后再一个。

龙父龙母嘶嘶叫着冲向焦黑的怪兽。牙齿相撞,利爪撕扯。龙宝宝涌出巢外,挤在靠围场一侧的门边。怪兽将它们的父母撕裂,扔下岩石,鲜血流入虚空。更多怪兽疾飞而下,占据了龙父龙母的位置。

格雷眼见一个焦黑的骑手从龙背上跳下,手拿大口袋,朝哀鸣的龙仔走去。他惊得愣了一下。

他高喊:"它们想抢幼崽!"

他父亲抓起挂在墙上的砍刀,站在号啕的龙仔前迟疑不决。他看着儿子的眼睛,眼里写着恐惧:"走!逃命!"

格雷登让基文转向悬崖一侧。他紧紧扒着龙脖子上的大鳞片,大喊一声:"上!"他们升上空中。迎面飞来一头凶煞,挥爪想抓住他,一击不成,便拖着腐败的气息继续降落到育龙房的地板上。格雷一面催促基文加速一面回头看。大片形态扭曲的怪物蜂拥而至,压倒了育龙房里的龙父龙母。疯狂的撕扯、咆哮化作痛苦的呼喊。更多怪兽聚集到屋顶和围场,上面几层龙巢也被占领。格雷悲痛地哭喊。他的家,他的兄弟,他的父母,他所熟知的一切。他最后一次望见艾德南,只见父亲被逼到墙角,身后是自己养育的幼崽。人形的焦黑怪物朝他逼近,有的拿着武器,有的拿着大帆布袋。艾德南转身面对龙宝宝,举起砍刀想尽量减少敌人的收获。刀只落下了两次。

格雷听到父亲最后的声音,是那些地狱之物扑向他时,他发出的愤怒与绝望的嚎叫。

第一章

心不在焉的驯龙人必遭诅咒。

这是母亲对我说的最后一句话。话里带着怒气，从那时起就一直萦绕在我心头。

我在连接崖顶老宅和龙场的石桥上停下脚步。如果我胆敢心怀期待，算不算心不在焉呢？我望向前方，灰色光线下有龙的身影。我在黎明前的寒气中打起了哆嗦。

明天是育龙节。内阁会派人来买我们的龙宝宝，这一年的繁殖季将在宴饮和表演中结束。不过今年或许会比往年都强。这窝龙宝宝数量特别多，是史上最多的一次。父亲老早老早就想再添一对配偶了。内阁总不会非得把龙仔全买走吧。父亲准备跟他们陈情，希望能留下两只。

一只给达瑞安，一只给我。

我的祖辈世代繁育龙，自任何人能记得时就一直如此。起先为军阀服务，然后是国王。古尔万帝国征服了我们所属的西部行省卡迪亚以后，我们就为帝国的龙骑士团培育龙。我们的龙场规模不算最大——帝国最大的龙场在北边的库罗达，由艾德南和他的儿子们经营，他们不时过来交换龙蛋、分享消息。不过

我们的龙仔很吃香。父亲经常自豪地说，连将军也骑我们的龙呢。这是真的。

再添一对配偶肯定是好事，对吧？

"玛芮娅！"达瑞安拎着油灯一路小跑，折回桥上扯我袖子，"现在可不是傻站着发愣的时候。你搞什么呢，姑娘？"

"没什么。"我抬头看他。他什么时候长得这样高了？我俩并肩朝围场走。"我们一直很卖力，达瑞。这是我们应得的。"

达瑞安没吭声。他的神色让我想起父亲。每当怒气在父亲心头酝酿，他就是这副模样：风暴云一样的黑发底下，笔挺的鼻子略微皱起，深色的眼睛闪闪发亮。达瑞安不肯看我，我心里七上八下。"今年再合适不过了。我俩都成年了，而且龙仔比哪年都多。"

"我知道，可是——"

"可是什么？你有事瞒着我？"

他收紧下巴："以后再说吧，玛芮娅。"

"你已经瞧中了一只龙仔，达瑞，我知道是哪只。"

"库鲁宗的大臭屁，玛芮娅！我们还有活儿要干。走吧。"他跑起来，把我一个人留在黑暗中。

我差点笑出声——无论面对什么情形，达瑞安总有一句渎神的脏话等着。他连库鲁宗本尊都骂过。库鲁宗是阿赫希曼皇帝的坐骑，好几百岁。他是阿瓦，也就是说高阶龙，灵性与魔法的神秘生物。相比之下，我们培育的山龙只能算是野兽。高龙存在于我们熟悉的自然世界之外的领域，有人甚至说高龙能喷火。自古尔万帝国建立，库鲁宗一直侍奉历任皇帝，作为顾问、作为龙神殿的领袖——也是事实上的统治者。龙神殿说他的年龄远不止几百岁，他就像是宇宙最初创世主的某种具象。这话很难懂，我就此提过不少问题，但并没得到清楚的答案。他仿佛故事里的角色，一位神祇，超越了现实。

不过眼下的问题肯定出在现实里。我目送达瑞安消失在昏暗的光线中。他知道了什么我不知道的情况？我唯一知道的只是战事吃紧——我们听到不少小道消息，足以引起怀疑。我转身背对龙场大院，只见黎明第一缕红光洒向北边被称作轰雷的瀑布。底下很远，瑞亚特村各处亮起灯光。烟囱里的烟让人想到新的一天，想到时钟的转动。明天，内阁的金币会通过我们的龙场流进瑞亚特。

育龙节对村民而言也是盛大的节日。对我们所有人都是。

马蹄的得得声和车轮的咔哒声让我转过头去。一匹栗色母马拉着马车穿过院子，来到桥上。挂钩上摇晃的油灯照亮了车夫的脸。

"弗伦！"我一溜小跑，爬上马车。我一出生就认识弗伦，刚蹒跚学步时他便让我骑他的马。通常我们一年只能见到他两次：冬天他从高山湖送冰下来，为我们补充地窖的存货；然后就是育龙节，他会带来铺在巢里的木屑。这之间他偶尔也顺道过来，有时带来木材，有时带头鹿给龙吃，还有时候带来森林那边的新闻。

马车载满雪松的木屑，香气刺激着我的鼻孔。我们用它们铺龙巢，让买家看见干净、漂亮的展示。

"小姐，你的影子一向可好？"他低头看我，微笑不但加深了嘴边的笑纹，还让他的眼角也皱了起来。

"我的影子很好。你的呢？"

"好着呢。"他哈哈大笑。这是我俩惯常的招呼。弗伦有一次告诉我，说这话有特别的含义。人有两种影子，一个是太阳造的，另一个则在死后追随每个人，是这人一生所有行为的后果。"让光平衡黑暗，"他解释说，"因为你做的每件事都会留下影子——时光潮汐的涟漪。"

"而且你得小心留意自己的影子——第二种影子。"其实我不大明白这话什么意思。除了弗伦，谁也没这么讲过。

"新买的马，"他指着马说，"我今天得离远点，她对龙还不习惯。"

"我敢说她不会有事的。我们帮你留心着。"我从他马车上跳下来，朝围场跑去。

"育龙节快乐，玛芮娅小姐！"他在我身后喊，"我知道你今年期望很高。别忘了你生日那天出现了晨汐。你是幸运儿！"

我哈哈大笑。可是哥哥行为古怪，母亲的话又犹在耳边，我并不觉得幸运。我转身去追达瑞安。

轰雷瀑布的水声吞没了靴子踏在桥面铺路石上的声响。

在仓库高高的石墙背后，围场里一片忙碌。本地的农夫有的把稻草或木屑铲进垃圾桶，有的从车上搬下一箱箱西瓜和尖叫的小鸡——那是龙的晚餐。我们又从村里雇来额外的人手,把龙场大院的每一寸地方都清扫、整平。装备库房门大开,龙鞍已经摆出来,待会儿龙父龙母就要出来展示。上过油的皮革和大头钉在油灯下闪闪发光。

我拐过弯,朝住满龙仔的育龙房走。门还关着,我差点撞上达瑞安。他停下脚步望着眼前的场景。

"别停那儿!"一个满头大汗的农民的儿子驾着破烂的马车,倒退着停在了垃圾堆前,父亲挥手把他赶走。"你!你干吗?我跟你说了那车草先等着。不是去那边的。"那个瘦巴巴的年轻人跟缰绳搏斗,努力控制紧张的马儿,好容易才把路让开。可怜的孩子一只眼睛老瞟着父亲,仿佛恨不能打马逃走。我很理解他。每逢育龙节前一天,父亲的脾气通常都挺暴躁。他身量高大——他的名字马格汉的意思就是"强大有力"——胳膊上满是在龙骑士团时留下的文身。除了契约之印、军衔的标识之外,伤疤周围还有治愈术留下的奇特线条。无论何时何地父亲都气势迫人,舒迦在他身旁时尤其如此。

舒迦是乌黑的庞然大物,他急不可待地来到吊起的鞍下站好位置,偌大的翅膀紧紧收拢,长脖子向上弯曲,羽冠往上拉直。舒迦开心地说:"属-猎!"他很有语言天赋,不过"狩猎"两个字在龙嘴里至多也就只能说成这样。舒迦热爱打猎,他眼里闪出快乐的金色光芒。父亲将吊臂移动到舒迦的龙鞍上方,然后爬上去把龙鞍上的圆环挨个挂到起重臂上扣紧。他扭头大声下命令,正好看向我们这边。

他眯了眯眼睛:"达瑞,你妹妹呢?"

"这儿呢。"我站到达瑞安身边。见父亲的注意力转向别处,农夫的儿子显然松了一口气。

"好。你俩去打水,给龙仔洗澡。把巢里的脏稻草弄走,巢洗干净,再铺满木屑。打扫平台,有乱放的工具都收拾了。清理鞍具、上油,顺便检查一遍龙鞍。我要一切都整整齐齐、一尘不染。展示影响买卖!"

育龙节的例行说教。我瞥了一眼达瑞安。他躲在油灯的强光背后,跟着父亲做口型,几乎一字不差,还故意把上嘴唇伸得老长。我一拳砸在他胳膊上,悄声道:"别这样。"

"玛芮娅,别再淘气了。"父亲眼里闪出那种光,仿佛远处的闪电。"去干活。

马上！"总是这样。达瑞安惹事，我背黑锅。

托曼哥哥和他妻子吉荷牡领了另两头龙父出来。育龙节前一天，我们总让龙父龙母尽情打猎。它们喜欢这样。龙父先去，一去好几个钟头，接着就轮到龙母——在巢里照料宝宝好几个月，它们比当父亲的更需要活动。明天的宴会上会有很多鹿肉，但打猎的意义不止这个：它们已经好几个月没尝过自由的滋味，今天在空中飞到筋疲力尽，等内阁带走它们的宝宝，愤怒和悲伤都会迟钝些。

"走吧，"达瑞安抓住我的胳膊肘，"还有好多活儿呢。"我们穿过围场，朝对面的育龙房走去。"瞧瞧他们，达瑞。"我指着三个龙父——它们几乎要在石头上跳起舞来。舒迦胸膛深处发出低沉的隆隆声，别的龙父龙母纷纷应和。声音仿佛透进了我的骨头。我试着模仿那节奏和音调，但我的不是隆隆声，更像肚子里断断续续的呼噜。而且我也没法像它们一样把声音传遍整个龙场大院。

达瑞安说："你听着像要呕吐。"

"你可真会说笑话。"我记得母亲经常朝龙仔发出咕咕咕咕的轻柔声音。她不止一次告诉我，说龙有自己的秘密语言，而她正在学习。没人相信她，但每当父亲笑话她，她都朝我眨眨眼。从那时起我就一直留心听龙的声音。

即便不理解它们说的是什么，我也能分辨它们的情绪。"它们知道自己的宝宝要被带走了，"我对达瑞说，"但它们仍然因为打猎而激动。听，节奏的变化，复杂的层次……它们在交谈。母亲从前一直觉得——"

"你疯了，"达瑞安说，"你不会说龙语。没人会。"

我明白，即便母亲去世已经这么多年，达瑞安仍然深受影响。我记得她与龙宝宝说话时容光焕发的模样。我珍惜它，它平衡了别的记忆——我宁愿想这个，不愿去想她最后留下的遗言。我说："也许是，也许不是。"

轮到其他龙父套鞍了。舒迦半张翅膀，昂首往旁边跳开。雇来的农民全都躲开老远，虽说父亲在舒迦背上，压根儿不会有危险。舒迦是我们最雄壮的龙。羽冠挺直、下巴硕大、皮肤是深沉的紫黑色，与众不同。我们的所有龙父里，只有他不是生于西部山区。他和父亲在龙骑士团结契，一起经历了不少战斗。舒迦的鳞片和烟熏色的下腹部满是伤疤。他明显是所有龙父中的老大，而那双金色的眼睛，有时令人……胆寒。谁也不敢跟舒迦乱来。

托曼把鞍降到他的龙父拉努身上。拉努是我们第二年长的龙父，典型的山龙，棕褐色和石灰色纹路，腿子粗壮、翅膀宽大。他是跟我哥哥结契的第一头龙。既然托曼是下一任育龙使，拉努自然是我们这一脉的未来。他算不得美，却生育了许多龙仔，长大后个个强壮，很受买家欢迎。拉努压根儿说不来"打猎"两个字，所以只是点头对外出表示赞许，下巴差点砸中托曼的脑袋。托曼往后一跳，那副狼狈相让我咯咯笑起来。我大哥是继承人，是未来的育龙使，不过有时候他也太把自己当回事了。

吉荷牡一头亮红色头发，在油灯的光线中仿佛灯塔一般。她正竭力想控制住年轻的龙父奥达科斯。奥达科斯有些野性，但也不该这么费劲。六年前吉荷牡与托曼新婚，父亲找了一对洞穴灰龙送给吉荷牡，都是灰白色斑点，脖子和腿的硬鳞上带着丝丝银色，奥达科斯就是其中之一。眼下他不理会吉荷牡的责备，硬往拉努身边挤，撞上了对方的翅膀。拉努年岁更大，他咆哮着警告年轻的龙父——闪开。奥达科斯喉咙深处发出气恼和挑衅的隆隆声。吉荷牡，拉住他！我情不自禁上前一步，不过她立刻拉住他的耳膜迫他低头，又用坚定的语气低声对他说话，就像母亲在集市上责备执拗的孩子。

我长舒一口气。我这辈子还从没见过龙父打起来呢。真的，吉荷牡得赶紧把他制住。

奥达科斯愤愤不平地坐下，这么一来，他用不着当真退让，同时拉努又多了几寸地儿。他真像只长翅膀的小狗，体型偌大，极端危险。

父亲正扣着舒迦的鞍具，他突然转向我们这边。达瑞安飞快地闪进了育龙房。

父亲沉下脸来："玛芮娅！我是怎么跟你说的？"

我可不愿再听一通关于消极怠工的教训。我赶紧跑进育龙房大门，谁知达瑞安的油灯正好就放在门内。我踢倒了油灯，它咔哒咔哒地向墙上滚过去。我尖叫一声往前猛扑，赶在它摔坏、漏出滚烫的灯油之前把它抓在手里。

屋外，奥达科斯惊得低吼一声。我被油灯烫了，失手将它扔下。油灯摔碎，火焰在地板上腾的燃起来，而弗伦正好领着新买的马、拉着满车木屑从龙父跟前经过。奥达科斯又一声咆哮，同时往后一跳。马受了惊，尖叫着跑起来。货车撞上奥达科斯的尾巴，向侧面翻倒。弗伦被弹出来，落到奥达科斯的尾膜上。

奥达科斯痛得怒吼，转身抡了弗伦一掌，就像人类扇开在自己脸边嗡嗡叫的苍蝇。这一击让弗伦飞出去二十尺，软软地瘫倒在围场的地上。

受惊的马拖着翻倒的货车冲过拥挤的院子。我奔向弗伦，耳边传来父亲的喊声，皮肤感受着舒迦扇动翅膀的冲击。弗伦！我砰的一声在他身边跪下，觉得自己快吐了。他用一只胳膊撑起上身，捂着胸口，茫然的目光定定地瞧着身下的铺路石。到处都是血。舒迦把飞驰的货车摁在地上，托曼奋力控制受惊的马。吉荷牡拉紧奥达科斯的鼻孔。达瑞安把粗麻布口袋扔到火上灭火。

弗伦抬头看我："别伤了我的马！"他抽着气向前扑倒。

我慢慢地帮他翻身，轻轻掰开他的手，然后咽下惊惶，拉开被撕烂的衬衣。奥达科斯的爪子深深扎进肉里，从他肩膀一直拉到臀部。鲜血涌到我手上，浓稠温热，在地上积成一摊。阿瓦！我扯下外套裹成一团，用全力压住伤口。衣料颜色越来越深，红色从下方渗出，血就是不肯停下。我再加把力气，弗伦发出呻吟。吉荷牡的手突然与我一起用力往下压。弗伦眼球往上翻，再出现时变成了空茫的灰色。他要死了吗？一声呜咽哽在我喉咙里。

"达瑞安——拿耙子把这堆乱七八糟的东西弄干净。"父亲在我身旁跪下，"我看看。"他推开我的手，从伤口上揭开浸血的外套。他吹声口哨："这伤疤以后可有的瞧呢。"

"他会好起来吗？"

父亲没回答，他轻轻扶起弗伦，让吉荷牡将车夫染血的衬衣撕成条，再把我的外套绑在伤口上。接着父亲把弗伦像孩子一样抱起来，一直抱到龙鞍的起重臂前。他吹口哨招呼舒迦。托曼用吊臂把父亲和弗伦吊到舒迦背上。

父亲对托曼说："我们带弗伦去神殿。"他一眼也没看我，"带龙父出去，让它们多飞。我尽量赶回来。"

最后，他终于将冰冷的目光转到我身上："真见鬼，玛芮娅，你就不能专心干好自己的活儿吗？"

他身体前倾，舒迦跃入空中，翅膀只往下扇动一次，就越过了围场的墙，飞到山谷上方，成为黎明前天空中的一道剪影。

我呆立在原地，全然不知所措："我不是故意踢翻油灯的。"

吉荷牡紧紧搂住我的肩膀。她脸色苍白，眨眼不让泪水落下："别担心。我的麻烦比你还大呢。"

龙场大院静悄悄的——所有人都看着我。

真见鬼,玛芮娅,你就不能专心干好自己的活儿吗?

感觉像是不祥之兆,仿佛母亲在坟墓里翻了个身。

心不在焉的驯龙人必遭诅咒。

第二章

我强忍着没哭，跟达瑞安一起清理货车残骸，又把木屑扫成一堆。托曼和吉荷牡把可怜的马安置在马厩里，两人都死一般沉默。不消说，等两人独处时托曼就要爆发——他肯定不满奥达科斯的表现，准要好好唠叨吉荷牡一顿。她不像他生来就跟龙打交道，不过她从小就显示出了这方面的能力——否则他也不会娶她。可她似乎永远达不到他的标准，今天的事自然是火上浇油。他有时真混蛋，但奥达科斯也不该失控。我不知该替她难过还是该气她没控制好奥达科斯。

骑手和龙终于飞上天，进行育龙节前的狩猎。我叹口气，瘫倒在水槽的石头上。寂静沉甸甸地嘲弄着我。一声呜咽不胫而走："可怜的弗伦！"

达瑞安一手搂住我的肩膀，让我哭了几分钟。我的一部分意识看到了自己裤子上的血，还看到尽管浇了好几桶水，石板上仍有血迹。

"我不是故意踢翻油灯的。我没瞧见。"我用呻吟取代了后半截话——没瞧见你把它放在了门边。"我怎么老惹上麻烦。"

"他不会一直生气的——"

"就好像最后见到母亲那次。不管发生什么事——"

"别说了，玛芮娅。"

"总是我背黑锅——"

"不是那样的……你并没有——"

"我们俩都没干活儿，光顾围着那只生病的龙仔打转。不过你刚好赶在母亲拐弯进来之前离开了，结果就我挨了训。"

"你还小。"达瑞安一脸不安，"你记错了。"我们都沉默下来。我想说，你也有错，可吵架不能解决任何问题。我不该提起母亲的死。这些回忆通常沉睡在我内心深处的寂静中，此刻却汹涌而出——她骑在葛露斯背上说的最后那句话，还有其他最好留在黑暗中的鬼影。父亲最爱谈起她的勇气和技巧，他俩相识于龙骑士团，在古尔万帝国吞并小国艾伯林期间。我这辈子也赶不上她。

我耸肩挣开达瑞安的胳膊，用袖子飞快地抹干眼睛。"该干活儿了。"我走进育龙房，达瑞安跟上。

平台又长又宽，足以容纳四个巨型龙巢并排——龙巢是两尺高的木头容器，雕成八边形。其中三个装满稻草，那是为熟睡的龙仔和警醒的龙母准备的床铺。第四个龙巢空着。瑞亚特的龙场最多曾拥有四对龙父龙母，不过自我出生至今再没有过。父亲指望能再次用上那第四个巢。我扭头不去看它。

龙巢两侧各有八扇大门，可以推到一边，让育龙房朝向围场或俯瞰村子的悬崖打开。巢里满是龙仔时，围场一侧的门只偶尔才开，但龙天生爱高，所以悬崖一侧的门多数时候都开着，为的是从小鼓励它们的这一本能。

我走向悬崖侧的第一扇门，拉起门闩。达瑞安也走了过来。我们一起把门全推开，让太阳为龙宝宝们取暖。

血红的黎明洒向地平线，拖长的影子仿佛印在平原农田上的条纹。我们脚下很远处，雾气聚在瑞亚特村里逡巡不去。山谷两侧的岩壁都在晨光中蒸腾，北边的轰雷瀑布则从高处落下，用水雾的幕布笼罩山谷。猛禽在高空温暖的光芒中盘旋，呼喊声刺破寂静：嘎……嘎。本该是美好的一天。

我们转去龙巢，龙仔已经在第一缕光线中打闹起来。达瑞安在一个龙巢前蹲下。"瞧他，玛芮娅。他块头最大，有一天他会长得威风凛凛。"好几周了，这话他每天至少念叨一遍，但今天他的表情不一样。

那只幼龙是这窝龙宝宝中个头最大的。他拉扯另一只龙仔的耳膜，深色的鳞片在阳光下一闪一闪。他的羽冠——脑袋后面由刺和皮形成的膜——有希望跟他父亲舒迦一样威风。铜色皮肤的龙母葛露斯舒展革翼——龙场里平时挤满成年龙,难得像现在这样宽敞。见达瑞安伸手,她咕噜咕噜地发出警告。

"别,达瑞安。我们还不知道能留下哪个呢。"幼龙很容易跟人建立关系,人与龙之间的契约会持续一生。与龙的接触必须短暂迅速、不带感情——这是关于龙的知识里最基本的首要原则。或许也是养育龙仔最困难的地方——除非绝对必要,你不能碰它们。

这些达瑞安都明白。"我又没想摸他,"他反击道。但他把双手夹到腋窝底下,脖子不留痕迹地往前探出去一点点。"我只是想看看他。他真漂亮。"

"你可别——否则龙骑士团就没法用它们了——"

"我知道!我知道。别唠叨个没完。"

我朝他后脑勺送去愤怒的目光。

但我理解达瑞安的渴望。隔壁巢里住着拉努和阿缇斯,托曼哥哥的结契配偶。那里有只棕色小母龙,带米色斑纹,每次我经过时她似乎都精神一振。一窝龙仔都在打闹,她却端坐在巢的一角,用琥珀色的眼睛打量我。我真想抚摸她柔软、干燥的皮肤。她母亲阿缇斯也在看我,谜一般的棕色眼睛深深嵌在石灰色的额头里。

我不能爱抚她的宝贝,可我忍不住与那双聪明的小眼睛对视。

达瑞安道:"一窝里最好的龙仔能抬高其他所有龙仔的价值。"这是父亲的话。我感到他的目光落在我身上,于是转过身去。他皱着眉,满脸怒容。我知道他想说的其实是我们最好别抱太大希望。龙骑士团肯定会挑走最好的。

"要是我瞧见油灯就好了……"

"我知道。对不起,玛芮娅。你挨了骂我很抱歉。我不会让你一个人背黑锅的。保证。"

达瑞安极少在任何事情上承认自己也有错处。这点他像父亲。我对他的怒气消退了。"其实是奥达科斯先惹的事。他太情绪化了。"

"他是龙场最年轻的雄性,觉得必须证明自己。得教他明白他的位置。"

"我敢说,吉荷牡现在正听托曼说教呢。高龙啊,我真希望弗伦能好起来。"

"唔,就算弗伦活下来,这也是场大乱子。吉荷牡多半活该挨训。"

"她尽力了。奥达科斯还很年轻。"

说完这话，我俩沉默了好久。

达瑞安道："唠叨鬼。"

我回答说："凶煞。"

他咧嘴笑了："走吧，玛芮娅，接着干活。"

我们很快一件件完成了日常的杂事，而且特别留意细节。宝宝们的早饭是瓜皮、玉米穗和鱼，吃完它们就翻出巢外，到平台上玩耍。三只龙母，葛露斯、阿缇斯和珂露菲，负责监督这些捣蛋鬼，我和达瑞安则从巢里清理掉所有弄脏的稻草。之后我们拎来一桶桶水，把平台和龙仔一起洗干净。这对它们可是值得激动的新鲜事。它们玩耍、溅起水花，发出开心的叫声和猫一样淘气的咆哮。它们这么玩水，基本上已经把彼此清理干净了，我和达瑞安只需偶尔拿墩布使劲擦擦某块地方，再用扫帚把水扫下平台。

看了它们玩闹的样子谁都会开心。我的心情渐渐好转，可又老想起弗伦瘫倒在我怀里、满身鲜血的模样。我的胃拧成一团。我指甲底下还有他的血。

上午稍晚些，我们喂宝宝们吃了第二餐，干牛肉和烟熏肝脏，分量比平时都大。这会填饱它们的肚子，让它们昏昏欲睡，同时又不会弄得太脏乱。接下来才是重头戏。我们推来几车木屑，重新把它们的巢铺满。好奇的龙仔总在我们的手推车里钻来钻去，但我们并不介意。在这个年纪，它们干燥、闪亮的鳞片真的很软——赶开它们时，我们时常忍不住偷偷摸上一把。棕色加米色的小母龙特别彻底地检查了我的推车，仿佛她感受到了我的兴趣，并且对我表示肯定。

终于干完了，龙母轻轻把龙仔推回巢里。我们一面检查鞍具、给鞍具上油，一面看龙仔跟自己的兄弟姐妹打闹，在游戏里发泄能量。之后我们打扫地面，用扫帚在石头上的嗖嗖声将它们引入梦乡。我们故意让动作富于节奏感，因为龙很爱音乐。母亲们发出安抚的咕噜声，配合我们制造的旋律。

很快它们就紧紧蜷成亮闪闪的小堆，小嘴压在折起的翅膀底下。因为刚换过铺床的稻草，空气中充满了它们天然的味道：干净的滑石味儿。我找到拉努和阿缇斯巢里那只小母龙。她的背部在母亲的翅膀下起伏。我蹲下来，好看得更清楚些。

达瑞安拍拍我肩膀，"我刚刚瞧见父亲了，他骑着舒迦去了北边，肯定是去找托曼和吉荷牡。但愿这意味着弗伦没事。他们不会很快回来,龙仔也都睡着了,这儿的活儿已经干完,雇来的人也都走了……"

他的声音低下去,我抬头看他。他脸上再度布满阴云,我感到后背一阵颤抖。他似乎打算说些什么,可最后他的嘴唇放松成虚弱的微笑。"咱们去瞧瞧陷阱。"

我有些心动。反正这也算是日常的任务,尽管在育龙节的前一天或许不那么合适。也许去这一趟能成为抚平我们伤口的药膏,可我又总觉得不大应该去。"达瑞,我觉得我们不该——"

"我,觉得我们该去。"他严肃得吓人。不等我回答,他就悠悠然走进了围场,然后过桥来到崖顶的宅院,越过冬厩,走进树林。刚离开龙场大院可见的范围,他就加快了速度,在树干间跳跃,跨过倒地的树木,迫不及待想要消失在寂静深处。

我跟了上去。

第三章

达瑞安走得比我快,但我知道他要去哪儿,也能听到他行走在前方的灌木里。最后我放弃了追赶,放慢脚步不再奔跑。这一天明亮又暖和,但绿荫清凉,土地和树叶散发出浓郁的潮湿气味,令人神清气爽。林下的灌木抽打在我腿上。

换作平时,我们会花时间沿路检查陷阱,采摘正好成熟的野莓和树荫下最上等的蘑菇。别的宝贝也不少:箭头、矛尖或是古代生锈的机械,应有尽有。达瑞安笔直地朝我们收获最多的陷阱走去,那是在遗迹附近。

我老忍不住想到弗伦,还有父亲的怒火。今天的感觉不对劲——阳光和暖意、恐惧与愧疚、喜悦和悲伤,全都混在一起,令人茫然。我皱着眉往前赶,好不容易才追上了达瑞安。

倒塌的墙壁和柱子将树林截断,这是古老的神殿建筑群。此处照到林下层的阳光更多,因此嫩叶充足,再加上高峰融雪的细流带来清洁的水源,我们的陷阱总能逮住食草动物。今天一只小鹿被扎在长矛上吊在空中,远离地面的掠食者。达瑞安将猎物放下,重新摆好陷阱,准备处理鹿肉。

我不想再见血,就去附近的灌木丛摘了些浆果,找块大理石当凳子,把浆果堆在大腿上。我常被遗迹吸引,有时达瑞安忙着其他事,或者我干完活、有一个钟头的闲暇，就会过来。小时候母亲会骑着葛露斯带我来遗迹野餐。我感到一阵寒意，仿佛她的幽灵就在这里，刚刚与我擦肩而过。我把回忆压到心底，用周围横七竖八的石块和柱子转移注意力。

它们的故事我们并不完全清楚。德哈拉——这是对神殿祭司的尊称，我们本地的德哈拉名叫玛毕尔——时常谈起这里，但他的话有一半都没人懂。据说古城辛瓦特就埋葬在山脊后的森林中，这座神殿过去是侍奉它的。我们自然明白传说很重要，也看得出有人在这座古老神圣的殿宇上花了很大工夫。我喜欢研究坍塌的墙和断裂的大理石柱，它们表面盖满雕刻的印记，仿佛藏着久已失落的故事。一尊雕像傲然矗立在院子中央，它用两种不同颜色的石头雕成，是两头龙。黑龙用了下方的深色石头，白龙用的是上方的大理石，双方斗成一团。它们的模样跟我们的龙大不相同。

我抹去下巴上的浆果汁："你说这是谁雕的？"

达瑞安道："这个么——死人，老得很的死人。"

我冲他皱眉。

我们知道它们是阿瓦——德哈拉亲口说的——是跟皇帝那神秘的库鲁宗一样的高龙。白龙叫门诺格，黑龙叫达哈克。这些我都还记得。它们的激战是一则古老传说的高潮。很久以前，曾有一场惊天动地的战争在这里结束。可不知怎的，我就是记不住细节。

"它们的故事是真的吗？"

"当然是真的。"达瑞安继续拿匕首锯鹿肉。

我从未想过它们会不会代表了某种真实存在的东西。遗迹启发我们的想象，但似乎也仅此而已。夏日的午后，我和达瑞安会幻想着有大队大队的怪兽出现，而我们面对它们、击败它们，然后爬上俯瞰铜海的高崖，看海鸟在空中翱翔，在我们眼中它们化作进攻的飞龙军团。我们最熟悉的是这些故事，它们属于我们，而非德哈拉。我们是英雄，胜利是我们的。

"你说我们的游戏会不会，就好像……"我皱起眉头，思量该如何表述，"就好像那些人的鬼魂想把他们的故事告诉我们？"

达瑞安抬起头，扬眉看我："满嘴疯话，玛芮娅。真不知你说的是些什么东西。"

我放弃了。我自己都不确定自己是什么意思。

他处理完鹿肉,把内脏扔进灌木丛,留给较小的掠食者;接着又把鹿尸搬到阳光照不到的地方,然后才去溪水边洗手。

完美的下午将我包裹,仿佛温暖的毯子。达瑞安硬拽我来,或许真是做对了呢。只要他愿意,他可以是很好的朋友。我感觉好多了。

不过我知道我们已经逗留得太久。"该回去了,达瑞。"

"有件事我得告诉你,玛芮娅。"他脸上又是内心激烈交战的表情。

我一下子喘不上气来:"什么事?"

达瑞安皱着眉,踢了些泥土掩盖住染血的土地。"今年的龙仔没你的份。"

哦不……"这是历年来龙仔最多的一次,有好多——"

"听我说。"

他似乎很不自在,但终于还是强迫自己看我的眼睛。"上周我偷听到父亲和托曼说话,就在信使离开之后。出事了……远征或者防卫战。每个龙仔内阁都要弄走。我不知道到底是什么事,但父亲跟托曼说感觉不妙,就好像皇帝很担心似的。父亲说今年我们可能留不下任何龙仔,说不定明年也一样。"

"明年也一样?"我的心直往下沉。

"也就是说我也没份了,玛芮娅。别说留下两头,多半一头也留不下来。配偶得早早结契,对吧?内阁需要很多龙仔。本来还可能从别的龙场买一只。比方说库罗达。可内阁根本不会留下任何龙仔给我们买卖。"

"你确定?"我努力压下怒火。

"抱歉,小丫头。"每当他需要以朋友和老哥的双重身份讲话,就会这么称呼我。"托曼想说服父亲,但其实他们别无选择。事情已经定了。"达瑞安在我身边坐下,一手搂住我的肩膀。我挣开了。他无可奈何,只好将两手放在大腿上。寂静将我吞没。我说不出话来。

父亲做决定时自然要优先考虑生意,可这事儿根本没道理。内阁真需要那么多龙仔吗?我们就留两头都不成?再说如果多一对配偶,未来不是能为他们提供更多龙仔吗?

没龙了。那头棕色和米色的小母龙不会属于我,即便我和她都知道应当如此——我们都知道我们属于彼此。

没龙了。我把脑袋埋进胳膊里，就这样待了好久。达瑞安没说话，只是一直陪在我身边。最后他的胳膊又试探着搭上我的肩膀。这次我没反对。现在看来，今早的事就像序曲，清楚表明事情一准不会顺利。

我又想起了母亲。"达瑞……你信不信有诅咒？"

"不信。你干吗问这种话？"

我抬起头，咽口唾沫。"你觉得有没有可能，有人说了气话，再加上"——我哽了一下——"有人做了不好的事，就会创造出诅咒来，虽然本意并不想这样？"

"你没被诅咒，玛芮娅，你想的是这个吗？有时候不好的事情就是会发生，没别的。"他搂着我的手收紧了些。"你得学会相信自己。"

真怪，周围的世界仿佛感受到了我的悲伤，四下一片死寂，空气完全静止，连鸟和昆虫都安静下来。

"听，好静啊。"我突然觉得这太不自然。达瑞安绷紧了身体。

空中轻轻传来嗖的一声，我们头顶的树叶震动，一个影子遮蔽了太阳。我们猛地抬起头，不由目瞪口呆。竟是一头巨龙的身影从树顶上掠过。那巨兽用船帆一样的翅膀扇动空气，一次、两次，最后降落在小山顶的遗迹上。

我从未见过这样的庞然大物。肤色仿佛落日照耀在镀铜的海岸线上，翅膀和羽冠边缘染了一抹绿。它的角仿佛扭曲的树干，最轻微的动作也会让肌肉荡起涟漪。它的气味顺着微风飘向我们，那是混合了石头与泥土、树汁与香料、雨水和闪电的丰富味道。它向上舒展，晃晃巨大的脑袋，羽冠像旗帜般啪的展开。然后它懒洋洋地四下打量，似乎压根儿没注意到我们的存在，虽说我们就在山下一点点。空气仿佛带了电。

达瑞安摇了我两次我才感觉到他抓住了我的胳膊。"那是高龙！"他悄声道，"说不定是夏龙革提克呢！"我惊得哑口无言。他问："你知道这意味着什么？"但我已经不再听了。这头壮美的巨兽吸引着我，我身不由己地朝山上走。我踢到一块石头，巨大的龙头转向我们这边。他的目光与我的短暂交汇，我感到一股寒意顺着脊柱冲下去，将我的双脚冻结在原地。

他的眼睛仿佛融化的铜球，在强烈的阳光下眯成一条缝。他神色严厉地打量着我，我感到某种东西传递过来，我无法定义，仿佛一种悲伤的紧迫感。这目光太亲密,我努力理解其中的含义,时间仿佛静止了。我的心脏不再跳动,我的呼吸停在胸口。这时那偌大的头颅轻轻一点,仿佛认可了某件事。接着只听革翼扇动的巨响,气流涌动,他一飞冲天,消失在山顶背后。

我想跟过去,但达瑞安拽着我的衬衣把我扯住。"你知道这意味着什么?这是预兆!夏龙!是巨变的预兆!"达瑞安两手捧住我的脸,硬要我直视他。"我会得到我的龙!"他放声大笑,"走啊!"

他快步下山朝龙场大院跑去。我最后瞅了山顶一眼,想在心中再次描绘那头巨兽,却被门诺格和达哈克的雕像吸引了视线。刹那间我明白过来:雕塑家曾见过阿瓦,他知道阿瓦长什么样。过去我总以为雕像过于夸张,但现在我明白这是贴近现实的精妙肖像。脖子的弧度、胸腔的喘息、翅膀的肌肉组织——全都惟妙惟肖。

微风终于再度吹拂,卷起几片树叶缠绕我的脚踝。树上的昆虫重新叽叽喳喳。一只鸟在附近轻声啼啭。达瑞安的脚步重重地落在远处的森林中,一声拖长的哇喔!在山谷里欢快地回荡。

巨龙从山顶消失了,但这种缺失吸引着我。不等头脑反应,我已经开始往上爬去。我攀上覆盖苔藓的岩石和木头,跃过一道小溪,拨开一堆蕨类植物,终于找到通往山顶的小径。很快我就重新回到了阳光下,站在先前那生物与我对视时所在的位置。他的气味仍残留在散落的废墟间——夏日里果园、绿草和泥土的味道,但除此之外,再无一丝他曾出现的痕迹。我跳上最高的岩石,双手环抱大理石柱残留的矮桩,扫视山后的大地。

除了几缕飘散的白云,天上空无一物。山谷对面,岩石远远地闪着光。有那么一会儿,我指望能在那边看见他——我们知道野生的龙有时会在峭壁筑巢,因为下方树林的一切动静都能尽收眼底。母亲曾带我和达瑞安来这里野餐,看它们在远处的气流中盘旋。

但刚才的并不是野龙,而且那边现在也没有龙。

"你去哪儿了?"我还能闻到他的气味。或者我只是对夏天的气息更加敏感了?鸟儿清脆悦耳的鸣叫上升到风的奔流与低语之上。树林波涛起伏。我能感受到下方与周遭的整个世界,感受到它如何滚滚流向黑夜;我还能感到宇宙在拉扯我的骨头。我闭上眼,仿佛同时在飞行又在坠落。

是他让我产生了这些感觉吗？是革提克吗？几分钟之前我几欲流泪，但现在看着山谷，却忍不住微笑。它似乎比之前多了些什么，我不知该如何描述，但它变了。更绿，更鲜活。

下方的树林中，阳光反射在某种白色的物体上。仿佛深色阴影中一片纯粹的光亮，极不协调。我大感兴趣，从自己所在的位置推测它的方向，然后爬下岩石，顺着下方的碎石斜坡往下滑。

与我们这侧的树相比，下方的树木更加高大，灌木也更茂盛、缠绕紧密。我奋力挤过树林边缘浓密的灌木丛，进入树顶下宽敞的绿荫。这里的空气更凉爽，充满腐殖质的气味。树干笔挺，绝无分枝，仿佛神殿的柱子。阳光减弱成浅淡稀薄的绿色光束，在眼前跳跃明灭。苔藓将森林地表的岩石和断木变得异常平整，地面上散布各种奇异的形状。附近有蛙鸣，但听着有些诡异——苔藓窒息了一切声响。

我辨明方向，朝寂静的绿色深处走。地面缓缓抬升，很快我就再次见到了反射在白色上的阳光。一块断裂的石板，仿佛祭坛一般，在阳光跳跃的树丛中制造了一个空间。苔藓让位给缺少光照的小树苗和蕨类植物，偶尔还有朵野花。石板中央是一头龙的尸骸。

它死去不算太久，但大部分柔软的肉都已经被食腐动物叼走。我见到的白色是头骨，光秃秃的咧着嘴，只面颊和前额还残留着些许皮肤。从剩下的鳞片看，它的肤色类似灰蒙蒙的石头，点缀着一片片青铜色斑纹，在本地的山龙品种里很常见。死时它扭曲身体，脖子后仰，翅膀收回身侧，仿佛皱成一团的帐篷。它的躯干已经被掏空，留下肋骨的架子，蚂蚁和苍蝇进进出出。一股恶臭迎面扑来，我挪到上风处，但其实没多大用处。这场景令我作呕，同时又让我转不开眼睛。

它不会很老——从体型和残留的羽冠判断，大概两到三岁。我看不出性别，但假如它是我们的龙，肯定早就受了套鞍的训练。如果有伴侣，它甚至可能已经可以繁殖。它不会像我们繁育的龙那么健康，但肯定既强韧又聪明。它有可能是受了重伤最后饿死的，但除了别的龙和人类，龙并没有天敌。每隔两三年总会冒出头喜欢惹麻烦的野生龙，父亲和托曼就只好处置它，但皮、肉、骨和筋都会保留，绝不会这样任其在森林里腐烂。

一道金属套索深深陷进它左后腿的骨头里。似乎有人想逮住它,而不是杀死它。但它挣脱了,来到这里,流尽血死去。

有人偷猎。得告诉父亲。

我蹲下来,望着它空荡荡的眼窝。"小可怜,"我说,"真希望能在你活着时见到你。也许我曾经——也许我和达瑞安曾经从山上见过你。"

我快受不了了:弗伦被抓伤、达瑞安的消息、夏龙。现在又是这个。今天的预兆和新闻简直没完没了。我不知该哭还是该笑。这时达瑞安的话终于钻进我脑子里:我会得到我的龙。他为什么会这样想?

他说夏龙预示着巨变。也许因为我们看见了他,所以这会是我们的巨变。

我会得到我的龙。或许我也会得到我的龙呢。

我跳起来往树林外跑,冲过植被纠结的边缘地带,连滚带爬上了坡。回到山顶时,我浑身都是青肿和擦伤。我跳上遗迹看了最后一眼——万一他在呢。他真的在。

夏龙革提克,蹲在山谷对面高耸的岩石上,翅膀舒展,像是在晒太阳,或者也可能是吹风降温。他高高跃起,巨大的翅膀向下一拍,捕捉住一股上升气流,再次扇动翅膀,然后转弯消失在悬崖背后。我继续看了一会儿,但他没再出现。尽管阳光正烈,我却打了个寒噤。

我感觉双腿仿佛要被身体的重量压垮,可我还是朝家的方向冲去。

第四章

　　龙场大院空荡荡的，村里来的帮手已经离开。太阳触到西边的山顶，拖长的影子悄然爬进围场。已经很晚了，我多半又要惹上麻烦。其他人在哪儿？虽说龙仔应该已经入睡，度过自己在龙场的最后一晚，但龙场大院里依然应该有人活动。这片寂静让我起了鸡皮疙瘩。

　　育龙房巨大的滚轮推拉门下闪出油灯的光。里面有人。我从建筑尽头的人门走进去，发现悬崖一侧的大门也已关上，巢里满满当当。我进来时，三只龙母与奥达科斯都转过头来，独独不见舒迦和拉努，说明父亲和托曼不在。吉荷牡在一排龙巢尽头，扫帚嗖嗖地发出有节奏的轻柔声响，这能帮龙仔放松入睡。

　　我朝拉努和阿缇斯的巢走，想瞅眼龙宝宝，但吉荷牡将一根手指抬到唇边，挥手让我回去。我停下脚步，伸长脖子，可那只棕米色的小龙在她母亲翅膀底下，我看不见她。我不情不愿地退到育龙房外。

　　我在俯瞰下方平原的护墙上坐下。地平线上，雷暴云砧直往上冲，在太阳最后的红晕中闪着迫人的光芒。

　　吉荷牡从育龙平台出来，轻轻地关上人门。"你去哪儿了？我们都在担心！"

　　"父亲和托曼不会是去找我吧？"

"不，不是的。你父亲跟葛露斯打猎回来，只换了坐骑就回了神殿。弗伦伤势不轻，他放心不下。我们刚到没多久，达瑞安就回来讲了你们的故事，真不可思议。托曼带达瑞安去了神殿，去跟玛毕尔谈谈。"

"哦。"一连串的事件让我筋疲力尽，我脑子稀里糊涂，再想不到别的词儿。接下来会怎样？

"我该把你也带去神殿，可这儿又离不得人。你和达瑞安把龙母丢下不管好几个钟头，已经够糟了。你们怎么想的!？"

"龙仔都睡了！而且我们本来也该去检查陷阱——"

"这借口烂极了，你心里清楚。今天跟平时不一样。"

我叹息着把头放在膝盖上。"我知道。我们只是想自己待会儿。"

吉荷牡抱着膀子："那跟我讲讲是怎么回事。"我不知她是好奇还是生气。多半都有。

我深吸一口气，可就在这时耳边传来熟悉的动静：舒迦巨大的翅膀击打空气的声音。我和吉荷牡心惊胆战地对看一眼。父亲和舒迦降落在围场内，气流拍打着我们。他下来，转向龙鞍的起重臂，这期间谁也没开口。

我哆嗦着往前走，准备过去帮忙，但他抬起一只手。"你们俩都等着。咱们待会儿谈。"

吉荷牡眼里闪着泪光，她摸索着抓住我的手，捏痛了我的手指。我忍不住皱眉。父亲爬回舒迦背上，将龙鞍的圆环扣上吊臂，然后又下来，将鞍具吊进装备库。最后他推开育龙平台中央的那扇门，让舒迦进去。大公龙似乎理解龙场大院的气氛，一言不发地走进门里。唧唧声和睡意蒙眬的叫声迎接着他。父亲重新关上门。

他双手叉腰盯着我们，深色的眼睛里闪着光。"弗伦活下来了，险些被你俩害死。我们不在期间，玛毕尔一直在治疗他。要不是今天另有要事，我会一直守在神殿。"他指着吉荷牡道："你得控制住奥达科斯。他不是你的宠物——他是掠食者，野兽的后代。如果你不能把力量展现给他看到，你就会失去他。我们就会失去他。我不能允许这种事。我得壮大龙场。我们繁殖最多的一年或许还不够满足内阁，这已经足够说明问题。"

"至于你……"他死死地盯着我，"每次我一转身，你就各种淘气。你已经不是小姑娘了。库鲁宗在上，你都够年龄成婚了！我需要你尽好本分。我本来指望你能稍微有一点你母亲的力量和热忱。我很失望，不止因为你注意力涣散，引发了悲剧，还因为之后你消失在森林里好几个钟头。看在卡迪亚份上，你到底怎么回事？"

"我……我和达瑞安——"

"别说话！达瑞安一样挨了训。明早玛毕尔想听你的说法。那之前他不希望你跟任何人谈起今天的事。他希望故事不被沾染。"有片刻工夫父亲露出疑问的神色，但很快，他的脸上又阴云密布起来。"所以我就这么蒙在鼓里。我不知道我自己的龙场发生了什么！我只知道我要撑起这个家。有人靠我们挣生活。我不能又做我自己的工作又承担你那一份。"他抱臂而立，目光往返于我和吉荷牡之间。远处的雷鸣让我哆嗦了一下。

"抱歉，父亲。"我不敢擦去脸上的泪水。

吉荷牡终于放了我的手。"我也很抱歉，马格汉。"

"抱歉缝合不了弗伦的伤口，也安抚不了暴躁的龙父！我不想要你们抱歉，我要你们担起责任。"我轻轻点头，眨巴眼睛赶走泪水。

父亲的表情柔和了些，虽说只有一点点。"明天依然是我们的大日子——现在看来或许会超出以往任何一个育龙节。我不知道你的经历有什么含义，玛芮娅。希望里面包含着好兆头。我们需要好兆头。

"把活干完，然后去睡会儿。明天要早起。"他转身大步跨过石桥，朝老宅走去。

我瘫软在护墙上，盯着地面发呆。吉荷牡拂开我脸上的头发："你还好吧？"

我笑了一声，其实更像结巴。"我本以为会更糟呢！"我不知道究竟该哭还是该笑。

吉荷牡在我身边坐下："也许是因为你看见的东西。我真不敢问呢，发生了什么？"

"据说我不能跟别人讲。"

她耸肩道："不讲也行。"

我不知道为什么——或许因为她显得那么悲伤，或许因为我实在需要有人站在我这边——我跟她讲了。如果我敢相信任何人能保守秘密，那个人非吉荷牡莫属。她是外人,我们这儿的农民从神殿孤儿院领养了当时还是婴儿的她。连她自己都不知道自己来自哪里。多半是东北边——她肤色比大家浅,一头罕见的红发让她显得与众不同。或许就是因为这个原因她才从不与人亲近。人家嘲笑她,指责她血里掺杂了什么,而她则越来越爱跟动物相处——它们不在乎她是什么发色。她年龄渐长,作为驯马人声誉鹊起。或许就是这点吸引了托曼。他开始追求她,她也开始接触龙,她似乎天生是做这个的。最后他向她求婚。

他有了新娘,我有了大姐姐。我很早就觉得她很亲切,虽说我不是她那样的外人,不算是。可我们所有人的位置都那么清楚。托曼是继承人,达瑞安是第二继承人。我呢?小妹妹。而吉荷牡是继承人的新娘。我俩是添头。

她不爱谈起自己的过去,我也不逼她。我们彼此亲近就够了,尽管有时候我不禁怀疑,托曼是否只是想找个会对自己感激涕零的妻子。毕竟是他救她脱离自己原先的处境。内情到底如何我不清楚,我只知道托曼是未来的育龙使,这份职责耗光了他的精力。有时他似乎爱她至深,有时又混蛋到极点。龙不是马,她要学的太多了。我觉得她做得挺好,可托曼逼她很紧。

这一刻我需要她友善的耳朵。我吸吸鼻涕,用胳膊抹了鼻子,然后慢慢复述我的版本:弗伦被抓伤、如何听说我今年不会得到龙仔;当我说到看见夏龙革提克时,故事开始往外涌,任何细节都没落下。能说出来感觉真好,能跟吉荷牡推心置腹就更棒了。但我没提起整个星球活过来、在我脚下律动的感觉,也没提起夏龙那高深莫测的审视。这些东西太切近、太私密,我无法用语言表达。所以我只谈基本的行动:看见、攀爬、奔跑、追随。

等我讲完,龙场东边的平原已经深深陷入阴影中,只有雷暴云砧顶端依然亮着,最后的阳光在上面打下印记。

我发现吉荷牡神色严峻地打量我,不由吃了一惊。她问:"你觉得这有什么意义?"

我抹抹眼睛:"达瑞安说革提克是改变的象征,说我们会……我们可能会得到我们的龙。"

她微笑着拍拍我的手:"你的乐观精神可真够顽强的,不是吗?我明白,玛芮娅,这是你血里带来的。你们家一直培育龙,谁也记不起是从什么时候开始。你天生如此。不过别抱太大期望。"

"我想要我自己的龙。我想飞！不管父亲怎么想，我一直在努力工作，该给我一头龙仔了。该轮到我了。"

她从我脸上拂掉什么东西。"好吧，至少你知道自己想要什么。听我说：一切都会改变，一切都已经改变了。想想看——夏龙革提克到了我们的山里。我有种感觉，今晚是你人生中最后一个寻常的夜晚了，我们所有人都一样。对发生的事每个人都会有自己的看法。我们村的德哈拉会到场，而内阁的祭司明天肯定也有话说。父亲、托曼乃至达瑞安，他们都会有各自的问题和答案，彼此之间天差地别。或许他们能想明白。但事情发生自有其道理，有时你要等很久很久才能了解。有时甚至太久。"她的脸失去了血色，我突然意识到她在强忍泪水。

"玛芮娅，只别忘了一件事：无论发生什么，你要忠于自己。永远做你自己。相信你的直觉。要想理解只有这一条路。行吗？答应我。"

我的表情肯定很怪，因为吉荷牡笑起来了，尽管同时有一滴泪水滑下了她脸颊。

我说："我……保证？"

她拥抱我，吻我的额头："永远都做玛芮娅。"

我回抱她，很高兴能得到这片刻的抚慰："托曼找你麻烦了吗？"

她擦干眼睛，抬起头，似乎在斟酌。"我搞砸了，没法否认。我……我不想说你哥的坏话。"

"他有时真混账。"

"他以你父亲为目标，再加上他对自己的期待，要做到这些真的不容易，有时难免用力过度。他也有他的优点。"

"不混账难道不是优点么。"

她哈哈笑出声来，却捏得我的手生疼。

远处的隆隆声让我们转向东边。雷暴云砧已经消失在紫色的黑暗中，但其中的闪电却让它们仿佛膨胀的巨大油灯般闪烁。接下来的几分钟，只见闪电依次照亮云柱。最中央的砧状云偌大无比，延伸到连龙也飞不到的高空。闪电有时在云外划出弧线，或者轻触下方的草原。低沉的轰鸣不时传入我们耳中。真是壮观又美丽。一场配得上夏龙的夏日演出。

吉荷牡低声吹起口哨："哇。火力可真猛。希望内阁的车队能躲过去。"

真奇怪,吉荷牡看到的是雷暴,我看到的却是美。

她站起身:"他们明天就来了。走吧,咱们去把今晚的活儿干完。"

第五章

父亲把我摇醒。"起床！玛芮娅！育龙节。干活儿。"

我坐起来，迷迷糊糊地四下打量。窗外漆黑一片，但有光刺痛了我的眼睛——是拎着油灯的达瑞安。父亲把我的工作服扔给我。"内阁的车队刚到了镇子东边。快。快！"

睡眠不足让我说话不过脑子："你怎么没骂我？"

"过后有的是时间。玛毕尔不许我问你问题，所以我只能让你像狗一样拼命干活。跟我走！"

说完他就走了。达瑞安转过背去，好让我穿衣服。"怎么回事，达瑞？你什么时候回来的？玛毕尔怎么说？他今天会来吗？你有没有——"

"你是想让我回答某个问题呢，还是想一口气问完？"

"你就告诉我发生了什么事！"我扣好最后一粒扣子，把达瑞安推出门去。我们快步迈进寒冷的黎明，过桥往围场走。

"我也不知道我们有多大麻烦。夏龙或许能让我们喘口气。玛毕尔让父亲别惩罚我们。暂时别。不过我还是有点担心，因为……现在我已经说得太多了。玛毕尔不许我跟你谈这事。"

"为什么不许？"

"因为他希望你的故事不被沾染。"

"这话什么意思？他以为我们是编的？"

"玛芮娅，别拿我——"

"玛毕尔把你怎么了？"

"他问了许多——玛芮娅，我不能跟你说这事！"他撒腿往前跑，也不管我在后头抱怨。

我们抵达时，父亲已经推开育龙平台朝向围场这侧的一扇门，让龙父可以出来伸展腿脚和翅膀。

"快来，"父亲喊道，"准备开演！"一夜之间气氛已经截然不同。或许是因为有活儿得赶紧干、熟悉的例行公事带给人安慰，或许是这个日子本身令人兴奋。育龙节到了！父亲十分专注，但神情开朗，并不阴沉。托曼和吉荷牡一起打开装备库的门，准备好龙鞍的起重臂。托曼甚至安抚似的拍了拍奥达科斯的脸。龙的步子里带着欢快劲儿，全都兴奋地点头。它们会穿戴上自己最好的装备，每件装备都擦拭干净、打磨得锃亮：拉努棕色皮具上的大头钉在油灯下闪闪发亮，奥达科斯套着带银色装饰的白色皮具，舒迦的皮具是黑色的，衬着他黑色的鳞片，仿佛自带隐形效果。骑手的束带和衣裳与之相配——托曼是棕色和褐色，吉荷牡一身白，红头发扎成蹦蹦跳跳的马尾巴。父亲穿着许久之前在龙骑士团时的黑色盔甲。这是真正的庆典表演——既是为内阁，也是为村民。

托曼和父亲把舒迦的龙鞍移动就位，我走到达瑞安身边，一拳打中他胳膊："为什么不肯告诉我到底怎么回事？"

他没回答，我又给了他一拳："达瑞安！"

他转过头来："今天我们所有人要一起开个会——你、我、父亲、托曼和吉荷牡，玛毕尔，还有内阁派来的梅利恒和征购官。然后他们会决定这一切是怎么回事，以及要怎么办。好了吧？现在我把不该告诉你的都告诉你了，不许再打我了，咱们干活去。"

他大步走进了育龙房，似乎心神不宁。竟然放弃育龙节低空飞行的盛大表演，这可不像他的作风。他像是吓着了，这加重了我的忧虑。他还有什么没告诉我？怎么无论什么事我总是最后一个知道？

我帮忙给龙父套上鞍具。很快三位骑手都坐进鞍里绑好束带，我退后一步，骄傲地看着自己的家人和他们的龙。父亲咧嘴笑，他似乎放松了一些。舒迦骄傲地踏步，他一甩头，耳膜啪一声展开。吉荷牡满怀希望地朝托曼微笑，托曼朝她竖起大拇指。

奥达科斯在跺脚。"上！"龙嘴的结构让它们很容易掌握这个字。他知道接下来是什么，显然满心期待。我不禁笑出声来。父亲瞧见了我，他也在笑，好像忘记了昨天的不快。龙仔已经做好准备，困难的工作已经完成。很快内阁的金币就会通过我们的龙场流进村子。育龙节是一种释放，是几个月辛勤劳作后的高潮。所有人都感同身受。连老宅的厨师和仆人也过桥到了龙场，从高处观看表演。我仿佛卸下了肩头的重担。

父亲看着我的眼睛。"玛芮娅，把龙宝宝放出来。时候到了！"我推动围场一侧沉甸甸的大门。达瑞安突然出现在我身边，他到底还是舍不得错过表演。我们一起把育龙房完全打开。

龙宝宝从我身边涌进围场，它们第一次进入这片开阔空间，十分激动。龙母熟练地照料着这群跌跌撞撞的小家伙，不时用爪子或翅尖轻轻一碰，让它们守规矩。这次放它们出来有两个目的：龙仔需要尽情玩耍、消耗精力；同时它们也会第一次看见成年龙上鞍、看见人类骑在龙背上。

父亲下令："起！"舒迦后腿直立，翅膀向正后方展开、脖子弓起、下巴回收，以人立的姿势伸着前肢抓挠空气。拉努也坐直了，就连奥达科斯也试着模仿它们。宝宝们挤到各自的母亲身边，兴奋地发出嗷嗷、呜呜的叫声。父亲哈哈大笑。

我的胸膛因骄傲和渴望而膨胀。父亲带我骑上舒迦好多次，但骑着与自己结契的龙飞行肯定完全不同。我想看看那头棕色和米色的小母龙，可围场里太闹腾，光线又不够。

父亲抬起一只手。"已经破晓。随时准备。"

村里响起号角声，接着又是一声、再一声。声音被悬崖反弹，不断增大。内阁的车队到了。

"现在！"父亲举起的手握成拳头。"舒迦！咆哮！"

舒迦咆哮起来，那是雷霆万钧的吼声，满含力量与权威，摇撼着育龙房的大门，令我脚下的石头为之震颤。拉努和奥达科斯加入进来，渐渐形成和声；声音从岩壁上反弹、在峡谷中回荡。我声嘶力竭地欢呼，虽说谁也不会听见我的声音。龙宝宝都退回母亲翅膀底下，龙母也加入到合唱中。我隐约听见达瑞安在身旁纵声大笑。然后，不等这曲壮丽交响乐的回声消散，父亲大喊"上！"三头龙父都跃入空中。

我和达瑞安跑去护墙上。底下老远，内阁的车队蜿蜒在村中的小街上，刷成纯白的车顶在黎明的光线中闪出琥珀色。拖拽车队的塔尔古庞大而笨重，似乎新近洗过澡——或许车队昨晚淋了雨。塔尔古鼻角和獠牙顶端的套子都闪着金光。村里人穿上最好的衣裳在街道两旁列队欢呼。孩子们在车前奔跑跳跃。小男孩紧跟着士兵搭乘的箱式货车，个个都佩着木剑、拿棍子充当长矛。房顶上飘着花样繁复的风筝，五颜六色的长尾巴拖在身后。

再过一会儿，瑞亚特最棒的厨子就会在屋外的烤架上准备美食，还有本地最好的葡萄酒和啤酒供大家畅饮。有人会来贩卖小玩意儿，孩子们会得到礼物：拍打翅膀的木头龙；陶瓷制成的龙蛋，上面画着刚孵化的小龙；龙面具；士兵玩偶；玩具喇叭；还有糖果，大大小小的风筝。人们会点燃篝火、奏乐、跳舞至深夜。今天是育龙节！

"看看，今年的笼子真多。"达瑞安道，"比去年多。"

的确，我数出二十二个。每一个都能装下十二只龙仔。

"哇！不知多少已经装满了。"

"好问题。瑞亚特应该是他们沿途的第三站，或者第四站。看来今年不止我们这里龙仔生得多。"

内阁的四头龙在车队上方盘旋，不过高度低于龙场，毕竟我们身处崖顶的制高点。我们能看清它们翅膀上的印记，那是它们在龙骑士团中的身份标识。其中三头是保育龙，都是较年长的母龙，职责是安抚即将与父母分离的龙仔。

第四头龙特别抢眼：白色的巨兽，脖子和肩上有深色条纹，穿着龙骑士团的盔甲。准是征购指挥官的坐骑。

"玛芮娅，瞧！"达瑞安道，"那是谁？新来的？"

"不知道。他比舒迦还大，对吧？我觉得他要大一些！"

内阁的龙画出紧凑的螺旋向上爬升，我们抬起头，知道接下来是什么。村里的人群开始欢呼。舒迦、拉努和奥达科斯原本就高高飞在上方，此刻它们盘旋着再往高处飞，一面旋转上升一面展开鞍袋里的丝质条幅——拉努是红色、奥达科斯是白色、舒迦是黑色——每条都有两百尺长。八个育龙节之前，拿第三条的是母亲和葛露斯。葛露斯在不远处发出呻吟，她看得极其专注，仿佛随时准备跃起加入进去。那是一种忧郁的声音，从来只出现在葛露斯口中。

接着它们开始向下，起初很慢，随后它们将翅膀收紧，飞快地加速。条幅飘荡在它们身后，仿佛空中的色彩在追逐他们的动作——先螺旋向左、再螺旋向右，接着编了个复杂的麻花辫。人群发出快乐的惊呼。

"奥达科斯做到了！"我喊道，"好漂亮的辫子！"吉荷牡和其他人陪他练习了好几个星期。

它们一头往下扎，穿过内阁的龙组成的圆环，然后抬升、擦着村里的屋顶飞过，低得让人毛发直立。条幅在它们身后噼啪作响。人群的欢呼追随它们回到空中。

它们从相反方向画出垂直的巨大圆环，先将圆环串成一串，又将三个圆环互相串起。当三只保育龙和枪骑兵升上来与它们会合时，它们朝三个不同方向飞开，再重新会合，这时它们把辫子编成了一条爬在云上的蛇。

迂回和之字形之后又是圆环和夸张的翻滚。接着拉努和奥达科斯组成巨大的圆圈，舒迦单独表演旋转和盘绕。再接下来是结束动作：三条横幅交错、短暂分开、接着最后一次向下冲刺，形成一个越来越小的螺旋，到最后一刻猛然分开。三条龙分别从不同方向掠过房顶。所有人都挥手欢呼。

这是育龙节庆典最棒的部分。我的心再次带着渴望和喜悦高高飞起。真美啊，我多想成为其中的一部分。我转头去看棕色和米色的小龙，然而兴奋的龙宝宝乱成一团，我找不到她的身影。

"他们回来了！"达瑞安把龙仔赶回母亲身边，腾出降落的空间。我也去帮忙。我们很快就把所有龙宝宝赶进龙妈妈用翅膀搭起的篱笆里。舒迦、拉努和奥达科斯率先降落，骑手们把条幅塞回鞍袋，保育龙和白色带条纹的大块头枪骑兵也落到围场中。

第六章

达瑞安在我耳边嘟囔："库鲁宗的左屁股瓣儿，那东西可真大。"

"达瑞安！"我忍不住哈哈大笑，"千万别让玛毕尔听见你这话。"

"本来嘛，只有最大最强壮的龙才能当枪骑兵的坐骑呢。瞧瞧他。"

现在舒迦和新来的龙并排站在我们眼前，很容易就能看出谁大谁小。要不是前一天才见过夏龙，我没准儿会被他的块头震住。他可真够帅的，耳膜特别小，再结合皮肤的颜色，我看应该是来自遥远东方海岸的峭壁龙。

从鞍上滑下来的骑手也同样引人注目。此人身材魁梧，只比父亲略矮些，这点让我很满意。他的刺青让人吃惊。刺青不是简单的文身，只有神殿的祭司能做，其中灌注了特殊属性，能增强技能、强化肌肉、辅助治疗，或者建立契约。这人浑身都被刺青覆盖，从光头顶上一路往下直到双手，刺青在后脖子上环绕契印，在手臂处几乎吞没了军阶的标识。他步态放松，显然习惯了受人尊敬，那是龙骑士团骑手特有的派头。

父亲朝他伸出手，他很快握住。我本想凑近些听他们说些什么，却不防被大堆龙宝宝淹没，它们全都一拥而上想看个究竟。

"达瑞安！玛芮娅！"托曼朝我们招手，"过来帮忙收拾鞍具！"父亲依次欢迎每位来访者。舒迦已经走到起重臂底下，拉努和奥达科斯排到他身后。达瑞安爬上舒迦后背，把龙鞍扣在吊臂上，我和托曼则在下方配合。

我指着枪骑兵和他的坐骑问托曼："那是新来的军官？"

"看着像。"托曼眯眼，"好个硬汉——瞧那些刺青。胳膊上那些能增强力量，眼睛周围的我不认识。肯定不便宜。要我说准是富家子弟。"旋转的符文和奇特的图案似乎控制着下方肌肉和血管的走向。它们蜿蜒到他的短上衣底下，他的躯干多半也被刺青覆盖。

"军阶上是四爪，校旗上也有四爪。"托曼指指龙鞍，一根柔韧的细杆子插在后部，上面的小旗子迎风招展。"他是上尉，正式任命的军官。多半是职业军人，准有政治抱负。"

"那只龙可真大。乔克崖？"

"没错。来自古尔的龙场。这品种块头大，但有点野性。瞧骑手的契印，强化过两次呢。"

"什么意思？"契印很重要，是所有刺青中最重要的。它们强化交流、增强下意识的合作、加强骑手与坐骑之间的链接。每头龙、每位骑手都有，在各自的后脖子上，都是古老的符文和其他符号构成的环形图案。上尉的契印很大，而且十分密集。

"这个么……不知为什么，他需要对坐骑拥有更多的控制力。那头龙可能不大驯服。也说不定是他的第二头龙，所以跟第一头龙的契印必须被反转、覆盖。龙如果受伤有时也会削弱契印。或者骑手对龙太粗暴，所以需要更多控制。"

"那他干吗不去打仗，却跑到这儿来？"

"好问题。"

"压！"舒迦说——意思是下。我俩只顾说话忘了干活。

托曼朝我眨眨眼："哈！瞧这儿谁说了算。"

我们用绞车吊起龙鞍，连同坐在鞍里的达瑞安一起送进装备库。舒迦从起重臂底下跳开，拉努就位。我爬上拉努后背，等达瑞安回来。我们就这样轮换，一人在上，一人跟托曼待在地上，直到卸完所有龙鞍。这是一场舞蹈，是机械与肌肉的高效编排。

他俩在下面还没弄完，我就已经扣好了龙鞍的圆环，于是借这片刻空闲继续研究枪骑兵和他的坐骑。骑手比父亲年轻，比托曼年长，也许三十三四岁。他面带忧色，仿佛心事重重，眼睛周围的刺青活像复杂的翅膀，向上包裹住光头的头顶，更强化了这种感觉。

我站在高处，看不见龙脖子与头部连接处的契印，倒是发现龙脖子和肩膀上的条纹，其实是复杂的图案和文字。它们也是刺青，跟画在他翅膀上的军队符号有所不同。这头巨兽的上嘴唇有道疤尤为狰狞，周围又有帮助其愈合的医疗刺青，因此总让人觉得面带讥诮似的。

托曼和达瑞安弄好了鞍具，我骑在拉努的鞍上滑进了装备库。我迅速解开扣子，回到托曼身边。奥达科斯走到起重臂底下，达瑞安爬上去。

我看见保育龙的骑手从龙背上跳下来。其中两个看打扮像军人，应该是上了年纪的退役士兵，他们的龙也老了，不能再打仗，却能安抚笼子里的龙仔，所以对龙骑士团仍有价值。这两人瞧着挺眼熟，大概前几年育龙节也来过。第三个人是个梅利恒，内阁的祭司。

我朝那人点头，问托曼："那是新来的梅利恒，对吧？"

"嗯，没错，"托曼道，"好像每两年就要换个新人。"

一般的祭司叫德哈拉，比如我们村的玛毕尔就是，其首要职责是通过自己在龙神殿中的日常生活去教导、牧养大众。他们都掌握了诸如治愈之类最基本的刺青术，许多德哈拉还必须懂得如何为龙和骑手在头颅底部刺上契印。玛毕尔就是这样。

但梅利恒是精英祭司，在军中尤其是龙骑士团中担任治疗师，运用神殿科学。

他们会在首都阿维卡学习很多年，那里有龙神殿的宗教学校马科塔。他们对神殿科学的理解，其广度和精细程度都无人能及。枪骑兵和坐骑的复杂刺青肯定出自某个梅利恒之手。我感觉他们更靠近神殿权力之轮的中心，我们的乡下祭司一辈子也比不上这些人。

眼前这位梅利恒看着比上尉年轻些，大概二十八岁，黑色长发编成几股辫子，穿着梅利恒的黑衣，头戴圆锥形帽子。他饶有兴味地打量蜂拥而上的龙宝宝。它们闻他的衣裳、打闹时擦碰了他，他也并不紧张。

"好了。"托曼拍拍我的背，把我拉回手头的工作。我们把奥达科斯的龙鞍和龙鞍上的达瑞安吊进装备库里。

达瑞安爬下来回到我们身边，父亲正巧领着枪骑兵和梅利恒走过来。"托曼、吉荷牡、达瑞安、玛芮娅，来见见洛夫·阿德·雷安纳格上尉，他是今年负责征购的指挥官。"

枪骑兵朝我们鞠躬，动作利索，彬彬有礼。托曼说对了，这人是富家子弟。

"这位是贝鲁埃·阿德·瑞式勒，拉撒尔来的梅利恒。"内神殿的祭司。拉撒尔是神殿的权威阶层，高层宗教结构的上层。

梅利恒也鞠了一躬，不过没那么正式。近看这人还挺英俊。方下巴，鼻梁笔直，朝我微笑时脸上的酒窝一闪一闪。

父亲鞠躬回礼，然后微笑着指指我们，手掌向上："先生们，我的大儿子托曼和他妻子吉荷牡，他弟弟达瑞安，还有我女儿玛芮娅。他们将为各位效劳。有什么需要请尽管告诉他们。当然，首先要为你们的坐骑卸下鞍具，带它们吃喝，而你们尽可以好好看看我们这批出色的龙仔。"

托曼朝客人们鞠躬，仪态很端正，然后跟对方握手。吉荷牡照做。达瑞安鞠躬时活像提线搅成一团的木偶，跟对方握手时乐得容光焕发。

我尽力像模像样地鞠了一躬，但几个士兵已经跟父亲攀谈起来。枪骑兵洛夫转身跟吉荷牡和托曼说话，只有贝鲁埃握了我伸出的手。"很荣幸，尊敬的小姐。"他鞠躬道，"你无疑是此地龙场之花了——荒野中的一朵野花。"

我感觉到自己涨红了脸，暗自希望他没发觉。他又鞠了一躬，然后两手背在身后，溜达进了龙仔的海洋。

很快洛夫上尉就招呼自己的大白龙站到起重臂底下，又把达瑞安推上了龙鞍。达瑞安拍拍巨兽的脖子。"他叫什么名字？"

"这是齐延。"

"他可真帅！"达瑞安用手指检查龙鞍，"这是真正的枪骑兵盔甲吗？"

"没错，不过我们摘掉了枪轨、摇柄和闭锁机构。眼下的任务用不上。"我倒觉得不过是运送龙宝宝，根本连他都不必来。难道还会有人攻击征购车队不成？

"他多大了？"达瑞安似乎完全没留意军官公事公办的语气。

"十二岁。"

"我父亲过去是枪骑兵,舒迦二十八岁了——舒迦是父亲的龙。"达瑞安热心地指给对方看,"我希望我今年也能得到这些龙仔里的一只。"

洛夫不动声色道:"当真?"

达瑞安啪地闭上嘴。"唔,之前是这么想来着。"

"抱歉,"托曼在齐延身下,迟疑似的看着枪骑兵盔甲的皮带。"这套装备能麻烦你指点一下吗?"他偷偷冲我眨眨眼,表明打断谈话是为了免得达瑞安继续丢人。可他的表情里还藏着些别的东西,就好像事情不止关乎达瑞安的荣誉。

"当然,"洛夫道。"从这几条皮带开始。"

就在这时,升降台的钟声响起,崖底有人想上来。"应该是玛毕尔,我们神殿的德哈拉。"父亲礼貌周到地鞠躬,"先生们,恕我失陪片刻。"

所有情绪一起涌上心头:希望、恐惧、渴望、期待、忧虑。我心里七上八下,为什么达瑞安不肯跟我谈?

玛毕尔会不会像达瑞安想的一样,把革提克的出现视作我们应该得到龙仔的征象?又或者我昨天惹的麻烦还没过去?我完全不知接下来会怎样。我手上仍能感受到弗伦血的温度。

我搜索吉荷牡的身影,但她正忙着领龙仔到保育龙身边。我咽口唾沫,跟父亲一道上了升降台平台。"我帮你。"

父亲神色沉稳,一只手放在我肩头以示安慰。我的麻烦还没完,但没准父亲不会找我算账。

他放下"篮子"——那是带栏杆的平台,十尺见方,用来运送人、货上下悬崖。平台开始下降,我从护墙上探头往下看。

只有一条路从村里蜿蜒而出,通到孤峰山脚——龙场就建在孤峰顶端。这条路通过横跨野龙河的桥,钻进轰雷瀑布的水雾中,最后抵达升降台底部。升降台可以把笼子联在我们的绞车上,让它们一个个升到崖顶,等我们往笼子里装满龙宝宝再放下去。现在,排头的货车正在过桥,河水在下方翻涌,流向村子。

已经有一辆黑色小马车停在孤峰脚下。是玛毕尔。过去他也曾有一头龙,所有祭司都有龙,他会和其他人一起飞上龙场。但他那年迈的坐骑五个夏日之前死了。在他这个年纪,如果他要与另一头龙结契,龙几乎肯定会死在他后面,等他死时或许就得杀掉。于是他选择坐马车,或者搭别人的龙,或者步行。

　　篮子落到底部，玛毕尔小小的身影上了篮子。钟声很快再度响起。我松开刹车，开始摇动绞盘。

　　"我们可以把水渠打开，玛芮娅——让水车拉他上来。"

　　"好，但我想先弄一会儿。我紧张得直哆嗦，等下还要跟他讲话，我得先发泄发泄。"我讨好地对父亲笑笑。

　　父亲点点头，来绞盘前跟我一起摇。

　　轮轴嘎吱嘎吱，棘齿嗒嗒响。还得再过一会儿水流才能帮上忙。

　　我闭上眼睛。下方的村子里远远传来音乐声和阵阵欢呼。不远处，龙宝宝发出愉快的叫声；这会儿保育龙应该在逗它们玩耍，而它们的母亲则迟疑着退让在一旁。我的棕色和米色的小龙也会在里面。这是分离的第一阶段，是最终背叛的第一阶段。

　　我安慰自己：但她会属于我的。

　　水车开始发力。我退后几步，睁大眼睛。很快篮子就升上来、与平台边缘的铁钩咬合，发出响亮的咔嗒声。玛毕尔到了。

第七章

　　他的黑袍松松垮垮地垂在干瘦的肩膀上。他戴着祭司标准的圆柱形帽子，帽子底下的脸活像蔫土豆；下巴上钻出又粗又硬的胡须，同时朝各个方向逃窜。但他眼里有种明亮的闪光，比神职的黑袍更贴近他的性情。我们都知道他富于耐心、笑口常开，花许多时间精力给了自己的教众。我一直很喜欢他。我没有祖父，对我而言他就是最接近祖父的人。在我心里他并无年龄。

　　不过他这会儿没笑。"你好啊，玛芮娅。听说你经历了一场冒险。"玛毕尔慢慢走上前来，行动间带着些小心——他总不肯用拐杖，还轻蔑地将神职人员的法杖称作"道具"。我说不出话，只好点点头。

　　他安抚似的将一只手搭在我肩上。"好吧，咱们现在来谈谈。你等我来的这阵子，准像坐在蓖麻上一样呢。对不住了。"

　　一丝笑意浮上他的嘴唇："马格汉，我们应该先处理这事儿，赶在其他争执和讨论之前。"

　　父亲点点头："同感，德哈拉。"

　　"我们谈话时，保育龙和它们的骑手可以照看龙仔。那位军官和梅利恒会来老宅加入我们吧？"

"是的，德哈拉。"

"那就成了。"玛毕尔把胳膊肘伸给我挽着。"亲爱的？"现在他露出了真心的微笑，我立刻感觉好多了。我们朝石桥走，达瑞安也过来，把胳膊伸给德哈拉扶着。

"谢谢你，我的孩子。直到所有人聚齐之前，一个字也别说！"

我们过了桥，进入凉台的阴凉处。父亲和其他人很快赶上我们。父亲唤来了我们的厨子和管家凯西，让她给所有人上早点。

不对劲。父亲面色苍白，眉头紧锁。他回避我们的目光，却偷眼看洛夫和梅利恒。两位客人都一脸严峻。

凯西向大家鞠躬，把围裙系得更紧些，然后就消失了。

"这边走，先生们。"父亲领我们穿过走廊，来到内院。这里有一处被高大竹子遮蔽的石头平台，平台上放着两张沉甸甸的木桌和舒适的柳条椅，四周有大石头从蕨类和玉簪属植物底下冒出头来，石头脚下还有野花和小草。

父亲为玛毕尔拉开一张椅子，又和托曼一道将两张桌子拼起来。很快所有人落座，桌边一片紧张而尴尬的沉默。我和达瑞安面对面坐在桌子拼缝处，我们目光相会，他也一脸苍白。我把两手夹在膝盖中间，免得自己坐立不安。凯西带回了陶土水杯和一罐水。因为有客人，她特地从地窖取了块冰放进去。随后她再度消失，去厨房为我们拿吃的。

父亲赶在大家开始闲谈之前清清嗓子。"朋友们……"有片刻工夫，他似乎不知该怎么往下讲，"我承认，过去几周我一直有事瞒着大家，因为我担心它会让我们分心，不能全力为今天做准备。"

托曼的忧色变成震惊："哦，高龙啊……难道真的是库罗达……"

父亲沉着脸点点头："哈洛迪人一直在试探库罗达的龙场。我们并不觉得真有什么危险，毕竟库罗达的高山是天然的屏障。但现在，洛夫上尉带来了可怕的消息。"

我和达瑞安的视线再度交汇。他面色惨白，而玛毕尔张大了嘴巴。

洛夫缓缓站起，目光扫过桌旁的众人。"是真的。我今早才接到信使送来的确切消息。库罗达被哈洛迪人占领了。"

玛毕尔轻声呻吟，旋即抬起一只手捂住嘴唇。"库罗达是……曾经是库鲁宗最高产的龙场。这真是沉重的打击。"

托曼的双手在桌面上颤抖:"是不是有……凶煞?"

洛夫点头道:"他们派凶煞到艾伯林,借此把我们引过去,分散龙骑士团的兵力。然后靠数量优势压垮了库罗达。辗转逃离哈尔登的难民讲了许多恐怖的故事。"

"到底是什么东西?"我问,"我是说凶煞。"

洛夫瞥眼父亲,然后神色严峻地盯着我,嘴唇的线条又冷又硬。"想象一下:将变异的人类和动物缝在一块儿,脑袋上钉牢头盔,手臂是武器。行走的腐肉。"他停下来,眼睛下垂,仿佛在与自己的话交战,"它们来自哈洛迪,途经坦姆兹,好几百,无法阻挡。它们从不质疑命令,不知疲倦,残酷无情。它们不睡觉,一切死物活物它们都吃:牲口、储存的谷子,就连植物的根也从地里挖出来吃光。它们身后不会留下任何东西——树、灌木、哪怕一棵草也不会幸存。"

我从未听人描述过它们,至少不是从真正见过它们的人嘴里。洛夫的话让我浑身发冷。"它们从哪儿来?"

"它们是人造的,"洛夫道。"我们还不知道是怎么造出来的。"

我问:"它们干吗不吃掉彼此?"

"它们被某种邪恶的魔法控制,受制于自己的创造者。"洛夫说,"这些东西只要放出来,很难把它们打倒。"

院子陷入沉默。冬夜里我们常围在火边,听父亲讲自己在龙骑士团的故事,但他的故事里并没有这类东西。他有时会质疑凶煞是不是真的存在。他作战时从未遭遇过这样的怪兽,只有人和动物。

父亲问:"艾伯林怎么样了?"

"你为那里担心,这是对的,毕竟那是前线。艾伯林地区目前还算平安无事,一直到坦姆兹的沙漠高地,全都很安全。唯一能拖住凶煞的就是没东西可吃,所以农场都很危险,因为它们将生命带进了沙漠,为凶煞提供了物资。不过难民逃跑时会先把一切都毁掉。但艾伯林只是虚晃一枪——库罗达才是它们的目标。"

托曼问:"哈尔登呢?"

"沦陷了。"

父亲又问:"它们推进了多远?"

"我们在查拉丹拦住了它们,但为此不得不烧毁了大桥。"

"那里的部队怎样了?"

"不清楚。但他们应该把凶煞控制在了峡谷远端。库罗达被高山环绕,所以凶煞也算是被困住了。但整个行省都落入了它们手里,现在凶煞有地方聚集、巩固自己的力量了。它们钻在里面,龙骑士团没法攻击。还有更糟的。我们在艾伯林的部队被分割,现在不仅北面受敌,西面也有了敌人。接下来的一年,哈洛迪人恐怕会给我们很大压力。他们大大增加了对凶煞的使用。"

吉荷牡睁圆眼睛,身体前倾:"库罗达的龙父龙母和龙仔呢?"

"那地方很快就被攻克,没机会救出任何龙仔。据育龙使的儿子报告,他最后见到父亲时,他正想杀死所有龙仔,免得落入敌人手里。我只知道这么多,全盘场景仍然不够清晰,只是一幅草图。"

父亲瘫软在椅子里:"艾德南没逃出来?"洛夫缓缓摇头,父亲垂下脑袋。

沉默再次淹没院子,四周只剩下微风轻拂竹子的沙沙声。一张张煞白的面孔相互打量,吉荷牡毫不掩饰地哭泣。我不敢相信自己的耳朵,心头一片迷茫。我认识艾德南和他的几个儿子。他们不时来这里拜访。两年前我们还卖给他们一头龙仔,好为他们的龙厩注入新鲜血液。舒迦的配偶葛露斯就是从他们的龙场交换来的,在我出生之前。

玛毕尔清清喉咙,指关节敲击桌面。"尊贵的客人、朋友们,在我们瑞亚特这里发生了一桩不可思议的大事。我们采取任何行动之前,必须先加以讨论。我们这两位年轻的朋友经历了一件事,现在我相信,此事必定与刚刚的新闻有极大关系,也必然对今天所做的决定有所影响。"

所有人都转头看我们。父亲和托曼眉头紧锁,洛夫和贝鲁埃只略显得好奇。我开始出汗,背上直痒痒。

"我已经听达瑞安少爷讲了这故事,实在不可思议。情势所迫,我还没来得及听到玛芮娅的版本。我想最好还是直接开始吧。那么,达瑞安,劳你从龙场发生的事讲起,告诉我们昨天发生了什么。"

贝鲁埃和洛夫对看一眼,达瑞安组织语言时,两人都凑近了些。

玛毕尔鼓励道:"讲吧,我的孩子。"

起初他说得很慢,就像我头天晚上跟吉荷牡讲的时候一样。但很快他就找到节奏,整个故事倾泻而出。随着故事推进,梅利恒身体紧绷,低头皱眉盯着自己交握的双手。等达瑞安承认自己把小鹿忘在了遗迹里,贝鲁埃把椅子拉近桌子,"这是不祥之兆——"

玛毕尔抬起一根手指按住嘴唇:"请少安毋躁,梅利恒。"

达瑞安见玛毕尔冲自己点头示意,就继续讲完了故事:"——我记起夏龙应该是预示改变,或者说带来改变,于是我就想——"

"你据什么认定那是一头高龙,而不是野生龙?"贝鲁埃身体前倾,等待答案。

达瑞安毫不慌张:"请您原谅,先生,不过我了解龙。那不是野生龙,它可大了。我从没见过那么大的!我们的龙和它比,那就是油灯和太阳!"

贝鲁埃眉头皱得更深了:"似乎不大可能。它究竟有多大——"

"我的好梅利恒,我们暂且把疑问留在心里吧。"玛毕尔不自在地笑笑,"免得影响接下来的故事。玛芮娅早该有机会讲述她的版本了。"他朝我点点头,我的胃收紧了。

贝鲁埃一脸惊奇:"这姑娘还有更多可说的?"

玛毕尔转身直视着他:"我们还是先听她讲完,再来评判吧。"

洛夫把手搭在贝鲁埃肩头:"让她说。"

贝鲁埃往椅背上一靠,双臂环抱胸前:"好吧。"他神色不定——那个叫我龙场野花的英俊青年似乎消失了。他为什么会这样不安呢?

洛夫皱着眉打量我,托曼和父亲眼睛一眨不眨,达瑞安满脸期待,吉荷牡朝我眨眼、几不可见地点点头。我清清嗓子,咽口唾沫。

开头几个字声音沙哑,但很快就顺畅起来。我领大家走进森林,闭眼在心头描绘每个细节,并形容给他们听——夏龙出现前森林一片沉寂,但比整队的鼓手更令人心惊。他经过时树木震颤,他的翅膀仿佛打磨过的铜,肩膀的肌肉像满是鱼的捕鱼网一样波动。他的眼睛像夏季锐利的闪电般刺透人心。他再次起飞以后我不由自主地跟上,去到遗迹顶端,以及背后的山谷,就好像有一条链子拴住了我的心。颜色、气味、大地在我脚下旋转,活生生的森林随着某种时间一般古老、但又一直存在的节奏摇摆,那种即便在悲伤中也将我紧紧抓住的欢欣。它将我领入森林绿色的庇护所，我发现一头腿上缠着绳套的龙的尸体。

"我知道父亲肯定想知道偷猎的事，"我讲到结尾，"于是我就往家走。我爬到岩脊顶上回头看，又一次看见他在对面的悬崖上。然后我就尽快跑回了家，因为……"我睁开眼。桌边再没有紧锁的眉头和恼怒的面容，每个人都目瞪口呆、全神贯注、一脸茫然。我咽口唾沫，深吸一口气："因为我以为或许真能得到一个龙宝宝。我的龙宝宝。"一片寂静。

在我讲故事的时候，凯西端来两大碗玉米烩饭，还有水煮蛋、水果、奶酪和葡萄酒。她听我的故事停住了，站在拱门底下，一缕黑发垂在震惊的面孔上。谁也没碰食物和酒。

玛毕尔睁大了眼睛，他最先开口。"太惊人了。"他环视桌边的众人，"你们看，尊敬的贝鲁埃和洛夫，我们有许多事情需要考虑。"

贝鲁埃将一根手指放在脸颊上，"首先，最重要的是确定那是否真是夏龙。或者那根本不是高龙。"

"哦，我想那的确是一位阿瓦到访，这是毫无疑问的。"玛毕尔微笑道，"他们的描述你也听见了。这两个年轻人都对龙十分了解，我想他们不会被野龙蒙蔽，产生如此强烈的情绪。"

贝鲁埃将两手合拢，放在桌上。

玛毕尔继续道："所以，最重要的任务是弄清这次拜访的意义。它所蕴含的信息是为谁准备的？信息的内容又是什么？"

"第一个问题的答案很明白。"父亲朝我和达瑞安伸出两只手，"无论这是造访有什么意义，它都是传达给我的孩子的。"

玛毕尔慈祥地笑笑。"但正因为他们是你的孩子，而你又是瑞亚特龙场的育龙使，这次拜访就同样跟龙场、跟瑞亚特产生了关系，解读也因此变得复杂了。"

"好吧，也有道理。当然。但你还是拆不开跟我孩子的联系。"

"不，"贝鲁埃纠正道，"姑且假设那的确是阿瓦，你就不能拆开此事与吾主库鲁宗的联系，因为所有高龙都是他的映像。"

玛毕尔摇头："关于这点，许多比你更有学识的人也曾发表不同意见，好贝鲁埃——"

"库鲁宗是你所侍奉的拉撒尔神殿的领袖，是皇帝的首宰，是帝国的监护者。一切都与库鲁宗有关。"

"的确如此。但阿瓦在整个古尔万的传说与历史中多次现身，比库鲁宗更早。"

贝鲁埃深吸一口气。"库鲁宗代表存在于一切之前的力量，他是这力量活生生的化身。他是诞生宇宙的原初烈焰。是这火推起高山，是这火挖出海洋，它会持续到时间终结之时。"他的口气仿佛老师在向执拗的孩子说教，"过去与未来的所有高龙都是他的示现。龙神殿拉撒尔如是说。梅利恒如是说。这一真理体现在库鲁宗四百年前建立、至今依然守护的帝国的辽阔幅员中，其中也包括了你们的卡迪亚省。你们应当净化这种村野的怪异想法，别再紧抱遥远过去的偶像不放。所有阿瓦——所有高龙——都是库鲁宗的映像。"

"但对此一直有不同看法，我们遗迹里的雕像就是明证。"玛毕尔道，"它早于古尔万，也早于库鲁宗。如果两个阿瓦都是库鲁宗的映像，又为什么要描绘它们之间的战斗？"

贝鲁埃挥挥手，对玛毕尔的论点不屑一顾："那显然是对斗争的古老隐喻，不应从表面加以理解。"

所有人都沉默了，玛毕尔和贝鲁埃互相审视。突如其来的对抗让我吃惊。我并不知道古尔万与底下行省之间对经文的细节有争议，不过权力斗争这种事我一眼就能看出来。在我们自己朴素的神殿里，彩绘玻璃上的库鲁宗被画成所有阿瓦中的至高者，但别的阿瓦也同样存在，包括革提克。过去玛毕尔将它们称作库鲁宗的"化身"或"形态，"从没人向我解释这究竟是什么意思。现在贝鲁埃又说到"映像"。我糊涂了。我想象某个存在可以将自己的形象送到世界里去，代替他自己去看、去听、甚至与别人交流——就好像革提克其实是库鲁宗伪装的，只不过换了身衣裳。感觉怪怪的。

没等我想明白，玛毕尔就字斟句酌地回答道："依据描述和时间——仲夏前一天——我们必须接受那的确就是夏龙，无论它是独立的个体抑或库鲁宗的映像。"贝鲁埃没反对，只是面无表情地坐着。

托曼的背挺直了些："那这是好兆头还是坏兆头？"托曼从不为细枝末节操心。

玛毕尔想了想才回答说："夏龙现身，这本身并无积极或消极的意味，只是预示着某种时刻到了。这个时刻也许很长，比方说一个纪元，也可能很短，比方说一季。革提克有时会在物质最丰饶时出现，所以才以夏来称呼他——至日过后，一切都最为繁盛。不过物质世界的改变是那么迅速，所以，他的到来预示的可能是即将迎来丰收……或者夏季干旱之后的漫长衰落。可能性有很多。达瑞安说他是改变的征象，这是不错的。或许更应当称他为可能性的化身。他只是宇宙循环的一个方面。

"一切都存在于情境之中。地点是情境的一部分，这里涉及的是瑞亚特村。马格汉的孩子也是情境的一部分。很不幸，情境也包含了弗伦被抓伤和发现龙的尸体，更不必说意外成为祭品的小鹿，被粗心地丢弃在古老的祭坛上。这些都不是偶然。再考虑到库罗达的悲惨消息出现的时机，可能是坏兆头。"

贝鲁埃瞥了我一眼，我看见他对玛毕尔点点头，不禁咬紧了嘴唇。"你的话恰恰印证了我的观点：只要涉及高龙，不存在什么'本地情境'，因为高龙全是库鲁宗的映像。目击高龙必然反映了我们国家的命运，而不只是这个村子。更不会仅仅是一双孩子的运气。"他在"孩子"两个字上稍微加重语气，刚够让我瑟缩。"如果预兆可以从孩子身上扩展到龙场，又再扩展到瑞亚特村，那你就必须将它延伸至整个古尔万和库鲁宗本尊。所有阿瓦都是库鲁宗的映像，或者化身，或者替代性表现——库鲁宗是唯一真实的主体。你将革提克与至高者区分开来，这是毫无意义的。比无意义更糟，是自私自利。"

玛毕尔的目光变得尖锐："你不能硬要预兆为你自己的欲望服务。预兆只服从它自己。"

托曼再次介入："可其他那些预兆又是怎样影响情境的？弗伦、死去的龙，还有鹿——"

父亲一拳砸在桌上。"够了！什么'情境！'除了革提克，其他那些事全都不是什么征象，只不过是发生的事情。如果弗伦被抓伤是坏兆头，我来解决好了。我出钱给他疗伤，让他在龙场工作。会有花销，但这是正确的选择，我本来也准备这么做。好了，你们所谓的坏兆头，我这就抵消了一个。至于死掉的龙，我们当然会调查，不过我怀疑那头龙来自山那边。我们同样可以抵消这个罪行，只要做我们本来就会做的事：找到偷猎者，杀死他们。"

"你的实用主义令人钦佩，育龙使。"贝鲁埃眉头紧锁，"但是，你以为自己能用行动消除预兆，到头来你也许会发现自己忽视了它们真正的含义。这次目击对库鲁宗和帝国有何意义？我担忧最坏的可能性。"

父亲摇头："你把每件小事都视作危险的征象，这就把事情弄得复杂了。今早我听见舒迦放屁，我该杀只鸡吗？或者献上祭品？"

托曼问："还是燃几炷香？"达瑞安把笑声憋回肚里。

贝鲁埃的嘴唇抿成一条冷硬的直线。"要开玩笑随你们愿意，但一切都是相互联系的。"他再次转向玛毕尔："德哈拉，你自己说的，这些不是巧合。这是紧密相连的情势，一环扣一环。抓伤、扔掉的小鹿、龙的尸体，全都玷污了两个孩子在里头的角色。若无视如此邪恶的征象，很可能将诅咒引入你的山谷。"

贝鲁埃说到"诅咒"两个字，而且又一次鬼鬼祟祟地瞥我一眼。我浑身起了鸡皮疙瘩。

"我今年本来准备留下两只龙仔，"父亲道，"这窝龙数量够多，时机也正好。但你们的征购令却要求把龙仔全部买走。如果龙骑士团需要龙，就该给我资源，我好扩大规模。这难道不是最佳方案？简直没道理。把这也扔进你的'情境'里去好了。"

贝鲁埃摇头："你可以找年长些的龙来繁育——"

"你自己明白这根本行不通。龙会在年轻时结契，而且契约会持续一辈子。只有极少数情况下才可能教成年龙结成一生的伴侣，这还需要特别手段。我只在舒迦身上成功过，因为我们打仗回来时他还算年轻，也因为葛露斯性格特别温柔、耐心，还因为我特别懂得跟龙打交道！"父亲抱着膀子问："你干吗不直说，你心里到底怎么想的？你想怎样？"

贝鲁埃的目光从父亲转向玛毕尔，然后又转回父亲身上。"首先，在我们解开故事的意义之前，事情要保密。"

"有什么可保密的？"父亲道，"目击的消息昨晚就传开了。玛毕尔是在神殿的医务室听说的消息，当时侍祭忒鲁正在那儿领村民祷告。"

玛毕尔点点头："我当时正在服务信众。恐怕消息已经传开了，好贝鲁埃。"

"你为什么需要保密？"父亲问，"我还以为你巴不得全世界都知道。"

贝鲁埃缓缓摇头："你们或许已经打破了装蛇的桶。我们若不当心，事态很可能失控。这件事所传达的信息必须小心把握。"

"为什么？"

贝鲁埃还来不及回答，洛夫上尉突然站起来，他脸上的怒容让前额的文身翻转成古怪的花纹。"废话说够了。事情不只是发生在仲夏的前一天，也是育龙节的前一天。这就让此事关系到了龙仔，因此也就关系到防卫部和龙骑士团。你们想要情境？那就让我提醒各位，我们刚刚失去了最高产的龙场。"

玛毕尔紧张地咽唾沫，贝鲁埃观察着桌边诸人的神色。

洛夫怒目圆睁："这就是你们的情境。内阁需要龙，现在就要。我们必须夺回库罗达，然后进入哈洛迪，从源头消灭凶煞。我有征购令，育龙使，争论预兆也不会改变这一点。还要再过一年龙仔才能开始作战训练。再加上贝鲁埃关于所有预兆都服务于库鲁宗的分析，我认为两个小孩都不该得到龙。因为我需要它们。全部都需要。"

我的心跳停了一拍。我看向达瑞安，他煞白着脸回看我。

"请听我一言，好洛夫，"玛毕尔吃力地站起身来，"这事情有两个方面。照我们现在的讲法，如果库鲁宗要求我们将情境一直延伸到库罗达和对抗凶煞的战斗，革提克则又把它带回了这里。正如你不能忽略较大的方面，你也同样不能忽略较小的方面，无论大局多么危急。如果革提克的出现与库罗达陷落有关，那他为什么出现在这里？"

"因为龙仔在这里。它们显然很重要。龙骑士团需要它们。"

父亲又一拳砸在桌上："我需要它们，而服务龙骑士团最好的办法就是——"

"抱歉，马格汉，你还没意识到我们的需要已经急迫到何种程度。"

"那就听德哈拉的话！尊重夏龙。留下我需要的龙仔，让我可以扩大龙场。"

洛夫很恼火："我有命令在身。龙仔已经准备就绪，我们得把它们带到训练场，与新招募的士兵结契。我可不准备一直辩论下去！"

接下来的几秒钟似乎极其漫长，谁也没有说话。最后贝鲁埃打破沉默，他的声音像玻璃杯的碎片一样清晰、锋利。"还有一个更大的问题我们尚未回答。我们并不知道这些孩子究竟有没有看见任何东西。"

我目瞪口呆。

达瑞安坐直了："你什么意思？我们当然看见了！"

"噤声，达瑞安。"父亲嘴里责备，眼睛却盯着贝鲁埃。玛毕尔的脸因震惊而拉长:"孩子们干吗要编造这么个故事?"

"他们听过你的布道,不是吗? 而且他们还说过,神殿废墟是他们最喜欢去的地方。矗立着高龙雕像的废墟。有这些灵感,丰沛的想象力便创造出了这么个故事,岂非自然而然?"

玛毕尔道:"你是什么意思?"

"马格汉的孩子太想得到属于自己的龙。他们自己也说了,他们知道自己不会得到龙。什么能改变这一点? 什么能有利于他们的盘算? 这一盘算他们的父亲同样支持。也许可以告诉大家他们看见了代表改变的阿瓦、受其眷顾?"他看着我,"或许他们编造了这个故事,好造成神赞许他们愿望的假象。"

父亲的语气低沉、冰冷:"你质疑我孩子的诚实,也就是在质疑我。"

贝鲁埃抬起手:"我并非暗示说是你教唆他们编了故事——"

"现在你又往我的话里加进了我本来没有的意思。"

"我无意质疑任何人,只想确定事实。我需要证据。"

我忍无可忍:"那我们就去找证据!"所有人都扭头看我,我咽口唾沫。"昨天有高龙站在废墟上,我知道有,达瑞安也知道。所以我们不如一起去看。"达瑞安点头,脸颊上又有了血色。这时我突然想起,我去过废墟顶部,却只闻到些许残留的气味。

贝鲁埃也在点头,但眼中依然阴云密布。"如果找不到证据,那这整件事就只是浪费时间,而洛夫应该拿到他的龙。"

玛毕尔将胳膊撑在桌面上:"既然如此,你应当同意,如果我们能确定目击真实存在,总应该表达某种敬意,比如奖赏孩子们、扩大龙场?"

我屏住呼吸。玛毕尔,我们这位富于智慧的老德哈拉,用梅利恒自己的逻辑把他给困住了。干得漂亮。

"也许,"最后贝鲁埃点点头。"如果真能确定的话。"

"你呢,洛夫上尉?"玛毕尔问,"你是负责征购的人。"洛夫看看贝鲁埃,又看看玛毕尔。他与父亲对视,然后是达瑞安,最后是我。

我的皮肤都缩紧了。

洛夫道:"我将遵从德哈拉和梅利恒的决定。"

玛毕尔点头道:"那好。弗伦被抓伤是确定无疑的,马格汉也已经解释了他准备怎样用善行抵消这一噩兆。如果森林里有龙的尸体,我们自然也能找到它、确认其真实性。我们先吃些东西吧,别浪费了食物,然后就去废墟,迅速确定实情。"

第八章

之后没再进一步讨论。我们回到龙场大院，给龙套上鞍具，准备飞去废墟。父亲带玛毕尔骑舒迦，达瑞安与托曼共骑，我和吉荷牡分享奥达科斯的龙鞍。贝鲁埃和洛夫跟着其他人飞往神殿废墟，我和吉荷牡则飞到岩脊背后。山谷与昨天并无二致，有暖阳、轻风和鸟鸣，然而感觉却全然不同。沉浸在神秘中的奇妙感受消失了。

我们很快就从空中发现了龙的尸骨。奥达科斯降落在空地里。吉荷牡像我昨天一样跪在尸体旁，嘴角下垂。"是母龙，比公龙骨骼小些。甚至不到珂露菲的年纪。但愿她没有怀着宝宝。"

头骨和脖子间只剩最后几根干瘪的韧带，吉荷牡用小刀将其切断。她又拿起还缠绕着金属套索的后腿骨，让我一起抱着飞去废墟。它们又大又沉，很难拿得稳。最后我们只能用鞍具上的带子把它们捆住。

这么个奇妙的生物，只留下些可怕的残骸在我大腿上，我感觉糟糕透顶。它不该这样死去。突然间我觉得这或许真是凶兆，就好像诅咒被唤醒，很快就将宣告自己的力量。我开始哆嗦，怎么也停不下来。

吉荷牡搂住我："不会有事的。"

　　我们降落时，其他人都已聚在门诺格和达哈克的雕像背后。玛毕尔抬头招呼我们过去。他指指我拿来的骨头，又指指我昨天坐过的那块大理石。我把遗骨轻轻放下。

　　贝鲁埃用树枝捅了捅雕像背后的什么东西："这就是你处理过的鹿？扔在献给至高者的圣地，任由它被虫啃食、盖满苍蝇？"

　　达瑞安脸上闪过一丝惊恐："我们"——他停了一秒——"我们太激动了。我们刚刚看见了夏龙。"

　　这是达瑞安第一次用"我们"代替"我"——在解释为何犯错的时候。

　　"于是你们就把祭品藏在只有最低劣的食腐动物才能找到的地方。"

　　"我们没想把它当成祭品，只是放在太阳照不到的地方。我们准备把它带回家去的。"

　　"可由于你们的疏忽，它确实变成了祭品。"

　　达瑞安原地矮了半截，然后他看见了龙骨。昨天的收获和今天的收获相聚。他与我对视，接着目光落在鹿的残骸上。

　　"这是另一个预兆的证据。"玛毕尔指着头骨和腿骨说，"骨头上还有套索。"

　　贝鲁埃只略扫了一眼："我只看见了凶兆，并无证据表明曾有高龙出现在附近任何地方。"

　　"你看不出来吗，贝鲁埃，这本身就是证据？为什么这些年轻人要编造这样一个被坏能量玷污的故事？如果他们要编故事，难道不该尽量让它有利于自己的目标？"

　　"又或者他们利用了各种符号，想为谎言增加可信度？"

　　"我们没有——"达瑞安没说完就自动闭上嘴，他瞟了父亲一眼。

　　"我们该去那儿上面看看。"我指着岩脊顶部说，"他昨天就降落在那里。"

　　玛毕尔拍拍我肩膀："就步行如何？我这个老头子爬上爬下龙背已经很困难了。"

　　玛毕尔挽住我的胳膊，我们一起爬上山顶的废墟。地势陡峭、灌木茂密，老德哈拉走得很艰难，花了不少时间。到达山顶后，玛毕尔和贝鲁埃立刻四下检视。玛毕尔得有人帮忙，因为遍地都是断裂的柱子、翻倒的石块、倒地的树木。他默默用脚趾翻开小石头，偶尔弯腰检查土地。基本上都是沙砾和破碎的大理

石,没什么可看的。我急于找到证据,便也四下张望。

我再次在心里描绘革提克。那画面依然无比清晰,我清楚地看见每只脚放在哪里:一只前肢在那儿,那根倒地的柱子上;另一只在那儿,那块裂开的石头上,然后一只后脚……"这里!"我指着那个地方,挥手叫大家过来。玛毕尔最后一个赶到,包括贝鲁埃在内的其他人已经围在一大片苔藓周围。

上面有一个几乎完整的巨大脚印,足有五尺宽。毫无疑问,是龙的脚掌与爪子把苔藓压进了潮湿的泥土里。

父亲和吉荷牡几乎异口同声:"库鲁宗在上。"

达瑞安咧嘴笑:"瞧见了?"父亲顾不上责备他。

"那么这就是了,梅利恒贝鲁埃·阿德·瑞忒勒,"玛毕尔朝地上的印子抬起一只手,"曾有高龙站在此地的证据。"

我满怀期待地抬头看他。

梅利恒皱着眉沉吟半响,缓缓点头道:"我们已经听到至少六种解读:马格汉的、德哈拉的、洛夫上尉的、我的、还有两个孩子各自的。看见了吧,这类事件会飞快地演变。必须彻底调查。在我们开始胡乱揣测、赠送龙仔之前,我要先带达瑞安和玛芮娅去阿维卡,由教会委员会进行质询。"我的心沉下去。

"不行,"父亲道,"旅程太长了,你又是跟着征购车队走。哪怕你离开车队飞过去,这些事也要持续好几个星期,或者几个月,而我就会短了人手。你很清楚,养育龙是很繁重的工作。"

"体力活你大可以雇人来干——"

"这并非全是体力活,梅利恒。达瑞安和玛芮娅与龙一起长大。他们理解龙,在龙周围他们很自在。弗伦的事故就是由于不熟悉;他不该把车驾到靠近龙身后的地方。还有,我需要龙仔,龙骑士团需要我养育更多的龙。"

玛毕尔拍拍父亲的胳膊,"高龙出现在这里,贝鲁埃。这些征象最终给我们指明了方向。"他双手一摊,"马格汉已经解决了弗伦受伤的问题。现在我们必须对夏龙在瑞亚特的出现致敬,无论他是独一无二的革提克,或是库鲁宗意志的映像。"他恭敬地朝贝鲁埃点头,"而致敬的方式应该是生命,而不是更多死亡。又由于这个日子的特殊意义,我建议采取龙仔的形式,给马格汉的孩子每人一只龙仔。"

父亲道:"我同意。"

贝鲁埃盯着脚印研究半晌,仿佛难题的答案会从里面跳出来、长出翅膀。

他自顾自地点点头,然后抬起眼睛,"我承认瑞亚特值得感谢,我也同意龙仔的分配是个核心问题,我们必须达成一致,保护各方的利益。男孩会得到他的龙。"

达瑞安将双拳紧握在一起。我屏住了呼吸。

"但我们也需要抵消以不当的方式祭献的血肉,以及一个生灵的死亡,正是这种生灵定义了瑞亚特和马格汉的龙场。高龙亲自将剩下的答案展现给了我们:他将玛芮娅领到了龙的尸体处。她亲口承认,此事发生时,她正在玩忽职守。所有征象中,独独这一个只与她有关。玛芮娅不能得到龙。"

他的话收缩成刺入我腹部的尖锐的疼痛。我身体瘫软、跪倒在地。那只棕色夹杂米色小母龙的身影浮现在我眼前,每个细节都与夏龙一样清晰。

贝鲁埃继续往下讲:"如此一来,库鲁宗将会满意,因我们的赠予没有超出他所愿意的限度,至少在我们寻求他的建议之前应当这样。而至高者所愿赐下的祝福同样受到了尊重。洛夫会得到他需要的所有龙,只除了一头。而马格汉将根据未来的需要开始扩大他的龙场。各位都同意吗,先生们?"

洛夫沉着脸看着贝鲁埃:"我遵从梅利恒的智慧。"

达瑞安道:"不公平。"

泪水刺痛我的眼睛,我望向父亲。

"我需要两只龙仔,而不是一只。别让我的龙场失衡。我需要两只雏龙。你们给我带来了问题,却又不让我用我自己培育的龙仔解决它。"

"龙仔不属于你,"洛夫道,"它们属于陛下、内阁和库鲁宗。"

"如果等太久,达瑞安的小龙年纪太大,就没法与新伴侣结契,我就会失去他。或者选中的伴侣太年轻也一样。这取决于龙仔的性格,但你没法预测性格。而且,如果可供选择的范围太窄,也很难选出适合的。要确保两只龙结契,唯一的方法就是把它们一起养大。这样的契约能持续一生。你肯定不愿意看到我手头出现一头不合群的公龙。"

"你负责监督野生种群,不是吗?就在悬崖背后的山谷?你怎么就不能去野生龙的巢里偷一只龙仔?"

"不, 这我连考虑都不会考虑。野生的龙仔没有被人类照料的经验, 它不会回应人类。"父亲的语气越来越急躁, 只是勉强维持表面的平静。

贝鲁埃摇头:"即便如此, 拉撒尔的教会委员会还是必须直接听到这个故事。库鲁宗大人需要亲耳听到——"

我打断他的话:"你不是说我们昨天看见的就是库鲁宗吗? 那么, 对于他自己昨天到访瑞亚特的事, 他不是应该已经知道了吗? 他究竟什么意思, 你倒是问他啊。"

父亲抓住我的肩膀:"玛芮娅, 让我来处理。"

贝鲁埃几乎难以控制怒火:"库鲁宗会想直接听到他的信息被如何接受。他不能替你思考, 也不能替你解读。我们需要直接恳请他的智慧。"

我的怒火终于爆发。"你为什么玩这种文字游戏? "我喊道, "从你听到我们故事的那一刻, 你除了在里头寻找邪恶——"

贝鲁埃将暴怒的目光转向我:"我没玩游戏, 小孩。我的动机很简单: 保护帝国的利益, 首先是促进拉撒尔的利益, 以及库鲁宗的利益——"

"你昨天并不在这里! 你根本不明白——"

"以及库鲁宗的利益, 他是你的主人与保护者。这次的事件很可能极端重要, 不能依着你们乡下人古怪的习惯或者小孩的愿望去判断。我也不能允许它变成民间故事, 传播开来, 完全脱离事实背景。真相必须以合适的方式、带着合适的情境被讲述。拉撒尔需要如此。"

父亲双手放在我肩上, 将我拉回他身边。"内阁需要我扩大龙场, 却又不给我必需的资源。我女儿的经验对我绝对必要, 不比达瑞安少半点, 而且我需要另一只龙仔。"

玛毕尔的脸皱成一团, 像在努力思考:"一岁的龙结契也不算晚。"我的耳朵烧起来, 玛毕尔也让步了?

父亲摇头:"除非情况完全合适。傻瓜才把希望寄托在这上头。"

"那么或许你应当等到明年, 今年一头龙仔也别添。"贝鲁埃走到父亲面前, 两人的脸相距不过数寸, "我开始明白了, 为什么你把目击的故事透露给村里——好在你乡亲心里夯实一个想法: 这是天意、不可改变, 而且这事跟瑞亚特相关。你以为你能借此从征购中挤出一对龙仔。但你大错特错了。"他的目光挨个扫过我们，"我有责任确保这故事保持某种程度的真实性。我已经允许你留下一只龙仔。正如洛夫上尉所言，龙仔并不属于你，不属于任何育龙使，除非皇帝陛下许可。如果你坚持按自己的方式讲这个故事，你会发现很难再找到另一只龙仔。如果需要，我们可以为你的新龙父找到龙母——哪怕我需要安排你女儿嫁到另一个龙场。再过一年，这或许会是你唯一的选择。"

我感到自己的脸白了。我看向吉荷牡、托曼、父亲、达瑞安和玛毕尔，寻找不敢苟同的表情，但所有人都一脸震惊地沉默了。

"另外还有梅利恒。这么一位深色眼睛的美人，又精通龙的知识，许多梅利恒都会愿意娶她。"

贝鲁埃瞅我一眼，有刹那工夫他的目光落到我胸口。他似乎意识到自己的不谨慎，脸上微微泛起一丝红晕，飞快将视线转回到我眼睛上。愤怒和难堪让我喉咙发紧。我把双臂环抱在胸前。

父亲睁大了眼睛，僵硬地沉默着。最后他说："你开玩笑吧。"

"育龙使，你的固执逼我不得不使用手头的筹码。"贝鲁埃的目光总算从我身上移开。"但我的目的并非偷走你女儿。我的目的是将这次的事件钉牢，免得它失去控制，发展出有害的力量。这是为你们好。达瑞安会得到龙仔，带着库鲁宗的祝福。玛芮娅不能。"

所有人都看着父亲。而父亲似乎想用目光当场杀死贝鲁埃。

我觉得自己仿佛吞了一块碳。

贝鲁埃道："育龙使？"

父亲怒道："这不大像谈判，倒像敲诈。"

"这从来就不是谈判，育龙使。"

"诅咒你。那么我接受一只龙仔，但你别把我女儿牵扯进去。"

"我已经解释过，我非得这么做不可。"

"这事不算完，我绝不——"

"哦，这事已经完了，已经敲定，再无更改。"贝鲁埃转身骑上龙背，他低头看着我们说："我走的时候，玛芮娅会跟我一道离开。"

"贝鲁埃——"父亲还想再说，但贝鲁埃已经起飞，没再回头。

第九章

等我们降落在围场，我已经找到一团尖锐、紧绷的愤怒，用它挡住了泪水。尽管心里难受，我还是决心装出勇敢的样子。我咬紧牙关，开始处理手头的活儿：卸下龙鞍、给围场里的宝宝喂食。父亲和其他人也被日常的活计分了心，或者他们选择如此。没人跟我说话，这正合我意。我躲避所有人的视线，而且有意不去看我的宝贝。如果看见她，我敢说我会失态。

事情越来越清楚了：当时在场的每个人都在用自己的方式解读我的经历，好达到自己的目的。洛夫只同意那些让他可以取得龙仔、完成征购令的部分。玛毕尔确保情境被扩展，能把他的信众包含在内，借此保护了自己那一点点权威。在我以为他会挺身而出为我辩护时，他却同意了安抚所有矛盾方的折中方案。

贝鲁埃则确保玛毕尔承认自己地位更高，把革提克说成库鲁宗的镜像。还不止，他还威胁要把我拖去首都阿维卡，去被更多他的同伙盘问。想到他飞快瞥我胸部的情景，我越来越愤怒——并且害怕。

父亲说这事没完，但他的时间都被日常事务占满了。龙场当然比我更重要。那么我又算什么？动产？我把泪水咽进肚里。如果贝鲁埃带我离开瑞亚特，任何事都可能发生。他说得好像是在库鲁宗本尊之前接受询问，但很可能根本不是那么一回事。被迫结下契约？强奸？为了埋葬我的故事，贝鲁埃准备做到什么程度？

就连达瑞安也只在需要有人分担过错时才想起我。

整个讨论期间，只有一个瞬间我能想得通：父亲提出照顾弗伦的时候。他准备以抚慰代替伤痛，以善行代替噩兆。"好了，"他是这么说的，"你们所谓的坏兆头，我这就抵消了一个。"

这是我第一次深入交易、宗教和政治。我感到受了背叛。最糟糕的是，我觉得被夏龙背叛了。是他将我招至发现预兆的地方，而这预兆又诅咒了我。

等宝宝们都吃饱、围场也打扫干净，父亲走到龙仔中间，问："达瑞安！哪只是你的？"

达瑞安嘴角垂下，飞快地看我一眼，但接着他就小心地从龙仔中间走过，来到自己选中的黑铜两色小龙面前。他在小龙仔面前跪下，试探着伸出一只手。宝宝向前伸长脖子，嗅嗅达瑞安的手指。

"没关系，儿子，你可以摸他了。"

达瑞安把宝宝的下巴捧在手里。其他龙仔立刻涌过来，挤到他腿边嗅他，就好像某种它们一直不曾意识到的障碍刚刚消失了。达瑞安微笑起来，然后他瞟我一眼，收起笑意。

"别理它们，达瑞安，只看你的龙仔，只摸他。"达瑞安照做，其他宝宝很快走开，继续追逐、打闹。

"跟他说话，儿子。"

"说什么？"

"不要紧。讲故事，说天气，像疯子一样喋喋不休。"

我没意识到自己在后退，直到我撞上了育龙房的门。大门饱经风雨，木头的触感十分粗糙，而达瑞安爱抚的宝宝下巴一定又软又光滑。嫉妒在我心中膨胀。我与它搏斗。我不想要嫉妒，我只要强硬的愤怒。

父亲招呼保育龙的骑手雅诺和马瑞特："先生们，我需要你们协助。现在该吸引这些宝宝离开母亲了。"两个老战士点点头，唤来自己的坐骑。他们的母龙经验丰富，这不过是例行公事。母龙开始用翅膀和前脚驱赶小龙仔。我一眼瞥见棕米色小母龙与另一只宝贝一起跌跌撞撞跑着,眼里闪着兴高采烈的光芒。

不!只要愤怒。

父亲朝自己的坐骑吹声口哨:"舒迦!葛露斯!跟我来。有惊喜。"舒迦立刻走过来,他铜色的配偶跟在他身后。"瞧见没?你们的宝宝今年会留下一个。"

"哈!"舒迦一甩头,"舒恰【咕噜咕噜】。"舒迦很开心。

"龙仔。"葛露斯的声音更柔和,她把脸颊贴在舒迦的脖子上。

"托曼!吉荷牡!把你们的龙父龙母叫来。该隔离了。"

六位父母立刻聚集到黑铜色小龙周围。我从它们后腿间的缝隙瞥见了他的身影,他正在达瑞安腿上爬上爬下。"能留下一个宝宝在冬厩,对它们也是一种安慰。"我听见父亲这样说。保育龙本能地把龙仔与父母分开。贝鲁埃的龙站在一旁没有参与,她高昂着头,神色疏离。梅利恒状若无意似的朝我这边走来。我把后背紧紧靠在育龙房的门上,仿佛自己能与它融合,然后穿门而过、出现在另一侧。兴奋的龙仔叽叽喳喳地围在我身旁,棕米色那只停下来一次,就在我正前方。她的目光与我交会,我因犹豫而颤抖。我想要违反规定、弯腰抚摸她,但不等我下定决心她又跳开了,去跟同伴摔跤、互相追咬玩闹。

我的家人与我们的龙朝通往宅子的桥走去。龙会留在我们所谓的冬厩——那是龙父龙母在崖顶宅子的固定居所。育龙房要到明年春天才会再次启用,那时它们又会生下一窝窝龙蛋。我目送它们离开,直到保育龙阻断了我的视线。贝鲁埃背着手走在拥挤的龙仔中。他抬头直视我,扬起眉毛,假惺惺地做出安抚和同情的样子。他张嘴想说话,但我逃进了育龙房,强忍泪水,满心愤怒和困惑。

育龙平台静悄悄、空荡荡的。没有挤挤挨挨的龙仔,没有叽叽喳喳的叫声,没有奔跑打闹。只有模模糊糊的回音从门外传来。

空寂那么大,而我那么小。

吉荷牡找到我时,我正在打扫龙巢,只剩一个还没弄完。我打开了悬崖一侧的门,好把弄脏的木屑铲起、抛下峭壁。她抓起一把扫帚,从另一头清扫残留的灰。她没说话。愤怒、悲伤或者其他情绪都已经不足以形容我现在的感受。我麻木了,精力耗尽。我们默默干活。

扫地比铲木屑来得快，我们在最后一个空巢前碰头。那是奥达科斯和珂露菲的巢。我用胳膊抵着膝盖坐在上头。吉荷牡把扫帚靠在墙边，自己坐到我身旁；她用双手抱住我的肩膀，头靠在我头上。"你父亲的处境很难，玛芮娅。他会尽他所能保护你，但内阁从来都是独断专行的。"

我把双手夹在腋下，不让它们发抖。"达瑞安在哪儿？"

"在冬厩。你父亲想让他立刻开始与龙仔建立联系，不让洛夫和贝鲁埃有机会改变主意。他已经给他取了名字：尼塔克·阿鲁：胜利的标识，以此对夏龙致敬，并给这一天注入好的能量。宴会之后玛毕尔就会为他们刺下契印的第一道刺青。"

我本该泪流满面，可我的眼睛是干的，"给这一天注入好的能量。真好笑。"

"达瑞安托我告诉你，他对发生的事情很遗憾——"

"哦好啊，一听这话我就觉得好多了。"

"还有，他很担心你。别生他气，玛芮娅。他也在以他自己的方式努力。"

我拨开落在脸上的头发，"我该怎么做？"

"保持勇气。你是马格汉的女儿。"

我张开双臂搂住她："要不是夏龙，我们今年本来留不下任何宝宝。现在我们留下一个，而我却成了麻烦。"我呻吟起来，"贝鲁埃说我会带来诅咒……"这个字眼让我喘不上气来。

"别往那个方向想，玛芮娅。革提克的确出现了。我不管贝鲁埃或者玛毕尔怎么说，反正我从中看到了希望。因为他，我们有了时间，还有了机会。贝鲁埃不会立刻离开，他和玛毕尔需要统一口径。"吉荷牡让我把头靠在她肩上。

"我不去。他看我的眼神……"把我当东西一样评估我的价值。不过他似乎也为自己的不谨慎而尴尬。

一滴泪水滑落吉荷牡的脸颊。她亲亲我的前额，"这事还没完呢。"

父亲和托曼走进育龙房，看见我俩，他们默默走过来。

家人聚到我身边，我坐直。

父亲用手背擦擦额头，"高龙啊，今天可真够受的。"

托曼抱臂而立，"我们几个里头，除了玛芮娅，谁见过高龙？我反正没有。"

吉荷牡拂开我脸上的头发，"我也没有。"

父亲坐在一个空巢上。"我还在龙骑士团的时候，在阿维卡的行动期间远远瞧见过库鲁宗。他跟我见过的任何东西都不一样。无可否认的存在感。偌大、黑色，翅膀的颜色像火，胸口和腿上是烈焰般的红色条纹。眼睛像太阳一样明亮。若不是亲眼见过他，我本来会怀疑高龙根本是无稽之谈。"

托曼和吉荷牡对视一眼，又看看我。

"但事情的确发生了。真真切切。"吉荷牡道，"问题在于，如果这件事并没有任何意义，又为什么在这里？为什么是玛芮娅？"

"那个人的话你们都听见了，"父亲挨个看看我们，但他的目光在我身上逗留了片刻，"高龙是为达瑞安出现的。但因为玛芮娅碰巧也在场，库鲁宗只好为她安排一个表明'与你无关'的征象，好伤透她的心，让她有理由被带走。其实就是劫持。"

我抓紧吉荷牡的手。

她回握我的手："那人是猪猡。"

托曼晃晃脑袋，仿佛想厘清彼此矛盾的想法："可玛毕尔并没有驳斥贝鲁埃的诠释——"

"那还用说！"父亲道，"他还能怎样？贝鲁埃是他的上级。不仅如此，我们钱袋的绳子就抓在阿维卡手里。内阁从来都照自己的愿望发号施令。"

这跟一分钟之前吉荷牡说的话几乎分毫不差。

父亲叹口气："我和玛毕尔尽力了，结果起到了反作用。如果退回龙仔能救玛芮娅，我当然愿意，可这样一来，只要贝鲁埃愿意，他可以连达瑞安也一起带走。别忘了，他本想要他俩一起站在库鲁宗面前。贝鲁埃手里的权力足够帮他达成愿望。"

我说："我不去。"我的声音颤抖着，又薄又脆。

父亲将一只手放在我肩上："我不会让他带你走的。"

"我不信任他。如果他带我走，他不会让我再回家。我就是知道。"

父亲点点头："我也担心这个。带你去教会委员会对他并没有任何好处。这只是借口。他真正想要的是筹码。"

吉荷牡昂起头："你想说的是人质吧。"

"关键其实根本就不在于我，"这只是陈述事实，而非疑问，"他不过是利用我来恐吓我们。事情的关键在于拉撒尔，以及由谁来解读发生的事。"

"跟你也大有关系，"吉荷牡道，"如果你长得丑，他准会想点别的办法。"

父亲看看我，又看看吉荷牡，他的嘴角耷拉得更厉害了。"吉荷牡说的没错，那人是头猪猡。不过玛芮娅说的也对——他想掩盖这件事，他要让人明白，出现的不可能是革提克，只可能是库鲁宗的化身或者说形态。"

"为了这个，他竟愿意牺牲龙仔产量？"吉荷牡双臂抱胸，"我们刚刚才失去了最高产的龙场，看在卡迪亚份上，这难道不比他那该死的权威更重要？还以为内阁需要我们增加产量呢。"

父亲摇摇头，仿佛唯一显而易见的答案实在令人难以接受。然后他皱着眉低下头："在废墟看见脚印时，贝鲁埃似乎有些动摇。他不知该如何解读，却又不能再否认有高龙来到我们的山谷。他显得迷惑，或者是嫉妒。说不定甚至是害怕。他无意中泄露了不少东西。他的教条受到质疑，这让他心生怨恨，于是他就用一头龙仔作饵布下陷阱，而我明知是陷阱，还是踏了进去。"

"我们不能等一年再养第二只龙仔，"吉荷牡道，"贝鲁埃心里明白。如果达瑞安的龙仔没法与伴侣结契……"

父亲点头："他当然明白。他用自己的权威在我们的论证里打进楔子。给我们一头龙仔，我们就只能任内阁摆布。他控制了局面。"

"可这是为什么呢？"

"事情肯定不像表面上这么简单。如果任何并非库鲁宗的高龙出现在遥远的行省，信徒会怎么想？阿维卡不会把权力让渡给任何行省，尤其是宗教上的权威。如果贝鲁埃不能把故事扭曲成他所认可的版本，他就会把它变成某种黑暗的东西。或者完全抹杀。"

"那洛夫呢？我们能不能说服他给我们另一头龙仔？说到底，这事本来就该由他决定。"

父亲摇头："遇到信仰问题，他不会跟龙神殿作对。"

托曼的声音也绷紧了："那现在到底谁说了算？洛夫还是贝鲁埃？"

"换了别的年头，当然是洛夫。但夏龙引入了他不曾考虑到的因素。再说了，他原本就想带走所有龙仔。我可不准备给他反悔的机会。"

"我们怎么办？"吉荷牡捏痛了我的手，"我们不能让那个自高自大的梅利恒把玛芮娅带去阿维卡。一旦她离开我们……"

我又一次想起了贝鲁埃的目光触碰我身体时的感受。我站起来,站得笔直:"我们得跟他们对抗!"

"可应该怎么做?"托曼问,"叛乱?向拉撒尔宣战?"

吉荷牡冷哼一声:"我们只有或许一天时间,去说服洛夫或者玛毕尔……"

"没用的,吉荷牡。这是公事。父亲说了,内阁把我们攥在手里。拿捏我们的不只是贝鲁埃,谈判时洛夫也亮出了肌肉。我们得不到自己想要的那么多,而贝鲁埃更是下定决心,要以自己的方式讲这个故事。"

"吉荷牡和玛芮娅说得没错,"父亲道,"不能这么结束。"

"我们会输的!"托曼身体前倾,"这可是内阁。如今洛夫代表了内阁的声音,而贝鲁埃替他做了决定。现在我们难道不该考虑一下,该怎样利用这场婚事——"

吉荷牡喝道:"什么?"

托曼放慢语速,仿佛在对傻瓜讲话:"我们最好想想,从这场婚姻里还能得到什么好处——"

吉荷牡声音微弱,几乎像是耳语:"你就这么谈起你的妹妹,把她说成要拿去交换的物品?"

"我已经说了:我不去。"

托曼只飞快地瞟了我一眼:"你能让我说完吗?我们得现实点。我们要考虑整个村子——整个省。"

吉荷牡浑身绷紧:"我真不敢相信自己听到了这种话!你自己的血亲……"

"我又不是说要把她嫁给什么梅利恒,但某个龙场说不定有——"

我一拳砸在他胳膊上:"自私自利的大猪猡!我恨你!"

我自己的哥哥竟愿意为了一点点安全感把我拿去交换。他觉得我就只有这点价值吗?他往后缩,我又打了他一拳,感觉真好。

"住手,小家伙,要不我——"

"够了!"父亲厉声道,"够了。"

我瞪着托曼,我气极了,指关节都开始发白。托曼又瞟了我一眼,但不肯与我对视。

吉荷牡紧紧地抱住我。"革提克的事又怎么说？"她声音里带着一丝鄙夷，"他为什么来这儿？又为什么是玛芮娅？"

父亲抬起眼睛，他脸色灰白，尽显疲态。自母亲死后，我第一次见他这样悲伤。他重复道："革提克的事又怎么说？"然后他看着我，他的视线在我两眼之间跳跃。"革提克的事又怎么说？"他垂下头。"玛芮娅，我后悔昨天说了那样严厉的话。你母亲总是警告我，说我脾气太过急躁。我仍在不断证明她说的没错。"他摇摇头，斟酌字句，"你知道吗，你像她。她也爱白日梦。我爱她这一点，但有时却为你担忧。世界在改变，你得擦亮眼睛。"

父亲从不道歉，从不。但这感觉像是为我的离开做准备，赶在无可挽回之前向我赔罪。我的父亲，强大的马格汉，在内阁的压力下屈服了。这几乎让我崩溃。绝望撕咬着我的愤怒。

谁也没再说话。最后父亲起来招呼托曼："来吧，你们都来。村里的客人就快到了。"他按着我的肩膀说："玛芮娅，我希望你做出勇敢的样子。能做到吗？"

我点点头，把突然涌上来的泪水憋回去。

"好姑娘。我们会想出法子的。只要你还没离开，这事就没完。但首先我们要主持宴会，然后还有最后一项任务。"他走出育龙房，托曼跟在他身后。

围场里，一个吵吵闹闹的家伙撞上一扇龙门反弹回去，把门都晃动了。

我和吉荷牡将悬崖一侧的门推过来关上。之后的好几个月，这些门都不会再打开。

第十章

我避开人群回到老宅，飞快地冲个澡，换上最好的丝绸衣裳和皮裤。我往大门走，但又停在了走廊的阴影里，在这里我可以避开其他人的目光，观察周围的情况。

每年育龙节，凯西的家人都来帮忙准备、做饭。他们在老宅和冬厩中间的大院里摆了一张长桌，上面放着晚餐的餐具和鲜花。昨天猎到的鹿也会做成特色菜，成为众多佳肴中的一道。

我来晚了。仆人正撤下第一道当季蔬菜。洛夫刚坐下。从桌边人的表情看，库罗达的新闻准是头道大餐。我看见了德伦，渔民公会的首领，脖子上有晒伤的印子，胡子乱蓬蓬的。他身后是当地几个农夫和他们的妻子，有的在哭，有的把脸埋在手里。铁匠贝克绷紧了下巴，两只粗壮的胳膊环抱胸前。还有几个木匠和皮匠，名字我记不清了，所有人都满脸震惊地摇着头。

父亲站在桌首，他穿着自己最好的黑色和紫色衣裳——这是跟舒迦搭配的颜色。我的座位在他左手边第四个，在托曼、吉荷牡和达瑞安之后。他右手边空了一个座，那是母亲曾经的位置。看见那把空椅子，我对她最后的回忆再度冒出头来。今早的质询，如果她在，她会怎么说？她会为我而战吗？

这念头唤醒了好些悲伤，我把它们压下去，装出勇敢的样子。

下一个座位是为玛毕尔留的，因为他是瑞亚特的精神领袖。玛毕尔右边是最尊贵的位置——洛夫，征购的负责人。贝鲁埃坐在洛夫右边，后面是马瑞特和雅诺。剩下的都是当地人和他们的家人。我发现这样一来我正好跟贝鲁埃面对面，不由地觉得恶心。我退后一步，躲进更深的阴影中。

父亲抬起双手，直到桌边众人安静下来。"并非所有的消息都如此凄惨。你们当中有些人已经听说了，发生了一件不可思议的事。或许这是好兆头，不仅有利于古尔万，也有利于瑞亚特。希望它能平衡洛夫上尉带来的坏消息。我的口才无法担此重任，所以还是请我们的德哈拉玛毕尔来讲吧。"

玛毕尔老迈的身躯缓缓立起，桌旁一阵低低的议论声。"朋友们！嘘！嘘！听我说！

"如今的情况的确艰难，对瑞亚特、对整个古尔万都是如此。但发生了一件连我都难以置信的事，只不过我亲眼见到了证据。育龙使的小儿子参与了一件奇迹，类似的事情只在诗歌和圣书中描写过。"

玛毕尔这就把我从传奇中抹掉了。为什么？为了保护我？想清除故事中与我有关的噩兆？因为畏惧内阁？

"至高者很少出现在信徒面前，许多代人过去，这样的事情才会发生一次。但昨天，年轻的达瑞安·阿德·马格汉去森林时——去到辛瓦特古老的神殿——他看见了夏龙革提克。而今早我在废墟中亲眼见到了证据！"

"至高者"这个说法，既可以是特指库鲁宗，也可以指代更古老的众神的集合。玛毕尔借此绕开了贝鲁埃的观点，既未否认也未承认。但梅利恒的脸色越来越阴沉。见桌边的众人争相提问，他跳起来说："好人们！请少安毋躁！能回答的问题我们等下会回答的。不过我们目前知道的就是这些：至高与至善的库鲁宗披着夏日的色彩与气息，以夏龙的形象，来到了你们的山谷。目击时间不长，但事情确凿无疑。达瑞安少爷立刻回家报告了这一消息。今天我们在神殿废墟中找到证据，证实其真实不虚。目击期间并没有直接交流，但至高的库鲁宗出现了，这本身就是对整个古尔万传达的信息。"

桌边的人因惊奇而兴奋，但我的怒火再度高涨。我在这件事里的部分被完全抹去。没有直接交流？即便在记忆中，革提克的目光也依然刺穿我的灵魂。

事情才刚过去一天,听起来却已经仿佛天方夜谭。

愤怒在我脑中翻腾,淹没了贝鲁埃的声音。我扶着墙,这时凯西的一个妹妹端着空托盘从我身边匆匆跑过。"你迟到了,小姐,你最好……"声音随着她的脚步消失在厨房。我的责任要求我去桌边自己的位置坐下,但我真正想做的是把贝鲁埃扔下悬崖。我困在对家族和对神殿的责任之间,困在愤怒与恐惧之间,动弹不得。

贝鲁埃的声音又钻进我耳朵里,他在为我的离开做铺垫。他会把我拽到阿维卡,在教会委员会或库鲁宗本尊面前扭曲我的话。那之后呢? 还会怎样?

我不去。

我转身往屋里走,险些撞上凯西的妹妹。她急忙举起装满肉的托盘,"玛芮娅小姐! 你去哪儿? "

我沿着走廊回到自己的卧房,从墙上一把抓下背包。

屋外传来欢呼,还有打雷一样的轰鸣,那是村民用拳头砸桌子的声音。还有掌声。也许是玛毕尔,也许是贝鲁埃,刚刚宣布了达瑞安会得到属于自己的龙仔。我的脸滚烫,但我还是去窗边往外窥探。几乎所有人都尽收眼底。

听过洛夫带来的可怕消息,众人正急于抓住些什么,他们需要希望和鼓舞。所有人都站了起来,即便从这里我也能看见达瑞安满脸红光。一切都显得光怪陆离。

玛毕尔举起双臂,直至欢呼声消散。"朋友们,瑞亚特的人民,育龙使马格汉和家人,尊贵的客人,让我们说一段感谢的祷词。"

所有人都低下头,玛毕尔闭上眼睛。

"至高者,我们接受你的信息,我们信赖你的仁慈,赞美你的智慧,畏惧你的力量。你强大的翅膀庇护着我们。你的利爪犹如长矛,保护着我们。你的双眼犹如火球,带着爱与慈恩注视着我们。你是燃烧在我们心底的原初烈焰。我们是你在这个邪恶世界中的仆人,我们怀着谦卑的心听从你的命令。你的道神秘莫测,非我等所能质疑。你来自无限,而一切都源自你。愿你的令得行。"

在场的人齐声重复道:"愿其得行。"

我摇摇头,嘴唇扭曲。行的是谁的命令? 这是骗局,是对谎言的第一份认可。

　　"祝酒！"托曼高举酒杯，"敬库鲁宗和皇帝陛下，敬吾国与吾村，敬龙场，敬达瑞安！"我再也看不下去了，转身收拾背包。有些东西必不可少：换洗的衣服、食物。也就是说还得去厨房洗劫一番。小刀。我还想带把十字弓，但武器库在前厅，所以得等到夜深人静时。

　　然后呢？一件夹克塞进包里一半，我在床边坐下。我不知道要怎么做，也不知道要去哪儿。暂时还不知道。

　　我只记得夏龙那深不可测的目光。

　　我真正需要的是计划。屋外再度响起欢呼和笑声，我捧着头坐在床边，静静地思考。

第十一章

达瑞安敲门，脑袋探了进来。

"干吗？"我用脚把背包推到床下。

"我能进来吗？"

我耸耸肩，招手让他进门。

他走到窗边往外看，双手先往兜里揣。接着交握。接着又往兜里揣。他似乎拿不定主意，不知自己应当是何种心情，眉毛和嘴唇各执一词、互不相让。最后他说："宴会结束了。"

"好。"

"阿鲁睡了，所以我溜出来一会儿。阿鲁是我给——"

"我听说了。"

他的表情终于稳定下来，闷闷不乐地皱起眉头。"你还好吗？你会没事的吧？"

我坐在床沿上，研究脚上的靴子："你在关心我？"

"玛芮娅，我跟你一样惊呆了。我不希望你走。我不知道贝鲁埃会这么……他会是这么个……只不过一切都发生得太——"

"你保证说不会让我一个人背黑锅。你保证过的！但今早你却把我晾在当场。我只不过是找到了一头龙的尸体。我没杀它，只是找到了它。结果所有的奖赏都归了你，所有的责难都给了我！这根本就跟母亲坠落那次一模一样，而且你也不关心！"我站起来推他——用力推——他向后一个趔趄。

我以为他会冲我嚷嚷，或者推回来，但他只是站在原地，双手在外套上擦着，仿佛想拂去我的愤怒。"这么说不公平，玛芮娅。"

"那时也是我一个人背黑锅。"

"我跟你说过，你记不清了，你——"

"她责备我。她说，'玛芮娅，我对你很失望。你得脚踏实地，姑娘，尽好本分。别变成大家的负担。'我想道歉，可她打断了我，她说，'心不在焉的驯龙人必遭诅咒。'"

"这是龙骑士团的老话。我就听父亲这么说过。别当真——"

"这是她对我说的最后一句话。"

达瑞安满心不自在地晃动身体。"她没那个意思，她只是生气了。跟你说吧，她也骂了我。她说，'玛芮娅是你妹妹，我需要你帮我看住她。'而这是她对我说的最后一句话。"

"现在贝鲁埃基本上说了同样的意思。"

"什么？"

"你听见的。他说给我龙等于将诅咒引入瑞亚特。因为我在你的油灯上绊了脚，又在森林里发现了一头死龙。"

他的肩膀耷拉下去，随即又耸耸肩。

我倒在床上捂住脸——我怎么又提起了母亲的死。"请让我一个人待着。"他摸摸我肩膀，但我推开了他的手。

"你说的没错，"他说，"我本该照看你，但我没有。我只顾自己兴奋，让你失望了。对不起，玛芮娅。我真的很抱歉。"这次他的声音似乎很真诚，我瞟他一眼，确定了刚才的想法。他的眼睛红了，每次他想藏起不够男子汉的眼泪时都是这样。但我不准备就这么放弃自己的愤怒。我还需要它。"你走吧，好吗？"

可他却坐到我身边。"你知道我怎么想？"他盯着地板，"我觉得夏龙是为你而来。不是为我们，也不是我，而是你。我就是这么想的。"说完他起身朝门口走，但又扭头说:"父亲要我告诉你,该送龙仔上车了。还有,没错,他希望你到场,带上你的'勇敢脸'。"

他轻轻地离开了。

我走进围场时,内阁的第一个笼子刚挂上升降台的挂钩。龙仔开开心心地挤来挤去。看得出它们都有些疲倦——今天活动太丰富,它们也没午睡——但它们还是因晚上出门而兴奋,完全不知道保育龙把它们赶到升降台附近的用意。

我们的龙父龙母不在,它们同达瑞安和他的龙仔一起,被隔离在冬厩。玛毕尔会给这对新的契约伙伴刺下契印上的第一环。村民围在升降台旁看热闹,酒精和期待让他们兴奋异常。

我寻找棕米色小母龙的身影,却找不到她。一头保育龙用翅膀和前爪把宝宝赶进笼子,又灵巧又耐心。那是贝鲁埃的龙。他在场。多么合适。他看见了我,与我对视了很长时间,然后转头继续看自己的保育龙工作。

我的愤怒消失了,我不愿再多想这个人。吉荷牡看见我,过来默默地站在我身边。

第一个笼子装满,笼门当的一声关上。小母龙不在里头。父亲和托曼操作绞车,松开刹车上的锁,笼子开始下降。围观的村民欢呼。笼子下到一半,兴奋玩闹的叽叽喳喳变成惊恐的哀哭。育龙节的这个部分我见过许多次,这是一天中最悲伤、最情绪化的时刻。但今天我第一次感到切肤之痛。

我仿佛突然明白过来——它们这是去参战,它们会被变成杀戮的机器,为帝国而战,为库鲁宗而战。这些我一直知道,但今天的感觉不一样。我浑身发抖。

几分钟之后,下一个空笼子升上缆绳顶端。锁闭合时的咔嗒声在我耳边回荡。太快了。保育龙又一次小心翼翼地驱赶,又一批宝宝被引向笼子。总共八只龙仔,我的不在里头。这么一来围场里只剩下八只宝宝。

我再次搜索棕米色小龙,这回一下子就找到了。她显得迟疑不决,步子里没有了蹦蹦跳跳的高兴劲儿,脑袋和尾巴都耷拉着,翅膀收拢在身侧。第二个笼子下降,村民为之欢呼,她和剩下的龙仔则因玩伴的尖叫失去勇气,紧紧挤成一团。它们爬到彼此身上,呼唤父母,却被保育龙温柔地推向升降台。有什么东西堵在我喉咙里，我的双手在胸前握紧。

棕米色小龙跑到我跟前，用她聪明的大眼睛看着我。我忍不住弯下腰，双手捧起她的下巴。她的皮肤干燥而温暖。

"不行，玛芮娅。"吉荷牡从身后抱住我，拉开我的手。

但其实没关系。我渴望的小姑娘并未像达瑞安的宝宝那样回应我的碰触。她躲开我的手跑开了，一路哀鸣。现在她的叫声里多了恐惧，一头保育龙挡住我的视线。

就在这一刻，我知道自己失去她了。她永远不会属于我。永远不曾属于我。一切希望转眼成空。我哽咽了。

龙仔对升降台的嘎吱声越来越紧张，仿佛它们已经明白那代表了对自己的背叛。第三个笼子挂上铁钩，发出巨大的咔嗒声。这是最后一趟了。保育龙温柔地完成了最后的背叛。我看见我的小姑娘被其他小龙挤着，跌跌撞撞进了笼子。吉荷牡把我抱紧。

我悄声道："我不知道该怎么办。"

吉荷牡轻声答道："我知道。我真的很遗憾。"

最后一个宝宝也被赶进笼子里，笼门关上。

关门的咔嗒声激起一片惊叫。

我开始颤抖。刹车松动，笼子开始下降，泪水盈满了我的眼眶。人群发出响亮的欢呼，经久不息。笼子降到平台下方之前，我最后瞥到她的身影。宝宝们终于明白自己的世界永远改变了，哭叫的音调高起来。那不再是不安和迷惑，而是恐惧。它们沿着悬崖缓缓下降，哭叫声穿过欢呼和绞车的噪音传入我耳中。

泪水终于冲垮了我的决心。我哭得浑身抽搐，吉荷牡用力抱紧我。龙仔惊恐的叫声渐渐消失，可我仍然久久地把脸埋在她肩头。

第十二章

我筋疲力尽地躺在床上，但我等的不是睡眠。我在等老宅安静下来。

我的世界天翻地覆。如果夏龙没有来到我们面前，就不会有争议。内阁会带走所有小龙仔，我和达瑞安会大失所望，但生活会一如既往。或许明年会有更好的机会。或许父亲对我的看法也会更好些。

可就因为革提克出现，我们得以留下一只龙，所有的平衡都被打破。踢翻油灯、找到一头死龙，这些简单的意外都变成贝鲁埃的借口，让他可以把我从家里偷走。

各种画面和情感在我脑中彼此追逐。然而在一切征象和预兆中，棕米色小母龙躲开我的事，仿佛是最最凶恶的不祥之兆。

我老是想起革提克的眼睛。那双眼睛，它们依然在召唤我。我心里恼火，摇头想甩掉这些念头。我需要计划，一个可靠的藏身处。我想出了上百个营救方案，各不相同，结局都是我从车队偷出棕米色小龙，跟她一起藏身荒野，或者去另外一个行省。但我知道这些都是幻想。即便我能从内阁的车队偷出龙仔，养龙也需要适宜的场所和各种资源。而到那时我只是逃犯。

我注定失去她了。我又一次为她哭泣，一面无声地低语一面抽搐，连脖子和肋骨都痛了起来。到最后,一个哈欠截断我的泪水。我累极了,但我不敢睡。我用袖子擦鼻子和脸颊,这才发现自己还没换下那身好衣裳。

我在裤子上抹抹衣袖,努力整理思路。

模糊的梦境侵入我脑中。

母亲坐在葛露斯背上,满面怒容:"心不在焉的驯龙人必遭诅咒。"

龙骨玷污了废墟中的祭坛。我们不该把它们留在那里。"又不是我杀的,"梦中的我乞求道,"我只是发现了它们而已。"

桌子对面的贝鲁埃不怀好意地瞅着我:"首先我们必须确认那是否真是夏龙,或者是你编造的谎言。"

"我没撒谎!"

我惊醒过来,我竟说了梦话,这让我警觉起来。

现在可没工夫睡觉。我从床下拖出背包,走到门边听外面的动静。老宅静悄悄的,但我仍在门槛前犹豫不决。我内心深处知道冥冥之中自有答案,与父亲、达瑞安或者任何人都无关。

夏龙的眼睛总是将我召回他身边。

"我该怎么做?"我闭上眼,想理出一个计划。

我跌跌撞撞地走下铺满碎石的斜坡,走进森林。我找到母龙尸体所在的地点。它依然完好无损,除了我们留在废墟的头骨和左腿骨。

"高龙亲自将剩下的答案展现给了我们:他将玛芮娅领到了龙的尸体处。"贝鲁埃是这么说的,"所有征象中,独独这一个只与她有关。"

只与我有关。

它不可能很老——或许两到三岁,刚够年龄上鞍。刚够——

我猛地睁开眼。

我明白了。母龙死去前可能留下了龙仔,这就是答案。我突然懂了自己要去哪儿、要做什么。我不会再坐以待毙,指望玛毕尔、贝鲁埃甚至父亲去纠正一切。

我飞快地换了衣服,穿上结实的皮裤、暖和的衬衣和外套。我从背包里扯出换洗的衣服,塞进一条毯子,然后蹑手蹑脚地走进走廊。

老宅静悄悄的,漆黑一片。通常育龙节结束时,所有人都精疲力竭,而这次更是不寻常的育龙节。我溜进厨房，琢磨片刻，然后拿走了所有鹿肉，包括一大块腰腿肉。没准全得用上呢。我用面包、白菜叶和几张毛巾把肉裹好，免得肉汁滴下来。

接着我又搜集了新摘的苹果、生土豆和几根胡萝卜。我把所有东西都裹在毯子里，塞进背包。

打猎的装备大多放在前厅。我取了一个皮水囊，一小口袋打火石，又将一把猎刀插在腰带里。一卷绳子进了背包。墙上挂着复合弓，使这个我也算有些经验，但最后还是选了更加轻盈小巧的十字弓，那是凯西用来驱赶树上的浣熊的。十字弓我射得挺准。我把弓和一桶箭搭在肩上，出去时小心翼翼地轻轻关上门。

月亮的圆脸从南方的天空投下蓝光。油灯窄窄的橙光从冬厩的门缝下透出来，达瑞安正与自己的新伙伴在那里共度第一夜。而门里传来轻柔的悲泣——我们的龙母正在哀悼刚刚失去的龙仔。

上路之前，首先要混淆视听。我尽量轻手轻脚地过桥去了龙场大院，接着穿过院子来到升降台前。我把背包和武器放在地上，松开了"篮子"。开锁的"咔嗒"声特别响亮，我真怕会吵醒全村人。我赶紧又把刹车合上，屏息等待。

等心跳再次慢下来，我松开刹车，让空篮子落下。它很快消失在了黑暗中。这有点冒险，但必须如此。等明早大家发现我不见了，希望这条线索能误导他们，把他们引向村子和村子背后的平原，让他们以为我是去追内阁的车队，或者干脆就是逃了。我得尽可能为自己争取领先优势。

篮子落到底，滑轮不再转动。嘎吱声被微风的低吟取代。我回到桥那头，偷偷穿过院子走进树丛。我停下来，回头往龙场大院看了一眼，月光照耀处清晰可见，阴影下则漆黑一片。

贝鲁埃想把我拽去阿维卡——只有阿瓦知道还有什么别的遭遇等着我。缺少第二只龙仔，父亲就只能接受贝鲁埃的条件，我变成了可有可无的人。还不止，我是贝鲁埃的筹码，让他可以拿神殿的外衣包裹革提克的故事。

还有另一种方式可以解读所有的征象。贝鲁埃自己说的：所有征象中，唯独一个只与我有关，那就是森林中的死龙，那头在交配季节被残忍捕杀的成年母龙。

　　革提克最后一次对我现身是在峡谷对面的悬崖上，那是许多野龙养育孩子的地方。那里会不会有一只失去母亲的龙宝宝？我必须弄明白。

　　瑞亚特的龙场需要另一只龙仔，它一定要属于我。我再不回头，朝森林里走去。

第十三章

夜色改变了高龙的雕像。深色石头雕成的达哈克没入了阴影，白色的门诺格却悬在半空，活像被钉在一束月光上的幽灵，微风就是它诡异的声音。影子被风拂动，让雕刻完美的翅膀仿佛获得了生命。它下方是一块大理石，在我梦中它曾是祭坛。母龙的头骨和腿骨在一汪月色中闪着白光，就好像死龙的灵魂正从棺材上飘起。

关于预兆和征象的念头充斥我脑海。龙的尸骨是贝鲁埃的核心论据，我不能任它这么散落两地，这只会为他的立场增加可信度。再说从情感上我也觉得不应该这样，更别提还有之前的梦。所有这些似乎都要求我先把散落的部分归还原处，之后再着手我的使命。我哆嗦了一下，但还是决定动手。

她的头骨肯定很难搬动。昨天它被捆在奥达科斯的龙鞍上，我只能勉强扶稳它。头骨的长度是我身高的一半，足有三石重。真怪，在我梦里它却轻如鸿毛。我掏出背包里的绳子，考量各种方案，最后把绳子穿过两个眼窝，又绕过她的牙齿，形成可供我手臂钻过的圆环。我准备把它背在背上，让背包垫在中间缓冲。我又解下她腿骨上的金属绳套，绕成圈塞进包里。最后我背上头骨、把腿骨扛在肩头，就这样开始往小山坡上爬。

走到岩脊上时，我的腿和肩膀已经火辣辣的。我跪在那块突出的岩石上，很高兴能暂时减轻脖子和肩膀的负担。两天前，我站在这里寻找革提克，那时下方的大地和森林都仿佛活了过来。现在万籁俱寂，一切都深藏在阴影中，满月明亮的脸庞飘浮在远方的悬崖上。在我身后，黎明照出了树木的轮廓。很快太阳就会升起。

我从水囊里喝了一大口水，然后小心翼翼地下坡。路很难走，好在有月光照亮。不过头骨实在太沉了，还没走到坡底我已经支撑不住。我从背上拿下头骨，每走一步先拎着绳子把它放在身前，自己再跟上，好让胳膊腿恢复力气。

我走进光线暗淡的森林，此时最后一缕月光也消失了。树林里比外面凉快，潮湿土壤的气味与松树清爽的香气混合在一起。苔藓上挂了露水，脚下打滑，所以我干脆把头骨拖在身后。我在黎明前的幽暗中找到了一条穿越森林的窄道，不过走起来很慢。等一束束苍白的晨光透过树叶落下时，我终于找到了龙的尸骨所在的那块石板。

我解下头骨，小心地放回原来的位置，又把腿骨也放到它该待的地方。

我感到需要向神灵祷告，为她离去的灵魂念一小段祷词，可我不知该说什么。我想到的每种说法都显得孩子气。我已经将她的骸骨放归原位，就让这行动代我发言吧。我弯腰在她头骨顶部印上一吻，又拍拍她光洁的鼻梁，然后转身离开了空地。

两天前的森林显得热情好客，如今却阻碍重重。我的终极目标是对面的悬崖，但我看不见它。脚下并无明确的道路，到处是乱石堆、倒地的树木和多刺的灌木丛。匕首并不适合从枝叶中砍出路来，我责备自己没想到带砍刀。但我必须去对面的悬崖，而且要赶在父亲和其他人猜出我的计划之前。

野龙在那片峭壁筑巢，我最后一次见到革提克时他就蹲在那里。如果真有龙宝宝，我会在那里找到它。

早晨的时光一点点溜走，我偶然发现一条野兽踏出的小径，蜿蜒向西而行。我松了口气，行进的节奏稳定下来，时不时还小跑一阵，背包在我背上蹦蹦跳跳。

中午，我从包里掏出一个苹果和几根胡萝卜，边走边嚼。我还没饿到能生

吃土豆的地步，而肉我想留着——等找到我的龙宝宝，我得拿肉喂它。小径时常在滚下山的巨岩上攀上攀下，十分难走，但我却觉得推进速度十分理想。只不过头顶的树冠越来越稀疏，我怕被父亲或其他人发现，所以总往天上看。理想的方案是在爬下岩脊之前就找好路，但当时天色很暗，而我又决心要把母龙的骸骨放回原处。因为绕这一趟，我多半要多走好几个钟头。

太阳越过天顶，前方是一片上坡，大山的花岗岩基石露出地面。这里没有树木遮挡。小坡顶上是一块突出的圆形石头，形成绝佳的制高点。我先看清天上没有骑手，这才爬上碎石坡顶。

在这里，我可以向后看到自己的来路，向前还能看见夏龙最后出现的地方。革提克只花几分钟就飞过了山谷，可我才刚走过三分之一的路程。我呻吟一声——到夜幕降临，我最多只能走完一半路。如果别无选择，我愿意走上一整夜，但我需要重新考虑自己的方案。或许直线穿越森林并非最佳选择。

我南边是无边无际的绿林，一直铺到海边。正西方，悬崖立在午后的热浪中，我爬不上那些陡峭的断崖。往北去，山体向上形成一片高高的岩脊。那片坡上林木稀疏，不过即便从这里我也能瞧见好几条野兽踏出的小径。至少两条兽径斜插向悬崖脚下。头顶的掩护少了点，但却是最好走的路，通往革提克站立过的悬崖，通往我指望找到的龙巢。

悬崖上方突然出现了一头龙的身影。我手忙脚乱地爬下陡坡，躲到树林底下。是舒迦吗？或者拉努？隔着枝叶很难看得清，但龙的视力非常好，我不能冒险。我到树冠下更深的阴影中等待，心脏剧烈跳动。树下有块被苔藓覆盖的岩石，表面挺平整，我坐了下来。

有时我和达瑞安会跟父亲或托曼一道飞来森林上空，每次我们都只看见下方无边无尽的树木以及上方的高山。今天的经历却不一样，它是隐私的、很亲密。我能触摸石头，吸进树干和青苔的气息，品尝到空气清洁、浓烈的味道。我突然发现一件怪事：周围的大石头都那么方正，树冠下的这个小凹陷又那么平整，此外，我对面的岩石几乎是杯子的形状。我惊得忘了咀嚼。它确实是杯子形的，里面满是腐土，还长出了小树苗。石头表面很多小坑和缺损，又被苔藓掩盖了细节，但仍能看出人工雕琢的痕迹：它曾是喷泉。喷泉边缘蹲着一只青蛙，用同一块石头雕成，脑袋上顶着苔藓，嘴唇撅着，似乎正往池中吐水。四周的大石头都是倒地的墙，来自很久之前的建筑物。我现在看出有几棵树立在一圈翻倒的铺路石周围，仿佛参差的牙齿。这曾是一处院子，森林覆盖了它。想明白这点以后，我再往森林深处看，发现一面笔直的墙，四周有破裂的石块，全都披着青苔做成的衣裳。这里是一根倾倒的柱子，透过绿色外套，柱身上的凹槽清晰可见。那边有棵树倒下，树根底部露出一截大理石阶梯。

辛瓦特。这是很久很久以前，已化为废墟的神殿所服务的那座城。父亲想教我们历史时总拿它当教材，而玛毕尔也常在布道时说起它。我们对辛瓦特的些许了解，都来自本地神殿德哈拉们组织的探险。父亲和托曼多半曾去逛过遗迹，或许吉荷牡也跟他们一道去过一两次。但为内阁养龙的生活劳神费力，谁也没工夫深入研究。它甚至比我们的龙场还古老，这点我是记得的。辛瓦特构成了我们生活的深层背景，它甚至潜伏在我和达瑞安幼年游戏的潜台词里。有一次我们曾约定，长大以后要骑着我们自己的龙去山谷里找它。

可现在它就在这里，在我周围。往北上坡，阳光明晃晃地落在山腰的树木间，正好照亮了破损的阶梯和断裂的石柱。我身后的小径旁是一栋建筑的轮廓，那么完美的碗状结构，必定是圆形竞技场，真想不通我刚刚怎么竟没看出来。前方的小径上有块圆形大石头，仿佛人类的侧脸，那是陷入沃土中的巨大头像。也许是某位国王或者古老的神祇？

我再次感到一股寒意顺着脊柱荡开，活像是夏龙拂动树叶之前的那几分钟。我被历史感和亡者的存在感淹没了。这片森林里住满了鬼魂。我努力想象它曾经的模样，当它的庭院中熙熙攘攘、建筑物高耸在阳光下的那时候。辛瓦特人什么样？他们如何穿着打扮？他们遭遇了什么事？玛毕尔从未说过究竟是什么摧毁了这座美丽的城市。现在我后悔自己当初不曾追问。辛瓦特人是如何讲述自己遥远过去的？我的祖先是不是也曾在这座城市生活？

附近有株倒地的大树已经开始腐烂，沿着树干长出了树苗，有些树苗的树根急切地伸进了下方的大地。废墟就像这棵树，只不过时间上来得更加宏大。我眼前是古城的肋骨，它一点点消失在自然的风景中。

死亡与重生的轮回。轮回之中的轮回。

明年夏天，我要和达瑞安来探险，带着我们的龙一起来……我胳膊上起了鸡皮疙瘩。我迅速收拾好背包，抬头扫视天空——没有龙的影子。我继续前进，向北寻找沿山脚向西的兽径。

我走到斜坡脚下，发现满地都是杂乱的山石和被山石撞倒的树，几乎毫无遮挡。倒地的树木相互纠缠，有时石头之间缝隙太大，跳不过去，所以花在这里的时间远远超出预期。有两次我还判断失误摔了跤，所幸没摔折骨头。

我终于找到了第一条兽径，头顶有了稀疏的枝叶掩护。水囊里的水不多了。又一个错误。森林里有小溪和水塘，我本该把它灌满。我把剩下的水喝掉一半，提醒自己留意寻找溪流。太阳已经来到悬崖顶端，我刚刚离开的山谷陷入蓝色的阴影中。我筋疲力尽，浑身都是泥污、青肿和擦伤。可我必须赶路。暮色应该足以照亮前路，再过一小时左右月亮就会升起。既然找到了货真价实的路，我决定借着月光能走多远走多远。

我的双脚蚕食着小径。白昼已尽，夜色带着奇异的魔法在四周伸展。月亮出现，又偷偷溜进星光闪烁的穹顶下，阴影也从紫色变成绿松石色。潮湿的泥土气不再浓烈，变得清爽、甜美。天色刚晚时能听见猫头鹰和狐狸叫，现在它们的叫声让位于各种模模糊糊的声响：远远的咕哝、哼哼和尖利的叫声。借着星光我只能看个大概，所以没法判断走了多远。月亮开始下落，我准备找个藏身之处歇歇脚。我浑身酸痛，眼睛又干又痒，舌头上一股泥巴味儿。我需要休息。

终于我来到一片石头地。几块偌大的岩石互相支撑，仿佛一个房间。小径从中穿过，地面灰扑扑的，头顶的小窗外星星光点点。我耸肩扔下背包，然后抽出匕首把它放在身旁，又给凯西的小十字弓拉开弓弦、搭上箭。十字弓不该长时间挂着弦，但我希望需要时它能随时派上用场。

夜里挺冷。我从背包里拖出毯子，毯子只在挨着鹿肉那一小块有点潮。我把自己裹起来，躺下。

悬崖已经很近了，明天一早应该就能抵达。远处有动物发出古怪的呼喊，仿佛嗓音低沉的老鹰。其他动物也在叫，有的尖利有的沙哑，几乎像是人类。我可真机灵，居然在野生龙的栖息地睡觉，拿满包的肉当枕头。我本该有更周密的计划。真要遇上一只大块头野龙老爸，那我也只好认命。不能睡。我就歇歇，黎明前我就要继续前进。

第十四章

阳光刺痛我的眼睛。我猛地坐起来,脑子里一片茫然。石墙、土床。怎么回事? 回忆涌入脑海,我揉揉惺忪的睡眼。虽然身体依然酸痛,不过好歹恢复了些体力。我伸个懒腰,挠挠脖子上被虫咬的包,用手指梳理头发。早晨才刚刚来临——我大概睡了四个钟头。我走到两块大石头之间的隐蔽处解手,然后折好毯子,松开弓弦,把匕首插回腰上。我从背包里掏出一个苹果和一根胡萝卜瞅了半天,虽说对它们不甚满意,却还是忍住了没扯块鹿肉吃。今天的早餐只能随便对付,水几乎不够把食物冲下肚里。苹果已经不脆了,不过汁液依旧甜美,很快我就吐出了最后一粒籽。

嚼着嚼着,我突然呆住了:我意识到自己一直迷迷糊糊地盯着一个东西。在离我不到八尺远的地方有熄灭的火堆,一圈熏黑的石头围绕着灰色的灰烬。我四下张望,突然仿佛感受到了生火之人的视线。四周静悄悄的,这里只有我。我上前查看。

火坑冰冷,灰烬被风吹散了一部分,可见火并非最近生的,不过仍能闻到烟味。我这才注意到它背后的石墙上有怕人的污渍:棕色顺着石头流下,在地上形成圆形的深色印记,已经干了。三根树枝的一端用一段皮带绑起,形成一个熏黑的三脚架，倚墙放着，比我还高。四周散落着丢弃的绳头，还有一支断箭的箭屁股。一堆柴火。还有骨头，多数都不大，但其中有些我认得出来：被踩实的地面上散落着几根断骨，只有龙的翅膀里才有那样细长、中空的骨头。

这地方位于相对而言还算便于行走的小路旁边，大石头不但能为小火堆挡风，还能遮蔽火光，免得被人发现。确实是完美的营地。我竟在偷猎者的藏身处待了一晚。真不敢想象达瑞安知道了会怎么说。

有些人只在收成不好时偷偷猎些鹿和其他猎物，对这种因饥饿偷猎的人，父亲从来不管。他总说：慈悲令群体健康。但还有些人专门猎龙，他们知道龙的皮、骨和血在黑市很值钱。

偷猎龙的都是杀手，一心只想着钱。对他们父亲就没那么仁慈了。这些人可能破坏我们的生计。皇帝的所有龙场都为野生龙种群保留了土地，为的是时不时为龙场注入新鲜血液。龙场之间也尽可能交换野生种群的龙蛋。拉努和阿缇斯的祖辈就生活在这片山里，而奥达科斯和他的伴侣珂露菲都是野生龙的后代——父亲分别从两处龙巢取了龙蛋，作为结婚礼物送给托曼和吉荷牡。保持这种自然平衡对我们有利。

我突然意识到自己已经好几周没瞧见野生龙了，在龙场之外就只见过夏龙革提克和昨天我躲避的那只？

偷猎者来这里多久了？他们造成了多大伤害？他们是不是已经杀死了我的宝宝？我的胃紧紧揪成一团。他们会毫不犹豫地杀了我。但我现在已经知道他们就在附近，迟早会发现他们的踪迹。这个新情况不会改变什么，我不会退回去。

我研究营地的地面，寻找近期有人经过的迹象。我看出有鹿的蹄印，也可能是羚羊，不过追踪术我其实不太拿手，连自己的脚印也只是勉强能辨认。我深吸一口气平复心情，拿起背包，把十字弓挂在肩上，确保箭筒触手可及。做完这些准备，我小心翼翼地从西边的开口往外张望。

我离悬崖比想象中近。它们矗立在前方，细节清晰可见。我能看清裂缝和沟壑，峭壁上几乎没有树，峭壁与山体相交处是一片不算长的高山平地，那上头的树还更少些。基本上就是一大块突出的花岗岩，历经风雨侵蚀，下面是稍软些的岩石。倒很像我们龙场所在的孤峰，只不过光秃秃、坑坑洼洼的——正是野龙配偶隐藏龙巢的绝佳地点。

热气从我右手边的峭壁上升起，老鹰借力高高盘旋。它们嘎嘎！嘎嘎！的叫声回荡在上方的峡谷中。除此之外空中什么也没有，连一丝云也看不见。更没有半头龙。

我紧张兮兮地深吸一口气，然后走了出去。我的脑袋不停转动，探查各个方向的动静。每当遇到不错的掩体，我都会停下来四下打量，不过我的速度还算挺快。悬崖越来越近，我也渐渐越攀越高，很快我就来到与那块高山平地几乎水平的高度，距离那块平地不到一里路。

小径顺着山的弧线向右延伸，不久就消失了踪影；那背后再次传来老鹰的叫声。有什么东西吸引了它们，它们整个上午都在那里。

我放下背包，用外套盖住，免得肉被晒着，再把包背回肩上。我左边是悬崖顶，右边是大山，二者在前方交汇。我放慢了步子，加倍小心，每有树或石头都停下来扫视天空。

很快，小鹿踏出的小径向右急转下坡，拐弯后前方突然出现一道幽深的石罅——那是山腰上一道竖直的裂缝，之前一直被大山挡着。盘旋的老鹰就集中在此。我听到溅水的声音，同时感到潮湿的空气扑面而来。想到有清凉的水可喝，我立刻加快了脚步，但当全景展开在眼前时，我又赶紧停下来。

小径突然分岔，一支往左急下，一支往右略微抬升。前方的裂缝张开大嘴，我发现它原来是山腰上一个很深的岩洞，往里直退入黑暗中。小径的路面也骤然改变。现在就连我也能看出来，在分岔点背后，两个方向上都有人类的足迹。我弯下腰，突然对每种声音、每种气味都警觉起来。既然有凉爽的空气自洞口而出，这里就不该有上升气流，所以老鹰聚集肯定另有原因。有了这个念头提醒自己，我很快闻出了腐肉那刺鼻的酸臭味。

我缓缓从肩上取下十字弓，拉弦、搭箭，然后蹑手蹑脚地往前挪。

左边的岔道曲折向下，通往岩洞地面。我选择走右边，因为据我想，先从高处看看情况总是好的。小径汇入一道更宽的山脊，又有许多较窄的小道或绕岩石而过，或陷入灌木、树木之间。我竖着耳朵一寸寸往前挪，但耳边只有拐角背后的流水声和回荡在头顶的猛禽叫声。微风中的气味时有变化，在清新的潮湿空气与腐肉刺鼻的恶臭之间轮换。汗水从我两片肩胛骨之间往下滴。最后我躲到一块又高又圆的石头背后,探头偷看山洞洞口。我差点吐了。

一头龙的尸骨倒挂在三脚架上,看体型约莫一岁大,胸腔敞开,头和腿都不见踪影。它被剥皮、开膛破肚,除了连接骨架的筋腱什么都没了。两只鹰正从关节处撕扯肉吃,尸体表面爬满蚂蚁和苍蝇。尸体下方放着被染黑的小木桶,周围的沙地上有深棕色的痕迹。我被恶臭熏出了眼泪,却没法转开视线。稍远处的一辆货车上放着两只巨大的木桶,桶身上有一道道黑色的痕迹。大木桶周围还有许多小桶、一个铜漏斗、一堆带夹爪的陷阱和金属绳套。

地上有更多老鹰正你争我抢:三只龙仔躺在被挂起的尸体的影子里,身上盖满苍蝇,老鹰正在它们小小的身体上争抢有利位置。它们脖子上的膜被砍掉了,我实在想不出是为了什么。一个缺乏经验的蠢货想在它们的翅膀上切口子——若它们今后要套龙鞍,那就是系皮带的地方——结果那人失手割断了翅膀的血管。就这么杀死一头小龙,真是太蠢了。

我两手各抓一把头发握紧,拼命忍住不哭。我想发飙,想找人泄愤。我无法相信自己的眼睛。我寻找的宝宝是不是也在里面?

我咬牙憋住悲痛的呻吟。不会的。革提克停留的地方是这个山洞南边的高峰。也许宝宝还在那里。也许还不晚。我紧抓这念头不放,因为此外只有一种可能性,而那实在太可怕了——难道夏龙会如此残忍,引我来只是为了见证这样的邪恶,明知贝鲁埃这种人会把更多凶兆钉在我名字上,让我永世不得翻身?我信任革提克,得到的奖赏却是痛苦与耻辱?这我无法接受。

然后我在恐怖的货车背后看到了人类的尸体,总共三具,裹在毯子里。是谁杀了他们?是龙吗?希望如此。希望是这三只被肢解的宝宝的父母,在它们自己也被谋杀前,至少稍微回报一二。

地上有车辙一路通向洞里,表明山洞深处还有更多屠杀的景象。我只知道一件事:我必须赶在一切无法挽回之前找到我的宝宝。只剩两小时的日光,我要去那片高山平地,寻找尚未被偷猎者找到的龙巢。

有什么东西重重砸在我背上,冲击力害我向前踉跄,下巴撞上石头。我往侧面翻滚,想看清身后是什么。

一个裹在深色衣服里的人影站在几步开外,正垂下手里的十字弓。他的脑袋全包在布料里,只露出怪异的浅色眼睛。他嘴里不知嘟囔着什么,伸手从箭筒里抽出一支弩箭。

我跳起来，身体晃得厉害。我立刻明白凯西的小十字弓只有一次机会，绝不能射失。趁对方手忙脚乱拉弦，我抬起自己的十字弓冲上前去。他睁大眼睛后退一步，扔下十字弓，从挂在臀部的刀鞘里抽出一把厚背弯刀。我松开扳机，我的弩箭砰一声射进他胸口。

他朝我扑过来。我向后踉跄、倒地，只能伸出一只胳膊聊充防卫。但他终于跪倒在我跟前，刀落到地上。他瞪着眼摇摆片刻，然后向侧面瘫倒；之后仍然垂死挣扎，想抓我的左脚。我往后爬到他够不着的地方。他大口喘息了几秒钟，发出轻微的呻吟，像无人鼓风的风箱一般泄了气，随后便纹丝不动，淡色的眼睛盯着自己的空手，眼里满是震惊。

有好几分钟，我动弹不得。他跌倒时裹脸的布料歪到一边，露出的皮肤死人一样苍白，牛奶一般半透明。他的眼睛是牡蛎壳那种浅淡的紫色。几缕蛛网般的头发从头巾底下钻出来。我从没见过这种人，但我听说过他们的故事。

这是与古尔万作战的哈洛迪人，幽灵般苍白的北方民族，用凶煞替自己打仗的人。他们竟出现在这里，在卡迪亚的山中——在我的家乡。

我左边肋骨一阵钻心的痛，伸手去摸，温暖的湿意让我大吃一惊。手指上沾满了血。我忍着疼扯下背包，把它翻过来。

一支弩箭插在包里的鹿肉上。它从另一头穿出来，划伤了我的肋骨，就在肩胛骨下方。它本来会深深插进我的后背，幸亏被鹿肉减缓了来势，又被肉里的骨头挡得偏离了方向。

我开始哆嗦。我的胳膊绵软，双腿仿佛没了骨头，脑袋天旋地转。我想把箭从背包上抽出来，可箭头卡在肉里了。我头晕得没法思考，干脆不再理会背包里的箭。我自己的弩箭埋在哈洛迪人胸口，只露出箭羽。我又看看他。他嘴角滴下粉红色口水，体液已经淌了不少在地上，让他脸的上半部凹下去，样子很奇怪。一只苍蝇爬上他的眼球。我打个寒噤，后退几步，不愿再靠近。不过虽说心里厌恶，我的理智还在：我拿走了他的十字弓——他的弓比我的大——还从他腰带上解下了箭筒。

他似乎挺年轻，或许比我大个两岁。我不知如何是好，便从他身边倒退回岔路口。我哆哆嗦嗦地给两把弓上弦、装填，再分别挂在两边肩膀上。好笑、愧疼、兴奋、惊恐，所有这些情绪同时涌现。我缓缓下到山洞口。

除了水溅落的声音和老鹰撕扯尸体的声音，四周一片寂静。我又是一个人了。一小股溪水穿过山洞的沙地流到我脚边。我跪下来，十字弓咔嗒咔嗒地落在身侧。我用手捧了水送到唇边。一切都那么突然，但我还活着。恐惧渐渐消退，刚刚的画面沉甸甸地压下来——我杀了人。苍蝇爬上眼球的情景挥之不去。我朝溪水里呕吐，直到吐空了肚子。我用新流出的水擦嘴。忍住接下来的干呕。

我往上游方向走了几尺，洗干净脸，用水漱口再吐掉，直到酸味消失。随后，我了坐下来，一面颤抖一面抽泣，虽然只几分钟，感觉却分外漫长。我又喝了几口水，这次好歹没再吐。最后我总算想起了灌满水囊。

我浑身冒冷汗，不过哆嗦已经没那么厉害，只不过眼泪仍然止不住。这不仅是偷猎。我撞上了自己没法解决的事件，得赶紧回家告诉父亲——得阻止他们。可我又不能回家，家里什么也没有。这件恶事同样会被扯到我身上。贝鲁埃会利用它胁迫父亲。我会被拖去阿维卡，迎接天知道什么样的命运。如今的我进退维谷、动弹不得。

仍然只有那个答案：我必须找到小龙仔。我收拾好东西朝小径走，耳朵突然捕捉到一丝动静。山谷中传来压低的说话声和仿佛车轮的嘎吱声，离我并不太远。头顶老鹰的尖叫越发响亮了。我悄悄挪到山谷边打探。

沿斜坡向下有几道车辙，新近才在灌木丛里压出来的。悬崖底部有一队人马，都裹着宽松的深色衣服，跟之前的哈洛迪袭击者一模一样。有些人腰佩弯刀，其他人带着怪异的钩状戟。他们身后有两头驴拉着一辆双轮驴车，车上放着人类的尸体，跟山洞里那些一样裹在毯子或披风里。看来被我杀死的是他们留下的守卫。

我得尽快悄悄离开。逃进山洞显然不明智。我没东西照明，也不知道里面还有什么。再说还得从那样的血腥场面旁边经过，一想到这个我胃里又是一阵翻腾。可如果我被困在这里，如果我被他们发现……

往下一小段路，一条兽径横穿车辙，蜿蜒朝高山平地的方向延伸。我与它之间刚好有足够的掩护，只要他们别恰好在那一刻抬头看就行。我低低蹲下，一面关注他们的动向一面往前挪。然而另一种声音把我定在原地，让我惊慌失措。换个时间地点，他的喊声或许只是单纯的游戏，与叫我吃饭的声音一样没什么大不了。但在这里,那声音就是灾难。我躲到一块石头背后,心狠狠沉下去。

他不知怎么猜出了我的计划,尾随而至,还在不知什么地方赶到了我前头。

我又听见了他的声音,来自西南方,在高山平地上的某处,又响亮又坚持。

"玛玛玛玛芮芮芮娅娅娅娅!"

达瑞安。

第十五章

哈洛迪人朝达瑞安声音传来的方向看，目光在悬崖表面搜索。我趁机朝小径狂奔，懒得再看他们有没有发现我。一等高处台地的锐利边缘挡住他们的身影，我就沿着小径全速往前冲。

我生怕他们会听见我咚咚的脚步和十字弓碰撞的声音，不过他们已经听见我的笨哥哥在崖顶大吼，所以我也顾不上保持安静了。他们很快就会发现同伴死在山洞。我得找到达瑞安，让他闭嘴，然后找个地方躲起来。

道路很快随稀疏的树木消失，这里只剩高山平地坚硬的岩石层，毫无遮挡。

两百步之外我就发现了他。他大摇大摆地站在光天化日之下，回望山谷，双手抬到嘴边又一次喊我名字。他怎么就没看见自己下方小径上的偷猎者？我拼命再加速，两腿酸痛，肺里火辣辣的，汗水刺痛了身侧的伤口。

"玛玛玛玛芮芮芮娅娅娅娅！"

就在他身后，高山平地的表面有条裂缝，或许能让我们躲一躲。他终于听到我接近的声音，转身面朝我的方向，面孔因愤怒拧成一团。

"你在这儿！你是怎么回事，你这个不负责任的疯——"

"闭嘴。快躲！"我跑到他身边，几乎没有减速，两手抓住他的袖子径直往裂缝拖。

他从我手里挣出一只胳膊。"玛芮娅，你干吗？放开我——"

我抓住他的衣领把他拉近，从他肩膀上打量悬崖和大山交汇处。"悬崖底下有哈洛迪人，他们听见你喊了。我们得赶紧藏好，不能让他们瞧见。快！"我把他朝裂缝拖，指望能有一条向下的通道，只要不是垂直下落就行。"快走。"

可达瑞安又一次拍开我的手："哈洛迪人？你疯了吧？"

"达瑞——拜托。"我又抓住他的胳膊往前拉，我转身时他看见了插在我背包上的箭。

"你包上怎么插了一支箭？"

他神情中露出一丝了悟，血色从他脸上褪得干干净净。我又拉他一下，他终于有了点紧迫感，跟着我加快了脚步。我在裂缝边缘停下，他喃喃道："高龙在上，玛芮娅，你让我惹上了什么麻烦？"

我跳到约莫五尺之下的山脊上："这边。"

达瑞安坐在缝隙边缘往下看，我失去了耐心："他们来了，达瑞安！赶紧走！"

他腿一蹬落在我身旁，我开始评估眼前的局面。裂缝从我们所在的位置继续向下延伸四十多尺，不过旁边另有一道浅浅的山脊，往西通到另一条缝隙。这条缝仿佛迷你山洞或地道，蜿蜒通往崖壁方向。我往前跨了两步，跳到地道里。达瑞安跟过来。

他说："以高龙的名义，你到底惹出了什么麻烦？"

"我要你来了吗？你来干吗？你该照顾你的龙！"我捶他胸口，"你干吗跟踪我？"

"我干吗……？你什么毛病？大家都急坏了。贝鲁埃像疯子一样喋喋不休。所有人都在找——"

"父亲知道你在这儿吗？"

"不知道！父亲和其他人都中了你的计，追着征购车队去了。他们以为你是去追我们养的某个龙仔……你打的就是这个主意，对吧？他们走了以后，我开始有了想法。于是就去遗迹看你在不在。我发现龙的骨头不见了，于是就一加一，得到了疯子这个答案。"

我悄声道:"嘘。别这么大声。"

"你觉得革提克想让你看什么东西,对吧?你觉得他想让你大踏步走进荒野去找一只龙仔。"他也压低了嗓门,"我本来想,追上你应该很容易。真没料到会花这么长时间。"他揉揉脖子上崭新的契印,"我有龙仔要照料,现在却跑到龙的领地追我那固执、愚蠢——"

"那你就回家去。"

"我回不成。为什么呢?好像是跟哈洛迪人有点什么关系,对吧?"

我毫无办法,只能叹气:"我们不能站在这儿吵,他们要来的。"

山洞隐入黑暗中,我试探着朝里头走了几步。

"老天爷,玛芮娅。这些地道里说不定全是野生龙。"

"我觉得不会。"

"托曼跟我讲过,他说这片高山平地的南端就跟蜂巢一样,到处是这样的小洞。龙把坚硬的地面当房顶,在这里挖巢穴已经不知多少个世代了。"

"那躲在这儿简直完美。"

"要是这里住了一头、三头或者十二头龙呢?"他抓住我背包的肩带把我往回拽。我怒气冲冲地转过身,掰开他的手:"听着达瑞安:哈洛迪人在偷猎龙。我已经好几星期没见过一头野龙了,你呢?"

他张开嘴,结果一个字也没说出来。

我们头顶的沙石突然震动,对面的墙上映出一个移动的人影,是从我们上方崖顶投下的影子。我一手捂住达瑞安的嘴。我俩僵在原地,看影子缓缓向东走去。它中途停下一次,落日把人的轮廓照得清清楚楚。

达瑞安的手像老虎钳一样夹痛了我的胳膊。我慢慢扳开他的拇指,他松开手。我指指地道,他睁大眼睛点头。我们小心翼翼地放轻步子,一寸寸地挪到更深的黑暗中。

很快,一堆树枝和骨头挡住了我们的退路——是龙的巢穴。直径大约十到十二尺,正好把小小的山洞堵得严严实实。如果从上面翻过去,准会弄出动静。我们被困住了。达瑞安抽了口气。我俩心惊胆战地朝地道入口处瞧。我屏住呼吸。

人影一直没动弹,前后好几分钟之久;然后它蹲下来,我听到脚蹭在地上的声音。影子消失了,因为它的主人跳下了我们藏身处外面的山脊,距我们不过四十尺。

是哈洛迪的武士，裹在松松垮垮的衣服里，浅色的眼睛从包头布的褶皱中往外瞅，他竭力想透过黑暗往我们藏身的地道里看。达瑞安像死人一样安静。只见那人单膝跪地，从肩上取下十字弓，拉下上弦的拉杆。他从腰上的箭筒里抽出一支弩箭放入矢道，缓缓瞄准我们的方向——之后他一动不动，等眼睛适应黑暗。我的心跳声在耳朵里咚咚地响着，有一个短短的永恒那么久。我的肺因缺氧而尖叫，但我不敢呼吸。

崖顶传来一声喊叫，战士厉声答应，异国的语言像鞭子一样抽打在寂静上。我差点惊得跳起来，但好歹维持住理智，原地没动。达瑞安没发出任何声音。

那人抬起手，把箭射进地道。弩箭从我俩之间飞过，砰一声扎进龙的巢穴，又惊了我一跳。不过哈洛迪战士并没有想跟着进来的意思。他似乎很害怕。他又听了一分来钟，然后站起身，小心翼翼地原路退回。另一个影子出现，那人抬起头。两人压低声音说了几句，最后战士似乎恼了，发起脾气。第二个影子蹲下。他准备一起进来搜索吗？不过这时第一个人拉住了从上方伸下来的手。他爬上裂缝，回到崖顶，两人一道离开。

达瑞安呼出一口气，然后哑声道："高龙作证，玛芮娅，如果父亲不杀了你，我来。你以为自己在干吗？"

我想揍他，结果却扑通跪倒。我放下十字弓，从肩膀上扯下背包。"你知道我来干吗。你算过了，记得吗？一加一？"

"对，你疯了。你背上怎么会有支箭？"他蹲到我身边，凑过来打量，"受伤了？"

"一点点而已。"

"让我瞧瞧。快。"

"这儿太黑了。我没事。"

"我看得见。对着光线。"

我朝他转过身，拉起衬衣把肩胛骨下的伤口给他看。他摸了摸，我痛得一缩。也许我并非没事。

"还在流血，"他说，"得包扎。你带了什么可用的东西？"他抓过我的背包，结果愣住了。他盯着依然插在鹿腿肉里的箭："库鲁宗的屁股，玛芮娅。到底怎么回事？"

我用袖子抹脸，"高山平地与山交汇的地方有个洞，挺大的……"

"托曼跟我讲过。那是龙的老巢。"

"好吧，它现在成了偷猎者的老巢，只不过偷猎的是哈洛迪人。你瞧，白皮肤、白头发、浅色眼睛。"

"等等。你进了那儿？"

"他们在山洞里剥皮放血，尸体留给老鹰和蚂蚁清理。有车辙通向山洞深处，我不知道他们还干了什么勾当。但有一个人——有一个人发现了我。他往我背上射了一箭，被鹿肉挡住了。"

他两手抓住我肩膀："那人现在在哪儿？"他声音里有着绝望的关切。

我看着他的眼睛，"被我……射死了。用凯西的弩。"我保持目光的接触，仿佛这样就能证明自己的话。

达瑞安蹲在地上，眼睛盯着十字弓，一脸震惊。然后他把我拉到身边，搂住我肩膀拥抱我，倒叫我吃了一惊。我也搂住他。他没说话。

最后他说："得告诉父亲。还有洛夫。我们得想办法离开这儿，不能一直躲着。天一黑我们就回去。"

"我不能回去。"

"我们非回去不可，玛芮娅！他们已经射伤你一次，算你运气。我们不能——"

"不，达瑞。我不能回去。除非找到龙仔。"

"你当然可以回去。这简直是发疯，玛芮娅，就算没有偷猎的事——"

"你不懂，达瑞安。如果没找到龙仔，我回去就会——"

"就算没有偷猎的事，你又打算怎么从野龙手里偷走它们的龙仔——"

"你怎么就不听我说呢，没有龙仔我不能回去——"

"玛芮娅，玛芮娅，好好想想。我们不能这么干。我们得理智些——"

我用力挣开他的手，抓起我的背包和十字弓，我站起来。

"你去哪儿？"

我回身朝地道入口处走，我的心跳得飞快，脑子只能勉强跟上："我得找到一只龙仔。"

达瑞安抓住我胳膊肘，但我抽出手来。"别拦我，达瑞安。拜托。"我转身从他身边走开，突然被各种矛盾的情绪压倒：疑虑、需要、恐惧、决心。"我必须这么做，达瑞安。我必须拥有一只龙仔，否则……"

"否则什么？你宁愿死在这儿也不愿回去？是这样吗？这事儿你根本应付不来，玛芮娅。"

"革提克降落在废墟的时候你也在。你做了加法。你甚至说革提克是为我而来。我知道你明白。你只是害怕。"

他已经做好嘴形要回应，这时下方的山谷传来了新的动静。

"嘘！"

达瑞安屏住呼吸，跟我一起竖起耳朵。喊声。驴叫。还有一头幼龙惊恐的叫唤。

"阿瓦啊，达瑞。瞧。"

从地道入口处，我们能往下看到哈洛迪人的山洞洞口。这段空隙中满是碎石，仿佛乱石形成的粗糙楼梯，正好露出一小段下方谷地的情形。又一队哈洛迪武士正爬坡朝主山洞走去，约莫两打人。他们中间是另一辆由两头驴拉的车，不过这辆车上放着金属条做成的长方形笼子，足以容纳一打龙仔，或者一只熊一样大的青年龙。此刻笼里只有一个宝宝，正吓得叫唤。

我的心跳起来，然后沉下去，然后又跳起来。我已经失去了一个龙宝宝，但革提克领我来了这里，不是吗？我悄声道："那是我的宝宝。"

达瑞安摇头："哦不。哦不。玛芮娅。不行不行不行……"

我从空隙处跳到下一道山脊上，好看得更清楚些。突出的岩石延伸到洞口远端的开口上方，提供了更加开阔的视野。达瑞安来到我身后，从我肩头往外看，暂时没再抱怨。

龙仔在笼子里前后跑动，吓得尖叫。那是一只棕褐色加银色的宝宝——山龙的典型花色。驴子不满地大叫，但还是奋力往坡上挣扎。战士们全都在回头往山下看，看某些我们视线之外的东西。

"老天，玛芮娅，他们人太多了——"

"有情况，达瑞安。"

哈洛迪武士的喊声加大了音量，他们沿着与小径垂直的方向排成一排，每个人都举起十字弓。这时一声咆哮撼动了午后的寂静，不会错的，那是一头暴怒的成年龙发出的怒吼。

战士呼喊的音调变了。一只完全长成的龙从右方奔进视野中，有两个人心理崩溃、惊惶逃窜。他也是宝宝那样的棕褐色和银色。这个庞然大物像奥达科斯和珂露菲一样，是卡迪亚山区最常见的品种。他显然是雄性，有着高高的羽冠和结实的肌肉；个头虽不如舒迦，但身材精瘦，十分好斗，野外的生活显然让他分外强悍。他似乎受了伤，因为他压根儿没打算起飞，冲锋时一直贴着地面，怒声挑衅。笼子里的龙仔尖叫着回应他。

十字弓纷纷发射，阻挡他冲锋。弩箭尖啸着砸在他天生的盔甲上，许多都被完全弹开。他奋力冲到距离最近的那排弓弩手跟前，让爪子和牙齿投入战斗。满耳都是痛苦的尖叫、愤怒的嚷嚷、龙的咆哮和惊恐的叫唤。有两个哈洛迪人被抛向空中，翻着筋斗撞上旁边的大树；但十字弓继续着不连贯的合唱，歌声激越。龙的翅膀在自己身前合拢，这样能挡开部分火力。他发出疼痛和愤怒的低吼，终于还是退开几步。

我不由得同情他——这是一位骄傲的父亲，一心保护自己的孩子。两天前我在森林中找到的龙是他的伴侣吗？或者已经过了三天了？他只迟疑了片刻就再度冲上去，翅膀像盾牌一样交叉在身前。他在新一轮箭雨前退却，但又有两个哈洛迪士兵被摔成肉泥。

看着真让人难受。笼子里的小龙发出惊恐的尖叫，我从未听过这样的声音——即便我们的龙仔被送下山崖、落入内阁掌中时也没有。龙爸爸往旁边绕了几步，再次向弓弩手的阵列发动攻击。弓弦噼啪作响，弩箭呼啸而去，龙父在令人胆寒的猛攻前退却了。

从我们左上方传来粗粝的咆哮声。一道影子自西而来，打我们头上掠过，我俩下意识蹲下。明亮的天幕下，一只滑翔而过的龙留下清晰的剪影。

达瑞安跳起来，他大喊一声："是父亲！"然后开始挥舞双臂。

但我抱住他的腰，把他拖回地道里。那不是舒迦，不是父亲。我不认识那头龙，在内阁的队伍里也从没见过它。它体形瘦长，棕色皮肤，腹部是淡绿色，背部有许多斑点。我从未见过这样的花纹。飘舞的披风把骑手裹得严严实实，跟地上的战士一样，只不过此人系了根红腰带。谢天谢地，龙和骑手都没发现我们。他们向下滑行，在下方的战场上方盘旋。龙父退后，士兵利用这间歇重新装填。

达瑞安悄声道："库鲁宗啊！怎么连偷猎的也有龙了？"

"我跟你说了，他们是哈洛迪人。"

达瑞安靠着石壁缩起身子，"咱们躲开，可别被发现了。"

我点头，慢慢朝地道内挪回去。

又一头龙载着骑手从左边掠过我们头顶，这次空中的剪影比刚才还大。我被眼前的景象惊呆了，不由得直往后缩。

太诡异了。它浑身黑色——不是舒迦那种光亮平滑的皮肤，它的质感和光泽都像烧焦的木头，布满小孔和裂缝；翅膀边缘破烂，上面有好多洞。阳光落在皮肤上，照出的不是健康动物泛红的血管，而是交织的黑线。它压根儿没有羽冠。深色的金属盔甲盖住它的胸和脖子，黑色头盔连眼睛也遮住了。骑手裹在黑袍里，背上挂柄黑色大刀。

它留下一股臭气，腐败的恶臭，像烧焦的肉。

达瑞安顷刻间就从我身边窜进了地道里。我又逗留了片刻，心里老想着那几只残缺的宝宝——那些被割掉了羽冠的龙仔。这就是等待它们的命运吗？被变成这么个怪东西？这么个黑暗与恶臭的腐坏之物？我如坠冰窟。我知道它的名字。凶煞。

第一头龙仍在战场上方盘旋，骑手喊了一句什么，黑色怪物朝着龙爸爸直冲下去。龙爸爸发出悲惨的哀鸣，但还是收起翅膀逃进了树丛。除非放弃飞行的优势，否则凶煞没法跟过去。

聪明的父亲，我心里这么想着，却又为他心痛。

笼子里的龙仔见父亲消失，发出惊恐的哀号。士兵抽打驴子，不过它们已经在拼命朝山洞拉，根本不需要人类的激励。那队人收拾好自己的伤员和尸体就立刻撤退了。哈洛迪的龙骑士与那长翅膀的黑色奴隶也跟上去，消失在了我的左边。

一股寒意让我浑身颤抖，我跑进地道去追达瑞安。

第十六章

"玛芮娅,那是凶煞。"达瑞安做着口型,仿佛发出声音会招来危险。

我坐在他身边直哆嗦。

"现在你准备回家了吧?"他低声嘲弄道,"这场小冒险,你觉得成功的希望够渺茫了吗?"

我没吭声,只是耸肩把背包重新放下。伤口开始抽痛,我倚在身后的龙巢上,呻吟着捂住肋骨。

达瑞安凑近些,"得包扎,玛芮娅。你包里有什么?"

"基本都是食物,还有条毯子。"

"这可是半片鹿呢,你准备拿它干吗?"

"我得给宝宝喂食——"

"我们得躲到父亲和其他人来找我们为止。他们会来的,只是时间问题。"

他把弩箭从鹿腿另一头拉出来,打量片刻,放在一旁。接着他又从包里扯出一块肉递给我:"吃。"

"我要留着。"

"叫你吃就吃。你失血了,得补充体力。"他扯下另一块肉,狼吞虎咽地吃了几口，然后边嚼边把剩下的肉放在背包上。他说："把你的刀给我。"

"你自己的呢？"

"没带，我没料到要出来这么久。得把那伤口绑好，没被肉汁浸透的就只剩咱们身上的衣服了。就用你的袖子。快点，天色越来越暗了，我又不敢生火。"

我把匕首递给他，他拿刀割开把袖子连在衬衣上的蕾丝，默默地弄成纱布和绷带，裹住伤口，最后再扎好。然后我们继续吃东西，都没再说话。

下方的森林里，有头龙发出哀伤的号哭——那是经久不息的绝望呻吟。肯定是龙父在哀悼，他的宝贝当真是被困在凶神恶煞的怪物中间了。我想象他在森林中踱步，担惊受怕。

我抬起下巴，直视达瑞安的眼睛："我不能抛下它们。"

"想都别想，玛芮娅。"

"拜托了，达瑞安。"

"不。"

"光靠我一个人不行。"

"面对现实吧，玛芮娅。那只龙仔没救了。就算能救它，它还有父亲。再说即便你能抢到它，它也是野龙，不是在人类龙场新孵出来的龙宝宝。而且你也抢不到手，它倒很可能咬掉你的胳膊。"

泪水在我眼眶中汇聚，我气呼呼地把它们擦掉。我哭够了，哪怕现在是在无人看见的黑暗中。"你难道没发现吗？贝鲁埃还不满意。不知为什么，这事跟他切身相关。夏龙吓得他要死。他需要证明自己。革提克威胁到他了，他不会善罢甘休，非得永远埋葬革提克的故事不可。"

"就算这样你也不必——"

"我们需要另一只龙仔！你的小龙父需要龙母，这样才能恢复龙场的平衡，而父亲也才有筹码可以阻止贝鲁埃把我带去阿维卡还有天知道什么地方。我现在活像我们卖掉的龙仔：我成了内阁的奴隶，除非我能想出法子。"

"他不能硬把你留下，或者把你嫁给——"

"贝鲁埃指责我把诅咒带到龙场。诅咒。玛毕尔把你抢下来，现在他的诡计就只能施展在我身上。"

达瑞安沉默片刻，然后说："贝鲁埃不了解你。他说的不对。"

"等我被嫁给哪个又老又肥的梅利恒，或者甚至贝鲁埃本人，到时候我想起你这话，心里一定觉得很安慰。"

他沉默了，好几分钟过去，我们耳边只有悬崖拐角、地道入口处微风的呻吟。

"再说也许他们说得没错呢？"我悄声说道，"那天去森林，我确实是丢下了自己的责任。"

"我俩都一样。"

我把脸埋在手掌中，"我老是想起母亲摔下来的样子。"

"又是这事？跟这事能扯上什么关系？"

"听我说，请你听我说。我不太确定该怎么说，所以请你听着就好。自从母亲摔下来，我一直很害怕。万一母亲最后的话……"我说不下去了。

"什么？她最后的话怎么了？"

我眨掉眼里的泪水，"有件事你不知道。"

"我不知道什么？"达瑞安恼了。

我又抹抹眼睛和鼻子，把抽泣憋回去。"母亲摔下来之前，在她责备我之前，在你都还没过来之前，我给葛露斯上了鞍。"

"那又怎么样？"

"我不知道自己有没有做对。也许皮带绑得太松了，也许我本来该发现带子上有裂痕。说不定……"泪水再也憋不住，好一会儿工夫我都开不了口。我猛吸一口气。"说不定真的就是我的错。当时她说，'心不在焉的驯龙人必遭诅咒。'她用了那个词——诅咒——然后她就死了。说不定真的是我的错。"

达瑞安摇头，"玛芮娅，她骑上去之前总会检查束带，回回不落。这你知道的。"

"但就那一次她在生气，转移了注意力。而且她用了那个词。然后她就永远离开了。我永远没法忘记那个词。自从那天开始，好像一切都在跟我作对。我老是背黑锅。父亲一直不满意。我永远不够好。坏事一件接一件。弗伦被抓伤、父亲冲我吼，就好像之前的情景重现。就好像母亲最后的话一不小心变成了诅咒，因为她的怒气、她的死。还有我的罪过。"我泣不成声。

达瑞安终于让我说出了我需要说的话，现在他也沉默了。

我喘匀呼吸，"我们看见革提克的时候，我感到那么振奋，感到了温暖和希望。就好像所有错误都会得到纠正。我就想，既然发生了这个大奇迹，或许我也会遇到一个小小的奇迹呢。或许那个意外的诅咒会就此消除也说不定。"

我吸吸鼻涕，"然后一切都变得那么糟糕。"我哽咽了。革提克当真以某种奇特的方式对我说话了吗？我是不是还能做些什么？或者我对他已经没了用处——我的角色已经结束了——只是一个见证者，没别的？甚至他的信息根本就是贝鲁埃所说的那样？

"我不知道革提克为什么出现，是为了消除我的诅咒，还是为了把它变成板上钉钉的事实。"

达瑞安皱紧眉头，但已经没有怒意了，"玛芮娅，意外有时难免，你没受什么诅咒。"

"可我怎么能确定呢？那么多征象，一人一个说法，我根本不知道该信什么。我不知道我是谁，我只知道如果被贝鲁埃带去阿维卡，我就再也回不来了。我就是知道。这里头有什么名堂，他不能让我们的故事传出去，达瑞安，他会想尽办法让我们永远闭嘴。就算你看不出来，我反正是明白了。等封了我的嘴，他就会来找你。还有父亲、托曼、吉荷牡。诅咒会扩散开来。"

森林中再次传来凄惨的呻吟，渐渐拖长成低低的吹气声——那是龙在伤心哭泣。我听过一次类似的声音，在葛露斯哀悼母亲的时候。

"最糟糕的是，说不定我是活该。"

达瑞安垂着脑袋，一言不发。

我猛地站起身，背上背包，又抓起较大的那把十字弓，"所以我其实别无选择，我得想办法救出那只龙仔。没有龙宝宝我不能回去。"

"你总说贝鲁埃会得逞，会用尽一切手段。这种事不是太没道理了吗？"

我迟疑了，不确定该如何回答。

"再说万一那只龙仔是男孩呢？这你想过吗？"

我咽口唾沫，"想过。但如果是女孩，我就把谈判的筹码交给了父亲和玛毕尔。我就能拖住贝鲁埃。说不定能让大家看到革提克对我也有安排。"

"你愿意为这幻想送命？"

我盯着越来越深的暮色看了几秒钟，"我只有这个了，达瑞安。"

他再次沉默，皱着脸冥思苦想。

我把凯西的十字弓塞给他，他下意识地接在手里。然后我从腰带上解下她的箭筒。"你来的时候都没做点准备。"我一耸肩披上外套，"在这儿等着，达瑞安。"

我把他留在了黑漆漆的地道里。

白昼的颜色随太阳沉下西边的地平线，星星闪烁在东方。外面的光线是紫色的，气温陡降。我搜索了一番空中，然后跳到更宽的那道山脊上。它沿着裂缝边缘向东拐过一个弯，最后变成一片从地表突起的凹凸不平的石头，把它当梯子我就可以轻松回到那片高处的台地。借着微弱的天光，我从边上往外瞅，以为会看到哈洛迪武士，结果却发现四周空无一人。不过哈洛迪人的山洞里有火光。深色的影子在火堆面前来回移动，我听见了说话声，声调挺高。我得靠近些。

我利用仅有的一点点掩护，一块石头、一簇稀疏蓬乱的灌木、地面上的一处凹陷，小心翼翼地穿过高处的台地。最后我停在一片低矮的石壁前，上头有条缝，可以往外看。

我身后传来轻轻的脚步。我飞快转身，达瑞安在我身旁蹲下。

他悄声道："可别再靠近了。"

"阿瓦——你吓死我了。"

"我怎么能让你一个人跑出来。"看见我的怒容，他补充道："我知道——嘘。"

我又从缝里往外瞅，"就算我想靠近也办不到，再走就到他们龙的上风了。"

"之前不久，父亲他们外出狩猎了一整天，这些人是怎么躲过去没被父亲发现的？"

"他们藏在洞里。再说父亲不会狩猎我们自己山谷里的猎物——他准想让龙父龙母飞远些，既消耗体力，也免得从我们的野龙口里夺食。"

他皱眉："这些人在干吗？"

"不知道。"

几名卫兵在山洞入口前排开，十字弓已经上了弦，多半是为防备龙父。他们身后有许多忙碌的人影，看不出是在干什么。再往后，两只龙的脑袋和翅膀出现在所有的混乱之上。首领棕龙不时动一动，凶煞则完全静止。

我看见了拉笼子的车，驴子依然套在轭上，鼻子埋在食袋里。笼门开着，但宝宝蜷缩在最远的一角。一个哈洛迪人从门外朝它挥舞什么东西。肉？或者武器？我看不出来。但龙仔吓得直叫唤，那人显出厌烦的样子，把那东西扔到了一边。

束着红腰带的头领从人群中走出来，打了那人一巴掌。两人抬高了声调，比画着手势。他们指指宝宝和山洞深处的什么东西，又指指洞外的黑夜。

我轻声道："他们在争吵。"

"吵什么？"

"我觉得是因为宝宝。"我突然明白过来，不由起了鸡皮疙瘩。"他们从我们眼皮底下偷龙仔，然后跟它们结契。只不过他们压根儿不知道该怎么做。或许红腰带稍微明白点，而他也要失败了。"

"哈洛迪人太多了，玛芮娅。"

"我看大有可能。他们以为自己需要立刻跟龙仔结契，于是就派一群可能成为骑手的人来山里的龙巢抢龙仔。但他们太心急，根本没做对。山洞里有被杀死的宝宝。他们割了宝宝的羽冠，翅膀的切口也弄错了。"我又看看那凶煞，它一动不动，头上脖子上套着深色盔甲，完全没有羽冠。"诸神在上，达瑞，他们要把龙仔变成那种东西吗？"

"阿瓦……"达瑞安一脸惊恐，"骑手呢？他们都是人类对吧？"

"只有一个是。瞧瞧骑凶煞龙那个。"我在人群中寻找凶煞骑手，发现他就站在头领背后，一身黑袍，但就像他的龙一样一动不动。在忙碌的人群中，只有他纹丝不动。我看不清他的脸，只觉得仿佛火光照在明亮的表面上，有怪异的反光。我低头躲好。

"可他们在哈洛迪也有龙，不是吗？为什么要来这么远偷我们的？"

"阿瓦，达瑞安——"

"你怎么可能绕得过他们？我们得想个办法，声东击西。"

光线黯淡，我只隐约看到他耸耸肩，忍不住拥抱了他。他推开我："我意思可不是说觉得你的主意不错，也不是说我准备帮忙。我只是说声势要大，才能把他们引出来，比如火灾。但时机也得把握好，他们发现起火的时候我们要躲得远远的。"

"但这样会把父亲也引来，或者更糟，引来贝鲁埃和洛夫。"

"这不是挺好吗？我还是宁愿劝你罢手。父亲肯定能想出法子的。这太疯狂了。"他伸出一只手搭在我肩头，我感觉出他在发抖。

尖利的争执声让我俩再度抬起头。火光映出一片忙乱的影子，装尸体的车被带到了洞口。尸体被搬下来，一头驴也被解开。头领和另外一人激动地说着什么，不时指指外面的夜色，又指指尸体，指指高原。

我悄声道："他们在讨论怎么对付我们。"

驴子突然惨叫，吓得我们一缩脑袋。头领的坐骑，那只带斑点的棕色龙张开大嘴，咬住了驴脖子。龙的大头一晃，惨叫戛然而止。拉笼子的那对驴套着食袋尖叫，拼命想往后退，结果车身侧翻，把它们困住了。还有头驴仍然套在第一辆车上，它拉扯着挽具，发出惊慌失措的尖利叫声。一个士兵朝它的脖子举起剑，我转开眼睛，但仍听到金属砍在骨头上咔的一声。驴叫停了。现在龙宝宝也吓得叫唤起来。等我重新鼓起勇气看过去，一头驴正被人切块，另一头一团团消失在头领坐骑的肚子里。拉笼子的那对驴满脸惊恐，瞪大了眼睛。

"怎么能这样。"达瑞安喃喃道，"狩猎是一码事，但允许龙杀死被人控制的动物，这只会让龙变得危险。他们压根儿不知道该如何对待龙——"

这时黑龙被领上来。它停在那排士兵的尸体前，埋头叼起其中一具死尸。

达瑞安惊惶地后退，我吓得无法动弹，所以看的时间倒比他久些。它安安静静地、有条不紊地撕扯尸体，一块块吃下去。我胃里的食物往上涌，我一手捂嘴，使劲咽唾沫把食物留在肚子里。

龙宝宝发出惊恐的叫唤，它父亲在我身后的树林里，以悲伤、愤怒的吼声回答它。凶煞继续进食。这时我注意到它的骑手蹲下来，俯身狼吞虎咽。我看不出他吃的是什么，不过哈洛迪的士兵都远远退开了。

达瑞安抓住我的腰带往后拖，逃离这场噩梦。撤退前我最后看了一眼，只见我那惊恐万状的龙仔被放在车上，拉进了山洞更深处。

第十七章

地平线上出现一道亮光，接着月亮升起。如今已是满月后的第三天。我感谢阿瓦没让它早些露脸，照亮我们惊惶撤退的身影。

月亮洒下的第一抹光在地道里留下一条苍白的光柱。达瑞安蜷缩在地道深处，背靠着被遗弃的巢穴。微弱的光线下，他眼睛瞪得大大的。

"我们该怎么办，玛芮娅？我们该怎么办？"他的话飞快地往外滚，"早上他们还会来找我们，说不定今晚就会再来。谁知道那些东西有什么本事？我们得躲起来。"他抬起一只手，眼见它被月光照亮，露出害怕的样子。为了避开月光，他手忙脚乱地爬进龙巢，闹出不小动静。

我跟过去，不过比他更当心些，"镇静。我们得想想。"

"要我怎么镇静？他们把自己人的尸体喂给那凶煞吃。吃过人的龙你要怎么控制它？"

"我需要你帮我。"

"这事我们应付不来，玛芮娅。应付不来。"他的脸因恐惧而扭曲，他的低语仿佛勉强控制的嘶喊。"你会害我俩一起送命。他们是怪物。他们会杀了我们，然后就拿我们喂那东西。不，我跟你说了，我们就坐在这儿等着。没商量。"

"达瑞安,拜托……"

"你怎么就非把自己变成诅咒不可?"

我感到血液从脸上褪去。声音、气味、图像和思维都暂时失灵,仿佛我走进了漆黑的炼狱。我说不出话。一分钟时间缓缓流逝,我无法动弹,只能观察自己的皮肤如何收紧、泪水如何盈满眼眶,以及胸口正中张开的深渊。过去几天所有最糟糕的征象都压缩进这个冰冷、沉重的字眼中。

达瑞安问我是不是甘心为这个龙仔冒性命危险。他真正该问的是我能不能带着诅咒过完一辈子。无论它是真实的还是出于想象都不要紧——无所作为会让它成真。我要么受了诅咒,要么得到龙仔。说到底就是这么简单。

那就这样吧。我擦干眼睛,将勇敢像面具一样扣在脸上。

达瑞安瞪着眼默默看着我,我收拾好自己的东西爬出龙巢,往地道入口走。他抓住我的胳膊:"天啊,玛芮娅,我不是那个意思。我刚刚吓尿了。别去。"

我走进月光里。

"玛芮娅,回来,对不起。"

高处台地上缺少掩护,我想另找一条通向山洞的路。我往下看。整条峡道满是突出的岩石和从这些岩石上落下的石块。碎石斜坡几乎一路向上堆到我们的地道口,我可以从这儿直接跳过去。我坐在山脊上瞄瞄准,发现斜坡简直像楼梯似的,只不过阶梯之间高度不一。有月光照亮,行动更容易了些。我跳下去。

地道深处传来嘶哑的低语:"对不起,玛芮娅!"

我没回头。

悬崖底部的谷底满是石头,不但难走,而且没遮没挡。幸亏月亮尚在低处,附近的树也挺高。我并不着急,让眼睛慢慢适应树影下那更深的黑暗。我得尽量靠近偷猎者的山洞,好评估形势、制订计划。但我明白一旦到了洞口就很难找到掩护,而且准会遇到守卫。我完全凭本能行事——本能和盲目的绝望。我耸耸肩,控制住狂奔的思绪。达瑞安话里的刺汇入母亲最后的遗言,又汇入贝鲁埃和玛毕尔的论断。

诅咒。它让我分心,让我发狂。诅咒。这些话在我心中转了一遍又一遍,还配上了凶煞吞食哈洛迪人尸体的画面。疑虑潜入我的决心,不过这些话最终

总是将我逼回同一个地方：龙仔。

我找到了哈洛迪人走的那条小径，立刻发觉这里就是他们与龙爸爸作战的地方。片片月光下，一滴滴、一摊摊血都是乌木的颜色。

我的心跳漏了一拍。他仍在这里，在附近某个地方。我竖起耳朵，打量树木之间的黑暗，但并未发现他的踪影。我提高警惕、蹑手蹑脚地溜进更深的影子里，开始沿着小径往上走。我偶然发现一把被遗忘的十字弓，拿起来检查，发现弓身断了，便又轻轻把它放下。不过十字弓旁有支箭完好无损，旁边还有一支。我们猎鹿的箭头是扁平的三角形，这些却不同，它们是军中的设计，箭头方方的，像镖，意在穿透盔甲。在需要与龙作战的部队里，这是标准装备。即便如此，许多箭还是会滑开——龙的皮肤很厚，脖子、胸部和肩膀上还布满坚硬的鳞片。一个姑娘加一张弓，面对龙时能够保护自己吗？但我还是把箭插进了箭筒。用它们杀人总是够的。

夜色拖慢了行进速度，但我一点点往山上挪，时常停下来听、停下来四处看，任何方向都不放过——往上、往下、崖顶、森林、天空。

前方传来呻吟，我立即停下脚步。低沉的悲泣和安静、悲伤的吹气声，那是龙绝望之极的声音。我弯下腰，抬手遮住被月光照亮的岩壁和天空，好让眼睛适应昏沉的阴影。我在森林中寻找线索，好容易在右前方发现一道明亮的闪光，像是月亮照到鳞片上的样子。

龙爸状况很糟。他想用牙拔出插在胸口的弩箭，每次失败时都发出痛苦和焦躁的低吼。他瘫软着身体——埋着头，右翅拖在地上，左翅向上、向后折出诡异的角度。几根箭羽扎在他的胸大肌上，周围有凝结的血。难怪他飞不起来。

他肯定痛极了，但依然奋力想救出自己的宝贝。他不知怎么躲过了他们的天罗地网，还把好几个哈洛迪人送上了西天。这让我想起我家祖上一个叫马利克的人，他独自打跑了来犯的部落，救出了被绑架的女儿。就他和他的龙坐骑。那真是英雄的壮举。我心疼这个龙爸，忍不住把他想成了马利克。但他同时也是负伤的掠食者，而我是背着一大包肉、手里只有一把十字弓的女孩儿。我的火力不足，防护更弱，而他挡在我的去路上。

我跪在一块石头背后观察。没多久他就忍痛继续往山坡上走，动作缓慢，右前脚只敢轻轻着地。等他走出二十码左右，我就偷偷换个地方躲，一点点跟着他往坡上走。他经常停步拨弄胸口的箭。看起来扎得不算深,但有几处伤口渗出了黑色血迹。走路时想必痛极了。

山坡上远远传来他宝宝的叫唤,可怜巴巴的。我的心一沉,但很快分辨出其中的情绪——孤独、害怕,但并非彻底的恐惧。它未遇到危险,暂时还没有。

马利克抬起头愣在原地,他听了半晌,直到哭喊声低下去。然后他头往后仰,用龙的话喊了句什么,两次,这是野龙的语言,我不懂。听着活像是巨大的老鹰发出的叫声。

洞里的宝宝用又一声哀哭作答,但声音越来越轻,我意识到这是因为哈洛迪人正把它带到山洞更深处。哭声消失了,寂静笼罩森林。

马利克继续往坡上爬,每次右前足落地都要哼哼。突然他停下来抬起脑袋,回头往我的方向看过来。

我后脖子上的汗毛根根直立。我确信自己并未发出任何声音,不过以防万一,我还是往周围瞟了一圈,看有没有可供防守的位置。

他发出尖利的呼呼声——那是攻击之前的警告和威胁。我猛地朝他转过头去,他发起了攻击。

恐惧注入我的四肢。我转身往树林冲。

身后传来沉甸甸的脚步和树枝折断的声音,越来越近。他咆哮一声,现在全心全意地追了过来。

我尖叫着跃过一根倒地的木头,不等站稳就又一跃而起,绕过一棵树。前方一大堆石头,周围环绕着茂密的冷杉。我离那里还隔着三十尺的空地。我扭头往后瞟了一眼。

马利克绕过几棵大树进入这片开阔地,迅速缩短了距离。他再次咆哮,一脚踩在一棵小树苗上,然后收紧翅膀准备扑上来。

我飞快地跑过空地,从两棵树之间跳上了最近的岩石。身后响起撞击声,木头碎片飞溅。我跃过一根树枝、跟跄着落地、有什么从我头发旁扫过;我从另一株树旁跳进两块大石头之间深深的缝隙中。我的后背撞上地面,一时喘不上气来。我往上看。

马利克想从石头周围的冷杉之间挤进来,但他身侧的箭挂在了树干上。他怒吼一声,退后、绕到我左边,巨大的前足朝我的容身处扫过来。我大口喘气,手忙脚乱地尽量往后挪。他用牙和爪子试探树的强度。树晃了晃,但没断。他无可奈何地咆哮,随后偷偷绕到了我背后。在这个方向上,只有一棵小树保护着我的小小阵地。他推它,一次、两次、三次。

松针、树枝和松果雨点般落下。树根呻吟着折断,小树朝里倒下。

我举起一只胳膊遮住脸,但树倒下时,枝条挂住了石头和周围的树。它仍被树根固定在土里,正好倾倒在我的缝隙上。马利克对着折断的树根又咬又挠,树依然只是晃动,不过现在他可以站上遮蔽我的岩石了。一只爪子探进树和石头之间。我往后爬。他移到对面试了试,不过胸部和腿部的弩箭又被粗壮的树枝挂住。最后他从石头前退开,绕着圈研究如何突破我的防守。

我向后倒,大口喘气,泪如雨下。“走开,”我哑着嗓子低声说。“阿瓦啊。阿瓦阿瓦阿瓦……”

他突然发出暴怒的咆哮,再次跳到石头上,疯狂抓扯倒下的小树。树枝裂开、折断。他踩着树干上下跳,树干发出呻吟。

木片雨点般落在我周围。

“走开走开走开……”

他再次退开,仰头发出极度挫败的咆哮,他的狂怒震动了树和石头。我听见他环绕我容身处的脚步声,还有与之相伴的低吼。灌木和树让声音弥散,我无法分辨他具体在哪个位置。我咬牙坐起来,拂开眼前的头发,两手哆嗦着摘掉身上的小树枝和树叶。我倒下时幸亏包里的肉当了垫子,不过我的膝盖、胳膊肘和手掌都擦伤了,还流了血。

脚步声稍微离开,低吼也停了,但我听见他发出富于攻击性的喘息和呼呼声。又有两次他试图突破围绕在我要塞周围的树,两次都一面呼痛一面退开。漫长的几分钟过去,只有他粗重的呼吸打破深夜的寂静。我还在发抖,但我站起来,从倒下的小树的树枝间往外看。

马利克站在空地里,垂着头喘气。见我露脸,他咆哮一声,那是自胸腔深处发出的威胁,我在龙场从未听过类似的声音,哪怕在奥达科斯挑衅舒迦的时候。这是野性的声音,目的明确:他想杀了我。

被他守着,我困在这儿了。

我的心脏剧烈跳动,坐下来躲开他的目光。得让他相信我对他没威胁,可这要怎么做？他是野生的龙——虽然聪明，却依然是情绪化的生物，依照本能行事。生在龙场的龙能听懂命令、能说话，可这些于他都全然陌生。我能依靠的只有自己对龙的了解、一把十字弓和一大包食物。

我不由喃喃自语："哦，高龙啊。"

我迅速研究这狭窄的避难所。它的两条较长的边是两块大石头，第三块石头封住了一头。我右边的石头和第三块石头之间有道窄缝，仿佛一小段压缩的走廊。天然的入口。我能看见马利克的尾巴就在它后面。

我用深呼吸安抚自己。因为浑身哆嗦，失败了好几次才上好弦、把箭放入箭槽。我搁下十字弓，取过背包。包里还有几块上等肉排，外加整条鹿腿和几个大土豆。

没时间瞻前顾后了。我拖出鹿腿，把背包放在身边，然后拿起十字弓，偷偷溜到缝隙边缘。马利克正用牙齿咬着胸口的一支箭往外扯。箭拉扯着周围的肌肉，箭头上的倒钩卡在被它穿透的鳞片上。马利克呻吟起来。他终于扯出箭头，咆哮着把箭咬成三段，吐出残渣。没了箭头堵住伤口，血直往外冒；他痛得大叫，又舔舔伤口。

我深吸一口气，蹑手蹑脚地慢慢走进空地。我正把鹿腿放下，马利克发现了我，朝我冲过来。

但我早有准备，飞快闪进了石头之间的缝隙里。他长长的前肢拍过来，但他够不到我，再说他胸口和腿上还插着好几支箭，也对他大有妨碍。他气得大吼，在入口处前后踱步，但突然又停下来，恶狠狠地瞪着我。

我当然很想——很需要——跟他搭上关系，但父亲警告过我们许多次，野生的龙会把目光交流看成威胁或者挑衅。我转开眼睛，把十字弓拿给他看，然后又当着他的面放下十字弓、举起双手。不知他是否理解其中的含义。

他继续舔伤口，其间好几次抬头看我在做什么。血的流速减缓。接下来几分钟无比漫长，真是煎熬。最后他终于抽抽鼻子，转过头去。他发现了鹿腿。

他一脚踩上去，只一口就咬掉了一半。剩下的一半也是狼吞虎咽，只稍微嚼烂骨头，就把它咬成碎片全吞进了肚里。

"见鬼。"我还指望鹿腿能撑一会儿呢。我又翻翻背包，掏出两个大土豆。我把土豆给他看，然后从缝里轻轻抛出去。

他嗅了嗅，一口吞下。

"高龙……你准是饿坏了！"我努力让声音显得低沉而平静。

他朝我吼，是胸口下方发出的隆隆声。不过音色稍微改变，现在不全是威胁了。它让我联想到我们的龙，它们遇到陌生的新鲜东西时就这样。我下意识地想往里躲，但立刻就止住了。我确信他能闻出我的恐惧，再说我还浑身发抖、汗如雨下，但我仍然不想显出害怕的样子。

"请走开吧。我不想成为你的食物。"

我试着安抚他，试着安抚我自己。我回忆起两天前父亲对达瑞安说的话：说什么不要紧。讲故事，说天气，像疯子一样喋喋不休。语调比内容重要多了。我深吸一口气。

"阿瓦，你可真吓人啊。我是说帅气。你真是头英俊的龙父。"他站在原地，一边喘气一边打量我。"通常龙父负责警戒，确保妈妈和宝宝有东西吃。可你却在这儿，就你自己，追踪那些偷走你宝宝的人。我找到的是你的伴侣吗？或者她是不是"——我咽口唾沫——"在山洞里？"

他面无表情地盯着我。

我忍不住偷瞄他的眼睛：眼珠是银色，就像皮肤上的纹路。他真美，看见他身上的箭和伤口下的黑色血渍，我一阵心疼。尽管我心里害怕、浑身是伤，却仍对这高贵的野生龙父充满了同情。我尽力用龟裂的嘴唇和发干的舌头对他咕噜。他偏了偏脑袋。我大受鼓舞，努力模仿我们的龙大快朵颐时那种满足的喉音。他又偏了偏脑袋。

"我也想救你的宝宝，你愿意让我帮忙吗？听着……"我从包里找出一块肉，拿给他看。接着我用夸张的动作朝小山上看，又模仿龙仔饿了时那种呜呜的叫声，对这种声音我们有个专门的称呼：姆噗。"这是给你的宝贝的。"说完我把肉收了起来。

他继续打量着我，没动弹。

"阿瓦啊，你可真惨！真希望我也能帮到你。"他那水一样的眼睛与我的目光相遇，他的瞳孔放大了。我正想转开自己不听话的视线，他已经怒吼一声，再次跳到倾倒的树上。

他疯了一样撕扯、击打树枝、沿着树干往前爬，撕咬较细的枝条。树的主干呻吟、颤抖。碎屑雨点般落在我身上。

我尖叫起来，然后我突然开始模仿葛露斯哀伤的悲泣。我事前并未思考，只是用尽了肺里的每一口气，竭力表达我对这只勇敢的野龙所有的怜惜，以及我自己全部的恐惧。我用最大的音量尽可能坚持，每声号哭都以龙那种哀伤的吹气声结尾。

马利克停下来盯着我，他喘着粗气，脑袋往旁边歪着。

哈洛迪营地的宝贝回应了我的喊声——那是悠长而凄凉的哭喊，几不可闻。

马利克再次朝我咆哮，他在石头上来回踱步，很快又停下来，仰头呼唤道：嘎嘎！嘎嘎！

宝宝又一次回应了。

他尽力把脑袋从树干和岩石间往里挤，用最大的嗓门朝我咆哮。他的呼吸把我淹没，又暖又臭，我缩成一团。

然后他就消失了。

我等了很久，感觉似乎有一个钟头，但马利克没有回来。我终于不再哆嗦，从倾倒的树和岩石之间探出头去。到处都疼，手和膝盖抽痛，肋骨也疼。我本该浑身瘫软，但恐惧依然使我全身紧绷。

我看不见马利克。我爬到空地里，尽量往远处的森林看。天空渐渐变成青绿色，但山谷依然处于黎明的阴影中。空气清凉潮湿，让人想到苔藓和朝露。一只鸟在为自己的晨间独唱热身，忙忙碌碌的小松鼠从树冠里往下蹦弹。田园诗般的安宁让昨晚的事件仿佛高烧的梦。然而断裂的树木、被践踏的草地和地上的血迹说出了真相。我的弓已经上弦、装填完毕，我让它继续如此。我出发去找马利克。

他的足迹不难辨认：一路上坡，朝哈洛迪偷猎者的山洞去了。每当发现前方有地方可供隐蔽，我就确保四下无人，再飞奔过去。之后我会喘匀呼吸，接着寻找下一个掩体。黎明在头顶生根发芽，而我就这样一路朝坡上青蛙跳，半小时后才又看到马利克。他在我前方约一百码，利用车辙右边的树做掩护，行动缓慢却十分坚定。我学他的样子，不过一直留心在我们之间至少隔了一棵树。

他爬到与山洞水平的高度，最后在一片雪松中找到一块突出的花岗岩，蜷缩在石头背后。我感觉到他在等待，在掂量眼前的情况。

我不时用血淋淋的手拉扯树干，奋力往上爬。很快我就开始大口喘气，腿也又酸又痛，不过我终于来到了距离马利克几十码的地方。他已经发现了我的行踪，恶狠狠地盯着我看了半天。但他没动弹、也没发出声音。我们就这样彼此监视，前后好几分钟。汗水顺着我的后背往下流。无论如何，只要马利克还有力气，他是一定不会放弃的。想到也许会再跟他对上，我肚子里翻江倒海。然后我又意识到自己孤立无援，而他就是最接近同伴的存在；这让我的肚子翻腾得更厉害了。为了摆脱我，这个同伴很可能把我咬成两半。

山洞口突然有动静，清冽的空气把呼喊和纷杂的脚步带到我耳边。天空中的亮光照在金属上反射出去，在黎明前的幽暗中，一大群哈洛迪战士往我反方向的高处台地去了。哈洛迪头领骑着斑点棕龙飞上他们头顶，翅膀啪啪扇动；凶煞龙的黑影紧随其后，身上是粗糙的盔甲，背上是裹在黑衣里的骑手。有什么东西把他们引出来了。我从两棵树之间往外瞅，我的心揪成一团。

石头形成的阶梯顶端，一股浓烈的黑烟从地道的裂缝里冒出来，向空中滚滚而去，迎向白昼的第一抹红色。准是达瑞安点燃了废弃的龙巢。

达瑞，你可真蠢。他确信父亲会来，坚持说等待是最佳方案；他还害怕哈洛迪人会来追捕我们，甚至在深夜也不能安心——然而他仍然执行了自己的第一个计划。为了我。他为我引开了他们。

这是我的责任。要不是我，他压根儿不会来这儿。我默默地向革提克祈祷，希望达瑞安已经远远逃开。

几块小石头从我右手边滚过，是马利克在沿着小径偷偷往山洞前进。他看出敌人被转移了注意力，准备趁机行动。然而我却在迟疑。我必须跟上去，哪怕我喘不上气，膝盖直哆嗦；可我得先弄清哥哥是否平安。

两头哈洛迪龙降落在隐藏地道入口的缝隙前，但不知为什么并不进去，一直停在原地等待步兵。这时下方谷底有什么动静吸引了我的视线。

是达瑞安，他正朝树丛飞奔，很快消失在树影里。我长出了一口气。昨晚他肯定听到了马利克的咆哮。他不可能知道我的命运如何，说不定认为我已经变成了野龙最后的晚餐。然而尽管孤身一人，怕到无法思考，他仍然决定在黎明前最黑暗的时刻为我引开敌人的注意。或许这能掩护他往家里逃,同时也能给父亲清晰的信号。他点了火,赶在浓烟被看见之前离开,沿着我走过的路下了碎石阶梯。

此刻我又是安心又是害怕。在树林里也不算完全脱险,但到底更安全些。不过这也逼得我只能立刻行动。如果父亲现在出现,我的计划就彻底失败了。

我悄声说:"谢谢你,达瑞安。"

马利克伏得很低,慢慢往前挪。很快他就会绕过最后一处遮挡,进入山洞口的那块平地。我思考着自己的选项,哪一个都不乐观。我还没准备好。我从未想过自己会面临这样的问题。

就在这时,一声粗粝、狂野的叫声在山谷上方响起,打破了我的专注。骑着棕龙的头领和黑色的凶煞离开达瑞安纵火的地方向东飞去。他们扑向森林。达瑞安被发现了?

我吓得直叹气。我帮不上达瑞安的忙,而马利克为我提供了机会,尽管前景渺茫,这也是我唯一的希望。

山洞里有人大声示警,十字弓长吟,马利克在咆哮。

阿瓦啊。达瑞安。高龙——原谅我。

我紧握十字弓跟上马利克,跃过斜坡上最后一段崎岖的山路,奔向山洞入口。

第十八章

马利克气势汹汹地撞向哈洛迪卫兵。

山洞外守着不止一打弓弩手,有的连滚带爬地躲开,有的摆好架势准备迎接暴击。其中一人躲到车轮之间,就是载了熏黑、染血的木桶的那辆车,结果却被咬住腿拽出来,扔到了洞口的另一侧。还有一个人慌忙中跌了一跤,立刻被沉甸甸的前足踩扁在石头里。

剩下的人把马利克包围了。每次他转身面对一群人,其余的人就绕到他身后进攻。有些箭射中他天生的盔甲、没伤着他就弹开了,但也有些深深扎进肉里,马利克痛得大叫。每当他发起冲锋,弓弩手就退后、绕圈,不让他有机会认准某个目标。他们训练有素,两两结成搭档,一人放箭时另一人就重新装载。

眼看他被一支支箭射中,我的怒火越燃越炽。我抬起十字弓瞄准,可哈洛迪人不停移动,让我眼花缭乱。终于有目标进入射程,我眼前却又浮现出自己杀死的那第一个人,动作不由一滞。苍蝇爬上圆睁的眼珠,这画面恐怕我一辈子也忘不了。

我又愤怒又迷惑,而且惊恐到无以复加。我等着下一次机会。然而机会出现时,我再一次犹豫太久。

泪水几乎模糊我的视线。你就是这样为自己的目标努力的？我责备自己。要是达瑞安死了，而你又没能救出宝宝呢？一切都白费了。

又一个哈洛迪人停下脚步瞄准。我扣动扳机。我的弩箭扎进他的后背，马利克也正好转身面对他。那人大叫着扑倒在地。我猛喘一口气，既觉得安心又有些不忍。那人身旁的同伴忙着躲避马利克的爪子，完全没注意到我。中箭的人翻个身，马利克的后脚踩上去，仿佛盖棺论定。我单膝跪地给十字弓上弦，胳膊使劲哆嗦，勉强才把下一支箭装进箭槽。我一阵恶心，可肚子里并没有什么可吐的。我不该给马利克帮忙的，万一被发现了可怎么好？我该利用他制造的巨大混乱溜进洞去。

马利克把两个战士压到对面墙上，结果屁股和后腿中了好几箭。他冲向身后的敌人，对方四散而逃。

我看到了机会。战场移向右边，我冲向左边。我躲到挂着龙尸体的架子背后，停下来重新评估局势。

战场依然在朝我的反方向移动。马利克将翅膀当作盾牌挡在身后，把一个士兵撵到了小瀑布里；所有人的目光都在他们身上。尖叫声、落水声、可怕的咀嚼声从石头上反弹回来。我流着泪，忍着干呕的欲望，迅速贴着岩壁前进。地上有个刚刚丧命的哈洛迪人，我的靴子被他浸透血的外套缠住。我使劲拉出脚，略一踉跄，继续朝那些载着死亡的驴车跑去。

马利克再次冲锋，战场又转回了我这边。一大群哈洛迪人大叫着转过来，我伏低身子。有个人发现了我，一脸迷惑地停下脚步。就在这时马利克一脚踩下去，爪子扎进对方肉里，就这么抓着这人冲向下一个目标。那人的尖叫突然中断，马利克扔下了瘫软的尸体。

我往边上躲，祈祷能出现奇迹，让我趁乱溜进山洞。我不知道自己能不能找到龙仔，或者就算找到了又该怎么办。见机行事，继续前进吧。

又一个士兵发现了我，他大吼一声，引得其他人也纷纷转头。那人和一个同伴脱离战斗向我跑来。我射出一支箭，正中领头那人的胸口。他像一大口袋肉一样往后倒。他的同伴举起十字弓向我瞄准。我往旁边跳、又跳回去，然后冲向一块石头。只听弓弦啪的松开，我身后一声尖利的噼啪，这时我脚下打滑，跌倒在地。

我手忙脚乱地爬起来，士兵朝我逼近。他扔掉十字弓，从腰上抽出一把模样吓人的弯刀。我踩住十字弓的脚蹬拉杆上弦，结果没拿稳，弓从手里飞出去。我想退后，却被自己的弓绊倒。

马利克不知从哪儿钻出来，一口咬住哈洛迪人，像布娃娃一样甩来甩去。那人一面吐血一面尖叫。又一波弩箭射向他后背，有的弹开、有的刺进肉里，马利克转身跳回混战中心。

"阿瓦阿瓦阿瓦阿瓦……"我靠在一块石头上使劲喘息、抽气。我找到自己的弓，这次终于上好弦、把箭放进箭槽。我就坐在那儿，喘息、反胃，我耳边充斥着人类的尖叫、十字弓发射的噼啪声、愤怒和痛苦的咆哮，还有些别的声音，太可怕，我不愿深想。

山洞内是钟乳石和石笋的迷宫，到处可见堆在一起的树枝和骨头——这些山洞以前都是龙的巢穴。洞身越往里越窄，最后变成一条黑色的缝隙。我鼓起勇气，拿好东西，拔腿就跑。

一声咆哮让我转头往后看，却见马利克飞奔而来。我闪到一根石笋背后，不慎跌倒，赶紧往后爬。马利克皱着鼻子、眼里燃着怒火，速度越来越快。前面有好些哈洛迪人，都是伤员，裹着浸血的绷带，坐在铺盖卷里举着十字弓。他们并不看我，眼睛直瞪着我身后的马利克，面孔因恐惧而扭曲。马利克冲上来，他们一齐放箭。马利克停下来撕扯床铺上的人。这时一排弩箭射进了他的后腿和尾巴。他猛地转过身去，高声咆哮。

我全速朝山洞深处狂奔，至少两次绊在阴影中的石头或枯骨上，好容易才找到偷猎者的车辙。我继续猛冲。山洞两侧的石壁向中间合拢，这里并无光源，照明全靠被我远远抛在身后的入口，从那里射入的日光在潮湿的石壁上反射出明亮的光点。地面在往下沉，我意识到这里是下坡。我支持不住跪倒在地，血淋淋的手掌磨在粗糙的石头地面上。

身后是咆哮、呼喊、十字弓的长啸和尖叫。前方是深不可测的黑暗。

我什么也看不见，只能伸手摸索、一步步往前挪。战斗的声音减弱了，我得赶紧。

山洞的深度超出了我的想象，腐肉的臭气十分浓烈。有什么东西被我踩断、弹起来砸在我脸上。我摔倒，双手撑在一大片骨头里，好几尺厚。到处都是枯骨，龙在这里筑巢肯定很久了。我用手往下撑想站起来，结果摸到某种湿答答的糊糊。我嫌恶地缩回手。也不知那究竟是什么。

我站了一会儿，努力克服彻底的黑暗所带来的眩晕。我想寻找车辙，又绊了脚，脑袋撞上一根倒悬的石头摔倒在地。我挣扎着起身，这次完全搞不清方向，只能呆立在原地。

我这才意识到眼下的形势有多严峻，忍不住又跪下了。我来寻找救赎，却只找到死亡和恐惧。我试着回想夏龙在我心中唤醒的感受，结果一无所获。就连革提克也被削弱成空泛的不确定性。我被抛弃，全然孤独。错了，全错了。母亲的诅咒在我记忆中回荡。

战斗的喧嚣消失了，耳边只剩下滴水的声音。

我悄声问："革提克，我来这儿做什么呢？"

前方传来微弱的声响，是一只龙宝宝在哀哭、吹气，然后姆噗姆噗地要食物。我的心漏跳一拍。紧接着是一声严厉的呵斥，金属砍在金属上的响声，以及惊恐的悲泣。

第十九章

我发现自己的眼睛渐渐适应了黑暗。

我已经把洞口远远抛在身后——我进来很深了，超出自己的想象——不过还是有光线漏进来。周围石柱林立，形状奇特，仿佛蜡浇成的。满地都是骨头，每一寸空间都被占据。有人在中间清理出一条通道，印在上头的车辙蜿蜒去往山洞更深处。我深吸几口气，前方某个地方困着一只惊慌的宝宝，它需要我。

我擦干眼泪，检查自己的十字弓：已经上弦、箭槽里有箭。然后我收拾起自己的箭筒、背包和决心，跟着车辙往下走，尽量小心落脚，避免发出声响。

光源一点点改变。白昼稀薄的蓝光落在我身后，前方某处点了一盏油灯，橙光散射开来。有人压低嗓门说着短促的哈洛迪语。我小心离开印着车辙的小径，从石柱中间往前瞅。

小径通往一间天然的石室，这里的石柱不多，地面是平坦的沙地。油灯放在石室后方的岩石上，将一切都变成明亮的浮雕，并添上了拖长的影子。两头龙的皮被挂在松木做成的帐篷支架上，让它们在山洞凉爽的空气中慢慢风干。在我右手边，靠着低矮的石墙堆着数不清的龙皮，全都像毯子一样折好。一架又一架肉干挂在已经熄灭的焦黑火堆上。

好几辆车上都载了带黑色污渍的木桶。对面的墙下，龙骨被分类堆放。柴火一样的腿骨，引火柴一样的纤巧翅骨，木桶板一样的肋骨，带刺的短桩一样的脊椎骨。头骨。

头骨总共不止两打，其中五个属于成年龙，或许更多些，但大多是青年。倒是很少看到龙仔的头骨，我又一次想起他们对龙仔所做的诡异手术。

这就是他们恐怖事业的中心，是他们积累的宝藏。可宝宝们都上哪儿去了？桶里装的是什么？血吗？为什么？

愤怒在我心里节节攀升，感觉真好。这不是恐惧，不是疑虑，它干净利索、直截了当、箭一样锐利。它有目标、有方向。我静静地深呼吸，仿佛愤怒是实实在在的物质，我能通过肺把它吸进身体里。

四个哈洛迪战士在低声争执。我猜他们准是听到了外面传来的动静，正讨论该如何应对。他们没裹头巾，我看清了他们的白发和半透明的皮肤，真像幽灵一样古怪。他们身后是装笼子的车。两头驴仍然套在车上，嘴埋在食袋里，不过它们的腿被捆上了。

笼子很大，宝贝在里头毫不起眼。它缩在角落里，瞪圆了眼睛，因为受了惊吓，羽冠往后贴在脖子附近，翅膀本能地合拢在身前充当保护。我看见它，心跳猛地加速。论个头它只相当于山猫或者中型犬，不过多了对翅膀。我立刻就想伸手抚摸它脖子上柔软、干燥的鳞片，想安慰它、给它东西吃。它也是棕褐色带银色花纹，跟马利克像极了。真美。

其中一个幽灵样的哈洛迪人喊了一声，回声渐渐传向远方，但始终无人应答。那人便下了道什么命令。另一个人点燃另一盏油灯朝山坡上照。我赶紧躲好，免得被发现，或者被光线晃花眼。他们轻手轻脚地朝洞口方向走，油灯投下摇摇晃晃的奇特影子，搅乱了山洞的远景。他们从我身边走过，四个人一起，一次也没回头。

我静待他们走远，这才悄悄绕过藏身的石柱，朝笼子走去。他们留下了一盏灯，宝宝的银色花纹在灯光下闪烁。它缩成一团，一面哆嗦一面发出微弱的悲泣，小脑袋埋在翅膀底下。

我放慢脚步，免得吓着它。"嗨，宝贝。"我的声音轻柔，只比耳语略微响亮些。"嘘嘘嘘。"然后我尽力模仿龙妈妈哄龙仔睡觉的喉音。这声音很难保持，因为我得用舌头，而龙龙母却是从喉咙深处发出隆隆声。不过小脑袋哆哆嗦嗦地从翅膀底下钻出来，银色的眼睛睁圆了打量我。

"高龙啊，你真可爱。"这些话想也没想就说出了口，"谁能忍心对你……"

宝贝惨兮兮地悲泣，我闭上嘴，等它自己停下来。

它似乎有些营养不良，但并不太严重。有几根肋骨露出来，但肚子仍然圆鼓鼓的。看来哈洛迪人出现前马利克一直把它照料得很好。但姆噗声说明它饿了，而且偷猎者没喂好它，甚至可能压根儿没喂。我四下看看，想找点吃的，然而除了龙肉什么也没有。他们就拿不出别的了？我皱起鼻子，对这种业余的做法感到厌恶。它能不饿吗？哪怕婴儿龙也不会吃自己的同类。

我缓缓地取下背包，把它翻过来挂在自己身前，然后掏出一片鹿肉递到笼子里。宝贝耸耸鼻子，张开了翅膀。我在它两条后腿间寻找鞘鳞，心中再度升起不安。如果这是只小公龙，我所有的努力就白费了。我需要龙母来配达瑞安的小龙父。

然而鞘鳞在耻骨后面很远，而且是朝后的。"你是个小姑娘……"我长舒一口气，呼吸也平稳了。她笨拙地站起来，在笼子里前后踱步。她瞅着我手里的肉，却不愿来吃。

我模仿她讨要食物的声音："姆噗？"然后我又咕噜一会儿。她停下来，冲我歪起脑袋。情势如此危急，我本来不该觉得滑稽，却忍不住微笑起来。她的眼睛那么聪慧，跟她父亲一样的银色，她的耳朵和羽冠完美无瑕，只有龙宝宝才会这样。她的胸很宽、脚很大，表明以后大有成长空间。她是只无比完美、无比美丽的龙仔。

"来吧，宝贝，"我柔声哄她，"我知道你饿了。来吃吧。姆噗？"

笼门关着，插了插销，不过没锁。我打开门，好把手往里伸。她轻声哀鸣，所以我轻轻地把门完全拉开，免得它撞上栏杆。我急于让她来我身边，哈洛迪人很快会回来——也有可能来的是马利克，那就更糟。我需要赢得信任，好把她装进背包里，到那时褓褓效应会让她更加平静，这点跟人类的小宝宝是一样的。

最终饥饿帮她下了决心。她小心翼翼地接近我，伸长脖子，试探着叼走了我手里的肉。她把肉扔在笼子的地板上，然后就一直看我，直到我缩回手她才闻了闻肉,又舔了两口,紧接着就开始狼吞虎咽。

我发出喉音,又说了一遍:"姆噗?"再把第二块鹿肉递给她。这次她更积极了,没用舌头测试就吞进肚里。我咕噜咕噜地鼓励她。这个年纪的龙仔很容易与人建立联系,我指望的就是这个。我跳上车,在笼子门口坐下。她退回自己的角落。"宝贝饿吗?"我又拿出一块肉,用右手往前递,空着的左手也往前伸。

她回来吃东西,我让左手手指轻轻拂过她的脸颊。我用喉音轻声抚慰她。她并没有躲开我的碰触,反而凑过来闻我的背包,显然是饿坏了。我又从包里拿出一块肉,她看着我的眼睛。

"姆噗?"她的声音清晰而坚定。我忍不住摸了她下巴的轮廓。她只稍微退后一点点,然后就允许我继续摸她。她的皮肤干燥柔软,有着光滑的小突起——同我一直想象的一模一样。我又给了她一块肉,她允许我摸了她的头顶和嘴巴周围。我用手模仿龙妈妈用舌头为孩子清理的动作。我想说"好宝贝!"可我的声音哽咽,变成耳语。一滴泪水溢出眼眶。即便身处可怕的险境,她依然轻易回应了我的碰触——她饿坏了,或许她也急于得到些许安慰吧。我一边看她吃肉一边咕噜。

昨晚我曾自问,我是否愿意为了这个宝宝而死。当时我是被情势所迫,别无选择。现在我终于可以充满信心地回答自己内心的疑虑:这个小生命值得我为她而战。

我微笑着摸她脑袋。她咕噜咕噜叫,或许是基本需求满足后的本能反应。

山洞入口方向突然传来呼喊声,接着便是深沉、愤怒的咆哮。套在车上的两头驴抬起头,满脸惊恐。惊叫和十字弓的噼啪声变成了血肉被踩踏的声音和嘴里汩汩吐血似的哀号。混战中,一只大脚踩碎满地枯骨,又一声尖叫戛然而止。一支十字弓发射,踩踏声、汩汩声。接着是某人奔跑的脚步,更沉重的脚步追上去,咆哮、痛苦的尖叫、咔嚓一声,然后就是寂静。驴子不安地挣扎,想挣脱捆在腿上的绳子。

大脚重重踩碎骨头的声音从黑暗中靠近,与之相伴的还有喘息和咆哮,一声巨大的咔嗒声在山洞中回荡。

我四下寻找掩护,某个能带宝贝藏起来的地方。但这里什么也没有,再说我也没时间把她哄进包里。

一头驴焦急地大声叫唤，另一头也加入进来。宝贝发出忧伤的叫声，抬高脑袋，想知道光线照不到的地方有什么。石柱背后有动静，棕褐色上闪过银色。两头驴扯着嗓子尖叫，猛踢捆腿的绳子和套车的挽具。宝贝突然听见如此刺耳的声音，吓得大叫。

龙爸爸从最后一簇石柱背后拐出来。他大口喘气，插在身上的箭变多了，胸口和腿上是一道道鲜红的血迹。但他只稍微停步，把一切看在眼里，然后就朝我扑了过来。

我向后跳进笼子里，勉强赶在他之前把门关上。他的脑袋撞上笼门，不但晃动了笼子，还把门朝里撞得凹进笼子里。他探头往里钻，但现在扭曲的笼门挡在了我和他之间。他还不肯罢休，作势要咬我，他弯曲的黄色牙齿有匕首那么长，沿牙龈是一圈红色。他冲我咆哮，气息中充满鲜血的臭味，粉红色的唾沫溅了我一身。我尖叫着往笼子角落里缩，蜷缩在我身旁的宝宝也吓得尖声哭喊。马利克对准空气咬了一口，侧着脑袋往里够。他没成功，于是退出去咬着笼子摇晃。驴子又叫又踢，后蹄踢在笼子上。他并不理会，只管用前脚推搡笼子。笼门一角松了。他的左爪伸进门里，但爪上的一支箭卡在了门框上。他咆哮着后退，然后再次伸出爪子，这次越过了门的边缘。我手里拿着匕首，可我不记得自己是什么时候把它拔出来的。他的爪子离我只几寸远，但我不想用刀，担心更加激怒他。我极力后退。好在缝隙不大，而他胳膊上又扎了支箭。他终于还是退了回去。

一只驴挣断了捆腿的绳子，想要逃走，结果却把同伴拉得绊倒。车一跳，我和宝贝一起跌倒。第二只驴吓得直叫唤，挣扎着想站起来。

马利克咬住笼子往外扯。笼子把车带得侧翻，然后翻倒在地。宝宝惊叫。我也又痛又急大叫起来。我的十字弓发射，箭射进黑暗中。现在笼门一侧压在地上，把我和狂怒野龙的孩子一起困住。继续遭受这种粗暴对待的话，笼子很快就要撑不住了。

第二头驴也挣脱了捆腿的绳子，跌跌撞撞地爬起来，跟同伴一起冲向洞穴更深处。车被它们拖在身后，一会儿擦在地上，一会儿弹起来。

四周恢复平静，但这只是表象。马利克绕着笼子打转，嘴里发出低吼。宝贝吓得哼哼。我的膝盖和脚踝撞上笼子的铁条，都碰青了。我喘匀气，缓缓揉着，专心思考眼前的问题。匕首已经不在我手里。我四下张望，发现它掉落在几尺之外的地上。我够不着。宝宝被爸爸的攻击吓坏了，惊慌失措。我抚摸她的下巴和鼻子，边咕噜边轻声说："嘘，嘘，嘘……"马利克继续打量我们，他已经不再咆哮，只是喘着粗气。

我递给宝宝一条鹿肉，可她惊吓过度，无心进食。我说："姆噗？"但她跌跌撞撞地朝栏杆走去，小小的前爪伸向父亲的方向。我把肉扔到马利克脚下，气呼呼地说了声："姆噗。"他看看肉，又看看我。宝宝哭叫。

"我没想伤害你的宝宝！你看不出我是来帮忙的吗？"现在他离我不过数尺，我能清楚看到他左边胸大肌下的箭伤在流脓。我真想为他大哭一场。"我没法帮你疗伤，你太野了。可你的伤口已经感染。可怜的马利克，可怜的马利克，你伤得可真重。"他瞪着我，我避开他的目光。

"我不知道你能不能活下去，但我可以照顾你的宝贝。真的！瞧见了？"我模仿龙妈妈的声音，又递给宝贝一块鹿肉。宝贝闻了闻，但还是边悲泣边把鼻子伸到栏杆外。我拍拍她的脑袋，希望她父亲能看出我动作温柔，而且宝贝根本不把我的碰触当成威胁。宝贝耸耸鼻子，鹿肉的香气把她引回我手边。她吃得很快，一块不够，她又把鼻子伸进包里。我松了口气，又拿出一块肉给她，她大口吞下去。

"瞧，马利克。瞧见了？"我强忍着不去看他的眼睛。

他一动不动地望着我。

宝贝又吃了一条鹿肉。一口气吃太多可能不大好，可我手头只有这一样武器了。

马利克的脑袋微微偏向一边。

他往下看，看插在自己胸口和腿上的那许多弩箭。然后他低下头，鼻子伸向笼子的栏杆。宝宝把鼻子探出栏杆外，前爪扒着他的嘴唇舔他。他也舔宝宝，喉咙深处发出隆隆的声音，音调那么低，我仿佛并非听见，而是感受到震颤。

他还不知道自己已无望生还。他心里只有一个念头：救出自己的孩子。救宝宝要冒生命危险，可他从来不曾为这个问题挣扎。对他而言这问题不存在。根本不存在。他的牺牲丝毫未被自私的欲望所沾染。

他说："嘎嘎。"仿佛老鹰的叫声。他的宝宝轻轻发出奇怪的声音，听着几乎像是波巴，然后又舔舔他的鼻子。

我突然明白过来。"这是她的名字吗？"肯定是，仿佛某种亲热的昵称：他的小鹰。我重复道："嘎嘎。"马利克和宝贝都扭头看我。

洞口方向的黑暗中传来呼喊：喊声和压低的谈话声，然后是一头龙的叫声。哈洛迪头领带着手下回来了。达瑞安逃走了吗？他还活着吗？

马利克从笼子前退开，再次发出威胁的吼声。他的小鹰哭喊着把爪子伸到笼外。但他已经向上坡处走去。脚步很轻。他在选择战场，让战火远离嘎嘎。对此我毫不怀疑。

我得出去，可笼门压在地上。马利克的进攻已经把门撞进了笼子里，我把它扯下来丢到一边，然后站到笼子开口处。我抓紧最下面的那根金属条，用全力往上抬。金属条陷进我手指里。我最多只能把它抬高寸许。嘎嘎在我身后呜咽。

我四下打量，拼命想找个东西充当杠杆。手边什么都没有。附近倒是有几块扁平的石头，是从天花板上掉下来的——跟岩壁相同的材质。我扒拉几块到笼子里，把最扁的一块放在门边。

回荡在山洞中的声音逐渐靠近，短促而愤怒。

我双腿发力，把笼子往上抬，接着赶紧用脚趾把石头推到笼子底下垫着。我拿过一块更厚实些的石头摆在旁边，再次往上抬。宝贝退到了离地面更近的区域，倒也帮我省了些力气。我又把笼子抬起两寸，再用脚把下一块石头垫过去。

马利克已经不见踪影，他在黑暗中发出威胁的咆哮。

我放好另一块石头，抬起笼子、把石头垫在底下。现在已经有六寸高的空隙了。可这实在很费时间，我需要块大点的石头。宝宝突然跑到我身边，脖子从空隙下往外伸，想看看够不够钻出去。我可不能让她跑了。我赶紧从包里扯出毯子把她盖住，也不管剩下的肉和土豆散落在地。她吓得尖叫，但我把她紧紧抱在怀里。"嘘嘘嘘。哦小嘎嘎，可别把你波巴给叫回来了。"她挣扎了一会儿，但等我把她的翅膀压在她身侧，她就平静下来。这是龙场搬运龙仔的技巧：黑暗和襁褓效应能让它们安静下来。

我一面不停咕噜一面拿包把她装起来。我把包口套在她脖子周围系上，让她露出脑袋，又掀开毯子让她可以四下探望。她睁大眼睛，想用针一样尖的牙齿啄我。我捡起一块鹿肉，拍掉泥土递给她。过了几秒钟，她接过鹿肉吃起来。我把毯子盖回她头上。

我使出全身力气把笼子往上抬。笼子的地板缓缓接近水平，越往后越容易，但金属条割破了我的手指，血流下来滑腻腻的。我呻吟着使出全力。它一寸一寸往上抬起，重心不断接近临界点。我继续往上抬，笼子终于向后倾斜，砰的一声巨响，重新正了过来。宝宝大叫，但我柔声咕噜，又把手伸进毯子里摸她脑袋。

说话声突然变响了，哈洛迪人走进了山洞，而且听到了我弄出来的动静。洞口处传来阵阵喝骂。

我把包甩到背上，捡起地上的鹿肉尽量往衣袋里塞，又塞了几个土豆到背包里跟她做伴。

说话声中的怒意更盛——他们发现了进一步杀戮的痕迹。我上弦、装填十字弓、捡回匕首，接着环顾四周，看有没有什么可用的东西。油灯应该能派上用场——是那种可调节灯罩的油灯，可以只放出一道光束。很好，我可不想照亮我自己。我迅速放下灯罩，只留一道窄窄的光线指向身后。油灯的工艺稍嫌粗劣，我得当心。这周围肯定也有灯油。我发现一个小罐子，外表没有可怕的黑色污渍，看来有点希望。我闻了闻，又摸到塞子周围油腻腻的。很好。我把它夹在胳膊底下，一块被当成桌子用的石台上有一筒箭。我把箭筒挎在肩上。

我饿了，但我可不打算碰龙肉。又有一样东西吸引了我的注意：一个装卷轴的皮匣子旁放着卷起来的羊皮纸，还有一瓶墨水和一支鹅毛笔。虽说情况紧急，我还是忍不住想看看。我把卷轴展开。

上面画着悬崖和大山的草图，挺眼熟。接着我认出了图上的地方，不禁张大了嘴巴。那是我的家。

瑞亚特的龙场被描绘得很细致，是俯瞰图，一切都在画上：周围环绕的群山，建在孤峰顶上的龙场大院，由一架桥与崖顶的宅子相连，下方的村庄和农田，甚至还有野龙河和轰雷瀑布。

大脑已经明白了真相，情感却仍然不愿接受：哈洛迪人竟在监视我们的龙场。他们也在捕捉龙仔，没错，但同时他们还在策划攻陷库罗达的那种行动。不可能有别的解释。

我抖得停不住。哪怕逃不掉，也得把这消息传出去。我哆哆嗦嗦地把羊皮纸卷起来,塞进它的皮套子里,然后把它也挂在肩上。

车辙蜿蜒通往下方更深的黑暗。我不知道那里有什么,但身后是凶煞和愤怒的马利克,我只能往下碰碰运气。

突然间,一个哈洛迪人大喊一声,但不是用他自己的语言,而是古尔万语。我愣在原地。

"龙骑士!"他在跟我说话吗?

等回声消散,他再度开口,这次声音更低沉,更具威胁的意味:"你的同伴在我们手里。"

第二十章

达瑞安还活着？

我把油灯完全盖住，从两根石柱之间往外瞅。山洞尽头隐隐可见有人影在一道竖直的微弱银光前移动——那是山洞入口。哈洛迪人点了油灯，能看出头领和他的龙在头排正中央，其他人则沿着山洞横向散开。我又听到了靴子踩碎枯骨的声响。

我发现马利克蹲在洞口方向，距我八十来尺，不过哈洛迪人应该还没看见他。他们的眼睛仍未适应光线变化，而油灯会让他们只能看见灯光照亮的那一圈。对我真是好事。

有个影子降落在洞外，随后凶煞龙挤进洞里。油灯照在它身上感觉很怪，反光不是温暖的橙色，而是冰冷的绿色。这东西从头到脚都不对劲。

我一直没找到达瑞安，直到头领打个手势，他的副官把一个小人影推到了放油灯的石头旁。

我看不清他的模样。他几乎立刻就被压着跪下了。他受伤了吗？他的胳膊被捆在身后，而且浑身颤抖，像在抽泣。但他还活着。

"听见了吗，龙骑士？我知道你在里头！"头领的声音有些嘶哑，似乎最近吼得太多。他没必要大喊大叫——每一声脚步、每一句异国的咒骂、每一声金属的撞击都清晰而锐利。回声在我耳中嗡嗡作响。

"我跟你说了，我是一个人来的。"达瑞安声音发颤，但十分清晰，仿佛他就在我身边。

头领狠狠捆他一掌。"我知道你撒谎，"他喝道，"这场屠杀开始的时候，你已经落到我们手里了。肯定是你的同伙干的。"

"是你们偷走的龙仔的父亲干的。"

又一掌重重地扇在另一边脸上，让达瑞安闭上了嘴。"野龙不会射箭。野龙不可能发动这样的袭击。你是跟龙骑士一起来的。"他的口音里满满都是哈洛迪语的语调和韵律。

达瑞安吐口唾沫，又压下一声抽泣。"我不是。库鲁宗在上，我发誓我是一个人——"

又是一耳光。"不许提起那个名字。你不过是个小孩，显然是跟着谁来的。我的手下听见你昨晚喊一个名字。玛芮娅是谁？"

达瑞安又吐口唾沫，"你该命令手下人掏掏耳朵。"

头领抓住他的衣领把他拎起来，"你以为自己很幽默，是不是？你以为玩笑对你有用？"他把达瑞安扔回地上，踢了好几脚，达瑞安直哼哼。我咬住嘴唇免得叫出声来，又用十字弓瞄准头领。但距离太远了——再说就算射中，达瑞安也仍然被捆着、仍然在他们手里。我不知该如何是好。

哈洛迪头领又踢了他一脚，"玛芮娅是谁？"

达瑞安挣扎着跪起来，"玛芮娅是整个卡迪亚最伟大的武士，他会把你们的脑袋插在矛尖上，用来装饰他的大厅。"达瑞安这样勇敢，我不由哽咽了。

头领从腰带里抽出一把弯曲的匕首，刀刃上已有血痕，闪着猩红的光，刀锋是波浪般的弧线。头领把刀放在达瑞安鼻子下面，不紧不慢地前后晃动，达瑞安往后缩。"你们来这儿做什么？"达瑞安盯着刀子。

头领拍拍达瑞安的耳朵，以此加强语气："你们来这儿做什么？"

达瑞安，拜托别惹他发火。

达瑞安扬起下巴，"因为我们在找你们，现在我们找到了。"

哈洛迪头领突然割开了达瑞安的肩膀，事先毫无征兆。达瑞安痛得大叫。

"住手!"幸亏我昨晚叫太多,声音嘶哑,倒听不出是女声。

哈洛迪人再次转向我这边。

"哈!这么说你确实在那里了。出来吧,哦伟大的武士玛芮娅,否则我就杀死你的同伴。"

我暗骂自己竟没看出他使诈,他本来并不确定我究竟在不在里头。听了我的声音,他仍然认为我是龙骑士吗?

马利克纹丝不动,静待时机——只有掠食者才有如此的耐心。

我身后出现一个小小的声音:"姆噗?"

我悄声道:"嘘,宝贝,请安静。"

头领上前几步,一个副手走到达瑞安身边,双手举起一把弯刀,"出来,武士,现身吧。如果你合作,或许我会让你俩都活下去。"

我半点不信他的话。我已经明白他还在怕我,希望把我引出来,好决定该怎么对付我。只要他不知道我是谁、是什么样的人,我就有优势。至少眼下他还以为我是骑龙的骑手,而达瑞安是阻挡我怒火的唯一屏障。

但他转身用自己短促的母语说了什么,凶煞龙立刻迈着沉重而机械的步子往前走。

除了头领本人,其他所有人都躲开那怪兽远远的。它从油灯旁经过,我瞄到骑手的脸,不禁大感惊慌,往后缩了一缩。

骑手和龙一样,肉是黑色的。遥远的西方住着一个乌木色皮肤的种族,有时会路过卡迪亚,他们的肤色很美,但这人并不是那样。它的皮肤闪着光,坑坑洼洼,像火中的木柴一样布满裂缝。这个烧焦了一般的人简直是对大自然的反叛,不像活物,倒像被火烧过的尸体。等它走出油灯的那圈光线,我惧意更浓。

之前我以为奇怪的绿色是怪兽盔甲的反光,现在却看清并非如此。绿光是从盔甲底下漏出来的:从它脖子和胸前的黑色金属的接缝处、从头盔底下、从它皮肤上的伤痕和裂缝中。骑手的眼睛是两个洞,露出同样恐怖的绿焰;袍子里还有更多绿光射出来,照亮了开裂的下巴和扭曲的鼻子。

宝贝在背包里动来动去。

"瞧见了吗,龙骑士?"头领的声音响起,"你逃不掉了。"

我无计可施,只好向他喊话,故意压低嗓门、突出声音里的嘶哑:"我会毁掉你的战利品！皮、骨头、桶和地图。放开那孩子！"我屏住呼吸，用十字弓仔细瞄准。

头领怒视前方——对他而言前方只是一片黑暗。我所在的位置更有利，不过也只能看到他的轮廓。

"你以为我在意那些东西？我此行的目的已经达成了。依我看我不必再为你浪费时间好了。我还是杀掉这小子，再派我的宠物收拾你吧。他饿了，他的上一顿饭还是昨——"

我射出箭。听到弓弦弹开和弩箭飞驰的声响，他赶忙往下缩。但我瞄准的并不是他。

我大喊一声："达瑞安！跑！"与此同时，箭扎进了站在达瑞安身边的士兵的屁股。达瑞安一跃而起，用肩膀撞翻了那个被惊呆的哈洛迪人，踉跄中又顺势踩上对方屁股上的箭，引来一声惨叫，最后他还踢了那人脑袋一脚。周围的哈洛迪人都在喝骂，达瑞安一脚踹飞油灯。头领及时躲开，但灯撞碎在一个龙巢上，一小股火苗蹿起来。

歪歪扭扭的深色影子到处晃动，周围一片混乱。

"这边，"我尖叫道，"跑！"

他的胳膊仍然绑在背后，但他尽力用最快速度冲进黑暗。我看见他踉跄着摔倒、又咒骂着站起来继续跑。他现在什么也看不见。我打开油灯的灯罩——只一小会儿，让他知道该往哪儿跑——然后又遮好。几个人影追下斜坡，凶煞龙和骑手也转过身去，想截住达瑞安。

可这样一来，凶煞就等于把后背亮给了暗处的对手。马利克从藏身处扑到怪物腰上，四个爪子全露出来，一把摁倒凶煞。怪物想转身，但马利克毫不放松，用牙咬、用爪子撕扯对方的翅膀和后背。他的怒吼回荡在山洞里，仿佛整整一群野龙在咆哮。凶煞的新伤口里透出恶心的绿光。

达瑞安箭一样从他们身边冲过。斜坡上方好几把十字弓噼啪作响，哈洛迪人的箭撞在他周围各处的石头上。

凶煞骑手在鞍里转身，十字弓对准马利克发射。马利克痛得尖叫，不过还是在对手的龙背上爬得更高了些，拍掉了骑手的十字弓。骑手迅速松开束带、从坐骑背上跳下地，半秒钟之后马利克就一掌挥向了龙鞍。

达瑞安的脚步不断接近，我又揭开油灯为他照亮。只听一声怕人的声响，一支弩箭穿透了他的腿肚子。他大叫着跌倒在地。我重新遮好油灯，借着漏出的一丝光线找到达瑞安，把他拖到隐蔽处。

"达瑞安——你还活着。"

"我中箭了，该死。"我伸手摸他肩上的刀伤，他痛得往后缩，"中箭、被刀砍、被火烧。"

"火烧？怎么回事？烧哪儿了？"

"把绳子解开。"

"你被烧到哪儿了？"我拿刀割开绑在他胳膊上的绳子。

"那东西——可真冷，像冰。被它抓住的地方却像火烧一样。"

龙战斗的声音越来越响，痛苦的咆哮穿插在十字弓的噼啪声中。我躲在石柱背后往外瞧。

摔碎的油灯点着了古老的龙巢。龙巢本来就像火绒一样干燥，立刻便烈焰滚滚，火光也照到更远的地方。马利克还在猛抓凶煞的后背，但怪兽就地一滚，马利克只能往旁边跳开。另外一些影子小心翼翼地走下了斜坡。

我拿上十字弓和弹药，"得离开这儿。"

达瑞安大口喘气，努力控制疼痛，"离开哪儿？唯一的出口给他们堵住了。"

"不，这些车辙通往山洞深处，所以我觉得哈洛迪人应该是从那头进来的。我觉得是我们挡住了他们的出路。"

"库鲁宗在上！我就爱你这点，玛芮娅！你摆脱麻烦从来只有一个法子：惹上更大的麻烦。"

我碰碰他腿肚子上的箭："阿瓦，达瑞安。这个怎么办？"

飞镖一样的细箭头从小腿正面穿出。"别！别碰它。让它留在里头，咱们走就是了。"

"那来吧，这边。"我捡起灯油罐，扶达瑞安起身。他皱眉。

他说："等回了家，我要把你揍趴下，小丫头。"

"见到你我也很开心。"

等走到火光照不到的地方，我把油灯的灯罩打开一点点，让一条窄窄的光为我们照亮。"你来拿，"我把油灯递给达瑞安，"然后胳膊搭我肩上。"一个小小的声音在我背后说:"姆噗?"我赶紧添上一句:"当心点!"

"什么东西?"

眼下没工夫停下来给他看,甚至没工夫解释。

"库鲁宗硫黄味儿的大臭屁!你包里有头龙!"

一声怒吼让我们转过头去。马利克在往这边退却,他用爪子和牙齿抵御凶煞的攻击,但情况越来越糟了。他节节败退,还有士兵偷偷朝他围拢。

嘎嘎在包里挣扎、哭喊。哦高龙啊,我暗想。马利克。

达瑞安尽量跟上我,半是走半是跳。我们拐过一个弯,现在看不见马利克了,但别的脚步在不断接近。

"接着走!"我端好十字弓蹲下。一个人影转过弯,我放箭。他发出沉闷的叫声,倒地不起。

达瑞安愣在原地:"高龙啊。"

"我叫你接着走!"我看看那人,远处马利克的咆哮和两头龙的厮打声丝毫没有减弱。我冲过去,从倒地的士兵手里夺过他的十字弓,又想从他腰上扯下箭筒,但扯不动。士兵浅色的眼睛盯着我,他张着嘴,嘴里却再也不会有呼吸了。我弯腰用匕首割断系箭筒的绳子,然后满心厌恶地回到达瑞安身边。

马利克拐过弯,前爪疯狂地抓挠,凶煞就在拐角背后。

"达瑞——马利克情况不妙!"

"马利克是谁?"

"马利克!嘎嘎的波巴。"

"嘎嘎是谁?"

"阿瓦,达瑞安!别这么蠢。"

我抓住他胳膊下的衬衣往上拉,尽量支撑他的重量。他骂骂咧咧地跟着我,又蹦又跳。

我们往下走,山洞越来越窄,最后变成一条狭窄的通道,两侧各有一个接近坍塌的龙巢。新近断裂的木头堵住去路,我花了片刻才认出那是运送嘎嘎的驴车。驴不知去了哪儿,倒是把散架的车留下了。

"来,达瑞——往这儿走。"我把刚刚得到的十字弓和箭筒递给他,然后推他上去。他没争论,跌跌撞撞地爬上驴车的残骸,继续往前走。我拔去装灯油的塞子，往回退出一点。

厮打声继续接近，马利克的咆哮显得那么绝望。上坡那头的火光更亮了，浓烟充满了山洞上层。

我迅速从两侧的龙巢抽出木头，与损坏的驴车堆在一起。这并不容易。龙搭的巢很牢靠。

我的动作太猛，小嘎嘎叽叽喳喳地抱怨起来。"嘘，宝贝！拜托坚持住！"

我往堆在狭窄通道里的木头上倒灯油，又把之前捆达瑞安的绳子浸透。

他喊道："你干吗？"

"闭嘴。继续走。"

嘎嘎在背包里挣扎、叫唤。马利克又退到了我的视线之内，但两个哈洛迪战士从他身旁跳过来，都端着十字弓。一人发射，我躲到一根石柱背后。箭撞碎在我对面的墙上，我忍不住惊叫一声。我把一截绳子塞进罐口，再把罐子倒转，让油滴到地上。又一支箭射到我对面的石墙上。

我飞快往拐角那边看。两个哈洛迪战士正偷偷向我靠近，一个正忙着给自己的十字弓上弦，另一个的武器已经就位。

我打开油灯的灯罩，点燃了塞在油罐里的绳子。然后我从拐角跳出去，迅速看清形势。两个哈洛迪人看见我，抬手要射。我朝他们扔出油罐。油罐摔碎在石头上，走在前面的人被溅了满身。他们发射，但惊惶中射出的箭全都偏离了目标。我跳回隐蔽处。

油并没有立刻点燃，这我早料到了。我拿着十字弓弯下腰，拉动拉杆上弦。拉杆有些僵硬，我正手忙脚乱，一个哈洛迪人已经绕过我的掩体，吓了我一跳。我身后啪的一声响，那人脖子上多了一支箭，一头栽倒。我扭头看见达瑞安煞白着脸，正垂下我刚刚给他的十字弓。我放下十字弓，专心点燃最后一截浸透油的绳子。它燃起来，我把它扔向前面的木头。

"走啊！"达瑞安蹦跳着走上狭窄的通道。我一面回头看一面跟上去。

油全部烧了起来，这时另一个士兵刚巧走进这片空地。溅在他袍子上的油突然点燃。他扔下十字弓，尖叫着高举双臂。他疯狂地转圈、拍打自己，但火焰径自爬上他的衣服，把他变成耀眼的火把。

我背上的嘎嘎吓得尖叫。

我跑到达瑞安身边，一只胳膊搀住他肋部，我们摇摇晃晃地走下一条又长又窄的通道。痛苦的尖叫和威胁的咆哮追赶着我们，小嘎嘎在背包里惊叫。

前方冷不丁出现一片开阔空间，身后照过来的漫射光消散在更浓郁的黑暗中。达瑞安脚下一绊，大声呼痛，回声从很远之外与他呼应。我把他拉起来，继续往前赶。

我说："把灯罩再开大些。"

"怎么弄？"他又绊了一下，险些摔了油灯，好歹把它平安放下。我瘫倒在他身边，受伤的手掌在石头地面上好一阵摩擦。他的肩膀流血不止，浸透了我俩的衬衣。

"玛芮娅，"达瑞安喘道，"我很痛。我没法再……"

"你必须走。"我把油灯灯罩拨开些，烫伤了手指。然后我勉力站起身，又帮达瑞安站起来。"不能停。走吧。"

刚走出五十码，身后的光突然更亮了。我们蹲在一块石头背后往回看。

马利克嘴里咬着哈洛迪人燃烧的尸体冲进了空地。他把毫无生气的尸体扔下，舌头舔灭嘴唇上的一簇火苗，然后前脚离地，带着无尽的愤怒仰天长啸。配着身后火光闪耀的地道，这一幕仿佛是从玛毕尔最严厉的布道中走出来的画面。

"起来，达瑞安！起来！"

我把达瑞安搋起来，嘎嘎继续哼哼唧唧地叫唤。我又把油灯灯罩关上，只留下最微不足道的一点缝隙。车辙继续往下延伸，往下、再往下。

第二十一章

我拖着达瑞安跌跌撞撞往前走，一路支撑他的重量。每走一步他都皱紧眉头，咬着牙吸气，但他尽力跟上我。幸亏是下坡，否则简直无法可想。

嘎嘎在背包里挣扎着想出去，而马利克就跟在我们身后的黑暗中。我已经看不见他，但我能听到他痛苦的哼哼和威胁的咆哮。

我们奋力穿越这片陌生的地方，仿佛走了一个世纪那么久。我第一次真正看清了那些融化蜡烛一般的奇怪形状。钟乳石从头顶看不见的天花板垂下，石笋从山洞地面升起，活像打蜡的尖塔。许多对钟乳石和石笋在中间汇合，山洞靠外的那部分满是这类扭曲的石柱。有些石柱会吞噬附近的尖塔，那形状才真叫诡异，仿佛畸形的怪兽和扭曲的树木。油灯狭窄的光束歪歪扭扭地照出去，柱子仿佛有了生命，正大步走进周围深沉的黑暗中。山洞太大了，远处的石壁根本看不见。

空洞的回声和滴滴答答的水声伴随着我们的脚步。一切都闪着潮湿的光。

达瑞安喘气道："我得歇口气。"

我两腿酸痛，背包的带子陷进肩膀里，歇口气我求之不得，但我们不能停下。马利克跟在我们身后，我不敢想象被他追上会如何。"我知道，可是不行。"

"姆噗？"又是嘎嘎。好像大家都有要求。

"嘎嘎，嘎嘎。我知道。姆噗。但我们得跟你波巴拉开距离。"

"好极了——你愿意为姆噗停下，可伤口流血的哥哥就得拼命往前赶？"他的本意是嘲弄和玩笑，但说来也是大实话：我们都撑不住了。

"那好吧，就几秒钟。我正好看看周围的情况。"

达瑞安呻吟着瘫倒在一块石头上，把油灯放在脚边。我小心翼翼地耸肩取下背包，把它也放地上。嘎嘎已经想办法从毯子底下挣出脑袋，现在那双美丽的银色眼睛正冲我眨啊眨。

"姆噗？"

"阿瓦，宝贝，你可真是不达目的不罢休啊。"我从口袋里掏出一点鹿肉。若在野外，她不会这么零零散散地吃东西。父母会给她刚捕获的猎物，让她心满意足地饱餐一顿，然后她就会睡觉。我把肉排递给达瑞安。"喂她吃这个。拜托？"他抬头看看我，又看看肉，然后递给嘎嘎啃。

我拎起油灯，把灯罩全打开，指向我们来时的方向。或许我们毕竟还是跟马利克拉开了一点距离——附近并没有他的身影。他的伤肯定比我们严重得多。不过我仍能听见他的声音。

这时候，我看见小径上坡方向远远的有个光点。闪烁一次就消失了。是反光。

"嘎嘎！"马利克的声音从远处传来，痛苦而嘶哑。回声响起，又不断传递到更远处：嘎嘎！嘎嘎！嘎嘎！他的宝贝抬起头，又一次发出那种特别的鸣叫：波巴。她对自己的龙父有个专门的名字，真希望我也能发这个音。我试着模仿。

"听着好像是一脚踩在了鹅身上。"达瑞安哑着声音想笑。在微弱的光线底下，他的脸色显得十分憔悴。

"他越来越近了，达瑞安。我们得继续走。"

"你有水吗？"

"有。"我把水囊递给他，"不过赶紧。"他把水囊倒过来，大口喝起来。

"留点！"他把它放下，一言不发地递给我。我愁眉苦脸地掂了掂。只剩不到四分之一了。我也渴，而嘎嘎肯定也想喝点。

我把油灯拎在身前，往黑暗里打探。再走约莫五十码，小径就会往左拐，变成上坡，这还是我们第一次遇到上坡。爬坡比较费力，不过或许能为我们争取时间，远离马利克。

我把水囊递回给达瑞安，两手捧在嘎嘎的下巴底下。"倒点出来，达瑞，谢谢。"他倒了水，嘎嘎很快就舔光了，几乎一滴也没洒。

"姆噗？"

我问："还有剩吗？"

达瑞安晃晃水囊，"还有几滴吧，大概。"

我皱眉。最好还是充分满足她，好让她安静。她早晚总要睡的。"给她吧。"

他把水全倒在我手里，嘎嘎一滴也没剩下。

"姆噗？"

我拉过毯子重新盖在她脑袋上。"待会儿，宝贝。待会儿。"我检查了背包口的拉绳，然后重新把包背上。

马利克沉甸甸的脚步和粗重的呼吸声越来越近。他发出咔嗒一声，十分响亮，激起一片回音。

"来吧，达瑞安，走。"我单膝跪地，他一只胳膊搂住我肩膀，我们继续跟跟跄跄地前进。

"之"字形上坡异常难走。这种凹凸不平的石头坡道，哈洛迪人是怎么把车弄下来的？它不像小径，倒更像楼梯。上坡的颠簸让达瑞安吃了大苦头。他把许多重量放在我身上，每走一步都喘气、咒骂。

我突然意识到这根本就是楼梯。路是雕刻在地上的，就刻在那仿佛融化的石头一般的奇怪形态里。虽说路面已经被腐蚀，后来又有液态石头流到上面硬化，但每一级阶梯都是有意按照人类的步幅开凿的。我立刻联想到辛瓦特山谷。此前我是不是还错过了别的迹象？如果把灯罩全打开，我还会看见什么？我们终于来到一处平坦的空间，我又一次打开灯罩往回看。周围静悄悄的。几分钟之前我们歇脚的地方是在一片陡峭的岩壁底下，如今那里空空如也。我仍能听到马利克的动静，不过他落在了后头。

达瑞安喘道："歇歇！"我也同意——我担心爬坡或许加重了他的伤势。他瘫倒在地，我把小嘎嘎放在他身旁。

"你的肩膀得包扎，达瑞安。"我说，"换你牺牲袖子了。"他一动不动，任我拿刀割开他的衬衣，收拾哈洛迪头领留下的残局。伤口不再血流如注，但仍然往外渗出鲜红。最后我把他两边袖子都用上才绑牢伤口。

"给我瞧瞧你的腿。"

"当心。"他的脸死人一样毫无血色，皮肤蜡黄。我检查伤口，藏住自己的反应。

弩箭贯穿了他的腿，细长的箭头从肿胀的小腿伸出来，鲜红的血往外渗。鲜红是坏消息：那是富含氧气的动脉血。血只是往外渗，或许说明动脉并未完全撕裂，但也可能血已经灌满了他的靴子。我不敢碰伤口。

"只能让它留在里头，达瑞。"

"行。"又没跟我争执。

"我不敢把它拔出来。"

"行。"他闭着眼睛，仿佛快睡过去了。

"起来，我们得接着走。"

他抬头看我，眼神有些朦胧，然后就事论事地说："你不知道我们是在往哪儿走，对吧？"

我咽口唾沫，"我知道。我在跟着哈洛迪人的车辙走。"

"棒极了——回到哈洛迪人的老巢！好点子。"他忍痛笑了几声，"那咱们还不赶紧。"他挣扎着起身，我拉他一把。

我想花两秒钟看看我们刚刚走过的路。"灯油快没了。"我一面说一面把油灯转向身后的小径。

马利克就在我们正下方。他看见灯光，高声咆哮着朝我跃起，爪子抓挠着光滑的崖面。

我惊得尖叫，达瑞安一跃而起，从边缘退开。嘎嘎慌里慌张地大叫，而我被眼前的景象惊得呆住了。

马利克噩梦一样可怕。他浑身烟尘，还散发着烟味。他脖子、胸口和前腿上原本插着好些箭，后来在凶煞狂暴的攻击下许多都被扯断。深深的伤口流出好多黏糊糊的黑色液体。他脸上的咬痕纵横交错，左眼没了，一团团凝固的血堵塞了眼眶。

我吓得叫起来，我被夹在恐惧和难以抑制的同情之间，动弹不得。

146

他怒吼一声,又朝崖上跳,但染血的残破爪子没能够到崖边,他滑回下方的小径上。他跳了第三回,又抓又扯,却比上一次还低。最后他终于累瘫在我们下方的小径上,垂头丧气,耷拉着翅膀。

嘎嘎在我包里边叫边挣扎。

马利克在下面痛苦万分地呼气,我叹道:"哦,可怜的马利克!"

达瑞安一把抓住我:"可怜的马利克?你什么毛病?"

"你不明白。"

"我明白他想要回他的宝宝。这很难理解吗?"

我挣开达瑞安的手,往下看马利克。他在矮崖脚下喘气,几乎没动弹。"你说得对。"最后我承认,"他不会放弃的。我们得接着走。"

"对,没错。诸神啊,玛芮娅,他可是野兽。"

"可要不是他,你根本没法活到这儿!"山洞里的回声附和着我。

达瑞安抿紧嘴唇,没再说话。我又伸出胳膊架住他,泪水顺着脸颊往下滚。我宝宝的哀哭声低下去,我感觉到了她的脑袋——她又从毯子底下钻了出来,把头搁在我肩膀上。我两手都不空,没法揉揉她的头安抚她。

我们默默往前赶,一码又一码。我们不时停下来四下打量、倾听周围的动静,但每次都只看见扭曲的蜡烛一般的结构,只听见水的嘀嗒声和远方马利克的吹气声与咆哮声。他还在追。接下来的一个钟头,道路基本是平的,我们一直走,一次也没歇,直到油灯的火焰变得摇曳不定。

"哦不,达瑞安……"

他看看油灯、看看我,又回头看我们的来路,最后望着前方的黑暗问:"有木头吗?"

这问题似乎有点蠢。我们带的木头就只有十字弓和弩箭,哪样都不敢浪费。

可达瑞安的情况很糟。他流了很多血,已经有些神志不清。

我把灯罩全打开:"咱们接着走,直到灯灭了为止。"我让光线洒向四周,但油灯只照出一小圈地方,让我有些失望。我突然发现前面不远的路上有个东西与周围环境格格不入。直到这时我的大脑才辨别出那气味。

"驴粪!"我说,"就在路上。驴子从这儿过去了。一片漆黑它们是怎么找着路的?"达瑞安茫然地看着我。

"你还不明白？如果能追上它们，你就可以骑着驴走了。"

我让油灯照向前方，但光线消失在黑暗中。我稍微改变方向，灯光落在一个奇特的形状上。我又瞅了一眼，发现那是一尊雕像，一个男人穿着挺合身的古怪衣裳，石笋绕着他的腿和躯干往上长，把他半埋在地里。另一侧也有一截雕像。我这才意识到脚下是人工铺成的路面上，大山的分泌物凝固后盖住了道路两侧，活像山峰下被冻结的溪流。我往回看，现在看出了许多柱子和墙，明显出自人类之手，都用雕带装饰，上面刻着古代的传说事迹和打扮怪异的人类。融化的石头形成冻结的瀑布，把它们部分遮掩，先前我径直从旁边走过，一点没察觉。

我再次想起辛瓦特城，只不过这次不是树木，而是一片石林，是石头吞没、改变了这地下的奇观。我说："达瑞安，看。"可这时火苗一闪，彻底熄灭，我从未体验过的深沉黑暗将我们吞噬。

达瑞安捏紧我的胳膊，我屏住呼吸。

"玛芮娅……"

"嘘。"

寂静无比辽阔，虽说有滴水的声音、有我们自己压抑的呼吸，但这些都显得微不足道。一切都被寂静吞没。

达瑞安悄声问："现在怎么办？"

"听。"

马利克依然跟在我们身后，一面喘息一面呻吟。可现在另一种声音传到我耳朵里，比马利克隔得更远，它无数次从山洞的墙面反弹，大大扭曲，我好一会儿才听出那是什么：脚步声。许多人，仿佛有大队人马。

"达瑞安！哈洛迪人也跟过来了。"

"不然你以为呢？"

"我本来指望山洞各处的龙巢都会点燃，变成他们无法穿越的地狱。指望浓烟会冒出山洞外，让父亲知道我们在哪儿。"

"火需要空气。他们只消等一等。"

我压制住惊慌的情绪。我们得继续走，可却看不见路，难保不会从崖边跌下无底的深渊，这种可能性太大了。

我小心翼翼地坐下,万一嘎嘎睡着了我可不想惊醒她。我从箭筒里抽出三支箭。

达瑞安悄声问:"你干吗?"

"想办法点火。"

我听见他坐到我身旁。"好。"他声音疲惫,语气一点也不像他了。

我摸索着从衣襟上割下一大块布,又从油灯里取出已经干透的灯芯、把布塞进灯里,然后把油灯翻转。

"这是干吗?"

"把剩的油全吸干。"

剩下的油刚够把布弄湿。我将布绕在灯芯上,再将三支箭的箭羽围在布团周围,拉达瑞安的手让他握住箭杆。我从衬衣上扯下几条布,分别在他手的上下方把箭杆捆在一起。

"没用,"他说。"没火你点不燃油的。"

"我有打火石。"我叹口气,"压在背包最底下,宝宝下面。"

达瑞安也叹口气:"只能拿出来。你的刀给我,再给我几支箭。还得有引火柴才成。"

"昨晚在地道你是怎么点火的?"

"两根木棍加上摩擦。花了好几个钟头,手都搓破了。"

马利克的喘息和吹气声更近了。

我说:"得赶紧。"

他从一支箭的箭杆上削下木屑,他说:"打火石。"

我把胳膊从背带下面滑出来,轻轻把包转到前面,又把一只手伸到嘎嘎下巴底下。她啾一声醒过来。"抱歉,宝贝!"我拍拍她的鼻子和下巴,又挠挠她耳膜后面。她轻轻地咕噜了一会儿,然后说:"姆噗?"

达瑞安削木头的声音继续响起。我松开拉绳,一只胳膊缓缓伸进背包,顺着毯子和包之间的空隙,从她的小身体旁往下摸。她开始挣扎。我的另一只手控制着包口,留出的空隙只刚好容纳她的脖子和我的胳膊。她隔着毯子,用自己的小爪子挠我。

"嗷!痛死了,小东西!"

我摸到一个土豆,把它拿出来放到身边,这样即便在黑暗中也能找得到。我把手伸回去继续四下摸索,终于找到了装在皮革小袋子里的打火石。

"给。"我往外递出,达瑞安摸到打火石,从我手里接过去。

"姆噗?"

"好!好,就来……"我摸到刚才的土豆,用力砸在石头上,然后一点点递给嘎嘎,让她从我手里啄去吃。

马利克的咆哮更近了,嘎嘎又用刺耳的鸣叫喊她的波巴。

"嘎嘎。"那声音很洪亮,距离不到一百码。不是在咆哮,而是说话的方式,就好像他隔着笼子栅栏碰她鼻子那时候。那之后是各种哼哼和呼呼,说不定也是龙的语言。

"快!"

达瑞安用钢击打燧石,火星照出木屑、照出箭羽之间一小截一小截箭杆。他再次撞击,我往下看我们来的方向。第三次,我看见马利克仅剩的眼睛发出的反光。他低吼一声,太近了。

"快!"

又一次撞击,一粒火星在木屑上稳住了。达瑞安弯腰朝它吹气。

"阿瓦,达瑞安。"

他不理我,只管轻轻吹气。火苗跃起,他用自己的呼吸滋养它。油突然点着了,我们的临时火把活了过来。

他说:"走。"

我抓住背包袋子,把嘎嘎背回背上,然后帮达瑞安站起来。他一面咒骂一面一瘸一拐。嘎嘎在我背上惨兮兮地叫着。

马利克的眼睛朝我闪着光,至多只有五十码。眼睛随着他的步子上下晃动。他没有发起攻击。

这很好。但这也意味着他在积蓄力量。我说:"咱们得加快速度。"

"这火撑不了多久。"

"先走了再说!"

"姆噗?"

"宝贝……等等。"

我们继续奋力前行，通道开始变窄。回声比之前更尖利、间隔更短。小径又开始上行，显然是人类的手笔。

我渐渐进入一种麻木的节奏：爬上一级台阶、帮达瑞安上来、听马利克的动静——还在呼气、还在痛得哼哼。每爬到一段楼梯顶部就会出现一段平路，这之前马利克似乎都在缩短距离；等他开始爬那段阶梯，他的声音就落到了后头。达瑞安不时从包里掏出箭杆上削下来的木屑，拿它们拨拨火，免得火熄灭。羽毛早没了，灯芯和布料也快烧完了。与此同时，人类沉重的脚步声却越来越响。

达瑞安倒抽一口气："前头有光。"我抬起头，没错，前面还有一段楼梯，之后是一簇奇形怪状的柱子，再往后，微弱的蓝光照亮了山洞里雾蒙蒙的空气。

"是日光吗？"

"希望如此。"他的声音是忍痛的耳语。

火把的光开始摇曳。我往前看，尽量记下路的布局，以防火突然熄灭、要在黑暗中摸索。前方是个"之"字形回转，又有一截陡峭的楼梯。我呻吟起来。

就在转弯之前我们遇到了一大团黑色的东西。是那两头驴，脖子上仍然套着车轭，只不过摔死了。我的心往下沉。它们是从上面的阶梯上摔下来的，因为被捆在一起，没法好好爬坡，其中一个摔倒就会拖累另一个。"见鬼。"我眼中盈满泪水。我已经筋疲力尽，但原本还指望着能遇上一点点好运。

达瑞安说："割点肉。"

"哈？"

"快点。把宝宝喂饱，让她闭嘴。"

他说的没错。我拿出匕首，割开皮毛，然后从驴大腿上切下一大块肉。达瑞安蹲下，没受伤的腿弯曲、伤腿在身前伸直，脑袋向后靠在墙上。没东西装肉，我只好把它裹在外套里。这期间嘎嘎一直在抱怨。

黑暗中传来马利克的呼呼声。他已经很近了。自制火把突然熄灭，最后一块发红的灰烬从三根烧焦的箭杆中间滚落、一闪而灭。

达瑞安说："臭粪蛋。"

虽然害怕，我依然笑出了声。我帮他站起来："当心——这个弯只能摸索着走。不过前面楼梯上就有光了。"

我们的眼睛很快适应了上方的亮光。它跟星光差不多，不大能看清楚，但也够了。我明白了为什么马利克没能缩短距离——他一直走在黑暗中，而且只剩了一只眼睛。他跟在我们身后，每一步都是摸索着前进，只能靠鼻子指路。等我们抵达上方的光亮处，他会不会追上我们呢？

"再快些。"我帮达瑞安走上又一级台阶。他在呻吟。

"姆噗？"

"嘘，宝贝。再坚持一会儿。"

我们继续往上爬。没多久我就觉得背包里有动静，还听到咀嚼声。嘎嘎把头缩回包里，找到了另一个土豆。哦，好姑娘……

又拐过一个"之"字形弯，楼梯结束于一个平台。借着前方的光，我看出达瑞安脸颊凹陷，眼睛也凹下去了。我回头看来路，虽说瞧不见马利克，但仍能听见他粗重的喘息声从下方传来。

我们下方有油灯或火把的橙光浮动，这时我才意识到哈洛迪人的脚步也更大声了。有片刻工夫，士兵的身影出现在石柱之间，距离并不远，足以看清五官和武器的反光。

"哦，高龙啊，达瑞安，他们追上来了。"

我们迈出下一步，他痛得皱眉，咬牙喘气。他想跳上下一级台阶，结果脚下一绊险些跌倒。

他悄声道："对不起，玛芮娅。"

"别道歉，"我大口喘气，"集中注意力。"

我听见前方传来水落入水流中的动静，听起来水不算大，但也足以产生溅水的声音。

上楼梯时，达瑞安每走一步都要停下来，慢慢把没受伤的那条腿挪到身下。等走到楼梯顶上的平台，我俩都精疲力竭地瘫倒在地。

"再走几步。"我被有水可喝的前景诱惑着，唤起仅剩的一点力量扶起达瑞安。我们走近楼梯顶的石柱。有些是人造的，像辛瓦特遗迹的柱子一样笔直，柱身上还有凹槽。剩下的是天然的，仿佛一道道从洞顶坠落的尖刺，像冻结的瀑布一样洒下斜坡。

我原本指望能看见日光，然而眼前的东西远比日光更令人惊叹，让我忘了呼吸。天然形成的山洞中雕琢出一个巨大的环形房间，直径约莫八十到一百尺，高度至少五十。八根巨型石柱环绕着房间，有些仍旧傲然而立，有些已经被粘丝般蜡黄的物质包裹。装饰性的树叶和龙的图案雕刻在柱子基底和顶端，并出现在柱身中央的一道凹槽里。每一对柱子之间都有石头楼梯通向上方或下方的黑暗走廊。这样的楼梯总共四段。动物和龙的骨头散落在地板上，到处可见从洞顶落下的石头和碎片。在它们落下的地方，人工铺设的装饰性地板多被砸碎。

在约莫四十尺之外的房间中心有一圈雕刻成花瓣样的矮墙，墙里围着一池水。又有一股水从洞顶流下，溅落在水池中心一簇巨大的蓝水晶上。弥漫整个房间的诡异蓝磷光就源自这里。时间孕育出半透明的蓝、绿色石头格子，将水晶包裹在天然的华美格子中。

眼前的一切奇特而美丽，仿佛能将人催眠。可我们该选哪个出口？在马利克或者哈洛迪人抵达之前，我们要做出怎样的决定？遍地的骸骨表示这里离外面已经很近了，可该走哪条道呢？车辙穿过房间往右拐了，然后往下进入一片黑暗中。该选这条路吗？或者它会不会把我们领到达瑞安所谓的哈洛迪老巢？

恼怒的泪水刺痛我的眼睛。我领着达瑞安走进这巨大的房间，他用尽全力才勉强跟上。嘎嘎的重量拽着我的肩膀，我从头到脚都在痛。

柱子之间有各种雕刻，描绘的东西我连想也没想到过。前进的军队上方雕刻着喷射而出的浓烟；人类穿着拼接的古怪盔甲，围攻高高耸立、看不见缝隙的奇特建筑。体型与血统绝佳的龙同奇怪的飞行机作战。水在蓝水晶上漾起一圈圈波纹，令光线震颤，雕刻仿佛动了起来。我太疲倦了，没法把它们尽收眼底。我的大脑已经麻木，心里只有一个念头：水。

我摇摇晃晃地走向水池，趴到池沿上、双手捧水大口喝起来。嘎嘎的身体随着我的动作倾斜，张嘴抱怨。水带着矿物和石头的味道，但它是冷的、湿的。达瑞安蹦到我身边，把胸口搁在装饰矮墙顶上喝水，发出好大声音。我把嘎嘎从背上放下来，捧了水给她喝。

透过水滴落、溅开的声音，我听到了呼呼声和咆哮声。我抬起头，马利克还没追上来。目前还没有。

"达瑞安，我们不能待在这儿。"

他躺在池壁上喘气："我走不动了。"

"我们得离开这儿，达瑞安。"

"我走不动了。"他反而更往下沉。

我挣扎起身，抓住他衣领往上拉，可他不为所动。我的泪水夺眶而出："见鬼，达瑞。"

他抬头看我，他的脸苍白而憔悴，眼睛仿佛鬼魂，"对不起，玛芮娅。"

我一屁股坐到他身边，抱着他哭泣。

他无力地抓住我的手。

嘎嘎在背包里喊："姆噗？"

她实在惹人疼，又如此执着，我真不知该哭还是该笑。最后我流着泪哈哈大笑。我放开达瑞安，把外套拽到身边打开。驴肉的血已经渗进衣服的皮子里。我解开背包的拉绳，嘎嘎爬出来。她笔直走到肉旁边开始舔。我拿出匕首，一片片切下驴肉喂给她。她狼吞虎咽。我又从口袋里掏出一条鹿肉咬了一口，再把另一块递给达瑞安。

最后一块了。"达瑞，拿去，你得吃东西。"他没动。

"达瑞安？"

我惊慌失措，扭头看他，以为他准是晕倒了，甚至死了。不过他睁大眼睛看着某个东西。我顺着他的目光看过去，那是我们进来的那条通道上方的墙。

那里只有一幅雕像。

"是革提克。"达瑞安哑着嗓子，满脸敬畏。

我屏住了呼吸。不会错的：扭曲的角像长瘤子的树干一样，又高又优雅的羽冠，骄傲的姿态，还有比例——与匍匐在他脚下的人类相比，他显得那样高大。一切都准确无误。是辛瓦特人雕刻的，很久很久之前。

想到革提克那灼热的目光，暖意突然在我周身扩散。我再次体会到那无比强烈的感觉：造物之博大，以及我自己在其中的小小位置，此外还有夏龙的实质。之前无论如何也想不起来，现在却显得无比容易。我羞愧难当，流下眼泪，哭自己竟曾经丢失了那份记忆。

我再次环顾房间。四条通道上方各有一只仪态高贵的巨龙。从高贵的气度和巨大的体格判断，显然是高龙。它们各不相同。右手边那位头顶不是龙角，而是状如雄鹿的巨大鹿角，羽冠和翅膀有着橡树叶一般的扇形边缘。左手边那个体格修长轻盈，姿态优雅，五官平顺。革提克对面那个是最大的，然而雕刻时所用的手法让它显得几乎并无实质。透过它的身体能看到背景,它的翅膀拖曳着没入云中。四头龙里,唯有它从雕刻中直视观者。

"维吉斯、门诺格和欧斯塔拉。"我从右到左历数它们的名字,"秋、冬和春。"

达瑞安悄声道:"这是怎么回事?"

我几乎开不了口:"我也不知道。"

嘎嘎拱我的手,寻找切好的驴肉。我回到现实,割下一点喂给她。我吃完自己那份鹿肉,继续为我的野龙宝贝切肉,直到她终于露出心满意足的样子。驴肉还剩几口,其余全吃光了。她走到我面前,鼻子对准我的脸。她舔我的嘴唇。

我太疲惫,快撑不住了,所以我一开始没明白她想干什么。但很快我就想到了。其实很简单:野龙吃完猎物后会为彼此清理,她舔我的脸是帮我舔掉血迹。如果我是嘎嘎的母亲,我也会做同样的事。于是我噙着眼泪,把她的小脑袋捧在手里吻她的鼻子,仿佛我是龙母,而她是我的龙仔。我吻她的嘴,吻她的下巴;她下巴上还沾着血,我尝到了血腥味。我哭起来,她从我脸上舔掉带咸味的泪水。我伸手从池里舀了点水,为她洗脸。她开始咕噜,我不假思索地用咕噜声回应她。然后我把她搂在怀里拥抱她,我抚摸她的脸,挠她耳膜背后。我继续吻她的嘴唇、下巴和鼻子,每一秒的连接都无比珍贵,因为我现在知道自己该怎么做了。

达瑞安在失血,可能快死了。如果想跟马利克周旋、把宝贝背出去,我就没法救他脱险。达瑞安的伤是我的责任。无论别的事情怎样,我都得带他离开,而我没法同时应付他们三个。我得把嘎嘎还给她父亲,救我哥哥的性命。

这意味着跟贝鲁埃去阿维卡,承认我受着诅咒、承认革提克抛弃了我。但我别无选择。情况变了。我没法同时救走嘎嘎和达瑞安。我已经没多少力气,而达瑞安的时间不多了。

我一面抽泣一面抱紧她。我的脸埋在她那长着光滑小疙瘩的脖子里,于是她就舔我的耳朵。我的肩膀因悲痛而颤抖,她没作声。

达瑞安说:"玛芮娅。"

他的手无力地拍拍我的肩膀。"玛芮娅!"语气焦急。

我睁开眼。马利克就站在二十尺之外。

第二十二章

深埋在疲惫下的本能叫我逃跑,但我只是屏住呼吸,怀着麻木的预感愣在原地。他这样望着我有多久了?

嘎嘎歪着头,满脸不解地看我。

"玛芮娅!"达瑞安无力地往后挪了挪,"你快跑。"

就算真的要逃跑,现在也已经迟了。我还得把达瑞安拉起来,时间不够。

"别管我!"他仿佛看透了我的心思。

我慢慢地摇头。

嘎嘎转过头去,看见了自己的波巴,开开心心地蹦到他跟前。我永远学不会她那些叽叽喳喳和顽皮的嗷嗷叫,那是吃饱喝足、满心欢喜的龙仔,浑身用不完的精力。马利克低头迎接她,默默接受她兴高采烈的拍打。她用后腿站立去够他的脸,开心地舔他鼻子。虽说他的嘴唇被烧伤,他依然回应了她亲热的吻。她打招呼时狠狠地撞上他腿上的伤口,他也并不理会。他一直低着头,每次她靠近他的嘴,他就舔她的脸和耳膜。她显然很高兴波巴回到自己身边,而且想让波巴陪自己玩耍。然而他胸口深处传来颤巍巍的吹气声,表明虽说经历着重

逢的喜悦，他此刻依然十分痛苦。他闭上仅剩的一只眼睛，对她的玩闹既不禁止也不鼓励。

嘎嘎跳回我身边，爬到我大腿上，舔舔放在我外套上的驴肉，然后开开心心地姆噗一声。她叼起最后一块肉跑回马利克身边。她把肉扔在他跟前，绕着肉兴奋地蹦蹦跳跳。她那顽皮的热情让我哽咽了。

马利克轻轻地说："嘎嘎。"她跳上他的右爪，追着自己的尾巴绕了一圈，然后又跳上他的另一只脚爪，想得到父亲的反应。

"嘎嘎，"马利克又说了一遍。然后，"Mfff[咕噜咕噜]。"

她跳到他垂下的脑袋旁，用鼻子去碰他的鼻子。他用下巴蹭蹭她的脸，她舔他血淋淋的嘴唇。"Mfff[咕噜咕噜][隆隆]"他说。她坐下来抬头看他。我终于又敢呼吸了。

马利克看看自己的伤口，又看看他的小嘎嘎、看看达瑞安。最后他用仅剩的眼睛盯住我。他的呼吸很浅，十分痛苦。我终于敢直视他银色的眼睛，毫不畏惧。他一眨不眨地打量我好久。他的脸伤痕累累，看不出表情，但他没再发出威胁的咆哮或呼呼声。他似乎在等我开口，或者做点什么。

焦躁与悲伤在我脑中发出令人疲惫的喧嚣，其中还夹杂着许多别的念头：母亲、父亲和家人，玛毕尔和贝鲁埃，异国的偷猎者和凶煞。过去几天的所有事件都被卷进这个瞬间，卷进这个有高龙从墙上俯视、被蓝光照亮的奇特房间。我已经耗尽了力气，无论命运对我如何裁决，我都准备接受。

"她属于你，"最后开口时，我的嗓子哑了。"对不起。"我勉强才发出一点点声音，"你遭受的损失和痛苦，我感到很难过。真希望我能帮你。"

哈洛迪士兵沉重的脚步声从背后的山洞传上来，空气沾染了橙光。马利克扭头朝那个方向看，然后又看看我。他闭上眼，脑袋低垂。嘎嘎用脸蹭他的下巴。他发出悲伤而安静的悲泣，仿佛育龙节那晚我们的龙母。最后他用低沉柔和的声音对自己的龙仔说了什么，她便看看我。他再一次用低沉的隆隆声对她说话，她的耳膜和翅膀耷拉下去。他舔舔她的脸，又一次发出隆隆声。

她缓缓地朝我走来，银色的眼睛睁得大大的。她爬到我腿上，回头看波巴，用几不可闻的声音悲泣。

马利克叼起脚边的驴肉走到我们身边，伤痕累累的脸离我的脸不过几寸远。他把肉扔在我外套上，最后一次舔了自己宝宝的脸。

真让人难以置信。原来马利克明白自己的伤势有多重，他感觉到力量在流失。他知道自己将无法照料自己的龙仔，于是做出了跟我类似的决定。

眼泪顺着我的脸颊往下流淌，我努力找到自己的声音："我保证……" 我用力咽下泪水，我的话卡在喉咙里，"我保证会照顾好你的小嘎嘎。" 我看着他的眼睛。

他血肉模糊的脑袋略往下一点，仿佛表示感谢，然后他就转开了头。他的宝贝朝他哭叫，但他忍痛一瘸一拐地穿过房间，朝最远端的出口走，在身后留下一串血脚印。追兵的声音越来越近了。他停下来，扭头看我们："Mfff。"

"玛芮娅。"达瑞安用两手撑起自己，他眼含热泪，"我们得走了。"

我搂住嘎嘎，轻轻将她的翅膀压在她身侧，然后拿背包把她套上。我把肉也一起放进去，再系好拉绳。我站起来，毯子和外套都留在地上没拿，只朝达瑞安伸出胳膊。他抓住我的手腕，我拉他起身。

等我们走到他身后几尺之外，马利克领头走进了最远端的通道。冬龙门诺格下方的通道。

我停下来一次，回头看对面门上的雕刻——我们进来的那扇门。在涟漪般漾开的蓝光中，夏龙似乎正欲展翅飞翔。

马利克领头，我们跟着他走上漆黑的楼梯，高龙殿堂的光线逐渐消失在身后。一路都有交错的地道，向上或向下，通往深不可见的黑暗。但马利克似乎很清楚该往哪儿走。最后我终于明白过来：他认得路，他来过这儿。

达瑞安很努力，他闭着眼，抿紧的嘴唇透露出坚定的决心。他的左腿几乎无法承担重量，只能忍痛往前蹦。黑暗越来越彻底，我也只是勉强跟上，这还多亏阶梯是人造的，又浅又规则，也多亏马利克一直在前方发出沉重的喘息。我两腿酸痛，背也疼极了。好几次达瑞安脚下踉跄，我抓他时碰到了他腿上的箭。每次我都担心自己加重了他的伤势，担心他痛苦的喘息会被追在身后的哈洛迪人听见。嘎嘎并没挣扎，也没想往外爬，但她在背包里动来动去，经常让我难以保持平衡。

我周身疼痛、体力耗尽，渐渐神志不清，但我逼自己继续前进。达瑞安和马利克的状况比我糟多了，他俩都指望我呢。我试着推想我们身在何处，借此转移自己的注意力。据我猜测，抵达高龙殿堂前，我们在大山洞里应该是往西走的。如果找到出口，我们很可能会出现在分隔瑞亚特与远方山谷的岩脊附近，而且是在远离瑞亚特的那一侧。那是离家很远的荒野，到处是危险，遍地掠食者。

我放弃这条思路——它只让我更觉无助。我把注意力集中在脚步上，下一步、再下一步，然后是之后的那步。

脚步和盔甲碰撞的回声越来越大，我发现自己能借着稀薄的橙光看见周围了。我回头往又长又直的楼梯底下看。远处有火把在浮动。

我哑着嗓子道："达瑞安，坚持住。"他没说话，只是轻轻地捏了捏我的胳膊。

我的步子里增添了新的动力。我怕极了，只希望他们自己制造的噪音能掩盖我们的动静，希望火把闪烁的光线能让他们看不见远处。达瑞安集中精神保持平衡，所以我尽量撑着他。

但敌人在不断逼近。马利克在我们身前喘气、哼哼，我们跟着他，在恐惧与痛苦的噩梦中艰难前行。我踩在一块石头上崴了脚，闷哼一声倒地，被阶梯撞破了小腿。达瑞安捂着自己的腿痛呼一声。嘎嘎也尖叫了一声——只一声，但已经足以惊动追兵。喊声向上回荡，他们的脚步变成了刺耳的喧嚣。恐惧推着我站起来、给我力量拉起达瑞安。我把他的胳膊拉到自己肩上，另一只手从他背后绕过去，抓住他的腰带把他拎了起来。我就这么拎着他走了十几二十步，然后楼梯突然变成了平地。真是谢天谢地。我几乎要倒地不起，只能拖着脚往前挪，这时我突然发现马利克的声音消失了。

我停下脚步，放达瑞安落地，让他靠着我。我直喘粗气，嘎嘎在背包里哀叫。我站在上方的平台，看不见下方阶梯上的哈洛迪人，但他们闹出的动静越来越响亮，他们火把的光也上下浮动着逐渐靠近。我从肩头取下一把十字弓，脚趾踩住脚蹬给它上弦。我的胳膊酸极了，用尽力气才将它拉紧。火把和人的脑袋先后出现在最高一级阶梯上方，来得很快，我手忙脚乱地把箭放进箭槽。

我咬牙骂道："该死。"他们的火光照亮了平台，我这才发现之前有条通道横穿我们所走的这条通道。我当时没留意，径直往前走了。马利克会不会是转到了左边或者右边？

八到十个士兵从阶梯涌上来。其中一人指指地面,马利克留下的血迹在灯光下闪着红色,直指我们这边。难道他走太快,我跟丢了?另一个人指着我大喊一声,有人发出狂喜的吼叫。我松开扳机,收获一声尖叫,但现在他们也跪下来给自己的武器上弦。

"哦阿瓦啊,达瑞安……对不起。"

马利克突然从哈洛迪人左手边的通道冲进他们的队列,又抓又咬。哈洛迪人尖叫着四下逃散。两个人惊呼着掉下阶梯,其他人则手忙脚乱地躲避爪子或牙齿。他们在他面前真像小虫子一样。有人被他咬住扔到墙上,有人被他一掌打飞滚下楼梯。最后只剩两个人。其中一个还想给十字弓上弦,马利克偌大的脚爪往下一扫,把他摁进地里。另一个人受了伤,往右手边的通道爬。马利克只管踩上去,弯腰咬碎了那人的脊柱。这个狡猾的捕猎老手,竟拿我们做了诱饵,趁黑绕回去设了埋伏。

我哆嗦着把十字弓挂回肩上:"我去去就回,达瑞。我去拿个火把。"

马利克依然等在阶梯顶上,俯视我们的来路。我捡起哈洛迪人的火把,探头往下看。下方有更多亮光正在接近。

我跑回达瑞安身边扶他起身:"拿着。"

他默默接过火把,我们蹒跚着往前走。马利克断后,不时扭头用完好的眼睛往后瞅。

有火把照亮前路,我们的速度快了些。然而追兵的声音越来越响,太快了。

"光,"达瑞安用火把指着前方说,"光!那儿!"

前方五十码有向上的阶梯,被清冽的蓝光照亮,那是从上方不知何处洒落的日光。地上散乱的骸骨变厚了,表明出口就在附近。意识到这一点,我立刻嗅到松木的气味,感觉到新鲜空气流进肺里。

我一下子安了心,又有了力量。达瑞安也一样,他壮起胆子又试了试伤腿,想帮忙走快些。

"赞美阿瓦!咱们要成功了,达瑞!坚持住!"他咬紧牙关,扭动疲惫的身体。我们摇摇晃晃地往阶梯上爬。马利克也走到我们身边。我们朝亮光处奔去,但是速度很慢,太慢了。

身后传来呼喊和弓弦的噼啪声。我弯腰躲避,回头却见马利克张开翅膀护住了我们。有两支弩箭刺穿他翅膀的隔膜，滚落到阶梯下。其他箭支带着令人心寒的砰砰声射中了他。他发出痛苦的咆哮。

"快，达瑞安！"我大口喘气，反身拖着他往上爬。马利克也转身退着走，一面怒吼一面用身体遮蔽我们。

我们爬上最高一级阶梯，看见了日光。通向洞外的走廊有好几处坍塌，巨大的岩石底下散落着废弃的龙巢，但至少路是通的。辉煌刺目的日光抛洒下来，我们加快脚步，绕过骨头和瓦砾，跌跌撞撞地冲向自由。

我们身后的黑暗中，十字弓高歌、马利克咆哮，接着是人类的尖叫。

洞口附近的一块大石头突然动了。一个脑袋偷偷探出来，发出恶心的绿光，一对破破烂烂的翅膀展开。凶煞站起身，哈洛迪头领的龙也舒展翅膀出现在它身后。它们正等着我们。

第二十三章

我跟跄着停下脚步,脸上没了血色。

达瑞安靠着我浑身瘫软:"库鲁宗,带血的尿包啊……"

哈洛迪头领吼了一声,凶煞听令往前走。马利克从凶煞腿上和脖子上撕掉了大块大块的肉,恶心的绿光从伤口往外冒,仿佛这是个奇异的行走熔炉,伤处就是通风口。

我往后退,差点拉倒了达瑞安。他一个跟跄,喊了一声,我刚勉强站住又失去平衡,往后倒在一个偌大、破碎的龙巢里。嘎嘎被撞得直哼哼。

没希望了。我们别想逃过这怪物,而身后又有追兵赶来。我们被困在了中间。

我在达瑞安和凶煞中间摇晃,一面哆嗦一面踩住十字弓的脚蹬拉弦。嘎嘎惊恐地叫唤,然后用最大音量在我耳边大叫波巴。

我鼓起勇气,把一支弩箭放进箭槽,瞄准、射击。它从凶煞龙全封闭的头盔上弹开,没造成半点伤害。骑手抬起十字弓指向我这边。他烧焦一样的脸上有两个洞,那双说不上眼睛的眼睛从洞里发出凶光。他顺着箭杆瞄准。我霎时忘了呼吸。

达瑞安的弓弦啪的一声响,在骑手放箭的同时,达瑞安的弩箭射进他胸部。凶煞的箭偏开,扎进我们身旁的龙巢。

嘎嘎叫唤起来。我喘出一口气,达瑞安竟然射中了,谢天谢地。

怪物低头看插在自己胸口的弩箭。换个普通人准会被这一箭放倒,但凶煞只是抬起头,给十字弓上弦,从腰上的箭筒又抽出一支箭来。

我呆若木鸡,双膝跪地。

凶煞朝我们逼近。嘎嘎吓得尖叫,使劲扒拉背包的拉绳。达瑞安站在我身前,拼命想给他的十字弓上弦,而凶煞骑手又一次瞄准了我。

突然间,马利克偌大的身躯从我们头顶飞过,怒吼着落在我们前方。他全力冲向凶煞和骑手,一面咆哮一面抓扯、撕咬。

嘎嘎大叫着扯我的背包。一只前爪从拉绳底下伸出来抓我的肩膀。

"宝贝,不行!"我大喊,但这些词对她毫无意义。我倒退到巢上把她卡住,给十字弓上弦。身后传来的呼喊提醒我,我们被包围了。我装好弩箭,从龙巢后面往回瞅。二十码之外有至少半打哈洛迪人,他们发现了我,纷纷举起十字弓。弩箭雨点般落在我周围的石头上。我缩回去,深吸一口气,这次顺着准星往外看。我朝第一个目标放箭,发现射偏之后赶紧退回龙巢背后。对方并未立刻还击——多半所有人都在重新装填,说明他们忘记了之前用在马利克身上的战术。

"玛芮娅!"我转过头,达瑞安把自己的十字弓塞给我,已经装填完毕,随时可以射击。我把我用过的弓递给他。

我又往巢后瞅,发现哈洛迪人全都找了地方隐蔽起来。

马利克正与凶煞殊死搏斗。利爪划破空气。马利克受伤时鲜血喷洒;凶煞被击中时,大块黑色的肉像煤一样碎成粉末,留下闪光的大洞。马利克凭着最初的狠厉气势将凶煞逼退,现在却不断朝我们退过来。他跌跌撞撞地厮打,竭力站稳脚跟。他身受重伤还能这样猛攻,令我惊叹不已,但很快我就意识到这是因为他改变了策略:他没指望能活下来。现在的他毫无保留,这是他的最后一战。

"当心!"听见达瑞安的喊声,我转过头去。一个哈洛迪士兵爬上了我左边的岩石,举刀朝我砍下来。达瑞安的箭正中他下巴底下,那人向后翻倒。达瑞安紧跟着往后一蹦,躲到一块更能遮蔽自己的石头背后。我撤退到他身边。

"没办法了,达瑞安。我们得尽快离开这儿。"

"怎么离开?"他痛得咬紧牙关。"那东西把路堵死了。"他脸色苍白得吓人,行动间在沙地上留下一道血迹。但他仍然继续给十字弓上弦、装填。

他说得不错,我们无处可逃。即便能突破某一侧的敌人,我们依然远离家人、孤立无援,而且伤痕累累、筋疲力尽。

达瑞安已经扔了火把。我发现它躺在几尺外的砂石地上,便一把抓起来,塞进被我们当成掩体的龙巢。龙巢的木头很老了,柴火一样干燥。较小的细枝和干草几乎立刻着了火。

达瑞安一脸惊恐,"你干什么?"

"掩护我们的后方,顺便造烟。"我抽出火把,跟十字弓一起握在手里。

两个哈洛迪人爬到我们左边的石头背后,从侧翼包抄。我抓住达瑞安的衬衣,把他拖到另一块石头后面。一支弩箭呼啸着从我脑袋旁边飞过。

达瑞安拎着十字弓,满脸痛苦。我吓坏了,"你被射中了?"他摇头指指自己的腿。我从他手里拿过十字弓,挂在自己肩上。

"这边!"火把的烟灰刺痛了我的眼睛。达瑞安嘴里骂着脏话,蹦跳着跟在我身后。我爬上一块从山洞顶上倾倒的石板,石板形成一个上坡,仿佛搭在山洞墙面上的宽阔山脊。它能为我们遮挡来自各个方向的攻击,只有正后方除外。我小心翼翼地绕过一个废弃的龙巢,这时达瑞安脚下打滑,从石板边缘摔了下去。我伸手想抓他,但一支箭射到我胳膊旁边,激起一片尘土和小石子,迷了我的眼睛。我往回缩,同时听到他一声闷哼落了地。我看不见他的身影,只知道他落下的位置几乎就在马利克脚下。我大声喊他的名字,但他没回答。

两个哈洛迪人已经较接近掩体背后,对我紧追不舍。我若去找达瑞安就会暴露在他们的火力下。我倒退着往后爬,一把十字弓指着前方,另一把挂在身侧。嘎嘎已经把另一只胳膊也挣出来,现在爪子抓着我的肩膀,对着我的耳朵悲泣。我往上爬,却把自己困在了倾斜的石板高处。

马利克的吼声减弱,他的咆哮里带出一丝绝望的味道;而我哥哥则声息全无。哈洛迪头领和他的龙鬼鬼祟祟地往里走,想找条路绕开自己可怕的奴隶,从后方夹击马利克。

突然间，我看见了达瑞安，他正拖着瘸腿拼命往外蹦。凶煞与马利克激战正酣，哈洛迪头领也在移动，正好露出空当。达瑞安找到一块大石头稍作隐蔽，然后跌跌撞撞地跑出了我的视线之外。

神啊，达瑞安！快跑！

燃烧的龙巢变作熊熊的火球，点燃了附近的龙巢。浓烟滚滚涌向山洞顶部。我在绝望中往外张望，虽然明知不大可能，却依然指望能在空中看见父亲和舒迦。还不够。我继续往上爬，经过又一个龙巢时把它也点燃了。

一个哈洛迪战士举着十字弓从藏身处走出来搜索我。我松开扳机，一箭射在他身体中部，然后躲到岩石边缘一个巨大的龙巢背后。在这块向上倾斜的大石板上，这是我仅剩的掩体。这个龙巢的高度与宽度相当，树枝和骨头编织的基座非常古老，已经全都腐烂、破碎。破败的巢体结构被龙加固过无数次，有些部分竟然延伸到石板外，悬在地面上方。

我把火把塞进龙巢基座靠近石板边缘处。我需要制造更多烟雾，同时又不能让自己陷入地狱般的烈火中。

马利克咆哮着，步履沉重地走到我左手边的石板下方。他咬住了凶煞的脖子，却拿盔甲毫无办法。怪兽继续撕扯马利克的腿和脖子。现在哈洛迪头领骑着龙穿过瓦砾，出现在马利克身后的浓烟中。

我拉开弦，从箭筒里抽出一支箭——最后一支了，之后我就再无任何办法。我扔掉了那把空的十字弓。

三个哈洛迪人走出石头背后，小心翼翼地朝我这边爬上来。再往后还有一个。他们也射光了箭，现在全拿着吓人的弯刀。可就在这时，斜坡靠下方有个较小的龙巢燃起来，大片火焰和火花遮住了他们的身影。从喊声判断，他们应当是受不了灼热的高温撤退了。

哈洛迪头领骑着他的斑点棕龙加入混战。棕龙扑向马利克的右后腿，又抓又咬。马利克发出痛苦的怒吼。这时我藏身的龙巢猛烈燃烧起来，浓密的黑烟刺痛了我的眼睛和肺。巢的基座略微晃动，然后又稳住了。

哈洛迪头领就在它正下方。

我看到了机会。我用一只胳膊挡住扑面而来的热气，然后尽可能靠近龙巢坐下。我用脚后跟猛踢龙巢，嘎嘎在我背上尖叫。滚烫的残渣从缝隙中飞出来，在我皮肤上嘶嘶作响。我踹松了一根燃烧的木头，哈洛迪头领抬头看见了我，大喊大叫。龙巢嘎吱一声，再次稳定下来，然后整个崩塌。我手脚并用往后爬。一堆燃烧的木头从石板边缘落下，哈洛迪头领被埋在烈焰中。头领的龙发出惊恐的哀号，凶煞从马利克身边退开。

三个士兵穿过另一个龙巢的火焰和烟雾，沿着我所在的石板往上冲。我抬起十字弓，退到石板最远的边缘。

再往后便什么也没有了。山洞外是一个陡坡，往下是乱石嶙峋的峡谷。我看见了达瑞安，他躺在一道山脊上，在山洞洞口下方。

我不能跳——会摔死的。但马利克就在山脊旁边，几乎就在我正下方。我不及思索，用最大音量模仿嘎嘎喊"波巴"，同时纵身跃下。小嘎嘎吓得尖叫起来。

我们砰的一声落在马利克背上。他惊了一跳，但他的好眼睛认出了我，我沿他脊柱趴好。

凶煞龙朝我冲过来，呼吸中带着肉烧焦的恶臭。我把最后一支箭射进它闪着绿光的嘴里。它发出粗粝的尖叫声往回缩。我扔掉十字弓，张开胳膊抱紧马利克的脖子。小嘎嘎惊恐万状，紧紧抓住我肩膀。我大吼一声："走！"不过马利克已经行动起来。

他奔向崖边、跃入空中，同时痛得大叫一声。大地猛地从我们脚下坠落，我头晕目眩，几乎被甩下去。凶煞尖啸一声追上来。我听到它的翅膀发出干涩的噼啪声。马利克胸大肌中箭，力道很弱，每次扇动翅膀都忍不住哀鸣。他的左翼无法发力，身体向一侧滑动，世界随之疯狂地倾斜。我抱紧他的脖子，免得从他背上往前滑落。然后我冒险回头瞅了一眼。

凶煞离马利克的尾巴尖只有一个龙身，还在不断迫近。它预判了马利克的飞行线路，开始向上爬升，准备从上方扑我们。

"马利克！飞啊！"

凶煞在我们头顶拍打翅膀，后脚的利爪朝我抓来。马利克突然往侧面滑落，同时痛苦万分地尖叫着。怪兽没有得逞，它扇动翅膀往上飞，找好位置准备下一波攻击。

马利克的策略为我们赢得了几秒钟时间，但他再次晃动、尖叫。他没法再拍打翅膀,现在至多只能往下滑行。

大地朝我们飞速冲过来。马利克张开翅膀准备着陆,却只是重重摔落。我再也抱不住,从他右边翅膀滑到地上。我被惯性推着滚了几尺,一头撞上苔藓和石头。马利克往前滑、滚了一圈,最后侧躺着不动了。

我只觉得天旋地转,勉强跪起来,想站起身时却又瘫倒在地。我在一座山的山腰上,与之前的洞穴隔了一条峡谷;山洞向空中吐出棕黑色浓烟。

我悄声祈祷:好阿瓦,希望父亲就在附近。

嘎嘎在背包里挣扎起来——至少她还活着。我朝马利克爬过去,然而凶煞拍打翅膀、降落到我们中间。它站直了朝我转身,腿和脖子上落下一块块黑肉,都是被马利克咬过的地方;伤口里露出黑色的骨头和韧带,边缘处有绿光渐渐黯淡下去。它有条腿血肉模糊,瘸得厉害。它背上的骑手端起十字弓,可怕的目光落在我身上。他的一只胳膊被马利克扯烂,只剩下骨头和散发黯淡光芒的韧带,垂在身侧毫无生气。他的右腿已经破布一般。达瑞安的弩箭依然扎在他胸口。

我摇摇晃晃地站起来,勉强保持平衡。嘎嘎尖叫、挣扎,几乎把我弄倒。凶煞骑手抬弓射箭,我向后倒去,然而并没有箭射向我。他用白痴那种迟缓的神情看着自己的武器。箭槽里的弩箭显然在战斗中跌落了。他只剩一只胳膊,没法给十字弓装填,十字弓也就成了废物。他扔下武器。他那不可思议的怪兽坐骑向前走来,我跌跌撞撞地后退,伸手从背包下方摸索别在腰带上的匕首。

怪兽往前冲,却绊倒了。它的右前腿突然碎裂。烧焦的肉从焦黑的骨头上脱落,肘关节分离。它胸部着地,在凤尾草和野草中扭动,拼命想重新站起来。它尖叫时我瞥见了我之前射出的那支箭,箭还插在它喉咙深处;然后它嘴里喷出一片烟灰,我什么也看不见了。绿色的火星从它脖子上的无数裂缝喷出,它身下的草叶蜷曲、变成黑色。怪兽终于瘫倒在地,不再动弹。从各个伤口透出的黯淡绿光也渐渐消失。

这东西死了。终于死了。我从极度紧张中放松下来,大口喘气,这才意识到自己刚刚屏住了呼吸。然而就在这时,骑手解开了鞍具上的搭扣,从死去的坐骑背上滑下,完好的胳膊摸索着从背上拔出了黑色的剑。他一瘸一拐地走过来,黑灰从血肉模糊的右腿落下。

他稳步朝我逼近，我大口喘气，同时偷眼看他的坐骑。凶煞毕竟并非不死之身。

我耸肩取下背包，小心翼翼地放在地上，松开了拉绳。嘎嘎挣扎着爬出来。她先是踉跄了几步，然后就躲在我两腿后面悲泣。我拔出匕首咬在嘴里。我脚边有块石头，跟我的脑袋差不多大。我把它捡起来扛在肩上。

凶煞继续朝我逼近，又机械又顽固。我朝他走，逐渐加速。他还在一瘸一拐，撕烂的袍子里落下黑灰。他举起剑，我也把石头举过头顶，闪身冲进他的攻击范围内，石头砸向他的头盔，发光的粉末从头盔底下飞溅而出。他一只诡异的怪眼从压扁的头盔底下瞪着我，张嘴发出粗哑的嘶嘶声。

我怕极了，哀号着抓住扎在他胸口的箭，朝侧面使劲拉扯，另一只手握住咬在嘴里的匕首朝他砍过去。现在我跟他距离很近，他没法再用剑伤我。他扔下剑，抓住我的一只胳膊。他手上非自然的寒意灼烧着我，我尖叫起来，但依然疯了一样又刺又砍。他的喉咙、胳膊和脸颊上落下更多发光的粉末。

他的袍子脱落，露出皮革和钢铁打造的盔甲，马利克在上面抓出了好些缝，但一滴血也没有。我看不出哪里是盔甲哪里是肉。他的头盔是铆接在头骨上的。面罩的锯齿状边缘与脸颊的肉融为一体，焦黑的皮肤上布满深而不平整的洞。他的嘴唇只是一道疤，露出歪歪扭扭的棕色牙齿，都快磨光了。他想把我拖到那嘴牙齿边，但我用匕首戳他的脸和脖子。

"你怎么还不死？"我一边尖叫一边拼命刺他。嘎嘎在我身后某处发出刺耳的叫声。

怪物终于倒下。我跟他一起倒地，但我依然不停地刺他、砍他——我停不下来。直到有人从身后抱住了我。

第二十四章

"玛芮娅！玛芮娅！停下！没事了，停下！"父亲的声音。

我挣开，想站起来时却腿一软。父亲接住我。一片阴影将我笼罩，我扭头看见太阳勾勒出舒迦的轮廓。父亲在我身旁跪下，再一次把我搂进怀里。我抬头看天。哈洛迪头领和他的斑点棕龙不见踪影，但其他龙正盘旋着朝我们降落下来：洛夫骑着巨大的齐延，吉荷牡和奥达科斯。还有贝鲁埃。我还不知道他的龙叫什么名字。

父亲紧紧抱着我前后摇晃，手指抚摸我的头发，他的脸是湿的。

我说："达瑞安。"刚才我喊得声嘶力竭，吸入太多烟尘，现在喉咙又肿又痛。

"他在哪儿？"

我傻乎乎地重复道："达瑞安在哪儿？"

"玛芮娅——他在哪儿？"

"他在山洞外头。他受伤了。"我抬手捂住头，有股抽痛仿佛要从我的眼睛背后破颅而出。恐惧消失之后，身体似乎失去了所有力量，头脑失去了所有理智。但一个小小的声音在悲泣，如利刃般切入我的意识。

"嘎嘎……"我四下寻找她的身影。她在死去的凶煞龙背后，跟她的波巴在一起，一面舔他的脸一面哭泣。

父亲把我抱得更紧些，但他朝我看不见的某个人喊话："达瑞安在山洞外头，去找！"

"托曼找到他了，"吉荷牡说，"这儿有我，马格汉。去瞧瞧你儿子。"

我耳中充斥着喊声和龙拍打翅膀的声音，然后一片巨大的影子飘下来。父亲吻过我的额头就离开了，吉荷牡把我抱在她大腿上。她拂开我脸上的头发仔细打量："这儿要淤上一大片呢，姑娘。阿瓦，你可真狼狈。"

托曼大声喊："贝鲁埃！"

吉荷牡语气里满满都是惊奇："玛芮娅，你都做了什么？"

"达瑞安！达瑞安！醒醒，儿子！"父亲似乎很慌张。

"他还活着，"托曼说，"不过他需要治疗。"

我淡淡地回答："我找到了我的宝贝。"

"什么？"她转头去看马利克，把整个场景收进眼底。她张大了嘴巴，悄声道："高龙在上……"

达瑞安在呻吟："玛芮娅呢？"

父亲说："她没事。"

达瑞安微微吐出一口气："谢天谢地。"

"别让他昏过去。"又是父亲的声音。我担心起来，扭头看见父亲在托曼身旁，把达瑞安抱在怀里。

"那边是怎么回事，达瑞安？"托曼问，"达瑞安！跟我说话！山洞里怎么回事？"

达瑞安对着阳光皱眉，"是玛芮娅。"

父亲和托曼对视一眼，两人都露出吃惊的样子。

父亲问："玛芮娅？"

"还有龙父。"

他们一脸迷惑地看着我。

达瑞安抬起胳膊遮住眼睛，"你们怎么找到我们的？"

托曼道："我们跟着你的信号火来的。"

父亲点点头："干得漂亮，儿子。"

达瑞安说:"那也是玛芮娅。"

他们又看我一眼,父亲喃喃道:"阿瓦啊,这可真是……"

可这时贝鲁埃的声音插进来:"我来了。把孩子放下。"父亲和托曼把达瑞安放在柔软的草地上。

父亲似乎很害怕,"严重吗?"

贝鲁埃看看达瑞安的眼睛,摸了他脖子上的脉搏,又轻轻戳戳他身体各处。"嗯。他失血很多,一只靴子里全是血。能活下来算他走运。"

"他俩都很走运。"

达瑞安说:"水。"

我咬着牙跪起来,但立刻天旋地转。吉荷牡把我拉近些。她往一张手巾上倒水,想为我擦拭额头。我推开她的手。

"嘎嘎。"我站不起来,于是就往嘎嘎和马利克爬过去。他们在死掉的龙凶煞背后。凶煞龙正慢慢瓦解,仿佛雨中的沙雕。

吉荷牡抓住我的胳膊把我拉回去。"你干什么?"她声音里满是惊恐。

马利克挣扎着呼吸,又长又浅,还带着格格的响声。他的宝贝在悲泣。他还活着。难道其他人都听不见它们的声音吗?

又一阵风,洛夫骑着大白龙齐延降落。军官轻轻松松地滑下龙背。"山洞里有头死龙,看着像哈洛迪山区的品种。我觉得骑手应该还在鞍上,被压在一堆燃烧的木头底下了。"

"你得瞧瞧那东西。"父亲指指我身后的哈洛迪凶煞,不过他自己仍然留在达瑞安身边,折起外套垫在儿子脑袋底下,看着贝鲁埃检查达瑞安腿上的箭伤。

洛夫朝我和吉荷牡走来。死掉的人形怪物就在几尺之外,再过去几码则是凶煞龙。看见脚下的东西,洛夫踉跄着停下来,但他什么都没说。

恶心的绿色火焰已经熄灭,留下曾经属于人类的黑色躯壳。它在我们眼前衰朽,盔甲中焦黑的肉一点点粉碎。

托曼看见这东西,满脸厌恶,身体晃了晃,"以一切神圣之名,这到底是什么东西?"

"这,"洛夫道,"就是凶煞。或许现在你们明白我的任务多么急迫了。"

父亲摇着头说:"当年我在龙骑士团时,我们与人类和动物作战,从来没有这样的怪物。"

托曼嫌恶地说:"怎么会有这种东西?"

"阴谋反对一切造物的力量从未停止活动。"贝鲁埃弯下腰,在达瑞安膝盖底下缠上止血带。"我理解洛夫上尉的紧迫感,尤其是现在。最近那些征象的意义已经昭然若揭。"

梅利恒一开口,我的皮肤就开始刺痛、缩紧。我想把他的话挡在外面。恐怖的尸体和围绕尸体展开的对话吸引了所有人的注意,我趁机慢慢站起身,试了试腿脚。我感觉好些了。脑袋还在痛,但平衡感已经恢复。我朝马利克和他的龙仔走去。

"我们都看见了,死亡和灾难紧跟在这个女孩身后。"贝鲁埃道,"她所碰触的一切都会受到诅咒。"我没工夫理会他。

父亲道:"够了。"

"所有的预兆都表明……"

"够了!"

嘎嘎一面悲泣一面朝我跑来,然后领我绕过凶煞龙,回到她波巴身边。生命仍在他巨大的身体里颤抖。

他躺着一动不动,吃力地呼吸。他左边的翅膀压在身下,损坏得不成样子。他的下巴搁在被血染红的地上,鼻子里淌下猩红的血。完好的眼睛半睁着,正一点点失去神采。每次吸气他的身体都会哆嗦。

贝鲁埃一面绑紧止血带一面继续说话:"我警告过你,育龙使,但你对我的话不屑一顾。现在灾难降临到了你的龙场。"

嘎嘎哀哀地哭泣。我在马利克的脑袋旁跪下,嘎嘎爬到我的大腿上,前脚搭上我的肩膀看着我。

我低声道:"哦,可怜的宝贝。"

贝鲁埃的声音仿佛令人心烦的噪音,总不肯停下。"……这灾难的表现就是顽固执拗和不服从……"

马利克睁开眼睛,虹膜仿佛一条竖直的缝,拼命想要聚焦。我朝他伸出手去。

"玛芮娅!"父亲朝我冲过来,边跑边取下肩上的弓搭上了箭。"你在干什么？见鬼，快躲开！"

"别！"我跳起来拦在父亲和马利克之间，举起双手，手掌朝外。嘎嘎一溜小跑躲到我身后。

父亲的目光在我和马利克之间打转。我重新在马利克身边跪下，"别。"

吉荷牡拉住父亲的胳膊："等等，马格汉。"

父亲几乎像在乞求："那可是受了伤的野龙，很危险。"

"不，他才不是。"我的声音哽咽了。我再次伸出手，用指尖摸摸马利克的脸颊。他没有闪躲，也没发出任何声音。嘎嘎又开始舔他鼻子。他喉咙深处传来很轻很轻的悲泣。这哀伤的声音拖得很长，最后以吹气声结束。

父亲看见了嘎嘎，脸色变得煞白。他垂下手里的弓。

我说："是他救了我们。"

洛夫和托曼走到父亲和吉荷牡身边。我抚摸马利克的下巴和耳膜。"没关系的，波巴，"我悄声道，"我会照顾你的小嘎嘎。我保证。"

仿佛在回应我的话，嘎嘎一边悲泣一边蜷在我大腿上，又伸出一只前爪碰碰她波巴的嘴唇。

所有人都静静地看着这一幕——连贝鲁埃也没说话。

马利克闭上眼。山边一片庄严的沉默，我耳中只有微风拂动树叶的沙沙声、嘎嘎静静的悲声、马利克皮肤的吱吱声和他脚爪摩擦草地与呼气的声音。他的每一次呼吸似乎都比之前的一次更艰难。他吐出的最后一口气是拖长的缓慢悲泣，声音越来越弱；他的身体终于放松，皮肤发出轻微的沙沙声和吱吱声，之后就再也不动了。我贴着他的脸，泪流满面。

谁也没说话。嘎嘎把鼻子从我胳膊底下挤进来，舔我的脸。这是龙仔寻求安慰的方式。于是我把她抱过来，我的头依然枕着马利克的头，就这么含着泪吻她的鼻子。

脚步声朝我们靠近，吉荷牡用一只胳膊轻轻搂住我的肩膀。

父亲压低了嗓门："这是怎么回事？"

"我来告诉你是怎么回事。"贝鲁埃用手巾擦去手指上达瑞安的血，"你收获了自己播下的种子。你的固执在你不听话的女儿这里发出了回音。现在你看见了，死亡和死亡的兆头时刻尾随着这姑娘。"

贝鲁埃的声音一直在啃噬我的心，我再也无法忍受。我轻轻地把嘎嘎从大腿上抱下去，一手撑地站起来。"你自然要第一个跳出来，用你的毒舌去评判他人。"我的两手在身侧握拳，步步朝他逼近，"不过我来告诉你是怎么回事。革提克领我来了这儿，达瑞安跟来了，然后这只野龙救了我俩的命。"

我抓过背在背上的皮革卷轴袋，哆哆嗦嗦地打开。"给。瞧这个。我在山洞里找到的。他们在监视我们。你只顾向所有人耳朵里灌输丑恶卑劣的念头，而这些坏蛋却在暗中策划阴谋。"我扯出龙场的草图，扔到贝鲁埃脚下。他连瞅也没瞅一眼，但洛夫把它捡在手里展看。

我又朝贝鲁埃逼近一步，"你来了我们的龙场，自以为什么都懂，可夏龙却动摇了你……动摇了你对世界的看法。你怕了。于是你就把一切扭曲成……扭曲成……你能控制的样子。你无中生有地编造出诅咒和预兆，用来操纵我们。而所有人都任你为所欲为！你们都只顾自己的需要、自己的利益，其他什么也不管，尤其是你。"我怒气冲冲地抹去脸上的泪水。

"这只野生的动物比这里所有人都更勇敢，更……更无私。而现在你又想故技重施。发生了你无法控制的事，你就想用自己的言语把它捆死。我告诉你，你休想。"

嘎嘎发出忧心忡忡的悲泣，使劲朝我腿上蹭。我跪下来把她抱在身边。"不管你乐意不乐意，我也有了我的龙仔。"

所有人的视线都落到我的宝贝身上。

贝鲁埃的嘴开合两次才想出应对的话。"很显然，你所做的就是取得了洛夫上尉完成征购所需的最后一只龙仔。赞美库鲁宗！我建议你立刻把龙仔交给他，免得遭受更严厉的惩罚。然后收拾心情，准备随我前往阿维卡——"

"我不去！"我环视周围的一张张面孔，寻求支持，"我已经有了龙仔，龙场又完整了。而洛夫拥有你给他的所有龙仔。这只龙仔属于我。"

"洛夫上尉？"贝鲁埃朝我伸出一只手。

我说："父亲……"

父亲睁大眼睛看着嘎嘎，他嘴角下垂，显得犹豫不决。这时洛夫把图纸递给他，他的眼睛瞪得更大了，他的手开始颤抖。

一个微弱的声音说："你们都瞎了吗？"

贝鲁埃朝我走来。我搂住嘎嘎，把她护在怀里。

"听我说！"又是那个声音，比刚才更响亮了些，几乎不像是达瑞安。

父亲端详着哈洛迪间谍的图纸，面如死灰。

"难道你们都看不出来这究竟是怎么一回事吗？"

终于，所有人都停下来，目光投向我哥哥。他用一只胳膊半撑起上身，他面色苍白，脸颊凹陷，但眼睛里却闪着不屈的光彩。"玛芮娅得到了一头野龙的龙仔，还得到了野龙的祝福，然后又骑着他逃到了安全的地方。你们怎么就看不出这有多么奇妙？"他挨个注视他们的面孔，"我胆怯时她拿出了勇气，我惊慌失措时她想出了办法。她利用父亲教导的关于龙的每一点知识，与野生的龙父和他的宝贝交流。她不仅救了我的命，为自己取得了龙仔，还让我们所有人知道了哈洛迪的威胁。"

贝鲁埃喝道："是她让你身陷险境。"

"如果玛芮娅听了你的话，你脚下的怪兽现在还在山洞里密谋反对我们，那样一来我们所有人都会身陷险境。"达瑞安身体前倾，一动就痛得皱眉。"在我看来，夏龙是为玛芮娅而来。不是为我，虽说我很愿意这么想——而且也不是为了你。只是为玛芮娅。"

贝鲁埃怒视达瑞安："赞美归于库鲁宗，他竟能将这坏孩子的不服从扭转成对我等的护佑——"

"你还是没明白。库鲁宗不是利用玛芮娅让我们发现威胁。革提克是利用这个威胁让你们发现我妹妹。"

突然间，所有人的目光都落到我身上。我回望我的哥哥，哽在嗓子里的情绪越来越强烈。达瑞安猛地躺回地上，痛得吁了一口气。

贝鲁埃看我的时间最长。他睁大眼睛，里面是各种彼此矛盾的情绪：愤怒、自信，但同时也有恐惧和迷惑。最后他又朝我走来，"我可不准备听一个小孩解释神学问题——"

父亲上前一步拦住他："不，贝鲁埃。"

梅利恒一脸吃惊地停下脚步。

"你从一开始就弄错了。"父亲把哈洛迪人的图纸塞到贝鲁埃手里，然后回头看我；他抬起下巴。"我们都错了。至少现在我是明白了，我早该看见的，却一直视而不见。她俩已经开始建立联系。根据你自己的逻辑，这一刻是至高者的裁决，不过正如达瑞安所说，主角是玛芮娅。"

吉荷牡从身后抓紧我的肩膀。我回头看她。她高高地抬起下巴，因激动而微微颤抖。托曼走上前来，伸出双手搂住我们。吉荷牡把我拉得更近些，倚到托曼怀里。

"现在玛芮娅有龙要养了。"父亲说，"也就是说，她不能跟你去阿维卡。"

贝鲁埃脸上阴云密布。他又指了指嘎嘎，"洛夫上尉。你的龙仔。"

洛夫盯着我看了半晌，最后他缓缓摇头，"不。这样一只龙的后代应该培育更多像他一样的龙，而不是浪费在战场上。龙场需要这样的血脉。"他又冲我点点头，"而这位年轻的女士充分证明了自己的价值。我的征购大可以少一只龙。"

贝鲁埃浑身颤抖，勉强才控制住自己的情绪，但他同时也显得很有些迷茫。他随手让图纸落在地上。"这事不算完，马格汉。会有调查来决定这件事依照教理该如何解释。我们会向源头——向库鲁宗——寻找答案。"他大步走向自己的龙——径直从达瑞安旁走过——爬上龙鞍，"带这男孩去神殿。"我们目送他的龙升空，然后转向瑞亚特。

父亲回到达瑞安身边。"吉荷牡，带达瑞安去找玛毕尔。我们到那儿跟你会合。"吉荷牡爬到奥达科斯背上，父亲和托曼把达瑞安抬起来。

"等等。"达瑞安示意我过去。我走到他身边，挨着他跪下。小嘎嘎从我胳膊底下探出脑袋。

他悄声道："我早说你没受诅咒。"然后他咧开嘴朝我笑，骄傲地抬起下巴。

我说不出话，只能用口型告诉他，谢谢了。

父亲好奇地看我一眼，不过接着就跟托曼一起把达瑞安轻轻放在吉荷牡身前。起飞时，我哥哥的微笑变成痛苦的扭曲表情。看来我少不了继续为他担惊受怕一阵子。

洛夫拍拍父亲的肩膀。"我不能继续护送征购车队了。哈洛迪人对你的龙场有所图谋，他们肯定会再次尝试。我们得检查这些山洞，确保它们不会成为隐患，否则就把它们封起来。此外还要考虑保护瑞亚特的最佳方案。我还想听这位了不起的年轻女士讲讲事情的来龙去脉。之后我会直接飞回阿维卡，为瑞亚特请求增援。这期间我们应该召集民兵来巡视。我敢担保，哈洛迪人不会罢手的。他们还会回来，而且多半不用等太久。"他朝瘫在泥里的凶煞吐口唾沫，"不过在做任何事之前，我先要把这东西烧掉。"

父亲点头，但眉头紧锁，满面愁容。

洛夫看着我说："育龙使，这可不是小事。哈洛迪人在策划第二次灾难性打击。我相信全靠你女儿，你——还有我们所有人——才免于灭顶之灾。"他又拍拍父亲的肩膀，然后捡起图纸朝齐延走去。

父亲来到我身边，嘴角浮现一丝笑意。他缓缓摇头，给了我一个熊抱。

我张开双臂搂住他，用力收紧胳膊。我忍不住又哭了，不过这次是安心和喜悦的泪水。

最后他松开我，两手搭在我肩上，脸上多出一丝沉吟。"我也要听你的故事，在玛毕尔、贝鲁埃和任何人之前。我不会给他们机会说三道四。看来我不仅欠你一声对不起——我是欠了你的情呢。"他吻吻我的前额，一滴泪水顺着脸颊滚落，让我吃了一惊。"真是惭愧，我一直分心在别处，竟没发觉你其实那么像你母亲。"

他跪下来直视嘎嘎的眼睛。我的宝贝一眨不眨地与他对视。他笑了。"还有你，我的小朋友。你可真了不起。你惹出这么意想不到的大乱子，结果又这样奇妙。我可要好好琢磨一番。"他站起身，一手搂住我肩膀，"达瑞安在等着我们呢。"忧愁又一次让他皱起眉，"走吧，玛芮娅。咱们带你的龙仔回家。"

©LOCKWOOD

卷二　野龙

序　章

　　格雷登挤进围在龙骑士团围场外的人群，伸长脖子想看得更清楚些。众人的窃窃私语落在他周围，尽是残害、大屠杀、没希望了之类的字眼。他挤到栏杆前，正好看见几个小组降落。三、四、五，五头龙。他慌道："其他人呢？"

　　一个蹄铁匠打扮的高个男人转身正要离开，他停下来，扔给格雷一个严厉的眼神。"别犯傻，小子。你看不出来吗？就只剩这么些人了。"

　　格雷登感到一阵悲伤，喉咙哽住了。今早三十个小组出发，准备夺回库罗达的龙场，回来的竟只有这么些人。他们花了好几个星期聚集人马、策划攻势；格雷登又为他们画了自家的布局图，让他们据此制定战略。每次作战会议他都有列席，还曾陪巡逻队前去侦察。胜利仿佛是十拿九稳的事。

　　所有龙的胸部和头部都有刀伤，翅膀如破布一般。其中一头背上多了一个骑手——这只可能是因为他失去了自己的坐骑。半打梅利恒冲过去迎接他们，后面跟着抬担架、拿工具的助手。

　　格雷登跃过栏杆跑到他们中间。他抓住一个骑手的肩膀把对方扳过来面向自己："怎么回事？"

　　那人脸上有一道刀伤，从一只眼睛上划过，脸颊和衬衫上都有凝固的血迹。

"你觉得是怎么回事？放手。"他推开格雷登的手。

格雷登被人流推搡。一个骑手瘫倒在担架上，一只手紧紧捂住胸口，盔甲已经被撕烂，只剩下血淋淋的衬衣。一头龙轰然倒地，肩膀上的伤口张大了嘴；他的骑手跳下来，帮梅利恒一道止血。

格雷登自言自语："我们得杀回去。"

"你挡着路了，孩子。"一个梅利恒用沾满血的手推开格雷。一个从军营赶来的士兵撞上他，气冲冲地说了句什么，格雷没听见。不远处响起车轮的嘎吱声，格雷扭头看见有人推出了牵引机。它配了网和铐子，能限制住受伤的龙，免得疗伤时发生危险。

有人搂着他的肩膀把他领回栏杆那边。他抬起头，对方是个穿枪骑兵皮衣的大块头。格雷登说："我想帮忙。"

那人道："你杵在路中间谁也帮不了。"

他耸肩躲开对方的手："你不明白。那是我的家，我的龙场，我的家人。我得做点什么。"

那人的表情柔和了许多，他叹口气："你就是育龙使的儿子？"

他点点头，下巴垂到胸口："他们不让我跟着过去。"

"你要是去了也一样没命，孩子。我来告诉你该怎么做。你带着你的龙去龙骑士团参军。接受训练，加入一个爪，然后尽量杀光制造这些怪物的哈洛迪人。"枪骑兵最后推了他一把，把他推向围观的人群。

格雷登昏沉沉地往前走，噙在眼眶里的眼泪模糊了视线。他抬腿越过栏杆，从拥挤的人群中往外挤。这些人许多都是难民。基文乖乖待在龙骑士团兵营外等着他。

基文低下头，格雷登心不在焉地抚摸他的脖子。他望着战败的队伍返回的方向，那里有群山和隘路。山谷很长，库罗达龙场的位置在更远处，前面的大山挡住了他的视线，但阳光明晃晃地照在极远处那些挺立的峻岭上。

他的心怦怦跳着，他闭上眼睛，双手在身侧捏紧拳头。没错，他要做的就是这个——杀哈洛迪人。让他们血债血偿。一直杀到结束这场战争。

第二十五章

"放松，玛芮娅。集中精力关注嘎嘎，让疼痛从你身上流走。"

我和玛毕尔在冬厩里，他坐在我身后，刺青工具整齐摆放在我们右手边的桌上，龙母聚在周围。他的针刺进我颅骨底部，疼得像被黄蜂蜇。但我欢迎这痛苦：这一天我等了一辈子。契印是每个龙骑士都要经历的成长仪式，我早就知道自己会面对什么，但仍然无法将痛苦抛到一边。"抱歉，不是因为针。是达瑞安。我老忍不住要担心他。"

玛毕尔用一块清凉的湿布擦擦我的脖子。"我明白。我们全都担心他。不过我和贝鲁埃会把达瑞安拉回来的，只是时间问题。现在还是专注于你的契印吧。放松。忘记达瑞安、贝鲁埃和其他的一切。就快好了。"

我一闭上眼睛就看见达瑞安。他一动不动地躺在神殿里，面色苍白，已经昏迷了四天。他烧得厉害，玛毕尔说他总陷在奇异的谵妄中不停嘟囔。我深吸一口气："达瑞安是跟着我去的。要不是我，他本来不会——"

"玛芮娅，玛芮娅，玛芮娅。"玛毕尔用什么东西抹了抹我的脖子，有点刺痛。"《哈奥姆智慧书》说，过去之中没有未来。你凭着勇气主动行事，抛开达瑞安腿上那不肯愈合的古怪伤口不谈，你收获了很好的结果。"

我确实收获了好的结果。我低头看嘎嘎，她蜷在我脚边，小鼻子藏在革翼底下。她在龙场待了四天，奶白色的肚皮已经像鼓皮一样绷紧，肋骨也看不见了。我伸手轻轻抚过她颅骨底部与我相配的契印，她肚子深处传出一声满足的叹息。刺青的痂已经掉了不少，龙宝宝愈合的速度可真够快的！

嘎嘎抵达龙场的第二天我们就为她刺了契印，当时我紧紧地抱着她，哼着一支玛毕尔教给我的小调。老德哈拉动作轻柔，他的声音与我的相互配合，帮她平静下来。现在我又哼起那调子，希望它也能让我平静。

"很好，玛芮娅，就这样。"玛毕尔配合我略微调整自己手上的节奏，把我的声音融入仪式中。

我专心哼这令人安心的调子，睡梦中的小嘎嘎发出持续的呼呼声配合我。龙都爱音乐，而这支调子原本就回荡在她的契印中。葛露斯轻声加入进来，然后是阿缇斯和珂露菲。抚慰人心的能量漫过我的身体。

玛毕尔轻声哼唱，他的工具哒哒哒地扎在我脖子上，与我的心跳声组成和弦。有时他下针的节奏改变，歌声也降调成吟咏；有时他更换工具，便喃喃自语。那并非无意义的噪音，而是仪式的组成部分。他的声音古老而悦耳，我听着，用意志力让自己沉浸其中：音乐奇特的和谐感、富于韵律的疼痛，以及深入骨髓、仿佛随他工作的节奏而消长的狂喜。他使用的墨汁里加入了我和嘎嘎的血。这是拉撒尔的神殿科学，是将龙与骑手紧紧联结的刺青仪式。当我集中精神，我能感到音乐的拍子以一种出奇舒心的方式融合起来，仿佛每一针都将我们之间的契约织得更紧些。我的心和她的心，她的心与我的心，牢牢地绑在一起。

我当然为我的契印骄傲，但我几乎觉得它并非必要。从我们相遇的那一刻起，我和嘎嘎就开始结下契约。我们在山洞中的经历就是我们的链接，比德哈拉能在皮肤上刺下的任何东西都更强大。这几天我每天都梦见燃烧的怪物在追赶我们，而每次从梦中惊醒，我都发现嘎嘎在我身旁，在睡梦中哭泣。

有时我会被回忆压倒，尤其在独处时。我会试着把注意力集中在好的回忆上，比如母亲听了我说的什么话哈哈大笑；比如跟父亲一道飞翔在一碧万顷的空中，风吹过我的头发。但很快焦虑就会偷偷溜到喜悦下方，如同磨损的美丽织锦底下钻进了蜘蛛，很快死物的画面就会喷涌而出，撕扯锦缎：行走的腐尸、肤色苍白的人被箭——被我的箭——射穿了身体、人形火把、爬满苍蝇的龙宝宝、被龙血染黑的木桶、火焰与黑暗与——

"玛芮娅！放松。"

我哆嗦着呼出一口气。

达瑞安的龙仔阿鲁躺在我身边，肤色深棕，几乎接近黑色，肩膀上有较浅些的棕色花纹。我可以谈谈这个，至少说这个不必担心会哭出来。"阿鲁很不开心。他整夜呜咽，胃口也不好。昨天他一直跟着我和嘎嘎，但他不像往常那么爱玩闹。他需要达瑞安。他需要契印的最后一环。"

玛毕尔拿清凉的布沾沾我的脖子。"没错，他有种深深的失落感。他感觉到了你那逐渐完成的契印，并被它吸引。但我们必须等达瑞安做好准备。贝鲁埃的治疗术深入了他的伤口，但伤口依然是一片鲜红。我担心他会失去那条腿，这样才保得住性命。"

"父亲跟我说了。"玛毕尔拿起针，刺痛继续。他又哼起那调子。阿鲁呜咽着把头挤到我手上。"那达瑞安呢？完成一半的契印不会让他也感到失落吗？"

玛毕尔把什么东西按在我脖子上，冷冰冰的，气味刺鼻。我皱着眉转过身去。他面色严峻，但当他的视线与我的相遇，他微微地笑了。"好了。你的契印完成了。"我碰碰后脖子上那块冰冷湿润的地方，玛毕尔往那儿抹了一层薄薄的药膏。

他拉起我的手，看着我的眼睛；他的目光在我两眼之间逡巡，但他一直没回答。你有什么事瞒着我？最后他捏了捏我的手就放开了。"达瑞安交给我来操心吧。你现在有重任在肩呢。我知道这对你会很难，但你必须全心全意地爱这个宝贝，让她看到她是你的生命之光。"他这样打趣我，自己也笑起来，我忍不住回他一个微笑。我感到了片刻的喜悦。完成了。我和嘎嘎结下了契约。

"如果你依然怀疑夏龙出现是否真是你人生的转折点，现在就驱除这念头。有了契印，你的生命已经改变了。契印会带来规矩，带来期许，我知道你感受到了它们的分量。但契印还不止于此，它会在今后的无数年里定义你，它会塑造你对自由、对承诺、对友谊的理解。它也许会将你带到你从未想象过的地方，以出乎预料的方式揭露你的内在。"

他又笑了笑。"看得出来，你觉得这些只是仪式性的废话。不过换了平时，这样的场合是很受重视的——托曼在神殿里接受最后的印记，然后我们庆祝了两天。我保证，等你哥哥痊愈，我们也会举行适宜的庆祝活动。但最重要的是，你要理解契约的神圣性，带着爱与信任抚育你的宝贝。"

他轻轻捏了捏我的肩膀："但这当然用不着我多说。"他的眼睛在满脸的笑纹里闪着光，这一刻玛毕尔似乎年轻了许多，仿佛漫长岁月的负担从他肩上消失了。

他站在那儿，轻快地搓了搓手，"我得回神殿瞧瞧你哥哥。弗伦也要换绷带了。他仍然痛得神志不清，但高烧已经退了不少。"

这确实是好消息。但要想完全摆脱贝鲁埃的坏兆头，我需要所有人安然无恙，包括弗伦。而最要紧的则是达瑞安。

"德哈拉，如果达瑞安的契印不能按时完成怎么办？它会失效吗？"

他转身收拾那些针，一根根用酒精擦拭，再依次放进一个可折叠的皮包里。

我追问道："德哈拉，如果我们等太久，达瑞安的契印会不会失效？"

他几乎是把最后一根针用力刺进了包里。"有可能。是的。"

"如果真失效了，那阿鲁会怎样？"

我们都知道这个问题的答案："我们会失去他。只能摧毁他。"

血在我耳中砰砰地流动，有片刻工夫，我感到天旋地转。我的手无意识地抓紧了阿鲁的背，他在我手指下扭来扭去。我低头看他，喉咙收紧；我摸摸他的头向他道歉。他睁着眼睛，但眼神空洞，并没有聚焦在任何地方，他的耳膜也耷拉着。达瑞安的伤和阿鲁的困境让我心如刀绞。"你得完成达瑞安的契印。"说着说着我就哽咽了。

"生气也没用，玛芮娅。要让契印生效，他俩得待在一起才行。但贝鲁埃说了，他的印记正在治疗男孩的腿，这期间禁止搬动他，也不能在他身上刺青。"

我早料到了。我早料到这场危机背后一定是贝鲁埃在捣鬼。是他想隔开达瑞安和阿鲁。没有阿鲁，我的小嘎嘎就没了未来的伴侣，而贝鲁埃说不定依然能得逞。他这样的人也算圣职人员？"都怪贝鲁埃，是他的错。"

"嘘。别忘了，是他带我来这里的。他只是要等——"

我压低了声音，但毫不妥协，一字一字地啐出来："都怪贝鲁埃。"

"玛芮娅，我们不能评判——"

"都怪他！本来这一切根本不会发生，要不是他非把看见夏龙扭曲成——"

"他来自一个思想僵化的教派。他只是照自己的信仰行事。"

"他一听说我们看见了夏龙,就拼命想埋葬我们的故事,还——"

"玛芮娅——"

"还想让我闭嘴!你为什么帮他说话?"

"他领了圣职。他受自己的誓言束缚。"

"誓言?什么样的圣职人员竟会——"

"玛芮娅,请别这样。你不明白。他选择了成为现在的样子——他放弃了私人生活,只效忠神殿,再无其他。除了教理和誓言他什么也没有。当遇到自己无法解释的事件,他便退缩回自己的教义里。他并不是反对你,他只是不知道还有别的方式。"

"最初你也不同意他的,可后来你就……" 我闭上嘴,不愿公开指责玛毕尔。

我看出他听懂了,因为他的神情黯淡下去。为了安抚自己的良心和自己的誓言,他牺牲了我,咽下自己的疑虑,服从了拉撒尔的宗教权威。结果二者他都没能满足。让他不安的不是贝鲁埃的誓言,而是他自己的——他开始怀疑自己宣誓效忠的系统。

玛毕尔缓缓摇头,精明的眼睛里闪着泪光。"但你证明他说错了,不是吗,"他叹口气,用胡子尖擦了擦眼睛。"同时也令这个老头羞愧。我的信仰受到考验,而我没能经受得住。"

他这样直截了当地承认,教我吃了一惊。我不知该说什么才好。

他的胡须微微颤抖。"信仰……很长时间我一直为这个问题而挣扎:信仰究竟是什么?是我们希求发现并在内心滋养的东西吗?或者是随着年龄增长逐渐失去的东西?年轻人获得信仰是那么容易。而你让我看见自己丧失了什么,你重新点亮了这颗衰老的心脏。你令我感激,也令我感到卑微。希望你能原谅我之前的软弱。"

我一手搭在他胳膊上,"当然了,德哈拉!要不是你,我现在也不会有了自己的龙仔呢!" 我努力用微笑安抚他。他回以笑容,开心地握住我的手。我也捏捏他的手。

我还有一个问题。我不是德哈拉,对神殿科学毫无经验,但这事我已经琢磨了好几天。我深吸一口气,凑近他耳边:"如果你拿我的血做墨水完成阿鲁的契印呢？那么一来，如果达瑞安的治疗耗时太长，或者他死了，阿鲁能得救吗？"

他猛地抬头，瞪大了深色的眼睛："共有的契印？"

我的新刺青突突地跳动，"很不好吗？"

他哆哆嗦嗦地张开嘴，胡子也跟着抖起来。"我从没想过——绝对想不到……不，不可能……"他越说越结巴，最后深吸一口气又慢慢吐出来，目光聚焦在远方。"据我所知，从没有人这么做过。那样的话我们得同时强化你的契印。这会亵渎科学的仪式。我甚至不确定自己能不能把它整合进去。"

他的目光回到我身上，神色慌乱："如果被贝鲁埃发现，他会开除我的教籍，甚至还不止。"

"他能发现吗？"

"阿瓦在上，你究竟在想些什么东西啊，姑娘！"

我有些畏缩，但他伸出颤抖的手拍拍我的肩膀，又打量我半晌，仿佛又是害怕又是着迷。"不，不！问题在于这是很危险的领域。不过我理解你的担忧——我也不信任贝鲁埃。如果任他操纵事实去符合他选定的说法，我真为瑞亚特的未来担心呢。"

"这样能救阿鲁吗？"

玛毕尔说不出话来。嘎嘎睡醒，扭动身体，她伸爪去拍阿鲁的鼻子，想跟他玩闹。他只是眨了眨眼，此外毫无反应。

玛毕尔把阿鲁、我和嘎嘎挨个看了一遍，然后晃晃脑袋，仿佛要摆脱一个令人烦恼的念头。"不，不。我不能这么做。太冒险了。"

"德哈拉——"

"不！不行！"他把装工具的皮包紧紧抱在胸前，"你不懂。我都没法跟你解释，除非先教你明白许多……"他的声音低下去，嘴唇扭曲成一个不快乐的表情。

我跪下来，把嘎嘎和阿鲁都搂在身边："能救他的命吗？"

"也许，但假如达瑞安死了，而阿鲁却活下来，或者只是看见契印，贝鲁埃都会知道我们做了——知道我们……知道我亵渎了仪式，背叛了神殿。"

"打断了他卑劣的法术，你意思是说。"

他皱起眉,盯着我看了好一会儿,"这话可太过严厉了,姑娘。"

"他操纵事情的手段就是卑劣嘛。"

"我们不能再讨论了。"他说着收拾起剩下的东西,落荒而逃。我跳起来跟过去,打算趁他离开前再为自己的想法游说几句。但刚走出冬厩的门我就看见了贝鲁埃,他缓缓跛着步子,朝通往围场的桥那边走去,黑色外套随风飘起,双手背在身后。玛毕尔在他身边停下脚步,老德哈拉说:"我准备好出发了。"说完就匆匆过了桥。

贝鲁埃扭头看我,眼神阴沉,脸上毫无表情。他用自己的龙泽尔送玛毕尔往返,好让老德哈拉为我们刺下契印。他本该在围场跟他的坐骑一起等着。我如坠冰窟。他听到我们的对话了吗?

他喊了一声:"我这就过来,德哈拉。"玛毕尔停在桥中间,肩膀耷拉下来,不过贝鲁埃并没瞧见,他已经转身快步朝我走来。我闪身回到冬厩,把我的两只小龙搂在身边,心脏咚咚直跳。

第二十六章

"玛芮娅，恭喜你获得契印。我知道这一刻对你而言意义重大。"贝鲁埃站在冬厩门边，身体的轮廓黑黢黢的，仿佛山洞的入口。

我把嘎嘎和阿鲁紧紧搂着："谢谢你。"

"我能进来吗？"

我耸耸肩，他背着手，慢吞吞地走进来。他脸拉得老长，眉头深锁，嘴角紧紧抿着。

他对着地板说："起初我只打算写完报告就走，但现在我准备等待达瑞安痊愈。"你意思是等达瑞安或者阿鲁死掉吧。

"还不止，我需要研究眼下的新情况。我保证会耐心等待，看征象如何显现，看你在其中的位置如何。恐怕之前我是太急躁了。我已经为此责备过自己——我知道你应该得到更多的承认。我必须等你哥哥退烧再下判断，不过我一直在观察你和你的新宝宝，我认为你很有天赋。你的决心，以及你驯服那野生龙父的方式，我都十分钦佩。那期间库鲁宗必然是与你同在的。"

他停下来，仿佛等我回应。他坐在一张长凳上，伸手拂去外套上的一粒灰。我等他继续，我早已认定他的每一个字都是谎言。之前他花了一整天寻找筹码，想埋葬我的故事,不让它挑战拉撒尔的教导。但自从我带回嘎嘎他就一直沉默,只是接送玛毕尔在神殿与龙场之间往返。有一会儿工夫我真担心他会坚持要求亲自为我刺下契印,好在他并没有干涉。这几天我几乎没见过他。

他清清嗓子。"我说过一些话,做过一些事,仿佛对你的价值不屑一顾,我向你道歉。希望你能原谅我过于严厉的态度。我承认自己或许太过轻易地下了判断。"

他又停下来看我,似乎在期待着什么。我无话可说。他害我吃了那么多苦,难道还指望我感谢他吗?

他摇摇头,嘴角下垂得更厉害了,还反常地露出不自在的样子。"我现在有些词穷了呢。我该学习信任自己的直觉。第一次看到你,我就看出了某些特别的东西。还记得吗?我叫你野花。我当时还不知道这名字实在恰如其分。"他几乎微笑起来,一侧脸颊上露出酒窝,表情也松弛了些。但笑意很快消失,阴沉的线条回到他脸上。他低头看自己的手。"我让教条遮蔽了自己的直觉,我很抱歉。你给我上了一课,玛芮娅。"

我看不出他眼里的神情,不过我担保他是想表现出悲伤的样子。他的话与几分钟之前玛毕尔的话出奇地相似——不到半个钟头,这已经是第二个人跟我道歉了。他是真心的吗?或者这也是计谋?我不够了解他,无从分辨。但我见过他情绪最激动的模样,在山坡上,马利克死去的时候,当所有人都起来反对他的时候。我不信任这个人。

他伸出一只手,掌心朝上,仿佛是讲和的意思。

我只握着他的手指稍微摇了摇。他继续打量我,但除了谎言和半真半假的话,我想不出任何话对他说。他的表情变了,某种强烈的情绪在表面的平静下扰动。嘎嘎挨着我扭动身体,她的呻吟仿佛在响应我的不自在。我低头看她,很高兴有她打断。最后贝鲁埃站起来,僵硬地鞠躬,转身离开了。

泽尔扇动翅膀的声音消失在远方,我这才长出一口气。我起身把冬厩的大门推得更开些,一面哆嗦一面往外瞅。

龙场大院悄无声息。托曼和吉荷牡带他们的龙父打猎去了——这是对它们的奖赏,因为在龙仔被窃取后它们表现良好。整整一周的狩猎,现在冰窖里已经堆满了肉。与此同时,父亲和洛夫往返于村子和山洞间,召集一小队当地民兵看守洞穴,直到洛夫带来真正的龙骑士团常备军。

几朵云懒洋洋地飘在空中,不过并没有龙的影子。我舒口气,走出门外。

嘎嘎追着我一路小跑,她高高昂着脑袋,鼻孔微微颤动,这是在研究我的鼻子永远分辨不出的各种味道。刚来家里时她有些低落,显然还在思念她的波巴;此外周围全是陌生的成年龙和奇怪的人类,这也让她十分迷茫,于是她随时都紧跟在我身边。可最近几天她的自信心逐渐增强。现在她已经像正常的龙仔一样玩闹起来:在水槽里扑腾,咆哮着朝食物扑过去,对草垫发起猛攻并大获全胜。

我唯一的工作就是教她作为龙的恰当举止,但她那用之不竭的精力实在叫人筋疲力尽。幸亏阿缇斯和珂露菲欣然收养了她,有她们帮忙管着,我实在感激不尽。

阿鲁跟着我们走出来,步子缓慢而沉重,耷拉着脑袋,尾巴拖在地上。我停下来等他,嘎嘎便把这当作了发动攻击的借口。阿鲁后腿直立,用前爪把她挡开,但她咬住了他的尾巴,很快两个小家伙就互相绕着圈子闹成一团。最后阿鲁用一只老大的前爪把她掀翻,然后一屁股坐在她身上。她假装生气地咆哮,开开心心地扭来扭去。我忍不住哈哈大笑,她是从来听不懂"走开"两个字的。我很高兴看见它们的友谊萌芽,因为有一天它们会成为伴侣。很快它们的契印就会加上最后一环,用以增强在游戏中建立起来的感情纽带。

阿鲁几乎毫不费力就把嘎嘎摁在地上——他比她重一半。他耷拉着翅膀坐着,对她的挣扎置之不理。她欢快的吼声很快变成呼痛的叫喊,而他却朝她咆哮。

他母亲葛露斯巨大的影子落在它们身上。"仔。亚,仔。"说完葛露斯责备似的弹弹舌头。阿鲁滚到一旁,嘎嘎慌慌张张地跑到我身边寻求抚慰。我揉揉她的耳膜。"这是你自找的呢,小坏蛋。"她朝我歪起脑袋,银色的眼睛眨巴着。

阿鲁拖着尾巴朝母亲走过去,然后又停下来看看我;他朝我走了几步,再次停下,最后耷拉着脑袋坐到地上。可怜的小阿鲁,稀里糊涂,无所适从。我和葛露斯对看了一眼,随后她低头舔他耳朵。我跪在他身旁挠他下巴。他一动不动,就连嘎嘎舔他鼻子他也没反应。

葛露斯说:"仔,兰娃"说完她发出悲伤的哀泣,脑袋左右晃动,表示有一个词她不会讲，也可能是发不出那个音。我在山洞里观察过嘎嘎和她龙父的交流，所以知道葛露斯想说的意思多半有一个龙的字眼，只不过我们这些无知的人类不知道，或者讲不出。

但她的理解力依然让我叹服。龙仔和男孩。我担心了一整天的也正是这件事。"阿鲁需要达瑞安，我敢打赌达瑞安也需要阿鲁。"

"仔区要兰娃。"她边说边点头。多有智慧的龙妈妈。

他们的契印还没完成，得做点什么。可成年人类再一次扮演了分派给自己的角色，做了别人期待的事。就连玛毕尔，尽管承认自己对贝鲁埃的意图心怀疑虑，却依然在梅利恒的影子面前畏缩了。《哈奥姆智慧书》说，过去之中没有未来。他是这么跟我说的。那我们为什么要听老哈奥姆怎么说？他不也是过去的人吗？你之所以不能对抗贝鲁埃，你的理由不也源于过去吗？这种矛盾太荒谬了。

刚刚贝鲁埃那一小段祝贺的话，我越是琢磨越不喜欢。我必须等你哥哥退烧再下判断。

你意思是如果达瑞安死了，你就又要怪我头上。就连撒谎他也要为自己留条后路。

我生气地甩甩头，然后站起来拍拍葛露斯的鼻子。她抬起头。阿缇斯和珂露菲也走过来，龙母形成一堵墙，把阿鲁护在中央。

"这事儿咱们会解决的，龙妈妈。我还不知道要怎么做，但我会想出法子来的。"

她没眨眼，而是脑袋往旁边歪了歪。"且－确，"她说，接着喉咙深处发出一串隆隆和咔嗒的声音，仿佛一句话；然后她再次歪歪头，这次是往另外一侧。这些声音有意义吗？是不是类似嘎嘎的波巴在山洞里对她讲的那些话？我努力模仿，只不过我的隆隆声没法让任何人的骨头颤抖，我的咔嗒声也得靠舌头来发。但葛露斯点点头，又把那句话重复了一遍。

我让龙母们暂时照看阿鲁和嘎嘎，自己走下从仓库通往冰窖的楼梯，给它们拿晚餐。我不想留下它们独自待着——我自己也不愿独自待着，所以尽量加快了动作。

在不知多久之前，我的祖先在这座孤峰峰顶的峭壁间建了一座龙场。之后的几个世纪里，龙场大院扩展到整个峰顶，育龙房、装备库和所有其他建筑一应俱全。最后又用石头修起新的围场地板，把这一切盖在下面，仿佛给最初的龙场加了个屋顶。旧围场的一部分用墙砌起来，变成为龙和人类储存食物的冰窖。龙场的每栋建筑都有通往冰窖的活板门。

孤峰北面有六扇能供龙出入的古老大门，三扇在外侧、三扇在内侧。内外侧的门之间就是原来的育龙房平台。这实在是很久之前的遗物了。这块空间塞满稻草，好隔绝空气流动，保持温度凉爽。我记忆中这些门似乎从未打开过。父亲曾说要拿砖把它们封起来。

稀薄的光线从仓库顺着楼梯透下来，在冰块和潮湿的石头上闪着光；空气阴冷，毫无生气。在这儿我一刻也不愿多耽搁。

冰窖和仓库之间的设置与升降台平台类似，上下搬运东西是用靠水力升降的篮子。我飞快地把鸡和西瓜装进篮子里。

小时候，我和达瑞安会趁没人注意时轮流乘坐篮子玩儿。我们留一个人操纵水阀，如果手法得当，篮子会使劲往上冲，直到被上方的机关卡住，而坐在篮子里的人会飞上空中。这简直就是狂欢，我们每回都笑得肚子疼——拼着被父亲发现训一顿也值。想到这些我忍不住微笑，但很快喉咙就再次收紧。拜托，达瑞安，快好起来。

仲夏时节，窖里的冰变得透亮，又薄又湿，但依然呼气成霜。希望弗伦身体好转，冬天时能来补充冰块。我脑中浮现出他的模样：他微笑着跟我招呼，车上满载从高山冻湖割来的冰，被冬阳一照，闪亮闪亮的。他会问我：你的影子一向可好？

我的心跳沉重起来，我晃晃脑袋，但噩梦般的画面依然蜂拥而入，像涡流一般剧烈地搅动：弗伦倒在自己的血泊中，手捂着伤口，却怎么也捂不住；达瑞安腿上扎进一支箭，大声呼痛；波巴龙颤巍巍地吐出最后一口气。无尽的倦意，哭喊、尖叫、疼痛、恐惧，而在这一切背后，绿色的火焰藏身于一头龙的尸体内，仿佛冰冷的地狱；骑在龙背上的死人恶狠狠地盯着我，虽说受的伤足以让正常人送命，却依然紧追我不放。

有时我不禁觉得，穿越山洞之前的一切都那么不真实，仿佛我是带着一整套虚假的记忆出生在那片呼啸的黑暗中。我会从噩梦中惊醒，猛地坐直，汗如雨下，一时搞不清自己身在何处。然后我会摸摸嘎嘎，在脑中描绘夏龙的模样，借此摆脱那恐怖的感觉。摆脱一段时间。

玛毕尔说这算是一种疯癫，常见于悲惨的经历之后。父亲表示同意。他们说这会随着时间减轻，说我应该专心养我的龙仔。

但现在我独自站在冰窖里，站在保存死肉的古老墓穴中。一切声音与气味都暂时搁置，周围的阴影仿佛在悄声诉说我的恐惧。

贝鲁埃似乎把我当成巨大的威胁，为什么？

我想象他站在达瑞安的病床边，手里拿着针，哒哒哒地在我哥哥腿上刺下他的神殿科学。他究竟是在做什么？真是在疗伤吗？

"玛芮娅？你还好吧？"吉荷牡站在楼梯半中央，肩上扛着一头脸上长白毛的鹿。

我手里拿着一块裹在粗麻布里的肉，但我不记得自己是什么时候拿的，也没听见奥达科斯扇动翅膀、爪子摩擦石头房顶的声音。不过现在我听到了，好几头龙。

吉荷牡把鹿放在架子上："你就跟见了鬼似的，玛芮娅。你没事吧？"

我深吸一口气。"没事。"还好，我的声音听着还算有力。她走过来，仿佛想拥抱我，但我拿起那块肉挡在了中间。于是她就只拍了拍我的肩膀。

"吉荷牡，有些事我得跟你说。"

"多说说挺好的，能帮你——"

"不，不，我指的是达瑞安。我们得把达瑞安和阿鲁带到一起，再逼玛毕尔——"

"哈啰？篮子哪儿去了？"托曼大步走下楼梯，"这儿的肉得赶紧放冰上去。"他看见了我和吉荷牡，拿过我手里的肉放在篮子里，然后扳动操作杆。阀门打开，小水车转动，篮子开始往上升。"走啊！干活去！你的宝贝和她的伴侣都在上头等着呢。"他转身准备上楼梯，却又停下脚步，重新瞅了我和吉荷牡一眼。

他皱起眉头："怎么了？"

我吸口气，把牙一咬："我有个计划。"

第二十七章

我们静悄悄地向神殿滑行，此时悬崖下的瑞亚特村还在酣睡。我与吉荷牡共骑珂露菲，嘎嘎装在背包里，放在我腿上。托曼把阿鲁装在阿缇斯的鞍袋里绑紧，只有小脑袋露在外头。我们骑的是龙母，它们比龙父更沉稳，没那么容易起冲突，也较少闹出各种动静。我们需要快进快出，尽可能少惹麻烦。

轰雷瀑布以北的悬崖上有块突出的岩石，位置不算太高，不过也远远高出村中房子的屋顶，神殿就坐落在这片岩石的最顶部。有条蜿蜒的小径通往神殿大门，并不难走。在黄昏幽微的光线中，神殿装饰性的柱子和弧形的屋顶几不可见，但室内的光透过彩绘玻璃射进黑暗中，仿佛鬼火一般。自从玛毕尔的坐骑过世，与神殿相连的龙舍就空出来了，不过等玛毕尔的助手忒鲁再长大些，他就能与龙结契，到时候他的龙会住进去。建筑的两翼环抱着偌大的庭院，我们降落时只激起一点点风声，外加爪子轻轻擦刮石头的声音。

"动作快。"我把装嘎嘎的背包挂在胸前，从鞍上滑下来。落地时我哼了一声——山洞中的考验才过去一周不到，她已经胖了好些。

托曼从龙背上把阿鲁递给我和吉荷牡，然后跳下来。我原本担心他会反对我的计划，或者嫌它太过孩子气。但在我跟他解释情况、复述与玛毕尔的谈话时,他只是点头不语。我提出达瑞安和阿鲁需要完成契印,而达瑞安跟他也是兄弟,他肯定希望达瑞安健康,希望两只龙仔都顺利融入龙场。

起先他坚持应该让父亲知道我们的计划,但我和吉荷牡都反对。"父亲肯定想正面解决,然后洛夫就会卷进来,贝鲁埃会想出办法把我变成坏人。"我说,"然后我们又会说起各种征兆、预兆,陷入漫长的争论。"

"我们去找达瑞安时,得有人缠住贝鲁埃和洛夫。"托曼道,"不过你说的没错,取得原谅总比提前请求许可更容易些。那就这样,我们等父亲下次带他们去山里时行动。他们几乎每天都去,我们会有两个钟头,甚至更久些。"

当晚机会就来了。于是我们把龙场的两只新龙仔偷渡到了神殿,手头还有两个钟头的空档期。希望时间够用。

门闩被拉起,神殿的双门发出回响,然后左手一侧的门开了。燃香的气味涌出来,侍祭忒鲁提着油灯,黑发乱糟糟的,看来是被从梦中吵醒。玛毕尔出现在他身后,瞪大了眼睛。

"我就说好像有翅膀的声音。我亲爱的孩子!你来做什么——还有吉荷牡和托曼!"阿鲁被托曼抓着,难过地哼哼两声,老德哈拉又看见了嘎嘎。他的神情变了,变得面无表情。"原来如此。我明白了。"

我说:"你得帮达瑞安完成他的契印。"

"当然。"他点点头,"我其实有点料到你会来这么一出呢,小坏蛋。那就进来吧。进来。忒鲁,照料他们的坐骑。给水和食物,但别下鞍。我们出来之前你跟它们待着。"

忒鲁提着油灯走进黑暗中,玛毕尔转身走进神殿。托曼把阿鲁递给吉荷牡,"你能行吗?"

"那当然。"这问题似乎伤了吉荷牡的自尊心,不过我不明白是为什么。

托曼想了想,点头道:"我留在这儿观察情况。"

"谢谢你。"吉荷牡飞快地吻了他一下,然后我俩就跟着玛毕尔走进门里。我们怀里的小家伙都在扭来扭去,但我们尽量加快了速度。

沿路都安放着照明的蜡烛,德哈拉借着烛光领我们穿过神殿的正厅。这是个方形的大房间,足以容纳他的教众,外加好几头成年龙。屋子中央是他布道的台子,屋里还有模仿龙形象的木头柱子,此刻还黑漆漆的彩绘玻璃。我们走向通往内室的拱门——内室是玛毕尔的办公室和卧房,以及医治病人和伤患的医院。他从门边的壁龛取下一支蜡烛,挥手让我们进去。

我从他身边走过时,他轻声说:"阿瓦啊,你可真能惹事。"但他眼里并无责备的意思。他显得不大自信,却并不像上次见面时那样害怕。"你确实是催化剂呢,不是吗,姑娘?如果我对夏龙是否为你而来还有疑问,现在也完全被你打消了。改变随你而至。"他叹口气,"但我感到这样做是正确的。我在贝鲁埃面前畏缩了太久,妥协得太多。再说了,你们才是我的孩子,你们和瑞亚特,而不是贝鲁埃或者千里之外的阿维卡神殿,也不是马科塔的神学院。"他用一只干燥温暖的手拍拍我的脸。

进了最里面的那间房,空气陡然改变。我还是第一次进来。这里似乎更冷些,有酸腐和疾病、凝固的血和药膏的气味。对面的墙边传来微弱的呻吟,我在黯淡的光线中拼命睁大眼睛,想看清声音的来源。我抬手遮住烛光,发现靠墙摆了一排病床,有几处用雕刻着龙形图案的镶板隔开。玛毕尔蹒跚着走向声音的源头,招手让我跟上。"把龙仔带过来。赶紧!"

现在我看出了仿佛桌椅的形状。我们经过一张床前,上面的人一动不动地躺着。我好不容易才认出那是弗伦。"他现在睡着了,"玛毕尔轻声道,"不过总是醒醒睡睡。两天前我们聊了一会儿,他那天状态不错,但他还在挣扎。"

又走过几张空床,这才来到达瑞安的床前。我们走近时,他发出嘶哑的呻吟。

玛毕尔拉过一套桌椅,从皮包里取出刺青工具展开在桌上。"玛芮娅,带嘎嘎过来。"我把我的龙仔带到蜡烛投下的光圈中,亮出她的脖子。玛毕尔点头道:"连接嘎嘎和阿鲁的最后一环符文,这个印最简单,所以我们先弄它。"我抱着她,哼起那支安抚的小调,老德哈拉把契印的用语刺进她的皮肤,动作轻柔而稳定。她一次也没挣扎,即便有些符文直接刺在骨头上。最后玛毕尔用沾了止血剂的布抹抹她的脖子。"成了,好样的。你该为你的小女士感到骄傲。"他微露笑意,挥手让吉荷牡把阿鲁带过去。

吉荷牡拉过一张椅子坐下,把阿鲁抱在腿上。达瑞安动了动,对着烛光眨眨眼,他的头发纠缠在一起,压在脑袋一侧。

"阿鲁!"他声音微弱,却很开心。阿鲁大声跟他打招呼。达瑞安伸出一只手，阿鲁舔他的手，尾巴前后甩动。我哽咽了。上次的苦难之后，这是他第一次恢复意识。不知怎么的，阿鲁的存在唤醒了他。现在我确信我们这样做是正确的选择。

"孩子，侧过去躺好。"玛毕尔把放在床头柜上的墨水和针摆好，"我们要完成你的契印了。"达瑞安照做，但意识似乎并不清楚，他像梦游的人一样瘫倒在床上，动作迟缓而笨拙。

玛毕尔用眼神示意我们退后。"让开些，你们可以跟我们一起唱，但别挤太拢。不用担心阿鲁，他希望完成契印，不会惹麻烦的。"吉荷牡放下阿鲁，退到旁边的床上坐下。小阿鲁前爪搭在达瑞安床沿，脑袋搁在床垫上，尽量靠近达瑞安，只差爬上床去。很快玛毕尔的工具就开始哒哒作响。阿鲁焦急的呜咽化作轻柔的叫声，与玛毕尔的歌儿合在一起。

我找到一张椅子坐下，终于可以把嘎嘎的重量从肩膀上转移到大腿上。富于节奏的针刺和歌声让我平静下来。我几乎能感到紧张感离开了房间。黑暗似乎也在退却，蜡烛的火光好像渐渐增长了信心。嘎嘎坐着纹丝不动，全神贯注地望着玛毕尔。小阿鲁的脑袋搁在床上，挨着自己的契约伙伴，幸福地闭着眼睛。

我丝毫没有意识到时间的流逝，直到玛毕尔唤我说："该你了。"我肯定是闭了会儿眼睛，因为现在烛光显得那么刺眼。

"什么？"

"你的那个点子，"他说，"我一直在琢磨。现在我知道该怎么做了。在阿鲁身上，我把符文隐藏在其他符文上方，再刺进皮肤深处没有刺青的部位。最终不同的印记会融合，也能在光天化日之下瞒过别人的耳目。这是应对灾难的保险，让贝鲁埃见鬼去。不过我们必须现在就动手，正好手头有足够的血。"

吉荷牡一脸震惊地走到我身边，"你又有什么主意了？"

我把装在背包里的嘎嘎递给她。"就是之前我跟玛毕尔谈过的事儿，还以为他不会同意。我只是希望达瑞安和阿鲁的契印能够完成，真的没料到……"

玛毕尔道："话说得够多了，来吧。"

我哆嗦着把椅子拖到达瑞安床前坐下。他不知何时已经再度失去意识，嘴边还挂着个泡泡。阿鲁有只爪子仍然搭在达瑞安脑袋边的毯子上，小龙的每次呼吸都伴随着一声叹息。

玛毕尔看看我，又看看吉荷牡。"我们要在玛芮娅与阿鲁之间创造连接，形成共有的契印。这样一来，玛芮娅就能在达瑞安恢复期间带给阿鲁力量。假如达瑞安没能熬过来，或许还能救阿鲁的命。这事必须保密。"

我和吉荷牡对视几眼，她了然地点点头："当然。"

"玛芮娅，你得尽量让药膏留在你脖子上。等它落了，就披着头发把脖子遮住。别让贝鲁埃瞧见。我不能在你脖子上耍阿鲁那种把戏，人类的皮肤不够厚。"

我点点头。

"还有，别跟达瑞安讲。他需要慢慢适应这些印记，不能受负面情绪影响。我了解你哥哥，他不会愿意与人分享自己的龙仔。我们要给他时间，让他专注于他与阿鲁的契印，这样他会适应得更好些。等时机成熟我会亲自告诉他的。"

玛毕尔又瞅了我和吉荷牡一眼，然后就开始工作。我像下午一样背对他坐下，他刺青和唱歌的声音填满了寂静。这是你的主意，我告诉自己，你可不能畏缩、不能哭喊。早些时候我曾任由记忆侵蚀我的勇气，现在却能清空一切情绪，毫无困难。这件事似乎更重要，比单单我和嘎嘎更要紧。赌注更大，所以我也更坚定地控制住自己。如今我的决心中包含了我哥哥的契约伙伴，或许还有他本人的性命。我确实感到自己做了正确的事。玛毕尔的调子进入我的灵魂，我听见吉荷牡也和着他唱起来。我召唤自己的声音加入进去，很快嘎嘎也加入合唱，接着是阿鲁。这曲子令我平静。

起初的感觉跟下午一样，但很快就有了明显的差别。阿鲁开始扭动，发出迷惑的悲泣。但在那之前，我就已经知道他觉得不安了。更让我吃惊的是，我竟能在达瑞安发出声音之前感受到他的呻吟。与我自己的契印相比，这些新印记仿佛源于一个广阔的、陌生的领域。阿鲁在我疼痛时与我一同呻吟，让我突然间恍然大悟。玛毕尔现在用的是他考虑了一整天的新语言，多加的一圈符文将阿鲁与达瑞安的连接扩展到我身上。这些写进我血肉之中的符文，若贝鲁埃看见，就会明白它们并不符合拉撒尔的教导，这些刺青可能让玛毕尔万劫不复。此刻我才真正体会到德哈拉的恐惧。现在我成了共犯。我和玛毕尔一道挑战拉撒尔。这或许能挽救阿鲁，挽救他与达瑞安的契约，但也可能令我们所有人陷入困境，包括父亲、龙场，还可能连累整个瑞亚特。

玛毕尔的声音将我释放："成了。放轻松，年轻的女士。找个离我们远些的地方坐下，我来完成阿鲁和达瑞安契印的最后一环。"

我说不出话，只是站起来点点头。我全身大汗淋漓，控制不住地颤抖。我随意走了几步，然后瘫倒在一张椅子里。我试着理解刚刚发生的事，想把它融入一个连贯的大背景中，但我办不到。我仿佛被割裂，仿佛身在别处。房间在旋转。我自己的契印从未对我有过这样的影响。玛毕尔刺青的声音重新响起，阿鲁和达瑞安都舒了一口气。我呻吟着朝头上抬起一只手……

一只老虎钳一样的手突然抓住我的胳膊。我惊得跳起来，转身一看，发现自己无意中坐到了弗伦的病床边。他面色苍白，灰色的指甲掐进我皮肤里，但他的眼睛睁得老大，在闪烁的烛光下显得分外明亮。他眼里并无疯狂，但却满载情绪。满载着恐惧，或是希望，或是启示。我僵在原地。

他的声音像纸一样干燥粗糙。"德哈拉跟我讲了你的冒险，玛芮娅，于是我便明白了。我明白你是我的征象。"我想挣脱，但他像钢铁一般不可撼动，受了重伤的人根本不该有这样的气力。"说明阿刹并未被取代，说明世界依然真实。我为我的伤疤而骄傲，因为它们也有份将你送上你的命运之旅。"

阿刹？他什么意思？他肯定是烧糊涂了。我用力把胳膊拉回来，弗伦开始痉挛，他弓着背，眼珠往上翻。他仿佛在对虚空耳语："一个将引领，一个将跟随。"极度的痛苦挤压着他的声音，一滴泪水从紧闭的眼睑下逃出来。"一个将崛起，一个将没落。"一丝清明仿佛回到他脸上，但他依然对着阴影说话。"黑暗来临。革提克示你恩典，但它难以捉摸。你的伤痕会拖住你，除非你的光强烈照耀。"

然后他的眼睛转过来正对我，眼中布满血丝和忧伤。"抓住那光，玛芮娅。抓住革提克的光，阿刹的光。"

他重又瘫倒在床上，一丝唾液顺着嘴角流下来。他半闭上眼，进入谵妄的睡眠。他的手指松弛下来，我收回胳膊。

我一面哆嗦一面揉着弗伦留在我手腕上的指甲印。我往吉荷牡和玛毕尔的方向看。他们似乎并没听见弗伦的话，至少并没有表现出什么。

刚刚到底怎么回事？阿刹又是谁？或者说是什么东西？

玛毕尔把最后的工具收回皮包里，他看着我，眼神里混合了轻松和焦虑。

他说了句什么，我并没听见，但我还是点点头。

吉荷牡走到我身前，把我拉起来。我摇摇头，回到病床旁昏暗的光线中。阿鲁在达瑞安床边开开心心地又蹦又跳，还舔着达瑞安垂在床边的手。

"瞧瞧他们，"吉荷牡道。"我们现在可不能拆开他们。他们理应待在一起。"

"没错。"玛毕尔看着我，眼睛亮晶晶的。"还不止，他俩都需要靠近玛芮娅，好让阿鲁可以从新符文汲取力量，让达瑞安能从阿鲁身上汲取力量。我会跟贝鲁埃解释，就说尽管没有事先取得他许可，我还是选择完成他们的契印。他会生气，但这是我必须承受的。现在让我把达瑞安的腿包扎起来固定好，免得旅行途中出岔子。"

我紧紧抱着我的宝贝，玛毕尔走过来，干瘦的胳膊搂住我们，给我们一个温暖的拥抱。"谢谢你，小催化剂。革提克的小玛芮娅。"

革提克的玛芮娅。我不知该如何回答，但当他想要松开时，我抓住了他的胳膊。

我问："阿刹是什么？"

玛毕尔的脸白了："你从哪儿听到这名字的？"

"听弗伦说的，就在刚才。"

德哈拉瞧瞧弗伦，又看看我，脸上的血色褪尽。我的手感到他在颤抖。"阿瓦啊。现在别问，玛芮娅。现在不是时候。神圣的阿瓦，但如今实在是古怪的时候。别跟任何人提起这名字。任何人都别提！能解释时我会解释的。"

他挣开我的手，蹒跚着走向达瑞安床边。"吉荷牡！玛芮娅！带好你们的宝宝，叫托曼进来。该送你们回家了。"

第二十八章

接下来的两天，达瑞安睡在冬厩，我和阿鲁、嘎嘎陪着他。对于我们的越轨行为，父亲当着贝鲁埃的面略加责备；然而当贝鲁埃口沫横飞、怒斥我们冒犯了他的权威时，父亲却眨眨眼，对我会心一笑。梅利恒坚持检查达瑞安的契印，他仔细看了许久，不过并没对玛毕尔的活儿发表任何评论。我的脖子他一眼也没瞅。我努力不去想他，每当他进来查看达瑞安，我都沉默不语。当然我一直披散着头发，而且绝不背对他。他每次来都带着自己的工具，而达瑞安也依旧瘫软在床上、面色灰白，但他却再没有对达瑞安的伤口使用刺青。这是不是表明他觉得情况有所好转？或者他竟敢故意不出手，想任我哥哥送命吗？

除去喂两只龙仔和上厕所，我一直待在达瑞安床边。吉荷牡给我送饭，父亲和托曼定期进来探望。我们时常叫醒达瑞安，好往他喉咙里灌些肉汤，不过父亲担心他饿了太久，这点养分远远不够。

阿鲁倒是好起来了。之前他显得迷茫又忧伤，现在却很乐意躺在我和达瑞安的小床之间，他甚至像正常的龙仔一样跟嘎嘎打闹。这总算是让人安心的好消息。我发现自己能感觉到他，就像对嘎嘎一样。之前我一直没意识到我与嘎嘎之间有这样的连接，还以为这不过是我对她的爱越来越深了。现在因为阿鲁的关系，我明白契印的确以一种难以描述的方式将我们连在一起。我打哈欠时，它俩也可能会爬上床蜷起身子；我肚子咕咕叫，它们也会姆噗姆噗要饭吃；如果他们之中的哪个停下脚步、挠挠耳膜背后，我也可能觉得耳朵背后痒痒。不过我注意到一点区别——与阿鲁的连接似乎比较弱，没那么绝对，就好像阿鲁确实是共有的，而不是属于我一个人。以后这会不会带来麻烦呢？他的忠诚是否会割裂？被削弱？抑或扩大？这些问题就连玛毕尔也无法回答。

到第三天，我发现达瑞安脸上多了一丝血色，腿上的伤口似乎也没那么肿了。坏疽的腐臭消散，刺青终于见效了。玛毕尔宣布达瑞安正式开始康复，贝鲁埃在一旁默默看着，之后一整天都没在龙场出现。

第四天一早，我被达瑞安的笑声吵醒。他坐在自己床上，阿鲁蹦蹦跳跳地绕着他打转。虽说瘦了不少，他的脸颊却是粉红色。我从毯子底下跳起来抓住他的肩膀，费了好大劲才忍住没扑上去紧紧拥抱他。

嘎嘎伸个懒腰，从自己睡觉的盒子里爬出来，蜷在我身边。她咕噜咕噜地跟阿鲁打招呼，达瑞安在她耳膜背后挠挠。

"玛芮娅，我在家呢！这是什么时候的事儿？"

"四晚之前。我们把你从神殿的医务室救出来——"

"救？从神殿？我只记得自己摔下去，然后就没了。山洞里的凶煞。我从它旁边跑过。"

"你不记得我们逃开凶煞之后的事了？在山腰上？你挺身而出为我说话呢。"

他缓缓摇头，但很快眼睛亮起来，又点点头。"啊，我想起来了。好像还有神殿。"他摸摸自己脖子后头，"我睡了多久？"他环顾龙场，仿佛这才看见周围的一切，他唇边聚起笑意。

"一个多星期了。我有好多话要跟你讲，但你得发誓保密。如今事情有些古怪呢。"我老忍不住要打量他。他的脸颊凹陷，但微笑时跟过去那么像，我也不由笑了。

"再古怪也不至于没东西吃吧，我可是饿坏了。"

我哈哈大笑："吃的倒还有。你待着别动——我去叫父亲。"

我正要往门口跑，达瑞安抓住我的袖子。

他哽咽道："玛芮娅，谢谢你。"

"谢我什么？"

他摇摇头，神情有些迷惑又有些好笑似的。然后他笑出了声："我也不知道！我好像睡了好久。但还是谢谢你，我敢说你一直在照料我。"

我笑着亲亲他的脸，"你才想不到呢。"

达瑞安醒来后，玛毕尔来得更勤了，甚至在冬厩跟我们一起睡了两晚。他一直没跟我谈弗伦那些神秘的话，我也不敢提起，因为身边总有旁人，而且我还担心贝鲁埃可能在门外偷听。有一、两次我发现玛毕尔在打量我，神色古怪，但他假装自己在做别的。有一次我找着机会悄悄问他："什么时候？我们什么时候能谈谈？"

"很快，"他说，"但不能在这儿，也不是现在。"

达瑞安很虚弱，连路都走不动，但他的举止活像小龙仔，脸颊也渐渐丰满了。既然他情况好转，我也终于可以着手跟嘎嘎的工作。契印刺好、痊愈后，首先就要在她翅膀上割开切口，这样今后才能捆牢龙鞍的带子。父亲把我叫到院子里，玛毕尔也准备好了刺青工具，他脚下还放着一个粗麻布袋。

父亲站在"开口凳"旁，那东西类似锯木凳，中央有块木头，形状正好可以卡在龙仔下腹部，就在翅膀的肌肉和臀部之间的位置。想到要对我的宝贝动刀，我一阵反胃；嘎嘎感受到我的情绪，一面尖叫一面挣扎。我自然而然地把她搂过来安慰她，但父亲弹弹舌头，发出龙母一样的声音："你不能把她当宠物，老这样抱她、吻她。她很快就会长大。她会变得很聪明，而且是天生的猎手。再过一点点时间她就要成年，你也要赶紧把她当作成年的动物来对待。"

我点头："我知道，只不过……"我伤心地抬头看他。

他回以微笑："别以为我不明白你的感受，玛芮娅。契印加强了你对她的同情——而你原本就已经对她很有感情了。但这些事情不做不行，所以咱们就尽量做好，对吧？我们负责把她摆好，然后你按住她，要坚定。"

我们一起把嘎嘎带到开口凳旁，展开她一侧的翅膀，让木块抵住她身侧。玛毕尔一手搭在我肩头，微笑着鼓励我。然后他打开麻布袋，取出一块从地窖拿来的冰。他把冰块放在嘎嘎翅膀与身体相连的部位，我们一道安抚她，不让她挣扎。

父亲掏出剥皮刀，弯曲的刀刃并不太长，刚刚磨过，又用酒精清洗。他用刀尖指点："注意这里，翅膀背后，还有这里，腿前面。这两处的血管为翅膀的膜组织供血。对于年幼的龙，翅膀比身体其他部分都更需要成长，所以它们非常重要。刀口和这些血管之间至少要留下两指宽的空间。嘎嘎的血管位置很好，所以不会有问题。等她的翅膀长成，这些血管的重要性就大大降低了。"他举起刀，我有些畏缩。"别担心，她的感觉没你想象的那么敏锐，而且冰块能麻痹皮肤。很快就好。"

我不假思索地哼起了玛毕尔那让人安心的调子，他加入进来，父亲也用低沉的声音与我们一齐哼唱。玛毕尔拿开冰块，父亲很小心地切开了嘎嘎翅膀的膜组织，刀刃直插入开口凳的木块里。随后他掉转方向往回移动小刀，就这么割下一块薄薄的菱形皮肤。她几乎没有挣扎，直到玛毕尔用浸了酒精的布为她清洗伤口。不过我们继续唱歌，同时温柔而坚定地按住她，让玛毕尔能够在开口周围刺下魔符。符文呈弧形围绕伤口边缘，之后像箭头一样往翅膜内部延伸出几寸。他解释道："这能增强疤痕组织的弹性和力量。"

"我感觉到了！在我自己体侧，像被叮了。"

父亲点头，"这是你的契印在起作用。"

我们在另一边翅膀重复这一过程，随后又在她躯干上缠了绷带，从翅膀的切口穿过，免得它们长回去；最后给伤口抹上药膏，镇痛止血。从头到尾不到二十分钟，但现在我的嘎嘎做好了准备，可以在背上载着我——我——与我一道翱翔。想到这里我开心起来，这喜悦似乎让她平静了，因为她扭头舔了我的脸，银色的眼睛眯起，透露出信任和接纳。

父亲拍拍我的肩膀，"好样的。你们一起待会儿，我们去处理阿鲁的翅膀。"他和玛毕尔把开口凳搬进了冬厩。

我捧起嘎嘎的脑袋，吻她的鼻子。

"别担心，小东西。不管你长到多大，你都永远是我的宝贝。"

她朝我眨巴眼睛，然后问："姆噗？"

接下来的几天我仿佛飘在云里，达瑞安恢复，阿鲁又有了精神，我心情好极了。我和嘎嘎的契约仿佛从未踏足的新天地,一天天变得越发深广。玛毕尔时不时过来,大多是为了查看达瑞安的伤情,或者跟父亲商量事务,只是一直不肯跟我讨论弗伦的话。达瑞安不知道的情况我为他一一道来,只除了阿刹和我们共有的契印。这一部分是怕他为此心烦,但也有一部分是觉得他不知道更好,免得一不小心说漏嘴,被有心人利用。

我们很少看见贝鲁埃和洛夫上尉。洛夫每天大部分时间都在山洞度过,要不就待在老宅。贝鲁埃原本说等达瑞安康复他就要离开,却一直没走。不过感谢阿瓦,我们如今很少看见他。有时贝鲁埃会偷偷在龙场游荡,我总是避开他,平时也不去想这两个人。

反正我要做的事情多着呢。

幼龙很难养。除了喂食和洗澡,它们还需要各种训练。首先是语言课,大多是简单的命令,那些在它们一生中都会很重要的词:别动、来、去、停。它们最喜欢的词当然是上:"上!"不过现在还不到学这个词的时候。

首先:名字。龙懂得名字的概念。它们很愿意用名字,甚至会自己创造发明——嘎嘎的龙父就给她取了名字。

舒迦叫我父亲"马格汉",这几个音对龙来说很容易;但"托曼"的"T"就难多了,所以我哥哥的拉努叫他"多曼"。奥达科斯嘴里的"吉荷牡"变成浊化的"茄歌牡",诸如此类。舒迦管托曼叫"兰娃",管吉荷牡叫"谷凉",大概是姑娘吧,发言不太准,反正我们听着像是这么回事。托曼觉得很没面子,可社会地位这种东西,龙是非常明白的。

"玛芮 – 娅,"我边说边拍拍自己胸口,嘎嘎鼻子凑过来,还想再来一片三文鱼。"玛芮 – 娅。"

她固执地说:"姆噗。"

"我是谁,嘎嘎?你是……嘎嘎。"我拍拍她的胸口,然后又拍拍自己胸口。"玛芮 – 娅。"

"姆噗。"她已经吃过饭了,其实并不饿,不过三文鱼的确是她最爱的零食。

我拿着三文鱼伸直胳膊,不给她够到。我又拍拍自己的胸口:"玛芮娅。"

她坐在地上,歪着头看我,如今学习、深思时她总是这姿势。"玛芮娅。"她的发音完美无缺。然后她坚定地说:"姆噗。"

我哈哈大笑，给了她奖励，又挠挠她耳膜背后。我感觉出了契印在这种交流中所起的作用，它似乎帮她明白了我的要求是什么。神殿的刺青艺术真是了不起的科学。或者这龙仔实在聪明。也可能二者都有。我常琢磨在没有刺青科技之前，我的祖先怎么可能驯养龙呢？又或者这门艺术出现在先——但那又是为了什么目的？据大家所知，这门科学比历史还要古老。

整个过程都让我着迷。我仔细听成年龙对彼此发出的咔嗒声和隆隆声，每次都想起许久之前母亲的话，以及嘎嘎的波巴是如何只用寥寥几个音就告诉她去我身边、跟着我。我敢肯定那些并非无意义的噪音，只不过很难辨识罢了。我继续听，觉得有所发现时就模仿。成年龙看我的眼神好像觉得我精神错乱似的。或许确实如此。

有一天我给了嘎嘎一只杀好的整鸡做午餐，她摆弄鸡的样子把我看呆了。她从鸡面前退开几步，蹲下来好像准备起跳，却又闭上了眼睛。她发出咔嗒声，睁大眼睛，高高昂起头，然后歪着脑袋看自己的午餐。

"你在搞什么呢，小姑娘？"

她又蹲下来闭起眼睛，然后往前挪了挪，凑近目标。她再次发出咔嗒声，猛地睁眼、抬头，又偏过脑袋。我笑出声来，但她并不理会，把整个过程又重复了一次：下蹲、闭眼、悄悄凑拢、咔嗒声，然后抬头看，表情似乎有些诧异。

之后就结束了。她扑向猎物，把它彻底肢解。我不明白刚刚是怎么回事。无论那是什么仪式，真希望那期间我在她脑子里就好了。第二天同样的事情再次发生，这回阿鲁莫名其妙地成了受害者，之后两个小家伙上演了全武行。后来我再没见嘎嘎这样做过。

嘎嘎学单词非常快，阿鲁紧追不舍，它们的速度叫我吃惊。它们都很热衷交流。阿鲁很快学会说嘎嘎的名字，但不知怎的，嘎嘎老念不好阿鲁的名字，每次都好像在念"喔呜"，或者完全是龙那种卷舌的"R"音。我们一直在纠正。

"咯咯"代表鸡，"哞！"代表牛肉，"哗啦"或者"哗哗"或者任何让人联想到水声的组合都代表"鱼"，不过我们离学习物种的名称还很远——用上面那些词只是因为容易发音。

达瑞安恨透了这些土里土气的声音。他费了很大力气教阿鲁说人类语言中实实在在的词，但他的龙仔最多只能把"鸡"念成"起－七"。牛这个词对他似乎容易得多,让我哥哥长舒一口气。有一天达瑞安正揉腿上的伤疤,他皱着眉,好像挺痛的样子。这时他对我厉声道:"你的龙像鸡一样咯咯,像牛一样哞哞,简直太荒唐了。希望你不要让阿鲁觉得这些是可接受的词。我可不喜欢。"

他的伤疤周围环绕着刺青的细丝,不过疤痕还是一样难看。我看得出他的腿多半还在抽痛,但我可没心情忍受这样的态度。

"等你自己喂他吃东西的时候,你爱教什么都随你。我现在可干着两个人的活儿。"

他张口要反驳,我转身背对他,径直去了仓库。阿鲁和嘎嘎尾随而至,满怀期待地守在一旁。我下去冰窖取他们上午的食物,主要是鸡肉,阿鲁的最爱。篮子拉到最顶上,它俩急切地围着它打转。

我让它们看见篮子里装满整只的鸡,嘎嘎礼貌地发出请求,像母鸡一样咯咯地轻声叫。"咯咯。"我把奖励扔给她,她从空中接住,稍微弄软一点就一口一口吃起来。阿鲁在旁边看着,不停地打量剩下的鸡肉。

"你得跟我要,还要有礼貌。"我告诉他,"瞧嘎嘎。嘿宝贝,还想再来一只吗?"

她说:"咯咯咯。"我又拿一只鸡奖励给她。

我问阿鲁:"明白了?"他看着我,满脸迷惑地歪着脑袋,然后又把头正过来。他把鼻子往篮子里伸,但我推开他,坚持道:"咯咯。"

他说:"咯。"

"不错。再试试:咯咯咯——"

嘎嘎完美地模仿我:"咯咯咯——"我又给她一只鸡。她咬下一条腿,很陶醉似的含在嘴里,斜眼打量阿鲁。这是在戏弄他呢!我笑了。

阿鲁先是朝嘎嘎歪歪脑袋,又朝篮子里越来越少的美餐偏过头去,这时他大声吼道:"咯咯咯咯咯——!"

我惊得呆了片刻,然后爆笑起来。嘎嘎也一样,她发出龙那种呼哧呼哧的笑声。"哦,好样的!"我扔给阿鲁一只鸡,他三两下就吃光了。

"咯咯咯——!"他再次提出请求,我又扔给他一只。他激动地甩着尾巴,自己也呼哧了两声。我肚子都快笑疼了。

"咯咯咯——!"

达瑞安非杀了我不可。

从那以后,阿鲁一见我就母鸡一样咯咯叫。达瑞安终于按捺不住,鼓起劲儿下了床,倒是意外之喜。他开始试着走路,先是杵了拐杖,绕着冬厩走,每次只一小会儿。阿鲁开开心心地在他身边蹦跶。又过了几天,他终于积攒起足够的力气,来围场跟我一起干活,虽说他仍然瘸得厉害,而且大概还会瘸上很久。他闷不作声,只管努力从阿鲁的词汇库里去除鸡叫声。

不过已经来不及了。没人看见时,我就用额外的鸡肉鼓励阿鲁。嘎嘎发现咯咯比阿鲁容易念得多,就把这变成了自己唤他的名字。吉荷牡也渐渐拿这当了阿鲁的昵称。托曼则从不放过机会取笑达瑞安,说他的宠物鸡块头可真大。父亲也只是稍微说了我们几句。

达瑞安差点气炸了。他怒火中烧:"你把我的龙变成了鸡!"可他明白这是他自找的。再说了,这也够逗的。

那段日子,父亲还在其他事情上操练我们。比如当我在围场里跟嘎嘎和咯咯你追我赶,增强它们腿部力量,父亲或许会从旁经过,随时测验:"龙皮肤天是什么天?"

"晴而冷。超出龙能达到的高度。"

"正确。破烂天是什么天?"

"在龙飞翔范围内持续有雨,但无风。"

"云砧顶是什么?"

"天气恶劣,有危险的气流,下方是混合的空气。"

"今天这种天气叫什么?"

"短柱流,在龙的飞翔范围内,下方有上升气流,中间有乱流,不过总体而言还算好天气。如果气流持续向东移动,有可能转变为云砧顶。"

诸如此类。大多是我们已经了解的知识,但父亲决心要把它们深深印在我们脑子里,让我们懂得避开危险的气流和可能的坏天气。我很喜欢这些课,它们让我畅想我和嘎嘎的第一次飞行。等到仲冬的门诺格日她就该能飞了。现在她还像小猫咪一样顽皮打闹,简直无法想象她能在短短的时间内长大那许多。但龙这种猎食者,它们的成功原本就跟块头有很大关系。

生命中的第一年,它们的体格会翻上六倍。

它俩翅膀的切口愈合后，父亲拿出了训练用的鞍具。类似迷你龙鞍，一条肚带穿过切口绕在腰部，几条束带绕在胸和肩膀上。前肢上方还有块配重，就在翅膀前面，那是今后骑手要坐的地方。我和达瑞安轮流将一根长绳拴在鞍具胸前的圆环上，拉着我们的龙仔在围场里绕大圈子。起初它们不喜欢背上的东西，但有了咯咯！和哗啦的鼓励，很快就张开小翅膀开始飞跑，还开心地发出龙的大笑声。它们现在还飞不起来，却已经发现通过翅膀前后移动能使身体略微上升或下降，从而对奔跑产生微妙的影响。

达瑞安尽量多承担喂食的工作，这不仅是因为他不愿阿鲁模仿牲畜的叫声。有一次我见他一瘸一拐从冰窖往上走，满脸痛苦；我正想帮他卸下篮子，他却推开了我的手。"我的腿还没恢复，伤疤也扯着痛，我得多动。你去跟嘎嘎玩吧，你应得的。"他低头看着脚趾，"玛芮娅，我欠你的。说起来我欠你真不少。"他抬起头，脸上两块红晕。"实在对不起。其实我真心为你骄傲，小丫头，我不该那么讨人嫌。"

我喉咙里像哽了一团东西，但我把它咽下去。"多愁善感的家伙，"我吻吻他脸颊，"不过谢谢。"

夏天似乎安稳下来，自从母亲去世，我还从未有过这种被接纳的感觉，或许只除了那个奇妙的日子，我在废墟看见革提克，又跟着他去了树林的那天。我发现与嘎嘎之间的契印似乎与这种感觉有某种相似之处。我的共情扩展到了阿鲁和达瑞安身上。合作更顺畅了，笑声也比之前多。每天晚上睡觉时我们都累得要命，但感觉棒极了。

只有一件事，贝鲁埃食言了：他一直没有离开。好多次我觉得起了鸡皮疙瘩，转身正好看见他移开视线。咄咄逼人的态度倒是没了，他几乎显得茫然。但他留在瑞亚特，观察着，仿佛在等待着什么。

第二十九章

我用手推车把最后一车食物推进冬厩，车里有咯咯、哞哞和哗啦①，外加西瓜和当季的水果。两只龙仔整个脑袋都埋进了食物里，我和达瑞安趁机开溜，却发现父亲、洛夫、玛毕尔和侍祭忒鲁等在院子里。看他们的神情就知道今天不是随便来瞧瞧。忒鲁背了一个小桶，父亲和洛夫都带着长弓。

玛毕尔一手搭上我肩膀："玛芮娅，该去解决最后遗留的小问题了。"父亲和洛夫一脸严肃地旁观，显然已经讲好由玛毕尔负责说话。达瑞安露出担忧的样子。而一身黑衣的贝鲁埃这时才从树影里走出来。

玛毕尔拍拍我肩膀。"洛夫上尉已经决定，为了安全的缘故，山洞的某些部分必须封锁。我说服他在这之前让我去一次，你在报告里向洛夫上尉提起的那些区域，我想去看看。"

我眼角的余光瞥见贝鲁埃不安地挪了挪身子。他不愿让玛毕尔去？

"希望你能陪我们过去，"玛毕尔继续说道，"我想让你带我看看你经过的那些房间，边看边跟我讲。咱们可以好好聊聊。你愿意吗？"他转动脖子，从只有我能看见的角度对我眨眨眼。

---

① 译注：即鸡、牛肉和鱼。

虽说一想到山洞我就浑身鸡皮疙瘩，但还是点头答应了。

他说："好。"

父亲道："你跟我共骑。"

"达瑞安留下照料龙仔，"玛毕尔道。"这也很公平，毕竟你替他照看契约伙伴好多天呢。"

"现在就去？"我毫无准备，肚子里立刻翻江倒海。

父亲的大手抓紧我的另一边肩膀。"洛夫上尉很快就要离开，去召集守护龙场和山洞的援兵。已经等得够久了，现在正是时候。"

父亲和洛夫吹口哨呼唤自己的坐骑。舒迦和齐延从龙厩里走出来，舒展着翅膀，跟着人类过桥到了围场，贝鲁埃的泽尔已经等在那里。父亲帮玛毕尔爬到泽尔背上，让他坐在贝鲁埃身前。忒鲁上了洛夫的齐延。我和父亲爬上舒迦，绑好束带。

跟嘎嘎分开感觉很奇怪，过去几天我们不在一起的时间只怕不到一分钟。趁她进食溜走感觉仿佛背叛了她。"我们很快就回来，对吧？"

"别担心嘎嘎，"父亲道，"吉荷牡和托曼都在。一两个钟头她没问题。"说着他吹声口哨，大喊："上！"舒迦腾空而起，巨大的翅膀对抗着重力。龙场和瑞亚特很快落到我们身后，森林和废墟一闪而过，辛瓦特山谷在我们身下展开。

我步行到山洞花了一整夜外加大半个白天，而舒迦只飞了不到半小时。

洞口有烟，还能看见人影——是洛夫临时征用来充当民兵的村民。我本以为这就是目的地，但舒迦飞过山洞、高山平地和背后的那片山谷，飞向山肩上的出口，我和达瑞安面对哈洛迪头领和凶煞的地方。我一阵恶心，向后紧紧贴在父亲怀里。他搂住了我。

洛夫和齐延最先降落，惊散了一堆吃腐肉的黑乌鸦。我们在上方盘旋，等他招手示意；然后舒迦扇动翅膀抵消惯性，降落在山洞洞口前。

他用龙那种低沉的声音说："皱。"臭。

父亲拍拍他翅膀与躯干相接的部分："的确，我的朋友。"

齐延背后有一堆烧焦的木头和骨头，那是被我推到哈洛迪头领身上的龙巢。龙的尸体从下面露出来，布满水泡，焦黑的肉挂在一排肋骨上。乌鸦得挤过残骸才能吃到没烧掉的肉，因此进食的速度远不及尸体腐烂的速度。对面的

墙上靠着其他骨架——人类的骨架——已经被吃得一干二净。屠杀的场面和臭气压倒了过去几周的欢乐，噩梦般的画面钻进我脑子里。

"不用发抖，玛芮娅。这里也有民兵，现在很安全。来，深呼吸。"

我点头滑下龙鞍。泽尔扇动革翼的嘎吱声让我转过头去。玛毕尔解开搭扣，父亲去和贝鲁埃一道扶他下龙。所有人都下了地。

玛毕尔问："这么多年，我们怎么就没瞧见这个入口？"

"有片突出的岩石挡住了，"父亲指指石板。"要不是玛芮娅点了火，我们永远发现不了。后来找到些痕迹，发现这里曾有石桥连接远处的山坡。我们自己的历史许多都在与古尔万的战争中失落了，想想都觉得不可思议。"

"的确如此，真可惜呀。"玛毕尔小心翼翼地落脚，走进山洞。瞧见尸体时他嫌恶地皱起鼻子，眼睛也瞪大了。"那是凶煞吗？"我摇了摇头，父亲答道："不，这是哈洛迪人的头领。凶煞在山谷里。"

玛毕尔走到我身边，一只胳膊搂住我肩膀："亲爱的小姑娘，我现在才开始明白你经历了怎样的磨难。"他皱着眉把我搂得更紧了些。"你非常勇敢，令人骄傲。就让这勇气成为你对抗噩梦的盔甲吧。"我挽着他的胳膊扶他站稳。他拍拍我的手臂，我们往前走去。

贝鲁埃和父亲跟上，舒迦和泽尔走在他俩身后。我们赶上洛夫和齐延。忒鲁挨着洛夫，双眼圆睁，把装在皮囊里的绘画工具紧紧抱在单薄的胸口。这孩子有些艺术天分，来帮玛毕尔绘制洞里的雕像。一小群村民从昏暗的通道里走出来，约莫九到十个人。他们都带着十字弓和长矛，其中三人还另佩了剑。看见洛夫上尉和他那偌大的坐骑，村民们似乎松了口气。我这才发现洛夫用帆布袋给他们带来了食物。他把袋子递过去，听领头的报告情况，然后示意我们跟上。

村民离龙远远的，但我经过时，所有人都盯着我。其中一人微笑道："你好，女士。"另一人也说道："女士，"并伸手碰了碰自己的胸口。如此礼貌的招呼和手势对我而言十分陌生。接着那人又睨了贝鲁埃一眼，我愣了愣神。面对这么多关注，我不知该说什么，只好点点头，默默跟对方打个招呼。

墙上一路都安放着火把，我的眼睛渐渐适应火光，这才看见了不少之前错过的细节。尽管被湿气侵蚀了无数个世纪，但墙面上仍能看到装饰浮雕，从膝盖的高度一直延伸到天花板。它们描绘的是衣着怪异的男男女女,有的在进行日常活动,也有武术运动和奇特的对抗。玛毕尔眼睛闪闪发亮,满心崇敬地抚摸这些图案:"了不起! 我真想多停留一会儿,但忒鲁已经为我画了这条通道。我实在想看看你形容的那个房间,有喷泉和四扇门的。"

"那间屋还要往里走,"洛夫道,"有一大段楼梯,不过不算陡。有我们帮忙你应该能行。"

玛毕尔的笑容褪去:"你准备封闭这个入口?"

"没办法。它是最方便哈洛迪人出山洞的路,风险太大。其他通道我们才刚开始探索。明智的办法是每找到一个入口就封起来,然后派兵守卫。"

玛毕尔露出失望的样子:"那咱们就抓紧吧。"

"要是弗伦在就好了,"父亲道,"他是整个瑞亚特最棒的弓箭手,或许是全卡迪亚最棒的。"他扶好玛毕尔的另一只胳膊。忒鲁跟在我们后面下了楼梯。

路比我记忆中更长。干燥的石头和古老的灰尘激起汹涌的记忆,不过我把念头转到了别的地方。倒不像我担心的那么难。或许我正从疯狂中恢复,也可能是因为有舒迦和齐延在,这对龙骑士团训练的坐骑令我勇气大增。

不仅如此,玛毕尔终于要跟我解释阿刹了——只要能甩开贝鲁埃和其他人。

我们进入有喷泉和四扇门的房间。看着每扇门上的巨大高龙雕像,我心中再度充满对超自然的敬畏。虽说点了很多火把,但那雄壮的气势却不曾稍减。头顶滴下的水发出怪异的回声,蓝光依然在雕像上闪闪烁烁。这次无须逃命,我可以看得更仔细些。喷泉旁还有达瑞安的伤口留下的血污,石地板上是马利克早已变干的血脚印。而在我们周围,壁上的镌刻讲述着一个故事。

贝鲁埃跟在洛夫和齐延身后,背着手绕房间一周。他们走到带着丰收神采的秋龙维吉斯下方,进了我们左边的通道。忒鲁和三个民兵跟过去,泽尔也去了。父亲和舒迦仍逗留在屋里。

玛毕尔颤巍巍地抓住我的胳膊肘,眼里闪着泪花。"让我看看,"他哽咽道,"再跟我讲一遍你在这里的经历。"

我指着东面革提克雕像下的入口说:"我们从这里进来的。"

玛毕尔悄声应道:"理当如此。"

"这是什么地方？"我问。"你让我等得够久了。这是什么？阿刹又是什么？告诉我。"

周围的火把照亮了玛毕尔的眼睛。"没错，是够久了，我向你道歉。这对我而言很不容易，因为它唤醒了我埋葬多年的知识。被禁止的知识。异端邪说。这些都是不能让你知道的，但我却想告诉你。"

我的心怦怦直跳。好几分钟工夫，只有水珠的嘀嗒声填满屋里的寂静。

"这个房间，"我说，"它代表宇宙的循环，对吧。"

"对。这不只是历史。这些图像或许比辛瓦特都更古老。"他在围绕喷泉的矮墙上坐下，面对革提克的雕像。

我挨着他坐下。"德哈拉，阿刹是什么？是阿瓦之一吗？"

他瞥我一眼，嘴角浮现笑意。"这是个古老的名字，亲爱的。实在很老了。比库鲁宗和我们森林中的废墟还早。"他环顾房间。

贝鲁埃和洛夫已经消失在维吉斯下方的通道内。父亲朝我们走来，步子既轻松又克制，仿佛知道我们的对话并不准备让他听。玛毕尔看见他，朝我微微一笑，招手让父亲过来。

"来吧，马格汉，索性你也听听。里头会讲到你家族的历史呢。"

父亲脸上闪现出好奇的神色，然后一屁股坐到了玛毕尔身边。舒迦坐在几步之外，发出一两声咔嗒声。他抬头看着雕像，仿佛明白其中的含义。

"在很久很久以前，在库鲁宗之前，就有了阿刹。这里是崇敬阿刹的神殿。人们曾经用这个词称呼本原，但不是拉撒尔讲述的那个故事，不是库鲁宗创造世界、以自己那存在于创世之先的身体将山川大海推成如今的模样。阿刹更简单，但也更难解释。

"阿刹是名字，但不是神的名字。它的意思是真理——永恒的法则，无论你是否理解这个真理。"他张开双臂把整个房间囊括在内。"这就是他们所理解的阿刹。看那些雕像。每扇门上一尊，用一个精灵来代表一个季节，同时表明它将向下个阶段转变。革提克是物质丰饶与圆满的阿瓦——瞧，太阳高悬空中，下方是遍地庄稼。现在顺着反时针方向环视房间，如果你身处地极，这就是我们星球旋转的方式。"

我不大明白这话什么意思，但我没有打断他。

"仔细看，既有收割的画面，也有冲突。这些是什么机器？我从未见过这样的东西。阿瓦，这些细节真是让人震惊！"他的嘴唇在颤抖。"接下来是北方的维吉斯，带着丰收神采的秋龙。"

玛毕尔打了个哆嗦，"如果说革提克象征临界点，维吉斯则表示世界正疯狂坠落，秩序让位于混沌。"他脸色阴沉下来，声音也哽咽了："再下来，维吉斯之后，就是全面战争。"

一滴泪水滑下他的脸庞，我顺着他的视线看过去。那幅画我之前只瞟了几眼：龙飞翔在浓烟滚滚的空中，与怪兽作战；怪兽翅膀僵直，卵形的身体十分奇特，仿佛鲸鱼身上插了帆和其他玩意儿。不是自然生物，而是人造的东西。在下方的地面还有更多奇怪的机器，像是马车，只不过没有马，车身上还装了弩炮，也可能是某种我不认识的武器。建筑物熊熊燃烧，人类望着天空，神色痛苦。

"西方的门诺格代表最低点，"他继续说道，"落日。或许是阿瓦中最难以理解的。瞧，雕刻师把他的翅膀做成了透明的样子，即便刻在石头上也能透过翅膀看到背景。妙极了。门诺格象征灵性的中心——当其余一切毁灭时，我们真正的心。他也是重生的允诺，注意他脚下的种子。在门诺格和欧斯塔拉之间，争斗以毁灭告终，但在满目疮痍中，在季节更替的边缘，人们回来，修筑房屋、播撒种子。和平再度降临。春之阿瓦欧斯塔拉与太阳一同升起在南边的墙上，宇宙循环重新开始。"

泪水浸湿了他脸上的皱纹。

"这里画的不仅是季节，更是宇宙循环，是宇宙之轮更宏大的转动方式。季节更替，生命降临，孕育另一生命，随后逝去。文明兴衰，永远都有另一个转折等在前方。这就是宇宙循环——阿刹永恒的复苏。所谓阿瓦，总之都源自阿刹，无论阿刹是什么。阿刹的追随者叫作阿刹尼。许多个世纪里，他们都秉承一种抽象的哲学，一心追求真理。他们从不敢描述阿刹，因为言语会限制它、局限它。阿刹尼与阿刹沟通，靠的是灵修而非刻板的仪式、通过问题而非僵化的正确答案。这种哲学是谨慎的怀疑与探索精神的结合，以谦逊寻求知识。"

我摇了摇头："我听不懂。"

玛毕尔朝我倾过身子："你只能知道自己所知。信念不同于知识。信念是对知识的假设，尽管没有证据，依然假定如此。至少旧信仰是这样解释的。阿刹尼想要证据，于是就想办法测验每一个念头。我们的许多科技都只是他们时代遗留的影子罢了。新神殿——拉撒尔——把阿刹改称作库鲁宗，也就变更了宇宙的叙事。宇宙循环依然留在我们的哲学中，但高龙库鲁宗成了不死的终极王者，成了真神活生生的显现——而不仅是对于重生与更新的解释。库鲁宗用目的取代阿刹不可避免的转变；用在时间终结时囊括一切的权威取代了阿刹对生与死的简单确认。拉撒尔提及的神秘是阿刹尼不会谈起的，因为阿刹尼不相信任何自己无法测量、接触或看见的东西。至少新信仰是这么说的。"他再度坐直。"当然了，阿瓦的名字全古尔万都知道。妓院总有供奉艾尔玛斯的祭坛，打铁的人尊崇克雷拉，农人敬仰阿姆拉赫，诸如此类。但拉撒尔给出了一个新的解释，说这些全都是库鲁宗的化身。"

他沉默下来。我和父亲对视几秒，我感觉出他想把谈话交给我来主导。为什么？因为我见过革提克吗？

我碰碰玛毕尔的手："你说所有的阿瓦都源自阿刹，拉撒尔说他们全是库鲁宗的化身或者映像。差别在哪里呢？为什么阿刹让贝鲁埃这样害怕？"

"因为拉撒尔不承认更大的宇宙循环。它教导说所有造物都奔向最后的终点，而库鲁宗就是救世主。但尊崇阿刹的阿刹尼却相信库鲁宗也会成为过去，尽管他存在于世已经好几百年。这就颠覆了贝鲁埃的整个信仰。这意味着库鲁宗同样源于阿刹。

"古尔万征服我们时，宣布阿刹尼是异端，将他们大批处决。他们被猎杀、成为新信仰的祭品。要么改宗要么死。很少有人活下来，他们的教会也转入地下。马格汉，那时我只是新宗教最年幼的侍祭，你父亲的父亲恳求我保持沉默。他不愿你或你父亲听说这些故事、学习古老的经文，因为他担心这会将龙场置于险境。他是为了你们才改宗的。这件事藏在我心里多少年了。请原谅我。"

父亲脸上写满惊叹，我还从未见过他这样。这个古老的地方原来遍布幽灵，旧哲学或者被埋葬的真相的幽灵。我又四下寻找贝鲁埃和洛夫——这些真相准会让贝鲁埃坐立不安——但他们依然不见踪影。

"我承认，我也不知道该相信什么，"玛毕尔继续往下说，"过去的信仰简单而谦卑，它推崇真理，无论真理是什么。它探索哪些东西显然不真实，借此靠近真理。然而新信仰也强烈地吸引我。我真想了解拉撒尔知道而阿刹尼不知道的一切。总之呢，我用对旧秩序的欣赏来调和我对新秩序的接受。可惜拉撒尔的神殿只允许它自己的教导存在。"

虽说我仍然觉得他之前背叛了我，但我终于明白了他为我辩护是多么困难。他一生都在与这种冲突搏斗，想找到舒适的中间地带，我与革提克的相遇却动摇了他的这个位置。

玛毕尔打量着献给阿刹的奇妙殿堂，表情渐渐变得一片宁洽。我和父亲都没有打断他的白日梦。终于，他再次转向我："玛芮娅，弗伦跟你提起阿刹时，还说了什么别的吗？"

我看看父亲和玛毕尔，咽了口唾沫道："他说，'我明白你是我的征象，说明阿刹并未被取代，说明世界依然真实。我为我的伤疤而骄傲，因为它们也有份将你送上你的命运之旅。'然后他又说了些奇怪的话，'一个将引领，一个将跟随。一个将崛起，一个将没落。'然后他说黑暗来临，我应该抓住革提克，还有阿刹。"

接下来的几秒钟似乎分外漫长，玛毕尔没开口，四周唯有水珠滴溅的声音和诡异的回声。

"他什么意思，德哈拉？"

"你们或许猜到了，弗伦是阿刹地下教会的长老。他在森林里过着俭朴的生活，心中却藏着旧宗教的大量知识。但他是在谵妄中说的这番话，或许仅仅是表达自己的信仰而已。"

对这些，我只能摇头。生活在龙场，我们日常的工作就是我们的宗教，没什么时间思考历史中较精微的细节。"德哈拉，你又相信什么呢？"

他用胡须沾沾眼睛，盯着我看了半天，仿佛有一个世纪那么久。最后他弯腰捡起一根长棍子，转身面对喷泉。"我小时候曾从阿刹尼那里学到一课：河之旋涡。"他用棍子指着一条穿过石头与水晶迷宫的细流。"你看见了吗？水在一块单独的石头背后形成了旋涡。"

我点点头。

"旋涡是什么呢？你能拿得起来吗？你能拿走这旋涡，把它放到另一个地方吗？那时旋涡还存在吗？当然不可能。然而它就在那里。水从中穿过，在一段时间内变成了旋涡的一部分，接着水又离开了。世间万物都如那旋涡，必须依赖一组非常精密的环境才能存在——然后在一段时间内保持这种存在的状态，有时甚至能保持很长一段时间。但一切都在运动中。你是由自己所吃的食物、自己呼吸的空气构成的。你的许多部分都已经离开了。你的皮肤和头发都在不停脱落。树木从森林的腐土中生长，然后倒下、腐烂，或者被砍伐下来建成房屋。屋子垮了，木头烂了。大山崩塌，露出嵌在悬崖中海洋生物的骨头。语言变化，成为新的语言。信仰被其他信仰改变。一切都显得牢靠坚实，但那只是幻象，是感官玩弄的把戏，只因为我们永远被困在此时此刻才会如此。唯有记忆能揭示真相，但即便记忆，也只是你脑中的旋涡罢了。

"宗教或许是所有旋涡中最易逝的。它借着一个名字和几代信徒集会的建筑而存在，可最后一代信徒或许根本认不出第一代信徒所尊奉的信仰，尽管那建筑和那名字一直未曾改变。"他用棍子拨了块鹅卵石到旋涡中。水打旋儿的形状变了。

"我们都是永恒变动的湍流中的旋涡。宇宙的引擎永不减速、永不停歇，它是恒常的时光潮汐。这是一个最简单不过的真相，但它却威胁到了拉撒尔的权威。"

一开始，我不知道对此应该作何感想，但紧接着我就想起了在辛瓦特山谷见到的景象：森林从失落文明的遗骸中生长起来。似乎真是这样呢。

玛毕尔长长地吸口气，这才继续往下讲："弗伦或许神志不清，但心怀这个念头的不止他一个：革提克的出现是不是从拉撒尔的地基下面踢走了一块石头呢？"玛毕尔抬起下巴，嘴唇抿紧，显得出奇的坚定。他眼角闪着泪花，看着我说："我一生都在质疑自己所宣扬的信仰。"他转身面对喷泉，将石头从水道上推开，旋涡消失了。

"玛芮娅，在你的经历之前，我左右为难。但现在我明白了。问题既然如此难以回答，假设自己知道答案就成了走向真知的障碍。接受之道、存疑之道，这种态度更接近阿刹尼，而非库鲁宗。只要敞开胸怀倾听宇宙的声音——或者你愿意的话，也可以说阿刹的声音——怀疑就能将你领到确信永远无法抵达的地方。"他微微一笑，喜悦中夹杂着丝丝缕缕的遗憾。"这就是我的信仰。"

舒迦站起来，猛地转身，朝维吉斯下方的北门望去。他发出一声咔嗒，很响亮，回音阵阵。

父亲也站了起来，"怎么了？"

"巧步。很快。"

我也听见了，接着忒鲁全速冲进房间，贝鲁埃和泽尔也跑进门里。父亲和舒迦已经到了门边。

"出去！"贝鲁埃大喊着指指我们，"带玛毕尔出去！"

两个民兵紧跟着跑进来，其中一人抱着一个浑身瘫软的同伴。然后齐延和洛夫并肩退进来，洛夫不断朝黑暗中射箭。有什么东西正从山洞深处追赶他们。

我抓住玛毕尔的胳膊肘——恐惧将出乎意料的精力带给了他。我扶着他往门诺格雕像下方的门走去，贝鲁埃领泽尔等在门边，他扶起玛毕尔的另一只胳膊。

身后传来呼喊，我扭头看见齐延和舒迦并肩而立，翅膀紧贴在身侧，爪子挥向往门里冲来的人影。两个民兵放下受伤的同伴，拉开弓弦。父亲也开始朝门里射箭。裹在袍子里的人蜂拥而至。

哈洛迪人。

第三十章

哈洛迪人拼命放箭，虽说在利爪和尖牙底下死得很快，却不断有更多人涌上来。父亲和洛夫被迫撤退，他们的龙跟在后面掩护。但情况不大对劲，哈洛迪人显得惊慌失措，仿佛在逃避什么东西。

一个民兵被弩箭射中胸口，他向后跌倒，手里的十字弓滚落在地。我留下贝鲁埃扶着玛毕尔，自己跑到那个村民身旁。他抬头看我，喘息着说："女士，你得赶紧离开。"

我捡起他的十字弓背在肩上，然后扶他半坐着，从他腋窝底下拖着他后退。他痛得不断呻吟，但尽量用脚蹬地帮我省力，最后跌跌撞撞地爬了起来。

洛夫的长弓连续响起，回应对方的箭雨。又一个民兵脖子中箭倒地。一个哈洛迪战士从舒迦身旁溜了进来，父亲一箭正中他的脸庞，随即搭上下一支箭。我从肩上取下十字弓。

维吉斯门里传来隆隆声，然后是可怕的尖叫。又有几个惊恐万状的哈洛迪士兵逃进门里。空气突然变得冰冷，一个影子出现在门后。

映在墙上的影子硕大无朋，形态飘忽，仿佛长了翅膀。它周围的空气好似被滚烫的石头烤过一般泛起涟漪。两个哈洛迪士兵动作太慢，没能逃过它的碰触，突然捧着脑袋摔倒在地。

我听见玛毕尔在我身后惊呼起来。他和贝鲁埃都呆立在原地。

父亲回头朝我们大吼道："快走！"他、洛夫和他俩的坐骑迅速朝我们这边倒退，形成一堵墙，不让任何哈洛迪人通过。

但那东西并没有跟过来。那是一种虚无缥缈的存在，令人迷惑。不知该说它在行走还是在涌动，总之它来到革提克和维吉斯的雕像之间蹲下，像猫一样摆出威胁之姿。

哈洛迪人现在有了可以散开的空间，很可能会包围父亲、洛夫、舒迦和齐延。我轻轻地放下扶着的民兵，拿起他的十字弓，拉开弓弦。他看着我，从箭桶中取出一支箭递过来。我把箭放进矢道，耳边父亲的喊声和洛夫的命令都带上了一丝惊惶的味道。

突然间，第一次穿越山洞时那些噩梦般的图像在我脑海中炸开。不是前几周那种涓涓细流，而是同时喷薄而出，就好像它们被人从外面塞进了我的脑袋。我愣在原地动弹不得，眼睛后面一阵剧痛。我听见周围到处是叫喊声，听出其中充满惧意，又隐约瞥见舒迦和齐延不断进攻。我的视线从它们身边掠过，投向那团仿佛悬浮在影子旋涡中的脓水。我知道它正看着我。它没有眼睛，却能看见我。看进我内心、穿透我。我不禁联想到革提克那意味深长的目光，只不过夏龙的眼睛带给我热度和使命感，这怪物却只带来恐惧：达瑞安溃烂的伤口、火、疼痛、筋疲力尽的感觉。英勇的龙父吐出最后一口气。焦黑的尸体，本应能杀死它们的伤口中燃着绿色的冷光。爬在眼珠上的苍蝇。我自己的恐惧变成了攻击我的武器。

但我已经面对过这些东西，而且我赢了。

阿鲁，他的力量一点点消失。达瑞安总也不醒。

达瑞安活下来了！

我母亲坐在葛露斯背上，声音里带着轻蔑，脸上写着失望。内疚刺穿了我，我站立不稳，惊得叫出声来。

心不在焉的驯龙人必遭诅咒。

它跟我说话了吗？或者是以我自己的声音考验我？不要紧，它能让我看到的每一种恐惧我都已经面对过。我面对过这些恶魔，并将它们抛在身后，赢得了我的嘎嘎。

我哆哆嗦嗦地放箭。弩箭穿透影子，射中对面的墙壁。民兵痛得直叫唤，却还是又塞了一支箭到我手里。我大口喘气，拉弦、装填。我稳住准头，这一箭射中了一个绕向父亲右侧的哈洛迪人。有什么东西呼啸着从我脑袋旁飞过。我拉开弦，感到手里又多了一支箭；我瞄准另一个哈洛迪战士，这回却往右偏出老远。每射一箭，我都要与那看不见眼睛的目光对视，都要与自己眼睛背后失明一般的剧痛抗争。再一箭。房间里只剩三个哈洛迪人还没倒下。然后是两个，然后没了。

我们都站在原地喘息、等待。我发现父亲抱起我身旁的民兵，把他挪到后面。舒迦和齐延退到我身旁，舒迦在右，齐延在左。

那东西伸展、飘浮，或许稍微黯淡了些，但依然将我自己的恐惧向我掷来。我强迫自己去想嘎嘎，新的画面涌进来：我自己折断了骨头，嘎嘎像被丢弃的鸡骨架一般瘫软。

我不怕你。我努力相信自己的话。

"神啊！女士，快离开！"是村民微弱的声音。

舒迦发出挑衅的咆哮，齐延跟上。贝鲁埃和玛毕尔已经在我们身后的阶梯上走出很远了，暂时没有危险。剩下的只有我自己、那个受伤的民兵、父亲和洛夫，再加上我们的龙。我们全都曾直面自己的恐惧并战而胜之，眼前的试炼我们也不会失败。

那东西将今早的噩梦抛给我，还混合了昨晚的一个梦：腐尸、鲜血、烈焰、尖叫的脸，我所有最可怕的梦串在一起。

但每天我都会醒来。

影子立起来，烟一般的翅膀向两侧展开，跨越革提克和维吉斯之间的空间。

我吼道："我不怕你！"

它让我看见我自己：小小的人，惊恐万状，被一股无形的力量踩成血肉模糊的一团。我尖叫一声，但同时也放出了最后一支箭。箭射向那团黑雾，那东西旋转、盘绕，朝我冲来。

舒迦和齐延跳起来迎上去，一面发出挑衅的咆哮，一面用爪子和牙齿撕咬。被它们撕咬的地方，怪物像烟一样旋转、消散；而当它反击时，虽说看不见任何伤痕,我们的龙却发出痛苦和迷惑的号叫。齐延被逼退,怪物跟过去,却被舒迦打中仿佛翅膀的部位;它转向舒迦,齐延又一阵猛击。现在它似乎散开了,仿佛雨雾在火堆上蒸发。它开始撤退,但我们的龙不肯放松,追了过去。

它渐渐消退,最后完全消失不见。我们等了几分钟,但除了自己沉重的喘息和一直不停的滴水声,四周一片寂静。每张脸上都流淌着汗水。齐延用牙咬住插在前肢上的箭拔出来。舒迦抖抖左边翅膀,几支箭落下。他高声咆哮,但声调与我过去听过的都不一样:愤怒,还带着一丝恐惧。

父亲问:"阿瓦啊,诸神在上,那到底是什么东西?"

"冷,"舒迦说,"冷的火。"

我说:"就像凶煞。"

没人答话,但我突然意识到了一件事,仿佛被龙尾巴狠狠扇了一下:刚才那东西潜入到我脑子里,读取了我的记忆,用它们嘲讽我。我觉得有什么东西从右边鼻孔流到嘴唇上,伸手一摸——血染红了手指。

我在裤子上擦擦手,扭头看见父亲抬起民兵的头放在自己大腿上。那人直盯着我,颤抖着朝我伸出一只手:"年轻的女士,你没受伤吗?"

我被他惨白的脸色惊呆了,只能点头称是。他虚弱地笑了笑:"你真勇敢。"说完他咳嗽起来,嘴里喷出的血溅在上衣上,还顺着下巴和脖子往下流。他最后哆嗦一下,瘫软在父亲怀中。父亲抬手盖在他眼睛上,转头看我。我咽下一声呜咽,我连他叫什么名字都不知道。

洛夫跪在我身旁,那里躺着一个哈洛迪人。"这人还活着。"一支弩箭插在那人胸口,鲜血直往外冒。

贝鲁埃走过来,朝那人弯下腰去。哈洛迪人的肤色本就苍白,现在失了血,越发显得幽灵一般。他问:"刚才的幽灵是什么?"

洛夫用韵律怪异的哈洛迪语把问题重复一遍,外国人的答案断断续续。他嘴角流血,目光不停地在洛夫和贝鲁埃之间往返。

"他说它逼迫他们。"

贝鲁埃皱起眉头:"这没道理。他们打得那么顽强,像疯了一样。"

洛夫又用那种尖利的语言说了句什么,见那人似乎要晕倒,便抓住他晃晃。对方的回答含混不清:"他说它驱赶他们。把他们当狗一样。让他们心中充满……

我不懂这个词。总之是关于……不是饥饿,而是吃。他说它跟他们没关系,他求我们饶命。"

那人又嘟囔了句什么。

贝鲁埃问:"什么?"

洛夫失望道:"他想回家。"

那人的呼吸停了,伤口不再往外渗血。周围静悄悄的,我清楚地听见自己咚咚的心跳。

我问:"它怎么钻进他们脑袋里去的?"

贝鲁埃缓缓转身面对我。他的脸色像死人一样苍白,显然还没从刚刚看到的一切中缓过神来。"你什么意思?"

"它是怎么……它刚刚不是……它在我脑袋里,利用我的恐惧来——它没有这样对你们吗?"我这才意识到或许那东西只对我的头脑发动了攻击,不禁惊慌起来。而且我还说了出来,当着贝鲁埃的面。这等于是将崭新的武器递到他手里,他绝不会放过机会。

但他没说话,只是盯着我,满脸震惊。也可能是惊恐。或者畏惧。

"不能再犹豫了,"洛夫上尉说。"必须尽快封锁山洞。马格汉,看来我是要留下了,我现在不能走。抱歉,但我得征用托曼,让他给阿维卡送去增援的请求。"他走到另一个丧命的民兵旁,用一只胳膊把瘫软的尸体扛到厚实的肩膀上。洛夫皱了皱眉,我这才看见他另一边胳膊上插着一支哈洛迪人的箭。"咱们这就把这些人带出去吧。"

父亲点点头,抱起另一个死去的村民。贝鲁埃不如他俩强壮,但也吃力地抱起了第三个民兵。我扶起玛毕尔的胳膊。我们从门诺格之门离开,齐延和舒迦断后。直到走进明亮的日光里都没人再说话。

第三十一章

我们把民兵的尸体留在洞口,交给他们的同乡照看,洛夫保证会在天黑前赶回来。飞行途中我一言未发,而父亲什么也不问。他只是用双臂护住我,把我紧紧搂在怀里,还不时压低嗓门咒骂一两句。

一降落我就赶去冬厩,让吉荷牡帮父亲卸下舒迦的龙鞍。我从载着洛夫和忒鲁的齐延身旁跑过。达瑞安不知在哪儿,我也没想要找他。我只想见嘎嘎,想搂住她,把脸埋进她脖子里哭泣。

我以为自己已经恢复,以为最深的创伤留在了身后,但伤口又一次绽开了。嘎嘎舔干我脸上的泪水,欢快地扭动身体。她开心的咕噜很快让我不再颤抖。等她急切地姆噗、向我要晚餐时,我终于可以擦干眼睛了。

她歪着脑袋看我:"姆噗,玛芮娅。哗啦。"

"一整句话!好样的姑娘!"我爱抚她的脸颊,"好吧,应该奖励。今晚就吃鱼。"

我们过桥往围场走去,靠近仓库拐角时,我听见了贝鲁埃的声音。我赶紧停下脚步,并一手捂住嘎嘎的口鼻,把她也拦住。

玛毕尔说:"不要虚构联系,你并不能确定什么。这事跟玛芮娅的关系很可能只是巧合。"

"那它为什么只钻进她脑袋里,而不是你我?她身上究竟有什么,让她置身这一切的中心……"

吉荷牡的声音:"这一切是指什么?"

贝鲁埃厉声回答:"我不知道!总之就是这一切。首先库鲁宗以夏的形态示现,接着是跟凶煞的这档子事,现在又是……"他的声音再度低下去。

我好生后悔,真不该说起那东西出现在我头脑中。别人都没事,只在我脑子里,像狗扒垃圾一样在我的恐惧中翻找。它是不是也借用我自己内心的声音对我说了话?又或者它只是激发我的恐惧,语言都由我自己提供?我的记忆乱成一团,什么也抓不住。我是不是要疯了?我感到那个词又在啃食意识的边界——诅咒。它最有效的攻击就是母亲的画面。我满心愤怒地推开这个念头。

父亲的声音:"你是想暗示是她招来了那东西。这不公平。"

"我并没这样说。我只是说她又一次出现在危机时刻,并且接触到了我们其他人都不曾接触的东西。"

我听够了,我大步走过拐角:"那东西又是不是库鲁宗的影子呢?是不是阿瓦之一?"我的声音哽咽了。

贝鲁埃顿了一秒钟,然后一字一句地说道:"那毫无疑问绝非库鲁宗的影子。"

"那它是什么?它从我脑子里攻击我,就好像有别的人指挥我该怎么想、怎么感受。它利用我的恐惧想要吓倒我、蒙骗我。它没有这样对你吗?"

贝鲁埃摇头。

"它没有尝试入侵你的思想?"

"没有。"

父亲走到我身后,双手搭在我肩上。"我看见它包裹住两个哈洛迪人,然后他们就倒下了。但我没留意他们有没有再站起来。"

如果它也这样碰了我,它是不是就会彻底控制我的头脑?那些人是不是因此才尖叫着倒下?舒迦和齐延曾与它贴身搏斗,当时它们的叫声显得很迷惑。那东西准确地进入了我的大脑,我知道它抱着某种目的,尽管我说不出究竟目的何在。它是什么?我可不想一直管它叫"那东西"。我需要知道它是什么。

"他们最后一个人倒下之后,它似乎失去了力量,"父亲道,"而玛芮娅大声向它挑战时,它还摇晃起来。紧接着我们的龙就把它撕碎了。最后那个哈洛迪人死前说自己与它并无关系,他说是它在驱赶他们。"

贝鲁埃对父亲道:"这又引出了另一个问题,一个我们熟知的问题:达瑞安和玛芮娅看到的究竟是什么——"

"这我们已经确认过了,"玛毕尔道。"你现在的警告也和当时一样毫无依据。"

"你还想要什么依据?山洞里的这次意外还不够凶险吗? '欺骗的力量源远流长,并兴盛于无知的阴影下。'"他说这话时眼睛盯着我。"这是拉撒尔的教导。我应该联系拉撒尔寻求指引。我应该把玛芮娅带回阿维卡。"

玛毕尔耐心地说:"别的经文里给出了解释,说的或许就是这东西:厄迪姆或乌屠库,阿瓦的黑暗显现。"

"那东西跟阿瓦没有关系。"

"'正如白昼先于黑夜而至,光明退去时,黑暗必定跟随。'"

嘎嘎把头挤到我手掌下。我弯曲手指捧起她的下巴,好让她安静;我等着听贝鲁埃如何回答。

"异端的经文,"他说。"我早就想过,山洞会不会在你那颗苍老的心里唤醒过去。当心愿望成真啊。这样一个东西若成了真,你是绝不会想看到后果的。还要当心你自己,老头子,你内心真实的渴望到底何在,可别流露出什么不对的东西。"

我替玛毕尔担心,胃猛地缩紧,但他依然镇定自若。"如果需要答案,难道我们不该四处找寻?难道我们该死抓着自己的想当然不放,任自己走向毁灭?"

"你是在质疑拉撒尔的教导。"

玛毕尔缓缓点头:"我质疑的仅仅是你的想当然。"

"我的所作所为只是为了阻止这女孩引发的又一场灾难——"

"你为什么不信我?"这些话不假思索地脱口而出。"你明知道这些都不是我要的。我想要的就在这里,从来就没别的。"我把一只手放在嘎嘎头顶上。

他盯着我看了几秒钟,愤怒险些冲破他精心编织的面具。"我并非不信任你，玛芮娅。说到底，我担心的是黑暗。它诱惑人、对人撒谎。我熟悉过去的各种宗教，它们太肯与人方便了。邪恶撬动它们的缝隙，从它们教义的缺陷中钻进去。你虽然天真无邪，但无论出于什么原因，各种力量聚集在你周围，可我又无法知道它们究竟是什么。我实在不愿看到你被利用。"

"你怎么能确定自己的想法就是对的？"

"这不是对错的问题，玛芮娅，而是觉察和服从。我把一生都献给了拉撒尔，献给了库鲁宗——几百年里他一直保护帝国平安。神殿的力量在于它的结构，它是抵御黑暗的壁垒。联合起来我们才更强大，玛芮娅。"

"那你又为什么跟我们作对？"

"我并没有——"

"你有。从你到这儿的那天起，你对我的态度就糟糕透顶。你骗不了我。你把一切都解读成能够符合你的教义的样子，不留任何讨论的余地。"

"因为原本就没有讨论的余地。我凭着知识说话。拉撒尔是绝对的真理——"

"如果不是呢？如果你错了呢？"

他的表情变得冷硬起来："你还小，你没有足够的经验来挑战——"

"可玛毕尔有，而你不喜欢这样！"

"我——"

"我们必须弄清楚山洞里的是什么东西，而你根本帮不上忙。它到底是什么？它对我做了什么？为什么我们过去从没见过它？为什么你只关心拉撒尔，远远超过龙场、瑞亚特和我？"

"我并不为拉撒尔担忧，我担心的是你的家乡卡迪亚，以及哺育它的帝国。还有你。"

"那就告诉我它是什么！"

他低头盯着我，鼻翼张开，眼睛犹如花岗岩："我不知道它是什么。"

"你怎么可能不知道？"我听见自己抬高了声音，我恨自己这样，但我没法控制。"库鲁宗在上，如果你没法解释那东西到底是什么，你的地位和你所有的知识又有什么用？"

他深吸一口气："历史并非一目了然。我们能看清的只有部分真相。"

"真相让你害怕。"

他的脸抽搐了一下，于是我知道自己戳到了痛处。我加大火力："你永远只看见人家教你看的。你担心遇到的是不该存在的东西，是你不该相信的东西，于是你就假装那是别的什么。"

"我并不随意猜测。想当然是很危险的——"

"玛毕尔说了一个名字，但你不喜欢。伊提姆还是厄都库什么的。"

他深吸一口气，然后缓缓从鼻子里呼出去。"历史告诉我们，过去的宗教只是现在的踏脚石，其中经常包含很深的错误，所以才将它们定为异端，好将它们的毒瘤从神殿的躯体上切除。玛毕尔心怀这些念头可大有风险。"他眼里闪过一道精光。"如果你要听他的，那你也一样。"

父亲走到贝鲁埃和我中间，鼻子离贝鲁埃的鼻子不到一寸远："你要是想威胁我的孩子，最好三思。"

贝鲁埃与他对视，毫不退让，直到人类和龙的脚步让所有人转过头去。托曼和达瑞安从桥上向我们走来，拉努和阿鲁紧随其后。

"先生们，女士，再会。"说这话时贝鲁埃只看了眼吉荷牡，接着他转身快步上桥，朝老宅走去。他的房间在那边。我没再看他。

父亲只目送他一两秒，然后拍拍我的肩膀。

吉荷牡摸摸我的下巴："说得好，玛芮娅。"

父亲说："同意。"

玛毕尔庄严地点了点头。

我还没来得及回答，托曼已经走到我们身边："怎么了？洛夫让我准备好出门。我们去哪儿？"

父亲沉下脸："就你自己。你要去阿维卡。"

托曼吃惊地瞪大眼睛："啊？为什么？"

"有新情况，洛夫征你做信使，把增援的请求送去首都。"

"我还以为他会亲自——"

"我们边给拉努上鞍边解释。吉荷牡，让凯西打包食物，路很长，要肉干、脱壳的燕麦、果干。她知道该怎么办。还要从储备金里拿些钱。一百枚银币，十枚金币。"

"好的。"吉荷牡与丈夫忧心忡忡地对视一眼。托曼骑拉努离开期间，她一个人要照料三头龙,而阿缇斯要跟自己的伴侣和结契的人类分开几周甚至几个月,很可能会紧张不安或者意志消沉。

"小心注意奥达科斯,"托曼说,"别让他占了上风。你待他要强势。"

这话让吉荷牡有些畏缩,下巴也低下去。我知道弗伦受伤的事还压在她心上。

父亲严厉地看着托曼说:"我会帮忙的。"

"阿缇斯和葛露斯简直把嘎嘎收养了,"我说。"我会尽量多跟阿缇斯玩。"

吉荷牡朝我微笑:"谢谢你。"她迈步朝老宅走去,却又转身抱住托曼,将脸埋进他的肩膀里。"太突然了。"等她松手看他时,她的眼里盈满泪水。

他吻了她额头,摸摸她的头发:"我不会有事的,你瞧着吧。我们可以等下再道别。"

她眼里写满不自信和探究:"你信任我吗?"

他说:"我有别的选择吗?"

吉荷牡满脸失望,不等过桥她就跑了起来,在桥中间与龙骑士团上尉擦身而过。

父亲凑近托曼,"管好你的嘴,小子。选这当口做她的监工?你要学着耐心些。"

"你就是耐心的典范?"

父亲眯细眼睛:"你的时机实在——"

"先生们。"玛毕尔指指不远处。

父亲从托曼肩膀上看过去,然后叹口气:"以后再说,洛夫来了。"说完他又指着托曼的鼻子,一锤定音:"跟她和好,小子。"

托曼跟父亲瞪眼,但还是点了点头。他和父亲转身面对洛夫,两人都整理好表情,撤去阴云。

洛夫递给托曼一个用黑蜡封好的卷轴匣子,"把它交给龙骑士团。我申请了龙骑士团正规军,外加石匠和工程师来封锁山洞。"接着他又递上另一卷卷轴,用黑绳子系着,一头盖了他的章。"这张便条授权你用龙骑士团的文书付账。有什么费用你就为对方开好收据,到时候龙骑士团会付钱。"

父亲一手拍拍托曼的肩膀:"最好等实在万不得已再用它,先用随身的现钱,随时记账。一路上低调行事。征兵队会对单枪匹马的龙和骑手垂涎三尺,这已经够危险了,但还有人会不惜为这样一封信开杀戒。带上你的弓和剑,让他们知道你不是好惹的。"

托曼一脸严肃:"这我能做到。"

"他得在门诺格日之前赶回来,"父亲说。"那时就到了发情期,我需要拉努。"

"不会耽搁的。有库罗达的前车之鉴,这里的事会优先处理。"

父亲看着托曼的眼睛,同时摘下自己的戒指——那是育龙使的印信。他把戒指塞进托曼手里:"戴上,育龙使的印信和洛夫的章都是你的保护伞。"

"还有我的。"贝鲁埃回来,他也带着装卷轴的匣子,不过是用红绳和红蜡密封。他经过时看了我一眼,但我无法分辨他的表情。他把卷轴匣子放在托曼手里:"这是我为下一个信使准备的,没料到会是你。抱歉,但你要送它到拉撒尔,直接交给征购部的珀里托。他的名字就写在外面。"

父亲问:"这是什么?"

"报告,并且寻求拉撒尔的指示,还有——看他们的命令如何——也许请洛夫的援兵顺道带些私人物品过来。没别的。"

玛毕尔慢吞吞地点头:"你大可以跟托曼一起去。为什么留下?"

贝鲁埃看看父亲和托曼,又看看洛夫。但最后他的视线停在我身上。

"我怎么能离开?"他说,"总要有人在瑞亚特代表库鲁宗。"

第三十二章

我站在护墙前看着吉荷牡送托曼离开,虽说天气暖和,我还是忍不住用胳膊环抱住自己。他们很快消失在下午灰蒙蒙的天空中。

我和达瑞安喂饱了我们的龙仔,然后领它们回冬厩准备睡觉。我一面跟达瑞安讲山洞里发生的事,一面抚摸嘎嘎的耳膜。他躺在阿鲁身边一言未发,不过一脸深思似的眉头紧锁,还抿紧了嘴唇。后来我才发现他不知什么时候睡着了。他还在恢复,一整天的日常工作耗尽了他的精力。

阿鲁和嘎嘎的呼吸缓慢而深沉。

我是在对着暮色说话呢。

父亲的耳语吓了我一跳:"今晚葛露斯需要到天上飞飞。想一起来吗?"我点头。

父亲领葛露斯从冬厩出来,过桥走到装备库,他已经准备好了她的鞍。拉努的鞍位空着,我的心往下一沉。我们默默给葛露斯套上龙鞍。父亲爬上去,然后伸出一只手拉我。我们绑好束带——我在前,他搂着我。

葛露斯热切地跃入越来越深的夜色中。空气凉爽,是下降气流,所以她得用力拍打翅膀才能升高。我们终于爬升到即将消失的日光中,就在这里盘旋。

　　我从小就这样跟父亲一起飞。我爱天空的自由，爱疾风的清爽，爱强有力的肌肉在身下活动的感觉。但今晚忧伤紧随我们左右，而这不仅是因为葛露斯轻柔的悲泣——她还在哀悼自己刚刚被偷走的孩子。她是我们所有龙母中最敏感的，我敢说她能感受到周围人类之间的紧张气氛。

　　平原上的瑞亚特被大山的影子笼罩，几乎隐去踪迹，只有窗户里透出的点点光芒让我们知道它在何处。龙场所在的孤峰仿佛幽灵的手指，从黑暗中插入云霄。遥远的东方，雷暴云砧剧烈闪烁，一如革提克出现之后的那晚。

　　托曼应该正从中穿过。

　　"我们家在瑞亚特养龙已经二十代人了，"父亲打破了沉默，"早在我们省被纳入帝国版图之前。有一则关于龙的知识，代代相传，还没教给你。"葛露斯转进一束阳光里，父亲顿了顿，"龙对宇宙循环的节奏很敏感，它们天生能感知接下来会是什么情况。如果之后要面对艰难的日子，它们就会生下更多蛋，孵化更多小龙，这样一来总有一些能活下来。它们并不琢磨这些事，只是这样做，就好像严冬之前猫和马会长出较厚实的皮毛。野龙一次生两个蛋，有时是三个。在龙场，通常一窝是五个蛋，有时六个。今年我们的龙母分别下了七个、八个和九个蛋。所以，说起宇宙循环，我已经得到了征象，而它正好与你看见革提克的事相呼应。无论贝鲁埃希望我们相信什么，改变即将发生。"

　　他把我拉得更近、搂得更紧些。我靠在他怀里，命令白天的事件退后。但它们不肯离开。我皱起眉头："阿瓦到底是什么呢？"

　　父亲迟疑片刻才开口，说话时也犹犹豫豫，似乎一直在思考该如何措辞。"过去，很久之前，还在龙骑士团的时候，我跟一个佣兵交上了朋友，他来自忒拉蒙的偏远地区。他坚持说阿瓦只会以龙的形式显现——或者说我们只会看见它们龙的样子——因为龙在我们的文化中无比重要。在他的国家，他说那里没有龙，因为那是一片充满敌意的荒漠，养不活这样大的猎食者。于是至高者就选择以高头大马的形象出现。他提出它们或许并不是神，而是自然的造物，或者用他的话讲，'更大的浪头所投下的影子'。重点不在于它们是什么，而在于它们存在。这听起来倒很像阿刹尼的观念，不是吗？梅利恒会说这是亵渎，但高龙是灵性的神秘存在，比我们的世界多了点什么，这点梅利恒是会赞同的。有时它们留下来提供指引，就像库鲁宗，有时它们只是出现又消失。谁知道究竟有什么意义呢。"

我打了个哆嗦:"记得有一次,几个渔夫说看见科霍达在海浪里游动,大家都说他们撒谎。可几天之后,他们捞上来好多好多鱼。之后又有一次,铁匠——他的名字我忘了——说自己在炉火里看见瓦锡塔的形象,一周后他的铺子着了火,他被烧死在里头。"

"格罗根。他叫格罗根。"

我想象宇宙是个磨盘,而我们就是谷物,我的眉毛皱成一团,"这么说来,我们只是那些神秘的龙和马的玩具。"

"唔。有时看来的确如此。"

父亲沉默片刻,让寂静替他表达心中的不安。"我只见过库鲁宗一次,"最后他说。"他真是不可思议。强烈的存在感,黑暗、可怕,同时又鼓舞人心、令人振奋。如果我没见过他,我或许会觉得高龙只不过是胡说八道,目的是让心智不坚的人乖乖臣服。德哈拉和梅利恒只看见经文里的字句,他们把文字变成自己的奴隶,又用它们去奴役其他人。神殿不仅是石头和灰泥,也是文字构成的。"他的声音越来越激昂,"就连那些彩绘玻璃都是这样,透过它们也看不见真实的世界,只能看见他们想让我们看的幻象。真实世界绝没有那么容易定义,不会像他们那些——"

他哼了一声没再说下去,而是吻了吻我的后脑勺。"抱歉,你的问题不该由我回答。我们家很少讨论信仰,现在我算明白是为什么了。原来我的整个家族都接受了谎言,好保住龙场,继续为我们的征服者服务。关于这一点,我也不知道自己到底是什么感觉。我只知道我们对自己的村子和农庄有好处,我们留住了一些本来可能被夺走的东西。但虽说我自己没有信仰,却不该拿这个毒害你。不该在你经历过那些事之后这样做。我也很迷惑。我不知道那怪物是什么,也不知道它对你做了什么。"

他叹口气:"要是我知道自己应该信仰什么就好了。"

我一直很欣赏那些画着历史事件的彩绘玻璃:庄严的库鲁宗高高耸立,下方是他的许多次要形态——出现在故事中的那些阿瓦。革提克也在其中吗?我压根儿不记得。现在那些窗户却蒙上了一层阴影,不仅是因为玛毕尔所揭示的历史,也因为亲生父亲的话。他就这么承认自己无法确定,让我既感动又不安。

我深吸一口气:"玛毕尔说怀疑能将人领到确信永远无法抵达的地方。"

"也许,"父亲道,"但那条路更难走。"

"或者我们注定不该知道。或者我们只应当提出问题。"

"这又是阿刹尼的观念了,对吧?"

葛露斯找到一股上升气流,之后的几分钟我们默默地盘旋向上。我靠在父亲怀里,被他搂着我觉得很安心。

可沉默太久我又不大自在了。"真希望洛夫别封锁山洞,"几分钟之后我说。"我还想再多看看呢,可只要战争继续就别想再看见它们了。除了在忒鲁的画里。万一我们问题的答案就在那里头怎么办?"

"洛夫是军人,他别无选择,我能理解。你要当心的是贝鲁埃。他又气愤又焦躁,准会借这些事儿对付你。"

我突然觉得自己真是个负担。又一次。泪水刺痛了我的眼睛。

"我为你担心,玛芮娅。"父亲道,"想到你成了那东西的目标,我就害怕……我都不知道该怎么讲。如果世界是公正的,我们本该可以寻求贝鲁埃的帮助,让他帮我们弄清楚今天面对的是什么。"

"我们还是可以问问玛毕尔。"

"是该问问,不过得小心谨慎。"

他把一侧脸颊贴在我头上,"阿刹。今天之前我当真从没听说过这名字。不过我喜欢这个想法:简单的、不加修饰的真理,不必穿戴打扮了大声宣告自己,而仅仅是存在。玛毕尔也变了,让我又吃惊又开心。这是因为你,你知道。你让他睁开了眼睛,只因为你是你。玛芮娅,你看见了夏龙!你要把这回忆珍藏在心底,用它平衡今天发生的一切。永远别忘记。希望有一天你会清楚其中的意义。"

"吉荷牡也这么说。"

"当真?"

"唔,她说事情发生自有其道理,有时要等很久很久才能了解,甚至可能永远不明白。差不多吧。"

"她说得对。而这也很像阿刹尼的观念,不是吗? 也许有一天我们所有人都会明白其中的意义。"

我迎着风蜷缩起来，父亲见了，把我更紧地护在怀里。我借着越来越暗的光线扭头看他。发丝在我眼前飘荡，泪水模糊了他的面容，可我觉得自己从未像今天这样把他看得如此清楚。

吉荷牡很晚才回来。我都没看见她，她只是打开冬厩的门放奥达科斯进来。奥达科斯走进自己巢里，挨着珂露菲蜷起身子，两头龙互相发出温柔的咕噜声，然后沉沉睡去。之后几天吉荷牡都不见踪影。托曼是不是故态复萌、道歉时毫无诚意？或者是用沉默指责她？又或者他真心跟她赔罪了？有空时我就到处找她，但她却不想被人找到。

父亲和洛夫每晚轮流在围场站岗，用眼睛搜索天空。我躺在床上，等自己筋疲力尽好睡过去，各种念头在脑子里不停打转，从诅咒到凶煞到幽灵。我希望父亲能避开贝鲁埃带我去找玛毕尔，去问那些让我失眠的问题，但父亲白天总要跟洛夫一道去山洞。他回来说那东西——我们依然不知道该如何称呼它——没再出现。虽然不知是怎么回事，但也算一点点安慰吧。

晚上我试着用简单的话向革提克祈祷，祈求理解。我相信无论他是库鲁宗还是阿刹的形态，他都是我该与之交流的阿瓦。我不知道自己做得对不对。祷告会得到什么样的回应呢？总不会有信使往围场扔下一封信吧？

白天我极力不去想那件事，但达瑞安简直着了迷。

"父亲就那么站着朝哈洛迪人射箭？"

"对。我已经跟你说过了。"

我们在院子里锻炼龙仔，用长绳子牵着它们跑。当时正轮到阿鲁。

"我知道，但我在想象那场景，"达瑞安说，"他没闪躲，也没四下移动？"

"我不知道。好像是，可——"

"舒迦就用翅膀护着他？"

"我觉得是。一切都太快了——"

"那野龙父也是这么护着我们，就好像他知道龙骑士团的坐骑是这么干的。你觉得这是本能吗？"

"也许。可说真的，我怎么知道？"

达瑞安睨我一眼，"还有空中那东西，它——"

那东西。"达瑞安，拜托——每个问题你都问过至少三遍了。你的绳子都松了——小心把咯咯绊倒。"

"别这么叫他。"达瑞安的注意力转回阿鲁身上。他收紧了一部分绳子，可阿鲁用牙咬住剩下的部分，像小猎狗一样摇晃绳子，然后又使劲往后拉，害得达瑞安跪倒在地。嘎嘎在我身旁呼哧呼哧，发出龙的大笑，尾巴甩来甩去。

过去一个月里，我们的龙仔长大了不少。体长翻倍，重量是过去的四倍。嘎嘎的肩膀已经高过我的膝盖，阿鲁的肩膀则到了大腿中间。它们也更强壮了，翅膀展开几乎有我和达瑞安的胳膊加起来那么长。我很骄傲，同时也有点伤心：我的宝贝眼看就要长大成龙了。我不再把她抱在腿上，不过她仍像小龙宝宝一样姆噗姆噗地要东西吃，被我批评时也一样闷闷不乐。

阿鲁体格更大，所以跑得更快、跳得更高。但嘎嘎学东西更快，阿鲁常跟她学。达瑞安把这视为挑战。有了竞争，我们都进步得更快了。

这当然让父亲十分兴奋。他常说："它们今后会生出多棒的龙仔啊！"说了好多遍。

不过眼下这对达瑞安毫无帮助。阿鲁又拽了一下绳子，达瑞安胳膊肘着地，又气又痛，大声叫唤。我跑到阿鲁身边，用力扯下他嘴里的绳子，又抓了一把耳膜在手里："阿鲁！真不害臊，坏孩子！"然后我像生气的龙母一样弹舌头，让他低下了脑袋，尾巴也垂下去。以后他会懂得词语的意思和人的语气，不过现在他知道我不高兴也就够了。

嘎嘎一面"咯咯"一面从他身边滑过，还嘲讽似的弹着舌头。

"嘎嘎！闭嘴。嘘！不许这样。"她不好意思似的低了低头，眼睛却盯着阿鲁，还最后一次轻轻弹了下舌头。我故意夸张地拧着眉头，免得忍不住笑出来。

达瑞安坐在满地灰尘里，揉着左腿上的伤疤。虽说他已经不那么瘸了，但伤口还没好利索，力量也没完全恢复。他说："比起我来，他更听你的话。"

他眼里的难堪让我把正要脱口而出的取笑咽了回去。我很想告诉他我和玛毕尔做了什么，但玛毕尔的指示很清楚：别告诉达瑞安。我引导阿鲁到他身边，他也责备似的对着自己龙仔的鼻子弹弹舌头。阿鲁垂头丧气地坐下。

"你还好吧？"

"没事。"

我坐到他旁边,一只胳膊搂住他肩膀。他耸肩躲开我的手,"我说了我没事。"他用手撑地站起来,继续领着阿鲁锻炼。

嘎嘎的晚餐是鸡肉,我拿它们撒气。

迄今为止的人生中,达瑞安大部分时间都身兼我的哥哥、缪斯和指挥官,他理所当然地指望我跟从他。革提克出现后,有一阵子大家以为夏龙是为他出现的,这让他暂时成为瞩目的焦点。虽说在山洞中历经生死考验过后他曾为我辩护,但我知道他现在很可能觉得自己不如我,而这还是他这辈子头一次。

我用砍刀把最后一只鸡斩成两半,任刀留在木块里,我盯着骨头、肉和血发呆。"他也做了噩梦,"我突然明白过来,这些话脱口而出。"我们的遭遇也让他不得安宁,但他太骄傲,不肯承认。"

嘎嘎好奇地望着我。

"准是这么回事,我早该想到了。他倒掩饰得好——其实也没那么好。"

嘎嘎眨巴着眼。

"你会说'达瑞安'吗?"

"不。"

"你肯定会。说,'达瑞安。'"

"兰娃。"

"小坏蛋,"我忍住笑。"说,'达瑞安。'"

她转动脑袋:"达儿儿儿儿恩。"她的卷舌音仿佛音乐。

只有龙才能发出这样悦耳的声音。

"好极了!还有,你是个小恶棍,嘎嘎。你会说'恶棍'吗?"

她想了想说:"野。"

这个字是如今嘎嘎的最爱。一切好东西都是"野"。哗啦,玛芮娅——野。咯咯——野。挠耳朵背后——野野。她还经常点头强调这意味。嘎嘎完全理解"耶"的含义。

尽管心情低落,我仍然忍不住哈哈大笑起来。无论她会不会说,总之她明白"你会说吗?"这句话的意思。语言是她的一部分,龙天生如此。每次给它们送食水,我都会听它们奇异的对话,一整套陌生的咔嗒、隆隆、咕噜和口哨。我回忆起嘎嘎闭着眼、耳膜完全展开，一面发出咔嗒声一面偷偷朝死鸡靠近，还有她睁开眼睛后奇怪的反应。当时准是发生了跟声音有关的什么事。我又想到舒迦在山洞里，先发出响亮的咔嗒声，再宣布："巧步。很快。"还有嘎嘎的波巴马利克，他跟在我们身后穿过山洞时，也发出了类似的咔嗒声。我们的龙只在龙场之外才发出单独一声咔嗒，在家时咔嗒声通常好几声连在一起出现，音量越来越小，有时快有时慢，接着还有一声隆隆或咕噜。我知道这很重要，只不过还不明白是怎么回事。暂时不明白。也不知母亲弄清了多少，关于龙的语言她会不会有许多东西可以教给我呢？

我又想起了我脑子里的两个母亲——其中之一跟龙说话，另一个则在死前诅咒了我。

听说玛毕尔和贝鲁埃宣布弗伦已经恢复健康，允许他回家了。父亲承诺让他来龙场工作，可他一直没出现，教我好失望。"他得先探望家人，处理好自己的事，"父亲说，"但他很快就会回来，我还欠着他的债呢。"之前我们把弗伦的马养在装备库，有一天他儿子多姆来把马牵走了，我都没注意。我还想再见见玛毕尔，但总觉得贝鲁埃在从中作梗。

一天，弗伦从森林走进我们老宅的院子，正是两个季节之前他送木屑时的那条路。我立刻扔下了手里的铲子和桶。

"弗伦！"我奔向他，嘎嘎一溜小跑跟在我身后。我真想张开双臂用力拥抱他，却又担心碰疼他的伤口。我停住脚步，朝他伸出一只手。

"年轻的女士！看见你可真高兴！"他把我拉过去，给我一个温暖的拥抱。"还是请给我来个拥抱吧，小姐。"我非常乐意。

我退后一步打量他，真是开心极了。他已经剃掉了昏迷的几周里长出来的胡须，只留下山羊胡子。我记忆中他的腰身要更粗些，在神殿医院没看出他体重减轻，但现在一目了然。他的衬衫和马甲都是新买的——父亲出的钱。

我感到自己终于得救了，龙场也终于完整了。我开心地问："你的影子一向可好，弗伦？"

他微笑着用拇指抹去我脸上的一滴泪水："我的影子好着呢。"

"我的也是。你不知道，看见你我心头放下了多大一块石头。"贝鲁埃的预兆终于被抹干净了。

"我来开始干活儿——"话没说完,他瞪大了眼睛,看着我身后。我转过身,发现嘎嘎规规矩矩地坐着,脑袋歪向右边。

"这个银色的小美人儿就是野龙吗?"他问道,"嘿,好大块头!"

我弹弹舌头,将她唤来身边,"这是嘎嘎。嘎嘎,这是弗伦。请跟弗伦说你好。"

嘎嘎上前一步,然后再次坐下。多矜持的小淑女。

"你好,弗润。"她发出龙那种圆润美丽的卷舌音。

弗伦惊叹不已,摇头道:"如果我的马跟我这么说话,我非摔下来不可。"

我挠挠她的下巴:"嘎嘎,如果不是因为弗伦,你根本不会来这儿。他的伤让我们走到了一起。"她歪着脑袋看我。

弗伦朝我微笑,眼睛周围全是笑纹。

"哦天啊,弗伦,你能原谅我——"

"没什么可原谅的。我活下来就是为了认识这位银色野龙,还有与你再会。"

我凑近他身边:"你还记得在神殿里跟我说的话吗?"

他的微笑散去,眉毛拧成一团,表情介于关切与迷惑之间。"要是我还记得就好了,小姐。可这些其实是玛毕尔跟我转述的。那句话倒是不假:我为我的伤疤而骄傲。剩下的部分——我不知道那是什么意思。你也别操心这个了。我来是为了恢复体力,再把浑身捆得老紧的筋松一松。"

"真希望我能跟你谈谈那件事。可是……"

"可是什么?"

"我不想害你惹上麻烦。"

弗伦关切道:"你又能让我惹上啥麻烦呢——"

"贝鲁埃,"我压低了嗓门,虽说我知道他并不在附近,"他不喜欢阿刹和过去的故事。他盯着我们的一举一动,每句话他都要记下来。如果被他发现你是禁教的长老,我真不知道——"

"看来玛毕尔跟你补充了不少情况,"他抿着嘴唇笑笑,但眉宇间难掩忧色。"这样也好。"他额上的皱纹更深了些。"全靠玛毕尔的容忍,我的信仰才一直不为人知。如果贝鲁埃是你担心的那种人,我可不想引起他的警觉。类似的事情我见过太多了。"

"我连达瑞安都没告诉。"我没告诉达瑞安的事可不止这一桩呢。

"我真不愿这么说，但或许就这样比较好。至少目前就这样吧。"

"除了玛毕尔、父亲、我和你，没人知道。我们就保持现状吧。可不能给贝鲁埃监视你的理由。"

"但愿我没在梦里说了什么要命的话，又不巧被他听见。"他盯着靴子看了几秒钟。

"我想了解阿刹。"

弗伦抬起头："围场这儿到处都是耳朵，我们又没什么理由老待在一起——我完全不晓得养龙和驯龙的事儿，你又不需要锯子和斧头。我们行事得缜密些。但若能为你提供指引，那将是我最大的荣幸——你已经完美地展现了革提克的精神。"

我摇头："我不希望你遇到危险。"

弗伦皱起脸："我想离得近些，替你留意。"

"今后你在这儿做活，想见你就方便了，至少这是好消息。等时机恰好的时候，我来找你？"

他又点点头。

我说："他们不应该害得人家必须隐藏自己的信仰。"

他又一次用力拥抱住我。"走吧，"过了好久他才松手。"领我去找你父亲。"

龙场的生活开始按部就班。夏季渐渐转入秋季，革提克让位给维吉斯。森林边缘的树叶变成明红和金色，点缀在松针深色的背景上。空气更凉爽了，风常把大大小小、满肚子雨水的云带到低处。夜里，父亲和洛夫继续眺望天空。

阿鲁和嘎嘎的体形又翻了一倍。父亲拿出适合它们体格的训练鞍具，尺寸更大，在以后坐人的地方加了相当的重量。"如果在野外，它们已经要试飞了，"他解释道，"现在得当心，别让它们从龙场往悬崖下滑翔。雄心勃勃的野龙经常弄伤自己。加大重量不但能让它们老实，还能让它们的腿和翅膀更强壮。"

我跟弗伦一直没接触。有时我会透过树木看见他的身影，但我连挥手都不敢。这让我很生气。在从前，弗伦会把我拎上他的马让我骑，现在我们却假装互不相识。都怪贝鲁埃。

至于那位梅利恒，他倒是很低调，从不碍手碍脚，照料他的泽尔时竟还十分温柔。这也好理解——在这儿她是他唯一的朋友。但他对她的爱似乎很深，这令我十分惊讶。这种情感他可从未对同类展示过。我不知是不是应该重新评价他，但很快就把这念头丢开了。

维吉斯日到了，村里本着平衡的精神、以季节更替的名义点燃篝火，招待最贫穷的家庭大快朵颐。父亲、吉荷牡、达瑞安和我也举办了宴会，招待凯西一家，以及过去一年里为我们提供商品或劳动、又举目无亲的人。达瑞安和我轮流跟龙母一起照看龙仔，其余时间则在厨房帮忙。我们皆非大厨，只是照着祖父母传下来的食谱做菜：根茎植物和野生香料炖鹿肉，米、浆果、大蒜和洋葱做的烩肉饭，淋了蜂蜜的红薯和烤苹果。洛夫带了些给山洞里执勤的民兵。贝鲁埃、玛毕尔和忒鲁在神殿为穷苦人烹饪。说到底，哪怕食物不太美味也没关系，重要的是施与的精神。

节日结束，一切又按部就班。然后，维吉斯宴会过后三周，空中飞来好多龙。

第三十三章

许多翅膀同时拍打的雷鸣把所有人吸引到围场。托曼骑着拉努率先落地，背后跟着一打龙骑士小组。

"库鲁宗的大臭屁！"达瑞安大喊大叫，脸上笑开了花。"瞧啊，玛芮娅！简直想都想不到！看看，你说这儿的龙来自多少个不同的龙场？"

"我可数不出来。"这里聚集了好多龙，都有全套龙骑士团纹饰。龙的翅膀表面用粗大的线条画了符文，鞍具油光锃亮，鞍上系满箭桶、袋子和各种金属工具。许多龙的肩膀和脖子上都有护甲。长矛捆在龙背上，与龙的脊柱平行，矛下面有折叠的"风筝"，如果龙在空中被杀死，这就是骑手最后的救命稻草。超过一半的骑手穿着盔甲——其中竟还有个女人。他们背上负剑，肩挎十字弓，长长的钉子从后背和肩膀的护甲底下支棱出去——父亲讲过，这是被龙爪或龙牙攻击时的防御。我想象着这些战士被凶煞攻击的场景，只觉胸中泛起一片寒意。

达瑞安回头朝我咧开嘴："至少有四个龙场我能认出来，还有两头很像是瑞亚特的龙，你不觉得吗？"他怎么这么兴奋？眼前的景象倒是让我忧心忡忡。不过虽说心里不安，看见我们的宝贝平平安安重返故乡还是很高兴。也不知它们能否认出自己的父母,或者父母是否还认得自己的龙仔。

我指着一头龙说道:"瞧那儿,真像葛露斯,只不过换了舒迦的肤色。"

达瑞安低声吹起口哨:"哇,太棒了!瞧那些鞍头弩!我一直想看实物呢。"有几头龙的鞍头上架着复杂的巨型十字弓,一侧有曲柄,顶上有个盒子一样的东西,里面装满箭矢,还附带各式各样的复杂机械结构,包括连进鞍具里的缆线。"这是为了让龙可以用胳膊肘给十字弓上弦,"达瑞安解释道,"我们听父亲讲故事、卖龙仔给内阁,这都多少年了,如今才头一次有龙骑士团来,来我们的围场。"

我感到嘎嘎把脑袋靠了过来,于是一手绕过她脖子挠她下巴。她伸展一边翅膀盖在我肩上,双眼圆睁,她问:"随?"

"是龙骑士团,嘎嘎。军队。"

她大惑不解,抬头看我。我猜她可能以为我会告诉她名字,但她的词汇量不够,没法跟她解释。"许多名字,"我说,"许多名字。"她挨得更近些。这是全新的大事件,她没有任何相关经验。她发出咔嗒声,然后又是一声。

托曼和拉努朝我们快步走来。"让开道!"他喊道,"围场的每一块地方都要空出来,才能把他们全装下。"

我和达瑞安退到桥上,每有龙降落就猜它来自哪个龙场。

"埃维尔的阿达兹龙场,"达瑞安说,"真像泽尔——瘦削,暗褐色,带斑点。"

"那三个简直像是一窝生的——特雷文北部的桑多。"

达瑞安的声音低下去:"有几个是库罗达的。"

"嗯。"看见它们我喉咙一紧。深色,肌肉强健,就像舒迦。舒迦来自库罗达的龙场,看见他我就联想到那里的可怕遭遇。

我们默默地看了几分钟,最后达瑞安指着一头龙说:"卡乌尔的龙场叫什么来着?"

"不记得了,不过它离家可够远的。"

"它们是龙骑士团,玛芮娅——离家都够远的。"

"那两个不是。我敢说它们是葛露斯的孩子,还有那个是阿缇斯的。瞧它们,昂着脑袋四下打量。它们知道自己回家了,我敢说它们知道。"

这时吉荷牡从我们身边跑过。托曼刚滑下龙鞍她就跳到他身上,双腿盘在他腰间。他把她搂进怀里，脸埋在她脖子里抱着她转圈。她哈哈大笑。

我也笑起来。达瑞安也笑起来。

托曼问她："你还好吧？"

"好！珂露菲也好，奥达科斯很乖，阿缇斯看你回来准要高兴坏了。"

"父亲在哪儿？"

吉荷牡捧着他的脸亲了他一口，然后才回答说："在山洞里，跟洛夫一起。"

"那我得去告诉他我们到了。"

"不！别去。再等等。"她再次拥抱她，脑袋放在他肩头。看来几周的分离让之前的伤痕修复了不少。我咧开嘴，发现达瑞安也一脸高兴。

贝鲁埃突然出现在我身边，"我去吧。"

托曼抬起头，"你愿意替我去？"

"当然。你们的龙都累了，你们需要休息，还要吃饭喝水。"

"不只是我们。"托曼的笑容消失了。他松开吉荷牡，她也松开缠着他的腿，站到他身旁。

"有难民从北边过来，库罗达的难民。"

贝鲁埃走到桥的栏杆旁，"我没看见。"

"会看见的。他们就快到了。"

"没派人保护？"

"哦，有人跟他们同行。"

一只棕色的龙朝我们走来，又矮又壮，罗圈腿，肩膀和胸部都有护甲。龙鞍后方一根细杆上飘着窄窄的白飘带。龙骑士是所谓的"绶带军官"，也就是这一爪的领袖。他下龙走到我们跟前。

他的肤色倒不至于像哈洛迪人那种浅淡的奶白，但也不是我们这种棕色。他是黄褐色皮肤，脸颊和手背上有斑。我听说过这种人，他们生活在北边和西边很远的地方，在埃德瓦的山里。他的肤色让我想到吉荷牡，虽说他的是黄褐色而不是红色。除了契印和右臂上代表军衔的双爪，他身上没有别的刺青；硬皮甲盖住了胸口、肩膀和大腿。他摘下带护目镜的龙皮头盔，夹在胳膊底下。他的头发剪得很短，颜色像稻草一样浅，我还从没见过这样的。他朝贝鲁埃伸出手去。

"尊敬的梅利恒,我是凯雷科·阿德·赛卡斯军士,这是我的坐骑,塔本·阿德·卡斯。"他的龙点点头。"很高兴终于到了。"他的口音有点怪,很好听。

贝鲁埃跟他握手并鞠躬:"贝鲁埃·阿德·瑞忒勒。欢迎!欢迎。你为我带了信来吗?"

"没有啊,"龙骑士团的军士道,"你在等信吗?"

贝鲁埃似乎有些担心:"是的,的确。"

"我敢说很快就会到的,"凯雷科道,"洛夫上尉在哪里?"

见他满不在意,贝鲁埃的眉头锁得更紧了。"他跟育龙使在山洞里。这里的情况托曼已经跟你说明了?"

"啊,是呢。"他转向吉荷牡,一面伸手一面微微弯腰。"你当然就是吉荷牡了?你丈夫说了你不少好话呢,夫人。"

吉荷牡与他握手、鞠躬,"那他肯定也把我不好的地方全告诉你了。"托曼抿紧了嘴唇。差不多有一半的时间他待吉荷牡都很糟糕,挑剔、不留情面,不过她或许不该这么嘴快。

凯雷科好像没听见似的,接着转向达瑞安,"那么这就是达瑞安少爷了,还有他的新伙伴……"

"阿鲁,"达瑞安挠挠阿鲁耳朵背后,然后才想起应该鞠躬、跟军士握手。

"他可真帅呀,是不是?"凯雷科的微笑轻松而愉悦。

最后他转向我,深深地鞠了一躬。"我猜你就是玛芮娅了。革提克的玛芮娅,是吗?"

我突然浑身不自在,脸上直发烧。我瞟了眼达瑞安,他也红了脸,还皱着眉头撅起嘴巴。我又瞥了眼贝鲁埃,他低头盯着我,嘴唇抿成一条线。我不知该如何回答,最后只好握住凯雷科伸出的手:"是我。很高兴认识你。"

他弯腰平视嘎嘎的眼睛,一脸惊奇:"这自然就是那只野龙了,嗯?"

托曼哼了一声:"有人也许会说玛芮娅才是野的那个呢。"我皱起鼻子朝他做鬼脸。

嘎嘎说:"嘎嘎。"

我挠挠她的脖子,"这是她的名字,她想让你知道。"

凯雷科咧嘴一笑,但目光仍然留在嘎嘎身上,"我们听说了你的故事,它从这里一直传到了艾伯林呢，小姐。"他语气柔和，说话时特别放松，因此声音让人安心。我立刻对他生出好感。

"真的吗？"

"是呢。认识你实在高兴。"他站直身子，"库罗达的难民就在我们后头不远。我想他们也想认识你。"

我又瞄了眼贝鲁埃。他浑身僵直，满脸通红，眼睛眯成拉直的金属线那么细。

"我先去准备吃的。"达瑞安扫了我一眼，飞快跑向仓库。

"这下资源可要吃紧了，"托曼说，"从六头成年龙增加到十八头，而且很快就是繁殖季。"

"还不止，"凯雷科道，"还得找块地方，为龙和骑手搭帐篷。眼下这情形，看来得清片林子出来。你们要难过一段日子了，很抱歉，托曼先生，但这是没法子的事。"

托曼点头："还有一爪的龙骑士团在路上，护卫洛夫要求的石匠和工程师。机械太沉，只能走陆路，所以再过几星期才能抵达。正好在门诺格日之前，资源最匮乏的时候。来了之后他们同样需要食物和搭帐篷的地方。"

我还在消化刚刚听到的消息，又有两个龙骑士团骑手走过来。凯雷科转身面对他们。我以为他们会向凯雷科敬礼，结果两人只是随意站着，把手套卡进腰带、松开盔甲的系绳。其中一个说："全体抵达待命，长官。"

凯雷科一手指着他们，另一只手指着我们，"这是我的爪长，阿吉赫·阿德·没听清、玛拉德·阿德·又没听清。他们的坐骑是德卡·阿德·某个地方，和某某·阿弗·库罗达，这会儿都在那边的水槽。"名字满天飞，我能记住凯雷科、阿吉赫和玛拉德就算走运。龙场的名字我只听出后面那个，库罗达。不过我喜欢他们介绍自己坐骑的方式：带着出生地，表明血统。我立刻喜欢上了这个想法。结契的龙和骑手生死相依，像介绍受尊敬的人一样介绍它们不是理所当然的吗？凯雷科又把我们这边介绍一遍，两人鞠躬、微笑。

我暗想，嘎嘎·阿弗·瑞亚特。不，嘎嘎·阿弗·马利克：嘎嘎，马利克之女。

凯雷科介绍到我和嘎嘎时，两人深深弯腰。阿吉赫说："十分荣幸，年轻的小姐。"玛拉德说："真是太高兴了，小姐。"他们也像山洞里的村民一样，客气过了头。我一阵心烦意乱——我可不想出名,我只想养好自己的龙仔。不过我还是礼貌地鞠躬:"很高兴认识二位。"

"我去找洛夫和育龙使。"贝鲁埃原地转身,大步过桥、朝龙厩走去。

吉荷牡和达瑞安花了一个钟头才从冰窖里提出足够的食物喂饱每头龙。我和托曼负责操作龙鞍起重臂,卸下的龙鞍用一辆推车搬到龙场大院各处。围场里很快就排满了龙鞍,每个士兵都把风筝撑开在鞍子上,铺盖卷铺在下面。等贝鲁埃找回父亲和洛夫,骑手们已经在临时帐篷底下休息,坐骑要么在水槽旁排队,要么正吃着一堆堆蔬菜和肉。

等舒迦和齐延也卸了鞍、吃过东西,我们聚在围场北边的升降台旁,从护墙上眺望北方平原。

凯雷科对洛夫说:"我等你命令,长官。"

洛夫双臂在胸前交叉,想了想,道:"眼下,先排个标准的值班表。"

"是,长官。那么,育龙使长官——"

"叫我马格汉就行。"

"是。马格汉,长官,我们得再砍掉些你的树,才好腾出地方安排住宿。"

父亲从喉咙里哼了一声:"嗯,我早料到了。只伐必要的部分,森林对我很宝贵。"

"是,"凯雷科道,"我们还得为我们自己造两台龙鞍起重臂,希望你能稍微协助。"

"我可以让弗伦帮忙。他的活儿很好。"

"你明白的,马格汉长官,"凯雷科显得不大自在,"最终我们还是需要军营。"

父亲扫了眼孤峰和崖顶之间的峡谷,望着我们的森林点点头。

我指着远处说:"难民来了。"

我们的目光穿过轰雷瀑布的水雾,落到大山拖长的影子边缘。那里出现一队人马,车和人在低矮的小丘之间蜿蜒,有人骑着动物,还驱赶着牲畜。

吉荷牡道:"从库罗达到这儿可不近。"

"有人护送,"贝鲁埃道,"往上看。"他们头顶的天空中盘旋着九只龙。

"不是我这翼的人,"凯雷科道,"我们今早接近瑞亚特时才发现他们。再看看,尊敬的贝鲁埃。他们是炬扎。我猜你的信就在他们手上。"

炬扎！炬扎是神殿的武士,类似龙骑士团,但却在拉撒尔的宗教学校马科塔受训。他们是战士中的精英,身兼武士与祭司之职。传说似的人物,精英中的精英,有些人叫他们火焰守护者。我还从未亲眼见过。

父亲问:"炬扎来这儿做什么?"

凯雷科说:"他们过去也曾护送难民。"

"但这并非惯例。对吧,贝鲁埃?"

贝鲁埃转身面对父亲,一脸藏不住的惊讶,"我不知道他们会派炬扎来。"

父亲双手撑着护墙,"无论他们的指挥官是谁,我得跟他聊聊。还有难民的头领。"他皱起眉头。"看来神殿是动真格了。"

我忍不住说:"不一直都是么?"

贝鲁埃欲言又止,只是扭曲了嘴唇。

父亲点点头。他转头看着我,眼里写满疑问和担忧,但他什么也没说。

第三十四章

微暗的暮色中,炬扎的头领降落在桥上,他的龙悠悠然朝我们走来。它的脸是深红色,那对舒展又收起的翅膀也一样。它前腿、胸部和肩膀的锈色中穿插着黄色线条,行走时像火焰般摇曳。古老的故事提到过吐火的龙,如果它们当真存在,就该长得像这头高贵的动物。

炬扎的龙是神殿独有的品种,名叫火炬手。所有炬扎都骑这种龙。有人说它们是库鲁宗的后代。真的是吗?它们能不能吐火?如果能,倒可以解释为什么管炬扎叫火焰守护者了。

炬扎头领解开束带爬下来。他的盔甲和底下的衣裳、他佩剑的腰带和刀鞘、他的弓和别在屁股上的箭筒——所有这些全都像烟一样黑。只有腰上的白色绶带和明红的箭头打破了黑色的主题。他粗壮结实,头发剃得很短,发际线像刀锋一样锋利。刺青覆盖在他脸和脖子上,跟洛夫的很像。

“我是埃达伊教长,”他很干脆地鞠了一躬,“贝鲁埃在哪儿?我带来了神殿给他的指令。”他的口音尖锐,举止更是如此,仿佛趾高气扬的公鸡活在斗牛犬的身体里。

“内院,”父亲说,“洛夫上尉跟他在一起,还有库罗达难民的头领——”

"这就是那孩子,达瑞安?"

达瑞安显得有些惶惑:"对,是我。"

埃达伊转向我:"那么你就是那个女儿了。"

"我是玛芮娅,对。"

他上下打量我,又仔细看看嘎嘎。他目光犀利,眼睛很小,仿佛刺青图案中的标点符号。我胳膊上的汗毛都立起来了。

他转向吉荷牡:"那么你是……"

"吉荷牡,先生。我是托曼的妻子。"

"当然。惊人的红发。很高兴见到你们,女士们,先生们。"他问父亲,"谁来照料我的动物?"

他的动物?

吉荷牡说:"我来。"

埃达伊做个手势,又朝自己的坐骑弹弹舌头,"其他人在那边?"

父亲点头示意他进去。他大步从我们身边走进院子。

吉荷牡目瞪口呆地目送他离开。她抬起一只手给埃达伊那不知姓名的坐骑嗅嗅。"他都没介绍我们认识。"

达瑞安耸耸肩。父亲意味深长地瞥我一眼,里面包含了我不喜欢这家伙的意思,但主要还是说话做事千万当心。

我碰碰吉荷牡的胳膊,又飞快地亲亲她的脸。她怒气冲冲地皱着眉,但还是点头谢谢我。"发生了什么事记得跟我讲讲。"

我们跟着埃达伊走进去,依次在桌边坐下。这之前桌旁已经坐了一个人。

那就是难民的领头人,肚皮从腰带上垂下来,面颊像帘子一样耷拉在下垂的小胡子上。第一眼望去他衣衫褴褛,但仔细一看就能看出衣料华美,上面还有金线。这人想必曾经十分富有,生活安逸,只是被情势所迫,饥餐露宿,过去的大块头如今只剩一点影子。他坐在父亲对面,本来正在狼吞虎咽,这时候顿了顿,或许突然记起餐桌礼仪也是文明人蔽体的衣裳。

凯雷科转开眼睛,似乎对方的饥饿让他不大自在。洛夫和托曼默默打量这人。达瑞安兴致勃勃地把一切看在眼里。

埃达伊站在贝鲁埃身边,递给他一个用红蜡封起的卷轴。"梅利恒,这是给你的命令。"

"谢谢。"贝鲁埃皱着眉头弄破封印。

我坐到玛毕尔身旁。我已经好几个星期没见他了。"玛毕尔！你怎么不常来走动走动？我都想你了。"

他瞥我一眼，目光中饱含警告的意味。"我老了，孩子。得靠其他人帮忙才能走动呢。"我忍不住想凑过去问他各种问题，可我的嘴唇还没动一动，他已经难以察觉地摇摇头：别。

贝鲁埃展开卷轴，又抬头问埃达伊："我的东西呢？"

埃达伊发现我在看他俩。"你先读完，"他直视我的眼睛，"然后我再解释。"我毫不退让地盯着他，打量他，想抓住他细微的小动作，弄清他内心的真实想法。我现在才发现他的刺青跟洛夫的完全不同。更复杂、更方正、起伏更大，周围还有火焰装饰。贝鲁埃开始读信，表情变得晦暗下来。

父亲朝饥饿的客人伸出一只手，"诸位，这是博果莫斯，库罗达商会的会长。"我这才注意到他的行首权杖就倚在椅子的扶手上，比我们这儿行会首脑的权杖精美多了：乌木打造，上面有沟槽和空洞，过去肯定嵌了珍宝作装饰。顶上该有本行会的标记，现在却不见了，只连接处有两个洞。为什么行首权杖上的珠宝都没了呢？

"埃达伊·阿德·拉撒尔。"炬扎的首领鞠躬、自我介绍，"事实上，我们今早见过。"

会长说话前先用餐巾轻轻拭了拭嘴巴，仿佛是向大家表明他过去一直过着富足的生活。"多谢你一路护送。"他准备起身。

炬扎首领挥手让他坐下，"别起来，你饿坏了，吃吧。"

"独自吃饭真是不好意思。"

"别在意，"父亲说，"你们长途跋涉，这不过是一点微不足道的心意。"他和埃达伊一直没坐下。

"真是谢谢你，先生。育龙使——"

"叫我马格汉吧。"

"谢谢你，马格汉，谢谢你仁慈好客，照料我的同胞。若我们能做些什么回报各位，请一定让我知道。"

"快到冬天了，"托曼说，"新的食物来源就只有渔民的收成。"

父亲严肃地点头："没错。不过我不会拒绝有需要的人。我们会勒紧裤带。凯雷科？你的人能打猎吧？"

"如果你是问他们是否懂得如何打猎，那是自然的。但我们来这儿不是为了给难民找吃的。我们的目的是保护龙场、守卫山洞，直到它们被封闭为止。"

"你们得出力喂饱你们自己，"父亲严厉地盯着凯雷科，"我为龙骑士团养龙，这需要资源。我这人也算乐善好施，但瑞亚特不是慈善组织，我也不是军需官。等到繁殖期，我们的供给会非常勉强。"

凯雷科黄褐色的脑袋点了一点，以示遵从："明白，育龙使。搜寻食物我们过去也干过。"

"还有一个消息，可能会对这个问题产生影响，"托曼说着把胳膊肘抵在桌上，"库鲁宗和阿赫希曼皇帝颁行了一项新政策。"

父亲的眉毛皱到一起："阿赫希曼又想干什么？"

"许可证。"

父亲拍桌大怒："又是这一套？我还以为我们已经联合抵制了这个想法。"

"没错，但你忘了吗？上回是靠所有龙场一起努力，而影响力最大的就是库罗达。阿赫希曼想要边远的龙场申请许可证，引入投资人，扩大规模。"

"这对我们现在的问题有什么帮助？"

"有了投资人，我们就可以从较远的地方购买食物运回来，弥补短缺的部分，同时还能扩大规模。"

"债可是要还的。"

"我们已经添了一对配偶。"

"还要再过一年它们才能繁殖。"

"我知道，父亲，但听我说完。如果能利用这次的机会，我们可以大大增强实力，超出过去任何时候。"

父亲怒视他："这些龙场在我们家族里不知多少年，我才不会把所有权交给一堆有钱的陌生人。阿赫希曼的手也伸得太长了。"

"我们或许别无选择。再怎么说，我们总是靠阿赫希曼的金子为生的。"

"而阿赫希曼也依靠我们为他——"

"再说除此之外，你可能也没别的办法可以帮助库罗达的难民。"

父亲不安地瞅了洛夫一眼："你还保证会补偿我的花销，哈。"

上尉不为所动："内阁告诉我说下一批援兵会带来谷物和肉食，补充冬天的储备。"他转向会长，"不过呢，你们突然出现，这批东西等于是抵消了。"

博果莫斯满脸震惊，餐巾停在嘴边，"当然，我并不愿意成为谁的负担。"

"你们在这儿也不安全，"洛夫道，"山洞里还有哈洛迪兵和其他东西。在我们封闭山洞之前，库罗达的命运仍然可能在瑞亚特重演。我建议你们继续上路，去塔司奇斯。我们没法保护你们。"

父亲道："他们又该怎么去？能接纳他们的城市里，塔司奇斯离这儿最近，但依然有从这儿到库罗达那么远，中间还隔了两条大河。他们已经度过了很艰难的日子，而且他们是我们的兄弟。如果龙骑士团抛下人民，让他们自己保护自己，那真是太可悲了。"

洛夫摇摇头，"我同意你的说法，但我们得实际些，而你也说了，必须以龙场为重。抱歉，会长，这样的决定并不容易。"

博果莫斯身体前倾，两手按在桌上，"请你原谅，上尉，这种事我们已经经历过一次了。当龙骑士团从库罗达往下游走到查拉丹，我们就成了负担，龙骑士团有别的事情需要优先考虑，所以我们才来了这儿。我一路为我的人民购买食物，一生的积蓄几乎散尽，而我们只失去了几个特别老和特别小的幸存者。"

我正琢磨怎么用幸存者来称呼那些死在路上的人，然后再次注意到他行首权杖上缺失的珠宝。现在我明白了。他真的是拿出了一切。

他不给别人机会打断，继续往下说，声音比之前还大，表明自己一定要把话说出来。"我的人民从地狱逃出来，许多都失去了家人，甚至亲眼看见自己的家人被无法形容的可怕怪物撕碎、吃掉。"他的脸色变得苍白，"当时我在龙场下面的村里，起先并没看见什么——只看到空中的影子，太多了，不可能全是龙场的龙。一开始我还以为是龙骑士团，直到它们袭击村子。是凶煞。它们攻击一切会动的东西，女人、小孩、动物，全不放过。"他的下巴哆嗦起来，他低头看自己的手。

"逃出来的人都是靠运气。我掉进河里顺水漂走，最后爬上岸，躺到森林的树冠底下一动不动，生怕被发现。我承认我没有表现出任何勇气，自从看见了那些——"他猛吸一口气帮自己定神，"它们最大的动力就是吃，怎么吃也吃不饱。吃东西是唯一能拖住它们的事。它们什么都吃。许多人都反抗过，或者——就像我们那里的育龙使——杀死自己的龙仔，免得它们遭遇更悲惨的命运。"他沉默下来。

没人开口。我的心怦怦直跳，我回想起了和达瑞安在山洞的战斗。

玛毕尔从桌对面伸手碰碰他的胳膊，"我们这儿也有两个人遇到了凶煞，在我们自己的山里。我们明白。"

博果莫斯抬起头，直直地看着我，接着又看了看达瑞安。他缓缓点头，目光回到我身上，再次深呼吸，"我们听说了。我们在查拉丹听说了消息，这带给我们希望。首先是听说过去的一位阿瓦现身，然后又听说育龙使的女儿用那样的方式击败了一个怪物，还为自己赢得了龙。于是我们有了勇气，我们知道必须先来这里，哪怕你们不接受我们。"

他看着我的眼睛，压抑的情感扭曲了他的脸，"我们中的许多人都想亲眼见见这个奇迹般的孩子，还有她的龙仔。"

我脸上发烧。贝鲁埃多半气急败坏，我故意不看他，但也没法与博果莫斯对视。或者达瑞安，或者任何人。尤其是埃达伊。我不知道他的看法是否与贝鲁埃一致，但我已经对他起了疑心。

"毫无疑问，在那次试炼中库鲁宗守护着她。"贝鲁埃的语气有些变化，不像我想象的那么尖锐。但我扭头不去瞧他，担心他会看破我的想法：我想从桌子上爬过去掐死他。

"我不是一个人，"我竭力让声音平稳，"有达瑞安帮我。而且还有一头龙跟我们在一起。"

"据我们听到的消息，是一头野龙，"会长说，"你骑在它背上，就像传说中卡迪亚的公主。还有达瑞安，虽说受了伤，却像王子一样战斗。"

"不全是，"达瑞安皱着眉头，"是玛芮娅救了我的命，而不是我救她。"

博果莫斯眼睛还红着，但脸上已经有了笑意："故事传到我们耳朵里之前，想必有所夸大。"

"无疑是这样。"现在贝鲁埃的语气里听不出丝毫情绪。

"没关系，"博果莫斯说，"重点在于它给了我们希望，给了我们来到这里的力量。为此我深深感激。"

这时候我冒险瞅了眼贝鲁埃,结果吃了一惊。他看起来并不生气,倒像是疲惫不堪。自从读过来自拉撒尔的命令他就变了,他对整件事的看法似乎发生了变化。我不明白是怎么回事。

埃达伊站在他旁边,比他高出一截。他字斟句酌似的问会长:"类似朝圣,是这样吗?"他的目光飘到我身上。

"我们知道契约伙伴的第一次飞行总是安排在门诺格日之后不久,"博果莫斯说。"我们长途跋涉而来,是为了看玛芮娅第一次骑着自己的野龙飞行。这对我们意义重大。"

"哦?"埃达伊的脸仿佛石头雕像,上头蚀刻着意义难明的符文。

博果莫斯的下巴抽动片刻:"请理解,先生,对于你这样学识渊博的人,这种行为或许显得很愚昧。但哪怕一点点希望我们也不愿放过。"

"你们中间有德哈拉吗?"

"没有,先生。都是普通人。我们的德哈拉和所有的侍祭都没了。"

埃达伊没说话,但我明白他为什么字斟句酌:他在寻找异端的见解,证明我的故事已经变成了某种不能接受的东西。贝鲁埃写给拉撒尔的报告无疑影响了他。埃达伊身上结合了宗教的确信和战士的实用主义,仿佛贝鲁埃和洛夫最糟糕的特质集于一人。贝鲁埃引起我的疑虑和愤怒,埃达伊却让我吓得要命。

他抱着膀子说:"瑞亚特的情况令人担忧。资源不足,负担过重。我同意上尉的看法,我们应该尽量挑出库罗达难民中有经验的工人,让其他人去塔司奇斯。我们不能负担他们。"

听了这样粗率的评估,父亲目瞪口呆。"等春天再赶他们走不是更慈悲些么。"他一点也不准备软化话里的嘲讽之意。

博果莫斯乞求道:"我们都已经很疲惫了。"

埃达伊丝毫不为所动:"我们有更重要的事情。刚才已经说过了,我们来这儿的任务是保护龙场,这是第一位的,也是最重要的。"他对父亲说。"给他们足够离开的食物。别让他们安顿下来。我要他们离开。"

"他们才刚到。说起来你也一样。你根本不了解我们是不是有能力帮助——"

"我也很同情他们,育龙使,但我来这儿是为了完成任务,也就是保护——"

"冷血的任务,现在看来是。"

"你出产龙仔的能力是首要的关注目标。我正好是龙场财政的专家——"

"而我正好是这个龙场财政的专家。"

凯雷科清清嗓子。他一直坐在旁边安静地观察,专心致志、眉头紧锁。"保护龙场,这是我们过来的原因,是这样吧?那么,我们在那些山洞里要面对什么危险?"他的目光在众人身上移动,"能先告诉我吗?依我看,这是影响决定的重要因素。"

埃达伊两手叉腰:"我也想听听。"

父亲望向玛毕尔,但洛夫先开口了。"山洞里有一支哈洛迪的小队,装备十字弓和剑的人类步兵。我们与他们遭遇了三次,但他们在不断削弱。至于另一个危险,我们不知道它是什么。大家意见不一。"

博果莫斯瞪大了眼睛。

"哈洛迪人最近一次从山洞深处往外走时,有个东西跟他们同行,"贝鲁埃道,"某种神殿经文中从未提到过的东西。我们无法理解它攻击的方式,也不知该怎么解释。"

埃达伊道:"请你尽量说说看。"

"它的形象仿佛影子,大小和形状跟龙类似,"洛夫说,"它跟着一队哈洛迪游击兵进了房间,那是许多条通道交汇的地方。它一直落在后头,直到敌人死光了以后才跟我们交手。"

"只不过它从一开始就对这女孩发起了进攻,用的是某种心灵感应,"贝鲁埃说,"至少据说如此。"他的语气又一次让我生疑。我暗暗琢磨,他是不是故意这么说,好借此掂量这个新来的埃达伊。

"而其他人都没有遭到相同的攻击。"埃达伊说,"对,我读过你的报告。"

贝鲁埃说:"我很想听听你的看法,教长。"

"当然,等我先安顿下来,思考一番。"

我发现自己看不出谁说了算——贝鲁埃还是炬扎头领。玛毕尔反常地沉默。博果莫斯双手放在腿上坐着。

埃达伊的小眼睛紧紧盯住我,"事实上,我想听听玛芮娅是如何看待这些事的。"

贝鲁埃挺直腰杆:"等玛芮娅有足够的经验来解释——"

"经验?"凯雷科打断他,"在我听来,她像是唯一一个有亲身经验的。"

这句话一下子就堵住了贝鲁埃的嘴。我默默感谢凯雷科。这样明显的事实,原本无须一再重复。

埃达伊把双手背在身后,珠子一样的小眼睛陷在刺青里,看不出任何情绪。"说吧,孩子。"

我咽着唾沫,目光在桌旁扫了一圈。所有人都盯着我。"它一直没有确定的形状。可以说它像影子一样虚弱,但同时也很强大。我朝它射过箭,结果全都穿透了它。我有种感觉,我觉得它在"——我努力搜索合适的词——"在研究我。"

埃达伊凑近些:"说说看。"

"它在我脑子里四下打探。它让我看见许多东西,它以为那些东西能击垮我的精神。"

"让你看见?"

我点头:"在我脑子里,就好像读书时你想象出相应的画面。只不过更强烈,更清晰。来自恐怖读物的画面。说到底,我觉得它只是想吓住我。"

"你被吓住了吗?"

我咽口唾沫:"嗯。"

"我们怎么知道所谓的攻击是不是完全出自你的想象?"他脸上的表情无法捉摸。

我盯着他,"它在我脑子里钻得很深,我都流鼻血了。"

贝鲁埃皱起眉头,埃达伊一言不发地打量着我,博果莫斯看我的眼神闪闪发光。我没法看他。我想起了自己对革提克的那些祈祷,祈祷能理解这怪物。我从未得到回应。

"她寸步不让,"父亲说,"大声朝它挑衅。"

"但当它发起攻击时,"洛夫补充道,"我们的龙把它撕碎了,就好像它是纸糊的。它散开、消失,从那以后我们再没见过它。"

"我一直在想这事儿,"我说,"哈洛迪人进攻时,它显得很强壮。但只剩它自己的时候,它似乎缩小了。就好像它从他们身上吸取力量似的。"

凯雷科点头赞同,"那么说它不是凶煞,而是完全不同的东西。"

贝鲁埃道:"而这就是我们一直想不通的地方。"

玛毕尔挺直上身,袍子窸窣作响。"我可以提出一种解释,不过只是古人的话,倒不一定是我自己的观点——"

贝鲁埃说:"当心,老头。"

埃达伊专注的目光转向玛毕尔,玛毕尔并不理会,继续说道:"我研究了过去的传统。它们解释说,当世界失衡时,黑暗的阿瓦就增长了力量和存在感——它们代表平衡的力量——也就是古人所崇敬的阿刹的另一面。"

贝鲁埃怒道:"一切阿瓦都是库鲁宗的映像,因此它不可能是阿瓦。"

玛毕尔耸耸肩:"你说来说去就是这么一句——"

"阿刹是过去已经消亡的神话。"埃达伊的脸在锐利的刺青底下抽搐。

"但这至少是一种解释。"

"它是恶魔,"贝鲁埃道,"属于拉赫察。阿瓦是库鲁宗的映像,拉赫察不是。"

长斑的拳头狠狠砸在桌上,凯雷科吸引了所有人的注意。"我的德哈拉总说拉赫察是由火焰或者秽物形成的,形状跟人类一样。我听着倒更像凶煞。"他又一次把贝鲁埃惊得闭上了嘴巴,"咱们听德哈拉说完,行吗?没准老传统也能教咱们些东西呢,哪怕它们的用词或者教义错了。"

玛毕尔望着贝鲁埃和埃达伊看了几秒钟,仿佛等他们争辩。两人没说话,于是他瞟了洛夫一眼。上尉耸耸肩。

玛毕尔低下头,一面深呼吸一面整理思绪。"在阿刹尼的经文里,厄迪姆和乌屠库是出现在一个宇宙循环结束前的平衡的力量。它们显现出来,拆掉旧世界,为新世界开路,就像腐烂树干里的白蚁。厄迪姆源于暗影,它彰显情绪:恐惧、绝望和愤怒。在所有故事里,厄迪姆都出现在乌屠库之前——乌屠库是衰败。乌屠库总是紧随厄迪姆。当社会解体,战争席卷大地,它们也会出现,带来物质的困难:衰退、疾病、饥荒、破坏。死亡。"

埃达伊说:"不过是吓唬孩子的睡前故事。"

"也许。但山洞里的这个'异形'的确令哈洛迪人恐慌,并利用情绪攻击了玛芮娅的思想。这听起来实在很像厄迪姆。但需要考虑的还不止这些。按照阿刹尼的说法,潜力会释放。这是它第一次出现,很可能它的力量会越来越强。

我们的时代还从没有人经历过这种事——除非玛芮娅的经历确实与此有关。"他扫了我一眼，看来似乎很害怕，"我们的道路与他们的信仰相会，我并不喜欢这种情形。先是夏龙，接着是这个暗影生物，合在一起看倒像是警告。如果它确实是暗影或衰败，那么，除非奇迹发生，接下来的事不可避免。"

博果莫斯脸色煞白："接下来是什么呢？"

"厄迪姆控制的是惊恐、绝望和愤怒的人。它以恐惧为食，靠绝望增长力量，它输出的则是愤怒。动荡和毁灭。一个宇宙循环的终结。"

我想到山洞里关于战争与死亡的雕刻。我感到血液在胸膛、指尖和耳朵里砰砰流动。

"我们本地的民间传说中就有一次记录，但那是暗影和衰败同时出现。废墟中有一尊雕像，历经时光冲刷，就在玛芮娅和达瑞安看见夏龙的地方。这是上一个宇宙循环留下的遗物。黑龙被称作达哈克，它最初就是暗影，但随着时间的推移越来越强大，将世界化为废墟。"我的脉搏在脖子里一跳一跳的。

最后还是凯雷科开口了，一缕稻草色的头发挂在他脸上，"我们就做最坏的打算。封锁山洞，祈祷玛芮娅的勇气为我们争取到了足够的时间。"

博果莫斯推开餐盘，挨个打量桌边的人："我们呢？"

埃达伊和洛夫互相打着眼色，冰冷、沉重的寂静窒息了周围的空气。父亲的脸色越来越沉，我能看出吉荷牡在桌面下抓紧了托曼的手。

一阵微风摇晃头顶的竹子。

所有人都心神恍惚，没人知道该如何打破沉默。最后达瑞安嘟囔道："这么安静，连小妖精放个屁也能听见。"

埃达伊狠狠瞪了达瑞安一眼，又深吸一口气，对父亲说："育龙使，别忘了库罗达的遭遇。我们的力量只够保护龙场，我们不敢再承担库罗达的负担。"

"这场仗难道不是为了他们而打的吗？"父亲转向洛夫，眼中电闪雷鸣，"如果我们不愿彼此保护，我们打仗又是为了什么？我们在这里又是做什么？"

洛夫的目光连闪也没闪："工程师、战争机器和另一爪龙骑士团已经上路了。我们已经有太多张嘴。"

埃达伊说："这是为了更大的善。"

博果莫斯面如土色。

"负担？"这些话脱口而出，丝毫不受我控制，"你们真是一群胆小鬼。"

博果莫斯说："小姐，别为了我冒险。"

"我们应该接纳这些人，直到他们有足够的力量可以离开，或者找到属于他们自己的地方。"

埃达伊抬起下巴："这些事是你无法理解的，小——"

"同情心有什么难理解的？"

"小孩，这事的复杂程度你根本无法想象——"

父亲向他倾过上身，"你若赶走他们，现在实在是最残酷的时机。眼看就是门诺格日，至少让他们留在同胞中间，在村子里过节吧。"

博果莫斯突然站起来，转身面对洛夫和埃达伊。他衣衫褴褛，浑身脏兮兮的，但他挺直了肩膀和后背，显然不准备继续低声下气。"你们的德哈拉说了山洞里的影子怪物是什么，你们应该听他的。愿意的话就叫它厄迪姆，或者叫它别的名字，总之这些都是真实的，我们见过。恐惧、绝望、愤怒，它们从库罗达一路追着我们。路上我们还遇见了疾病、饥荒和死亡。"

他让最后一个词回荡在院子四面的墙上，然后转身拿起自己行首权杖，上面所有贵重的材料都已经卖掉或换掉了。"我们有信心再次面对它们，要么在这里要么在路上，这之中的区别并没什么要紧。至于说怯懦，这不该由我来判断，还是留给你们自己考虑吧。"

洛夫四下看了很久，然后松开了一直环抱在胸前的胳膊。他最后看了我一眼："好吧，你们可以留下，直到工程师和设备抵达为止。这期间你们要证明自己的价值。帮不上忙的人必须继续前往塔司奇斯。"

父亲狠狠地盯着洛夫和埃达伊，他一手搭在博果莫斯肩上说："事情不算完，会长。你们还有时间。我会尽量为你们找地方安置。"

博果莫斯看着父亲的眼睛，与他握了握手，"再次谢谢你，育龙使。"

"去找吉荷牡，她会放篮子送你下去。"

博果莫斯朝父亲鞠躬，然后转身对我伸出手。我握住他的手，他把另一只手盖在我手背上，轻轻捏了捏。他说："小姐，再见。"

第三十五章

我和嘎嘎钻出树林，来到遗迹的平台上。深色的天空中有个洞，阳光从洞里透出来，我们周围仿佛被柔和的灯光照亮。一切都大不一样。小溪里没有水流动，灌木变成棕色，又干又脆的叶柄顶上长着种子穗，取代了鲜花。落叶在微风中互相追逐，仿佛玩耍的龙仔，它们绕着雕像打转，撞上破损的围墙后落下来堆积在墙脚。光秃秃的树枝将天空切割。我几乎以为会看见维吉斯从树顶掠过，就像一个季节之前的革提克那样。

嘎嘎往高处爬，用鼻子和脚掌碰触树木和石头，什么都要舔一舔，还不断发出咔嗒声。我再次琢磨起这一习惯的含义。我边听边寻找线索，但仍然一无所获。像往常一样，这又让我想起了母亲。

我们一起走向门诺格和达哈克的雕像。雕像表面覆盖着干枯的苔藓，一碰就碎，于是我尽量把它们清理掉，让石像露出本来面目。白色的门诺格蜷曲在黑色的达哈克上方，一只前足紧紧抓着怪兽的脖子。但达哈克毫无败相，它大张着嘴，爪子抓挠着，就连翅膀上的翼爪也在撕扯着门诺格的皮肤。玛毕尔说过，它既是厄迪姆也是乌屠库——暗影和衰败，是先于时代终结出现的怪兽，比库鲁宗还更古老。这场战斗该多壮观啊——两个阿瓦的生死较量，世界的命运由此决定。

起风了，我把外套拉紧些。改变的确在淹没我们，这一点毫无疑问。

凯雷科的手下砍伐了一大片树木，从老宅北面一直到悬崖边上，好让执勤的人能看见围场和下方的村子。父亲对此不大高兴。他最喜欢老宅和轰雷瀑布之间的那条小径，可如今路边变成光秃秃的一片。他们只留下几棵最大的树遮阳，砍下的树枝用来给坐骑做巢，让我联想到野龙用枝条和骨头筑成的龙巢；树干被堆在一旁，以后会变成造房子的材料——弗伦又有了更多的活儿要干，我和他更难见面了。最后剩下的小树枝搜集起来给厨房生火用。父亲抱怨说："还有一整翼已经上路了，照这速度我一棵树也保不住。"

好在炬扎在神殿的龙厩和院子里扎营，没住到崖顶来。不过埃达伊大多时间都在崖顶，要么跟贝鲁埃商谈，要么两手叉腰，趾高气扬地到处走、到处看。有时他还会骑着那偌大美丽的火炬手在空中盘旋。炬扎总是身穿全套盔甲，剑、弓、红色的箭也一样不落。

洛夫和凯雷科跟父亲一起商量今后的修建计划：谷仓、军营和为下一波人准备的帐篷。很显然，这不是暂时安置，龙骑士团要长期留下来。

每次谈完父亲都情绪低落。用葛露斯的话说：悲伤气老。三个龙骑士小组在围场宿营，没法再用绳子牵着阿鲁和嘎嘎跑，于是父亲允许我们离开龙场大院，带它们背着训练鞍出去——但不能跑太远。对达瑞安而言，这意味着可以经常去崖顶拜访龙骑士团。他简直对他们着了迷，不断问骑手各种问题，还翻看他们的装备，一天到晚嘴里再没别的。我更喜欢安静的森林。

嘎嘎坐在平台上，脑袋左右转动，平静地咔嗒咔嗒。她闭着眼，免得阳光照进眼里。

我告诉她："一切都是从这里开始的，我们在这儿看见了夏龙。"她朝我张开耳膜，又咔嗒一声，不过仍然没有睁眼。

"现在事情变得好奇怪。你和我一起在军营里成年。"我抚摸她的耳膜，她朝我歪头。"但这是你的世界，对吧？龙骑士团，炬扎，拉撒尔。暗影和衰败。你生在一个有凶煞的世界。你只知道这些。"

这里曾是圣地。我猜我内心一直是知道的，但现在我才真正理解了，虽说我仍不懂得那些属于遥远过去的信仰。嘎嘎的历史与这个地方紧紧相连，对我来说这更加深了神圣感。我吻吻她的鼻子，又挠挠她的下巴。

我不再祈祷，觉得那不过是我的一厢情愿，没多大用处。或许我找错了祈祷的对象。但这片遗迹让我安心。一直如此，哪怕在革提克现身此地之前。它们带给我真理的感觉，尽管我不知道这是什么意思。

我得跟玛毕尔谈谈，或者弗伦。可过去几周我几乎没见过他俩。

"走吧，小龙仔，"我说，"咱们回家。"嘎嘎开开心心地跟着我一路小跑，但森林似乎太过安静。

我突然听见箭头结结实实扎进树干的声音。这声音我已经很熟悉了，虽说直到第二下我才判断出方向。我轻轻捂住嘎嘎的口鼻，一根手指放在嘴唇上，然后一点点朝声音的源头挪过去。

弗伦站在一片空地里，头大幅向左拧，两只胳膊伸出，箭已在弦上。他没穿上衣，看得出身体瘦削、轮廓分明，那是一辈子劳作的结果。他的疤很打眼。疗伤的符文环绕着颜色鲜艳的伤痕，一部分爬上了脖子，一部分下到左臂，但大多集中在胸部中央。

他松开手，箭再次射进树干里。我探出脑袋去看。他听见脚步，转过身来。"小姐！抱歉，我不知道附近有人。"他放下弓，抓起衬衫套上，"一有机会我就来，松松这些疤，也顺便恢复射箭的力气。"

"真的很对不起，弗伦。还疼吗？"

他微笑道："小姐，伤疤给我们力量，让我们坚强。没什么可羞愧的。"

我不知还能说什么。我从灌木丛里走出来看他的箭。

靶子用刀刻在一棵枯死的树上，三支箭聚在一起，全都正中靶心。"哇，你可真厉害。父亲一直说你是神射手。"

他看看那一簇箭，又看看我，然后目光回到靶子上。"嗯，人总难免会有些名声。"说完他有些迷惑似的扬起眉毛，"你是有什么事儿找我吗，年轻的女士？"

父亲打开育龙平台的人门，挥手让我们进去。小时候，每当我乱发脾气、需要在屁股上挨一巴掌时，他就是这种表情。

嘎嘎勉强还能从这道门进出，不过她得蹲下来，收紧翅膀埋下脑袋。她不断发出咔嗒声，哪儿都要嗅一嗅。弗伦四下打量，仿佛自己来到了什么神圣的地方。

父亲双手叉腰，在我跟前摆好架势，"说吧，什么事？"

"我一直有意避开弗伦。"

父亲鼓励似的点点头，仿佛想将剩下的念头诱骗出来。

"我不想引起贝鲁埃的注意——"

"很好，我的事情够多了，很不需要再让贝鲁埃或者埃达伊把注意力集中在你俩身上。博果莫斯和他的人简直把我这两个野姑娘捧上了天，这已经够麻烦了。"说这话时他随手拍了拍嘎嘎的脸。

"但我有个请求，弗伦回来那天我就该跟你提了。"

父亲疑虑重重："是什么？"

"弗伦是卡迪亚最棒的弓箭手。你自己说的。"

"没错。所以呢？"

"所以，你应该雇他教我射箭。"

父亲瞪大眼睛没说话。

"教我怎么用真正的弓。说起来达瑞安也该学学。毕竟我们经历了那么多危险，将来还可能遭遇各种危险，谁会反对呢？"

弗伦咧嘴笑了，他直视父亲的眼睛说："如果你同意，育龙使，我会深感荣幸。"

"当真？"父亲道，"再过四个星期你就要飞——"

"我知道。"

"你愿意花更多力气？"

"对！"

他盯着我摇摇头，一声轻笑从唇边划过。

我问："有什么可笑的？"

他微微一笑，"因为你说得对。还因为你压根儿不知道自己要求的是什么。不过——就像你母亲——反正你是不会罢休的。"

"瞧你这次又把我害成什么样了。"一天下午，当弗伦往我们举在头顶的袋子里加进更多沙子以后，达瑞安这么对我说。

"我父亲就是这么教我的，"弗伦说，"龙骑士团的做法也一模一样。抱怨的人，每只胳膊再多举十下。"

达瑞安呻吟起来。但那之后他就专心了，甚至开始跟我竞争。

父亲找瑞亚特的弓箭匠人为我和达瑞安订制了新弓，不过还要好几个星期才能做成。这期间，每逢我们有时间聚头，弗伦就训练我俩。为了增强上肢力量，我们做了各种各样的健身操：俯卧撑，抓着龙厩门上的杆子引体向上，不停地举沙袋：弯腰举、站着举、跪着举、躺着举。最后还有增强躯干力量的支撑动作，正面、背面、侧面全部挺直，就那么撑着。我明白这些都是拉弓需要的肌肉，但是真累人啊。

虽说我原本另有动机，却一直没找着时间跟弗伦单独谈话。我感觉他对这样直奔主题的交谈有些拿不定主意。哪怕我问一个最简单的问题，比方说，"我们在这儿是要做什么？"他只会回答："喂龙，清理食盆。"这算什么，猜谜吗？

除此之外，我们与龙仔的日常工作也得继续。嘎嘎现在瘦瘦长长的，肩膀却几乎已经跟我的肩膀齐平。阿鲁也瘦得很，但他的个头已经到了达瑞安耳朵的高度。父亲拿出新的龙鞍，这是它们第一次用上真正的皮带和搭扣，而不是拿绳子绑在一起。两套鞍都有些年头了，达瑞安的跟托曼的一样是棕色，我的是深灰色，带铜色的针脚，类似跟葛露斯搭配的那种。母亲的颜色。只这一点就让我高兴得说不出话来，但接下来还有更棒的。

鞍上有座位，我们终于可以骑龙了。我和达瑞安对视一眼，彼此眼睛里的兴奋之情都那么明显，我们不禁哈哈大笑。

父亲大大地咧开嘴："那是托曼训练拉努的鞍。玛芮娅，你的是你母亲在葛露斯年轻时用的。这些小家伙老想试试自己的翅膀，但不能让它们飞。除非它们已经足够强壮，能载着鞍上的人飞起来。"

我们领它们到龙鞍起重臂底下，兴奋得简直要蹦起来。嘎嘎和阿鲁察觉到我们的情绪，套新鞍的时候一直坐立不安。

我抱着宝贝的脖子，又拍拍她的脸，我不知道她会有什么反应。她看着我，银色的眼睛闪着光。她问："上吗，玛芮娅？"

我哈哈大笑："你这个机灵鬼！"我踩着鞍具前端的横杆往上爬，她移动身体，适应重心的变化。我抬起一条腿跨上鞍子，两脚都踩到了马镫；她又动了动，恢复原来的姿态。我随着她的动作改变重心，她兴奋起来，又蹦又跳、左右摇晃。我听见达瑞安放声大笑，但我的眼睛一直粘在嘎嘎身上。她扭头用一只眼睛看我，然后换一只眼睛，她点点头，发出呼哧呼哧的笑声。她经常看见人类骑在龙背上，对此并不陌生。再说这显然比加了沙袋的鞍子强多了。

我们骑着它们在围场里绕圈，直到喂食的时间才停下；之后又继续，直到日落。这一天一眨眼就过去了。

我从没难受成这样，各种过去从不知道的部位都在痛。这可真叫我吃惊，因为我从记事之前就经常骑龙。不过这次当然不一样，嘎嘎是爱闹腾的青年龙，而我过去也从没在龙背上一整天——至少不是一个人，也不是像这样全天都在地上跑。这是我这辈子最美妙的痛。

第二天，父亲拿来两个笼头作为早起的问候。我从没见过哪头龙戴这东西。它会遮住它们的眼睛，等于是瞎了。

"起初会很困难，但这部分训练非常重要，"父亲说，"现在那些人都安置到了别处，我正好可以在围场设置障碍跑道。它们必须信任你们的命令，否则就会撞上东西、绊倒、撞疼脑袋和翅膀。实话实说——你们也会受伤。但龙骑士团的龙就是这样学习信任自己的骑手。这些笼头会帮它们学习。它们越早掌握指令就能越早摘下头套。相信我，它们很快就能学会。"

果真如此。嘎嘎特别信任我，所以进步飞快，不过阿鲁也没落后多少。疼痛真是绝佳的老师。其实只有很少几条简单的命令，它们全都学过。比方说"上！"——要么往上跳要么撞上障碍物。在直线上放置的木桩教会它们左和右的命令。收和放让它们知道什么时候可以展开翅膀。速度或强度则用语调表示，比如正常的一声"哇喔"是慢慢的，"哇喔！"则是急停。每次下命令还会同时在脖子上轻轻拍一下。父亲解释说："要让我们的语言和信号变成环境的一部分，就好像它们需要学会的另一种感官。"

整个练习期间嘎嘎和阿鲁都不停发出咔嗒声，耳膜完全打开。第二周结束时，它们已经习惯听我们的指令或感受脖子上的触碰，无论障碍如何变化都游刃有余。

有一天，在很长一段时间的练习过后，达瑞安说："摸摸你的契印。"我抬手摸摸后脖子。契印很热,像被晒伤了似的。嘎嘎的契印也是一样。

"它帮了我们,"达瑞安惊叹似的咧嘴笑,"所以我们才能感受它们,它们也靠这个感知我们。"

训练完龙仔,我们还要跟弗伦训练。我总在琢磨该如何措辞——既要得到关于阿刹和真理的答案,又不会引起达瑞安的警觉。

"弗伦,你怎么知道什么是真的?"

"感受你肌肉的收缩,注意疼痛的感觉。"

"这算什么答案!"

"你明白自己在问什么吗?"他朝我眨眨眼,然后背转身去。

老是这样,我真有点烦了。

不过训练倒是很不错,让我们没工夫为人满为患、龙满为患的龙场操心,也没工夫去想凶煞或者厄迪姆。如果正巧发现埃达伊或者贝鲁埃四处游荡,我会完全照弗伦的要求做:专注于自己的肌肉,试着引导疼痛;或者仔细留意嘎嘎的身体在我身下的动作。她总在扇动翅膀,她想飞,我能看出来。门诺格日正快速接近,这念头时刻存在于我们的意识中。第一次飞行就在眼前。

每晚我们都精疲力竭地瘫倒在床,沉沉睡去。又过了一周,父亲让我们大吃一惊:"现在你们要学习信任自己的龙,轮到你们蒙上眼睛。它们也要从中学习新的东西,这件事它们现在才刚刚开始理解——你们在什么位置、保护你们是多么重要。而你们要明白并不是自己说了算。你们和坐骑的关系是平等的。你们一起学习、一起飞行,你们是一个单元,是团队。你俩要学会接受,它们的意见也是环境的一部分,就好像你们拥有了新的感官。如果你们以为之前两周不容易,做好准备,接下来会更辛苦。你们唯一的休息就是跟弗伦锻炼的时候。"

之后的几天非常残暴。父亲和舒迦用绳子牵我们的坐骑经过新的障碍跑道,大声下达指令、吹口哨、哈哈大笑。虽说嘎嘎和阿鲁很乐意使用相关的新词汇,但交流主要还是身体上的。我们很快学会了感受它们肌肉或平衡上的微妙改变,借此预测接下来的动作。很快嘎嘎和阿鲁就懂得如何判断什么时候需要交流、什么时候我俩已经明白。

蒙眼布摘了下来。到了秋季的最后几天,我们把指令简化成最精简的几个词和动作,形成我们独特的语言。笼头失去了作用。再也不用套笼头,嘎嘎非常高兴: 哦野。

阿鲁很快就可以开始最后的训练课, 他已经足够强壮, 能驮着达瑞安从围场拍打翅膀跳上龙场屋顶。他的热情推动着他前进, 父亲在一旁鼓劲, 绳子越放越长。

"他比同龄的龙仔进步快多了, 我说!"父亲的话让达瑞安骄傲得满脸放光。"只扇了两下翅膀就上去了。等减少到一下, 他就能飞了。"

嘎嘎努力跟上, 两天后也上了房顶, 只不过她扇了三次翅膀。"没关系,"父亲说,"她个头虽小却很强壮, 这是好事。"之后几天我们一直练习这个, 飞上龙场房顶, 再降落在围场。这让年轻的龙对"上"这个指令有了新的理解——不仅是往上, 而且是飞。然后有一天, 阿鲁只扇动翅膀一次就从围场飞上房顶。第二天, 我挨着嘎嘎的脖子坐在她背上, 脸凑近她的契印, 对着她的后脖子使劲吐出一口气, 嘎嘎也成功了。

与此同时。"弗伦——生命的意义是什么?"我知道我的问题越来越可笑, 而且也猜到他很可能还会给我个不是答案的答案。

"举沙袋。计数。再举。"

见他的鬼。

达瑞安很喜欢日常的练习模式。每个练习他都在重量和次数上超过我, 但我也逼得他必须倾尽全力。我天性好强, 不会轻易退让。我才不会让他忘记山洞里是谁救了谁的命。我们原本就不是孱弱之辈——养龙是件很困难的工作, 驾驭一只比自己重八到十倍的动物也绝不容易——但我很快发现自己的身体有了变化: 我有了圆滚滚的二头肌, 肩膀更宽, 前臂的血管也骄傲地突出来。我胸部长出了肌肉, 原本不大的乳房现在显得十分可观, 让我有些尴尬。但如果我觉得自己太男性化, 只需看达瑞安一眼就会打消这念头。我只是变得精干又结实, 而他的胳膊和胸部已经有了胀鼓鼓的肌肉。他不再瘸腿, 还开始模仿龙骑士团骑手的派头, 轻松自在地昂首阔步。

我猜我也一样。

第三十六章

门诺格日之前三天，父亲拿出了我们第一次飞行要穿的束带衣。也是旧的，托曼和母亲第一次骑拉努和葛露斯上天时用过，不过保养得很好。达瑞安的束带是棕色，与龙鞍相配。我的是和龙鞍一样的深灰色，带铜色线脚。那天晚上，等我们的龙睡着，我俩就在装备库清理、检查龙鞍，调整束带。

已经很难再叫它们龙仔了。嘎嘎的肩膀已经与我的鼻子齐平，阿鲁的肩膀到了达瑞安的额头。接下来的一年它们会继续长高，未来好几年还会越来越壮实，所以它们目前还不算长成。但虽说如此，无论从哪个角度看，它们也不再是龙宝宝了。这个阶段实在过得太快，不过我几乎没时间哀悼。嘎嘎和阿鲁跟我们一样兴奋，我们用尽全力才勉强控制住它们练习时的热情。我们知道必须使劲训练它们，否则它们的本能就可能战胜我们。它们想飞。幸亏有父亲告诉我该怎么办，我第一次为此感到如此庆幸。

节日前两天，他给我们每人一个用绳子捆好的麻布包裹。"你们结契时没有正式庆祝，就用这个代替吧。我为你俩骄傲。"

包裹里是一双保暖的护腿和一件崭新的皮革短外套，上面有与束带配套使用的搭扣。折在衣服里的还有一双带内衬的手套和一双绑腿。龙骑士都穿这种绑腿，为的是防止在急坠到底时陷入昏迷。绑带捆得很紧，如果腿突然弯曲，它们就会收缩，防止血液在腿中堆积，大脑缺血麻木。想到这里我不禁打个寒颤，又是害怕又是兴奋。

最后还有一副崭新的护目镜，皮革柔软，镜片特别打磨过，非常平滑，不会像普通的窗玻璃那样失真。

我呆在原地，激动得说不出话来，觉得自己就像女王。达瑞安也骄傲地笑着。我们就快成功了。

那晚母亲进入我梦中——但她微笑着，一点也不生气。她用龙的语言对我说话。

门诺格日标志着季节的更替，秋季最后的色彩也臣服于严冬的灰色。瑞亚特人会在每扇窗户旁点上蜡烛，还会全家出动，在墓地或祖先的纪念碑前放下菊花——这是秋天最后的红晕。傍晚，村民沿主河道放下用蜡烛和干花点缀的小纸船。落日的最后一缕余晖消失后不久，野龙河就化身为火光闪烁的大蛇，在房屋之间时隐时现。村民们目送烛光一路漂远，或唱歌，或在岸边默默祈祷，孩子们则蹦蹦跳跳地追赶自己的小船。有时纸或干花会着火，烧掉小船，但这也是庆祝的场景，是故事的组成部分。

今晚我们同客人一道聚在育龙平台。贝鲁埃和埃达伊站在洛夫身边，三人低声交谈，不过我听不清内容，也不想去听。玛毕尔在神殿主持仪式。父亲邀请了博果莫斯，但他谢绝了，只说自己与同乡们另有安排。弗伦不见踪影，多半是有自己的礼仪。

我们等着烛光出现，凯雷科礼貌地站在一旁，与所有人都保持一定距离，不过他时不时偷偷看我。他的手下要么在围场的护墙列队，要么在崖顶守望。其中有不少已经点亮了自己的蜡烛。炬扎在夜空中巡视。

我拉起吉荷牡的手。嘎嘎的脑袋钻到我胳膊底下，仿佛在说：不行，你是我的。我搂住她的脖子，但并没放开吉荷牡的手。

今天是一年中白昼最短的日子，太阳落下，大山的影子在平原上快速移动。歌声从下方飘上来，然后我们看见了河里最早出现的光点。纸船行驶在拥挤的水面上，烛光随波摇晃、闪烁。真是美极了。过去它对我来说只是美景，我还太小,不明白其中的含义。现在我懂得了这简单的美:曾经生活在世上的每一个男女都被自己生活的湍流裹挟着,这故事讲述的是生命和生命的脆弱。我微笑起来。玛毕尔是怎么描述门诺格来着?门诺格象征灵性的中心——当其余一切毁灭时,我们真正的心。

"瞧。"达瑞安指着北边和东边天空中的亮光。

吉荷牡问:"那是什么?"

无数亮光从瑞亚特另一侧升起。起初只寥寥几点,接着越来越多,最后汇成一片散发着柔和光芒的云,像龙的翅膀一般在逐渐深沉的夜色中波动。

父亲抬手捏捏我的肩膀,"那是博果莫斯的人。他们把蜡烛挂在风筝上,借着晚风送上天。他们的风筝是龙的形状,以此向自己的历史致敬。这是库罗达的传统。"他停顿片刻又补充道,"曾经是。"

我们默默地欣赏了几分钟。真是既新颖又美丽,比在河里点蜡烛更适合龙场。我说:"他们在向自己失去的家人致敬。"

父亲捏捏我的肩膀,过了好一会儿才松手。他说:"没错。"说完又沉默了。我扭头看他的脸。他面朝远方空中的光点,下巴紧绷,眼中闪着亮光。

这时,一只风筝飞到了其他风筝之上,而且越飞越高,其中的含义已经无可置疑。达瑞安说:"那只风筝是给你的。"

我忍不住瞟了埃达伊和贝鲁埃一眼,正好看见他俩转开了视线。一股寒意直冲我的脚底。这又不是我的主意。我们一直看着,直到地平线陷入黑暗,最后一支蜡烛——我的蜡烛——也熄灭在星空中。

之后,父亲、托曼和吉荷牡、我和达瑞安各自拎起油灯,领着我们所有的龙穿过军营,来到崖顶一处俯瞰轰雷瀑布的地方。过去每逢碰上天气不好、没法飞行的年头,我们就在这里举行自己的仪式。

洛夫和埃达伊不愿我们夜里上天,于是我们每人带着一束干燥的菊花来到峭壁旁,轮流说几句话怀念先人,既可以默念也可以大声说出来。

父亲是头一个。他默默站了一会儿,然后简简单单说道:"我想念你们,父亲和母亲。瑞丝,我还爱着你。"每次听他念她的名字,总能拨动我那根孤独的心弦。他并不经常这样。他把手里的花扔进轰雷的湍流中,它们消失了。

托曼低下头,嘴唇无声地闭合。吉荷牡倚着他,同样没有出声。他俩一齐扔下自己的花束。达瑞安也跟他们一样，默默致敬。

我不知该说什么。我心里浮现出母亲的模样：骑在葛露斯背上、在阳光下微笑、在冬天放声大笑、唱歌哄龙仔入睡、临死前责备我。我站在轰雷的水雾中，瀑布的声音震耳欲聋，我活在世上的每个日夜都化作穿过我人生旋涡的水流。仿佛串在绳上的珠子——历历可数，总有数完的时候。母亲去世之后又有多少珠子被拨动了？骄傲和激动融入怀念中，我眼里盈满泪水。母亲见了准会说：门诺格的泪是很好的。

我把花拿到胸前。我不能一言不发地扔掉花束，但我又不知道该说什么。也许等明天吧，等我第一次与我的嘎嘎一同飞上天空，也许那时就知道了。我把花束塞到外套底下。

反正对她的回忆也属于天空。

第三十七章

天空仿佛着了火。

一堵云墙高高耸立，那是一波垂直移动的气流，有着卷曲、撕裂的顶部。它在黎明前的天空中放射出炽烈的红光。

"新年第一天涌起晨汐，"父亲说，"而且也是你们第一次飞行的日子。"

"这是好兆头吧？"达瑞安在父亲身后问。

"很可能一生只会遇到一次呢。等贝鲁埃瞧见看他怎么说。等我们告诉他玛芮娅出生那天也有晨汐，看他怎么说。哈！"

晨汐是传奇的云型。来自海洋的潮湿空气有时会向西流动，东边干燥温暖的空气升起与之对抗。暖空气在潮湿空气边缘越积越高，顺着我们的大山一路抬升。这是绝佳的机会，可以趁着云上升时从云的断面滑过，飞上极少能达到的高空。每当晨汐升起，人们就会祈祷、撒灰、赞美阿瓦。

一望无际的云映在吉荷牡眼中，她叹道："真美！"

父亲喊道："动作快！"不过我们无须催促。

我们朝桥那边走去，凯西把热腾腾的肉卷塞进我们手里。我半点也不饿，吃下半个，剩下的给了嘎嘎。

她和阿鲁先吃了自己最喜欢的早餐,接着我们用墩布给它们洗澡,又给它们全身抹油。这一部分是为了让它们的皮发亮、看着好看,但主要还是让它们的肌肉暖起来——我们也能顺便热身,大概还能顺便放松心情。我的手抖个不停,只好停下手里的活儿盯着它们看。达瑞安发现了,但他举起胳膊,手也像蜘蛛网一样颤巍巍的。我笑了,他把嘴巴咧得老大。

最后我们领着蹦蹦跳跳的龙走到围场的龙鞍起重臂底下。舒迦、阿缇斯和珂露菲已经套好了自己最漂亮的装备,正在旁边雀跃着。我想起了育龙节的飞行——吉荷牡一身白衣,头发高高扎起,托曼皮衣锃亮,父亲穿着服役时的黑衣。但今天不一样。今天我是其中的一部分。这是我梦想的日子。我为之奋斗、不惜拿生命交换的日子。

洛夫、贝鲁埃和埃达伊站在桥边。我暗想,他们倒还知道今天不来烦我们,真不错。凯雷科和埃达伊已经同意,我们首次飞行时,他们手下的所有骑士都留在地面。父亲对洛夫解释说:"他们会分散龙仔的注意力。"

不过这些人可不准备错过表演。他们全都有过相同的时刻,他们知道我和达瑞安将有怎样的经历。他们在崖顶排开,还有些站到了我们仓库的房顶上。

父亲检查了我们的束带,又替我们系紧绑腿的绑带、扣上外套最上面那颗扣子。"听好,晨汐跟其他云型都不一样。它会把你们快速推升。哪怕经验丰富的骑手也可能过于兴奋,可我也不能剥夺你们的体验。只要听我指示就不会有危险。"

他调整好我们的装备,两只手分别搭上我们的肩头,"有一件事最要紧:你们都知道祖尔梵山那颗獠牙,我们叫它嶙峋的那颗,晨汐时它最危险。气流会把你们向上推,如果你们在太高的海拔过于靠近嶙峋,就会被旋风往下卷,别想逃脱。关键就是在到达那个高度之前出来,然后滑回去从头来过。我们今天要离祖尔梵远远的。跟着我就行。明白了?"

我俩点头。

"达瑞安先来,阿鲁强壮些,在风里更稳定。然后是玛芮娅,等我给你信号你就跟上。"

我说:"数到二。"

"记住练习的东西就不会有事。说来你们也许不信,但这种事情我们过去也做过,算得上老手呢。"他朝我俩眨眨眼。

托曼的喊声从护墙传来:"父亲,过来瞧瞧。"我们走到墙边往下看。

镇上的每条街道、每个广场都挤满了人。野龙河两岸,人们摩肩接踵。阳台、窗边、连房顶都人满为患。

"瞧!"达瑞安回身指着下方的村子,"跟昨晚一样。"

在村边难民扎营的地方,两只风筝升上远方的屋顶,形状仿佛龙的翅膀,还拖着长长的飘带。它们底下有一大片较小的风筝起起伏伏。

我说:"我也不知道该感动还是该担心。"

"担心什么?"吉荷牡皱起眉,满脸困惑,"他们只是在替你和达瑞安加油罢了。"

"因为贝鲁埃会觉得这说明他们崇拜我和达瑞安。至于埃达伊会有什么反应,我一点头绪都没有。"

"如今这种情势,他们是在对自己致敬,"父亲说。"虽然洛夫和埃达伊对他们说的每个字都要计较、总想把他们赶走,但他们在灾难面前依然没有放弃自己的传统。库罗达人很骄傲,我们也应该为他们的敬意感到骄傲。"他拍拍手,"好了,大家是来看表演的,咱们这就开演吧。"

我和达瑞安跳上各自的龙鞍,扣好搭扣,每一处都检查了两遍。父亲又来检查了至少三遍,还把之前的指示又说了一次。我都没怎么听进去。反正早就背熟了。嘎嘎特别激动,蹦蹦跳跳。

"走吧!"父亲边喊边跑向舒迦。托曼和吉荷牡已经骑上龙背准备就绪,阿缇斯和珂露菲腾空而起。舒迦转过身,用龙那种咔嗒–隆隆的语言对我们的两只年轻龙说了句什么,然后他原地起跳,连翅膀都没张开就跳到了育龙房的房顶上方。

达瑞安说:"真爱现。"我跟他心有戚戚似的对视一眼。他咧开嘴笑得像个疯子,然后一掌拍向阿鲁的脖子,高喊"上!"他收缩身体,阿鲁一跃而起,让风鼓动翅膀,上了房顶。

我趴在嘎嘎耳边,拉紧她脖子两侧龙鞍前部的把手。塞在外套里的菊花窸窸窣窣作响。"你准备好了吗?"

她稍微转头,正好能用一只眼睛看我。她眼里闪着银光,下巴一点,说道:

"耶。"她的发音已经变得这样好了。

我抚摸她的契印,大幅度弯曲双腿,绑腿的绑带绷紧了。我深吸一口气,"好吧,姑娘。上!"

嘎嘎跳起来,翅膀向下拍打一次压迫空气,轻轻松松就上了房顶。她站到阿鲁身旁说:"嗨,咯咯。"阿鲁一面点头一面摇尾巴,跟我一起哈哈大笑。母鸡的叫声让达瑞安大皱其眉,但最后他摇摇头,自己也微笑起来。

我们身后,风吹在翅膀上的声音变大了,突然,父亲大喊一声"一!"旋即领着托曼和吉荷牡从我们头顶掠过。三只龙横穿山谷,接着再度拉升。

达瑞安示意阿鲁走到房顶边缘,下方除了山谷和村子再没有别的什么。父亲一行人快速接近,这是他们的第二圈。达瑞安凑在阿鲁耳边大声说:"来了!"

舒迦黑色的身影从我们头顶掠过。

"二!"

达瑞安高喊"上",阿鲁如离弦之箭般腾空而起。他先是落到我视线之外,让我感到片刻的惊惶,但很快他就在山谷上方画出一条直线。阿缇斯和珂露菲分列他两侧,稍微领先他一点点,用自己翅膀产生的尾流帮他飞行。达瑞安发出一声战吼,声音回荡在悬崖间。

我仔细观察,看阿缇斯和珂露菲如何护着阿鲁往高处飞。珂露菲稍微向右偏开,阿鲁本能地向左移动,留在阿缇斯的尾流里,它们就这样一起越过轰雷瀑布,飘向北边的悬崖。如果阿缇斯飞太快、离阿鲁太远,珂露菲就飞下来接替她的位置。有时它们也让阿鲁自己扑腾。这期间我一直听见达瑞安的欢呼和阿鲁开心的嗷嗷声。

托曼和吉荷牡引着阿鲁飞进一股上升气流,推着他随气流旋转上升。他飞得很高,托曼陪着他在气流顶端盘旋。

我四下寻找其他人。吉荷牡正朝龙场俯冲,但父亲和舒迦却不知在哪里。

"一!"他们从我头顶掠过,父亲的喊声吓了我一跳。

"见了鬼了!"

父亲的大笑跟着他飞上空中。

"做好准备,嘎嘎。"我的心跳加快了。

嘎嘎走到房顶边缘,肚皮贴地蹲下来,活像准备扑食的小猫。她的脑袋低着往回收，翅膀向上弯曲，准备抓住气流。我坐在鞍里，身体前倾，将把手拉紧。她已经准备就绪，似乎比我更有信心。我往下看了看远方的大地，心里惴惴不安。龙场向下直插好几百尺，孤峰底部是堆肥的粪坑。

我咽下堵在喉咙里的焦虑，然后调整护目镜，咧开嘴笑起来。哈！我可不会死在堆满龙屎的小山里。

我回头寻找父亲，他正笔直朝我飞来。我深吸一口气，计算他抵达的时间。

他掠过时大吼："二！"

"上！"我一面大喊一面弯曲膝盖、绷紧绑带。

嘎嘎纵身跳进虚空中，再也没法回头了。她先往下落，我仿佛毫无重量似的飘起来，幸亏被束带拉住。她张开翅膀，大地扑面而来，短短一瞬，我天旋地转、心惊肉跳。嘎嘎的体格只有舒迦的一半，没那么稳定，更易被风影响，而且她毫无经验。但她舒展翅膀，拍打了一次、又一次。我们突然升高，我的胃落下去。然后嘎嘎找到一条向下滑动的平顺路线。我不禁大喊一声，那不是恐惧，而是恐惧转化之后的释放。舒迦和珂露菲聚拢到我们前方，我用笑声迎接它们。

嘎嘎说："上，耶！玛芮娅，耶！"

我们的路线经过村子上方。老远之外，孩子们在街道上追逐我们，一面欢呼一面拍手。然后吉荷牡脱离队列，嘎嘎跟着舒迦向左，飞向被太阳晒得暖洋洋的崖面。只有一次她略感吃力，但珂露菲从我们下方迎上来，把我们推回舒迦的尾流里，时机恰到好处。我们迅速爬升。

嘎嘎高喊："耶耶耶耶！"舒迦回以欢快的咆哮。

嘎嘎以同样的声音回应他——我还是第一次听到她咆哮。我欢呼、大笑，在回声中听见满满的喜悦。

很快就到了悬崖边，太阳的温暖制造出迅速上升的气流。我们打着转越飞越高，珂露菲拍打翅膀，用轻柔的气流引导嘎嘎远离岩石。如果嘎嘎显出力不从心的样子，舒迦就一个翻滚，从嘎嘎下方拍打翅膀，给她一个向上的推力。两只成年龙相互配合，让嘎嘎的飞行线路稳稳地向上，越过崖顶，继续爬升。我突然明白这是龙自己的知识，它们本能地知道该怎么做。多少人有幸目睹这样的景象？更别说参与其中了。

龙场大院渐渐远去，村子变成一堆灰色的小盒子，一块块田地覆盖在平原上，一路延伸至薄雾笼罩的地平线。我记起了塞在外套里的干花，但现在还不是时候，也不是地方。还要再等等。

在西边，晨汐的立面继续往上升。我们侧飞着在上升气流顶端盘旋，父亲吹声口哨要大家注意。"所有人听好！我们要在这里休息一分钟，然后就去骑上云墙！你俩跟在我们后面，等到了之后，达瑞安，你跟着我，玛芮娅，你跟着托曼。吉荷牡断后。我们去哪儿你们就去哪儿。记得别靠近嶙峋。就这样！这将是你们一生难忘的飞行！"

其实就停在气流顶端不停盘旋我也心满意足了，但很快成年龙就结成紧密的队形并排往前飞去。我和达瑞安自然而然地飞到三头龙之间，位置稍微落后，好借它们的尾流飞行。我们一起向晨汐转弯，沿着它的表面往南飞。除了我们自己的山脊，晨汐模糊了一切，从最南方沿着断崖一路往北，祖尔梵山参差的牙齿把它刺穿。辛瓦特山谷的云直往上涌；山脊靠我们一侧的风与晨汐相遇，被带上了天。我抬起头，只见搅动的空气形成宏伟的高墙，我真担心父亲是不是疯了。

他吹声口哨，脱离了队伍，阿鲁紧紧跟随，两头龙侧飞着靠近云墙。接着托曼也吹声口哨，我随即跟了上去。锐利的风刮在脸上，上升气流鼓动嘎嘎的翅膀，我们毫不费力地越飞越高。舒迦和阿鲁在我们上方老远，搭着爬升的云舒展翅膀。我们爬高期间，气流推着我们缓缓向北移动。晨汐滚动的表面现在离我们不过一百码，日光越来越亮，它也越发闪耀出光彩。

风竟安静下来。它不再从我们身边呼啸而过，而是与我们一道爬升。我们成了它的一部分。我心中一片安宁。有生以来我第一次看见了环绕我们山谷的大山背面：高山湖泊、高耸的陡坡、深深的峡谷。想到与嘎嘎一道去探索这些地方，我高兴得心都飞了起来。我还从没骑着龙飞到这么高。从来没有。我低头看云。晨雾中的平原几乎隐去身形，夏龙在我心中引起的感受再度苏醒，关于位置与联系、时间与目的的感觉。

不，跟那次并不完全一样。这次还更大。从这个高度看世界，世界仿佛无边无际。

我从外套里拿出干花。它们包在纸里，只略压扁了些。要纪念母亲，还有什么更好的方式吗？我在飞呢。我想说的话自动冒出来。

　　"我想我现在了解你了，母亲。你跟我是一样的。"

　　我微笑着松开手。菊花的花朵和花茎在气流中分离，它们在我们身边盘旋，而我们放声大笑，朝着天上最高的峡谷继续爬升。

第三十八章

晨汐终于崩塌，云化为降雨，一连下了好几天。这种天气没法飞行，于是我们就聚在冬厩里重温首飞的经历，又说又笑直到深夜。有时吉荷牡、父亲和托曼也来。洛夫、贝鲁埃和埃达伊则大发善心，没有参与。

有一次，达瑞安边笑边重现自己的第一声战吼。

这时嘎嘎说："呜呼－乎呼乎－乎呼乎－乎呼乎……"她不仅模仿达瑞安，还加进了岩壁产生的回音。我们惊得呆住了，过了片刻才哈哈大笑。就连嘎嘎和阿鲁也甩动尾巴脑袋一点一点。她学得太像了，我仿佛感受到了两侧悬崖的存在。

之后嘎嘎目不转睛地看着我，那专注的神情让这段记忆永远保存在我的心底。

下雨的第二天下午我遇到了凯雷科。微风吹拂他的金发，他把双腿从育龙平台边缘垂下去，丝毫不在意下方就是万丈深渊。我一手拎桶一手拿墩布，腋下还夹着扫帚，再加上蓬头垢面、筋疲力尽，我真的不想被人看见。但他听到了脚步声，转身对我微笑道："哈啰，玛芮娅。"

这下躲不过去了。我手一松，水桶落地，冰冷的水溅到腿上。凯雷科忍住了没笑出声。"你好像很应当歇歇。想坐会儿不？"他拍拍自己身边的石头，"从这儿往下看，你们的山谷美极了。"

我放下墩布和扫帚坐到他身边。我浑身酸痛。

"有时我会偷偷溜进来，好自己一个人待会儿，"他说，"希望你不介意。"

"我自己有时候也这样。"我微微一笑，让他知道这没什么。

"话说，我看了你的第一次飞行。头一回骑着自己的龙往下坠的时候，可是够吓人的呐。我记得很清楚——改变一生的瞬间啊。不过我骑上塔本之前从没骑过龙，而你之前是飞过的。虽说你生在这种家庭，但也实在算得上很有天分了。而且当然了，谁也没有质疑过你的勇气。你骑上那高耸的云墙，骑得很好呢，小姐。"

想到当时的情景我不禁哆嗦了一下，而他随口说出的称赞让我容光焕发。"是很吓人，但也好玩。"

他轻声笑了："是呢。可真壮观，那云。我们全都想去飞，亏得你爹后来让你们回家，把云留给了我们，否则我手下有些人一辈子不会原谅他呢。"他朝我眨眨眼。他随和的态度再次减轻了我的不安。他沉默下来，而我也无话可说，于是我们就任由寂静笼罩。他手里摆弄着什么，是在削木头，见我有兴趣便拿起来给我看。

他刻了一只龙，翅膀折叠在躯干上，头往后扬起，尾巴尖卷曲在一只脚边。龙的翅膀和脖子之间坐着位女骑士，双手放在龙的羽冠上。"嘿，真漂亮，"我说，"你真是个艺术家。"

"我？哪儿的话。不过我父亲的家族世代都是木匠。我爹做家具，而且眼光好，总喜欢装饰。我猜我继承了一点他的才能。"他开始刻出一条条线，代表鳞片。

我看了一会儿，龙骑士团军士的另一面引起了我的兴趣。他那双长斑的手在木头上移动，轻松又自信。"我也能刻人物，"我说，"只要给我根人形的木头。"

他哈哈大笑，发自内心的温暖笑声仿佛有魔力一般，将空气中的紧张尽数释放。

我问："你从哪儿来？"

"特尼出生,特尼长大。是个小村子,在埃德瓦最远的边疆。六年前征兵队来,我就宣誓入伍了。我哥哥留下继承家族的手艺,但我是生来就要当龙骑士的。他们说我'有点儿天资。'"他看着我,脸上露出酒窝,眼睛一闪一闪。

"你的家什么样?"

"这么,跟瑞亚特也没多大差别。冬天更冷些,夏天更热些。更干燥那是一定的。挺漂亮。不过房子大多是石头砌的。人都挺友好。有许多手艺人,跟这儿一样,只不过他们不养龙。全是我爹那样的木匠。他们也造武器,还有弓箭和弩箭。"他静静地刻了一会儿,"上次回去的时候,因为日子艰难,村子已经衰落了。森林几乎伐光了,其实本来也算不上什么森林。但手艺人的日子可就难过了。你知道吗,木料是古尔万觊觎哈洛迪的东西之一?哈洛迪有好些世上最大的树。"

我问:"很难吗?远离家乡?"

"哦,有时候是挺难的吧。不过我已经把龙骑士团当成了家。塔本就是我最忠实的朋友。"

"等战争结束你会回去吗?"

他的表情里略微少了些喜气,手上的活儿也停了。"结束?这场战争已经持续了二十多年。我看短期内不会结束吧。再说等它打完了,还会有别的仗要打。"

"那你算是职业军人了?"

他瞥了我一眼,或许意识到这个说法可能是父亲教我的。"哪儿的话。我的服役期快满了,不过我得先活过这段时间。"

我不知该如何回答,这句话显得冰冷又现实。

"当然了,这还得听炸糕的意见。"

"谁的意见?"

一闪而过的笑意让他的眉头略微舒展。"炸糕。我们给凶煞取的名字,因为它们好像烧焦了一样。不过这你当然已经知道了。"

刀刃切削木头的声音填满了接下来的几分钟。

最后他说:"我猜这名字其实也不算好笑。"

我微笑道:"我觉得挺好笑的。"

"有意思。达瑞安总想了解战术、装备、战争,你却问我家乡的事。我喜欢你这点,玛芮娅。"他抬起头,"你知道,这么个地方我很可能会喜欢上呢,我是说,如果我和塔本能退休的话。变成战士可不是他的错。他有权这样度过余生——像种马一样播撒后代。"他又轻笑几声,"说来我自个儿也差不多。"他看着我,目光流连了片刻,然后飞快地转开眼睛,仿佛为自己的行为感到窘迫。我不由咧嘴笑了。"这是怎么回事,你这么个漂亮的小东西,身边怎么没有挤满追求者,唉?"

我指指木桶和墩布,又指指腿上的水渍,以此作为回答。

凯雷科哈哈大笑:"不开玩笑,我说真的。"

我耸耸肩,现在轮到我不自在了。"他们得先过父亲那关。说实话,我也没多少兴趣。这附近全是农夫和店家,他们更在意的不是我,而是跟我的家族结亲。"

他的目光又一次停在我的眼睛上:"就没有一个让你喜欢的?我觉得很难相信呢。"

"唔,也许有过吧,"我感到自己脸红了。"但我大多数时候都很忙,尤其是你来了之后——我是指你们这帮人。再说我真正想做的其实就是养龙。"

凯雷科笑了:"这我理解。那你觉得我的塔本如何?品种挺好吧?"

我想了想,"不错。他很强壮,也灵活。有点罗圈腿。"

"哈!是有点,嗯。我自己也一直觉得呢。亏得他是龙,是马可就糟了。"我情不自禁地笑出声来。

"这山谷挺好看。让我想起了家,我小时候树还很多的时候。年轻的女士,你真幸运。"

接着又是一阵沉默。凯雷科给木头龙做最后的修饰。我知道他说得对,最近几天我觉得幸运非常,幸运到让我心生愧疚。我任由他的幻想与我自己的幻想彼此融合——或许有一天他真的会回来,向父亲提出要娶我。我支起腿,把下巴放在膝盖上。我觉得自己傻乎乎的,可同时心里又异常宁静。

"喏,玛芮娅,"他把龙递给我,"留个纪念。"

下雨的第三天,虽说满地泥泞,道路还不时被河水截断,但矿工和工程师的队伍还是顺利抵达。又一爪又湿又累的龙骑士降落在围场,遵照命令向指挥官洛夫报道。洛夫似乎认识其中不少人,像对待老战友一样拥抱他们。一头龙背上爬下一个访客,是军人,身材高大挺拔,头发和山羊胡都是白色。但他不是龙骑士团的人,从他下龙的别捏姿势就能看出他更习惯骑马。他朝父亲走去,我悄悄凑近了些,好偷听他们说什么。

"斯蒂兰。"他先说了自己的名字,"我将负责指挥火力网。"

父亲问:"什么火力网?"

"我的火力网。投石器、弩炮、路障。"这些东西我一样都没见过。"天一放晴我们就把它们装到围场房顶上。恐怕还需要些栅栏,不过我看你们这儿木头反正不少。这是给我的命令。"斯蒂兰塞了几张纸到父亲手里。父亲紧紧抿着嘴,满脸不高兴地看了一遍。

第四天,雨势减弱成慢吞吞的毛毛雨。我听见翅膀扇动的声音,走出龙厩,发现齐延和一只火炬手在仓库房顶舒展身体。我过了桥朝围场走去,又在房子拐角停下脚步,因为我听见了洛夫的声音:"我们已经找出了所有身体健康、有一技之长的人。剩下的人该上路了,之前说好的。"

"说好的?"父亲道,"库罗达人从未说好要离开。他们只是屈服于无力抵抗的命令而已。"

"育龙使,让平民离开战区是一贯的做法。他们不能自保,保护他们又会占用应该分配到其他地方的人力物力。他们消耗了宝贵的资源——"

我冲过拐角:"我真不敢相信自己的耳朵。竟要在严冬时节把难民赶到野地里去。"

洛夫一脸吃惊地看着我。站在他身边的埃达伊双手交握,虽说他扬起了眉毛,脸孔却隐藏在复杂的刺青下,看不出表情。是不是但凡身上盖满符文的男人都跟这两个人一样傲慢?

"整个库罗达就只剩下他们了,"我说。"这里还不是战区。至少现在还不是。给他们一个机会吧。"

父亲说:"我为其中接近三分之一的人找到了工作。"

埃达伊转身面对父亲,小眼睛一眨不眨。"博果莫斯对我们就毫无用处。他超重,唯一的技能是跟钱打交道,而我们并不需要。"

"记账是很有用的技能。我跟他提了，但他不肯接受，除非他知道自己人都能留下。"

"恐怕正是账目决定了他的命运，"埃达伊说，"这是关于吃饭的嘴和资源的算术，很残酷，但一目了然。"

"他还有别的特质，比方说领导力——"

"我们这里的领导已经够多了，育龙使。"

"他有着罕见的勇气和力量。他本可以靠自己的财富远走高飞，但他留下了。"

埃达伊的嘴抿成一条紧绷的细线。

"我还以为炬扎是神殿的一部分，"我说，"我还当他们或许明白什么叫同情。或者慈悲。"

埃达伊猛地转头与我对视，他的脸抽搐了一下，然后才开口说话。"做这个决定并不容易，年轻人。但帝国必须保护龙场的安全。"他又看着父亲说："育龙使，你别忽略了这个根本。我们来是为了不惜一切代价保护你的龙，你的龙场。这是我们如今的职责。不惜一切代价，你明白吗？你应该对我们更加感激才对。"

第五天，我们系好龙鞍的束带，准备第二次飞行。跟第一次相比，这次飞行几乎在每个方面都截然相反。嘎嘎和阿鲁在阴云下方僵死的空气里挣扎向前，全凭热忱对抗寒冷。村里的街道空空如也，而我们的任务也令人沮丧：父亲坚持护送博果莫斯和他那些衣衫褴褛的幸存者，能送出多远就送多远。

埃达伊硬要派出龙护卫。他和另外三个炬扎一路跟着我们。

我们先飞到瑞亚特东边去找博果莫斯，路上正好看见那些战争机器，也就是斯蒂兰所谓的"火力网"。一切都用油布盖着，周围满是帐篷和造饭的火堆，士兵们正等着天气放晴。很快他们就要涌进围场，白天黑夜我们都别想清静。不过比起这样的大规模入侵，更令人压抑的还是迫使我们架起战争机器的冰冷现实。博果莫斯悲惨的撤退就已经很能说明问题了。

我们顺着歌声找到了博果莫斯。他的人在唱歌，伴随着马车车轮隆隆的低音，这曲悲伤的合唱向空中升起，掩盖了小雨单调的独白。三十辆左右的推车和马车顺着野龙河岸蜿蜒向前，中间夹杂着山羊，偶尔还有猪和浑身精湿的狗，此外就是步行的人。住在村子外围农场的人在路边看着他们，不时有人递上一篮子食物或者一包蜡烛、柴火之类。博果莫斯杵着光秃秃的行首权杖走在最前面。他听到翅膀的声音，抬头朝我们挥手。

我也抬手跟他打招呼，却无法像他一样热情。我为他们难过。他们中间有许多人身体健康、能对瑞亚特有所贡献，但他们不得不跟自己的老弱病残一起离开。也就是说他们的孩子也得上路，也得在冰冷的雨水中蜷曲身子。从这里到塔尔奇斯，沿途的小镇没法接收这么多失去家园的人，他们别无选择，只能走完漫长的旅程。血在我耳朵里怦怦直跳。我气极了。我们自己的龙场却不能自己做主，而且看来情况还会继续恶化。

我们一路跟着他们，直到日光变得稀薄。父亲降落与博果莫斯交谈片刻。这天的空气死气沉沉，他担心阿鲁和嘎嘎没法重新起飞，因此命令我们留在天上等他。

他回来时拿着什么东西。一眼看去好像腋窝下夹了一面盾牌，但我很快意识到这是捆在一起的风筝，至少两只，或许不止。

我们护送库罗达最后的幸存者走下了农场背后的第一段下坡，之后还会有很多这样的下坡，都比这更长。我们在这里与他们分手。我们回到龙场时，空中飘起了雪花。

严冬时节，成年龙都陷入交配的激情中。我们把龙父龙母关在育龙房里至少一星期，给它们独处的空间。结束之前它们都不吃不喝，所以我们完全无事可做，只不时看看它们是不是还好。它们躺在自己的巢里，身体相互纠缠，几乎一动不动，只是偎依着发出轻柔的隆隆声。若在野外，龙会找个安静的山洞冬眠，有时会长达一个月，除了这温柔之极的亲密举动外什么事都不做。

不过达瑞安、阿鲁、嘎嘎和我另有安排。雨过天晴，我们逮着机会就出去飞，连洛夫也拦不住。现在这是我们的工作了。哈。

有时父亲、托曼或者吉荷牡会陪我们一起，这时我们就往远处飞，扩展龙的飞行距离。父亲抓住一切机会给我们上课。头几天我们练习桶式翻滚，紧紧抱住龙脖子、把重力降到最低。"把你的头缩在她脖子边上，不然可能晕倒。"第三周我们开始练习让人头晕目眩的急速俯冲,绑腿派上了用场。课余,我们借着翅膀的推力爬上山脊,跳进上升气流,打着旋儿飞上令人眩晕的高空。我们看见为建新营地砍伐的树木,还去了高处的山坳和冰冻的高山湖泊。我们看见弗伦正在为冰窖取冰,听见我们大声招呼,他也朝我们挥手。我们的龙越来越强壮,我们自己也是,而且一切都是游戏。那感觉无比自由——可惜好景不长。

我们从空中看见斯蒂兰的火力网用摇柄平台拉上去,安装到育龙房和仓库的房顶上。达瑞安总会盘旋下降,凑近去看战争机器;他几乎是擦着士兵的脑袋飞过,都能听见斯蒂兰的怒吼。我对这些丑陋的东西毫无兴趣。它们有的好像装在万向轮上的巨型十字弓,一次能发射十二支偌大的弩箭;还有的活像弹弓,只不过并不抛出弹子,而是向上同时刺出许多尖利的长矛。围场四周的地上冒出许多木头笼子,全都钉在石头路面上,布满向外的尖刺——这就是斯蒂兰的"栅栏。"人类可以轻松进出,龙就别想了。

这一切仿佛过去生活的终结。我的家变成了军事设施。

辛瓦特山谷也没能幸免。工程师在山脊上的森林中清理出一长条空地,直到废墟边缘,然后沿着通往山洞的小径修路。我从没想过他们会修路,不过现在想想他们当然是需要路的。但如果只是为了封锁山洞,有必要修得这么宽吗?为了给这么条丑陋的泥路让道,森林被砍掉,把门诺格和达哈克的雕像暴露在光天化日之下,我气极了。

如果父亲他们有事不能陪着我们,凯雷科就会派他手下的两个小组尾随我们,另外两组飞在后面巡视。炬扎跟他们轮流做这件事。他们的任务似乎是围着我们,不让我们跑远。我们明白这样做的必要性,但我们也知道年轻的龙野性未驯,总是渴望探索最高的高空。我知道嘎嘎想。她的意图清楚表现在她注视的方向、她细微的身体语言里。我也想。

我们与达瑞安和阿鲁的游戏很快从相互打闹变成了摆脱护卫。我们借树木和狭窄的峡谷躲闪。他们总能落在我们前进的道路上、逼我们退回去。这让嘎嘎和阿鲁越来越灵活,它们的力量和信心都在增长。我和嘎嘎熟悉了彼此无声的语言。如果我身体前倾,她就知道我希望加速。如果我弯腿绷紧绑带,我们就俯冲。她拉动一侧肩膀表示马上要转弯,翅膀形态的变化意味着要改变速度。这期间我们跟自己山里的气流和通道都混熟了。

有天早上，达瑞安朝我扬起眉毛："你对他有意思，对吧？"

"谁？"

"凯雷科。"

"什么？他人还不错吧，但我对他可没意思。"我脸上发烧，只希望达瑞安看不出我脸红了。凯雷科经常跟我说话，称赞我的进步，或者就只是闲聊。

"他给你雕的那只小龙，你放在床头柜上。"

"那又不代表什么。"

"他老是说起你。"

"根本没有。"

"明明就有。"

我胃里打结。那一次我曾任由他的幻想与我的幻想融合，但那只是幻想，对吧？而这番谈话却太过靠近现实。我喜欢他。他让我觉得自在。我喜欢他稻草一样的头发，他的雀斑，他金色的胡子茬。但我真的不想要谁关注我，更不要浪漫的恋爱，眼下的情形明摆着呢。真的。

有一次我们终于甩掉了护卫，也是我们唯一一次成功，那天是凯雷科领着手下三个小组陪我们飞。冬日的天空阴云密布，只偶尔透出一抹蓝色、几缕阳光。埃达伊和他的炬扎去什么地方巡逻，前一天就走了，所以我们很有些肆无忌惮。仅仅是春日一般的太阳雨就足以诱惑我们，但当贝鲁埃也加入进护卫队，恐怕我和达瑞安都有些失去理智。我们无比期待能甩掉他独处。

一片低悬的云掩护我们溜到高处一块突出的岩石上，我们知道那里有道隐藏的山脊。安静了几分钟后，达瑞安说："哈！甩掉他们了。"

山脊俯瞰祖尔梵山北面一条无人的幽谷；朵朵白云在下方的山峰间游走，山谷也时隐时现。我们下鞍来伸伸腿。我把戴着手套的手贴在脸上取暖。

祖尔梵的一只胳膊从我们头顶伸出，左面就是直冲云霄的嶙峋，那是一道崎岖的石柱，从头到脚比龙场所在的孤峰还高些。在它背后，祖尔梵山的山尖从盘旋的雾气中升起，距离很近，我们能看到云从石头尖上剥落，仿佛蜘蛛吐丝。

"瞧那股上升气流，玛芮娅。想想它能带你飞多高。比晨汐还高。"

"没有空气，你会晕过去。"

他微笑，"最后才会。但那之前能看见多少东西啊。而且从那个高度，你可以轻轻松松地滑出老远，我们从没见过的地方。多半以后也见不到的地方。"

接下来我俩都沉默了，我打量他，他似乎烦躁不安。过去几周里我们更亲近了，可同时似乎也越发疏远。我们几乎每天都在一起，却很少交谈。飞翔时我们不必去想噩梦或者他人的期待，但在地面上，达瑞安仍然困在我的阴影里。每一次他好像要突破这障碍、变回原来的他，就会遇上博果莫斯之类的人带着对我的赞美出现——"革提克的玛芮娅"，又或者埃达伊会根据我什么时候飞行安排他的时间。

"想想看，玛芮娅。"他继续说道，"真正的自由，独自一人，四边的地平线任你选择。没人跟在你后头。从祖尔梵顶上冲下去一定就是这样的感觉。没人为你决定任何事，你只需要想象自己想要什么，就能达成目标。你从没想过如果真能这样就好了吗？"他咬咬牙看着我，"我在说什么呀？你已经做到了。你只靠自己的勇气就从荒野里救出了嘎嘎，虽然每个人都跟你说不行。"

我不确定他究竟想说什么，也不知该如何回应，于是我只是默默听着。风在我们山脊的角落呻吟，达瑞安眺望起伏不平的云面。"我能跟你说实话吗，玛芮娅？我嫉妒你，嫉妒你去找嘎嘎的方式。"他的目光转向刀锋般的祖尔梵，大山在云的旋涡中隐现。"我知道你是被迫的，但还是一样。能决定自己想要什么、一心去争取，就好像别的事都无关紧要，这种感觉肯定很自由吧。"他看着我，"那是什么感觉？是不是让人陶醉？"

我摇摇头："不，一点也不。可怕极了。"

"但那种感觉不好吗？当你回首往事的时候，知道自己不得不做出决定，于是你就"——他摇摇头——"就做了。"

"达瑞安，你根本不知道我经历了什么。并没有什么决定。我在山洞里跟你解释过的，你怎么还不明白？贝鲁埃威胁要带我去阿维卡，由库鲁宗亲自审问——就连这也可能是满篇的谎话。我 – 没 – 的 – 选 – 择。要么找到龙仔，或者为找龙仔而死，要么成为贝鲁埃野心的奴隶。多半会被强奸，也许会被杀掉，以此压制所谓的异端邪说。我被贝鲁埃踩在鞋跟底下，只有这一个办法能逃出来。我只能拼了。"

"但你成功了。你飞上无垠的天空，选择了你仅有的选项，不是吗？"

"不然我还能怎么办呢？"

他盯着自己的膝盖看了老半天，自顾自地点头。"自由不过是谎话，对吧？"最后他说，"欲望是陷阱，除非你做点疯狂的事。"

"你说什么呢？"我咬住嘴唇，不确定该怎么接这话。

他眺望着北边的地平线，我顺着他的目光看过去。有一次吉荷牡告诉我，天气晴好时，你能从祖尔梵山上一直望见库罗达。达瑞安看见了什么？他在寻找什么？

他问："山洞的事情过后，你有没有做噩梦？"

我吃了一惊，抬头看他。他沉着脸，面带倦色。

"做了。"

"现在还做吗？"

我点头。

他看着我的眼睛说："嗯，我也是。"

"但我们还在，不是吗。我们比那时更强悍了。"

他微微一笑，但又摇了摇头，"玛芮娅，当凶煞抓住我时，我以为自己完蛋了。我以为它会吃了我。因为你他们才没让它吃我，他们要用我引你现身。但最后你却救了我。后来我又中了箭，但你领着我逃离了危险。你驯服了野龙父亲。"

"但你也救了我，达瑞。是你点的火，否则我永远别想溜进山洞。我永远忘不了你面对哈洛迪萨满的样子。因为你我才能带嘎嘎回家。而且虽说你伤得那么重，却一直勇敢地战斗。就像博果莫斯说的——仿佛卡迪亚的王子。"

"可你看不出来吗，玛芮娅？我永远都只是你故事里的配角。"他看着我，"那个碍手碍脚、需要被你拯救的角色。"他转开脸，我为他心疼。他注定无法成为育龙使，但过去总还是家里第二年长的，直到我的名声连这一点也遮盖了。

"我们不是什么故事，达瑞。"

"你觉得不是？"他抬起下巴看我，唇上的笑意若隐若现。我知道他说的没错，至少从这里到库罗达，我们已经成为传奇故事。

"就算是，他们也全讲错了，没有你我根本不可能成功。"

达瑞安耸耸肩，"我很愿意相信革提克对我也有所期许。而不只是……不只是……"他伸出双臂把整个世界抱在怀里,"这样。我觉得跟世界断了联系。就连阿鲁也好像常去找你,跟找我的时候一样多。"我感到后脖子有点痒痒,努力掩饰心中的惊惧。我抬手按在他胳膊上。

"别误会,玛芮娅。"他轻声说,"我真的真的为你骄傲。只不过……"他的目光扫过阴云密布的天空,脸皱成一团。

我问:"只不过什么?"

他又看看我:"只不过我觉得羞愧。为我自己。"

"羞愧什么?达瑞安……"我结巴起来。我想到我们共有的契印,它是不是对他有什么影响?是不是造成了什么意外的伤害?我跟玛毕尔建议时是因为担心失去他和阿鲁。玛毕尔要求我保持沉默,而我之所以同意,不仅因为他这样要求,也因为担心达瑞安会在紧要关头说漏嘴,让不该知道的人听见。

在我停顿的这片刻,达瑞安突然站起身。

"不用琢磨该怎么安慰我,我没那么难过,我都不知道自己干吗提起这事儿。"他拍拍手,吓了阿鲁和嘎嘎一跳。"上啊!"他喊这一声跟父亲真像。"那边山顶放晴了。"他指指祖尔梵那耸入云霄的狭长刀锋。

"我们该回去了,达瑞。免得让凯雷科惹上麻烦。"

"我要去试试。"

他跳上阿鲁的背,我还没来得及起身他已经开始扣上搭扣。"达瑞安!你想什么呢?"

"我什么也没想,"他咧开嘴,"只是做。"他指挥阿鲁转身。

"别!"我大喊一声,阿鲁转回来面对我。

"见鬼了,阿鲁!"达瑞安一掌拍向阿鲁脖子左侧,要他转回去。

"达瑞安,"我喊道,"那上头没空气。"我迅速检了自己的鞍具,手忙脚乱地爬到嘎嘎背上。达瑞安和阿鲁已经走下山脊,跳进一股上升气流里。

我系好皮带,让嘎嘎转身。"天啊,宝贝。上!"我们也冲进那股气流中。

我忘了拉下护目镜,眼睛迎风流泪,什么也看不见。"再高些,嘎嘎,上!"我一面说一面擦眼睛,把护目镜戴好。等目力恢复,刚好看见阿鲁离开上升气流,转向祖尔梵参差的顶峰。

嘎嘎道:"咯咯,上!"

等我上升到这一高度时,达瑞安和阿鲁正贴着祖尔梵迎风结冰的一面飞,他俩远在山顶下方,看上去只有苍蝇那么大。我看得出气流很猛,阿鲁没法保持翅膀的形态。他努力爬升,但最终还是从一大块碎石上跳进背风面更柔和的风里。我大大地松了一口气,让嘎嘎转向追过去。

他俩绕着小圈子向下滑,悬崖间满是达瑞安欢快的呼喊。

祖尔梵矗立在上方,古老的肩膀上雪花纷飞,嶙峋就仿佛它挥舞的石头权杖。

我们沿着咯咯的路线急速俯冲,很快就落到正在螺旋下降的咯咯正上方。嘎嘎用后脚踩在阿鲁屁股上,借力往上升起。达瑞安惊叫一声,阿鲁跟跄了片刻,气冲冲地大喊:"嘎嘎!"但很快他就恢复平衡,沿着山坡笔直地俯冲。我们迅速跟上。

我们追上他俩,从一片陡峭的岩脊上升起上升气流,两头龙于是并肩飘着。达瑞安还在哈哈大笑。"哦天啊,哦,玛芮娅,你该试试。就好像我和阿鲁是一个人,一起思考一起反应。我们……"他的脸皱起来,努力在脑海中搜索合适的词。"我们连通了。就好像皮带扣上了,或者刚刚切开成两半的苹果合在了一起。"

"刚才真的太危险了,达瑞——"

他一面喘气一面朝我笑。"啊,恐惧也是其中的一部分吧,真的。而且我现在知道该怎么飞到那顶上了。不是从迎风那一面,而是从东边的背风面。那中央有一股比较平缓的上升气流。我感觉到的。"他的笑容垮下去,"噢,好吧,游戏时间结束。"他往下指指东边:"咱们的护卫队来了。"

在我们下方,几只龙正朝更下方的某个目标缓缓滑过去。但那并非前来寻找我们的凯雷科一行。只需看一眼它们破破烂烂的翅膀就能知道它们的身份,更别提还有那丑陋的姿态和烧焦了一样的皮肤。

达瑞安沉下脸,目光变得极其专注,"凶煞,玛芮娅。火烧库鲁宗屁股。又是凶煞。"

它们究竟是打哪儿冒出来的? 山里还有什么不为人知的通道吗? 再往下些是另外五头龙。我和达瑞安认出那是凯雷科、贝鲁埃和龙骑士团的护卫。

"他们还没发现威胁，"达瑞安说，"他们不是来找我们的吗？干吗不往上看？笨蛋。"

"达瑞安，你得赶紧飞回家搬救兵。"

"为什么要我飞回去——"

"因为阿鲁飞得比嘎嘎快！"

他盯着我的眼睛看了一秒钟，然后沉着脸点点头，"你准备怎么办？"

我低头往下看，耸耸肩说："示警。"

"老天，当心。"他拍拍阿鲁右边脖子，"家，阿鲁。走！"阿鲁转弯离开上升气流，朝龙场加速飞去。

我示意嘎嘎离开气流，她张开翅膀慢慢下降，我趁机观察形势。三只凶煞龙已经就位，正静悄悄地朝凯雷科一行人飘落，准备发动奇袭。仿佛老鹰抓兔子，或者龙狩猎鹿。

"低，嘎嘎！"意思是急速俯冲，马上。

她扭头用一只眼睛看我——眼睛睁得老大。然后她把翅膀完全收紧，只留了翅膀尖露在外头，脖子直直往外伸，她的侧影变得好像箭头一般。我们向前滑行离开了上升气流，对准那群凶煞笔直地加速冲过去。我大幅弯腿，绑带绷紧；又把身体平贴在嘎嘎脖子上，深吸一口气。

凶煞下方是一道峡谷。我轻敲嘎嘎的脖子跟她做简单的交流。她咔嗒一声表示明白，身体稍微往前倾过一点，完全收紧翅膀开始坠落。三只破破烂烂的怪兽仿佛飞快地迎面扑来，没等我看清到底哪里不对劲，我们已经冲破它们的队形继续下落。我突然想到了那个影子怪物，厄迪姆。它在哪儿？

凶煞咆哮起来。我们身后响起革翼扇动的声音。

第三十九章

凯雷科的人和贝鲁埃在下方盘旋。嘎嘎只靠翅尖和尾巴掌控飞行,使自己的侧影变窄、速度变快。我无意停下。

我尖叫道:"下面!"他们猛地抬头,我像箭一样刺穿他们的队形。我们身后爆发出一大片叫喊和命令。

"嘿咿。"听了我的话,嘎嘎把身体放平。我碰碰她身体右侧,于是她绕个大圈朝山的方向飞,寻找另一股上升气流。我往回看。

奇袭失败,两只凶煞鼓动翅膀,悬停在贝鲁埃、凯雷科和他的手下上方。第三只绕过所有人朝我追过来。

"低!嘎嘎!"我惊慌地大叫,她立刻收紧翅膀和尾巴。我们再度坠落,但这次不够快。凶煞一面下落一面用翅膀推动,距离不断拉近。我已经看见了深藏在它肉里的恶心绿光。

"天啊,嘎嘎。它太快了。我们得灵活,就像跟阿鲁玩'兵抓贼'。兵抓贼,嘎嘎!"

嘎嘎害怕极了,但同时也全身心投入。我不再干涉,把自己当作负重,任她凭本能行事。她向右急转,以半个桶式翻滚把我们推向一座山峰,然后重新摆正身体,闪到山背后。我紧紧抓住龙鞍的把手,身体贴近嘎嘎,不过脑袋偏在她脖子侧面。她扇动翅膀从山峰背面往上攀升。凶煞也跟着绕到这一侧,拍打翅膀向上飞,不过在我们下方很远。很好,距离拉开了些。凶煞速度快,但体型也大,因此转向时需要更大的空间。我们飞到山峰顶部,嘎嘎一头扎进一股上升气流,搭着它飞向更高处。我往下看,只见凯雷科的人正与其他怪兽作战,不断盘旋、翻滚。只有三个小组在保护贝鲁埃。贝鲁埃的龙泽尔不懂得如何战斗。她是年老的保育龙,既缺少体力也没受过军事训练。

护卫队里少了一个人,凯雷科不见了。但我没工夫找他。跟着我的凶煞也从山峰旁进入了上升气流,它是成年龙,翼展更大,优势明显。它扇动翅膀,把大团大团的空气往后推,跟着我们往上升。它的翅膀上有那么多洞,怎么竟还能飞起来?

"天哪,低!"

嘎嘎左转,朝山峰另一侧坠落;又绕到它背后,穿过两条石柱之间的缝隙;再出来,进入一片紊乱的空气,失去平衡、翻滚。她旋转时,我的手松开了龙鞍,血液涌向我的大脑。她伸出一边翅膀,晃动尾巴,把身体摆正,同时也失去了加速度。她结束俯冲——涌进大脑的血液突然转变方向,我昏了过去,失去了意识。过了一秒钟我醒过来,或许三秒,发现嘎嘎正回头看,吓得尖叫。凶煞追上来了,它拍打翅膀减缓速度,好让自己的武器能派上用场。

它没有前爪,却挥舞着两把向下弯曲的长刀,原来是把镰刀接在了龙的胳膊肘上,胳膊肘下方残余的骨肉都被金属包裹。弯刀举起时活像一把巨型剪刀。嘎嘎再次扭动身体,在最后一刻把我们往旁边推开。一片丑陋的刀刃呼啸着从我头顶划过。惯性带着凶煞越过我们。我们再度拉开距离。

那东西不肯放弃,转身拍打翅膀追过来。嘎嘎顺着一道岩脊往下跳,每次都用腿和翅膀推着突出的石头,借此变向、加速。她左右闪躲穿过一系列缝隙,逼得凶煞只能绕远路。她找到最喜欢的气流拉开距离。但那怪物比我们更有力量,更有经验。

我们以灵活机动赢得空间,怪物则靠顽固的坚持蚕食我们的优势,始终没被落下。

我感受到了嘎嘎绝望中迸发的精力。但她已经在山里玩了一整天,体力消耗殆尽。我拍拍她的脖子一侧，让她飞到开阔地带，好让我辨明方向。凶煞跟上来。我们发现一股上升气流，骑着它升到顶。怪物也进入气流内，跟着我们爬升。

在另一道山脊上，两只凶煞正追赶贝鲁埃。虽说有龙骑士团协助，贝鲁埃的龙依然逃得很艰难。凯雷科去哪儿了？

其中一只凶煞拉近了距离。骑手抬起十字弓上弦。我在高处，把那怪物看得很清楚，真是令人作呕。骑手的两条腿都被切开了，分成散乱的几缕，像磨损的绳头，肌肉、筋腱和骨头被编织进龙鞍里，龙鞍又缝在凶煞龙的胸部，裂缝中透着骇人的光。烧焦的皮和黑色盔甲浑然一体，两具焦炭般的尸体彼此缠绕。"炸糕，"凯雷科是这么说的。

嘎嘎侧倾——太早了。凶煞跟过来，从气流中借到更多力。嘎嘎开始惊慌失措，但我不知道该领她去哪儿。龙场在反方向，得越过另一道山脊，紊乱的风在它锯齿似的脊背上旋转，但援兵只可能来自那里。

"家，宝贝，带我们回家。"

她再度摆正身体，收紧翅膀。我两腿夹紧，抱住她脖子。她开始下落，我俩都大口喘气。我身上没带武器，连把匕首都没有。我跟达瑞到底是怎么想的，竟还故意甩掉全副武装的护卫？

嘎嘎落到最低点，惯性给了我重量。我使劲弯腿，贴近她的脖子，免得再次失去意识，同时也尽量减少受风面积。她光靠俯冲的动能飞了很远，脑袋向后贴住脖子，耳膜盖住我的脑袋和肩膀。我扭头瞟了一眼，发现凶煞紧跟在我们身后停止了下落。骑手抬起弓。我拍拍嘎嘎，移动重心示意她往左，接着又两次向右移动。骑手放箭，但偏出很远。

凶煞突然倒退着向上飞去，拍打翅膀在空中悬停——一个龙骑士小组落在我和凶煞之间，鞍头弩噼啪作响。是凯雷科！他手下的两个小组快速朝我们飞来，身后有两只凶煞紧追不舍。贝鲁埃不知在哪里。

凯雷科为我赢得了时间，让我有机会逃回家，但我不能丢下他和他的手下。我引导嘎嘎转个大弯绕到背后。我四下打量，似乎没被凶煞盯上。又一股气流把我们推到更高处。

我们已经累到无法形容，唯一的动力就是绝望。除了彼此，再没有地方可以汲取力量。我们终于有机会稍稍喘息,我突然意识到我和嘎嘎的联系多么紧密。这不仅是靠信任、语言和共同完成的无数练习,同时也是靠我们的契印。或者甚至还不止?阿瓦啊!达瑞安说的就是这个意思吗?被凶煞追赶时我似乎一直能读懂她的意图、预测她的动作。而她回应我指令的速度也像我自己的念头那么快。我们的大脑几乎融为一体。在某些时刻,我们是玛芮娅/嘎嘎,在另一些时候则是嘎嘎/玛芮娅。

我闭上眼睛,让自己的意识进入她的身体,搜索链接的那个点,再度接入。我听着。那一刻我听到凯雷科的手下在大声喊话、彼此交流。鞍头弩拉响。风吹在衣料上的声音,风吹在皮外套或翅膀上的声音。甚至风从我护目镜边缘绕过的声音。嘎嘎的咔嗒声。只一次。

不是交谈的那种咔嗒声,而是——

随着第一声微弱的回响,答案像闪电一样击中了我。

摆弄那只鸡的时候、跟踪阿鲁的时候。模仿达瑞安的战吼——连回声也包括在内——听着她的模仿,我几乎能感觉到周围的悬崖。还有在家时那种交谈似的咔嗒声,重复数次,仿佛带了回音。不像是离家时这种单一的咔嗒声。

她听的就是回声。

我终于明白了,像高处的风一样笃定。其实在模仿达瑞安时她就是在跟我解释。嘎嘎和她的同类通过倾听自己发声的回音来感知世界,感知世界的宽度、深度和空间大小。之后,它们就用自己的语言把自己描绘出的图景告诉彼此。它们的三维语言。它们用回声说话。

我意识到自己对高处这些空间的判断——它们的高度、凹度、深度——万万不及嘎嘎。我永远、永远不可能像她一样看得那么清楚。

而现在我需要看清楚。在我下方是一场毫无获胜希望的僵局。龙骑士团的技艺令我赞叹——换了我根本无法在这样的战场里辗转腾挪,就好像我没法把玩毒蛇,把它们系成疙瘩。凯雷科的战斗是缓慢的撤退。他跟我想到一块儿去了——援兵只会来自瑞亚特的方向,我们必须把战斗往那里引。贝鲁埃和泽尔还活着,努力躲避凶煞,同时还要注意不能挡了龙骑士团的道。凯雷科的手下都用鞍头弩,箭矢雨点般落下,但这对那些烧焦的怪物没多大作用。它们根本不知疲惫为何物。混战肯定不行,被那东西碰一下都会受伤。很快龙骑士团就会耗尽弹药,面对差点击垮嘎嘎的那种绝望的疲惫。不管凶煞飞行的姿态多么丑陋,它们都毫不放松,而它们想要梅利恒。我心头闪过一个念头:也许不如把他扔给炸糕算了。

但我做不到。我伸长手臂摸摸嘎嘎的契印。是热的。她回头用一只美丽的银色眼睛看着我。现在我们已经休息了一分钟,又趁机评估了局势,我知道该怎么办了。

这是我们的山,我们知道空气如何流动,知道哪些地方死气沉沉、哪些地方有气流。我们知道哪里该扇动翅膀、哪里该借势滑行,哪里该爬升、哪里该侧滑。我用喊声和触碰引导嘎嘎直线下落,正对着距离最近的凶煞落下。那凶煞瞄准贝鲁埃,占据了有利地形,正倾斜着飞过去准备发动攻击。我凑到嘎嘎耳边说:"抓住它!"

我们全速迫近那怪物,我高喊:"嘿咿!嘿咿!"趁我们从怪物头顶掠过时,嘎嘎伸出后腿用力蹬在凶煞头顶。我往后看。贝鲁埃躲开了,怪物转身朝我们追来。我贴在嘎嘎脖子上,大喊一声:"走!"

我们如闪电般射向山脊。怪物紧跟不舍。

很好。不过凶煞在不断缩短距离,它的速度比弯刀胳膊的那家伙更快。恐惧冲刷我的身体。万一错判时机我们就完蛋了。嘎嘎明白我要她去哪,也明白了为什么。我立刻感觉出她懂了,像电击一般迅速。我们瞄准的是崖面较低处,凶煞的飞行角度更高,它想困住我们。

在最后一刻,我们借着从悬崖底部向上喷涌的气流往上急转。怪物没能及时调整,从一个很别扭的角度撞上了气流。

我们飞速从一块拱起的石头旁掠过,凶煞却被风推着迎面撞到石头上。一块块闪亮的绿色四散落下。强烈的气流把我们往天上抛。我们在混沌的空气中绕圈、旋转,只能偶尔瞥见一眼天空或者地面。我紧贴嘎嘎的脖子,想把周围看清楚些。凯雷科和他的手下跟了过来。有伤亡吗?速度太快,我数不过来。至少还有一头凶煞仍然紧追不舍。我们滚了好一阵子,嘎嘎这才找回平衡,把身体翻转过来。

一片阴影落在我们身上。弯刀胳膊的凶煞从上方落下。我尖叫起来——我们无处可躲。但嘎嘎用尽全力朝着怪物冲去。她把翅膀紧紧贴在身侧,弯刀从左右两侧割裂了我们身后的空气。这时嘎嘎用力踢向对方的喉咙,借力飞快地弹开了,这时刀尚未再度举起、怪物也还没来得及张嘴咬下来。怪物往下掉去,嘎嘎再度拍打疲惫的翅膀,飞到了怪物上方。

只听仿佛干燥皮革发出的吱吱声,又是一股劲风,怪物缩短了距离。

大嘴在我们背后张开,喉咙仿佛地狱熔炉的烟道。骑手拉紧了十字弓的弓弦。

嘎嘎再度急转,移到那东西的脑袋正上方,这里是它最难下口的位置。上下牙啪一声合拢,擦到了嘎嘎侧面。她痛得大叫一声,我感觉到了她的疼痛,我自己的身侧也有一股寒意。不过凶煞的牙并未找到牺牲品。我们从怪物身旁急坠,骑手一箭射出。我听出弩箭刺穿了翅膜。

嘎嘎收紧右边的翅膀,遮住身上的伤口,又利用左边翅膀控制飞行,让我们转着小圈往下落。这只能稍微减缓速度,眼下的速度依然致命。大山迅速朝我们扑来。我尽量缩紧身体,帮她找到平衡点。她在最后一刻张开双翼,朝一道断裂的山脊水平飞行。

太快了。嘎嘎放下臀部,狠狠落地,四条腿都像弹簧一样压缩。我没来得及调整,当她再度跳起时没有弯曲夹紧双腿,绑带也就没能发挥作用。我脑袋里的血全都涌了出去,第二次失去意识。醒来时我晕沉沉的,声音和画面都云遮雾绕,喉咙里好大一股胆汁的味道。

嘎嘎吓得尖叫起来。黑暗。不,是影子。怪物又飞到了我们头顶。我沉甸甸地压在嘎嘎身上,她绝望地打着转。我收紧身体。画面:我和嘎嘎一头撞到山体上。我睁大眼睛,不,我们正全速平稳下滑,远离大山,而怪物在模仿嘎嘎最后那次急转弯。然而之前的画面不肯罢休,现在又将我从龙鞍上扯下来,抛到石头上,就像母亲死时那样。

我明白了。厄迪姆。我知道了你的真面目。

嘎嘎被倒挂在三角架上,就像许多个月之前我见到的那些小龙。我腹部一阵剧痛,那是她的痛苦,我大口喘气。上次可没有身体的感觉——那东西变强了。

你藏在哪儿?

翻滚着从悬崖落下,每次撞上岩石都鲜血飞溅。我感到自己的骨头折断,我大声尖叫。

我没事,我在自己的契约伙伴背上。嘎嘎的动作和反应让我确信她并未被这股邪恶的力量影响——又或者她和我一样,也在奋力挣扎?

我们继续下落,一条幽暗的峡谷迎面扑来。我看见一只龙的身影蹲在一道岩脊上,破烂的翅膀贴着后背。

我看见你了,厄迪姆。

那道影子退进更深的阴影里。就在这时,弯刀胳膊的凶煞再次从上方向我们扑来。我和嘎嘎被利刃割开的画面。我感到锐利的钢铁造成的剧痛。

可嘎嘎不是正在转弯吗。

冰冷的尖牙在我身上合拢。太痛了,我尖叫起来。

但我们刚刚躲开了,我们在阳光底下。

凶煞的翅膀不断推动空气、迅速拉近距离,这时我左上方突然降下一个影子,转移了它的注意力。我坐在龙鞍里扭转身体,想看得更清楚些。

舒迦!

父亲朝凶煞嘴里射箭。舒迦从高空扑到那可怕的噩梦背上,像猎狗似的一甩头,把骑手扯下来。烧焦的碎片从两侧落下。凶煞龙张嘴想咬舒迦,但舒迦用前爪抓住了它一侧的翅膀,又用后腿和翅膀踢打,踢烂了怪物肩膀和翅膀的肌肉。舒迦咆哮一声飞起来,怪物则翻滚着坠落,它还在挣扎,一侧的翅膀拍打空气,另一侧的翅膀仿佛破风筝。它撞上一道岩脊,最后化作一条窄窄的污痕,再也不动了。

更多龙骑士小组从我们身边掠过,包围了仅剩的凶煞。很快它就被打烂翅膀、沿悬崖坠入深深的峡谷。我放松下来,大口喘气,头痛欲裂。地平线老在倾斜,但我还是一面喘息,一面拍拍嘎嘎的契印。我们抓住一股上升气流,飞去检查影子怪袭击我时所在的山脊。那里空空如也,只有一道阴森的裂缝蜿蜒切入山体。我努力敞开自己的意识,倾听厄迪姆的声音。

什么也没有。冰冷的液体滴落我的上唇。吉荷牡在叫我名字,我看见她骑着奥达科斯从我下方升起。托曼骑着拉努跟在她身后。达瑞安和阿鲁呢?还有炬扎也一个不见。

贝鲁埃和几个龙骑士小组朝一个黑色的形状飘落,衬着山上的白雪,地上一动不动的身体显得那么扎眼。我们盘旋着靠近。那不是凶煞，是我们的人。我的眼睛在空中飞快地搜索，终于找到了凯雷科和他的塔本。他俩没事。

我无助地闭上眼睛。我们中有人倒下。我们的人，我们的朋友，躺在岩石上。我一阵反胃。天啊。我抱紧嘎嘎的脖子，"家，宝贝。回家。"

途中有一次突然遇上旋转气流，嘎嘎太累了，没法维持翅膀的形态，于是直线坠落。等她终于稳住时，我已经再度失去意识。醒来、收紧身体。奇特的疏离感，仿佛存在，又仿佛不存在。天空在上，对，没错。父亲警告过我们，重力突然变化可能导致大脑损伤。我今天已经昏过去两次了。三次。

龙场歪歪斜斜地映入眼帘。"家。"不是我的声音——是嘎嘎。

翅膀抵消动能，风声。重重地落地，嘎嘎筋疲力尽。我挂在她脖子上，她瘫软在围场里。脚步声。我松开鞍具的皮带，从龙鞍上滚下来。嘎嘎想接住我，但我狠狠摔在地上。往上看。我是趴着还是靠在墙上？一个负责投石器的士兵抓住我的胳膊肘扶我起身，他身后是两个龙骑士团的骑手。

"女士？你受伤了吗？"

我甩开对方的手，站在我的嘎嘎身旁，脑子里全是刚刚经历的一切，画面彼此重叠，令人头晕目眩。眩晕，恐惧，厄迪姆抛来的想象中的痛苦。我老觉得那怪物会再度侵入我的大脑。阿瓦。革提克。阿刹。我怎么了？我感到自己快要控制不住哆嗦。泪水盈满眼眶，但我绝不要在这些人面前哭泣。

我帮嘎嘎站起来。她展开翅膀，我们转身往桥上走，士兵们纷纷后退为我们让路。他们的指挥官斯蒂兰大喊大叫，要他们回到自己的岗位。"眼睛盯着天上！"这时我才发现房顶上的弩炮全都装填上了帐篷杆大小的弹药，瞄准北方。

我们过桥往老宅大院走去。我只想让嘎嘎回到自己床上，为她疗伤。

动静。弗伦放低了弓朝我们走来，步子越来越快。

看见他，我不由顿了顿，嘎嘎停在我身边。

过去几周我一直在等他开口，想从他嘴里得到点儿真知灼见。他，或者玛毕尔，或者革提克。那些炙烤我头脑的问题，那些我怀着恐惧送出的祈祷，我期待着某种答案。但我得到的只是谜语，或者沉默，或者怪物。而不知怎的，在所有这些混沌中间——抑或正是因了这些混沌——嘎嘎和我以我从未想象过的方式达成了最深刻的连接。我一只胳膊搂住她的脖子，刚才的记忆让我颤抖，它们已经深深地蚀刻在我心中。我能看见落日下的大山，嗅到稀薄清冽的空气，感到冰冷的风鼓动她的翅膀、刺痛我的眼睛。我依然能听到她的呼喊造成的回声。这声音会一直一直在我耳边回荡。

今天，一个龙骑士小组坠落在山上。即便骑手能活下来，这个小组也被毁掉了。贝鲁埃会怪我吗？那个自负的埃达伊又会怎么想？凯雷科呢？一年之前，没有厄迪姆、凶煞或者阿瓦降落在我们的森林，我的世界多么简单。而如今的世界里，阳光照耀的峰巅对峙着最黑暗的深渊。

我们的大山仿佛变成了一个大洞，装满噩梦——这算不算一个谜语呢？哈洛迪人和炸糕，还有厄迪姆，像蛇打洞一样钻进我脑子里。

"玛芮娅小姐，你受伤了吗？"

我看不清他的脸。"弗伦，你一定要告诉我。阿瓦是什么？"我听出了自己声音里的颤抖。

他像鱼一样嘴巴开合，眨着眼说："玛芮娅小姐。你受伤了。"

"阿刹是什么？"

他不理会我的问题，只顾看我的眼睛——这让我很生气。

"阿刹是什么？阿瓦是什么？"

"玛芮娅小姐，我们得让你坐下——"

"请别再叫我'玛芮娅小姐。'"我看出他眼里的关切，但我不在乎。恐惧和愤怒，征象和怪物，还有难以捉摸的宗教，一切都在我脑子里搅成一团，中间夹杂着眼睛和血和火和坠落的画面。

我抓住他的衣服，帮自己站稳。"我们的山里有凶煞，我脑子里还有个该死的影子怪物，我必须知道这是怎么回事。阿刹是什么？"

他闭上眼睛，片刻之后，再次用令人心焦的谜语回答我的问题："阿刹既不是'谁'也不是'什么。'"

我听见身后传来翅膀鼓动的声响。时间不多了。我怒气冲冲地一把拧住他的衬衣。"我一直很耐心，任你和玛毕尔、贝鲁埃拖延，任你们藏起真相。我祈祷，希望自己能理解。但祷告又是什么？不过是朝风里吐出的一口气。"

他确认我看着他的眼睛，然后才说："祈祷是工作。祈祷是行动——"

"见鬼了,弗伦!别再讲谜语。我到底怎么了?"

他朝我头顶和身后看去,到处是叫喊、口哨和革翼鼓动的声音。他抓住我的肩膀让我直视他:"我能说出的一切都只是阿刹的一面。但阿刹是全部,而现在我已经说得太多了,因为我让你脑中有了一幅画面,但那原本是不可见之物。"

我满心沮丧,呻吟起来,"我真想揍你,弗伦……"

"祈祷也是沉默。经常如此,你寻求的东西会在某个沉默的时刻来到你身边。"

我一拳挥过去,他抓住我的手腕说:"好了好了。"就像我安抚龙仔的口气,混合着切割雪松的浓烈气味。

我挣脱他的手,把他推开,"我寻求的东西已经来了,在最可怕的时刻来到我身边,考验着我。"

他迟疑片刻,然后朝我伸出手,但嘎嘎发出嘶嘶的威胁声。他缩回去。我抓住嘎嘎的耳膜让她转身,我俩一齐面对返回的龙和骑手。

我转身背对弗伦,正好看见玛毕尔紧紧抓着达瑞安的胳膊走过来。

"父亲让我去找玛毕尔,但阿鲁驮不动两个人,"达瑞安说,"我刚用篮子把他接上来。"他一面好奇地打量弗伦,一面问我,"有人受伤吗?"

"有。天哪,玛毕尔……"

"你伤了没有?"达瑞安问我。

别再问我这个了。我摇头表示没有,头一动便忍不住倒抽一口气,接着小心地点点头。"我昏过去两次。"三次。不过我没说出来。

玛毕尔说:"让她坐下。"

"嘎嘎受伤了,我得——"突然间天旋地转,仿佛从水里往外看。达瑞安轻轻扶着我坐下,玛毕尔跪在我跟前,仔细检查我的两只眼睛。我们渐渐被龙和骑手包围。"你伤了头,多半是昏过去时撞上了嘎嘎的脖子。"他用袖子擦擦我上嘴唇,袖子上多了块红印子。"你得马上躺下休息。让达瑞安照顾嘎嘎。"

"我又遇到厄迪姆了。哦,玛毕尔。"泪水终于争先恐后地往外涌出。

他瞪大了眼睛,脸色灰败,嘴里悄声道:"老天啊。"

在一片混沌中，我听到凯雷科的声音焦急地呼唤玛毕尔，老德哈拉站起身："好孩子，我去去就回。达瑞安，别让她睡着。"说完他就走了。

贝鲁埃的声音从不知哪里传来，他喊道："让路！后退！"

达瑞安跪在我旁边，凑到我跟前悄声问："发生了什么事，玛芮娅？我错过了什么？"他就像非知道不可似的。

我还没开始琢磨该怎么回答，父亲已经飞奔到我们身边，洛夫紧跟在他身后。

洛夫看见我，大步冲过来，"一只龙死在了山里，他的骑手很可能活不过今晚。"

父亲转身挡在他面前，洛夫想推开他，"我们失去了一人一龙，一个出色的小组，就为了给这两个被宠坏的小孩当保姆——"

"那是我的小组，上尉。"凯雷科走过来，一边脱下手套一边说，"而依我看，她今天救了至少一条性命。不怪她。"

洛夫推开父亲，但没再往前走。他站在原地，先指指达瑞安，又指着我说："别以为你们的名声有什么了不起。我不在乎。我已经受够了。你们玩闹时，我和凯雷科的小组却填不饱肚子。你们的龙吃的食物，别的龙谁也吃不上。"

"是真的吗？"我不禁骇然，"那就让我和嘎嘎跟大家吃一样的。我从没要求特殊待遇。"

"这是我的龙场，洛夫，谁吃什么我说了算。"父亲道，"你还没看过我吃的是什么。"

"她冒着生命危险，拿自己和她的伙伴作饵把它们引开，"凯雷科说。"她只靠着对地形的了解，单枪匹马杀死了其中一个凶煞。拜托了，长官，别再说了。"

洛夫仍然瞪着我，但因愤怒而扭曲的嘴唇却放松下来。

达瑞安收敛了表情，一脸阴沉。

又是一阵翅膀扇动的声音，接着是凌乱的脚步，埃达伊和他的炬扎终于出现了。火焰守护者。他穿过聚在我们周围的人群，一路都在说话、喊叫。他挤进来，面朝我挺直肩膀。"贝鲁埃说得对，"他说。"每次黑暗侵入这个光明的世界，都跟你脱不了关系。"

凯雷科一步走到他跟前，长雀斑的鼻子皱起，"今天她救了我们的命。"

"可每次她都在场,这样的巧合我们不能不——"

"别费这个神了。巧合只在于天气晴朗,方便凶煞勘察地形。玛芮娅比我们更早发现它们。巧合结束。"凯雷科凑近埃达伊的脸,"或者你指的是另一个巧合:你恰巧不在。"

埃达伊的下巴又往上抬了一抬,鼻翼鼓起。

洛夫说:"她分散了大家的注意力。"

凯雷科说:"如果不是她向我们示警,我们全都活不成。"

他的一个手下站在他身后,这时插进一声:"是真的。"周围的人又开始交头接耳。

我不想嚷嚷,只尽量抬高了声音说道:"你们都忽略了一件事。"我扶着嘎嘎的脖子站起来,头痛欲裂,我忍不住龇牙咧嘴。周围并没有安静下来,父亲吹了声响亮的口哨,然后朝我歪歪头,示意我继续。

我控制着音量,又要大声又不能太大声,免得引起钻心的头痛:"你们忘了考虑一件事:我们已经检查过山洞的前后两个入口——我们所知道的那两个入口。也就是说,除非这些凶煞是一路从库罗达飞过来的,山洞必定还有另一个出口。"

洛夫啪的一声闭上了嘴,埃达伊眯细了包裹在火焰刺青里的小眼睛。

我揪着后脑勺的头发,希望能麻木头皮底下的痛楚。"再说了,这样的出口究竟还有多少?怎么才能把它们全部封死?"

凯雷科首先打破沉默:"应该派人去侦察。"

"同意。至少要找出进山的所有通道,"洛夫说,"但愿别太多。"

"应该进去,赶在它们数量增长前把它们彻底消灭。"凯雷科看着洛夫的眼睛,但上尉摇头表示否定。

"我们没有足够的人力,也不知道它们的数量究竟有多少。再说这里也必须时刻留人守卫。这只会分散我们的力量。"

凯雷科阴沉着脸点点头。

洛夫转身面对我和达瑞安,"从现在起,你们两个不准再进山里。我不会再派人护着你们追彼此的尾巴玩。待在悬崖东边,你们的活动区域是镇子和田地上空,不能再远。"

　　我又想起了厄迪姆，潜伏在阴影笼罩的岩石上，用我的恐惧制造武器来攻击我。我感觉到自己骨头断裂、被砍成两半。"我可能知道出口在什么地方。"我的脑袋抽痛，上嘴唇又流下一股液体。"我看见厄迪姆了。"

　　洛夫盯着我，严厉的面具底下写满迷惑。这时凯雷科碰碰他的肩膀——贝鲁埃和玛毕尔走进圈子，周围的士兵顿时沉默下来。

　　贝鲁埃摇摇头，"他伤得太重，这一搬动又加重了伤势。他去了。"

　　我感到路面撞上了我的膝盖，于是知道自己倒下了。达瑞安架着我，让我慢慢坐起身。嘎嘎在舔我的脸。玛毕尔朝我走来，忧虑扭曲了他的面孔。

　　洛夫抬头看看龙场房顶的机械，又看看包裹围场的木头栅栏。"我们失去了第一个弟兄。"他深吸一口气，然后慢慢吐出来。他看着我说："把玛芮娅也算在内，今天有六个小组，却没法打败三只凶煞。"冰冷的承认，在洛夫这就是最接近道歉的话了。"我们总共有多少人？算上我，一共两打龙骑士小组，九组炬扎。我不能算你，育龙使，因为舒迦是龙父，不能冒险让他参战。空中三十三组，即便再加上斯蒂兰的火力网和他所有的步兵，我们带来的力量恐怕也太少、太迟了。"

第四十章

我从一个漫长的梦里挣扎出来，发现自己躺在老宅的床上。

但由尸体和钢铁组成的阴森怪物仍旧紧追着我不放，像黑暗的影子，用它的谎言考验着我。最可怕的是，这些谎言并非纯粹的谎言，而是扭曲的真相。

为什么我没在冬厩的小床上？嘎嘎在哪儿？我坐起一半就呆住了，脑袋里咚咚直响，仿佛有块大石头在里面晃动。我坐到床沿上，两脚落地，忍不住呻吟。

"你醒了。"父亲的声音。他坐在角落的椅子里，正放下手中的书。

我突然回忆起自己为什么在这儿，疼痛变得更尖锐了。"举行过纪念仪式了吗？"

"嗯。他同翼的伙伴想把他和坐骑一并葬在祖尔梵山边，他们坠落的地方。但洛夫不同意。'太费时费力，'他说的。他们最后在神殿找了块荣誉墓地。不过他的龙留在了山里。真是可悲的浪费。"父亲眼睛发红，满脸倦意，嘴角下垂，"他叫达尔姆，他的龙是提姆萨。"

"嘎嘎呢？"

她的脑袋从打开的窗户探进屋里，算是回答了我的问题。

"嘿，玛芮娅。起。"

"她不让我们关窗,也不许拉窗帘和百叶窗。"父亲咧开嘴,笑意让他的眼睛显得不那么痛苦了。

我也笑了:"难怪屋里这么冷。"我小心翼翼地站起来,捧着嘎嘎的下巴让她闻我的脸。"嘿,宝贝。"她的舌头太湿、太烫,但我没力气推开她,"老天,我浑身都在痛。"

"说起来,你被禁足了。"

我转身速度太快,痛得抽了口气,"你不会任由洛夫禁止我们去山里吧?"

"我就是这么打算的。发生的事情我也有责任。我本该陪着你们。我应该亲自带你们去那些高崖,可我不知道你们已经准备好了。我应该知道。我还应该考虑到山洞的危险并未完全排除、我们还不清楚自己面对的是什么情况。"

"我——"

"但这并不是你们被禁足的原因。这是贝鲁埃的意思,因为你在一次昏迷期间伤了脑袋,而嘎嘎身上又有刀伤。对了,伤口他已经治疗过了,没用刺青。翅膀上的洞他也合上了。"

嘎嘎亲热地顶顶我的头,"我就知道那怪物碰到她了,可怜的宝贝。看来我还得跟贝鲁埃道声谢。"

"我听说是他该跟你道谢呢。你的伤一好,我就重新教你怎么控制血流,之前是我不够经心。有件事你听了也许好受些,我也飞不成了,舒迦的伤口需要时间恢复。"

"什么伤口?"

"爪子和嘴巴的烧伤。就像你之前说的,凶煞像滚烫的冰。他把那东西撕碎了,但也付出了代价。"

我坐回床上,一只手伸出去,嘎嘎伸出舌头就能够到,"我还记得你拿冰敷在我头上,想让我保持清醒。我睡了多久?"

"一天两夜。今天你休息,但明天就得开始继续训练。"

"不是说我被禁足了吗?"

"没错,不过你和达瑞安的弓两周前就已经做好。早该给你们。"他指指墙角,崭新的弓和箭筒靠在墙上。"又一件我早该做的事。达瑞安已经开始训练,跟着弗伦练。还有,我已经委托一天飞行距离之内的工匠为我赶工造箭。老宅、冬厩和冰窖里各有一处藏武器的地方。等你能走了我就带你去看。"

父亲的礼物并没让我觉得兴奋。我很感激，没错，而且更安心了，但并不兴奋。这是一把美丽的复合弓，配有增加射程和力量的凸轮和滑轮。父亲和托曼用的就是这种，真正成年人的武器。但我知道他为什么满脸严肃、一副就事论事的模样。昨天之前，他给了我和达瑞安时间，让我们与我们的龙一起慢慢成长，但现在他为自己的拖沓感到内疚，他在想我或者达瑞安的弓是不是原本可以拯救两条生命。

我们憋着劲儿，拼命练习。老宅的院子背后还剩一小片树林，我们的稻草包靶子就立在林子前面。我们站在桥上射箭，就在贝鲁埃、埃达伊和周围所有士兵的眼皮底下。除了弗伦的指令，我们在练习中一直沉默。我们从不谈论阿刹和宗教、龙和木材，连天气都不谈。我和弗伦之间的沉默令我难过，但我不想再听谜语，也不想再因为他说的太少跟他争执。我只想学射箭，学好射箭。

"别刻意瞄准，"弗伦说，"感受你们的箭，感受目标，感受它们之间真实的联系。让箭告诉你们它的意图。"

听着像疯话，但我想到我与嘎嘎之间的联系，那也并非通过思考得来的。它来自我的中心，甚至来自我之外。父亲有时管舒迦叫他的"另一个自我"，现在我明白了。射箭跟这当然不同，但也类似。箭并没有意识，但它也有意图，还有习惯、射程和致命的目的。

"很好，玛芮娅。"弗伦说，"你的心态正确，既放松又有力。你学得很快。"达瑞安尽力不被落下，但我在这方面确实更厉害。这让他很生气，但我不管。这并不是针对他。赤手空拳遭遇敌人，我不会让这样的事情发生第二次。

这一天，我的准心似乎完美无瑕。第一支箭就正中靶心。第二、第三支也一样。接着是第四、第五支，全都紧紧聚在一起。我理解每支箭，而且能看清它们的路径，仿佛那是一根根银线。第六、第七、第八支。第九支。我身后的军营传来一声惊叹的口哨。弗伦看着我射箭，他用只有我能听见的声音轻轻说："你触到了阿刹，玛芮娅。记住现在的心境。"

嘎嘎的伤口慢慢愈合，我也在恢复，每当龙说话时我都认真听。这样我就不会去搜索厄迪姆的声音了。

我尤其注意重复的模式，比如在某个音之后加上的回声。这种声音很多。不过也还有别的声音：口哨、叽喳和噭噭叫。它们是什么意思？我告诉自己，慢慢来，先弄清一个字，只一个就好。

喂食的时候我会带嘎嘎去仓库，好跟她独处。吃饭之前我会先让她坐下，等她把注意力全放在我身上，然后尽力模仿咔嗒、咕噜和隆隆声。我一直没能引起她的兴趣，直到有一天我想起几乎一个季节之前，她如何模仿达瑞安欢乐的战吼："呜呼－呜呼－呜呼－呜呼……"

她歪着脑袋看我，觉得有趣似的甩甩尾巴。她说："不。"

然后，她完美地重复了上次的声音，多重回声半点不差："呜呼－乎呼乎－乎呼乎－乎呼乎……"

我闭上眼睛，哆嗦起来，仿佛感觉到了自己两侧的悬崖。"你是怎么做到的？"我问，"你这个神奇的小东西。"我又试了一次。

"不，"她说，把脑袋歪向另一侧，"咔嗒－咔咔嗒嗒－咔咔嗒－嗒。"

我摇摇头："再过一百万年我也做不到。"

嘎嘎盯着我看了好一会儿。她发出低沉地隆隆声，问："你会腔吗？"然后她舒展翅膀人立起来，"咔嗒。咔嗒。咔嗒。咔嗒。"

她是要求我重复一句话。我还只顾吃惊，她已经肚皮着地收紧翅膀，前肢在身前伸直，下巴放在爪子上，"嘀嗒嘀嗒嘀嗒嘀嗒。"

我完全不知所以，只能摇摇头。

她重新坐直，正对着我，扬起一边眉毛。这神态她是什么时候学的？我是这样的？

我又试了一次。"咔嗒。咔嗒。咔嗒。咔嗒。"我微弱的舌音永远比不上她从喉咙深处发出的锐利声响。

"不，不。"她摇头，"咔嗒。咔嗒。咔嗒。咔嗒。"

"我就是这么说的呀。"

她摆正脑袋，尾巴也不甩了，前腿不耐烦地摆动。"不。"

我泄气了："我不明白。"

她把这整出哑剧又重复了一次：站起身、舒展翅膀。"咔嗒。咔嗒。咔嗒。

咔嗒。"大声的咔嗒,接着是逐渐减弱的咔嗒,就像回音。这我懂。然后她蹲下,收紧翅膀,脑袋搁在爪子上,把身体缩起来:"嘀嗒嘀嗒嘀嗒嘀嗒。"之后她坐起来看我,脑袋歪向一侧。

哦天啊,我明白了。我推开仓库的门,面朝门外,张开双臂大喊:"咔嗒!"我听到了自己的回声:首先是从周围建筑反弹的清晰声音,接着是从悬崖那边远远传来的回应。房顶上的人转身盯着我。"咔嗒。咔嗒。咔嗒。咔嗒。"我对她说。"大空间,对吧?"然后我又把门关上,指指仓库内部,把胳膊收紧。"嘀嗒嘀嗒嘀嗒嘀嗒。小空间,对吧?大空间和小空间!"

她把脑袋歪向另一侧,"的-阿。"

我张开胳膊,"大。"我把双手合拢:"和小。"

"搭。"她体会着这个新词汇,"肖。搭,肖。搭。"

不过她之前发出的声音,就是特别真实的那种,听着像是大声音和小声音彼此重叠。几层意思,一系列的声音。"你把它们混合起来,大的咔嗒和小的嘀嗒,用它们制造——不是单词,而是别的龙能理解的图画。"

她又朝我歪起脑袋。图画是全新的概念,不知得费多大劲儿才能解释明白,不过我知道自己说对了。这合情合理。我满心惊奇地看着她。龙并不需要学习语言,只是发送和接收画面。如果里面包含了语言,那多半也超出了人类的理解能力。

她甩动尾巴点点头。然后她证明了她是多么精通我的语言——论学习语言,我这辈子别想赶上她了。

她要求道:"现在,鱼,玛芮娅。"

第四十一章

第一窝蛋落地时，屋外电闪雷鸣。雨点砸在冬厩的房顶上。一年前，我们的三个龙母总共下了二十四枚蛋，是历年最多的一次。父亲告诉我，下蛋多表明未来会动荡不安。

我急着想去点数，希望今年别比去年还多。

阿缇斯在装满新鲜木屑的产巢里下了八个带斑点的灰色龙蛋，比去年多了一个。父亲、托曼、吉荷牡、达瑞安和我轮番上阵，每个蛋都擦干、检查有没有损伤，然后称重，再寻找表明龙仔是否健康的迹象。我们用蜡笔在蛋壳上写下父母的首字母和每只蛋降生的序位、把重量和序位记在账本里，再用手推车把这些珍宝推到育龙房。拉努正在一床清洁的干草上等着提供热量。阿缇斯生下最后一枚蛋以后就去跟他汇合。她很快就睡着了，像只偌大的猫咪，肚子深处发出呼噜呼噜的响声。拉努在她身旁守着，新产的一窝蛋护在它俩之间。

大雨继续倾泻而下，我们等着另一位母亲生产。达瑞安和阿鲁去伸展腿脚，回来时达瑞安悄悄走到我身边，低声说："凯雷科有话想跟你说。"

"什么？他怎么说的？"

"说他有话想跟你说。"

"什么话？"

"我怎么知道？跟他谈谈，听他说什么。他想问你什么话。"

"哦不。"听着感觉不妙。两个念头同时钻进我脑子里：他想要我，以及拜托，别。我回忆起他关于在龙场生活的幻想，还有那时我感受到的暖意。他为我雕刻的龙至今仍在我床头柜上。许多个无眠的夜里都盯着它，琢磨自己这样早就考虑嫁人是否不大妥当。我对他并没多少了解，我对自己都还不怎么了解。我不想听这些话。我的世界已经够复杂了。我摇头甩开这些念头。"什么时候？现在？"

达瑞安耸耸肩："随便什么时候。"

他留下我独自站在原地。我满脸通红，难堪、渴望和恐惧交织在一起，让我心烦意乱。这事儿得等等再说。珂露菲快生产了，别的都得靠边站。太阳落山，她生完时雷暴已经减退成急促、绵密的小雨。十枚完美的龙蛋与奥达科斯一起在育龙房里等着她，比去年多了两个。

现在只剩葛露斯了。她的体型比阿缇斯和珂露菲都大，每次都是最后一个生。父亲和托曼轮流在冬厩踱步。达瑞安在自己的小床上睡着了，可我却异常清醒。这一切我当然早就见过，但再过一年阿鲁和嘎嘎就能繁育，所以这次我特别关注。我翻转椅子坐下，胳膊搭在椅背上，看着吉荷牡给珂露菲的最后一枚蛋称重。

我渐渐平静下来，暂时忘却了烦恼。葛露斯发出轻柔的隆隆声。父亲自顾自地哼着歌。托曼停下脚步，从背后拥抱吉荷牡，她转过头，脸上被他亲了一口。最近他对她更耐心，也更温柔了。

这里就是我想待的地方，就在这里，在龙场，把小龙仔带到这个世界。这些小家伙将是阿鲁的弟弟妹妹，也算是嘎嘎的弟弟妹妹。几天以来微笑第一次浮上我的嘴角。我想紧紧抱住这个幻象不松手，不去想其他任何事。

吉荷牡微露倦意，脸上却带着笑。她把一把椅子翻转放在我旁边，头搁在手臂上看着我。"你知道吗，我觉得这可能是我最喜欢的时候：龙蛋刚刚落地，整个龙场都在静静期待。龙场的一切我都喜欢，但安静的时光对我最合适。"

她那红宝石般的头发乱蓬蓬地打了结，脸上还有黑眼圈，可看起来却容光焕发，整个人都很放松。这种时候她更像是我的姐姐。这也是幻想的一部分，我养着龙,过着田园诗一般的生活。抱紧这个幻想,我暗想。它几乎触手可及。

她的微笑消失了。她问:"怎么了?"

我没料到自己脸上真情流露。贝鲁埃。埃达伊。凶煞。厄迪姆。斯蒂兰的火力网,到处有士兵东张西望。被禁足。该从哪儿说起呢?我朝龙蛋点点头。"瞧它们,吉荷牡。它们完全不了解自己进入的这个世界。有多少能幸福地生活呢?大多数都会死在某处的战场上。你不觉得这很可悲吗?"

一缕头发落在她脸上。"有时候。但大家都要以自己的方式为帝国服务,不是吗?"

"至少人类能够选择。"

"真的能吗?"

我看看手推车,珂露菲的最后三只蛋放在毯子底下保温。"也许不能吧,常常不能。但龙呢?它们从来没的选。"

"我们很幸运,"她说,"虽然有凶煞,有厄迪姆,有房顶的杀人机器,但我们还能做这件事。"她拨开落在我脸上的头发。"你该好好利用时间,多在你的龙语上花些功夫。"她微微一笑。

"龙语的事是真的,"我说。"你听就知道了,你也会听见的。"

"我一直在听,我觉得你说不定真的发现了大秘密。"她跳起来在我额头轻轻一吻,"我得走了。还要送一车。加油,有一天你得教我呢。"她朝我挤挤眼,然后推着珂露菲的蛋出了门。

贝鲁埃大步走进来,在她身后关上门。我的肚子感到一阵不舒服。从山上回来后我还是头一次看见他。他来干吗?

他转身面对我们:"说来你们也许不信,龙生蛋我只见过两次。可以的话我很想看看。"

父亲瞅了他一眼,"别碍事。"说完他继续踱步。

我和托曼坐着,达瑞安在睡觉,吉荷牡去老宅拿来更多毯子、热水和热毛巾,毛巾上还冒着蒸汽。她瞅了贝鲁埃一眼,然后背对他忙起来。

最后他朝我走来。"玛芮娅,"他略一鞠躬,"我欠你一声谢谢,你在山上帮了我。我代表亲爱的泽尔和我自己,向你致以最深的感谢。她是我最老、最亲密的朋友。若她出了事,我真不知道我……"他说不下去了,显得很挣扎。

我耸耸肩:"我只是做了该做的事。"

"哦,不止,不止。"他深吸一口气,"我承认,这类谈话我并不在行。有时我说话太过激动,我知道自己容易被情绪影响。但我并不是坏人,玛芮娅,我想说的是:我明白你大可以把我们丢给怪物,但你没有。"

我累了,我头痛,我应该上床睡觉,我不想跟他谈这些。但我点点头。

我们的目光相交,他露出一丝窘态,转开了眼睛。"其实我们有不少共同点,你知道了会吃惊。我父亲是龙骑士团的军需官,与坦姆兹作战期间在军中供职。他很严厉,跟你父亲一样。长于责任心,却缺少同情,对人要求严格却又没耐心。"

我不想听这些。我父亲才不像他说的那样呢。

他额头的皱纹更深了些,"玛芮娅,我也和你一样,很小的时候就失去了母亲。"

我咬住嘴唇,免得自己脱口说出什么。

"坦姆兹士兵袭击了我们的村子,我眼看着许多邻居被屠杀。当兵的来洗劫我们的办公室,我和母亲、姐姐一起躲在仓库外头,眼看就要被他们发现,这时候母亲拿起一把斧头冲了过去。"他停下来看看我,"我眼看着坦姆兹人一刀刀砍向她,她挣扎着不肯倒下,先是站着,后来跪在地上。"他咽口唾沫,"在他们砍掉她的头之前我转开了视线。"

他纹丝不动地站着,整整一分钟,嘴角下垂,眼睛盯着紧握椅背的拳头。我不想再听,不愿让哪怕一丝同情稀释我对他的愤怒。"你跟我说这些做什么?"

他瞥我一眼,眉头紧锁,面色凝重。"我知道你巴不得我离开。但如今这种情形,我们得同舟共济,所以我希望能让你理解我。"我没话可说,所以转开了眼睛。

"你母亲是怎么死的,玛芮娅?"

我感到自己涨红了脸,那是压抑的气恼和悲伤。我祈祷他能看懂我的脸色、听出我声音中的犹豫。"急速俯冲时,鞍具的一根皮带断裂,她摔死了。"怒气在我心中翻腾:他有什么资格打听这些事。

"对不起,我没想到会触及过去的伤口,我不是想打探什么。我能理解。真的。"他略一低头,说:"嗯,请让我再度向你表示感谢。"说完他便走开了。他没离开屋子,而是到处溜达,摸摸龙巢、研究建筑的框架结构和墙上的设备,等着下一窝龙蛋。他在嘎嘎和咯咯身边停下。嘎嘎和咯咯偎依着蜷在巢里睡觉,阿鲁把鼻子塞在一侧翅膀底下,露出了契印。贝鲁埃皱着眉头凑近了打量,然后转身看向我。

我这才想起自己嫌头发碍事把它扎了起来。我下意识地伸手解开了马尾辫。他脸上露出了悟的神情。

葛露斯发出轻柔的呻吟,渐渐拖长成隆隆声。

"开始了,"父亲说,"托曼,毛巾给我。达瑞安!"他从牙缝里吹响口哨,达瑞安猛地坐起来。

"已经到时间了?"他一手捋过自己的头发。

贝鲁埃凑了过去。

父亲说:"第一个马上就到。"他把毛巾垫在木屑上,正对着葛露斯弓起的尾巴。"去年她下了九个蛋。如果今年也有这么多,那就是龙场的新纪录了。"父亲面沉如水。

"对,我记得。"贝鲁埃嘴里应着,眼睛却看着我。

葛露斯的隆隆声消失,一枚拉长的椭圆轻轻落在毛巾上,石褐色,带金色斑点。"够大的。"父亲说着把它裹起来递给托曼,由托曼拿去水盆处清洗。吉荷牡接替他的位置,把第二张毛巾递给父亲。

两枚蛋之间的间隔是两到三分钟,正好够一个人把前一枚蛋洗净、擦干。之后还要称重、登记和记录。很快手推车里就有了四枚蛋,都用毯子裹着保温。舒迦正在不远处的育龙房等着它们。

"我这就回来。"托曼检查了挂在手推车顶部的油灯,然后推着车出了门。

"赶紧,"父亲说,"现在节奏变快了。"

一道闪电照亮了桥对面的轰雷瀑布,片刻之后雷声伴着黑暗重回大地。

吉荷牡拿走下一枚蛋,接下来轮到达瑞安。我抓起一张冒着热气的毛巾。吉荷牡洗蛋时,达瑞安抱起另一枚龙蛋。

一只手从背后握住我的头发。贝鲁埃说:"别动。"

"放开我!"我伸手去抓他的手,被他一掌打开。

达瑞安喊道:"嘿!"背后的拳头捏得更紧了。

贝鲁埃问:"这是什么?"我又一次朝背后伸出手去,但他只是再次打开我的手,逼我低下头。他的手指抚过我脖子上的契印,"这契印里有两个名环。"

一阵阵低沉的雷鸣晃动大门,贝鲁埃凑到我耳边低声问:"你做了什么?"

父亲喊道:"放开她!"但他手里有另一枚龙蛋,没人接过去。

达瑞安把自己手里的蛋放在身边的稻草上,伸手去抓贝鲁埃的手腕。贝鲁埃却出乎意料地用另一只手拧住达瑞安的胳膊,让他暂时失去了行动能力。然后他同时放开我俩,把我们推开。

吉荷牡和父亲手忙脚乱地用毛巾接住了下一枚蛋。

"你肯定知道阿鲁的名环有一天会露出来。但你以为到那时我已经走了,对吧?"

达瑞安道:"你在说什么东西?"

"你不知道吗?"贝鲁埃转向他,"你跟你妹妹分享了你的龙呢。"

达瑞安满脸震惊,反手摸摸自己的契印。他看着我,脸上的每根线条都写着遭受背叛的痛苦。"什么?"

"我之所以这样做,完全是因为你希望他们结契失败。"

贝鲁埃瞪大眼睛,眉毛一挑,"你怎么会有这种想法?"

"本来就是。达瑞安身体虚弱时你故意把他们分开。我救了阿鲁的命。从你手里。"

父亲从我身边冲到贝鲁埃跟前,两把抓住贝鲁埃的外套,他手上湿漉漉的,还沾着蛋上的黏液。父亲把贝鲁埃一路狠狠推到墙上,然后摁着他低声威胁道:"如果你再敢像刚才那样碰我的女儿,我就把你扔下悬崖。"

贝鲁埃没开口,他在等父亲继续说话或者放开自己。父亲保持这个姿势整整一分钟,直到托曼推着空车回来,问:"这儿是怎么了?"

父亲最后推了贝鲁埃一把。贝鲁埃拉直衣领,目光扫过房间。他问:"还有谁知情?"

"就我自己,"我说,"没别人。"

"那就是你和玛毕尔了。"他看看吉荷牡,又看看托曼。"还会有谁呢?"他摇摇头。"我警告过你,玛芮娅,远离玛毕尔和他败坏的信仰。但看来我是太迟了。"他看了达瑞安半天,然后转身面对我,"我需要时间决定这事该如何处理,这期间你最好披着头发,玛芮娅。"他转身大步走出门外。

托曼问:"什么情况?"

没人回答。所有人都盯着我。达瑞安走到离我不足一尺的地方,眼睛眯细:"你干了什么?"

"我们担心如果契印没有完成,阿鲁可能会死,可贝鲁埃又不许我们把你们聚在一起。我们是担心万一……"我咽下了最早冒出来的字眼。

"什么?万一什么?"

"万一你伤重不愈,阿鲁总可以活下来。"

愤怒、痛苦、感激、难堪和迷惑在他脸上战成一团。阿鲁和嘎嘎已经醒了,他看看它们,又看看父亲、托曼和吉荷牡。最后他的目光回到我身上,他上前一步,鼻子离我只几寸远,"你为什么不告诉我?"

因为玛毕尔让我别说。因为我担心你的嘴巴不牢。因为我和德哈拉变成了同谋,以为如果我们保持沉默,或许我们的异端见解就能安全地隐藏起来。为了许多理由,可它们全都显得不够好、不对劲。

见我无法回答,他大步走向阿鲁,命令他起身。

"达瑞安,对不起。我不知道该怎么跟你说。"

他一言不发地从我身边挤过去,拿起门边的油灯,领着自己的龙走进雨里。阿鲁忧心忡忡地看了我一眼。

"别走,留下!"听见我的喊声,阿鲁停下脚步。

达瑞安站在雨里,回头看自己的龙,然后瞪着我,眼里写满痛苦:"阿鲁!走!快!"

阿鲁迟疑着转过身去,达瑞安敲了敲他的鼻子。

"达瑞,请别——"

他边转身边说:"请别来打扰我们。"雨势更猛了,阿鲁张开一侧翅膀为达瑞安遮雨。我朝门口追,但父亲把我叫了回去。

"我需要你,"他说,"毛巾用完了,葛露斯筋疲力尽。这儿简直是个乱摊子。去再拿些——"

"父亲,我的摊子乱得多。"我等他抬头。当他终于与我对视时,他的表情变得柔和了些。他点点头,我走出龙厩。

雷暴把眼前的一切都混成一片。天空、地平线、龙场，仿佛浑浊的油画，只偶尔点缀着苍白的油灯。我靠不时亮起的闪电照路，过桥到了围场。我的脚步在湿淋淋的路面上啪嗒作响，惊动了龙场房顶的人。"谁？"

"是玛芮娅！我哥哥在哪儿？"

黑暗中一个负责投石器的大兵说："那边。"

另一个说："不知道。"

真是帮了大忙。

我听见了围场对面龙鞍起重臂发出的嘎吱声，知道肯定是达瑞安，于是跑去阻止他。我得跟他解释，让他明白我完全是为了他，免得他冲动之下做出什么无可挽回的傻事。

可他不见踪影。装备库的门开着，油灯照亮了他的龙鞍，它好好地挂在轨道上。我大惑不解，站在原地竖起耳朵。噼噼啪啪的雨声，远处偶尔传来雷鸣。

风拂动起重臂，它再次嘎吱响。

"达瑞？"

我撩起眼睛上的湿发，转身回老宅。那他肯定是在那儿了。可我总觉得有点儿不对劲。

他不在自己房间，再说如果阿鲁等在屋外，那是一眼就能瞧见的。他们总不会去森林了吧。也许是在龙骑士团的营地，虽说我想不出他去那儿做什么。我又往桥那边走，尽管心存疑虑，还是在桥头转弯去了军营方向。最近我很少来这边，所以走得很慢，总要等闪电为我照亮。周围到处是黑漆漆的帐篷和收起的翅膀，我真后悔竟没带上灯。或者我的龙。

"谁？"直到这人开口我才看见他。

"是玛芮娅，育龙使的女儿。我来找我哥哥。"

"我瞅见他带着他的龙过了桥，就在刚才。"

"老天，"我暗叹一声，然后说道："谢谢。"

我尽量加快步子回到老宅，从走廊上抓了盏油灯。我从屋外呼唤嘎嘎，然后推开门，她来了。父亲喊了句什么，我回答道："达瑞安要走，我得阻止他。"我和嘎嘎跑步过桥回到龙场大院。我暗骂自己真蠢，一开始就该带上她。穿过围场时我突然明白过来：装备库的门为什么开着？它本该关得严严实实，再说里面又怎么会有灯光？我跑起来，嘎嘎跟在我身旁一路小跑。人收拾装备时，装备库完全藏得住一只年轻的龙。这么明显的事实，我真够蠢。

我抵达时，达瑞安刚扣上阿鲁胸前的鞍具。他在龙鞍上挂了一个背包，旁边还有他的弓和箭筒。

"咯咯！"嘎嘎开心地喊道。阿鲁用鼻子蹭了蹭她。

"达瑞，请听我说——"

"我说了别打扰我们。"阿鲁不安地挪动，达瑞安爬上了龙鞍。他准备解开龙鞍起重臂的挂钩，但我伸手抓住了他的手。

"拜托了，达瑞。对不起！让我跟你解——"

他打开我的手，阿鲁后退一步。达瑞安解开挂钩，但我抓住了龙鞍正面的横档。他命令阿鲁后退，但我紧抓不放。

"达瑞安，请听我——"

他用脚后跟踩我的手指，直到我松手，然后他朝我弯下腰，"我必须离开。"

我又一次抓住横档，我开始冒火，"你说什么？达瑞，你以为自己这是——"

"一切都以你为中心，一切都变成了你的。我在家里的位置，我的生活，革提克，连我的龙在内。"

我惊得合不拢嘴，"我们吓坏了，达瑞。我们不知道还能怎么办——"

他又一次让阿鲁后退，我的手从横档上滑下。"我必须离开。躲开你，玛芮娅。"

愤怒的话语脱口而出，我一字一顿地说道："你是个自私的混蛋。"

他摇摇头，然后让阿鲁原地转身，跑上护墙，飞入夜色之中。远方的闪电让我最后瞥见一眼他们的身影：阿鲁向下拍打翅膀，朝黑色的天空飞去。我用最快速度给嘎嘎套上鞍，总感觉自己的双手又慢又笨。我们飞出去，雨水让我成了睁眼瞎，但我知道他要去哪儿：他的包里全是装备，外套和绑腿、弓和箭筒。这不是飞一圈泄愤那么简单。我指引嘎嘎朝北飞，去祖尔梵山。

闪电在我头顶划出一道弧线，雨点变成明亮的长矛。"达瑞安，回家来。"我的自言自语被轰隆隆的雷鸣淹没。我出来时太过匆忙，没带任何装备——护目镜、外套，连弓都没拿。很快我就浑身湿透，直打哆嗦，但我仍然催着嘎嘎往高处飞去。"去找咯咯。"

她拼命拿出更大力气，但其实我们没什么指望能追上。我看得出寒冷削弱了她的体力，而阿鲁比她强壮不少。但我不知道还能怎么办，只能试试。

我们在风与崖面接触的地方找到一股上升气流，搭着它爬升到气流顶端，嘎嘎还扇动翅膀尽量配合。一道闪电照亮了前方的嶙峋，这时一股旋转气流抓住我们，把我们往岩石上推。我大喊一声"上！"嘎嘎加力拍打翅膀。光线太暗，嘎嘎的咔嗒声也被风雨吞噬。她放声咆哮，但我听不见回音。她听见了吗？我竖起耳朵，阿鲁应该也需要靠大吼导航吧？但我什么也听不见，只除了风声和雨声，还有革翼扇动的嘎吱声。

又一道闪电，现在嶙峋已经落在身后，祖尔梵的峰顶矗立在我们上方，仿佛被雨水模糊的浮雕。除了第一次乘晨汐飞行，我们再没飞到这个高度。风把我们往上推，但我们离山非常近，远超我的想象。黑夜再度将我们吞没。我尽量判断方向，引嘎嘎离开山体。一股湿漉漉的旋风抓住我们，我们开始打转。嘎嘎吓得唧唧叫，我拼命抓紧龙鞍。"神啊，宝贝！"

又一道闪电，但我们只能看见近处的闪光，闪电上下都被雨雾吞没了。嘎嘎发出尖锐刺耳的唧唧声，只片刻之后我就听到了回音。她再来一次，回音传回的速度更快了。我伏低身子、紧紧弯起腿绷紧绑带，因为害怕而闭上了眼睛。我们狠狠撞在石头上，但嘎嘎早有准备。四条腿折叠吸收冲力，翅膀向下拉抵消撞上去的力道。我不由闷哼一声。嘎嘎扑腾了片刻，很快爪子就找到了落脚处。

我完全不知道自己身在何处。周围的雨雾噼噼啪啪地闪着光，但嘎嘎的翼展之外便照不出细节。我的耳朵和指尖都没了感觉。风推搡着我们。嘎嘎把翅膀紧贴在身侧，但我感觉到即便维持这样收紧的体态对她都非常困难。我摸摸自己的契印——与达瑞安共有的契印——我知道阿鲁就在不远处。

我们贴在那里，感觉仿佛过了一个钟头之久，雨势终于减弱，云开始散开。当黎明如深红的宝剑般切开东边的地平线，祖尔梵从云的缝隙中冒了出来；它矗立在我们头顶，被第一缕阳光染成血红。

就在这时，我在山峰东面看见了达瑞安和阿鲁，他们正搭着达瑞安说过的上升气流往上飞。他可真是说到做到。他俩不断爬升，被突兀的高峰衬托着，小到不可思议。从影子可以看出阿鲁什么时候在飞行、什么时候沿着大山表面往上跑。他们艰难地爬完最后几码，到了最高的尖顶，然后阿鲁展开双翼，跳入从西边涌上来的气流，飞到了更高的地方。

我蜷缩在嘎嘎背上，两手夹在腋窝下直打哆嗦，既因为冷，也因为无可否认的嫉妒，还有气愤。"你成功了，达瑞。"我朝着刺骨的寒风说，"库鲁宗在上，你成功了。见鬼，你是个自私的坏蛋，但你成功了。"

他们转向北边，在深色的云底下仿佛闪烁的亮点；之后他们向下滑行，消失在祖尔梵的北翼背后。

嘎嘎也在发抖，我知道我们不可能跟过去。我把脸贴住她的脖子。

"家，嘎嘎。回家。"

"咯咯！"她回头看我，"兰娃！"

我一面抽泣，一面抱住她的脖子。

"他们走了，宝贝。他们走了。"

第四十二章

我回到龙场大院，发现舒迦站在龙鞍起重臂底下，龙鞍已经就位，几个硕大的旅行袋挂在起重臂上，地上还有几个等着收纳。托曼和吉荷牡扔下手里的袋子朝我走来。洛夫和凯雷科站在一旁。我最不愿见到的人就是埃达伊和贝鲁埃，但他俩也在。有人拉了警报。

我从嘎嘎背上下来，吉荷牡把一条毯子扔到我肩上，又不知从哪儿端出一杯热腾腾的肉汤塞进我手里。我急不可耐地喝起来。

父亲将脸杵到我面前："把你知道的全告诉我。"

我用杯子指指他的装备："这是干吗？"

"你说呢？把你知道的全告诉我！"

每个人都一脸期待。我吸口气，关于达瑞安离开的原因和他对我的怒气，我一个字都不想提，至少不会当着埃达伊和贝鲁埃讲。于是我只说了最基本的事实。"达瑞安和阿鲁爬到了祖尔梵顶上，搭上了那儿的上升气流。我看见了，但我没法跟过去。我最后看见他时他在往北飞，但那之后他也可能去别的方向。我不知道。"

"祖尔梵山顶？"

我点头。

"阿瓦,我早知道那头龙不一般。"

"他的衣服少了一大半,"吉荷牡说,"包括冬天的外套和绑腿。"

托曼补充道:"他的弓和装备也不见了。"

一道深深的皱纹压在父亲额头。"保险箱里少了金币,凯西说食物储藏室也丢了吃的。有了这些线索我们又去了冰窖,发现少了好几包肉。都是最肥的部分,最适合旅行。他丢下个烂摊子,不过他很清楚该拿些什么。这事儿他已经策划一阵了。"

埃达伊问:"这孩子为什么要丢下自己的责任?"他的手背在身后,抬起下巴,刺青丛里的小眼睛显得分外锐利。

我脸色顿时灰了,张嘴准备回答,却突然注意到贝鲁埃的目光。他看着我几不可见地摇摇头,一根手指放在嘴唇上。

别说话,别暴露了你做过的事。他为什么替我打掩护?所有这些悲惨的事情都是他造成的,为什么现在又保护我?我不信任他,但我闭上了嘴。我又记起他之前的训诫,于是扯下皮筋,让马尾辫落下。

"说不定他很快就会回来,"托曼说,"阿鲁还在成长,需要喂食,达瑞安带的食物不够,不可能走太远。"

"除非他很清楚自己要去哪儿。"父亲脸上有浓浓的黑眼圈。

托曼做个鬼脸:"他能去哪儿?"

"我想知道的就是这个。"

我说:"有个人也许知道。"

他俩都转过头来,父亲问:"谁?"

我深吸一口气,望向凯雷科。

父亲一步走到他面前:"我儿子在哪儿?"凯雷科的脸变白了。

"我不知道,育龙使。我怎么会知道?"

"你对他说了什么?"

我走到父亲身边,"你俩经常聊天,达瑞安告诉我的。"

凯雷科褐色的皮肤底下泛起红晕,"是的,但我不知道他去了哪儿。"

我逼问:"他都跟你说了些什么?有一次你告诉我他总有许多问题。他想知道些什么？"

凯雷科并没有立刻回答，但他的表情说明了一切。

父亲抓住他的衬衣晃了一下："你都知道什么？说话！"

凯雷科抬起双手："我会把知道的都告诉你，但请别这样。"

父亲松开他，退后一步，两手叉在腰间。

凯雷科拉了拉衬衣："育龙使，关于你儿子，有件事你得明白。达瑞安的确曾跟我倾吐心事，要不是眼下这种情况，我绝不会背叛他的信任。他非常崇拜你，而且总是说起你在龙骑士团的那段时间。他告诉我你在那里认识了他妈妈。他暗暗希望像你一样加入龙骑士团。他唯一的愿望就是追随你的脚步。"

父亲朝他逼近："他会的。他会像我一样养龙。"

凯雷科皱起眉头："我并没有鼓励他。我只是告诉你他说过什么。"

埃达伊道："但他的龙仔跟玛芮娅的是契约伴侣啊。"

凯雷科瞟了我一眼，脸更红了。我顿时明白了。我呻吟道："达瑞安说你有事想问我。"

他看着我，挣扎着寻找合适的语言。"现在说不合适了。眼下这种情况。"

"告诉我。"

他垂下头："那不过是我的幻想，仅此而已。"

我问："你怂恿他了吗？"

"没有！没有，我绝不会……"

父亲转向我："怎么回事？说。"

我叹口气："达瑞安以为他可以抛下我和嘎嘎，因为凯雷科跟他透露过，说他想娶我。对吧？"

所有人一齐看向凯雷科。他没说话，只是看着地面。

于是我继续道："那样的话，玛毕尔可以写下新的契印，让嘎嘎和塔本结契。龙场依然完整，而达瑞安则可以去追逐自己的梦想。"

凯雷科抬头看看我，又看看父亲，他涨红了脸。"我没怂恿他。"

父亲怒道："那你以为会怎样？"

凯雷科没说话。

"或者你根本就不在意？达瑞安只是你接近我女儿的手段？"

凯雷科再次瞪大眼睛，他的目光在我和父亲之间移动："不是，当然不是。"

我为他感到难过。父亲的怒火似乎有些过头，但他刚刚看见自己的世界天翻地覆、完全无法控制，迟早是要爆发的。说起来根本不怪凯雷科。真要说的话其实是我的错。

我走到父亲前面，面对凯雷科："他问的是哪种问题？你是怎么回答的？"

"他问了供应链、龙骑士团前哨基地的位置、信使的常规行程，还有征兵队和军队的动向，都是这类事情。"他瞥了眼洛夫，"我当然没有告诉他任何机密，但我也没多考虑。他什么都问，武器、战术、一切。"

父亲再次揪住凯雷科的衬衣："你把他送去哪儿了？我儿子在哪儿？"

凯雷科挣脱父亲的手："我没送他去任何地方。我只能猜猜看。"他看看我，又看看父亲。"有一次他问这里和塔司奇斯之间有没有驿站，能帮帮去那儿的难民。我告诉他我不是很清楚，但往东走不大可能，不过我们都知道在这儿和库罗达之间——"他看见了父亲的表情，兀地停下来。

父亲的目光穿透了凯雷科，仿佛对方是没有实体的鬼魂。"这么说他去了北边。驿站会给他食物，让他可以继续前进。"他又抓住凯雷科，这次狠狠地摇晃起来，"你把我儿子送去了库罗达！"

凯雷科没应声，父亲一把将他推倒。凯雷科把头埋在手里。他说："我没想伤害他。"但他不敢与我们对视。

父亲大步走向舒迦，踩着横档几步跳上龙鞍，把一个旅行袋绑到龙鞍后部。

我问："你去哪儿？"但我已经知道答案了。

他头也不抬地说："去找达瑞安。"

"我跟你一起去。"

他停下手里的活儿，用疲惫的眼睛盯着我："不，你不能去。"

"父亲——"

洛夫上前一步："你不能走，育龙使。"

"我当然可以。"父亲抬手去拿挂在起重臂上的另一个旅行袋。

"不，不可以。"他的语气不像平素那种简洁明了的军人风格。

父亲顿了顿，"为什么？"

洛夫转向托曼，眯着眼睛问："之前跟我说的那些事，你还不准备告诉你父亲吗？"

托曼也像凯雷科一样，脸色变得苍白。

见托曼没有立即回答，父亲从舒迦背上直接滑落到地上。大龙吃惊地挪了挪步子。父亲像之前对待凯雷科一样大步走到托曼跟前，只不过站得更近，眼睛对着眼睛。

"你有什么事瞒着我？"

托曼迎上他的目光，咽口唾沫、吸口气，然后抬起下巴，"我在阿维卡时，听说阿赫希曼皇帝计划强制推行龙场的许可证，我就打听了一圈。有几个龙场的代表也在首都，我正好跟他们消磨时间。没有了库罗达，没有什么力量能对抗许可证。有三个育龙使已经申请了。所以……"他瞟了一眼洛夫。

"所以什么？"

"我有你的戒指，这是唯一稳妥的选择：我申请了许可证，盖了你的章。"

父亲只是盯着他，好几次心跳的时间。

"洛夫上尉说他觉得我做得对。"

"因为他是龙场问题的专家？"父亲瞪了洛夫一眼，然后目光回到儿子身上。"你对我撒了谎。你一回家就可以马上告诉我——"

"我在等待合适的时机。"

"你就不能先回来跟我商量？"

"机会就在眼前。我做了决定，我认为这是正确的——"

"提出申请，就相当于认可了一点：别人也可以来竞争咱们这份许可证。这你知道吧？"

托曼咽口唾沫："明白，但如果皇帝决心推行这种方案，最后终归会变成这样。我当时正好在，再说还有谁会申请呢？我们祖祖辈辈都在这里，我们对这里了如指掌。我们清楚——"

父亲双掌朝他胸口使劲一推，托曼踉跄着退后，"愚蠢的小子。你做的好事。"

洛夫清了清喉咙："所以你不能走。其他人会提出申请。潜在的投资人会出现。信使随时可能送来关于许可证最终归属的消息。那时候育龙使必须在场。也就是你，和你的戒指——你得在协议书上盖章、确认获得许可证。"

父亲转向洛夫，眼里酝酿着风暴。

"世界在变,马格汉。资金越来越紧张,你需要投资人。如果你离开,你可能会失去龙场。"

父亲挨个注视我们每个人。贝鲁埃脸上的惊讶似乎是真实的,埃达伊的表情讳莫如深。吉荷牡满脸震惊,看来托曼一个字也没跟她透露。这我倒不奇怪。父亲看我时流露出了一丝悲伤,然后他的目光回到托曼身上,盯着他看了很久。最后他摘下指头上的戒指,抓起托曼的手,把育龙使的印信塞进他手里。

"那好。现在你是育龙使了。"

托曼大惊失色,盯着手里的东西说:"不,父亲——"

"你想要的不就是这个吗?"父亲转过身,一耸肩套上外套,把弓和箭筒挎在一侧肩膀上,又从地上抓起最后一个行李袋。

"不,父亲,我不是——我没想——你应该留下,我去找达瑞安。"

"你根本不知道从哪儿找起。这事你做不了。现在这里归你管了。"

"父亲——"

"除了我,谁还有半点希望能追上达瑞安和阿鲁?听着:达瑞安如今在陌生的天空飞行,但育龙使却是我一直训练你做的。吉荷牡和玛芮娅会协助你。现在该担起责任了。"

托曼明显地咽了口唾沫。

我说:"我跟你去。"

"不行。你别想。你留下,留在有人守卫的营地里。这里更安全。路上太危险。"

"父亲——"

"我说了不行。"他爬回舒迦背上,解下挂在起重臂上的旅行袋,把它挂在龙鞍的铁环上。他扣好搭扣,瞪着托曼说:"你最好向高龙祈祷,祈祷我能赶紧找到达瑞安,在龙仔孵化前赶回来。"

"我应该跟你一起去。"凯雷科依然红着脸,但下巴却高高抬起。

"我需要你,"洛夫说,"我不能让你走。"

凯雷科吐出一口气,沉着脸道:"遵命,长官。"

父亲哼了一声:"反正我也不可能让你陪我。"

"我派一个小组跟着你,"埃达伊对父亲说道,"舒迦是龙父,你不应该独自上路。"

"不必。我一个人更快。"

"可我还是要派他们去。一人一龙，过后你会感谢我的。"

"我现在就谢谢你把他们留下，埃达伊。这儿才是他们该待的地方，保护我的家人和我的龙场，这是你的职责，也是我对你唯一的要求。请就这样吧。"

"无论如何——"

"我不会等他们。"

父亲把第三个旅行袋扣在龙鞍前方的铁环上。埃达伊转身朝自己的龙跑去。

洛夫问："你确定要这样吗？"

舒迦满怀期待地原地腾跃，父亲瞪着洛夫说："我要去找我儿子。"说完他引着舒迦转身，大喊一声，飞向空中。

第四十三章

三天过去了，父亲还没回来。

葛露斯独自孵化十一只蛋。阿缇斯和拉努、珂露菲和奥达科斯轮流来帮忙，让她可以不时走下育龙平台伸展翅膀。可每次她都焦躁不安地踱步，静静地发出痛苦的呻吟。她显然在担心父亲和舒迦。我尽量多陪着她，还教会嘎嘎孵蛋。每天嘎嘎都替她孵一个钟头，她似乎挺喜欢做这个，不过我敢说她也感受到了不安的气氛。

"舒迦？"她问完又大叫"波巴"，那是差不多一年前她用来指代自己龙父的。我也不知她这是指舒迦还是父亲，或者兼而有之。这让我心头一暖，却不足以平复我的内疚。

这本该是一年中最轻松的时候。这期间，成年龙的活动最少，需要的食物也最少，喂食变得很轻松，一个人就能完成，再说我们还有许多额外的帮手。有些士兵对龙很感兴趣，闲暇时就来帮忙。连贝鲁埃也有参与，虽说我一直回避他。这段时间也没有闹腾的龙仔要照料，用吉荷牡的话说，"安静的期待"取代了劳作。

我只能不停琢磨事情怎么会走到这一步。父亲离开越久我就越愤怒。虽说我明白达瑞安独自在路上、如今处境危险,但我仍然感到自己被抛弃了。又一次。

我试着用别的方式跟嘎嘎交谈,但并没有什么效果。龙没有语言,只有一种讲述空间的方法,龙用它来传达想法。若用语言可就太难描述了。

只需要一个音就能说清整个地形,宽度、深度、高度全部包括在内,谁还需要语言? 我灰心丧气,而这更加重了内疚和担忧。

第三天下午,吉荷牡来仓库找到我和嘎嘎。她坐到摇柄平台的栏杆上,又拍拍自己身旁的位置。我一屁股坐下。她问:"你还好吧?"

我装作没听见这没用的问题:"万一父亲走错了方向呢? 万一达瑞安为了避开我们,没走大路,换了条路走呢?"

"他为什么要这样?"

"我就是这样做的,我去找嘎嘎的时候。记得吗? 我把篮子放下去,让你们以为我去追赶征购车队了。我伪造了踪迹。我一直在想达瑞安会不会猜到我会去追他。从祖尔梵山顶他可以去任何地方,有一次他说过类似的话。"

吉荷牡一手放在我胳膊上,"你不能再继续责备自己了,玛芮娅。他的选择得他自己承担。"

我弯下腰,胳膊肘杵在膝盖上,"我忍不住要想。万一他去了东面呢,就因为谁也不会想到他会往那儿走? 或者西边,甚至南边? 为什么父亲还没回来?"

她的下巴落在掌根处。

我说:"所以我就想。"

"唔。"

"父亲去了北边,但我们往东是允许的。"

"往东也不能走太远。再说炬扎已经把每个方向都搜索过了。"

"只搜了不到一天的距离。"

"埃达伊和洛夫不会允许的。"

"我才不管。他们又没跟阿鲁结契。也许——"

"我们走不了多久这里的人就会慌成一片,那点距离里能打探出什么消息呢?"

"不是'我们',就我自己。如果我一早出发,利用夜色掩护,然后——"

"天一亮大家就会慌乱。你不能这样做,玛芮娅。"

"如果有人护卫,又照规矩登记,他们至多也就只能吼我几句罢了。我可以找凯雷科。反正他欠我的,对吧?"

"就算你跟他提,他也不能答应。他是军人,必须服从命令。你会让他惹上麻烦。你已经让他够难受的了。"

我皱起眉头,这倒是真的。达瑞安的事情上,我的责任至少跟他一样大,但我却让他一个人承担了父亲的怒火。我把两手夹在膝盖中间,朝靴子瞪眼睛。我觉得自己挺卑劣。"我不能就这么干坐着。"

吉荷牡盯着我看了一会儿,她拧着眉,一脸的不赞同:"你知道,光是告诉我这些,你就已经把我变成共犯了。"

我和吉荷牡径直跳下冬厩背后的悬崖,悄无声息地越过孤峰,滑到瑞亚特上方。夜风呼啸着从我脸颊旁吹过,刺痛了袖口和手套之间的皮肤。头四个钟头里,下弦月就是我们的路标。嘎嘎和奥达科斯不时发出咔嗒声,下方的黑暗中两次传来瀑布的咆哮,除此之外一路都静悄悄的。

黎明将至,地平线有了形状——柔和的线条如波浪般起伏,几乎看不出任何特征。月亮已经快升到最高点,太阳从远处的草原探出头来,我们离开瑞亚特不过五六个钟头,但已经远远越过了之前与放逐路上的博果莫斯分手的地方。那次飞这段路花了一整天,但如今的嘎嘎更强壮,体型已经长成过半。吉荷牡给托曼留了字条,详细说明了我们的计划。

他多半会在我们回程时飞出来接我们。

我们是这样想的:如果达瑞安往东走,那必定是去了塔司奇斯,那是最近的大城市。他会沿着野龙河飞一整天,直到野龙河在入海口汇入卡迪亚河。然后他会向东北穿越旦卡半岛,直到巴斯科雷尔湾,之后就可以沿着海岸线抵达塔司奇斯。大约在两条河汇合处就该天黑了,他会在附近宿营。我们指望在中午左右找到他的踪迹。当然,这些都以一件事为前提:他确实走的是这个方向。

太阳从东面雾气蒙蒙的平原上射出刺眼的光。我们在一个小土墩上吃了早餐。空气里满是灰尘的味道,背后的祖尔梵山只在薄雾笼罩的地平线上露出短短一截灰色。我习惯了四周都是山,在这里的感觉真奇怪。最后一片农场也早被我们抛在身后，前方是一大片平坦的荒原，连树也没有。

我说："可怜的博果莫斯。"吉荷牡先有些吃惊，接着点点头，面带戚色。

等龙吃饱后，我们便立刻动身。接近中午时我们发现了一座掘地而建的农舍，房顶是木料和草皮做的。或许达瑞安曾在这里歇脚。或许他们见过博果莫斯一行人。

还没降落我们就察觉事情不对。田地里不见牲畜，房子旁边的菜园一片荒芜。没人犁地、播种，烟囱也没朝早晨清冽的空气中释放炊烟。我们降落在院子里，挽弓搭箭靠近农舍。门没锁，于是我们探头朝里张望。

迎面是一片阴冷的寂静。只有一个房间，屋里有一张桌子和几把椅子，几张床并排摆在一侧的墙脚。石头壁炉里，一只铁壶歪歪斜斜地立在冰冷的灰烬中。工具。壁橱里放着粗陶的杯碟。一口木箱里装着衣服和毯子。角落供奉着植物之灵阿姆拉，那是守护农夫的阿瓦。然而到处都不见生命的迹象。

吉荷牡问："你觉得是怎么回事？"她声音不稳。

我摇摇头。跟气派的老宅相比，这些人的生活多么俭朴，可我有时竟还嫌不足。我感到一丝内疚，这样的生活该多艰难啊。"我不知道。你觉得他们会不会跟着博果莫斯的人一起走了？"

她摇头道："不像。虽说我也不能肯定，但如果他们真走了，那可是留下了全部家当。"

我们不再说话，骑上龙继续往前飞。

中午过后不久，我们发现一辆车轮损坏、被遗弃在路旁的马车。我们稍微看了看，发现车里空空如也，不过地上有些痕迹，显示不久前曾有人把箱子和木桶放在这里。

我们匆忙吃了些东西就继续上路。从家飞到两条河交汇处的时间超出了预期。往这边搜索的炬扎小组来过这么远之外吗？感觉不大可能。我们加紧赶路，几里地之后发现了一块用风筝装饰的地方。

我大声对吉荷牡喊话："你觉得那是什么？"

"不知道。去瞧瞧。"

我们降落、下龙。马车的车辙一路延伸到长草中。往前有一片缓坡，十二根短棍立在十二个新堆的土丘上，每一根棍子都支撑着一面破破烂烂的风筝。

吉荷牡说:"是墓地。"

我哽咽了。我想起博果莫斯那么勇敢地走出了瑞亚特,想起在提到厄迪姆和乌屠库——暗影和衰败——时,他对他们说:我们有信心再次面对它们,要么在这里要么在路上,这之中的区别并没什么要紧。风吹动长草,窸窣作响,几缕散落的头发飘进我眼里。我吞下眼泪。

吉荷牡把手搭在我肩上,"他们还有足够的人手可以埋葬死者。他们继续往前走了。"于是我们也继续走。

太阳已经过了最高点,卡迪亚河终于出现在雾霭中,远远地只见波光粼粼,海鸥的翅膀在强烈的阳光下闪烁。卡迪亚河宽得让人难以置信,飞在空中我们才勉强看见对岸。只有丹卡尔半岛的高地标记出南边和东边的地平线。

草原中出现一条路,两侧渐渐有了房舍。我们在上空盘旋,但依然不见有人居住的痕迹。庄稼本应准备收割,却只有牲畜在其中徘徊。我们只落地片刻,发现这里的情形跟之前一样,而且依然不见达瑞安和阿鲁的踪影,于是我们继续上路。

一个小渔村建在一处封闭的河湾上。河边排满房屋和简单的码头。我心头涌起希望。如果达瑞安从这边走,他肯定会在这里停一停,说不定当地人还知道博果莫斯的消息。不过村里的小道安安静静,只有乌鸦和海鸥在岸边和空中聒噪。

我们在最大一组建筑中央降落,下了龙,箭搭在弦上。这地方不算大,肯定比瑞亚特小。居民大概只有百余,至多一百二十人。最大的码头周围也只是一打泥砖砌成的房子,还有一艘小渔船打横在落潮的泥泞里。吉荷牡睁大眼睛,我们对视一眼,她摇了摇头。具体什么意思我也不清楚。难以置信。愤怒。警惕。

我们查看的第一栋房子里有渔网、鱼钩、海图、木桶、棍子和陌生的工具。第二栋房子看着像是会计的办公室,里面也没人。再接下来又是渔民的小屋。我们找到村里最大的建筑,推门时那气味让我险些跌倒。见有人来犯,一大群乌鸦从打开的窗户飞了出去。海鸥不愿放弃自己的猎物,戒备着绕圈躲开我们。这里也许曾是聚会的地方,比如酒馆或者旅店,如今正中央有一堆尸体,正在密密麻麻的苍蝇底下腐烂发臭。

我大喊大叫驱赶海鸥。我被臭气熏出了眼泪,一手捂住嘴和鼻子,但这并没多大帮助。"天啊，吉荷牡！这是怎么回事？"

她跑出门外，扑腾跪下，胃里的东西全倒在灰扑扑的院子里。

直到这时我才认出这是当地的拉撒尔神殿。一点也不浮夸，普通玻璃，没有彩绘，木头地板，还有一个雕刻成龙形的简单祭坛。上面有干掉的血迹。到处都是血迹。

堆在外围的尸体已经被鸟和蛆啃遍，很难看出上面有没有伤口。我也不准备移动它们去检查里面的尸体什么样。不过我看到了别的痕迹：血凝固在划破的衣服周围、衣服下方有破碎的骨头；还有某人的头骨似乎被砍成了两半。我终于落荒而逃。

吉荷牡双手捂脸，跪在阳光下颤抖。我蹲下来轻轻拍她肩膀。等她放下手，我把我的水壶递给她漱口。之后她点头表示感谢，然后站起身。我顺着街道中央往镇子北边走，她和我们的龙跟在我身后。

到处都是一样：寂静和死亡，只不过大多数村民似乎都是在神殿迎来生命的终结。灰尘的气味与腐肉和海水的臭气混合在一起。

我说："他们已经死了好几个星期。"

"凶煞？"吉荷牡声音紧绷，带着颤音。

我想起了山洞里的凶煞龙和那令人憎恶的骑手，想起它们如何狼吞虎咽，疯狂地撕咬尸体。这里的尸体大致完好，我们还从空中看见了牲畜。

被杀死的只有人类。我摇头，"不，我觉得不是。"

"也许是什么病？"

"不是，"我摇头道，"这些人是被杀死的。被赶到神殿里屠杀的。"

在镇子最北端我们发现了马车——许多马车。我心跳加速。几辆马车周围有石头和浮木搭起的矮篱，仿佛它们是一片新农场的开端。一片由马车构成的新街区。

"哦，玛芮娅……"吉荷牡咽下了后面的话，我顺着她的手指看过去：其中一辆马车的门上挂着一只风筝。

恐惧和愤怒立刻让我四肢颤抖起来。我跑到马车前一把推开门。车厢的地板上躺着一具尸体，已经发干，爬满苍蝇。我连这人的性别都看不出来。我不顾恶臭凑近尸体，只见上衣和下方的地板上各有一块棕色的痕迹，很可能是伤口。我拿出一支箭，用箭尖挑开衣服，查看干瘪的尸体上的伤口。一个小孔，像是能刺穿盔甲的箭头。箭被拔走了。

我退出来，走到下一辆马车前，一脚踢开门。一个女人和一个孩子互相拥抱着躺在凝固的血泊中，看不出是被什么杀死的。

"玛芮娅，别。"我听到吉荷牡的话，这才意识到耳边那不自然的噪声竟是我自己的声音。那是充满愤怒和绝望的低吼。

下一辆马车里没人，但之后的那辆被人当作房顶，已经开始在车下方挖洞建房。车里有一家四口。这次的伤一目了然。一道深深的伤口斩断男人的锁骨，劈开他的身体。女人的胳膊和手都被砍断，仿佛她曾想抬起胳膊格挡。两个孩子几乎被砍成两半。

我满腔愤怒，只能大声喊叫。嘎嘎一面悲泣一面跟在我身后跑。十辆车、八个被谋杀的家庭，还有别的尸体塞在长草中、篱笆后。我高声怒吼，我感觉到吉荷牡的手拉住我的胳膊，我甩开她继续往前走。

又一面风筝被踩进泥里。一个被食腐鸟吃干净的孩子。一件衬衣。一支断裂的长矛。一根手杖。一个骷髅。满地的尸骸，看样子是在逃跑时被斩杀的。

最后一辆车比其他车都大，但周围并没竖起篱笆。车厢的台阶上方挂着一只大风筝，被刀劈裂。我推开门。它跟别的车不一样，似乎被用作办公室，里面有一套桌椅，一盏摔坏的油灯，一本厚厚的账簿。角落是一具尸体，缩水的肌肉只勉强盖住骨头。尸体上挂着破破烂烂的袍子，或许曾经很华美，有金线装饰。在愤怒的尖叫背后，我心里有一小块地方与其他部分脱节，这部分琢磨着为什么博果莫斯的骸骨显得并不是很大，为什么这样一副枯瘦的骨架竟能撑起那样庞大的身躯。

我在暴怒中捶打车厢。吉荷牡赶来，从背后用胳膊卷住我的胳膊。我不停地尖叫，直至声嘶力竭。

"噢，玛芮娅，玛芮娅——"

我挣开她的胳膊，走到博果莫斯的尸体前。他面朝下趴着，右手紧握行首权杖，那上面曾经镶嵌着证明他身份的宝石和贵金属，如今那些空洞像骷髅上的眼窝般盯着我不放。

"他们杀了他们，吉荷牡。把他们都杀光了。"

吉荷牡含着泪水问:"谁?"

我不知道。杀人犯没留下任何证据。显然是故意的:他们取走了至少一支箭。强盗?哈洛迪人?在这种地方?我轻轻碰碰他的肩膀,心乱如麻。"他们只走了这么远,但他们找到了可以留下、可以安家的地方。这些人,这些普普通通的渔民,愿意收留他们。"我哽咽着,只能悄声低语,"本来他们会没事的。"

他身下露出什么东西。他刚死时身体还很胖,想必是把它遮住了。我把他翻过去,他左手抓着一支深深插入肋骨的箭。我掰开他干瘪的手指,用力扯出箭头,对着阳光打量。

吉荷牡问:"是什么?"但她的表情告诉我,她已经知道了答案。

又长又细,箭头能刺穿盔甲,箭杆和箭羽鲜红如血。最近五个月我常看见它们挤在箭筒里。

我说:"炬扎。"

第四十四章

"天啊,吉荷牡。埃达伊派了一个炬扎小组跟着父亲。"

她瞪大眼睛,"他们总不会……"

我摇了摇头,但我的心却直往下沉。"我不知道。那组炬扎不知道我们已经发现了他们的勾当,也许父亲不会有危险。"这些话从我嘴里说出来,连我自己都觉得毫无说服力。

"这是怎么回事?为什么他们要……为什么一个也不放过?"

"博果莫斯忠于过去的信仰,他表现得太明显了。贝鲁埃……拉撒尔从一开始,从革提克出现的那一刻,对这里的情形就恨之入骨。他们想埋葬我的故事。"我们看着彼此的眼睛。

她从脸上擦去一滴泪水,"托曼会来找我们。可别错过了。"

"他会是一个人吗?"

她用胳膊搂住自己,"这我倒没想到。"

"他不知道我们发现了什么。万一埃达伊坚持要派一组炬扎护送他呢,就像对父亲那样?"想到这里我咬紧了牙,我的怒火把父亲也囊括进去。他以为自己的任务很简单,于是在这样关键的时刻离开了我们。或许原本是不难,假如他照原计划独自上路的话。结果埃达伊却派了杀手跟他同行。

吉荷牡的声音仿佛小孩子:"我们怎么办?"

"我们回去。现在就走。把我们的发现告诉玛毕尔。"

"那托曼呢?"

"这地方我一秒钟也不想多待。不安全。我们可以在路上呼唤他。拉努能听出奥达科斯的声音。我们会找到他的。"

"得告诉洛夫。"我张开嘴准备反驳,但吉荷牡说:"其他人都无权处理这件事。"

我点点头。

她满脸痛苦地环顾四周,"我们不能就这么留下这些人。"

我想到地里、车里、街上的尸体。"我们没时间为他们做什么。"

她悲伤地摇摇头,"至少博果莫斯吧。"

我点了点头,咽下哽在喉咙里的悲戚。我把红色的箭插进自己的箭筒,又把博果莫斯的权杖拴在龙鞍上,然后和吉荷牡一起收集篱笆桩和散落的木头,堆在会长的马车底下。我们用纸和干草做引火物,又把他油灯里的油浇上去。我的打火石刚擦出火花它就点燃了。我们退后几步,确认火焰燃烧起来。

"走之前还有一件事。"吉荷牡望着我,很快就明白了我要做什么。我找到一面还算完好的库罗达龙形风筝,借海面吹来的微风将它送上天空。我把风筝线绑在一辆马车的车轮上,让它飘在被屠杀的村庄上空,以此纪念不被接纳的库罗达遗民,以及那些收留他们的人。

我们跟着太阳往西飞去。每隔大约半小时奥达科斯就仰天长啸,看托曼是不是在附近。暮色让位于星光,月亮从东边的地平线探出头来,我们这才听到拉努的回答。拉努和奥达科斯来回呼唤了好一阵,我们终于在身后的月光下瞧见三头龙的身影。他们在黑暗中错过了我们,又随着奥达科斯的声音找了过来。吉荷牡减慢速度好让他们可以赶上,但我继续向前。我不想说话,也不太想知道陪在我哥哥身边的人是谁。

晨光照出熟悉的地形,同时也为我们制造出了上升的暖气流。野龙河底部的水瀑孕育出树木,带来清新的空气。远处,祖尔梵耸立在熟悉的山峰之上。

©LOCKWOOD

农田的轮廓显现，接着是悬崖和家所在的孤峰。

我扭头往回看。吉荷牡和托曼离我有两百码。我认出飞行在他俩北翼的是凯雷科和塔本。起初我想骂人，但很快就为自己的愤怒感到内疚。我甚至觉得有些安心：是凯雷科，谢天谢地。

第三个小组飞在他们南边。是炬扎。我打了个哆嗦，契印上的汗毛竖立起来，对凯雷科的感激之情更浓了。阿刹，我该怎么办？

我绕着龙场盘旋一圈。有骑手在我上方巡逻，下方还有更多人朝自己的坐骑跑去。更多炬扎。我指引嘎嘎飞下第一个山峰，穿过轰雷的水雾往神殿飞去。我们降落在前院，远离炬扎养龙的院子。嘎嘎站着喘气，我解下权杖，一跃而下。身后的天空有炬扎靠近。"来，宝贝。快。"我们快步走向神殿大门，一同走进门里。

晨光透过彩绘玻璃涌进室内，让圣所有种被割裂的古怪感觉。嘎嘎四下打量，发出咔嗒一声。

"玛毕尔！"回声短促，"玛毕尔！我有话要跟你说！"

"我在这儿，"他蹒跚着从圣所背后的房间走出来。侍祭忒鲁跟过来，伸手去牵嘎嘎，准备领她出去吃东西休息。

我说："不。"他大惑不解地扬眉看我，"她留下。"

"怎么了？"玛毕尔扶着椅子停下脚步。

我举起博果莫斯的权杖，玛毕尔脸色一暗。

我说："我们得跟洛夫谈谈。"

玛毕尔继续朝我走过来，但他刚走了两步，门边就出现了人影。吉荷牡进来，接着是托曼和凯雷科。然后是埃达伊，还有他的四个炬扎。

埃达伊两手背在身后，信步朝我走来。他瞥了眼我手里的权杖，"小女人，你又闹出好大动静，浪费我手下炬扎的宝贵时间出去找你。他们本该去山里巡视。你有什么可说的？"

我紧紧握住权杖，指尖都能感到自己的心跳。我直视他的眼睛。他怎么这么能装？好像完全认不出我手里拿的是什么。我说："还是等洛夫来了再说。"

"行啊，"埃达伊绕着我转了一圈，"我很想知道他准备怎么罚你。你的冒险越来越危险了。不止是对你个人，对龙场和驻扎在此的所有人来说，你都是个祸害。"

我耳朵发烧，心咚咚跳，"怎么也不会比你更危险。"

他倒转步子，从另一个方向继续绕圈，"这话什么意思？"

贝鲁埃走进房间，洛夫和另外三个炬扎紧跟在后。

天啊！真希望父亲在。

洛夫径直从围观的人中间穿过，两手叉腰立在我跟前，"你被禁足了，你的龙要锁在神殿的龙厩里，直到我决定该拿你怎么办。"

我举起博果莫斯的权杖作为回答，离他的脸仅仅几寸远。他默默看着它，丝毫不动声色。

"你认得吗？"我气愤地抬高了声音。

他上下看了几眼，"这是博果莫斯的行首权杖。"我以为他脸上会闪过什么情绪，结果一无所见。"你不想知道我是在哪儿找到的吗？"

他盯着我，等我自问自答。见鬼，他可真沉得住气。"在他的右手里，"我哽咽了，"在他倒下死去的地方。"

托曼忧心忡忡地看着吉荷牡。她用手捂着嘴，双眼紧闭，额头皱起，满脸忧虑。贝鲁埃盯着权杖，仿佛这是一具被剥了皮的尸体。

洛夫没说话，我把权杖扔到埃达伊脚下，"我们在山里被凶煞袭击时，你们消失了两天。当时你们在哪儿？"

他说："说话当心些，小孩。"

"从头天一大早就没人见过你们，直到战斗结束你们才回来，一个龙骑士小组死在了山里。"我特意去看洛夫的眼睛。

"你很清楚我在哪儿，"埃达伊镇定自若，"我在外巡逻。"

"哪儿？"

他鼻翼张开。"那咱们就来问问吧，嗯？"他说，"你们为什么等我走了才那样冒失地闯进山里？"

我摇头，"知道我在博果莫斯的胸腔里找到了什么？"我不等任何人应声就从箭筒里抽出红色的箭矢，高高举起。埃达伊眯起了眼睛。我把愤怒的目光转向玛毕尔，转向托曼和吉荷牡，转向贝鲁埃，最后是洛夫。"我们在卡迪亚河岸的渔村找到了难民和他们所有的马车。全被杀死了，每个男人、女人和孩子，再加上所有村民。"

我从洛夫身旁朝埃达伊逼近几步，"炬扎为什么要做这种事？"

贝鲁埃看着箭，惊恐之情溢于言表："是真的吗，教长？"

"这个年轻的异端不过是想鼓动大家反对拉撒尔，仅此而已，"埃达伊的情绪丝毫不见波动，"异端邪说的毒瘤啃噬着神殿的地基。"

我气得发抖："你为什么这么做，埃达伊？"

他抬起下巴，眼睑下垂："现在我们终于要采取行动了。这镇子，龙场，还有这败坏的神殿，一直在密谋反对拉撒尔。"

玛毕尔一脸震惊，眼里涌出泪水，他走上前来，"以卡迪亚的名义，你到底什么意思？"

"这个村子里有阿刹尼的网络，他们渗透了社会的每个阶层，从在孤峰底下铲粪的低贱工人到育龙使的女儿——或者说前任育龙使的女儿。"

玛毕尔嘴唇颤抖，半晌才找回声音："你的指控全无依据——"

"当真？你根据异端的经文对山洞里的事件做了解读，我们都是听到的。还有今天这出闹剧，妄想诬陷我和我的战士有不洁的恶行。"

他脸上不见丝毫悔意，但我已泥足深陷，退无可退。"阿刹让你害怕。博果莫斯却公开对过去的信仰表示尊崇，于是你就杀了他，他和每个可能受他想法玷污的人，让他再也不能开口——"

"听，她亲口说了，那个该诅咒的名字：阿刹。"他的嘴唇扭曲，"只因为你能偷出一支箭，并不能证明你的指控有任何根据，无论你还发现了什么。"他瞄了眼地上的权杖。"无论这是多大的悲剧。"

"箭不是我偷的。"

"当然是。或者是捡的。这没有关系。当你在平原上发现了博果莫斯的遗体，你就编造出这么个故事——"

吉荷牡上前一步，托曼想拉住她胳膊，但她推开他的手，"她说的全是事实。我在场，我也看见了。"

埃达伊抬眼看她，接着目光转到我身上，"当有人声称自己看见了高龙，你们以为我们不会彻底调查吗？你们以为我们不会找到那些传播故事的人、摸清他们的底细？阿刹是一出欺骗的闹剧。整个阿刹崇拜都是谎言。"

他转身问贝鲁埃:"而且它已经渗透了整个村子。不是吗,梅利恒?"

贝鲁埃盯着我一言不发,眉头越皱越紧。

埃达伊逼问道:"之所以能揭露这个地下教会,难道不是依靠你过去一年的暗中监视?难道不是你的报告把我带到这里?"

贝鲁埃缓缓点头,他的视线一刻也没离开我的眼睛。我不知道他想传达什么意思,但这已经不重要了。我怒火中烧,太阳穴抽痛。暗中监视?他潜伏在我们家里,说话安抚我,原来这期间一直在用神殿的金币在瑞亚特收买情报。我只想杀了他,用这支炬扎的箭刺穿他的心脏。

埃达伊指着我和吉荷牡说:"你们两人都要关押在此,你们的龙要锁进神殿的龙厩。明天一早,我们开庭审判异端邪说和反拉撒尔的罪行。"

"什么?"托曼往前走,但两个炬扎挡住了他,两人都手按剑柄。

嘎嘎在我身后发出不安的低吼。我感到她的气息吹在脸上。

"至于你,德哈拉。"埃达伊满脸厌恶和嘲讽,"你本该揭露这毒瘤,或者让它的追随者改信正教——可你却为他们提供便利。你也要接受审判。"

托曼一脸的不可置信:"你怎么能允许发生这种事,洛夫?"

洛夫双手抱胸,先朝埃达伊怒目而视,然后才回答说:"我宣誓效忠龙骑士团,龙骑士团效命于库鲁宗,而埃达伊是这里职位最高的炬扎——是这个军事机构里的最高权威。你本该严加管束这些脾气暴躁的孩子,育龙使。"

吉荷牡脸上褪去了所有血色,"我真不敢相信自己的耳朵。他谋杀了库罗达的难民!你怎么能——"

洛夫道:"事关异端,那是他的战场,我无权干涉。"

接下来的几秒钟没人说话,每张脸上都写满震惊。凯雷科看着我,忧虑在他额头刻下一道道皱纹。

"派人去那个村子看看吧,"我说,"然后你就知道是他在撒谎。"

洛夫只是看着我,他脸上的刺青仿佛关押情绪的牢笼。如此冰冷的态度实在奇怪。这感觉刺痛我的后脖子,顺着脊柱一路往下。我突然明白过来。我说:"你早就知道了。"

他连眼睛也没眨:"我在这里的任务很清楚:保护龙场。而这里的孩子总在挑战我,让我几乎无法完成使命。我自己也常常想把你们关起来呢。"

我惊得无言以对。我想起几个月之前,在我和嘎嘎面对贝鲁埃的威胁时,他曾为我们说话。感觉仿佛隔了很久了。这还是同一个人吗?

埃达伊绕着我们四个人走出一条弧线——吉荷牡、托曼、玛毕尔和我——他盯着我,呼吸沉重。"现在就说到了我被派来裁决的最后一个问题。"他停在托曼面前,"龙场的归属。"

托曼惊道:"你说什么?"

"受内阁委派,我将对你申请许可证一事做出最终裁定。"

"什么?"

"你听见了,我来这儿的职责之一就是决定你们是否配得上为龙场所颁发的许可证。"

"龙场属于我们。"

"别傻了。如果没有皇帝的允许,你们一无所有。你总不会不明白吧,其他人也可能申请你们的许可证。"

托曼白了脸:"什么?谁?"

埃达伊瞥了眼洛夫,上尉面无表情。

托曼惊得面无人色,看得出他在发抖。他朝洛夫上前一步,"洛夫?你在开玩笑吧。"龙骑士团上尉面对她。

"什么时候?"托曼说,"你什么时候申请的?"

"两次信使之前,山上那次的事故之后。给埃达伊看过才寄出的。我只是为了保护王国的利益,托曼。"他挨个看看埃达伊、贝鲁埃和我,最后目光回到托曼身上。"为了保护这个组织,我做了必须做的事。"

我终于明白了:这个决策跟洛夫切身相关,他对我们的龙场拥有部分所有权。我们的龙场。后头跟工程师一道抵达的龙骑士小组都是他的朋友。洛夫想得到我们的龙场。埃达伊知道了,于是以此为筹码,换取洛夫的沉默。我想起上尉修的那条路,从辛瓦特通到悬崖。他还有什么计划?扩张?选出合他心意的育龙使?

托曼气得浑身发抖。埃达伊拂去盔甲上的什么东西,又一次把两手背在身后。"我有责任确保龙场由最适合的人掌管,育龙使。此地的关系太过重大,而现今你的位置岌岌可危。实在是岌岌可危。我期待你的全面合作。"

我朝埃达伊走过去,脸上、拳头上都燃烧着怒火。"你凭什么审判我们,"我低声咆哮,"凶手!你还用贿赂买到了一个贼的沉默——"埃达伊手下的两个炬扎拦在我面前,分别抓住我的两边胳膊。我无法挣脱。凯雷科抬腿要朝我走,却被洛夫抓住了胳膊。埃达伊走到我们之间。

嘎嘎咆哮起来,试探着往前迈了一步。我大喊:"不!嘎嘎,不!"剩下的三个炬扎挽弓搭箭对准嘎嘎。"哦天啊,宝贝,不……嗷!拜托!"嘎嘎迟疑了,她一面从喉咙里发出低吼,一面缓缓绕圈。弓箭手散开,箭尖追踪着她。

我拼命想挣开陷进我胳膊里的手指,任手里的红色箭矢落下。"请别放箭,"我尖叫道,"该死的,放开我。"

"教长,"洛夫责备似的说,"这动物是很宝贵。我需要她留在我的龙厩里。"

埃达伊把头一点,他的手下放开我。我跑到嘎嘎身边,抓住她的耳膜对她咕噜咕噜叫:"嘘,宝贝。安静。"她停下来,退后一步,一脸迷惑地看着我。她喉咙里仍然发出低沉的吼声。士兵的箭还指着她。我抱住她的脖子让她低头,同时为她挡住火力。

埃达伊捡起地板上的箭,"首先要逮捕其余的邪教领袖,从厨娘凯西和伐木人弗伦开始。"

凯西?还有弗伦?我感到胸口发疼,太阳穴抽痛,喉咙也收紧了。"他们是无辜的,他们从没伤害过任何人。别伤害他们。"

"他们不比你更无辜。"他把箭递给自己的一个副官,那人将其插进自己的箭筒里。现在它只是许多箭中的一支了。

贝鲁埃的目光终于从我脸上转向埃达伊,"这里不够法定人数。仅你我二人并不能决定他们是否有罪。按照条例——"

"这不是法庭,"埃达伊喝道,"这是战场。如今库鲁宗的利益危如累卵,我绝不会姑息异端邪说。这龙场有分崩离析的危险,就因为缺乏纪律,以及不服从和自私自大的传统。"

他走到我跟前,黑色的眼睛离我仅仅几寸远,全然不顾嘎嘎发出隆隆的警告声。"而我还被这样的东西指控,她的每次行动都带来灾难,还从山里召唤出恶魔。你不在的时候,恶魔从没出现。"

我说:"你疯了。"

"你在黑暗中签下了什么样的协议才换来了你的动物？你向你那邪恶的阿刹献上了什么？为了完成破坏龙场和拉撒尔的使命，你还有怎样的邪恶行径？我在你身后只看到灾难。"

他凑近我低声道："女巫，黑暗的仆人。"然后他背着手转身面对贝鲁埃，"你失败的地方我必须完成：铲除这个危险的邪教，赶在它进一步扎下根之前、趁它还没能摧毁这个属于库鲁宗和古尔万的宝贵龙场。这个龙场大院里终于要有秩序降临了。"

第四十五章

托曼被箭尖抵着押回龙场，我和吉荷牡也被炬扎的弓胁迫着，领坐骑到神殿的龙厩，卸下龙鞍、套上锁链。为了不让它们人立，有一条铁链把它们戴在前肢上的手铐与钉在地板上的吊环螺栓相连。每个龙场的龙厩都有这样的螺栓，但我们从没用过。从来没有必要。

直到锁链的铁扣扣上，奥达科斯和嘎嘎都还不明白这是做什么。它们先试着动了动，然后又拉又踩。奥达科斯咆哮起来，用牙去咬铁链。嘎嘎使劲拉扯，我真怕她会弄伤手腕。"不，玛芮娅！"她说，"弄掉！"

"嘘，宝贝！嘘。"我抓住她的耳膜拉下她的脑袋，然后张开胳膊抱住她的脸，又用手捂住她的眼睛，"镇定，亲爱的。耐心。我会想办法把我们弄出去的。"旁边的奥达科斯大声怒吼，用力挣扎，把铁链抖得哗哗乱响。

埃达伊的身影出现在门边："让那动物安静。"吉荷牡恨恨地瞪他一眼。

"根本没必要这样，"她怒道，"它们没有威胁。"

"让他安静，否则我让人结果了他。"

吉荷牡煞白了脸："你敢。"

"哦，如果他造成威胁，我当然会这么做。"

"我们人都锁在神殿,它们还能造成什么威胁?"我厉声质问,"你疯了吗?"

奥达科斯仍在一边咆哮一边摇晃手铐。埃达伊指着他说:"先生们,准备。"他的炬扎弓箭手把血红的箭搭上弓弦。

我看不出他是来真的还是虚张声势,他脸上覆盖的符文让人看不清那双小眼睛。不可能是来真的吧?否则才真是疯了。可话说回来,他为了那不知所谓的教条,不是谋杀了整个村子的无辜百姓吗?

吉荷牡看着我,眼里满是惊惧。我在绝望之中唱起了刺契印时的那首歌,希望能安抚我们的龙。吉荷牡加入进来,埃达伊抬手让手下暂停。很快奥达科斯就不再挣扎。他的咆哮减弱成隆隆的低沉和声——他心里依然不爽,但好歹控制住了自己。吉荷牡颤抖着抱住奥达科斯的头,泪如雨下。

又哄了一会儿,我们终于让龙躺下,又给了它们食物和水——回家的旅程如此漫长,它们早该吃东西了。

离开龙厩时,我从埃达伊身旁走过,"你就是这样保护龙场的吗?通过杀死龙父?"

"我从不鲁莽行事,女巫。但我大可以为龙母另找龙父——"

"养龙的事你什么都不懂——"

他打断我,"再说随便一对龙都能带大一窝幼仔。"

我张口结舌。是真的。他可以偷走所有龙蛋,用自己挑选的配偶替代我们的龙,而龙场和为龙场提供服务的社区都是现成的。再说这样一来,他自己的动物正好不必上战场,所以干吗不呢?龙仔一旦孵化就会把照看自己的龙认作父母,并不是非得亲生父母不可。他甚至可以留下些龙仔保留之前的血统。这么一来或许会损失一个繁殖季,却可以夺走一切——我们和先辈心血的结晶、能长远发展的龙场。他可以借许可证之名剥夺我们,交给投资人。只要有利可图、有权力可夺取,还管什么对错。

我忍不住脱口道:"你这个魔鬼。"

他只朝仍然用箭对准我们的炬扎做了个手势。那些人示意我们回神殿,把我们关进圣所背后的房间。我们和玛毕尔、忒鲁一起,眼看着两个炬扎和他们的龙守在外间。他们关上门,还上了门闩——我这辈子也没见过这种事。

"别再走来走去的，"吉荷牡说。"坐下。尽量休息。"

"休息？你怎么能想到这种——"

"要想为自己辩护，我们就得精力充沛。"

"不会有审判的！你以为这是怎么回事？判决已经定好了。"

吉荷牡转头去看玛毕尔，德哈拉把胳膊搭在忒鲁瘦弱的肩膀上安抚对方。"恐怕玛芮娅说的没错。若是公正的法庭，至少会有一名神职人员为受指控的一方辩护。但埃达伊会以龙场面临威胁为由撇开条例。他是真正的信徒，为保护自己认定的真理不惜使用任何手段。"

我问："对异端的惩罚是什么？"

他抬起悲伤的眼睛看着我："如果我们走运，开除教籍和流放。但我怀疑埃达伊想的不是这个。"

"那是什么？"

他摇头："你知道他会怎么做。事实会被扭曲，以符合他所要的结果。"

恐惧穿透了我，我浑身发抖。整个渔村再加上库罗达的难民，这许多条人命都不足以满足埃达伊的"真相"。我弯腰看着玛毕尔的眼睛："我们得想办法逃出去。还有别的通道吗？"

"有一条地道，但它通向龙厩——而那里也有人看守。除非年轻的忒鲁发现了什么秘密通道？"玛毕尔的侍祭摇摇头，可怜的孩子面如死灰。

我继续来回踱步，之前发生的一切、每一种可能的场景，全都从脑子里闪过。

"这儿有武器吗？随便什么？"

"没有我能挥得动的，再说我也没学过怎么用。"玛毕尔摇头，"一把链锤，几把长矛，两张十字弓。但都在圣所里，跟我们的守卫在一起。"

我咒骂起来，看着自己的脚继续踱步："太阳下山了。他为什么要拖到明天？"

"埃达伊需要观众，"玛毕尔道，"他在为这出小闹剧准备舞台。他会抓几个阿利尼为自己造势，他会希望所有炬扎到场，还会要求洛夫和他的手下在场支持他的指控，因为洛夫也是他战略的一部分。然后我怀疑他会让凯雷科和他的人去巡逻，因为毕竟得有人巡逻，而凯雷科对你流露了同情，所以最好把他调开。"

"他们还没找到弗伦，还有凯西。如果找到了会马上带他们来的。"

玛毕尔说："他们也可能被关在别的地方。"

这倒是真的。无论其他人怎样，我们得靠自己了。我突然后悔自己对凯雷科那样严厉。我幻想也许他会想办法营救，又想象父亲带着达瑞安归来，用他的愤怒纠正一切错误。但我满心遗憾地放弃了这些念头。埃达伊派了一个炬扎杀手跟着父亲。我们得靠自己。

我把一张桌子挪到彩绘玻璃底下，跳上桌以后我能摸到彩色的窗玻璃。上面绘制的是库鲁宗的许多化身。没有了背后的日光，玻璃一片漆黑，正如它们试图传达的故事所投下的影子。"我们可以打碎一扇窗户。"

"炬扎在神殿的院子里扎营，"玛毕尔说，"他们会听见的。"

我用颤抖的双手捧住脑袋，"我们不能留在这儿。"

"你准备干吗？"吉荷牡声音里带着一丝怒火，"出去然后又做什么？"

"找到父亲。"

"徒步去找？就算我们知道他走了哪条路，他也比我们早出发好几天。"

"逃跑。"

"去哪儿？"

我也开始生气。"我不知道！但我们不能干坐着。你有什么建议？"

吉荷牡没回答，我转身发现她蜷缩着摇晃脑袋。最后她喃喃道："首先我们必须洗清异端的罪名。"

"我们必须跟他们斗。"

她哽咽道："怎么斗？用拳头吗？"

"我不知道。我不管。"

"见鬼了，玛芮娅！你和你的固执。要不是你……"

她的话刺痛了我，我好几秒钟哑口无言，"要不是我什么？"

她摇头道："没什么，对不起。我不是那个意思。我没想暗示——"

"但你就是那个意思。要不是我跑去找到了我的龙，证明了贝鲁埃是错的，就不会炬扎引到瑞亚特。你是这个意思吗？或者要不是我飞到河边发现了炬扎屠杀平民的事？或者你希望要是我从来没见过夏龙就好了？"

"不是！不是。对不起。"

我吸了口气，"我猜其他所有人也是这么想的。"玛毕尔避开了我的眼睛。

突然间，我仿佛又和达瑞安一起，藏身在悬崖上的龙巢中，母亲的诅咒隐隐回荡在心底。我脸上发烧，既因为这记忆，也因为最初迫使我进山的理由——我要证明夏龙出现并非为了诅咒我，而是将我引向更高的地方。我已经证明了，不是吗？

然而吉荷牡的话将怀疑注入我心中，我抓住脑袋想消除这声音。我已经不止一次战胜了这个邪念。我证明了贝鲁埃的指控是谎言，找到了属于自己的龙仔，还让龙场变得更加强大。过去几个月里我与嘎嘎之间爱的联结不断增强，它帮我控制住了每晚的噩梦，平息了我的愤怒，助我与母亲的遗憾和解。不是吗？不可能这样结束。这跟命运或天命都没关系，只是埃达伊和他对"真理"的狭隘理解。我不过是河上的纸船，载着自己的生命之烛。我既可以选择无助地顺水漂流，也可以像过去那样做点什么。任何事。

我咽下自己的愤怒，"无论你指的是什么，我都做了。我没法撤销过去。所以还是那个问题：现在我们该怎么办？"

玛毕尔抬起头："我们信任阿瓦——"

"哦，得了吧，阿瓦会做什么？坐在小山上看我们吗？阿刹又会做什么？我再也不会祈祷奇迹出现了，玛毕尔。过去的六个月、八个月里，如果说我学会了什么，那就是库鲁宗、阿刹还有其他一切都是幻想。根本没有奇迹——"

玛毕尔说："祈祷只会在行动中得到回应。"

我从山里回来后，弗伦跟我说过类似的话：*祈祷是工作。祈祷是行动。*这些空洞的陈词滥调毫无用处，我再次感到愤怒。"我正是在寻求行动，而你们却在告诉我这也行不通那也行不通。反对我时你们也是在反对自己。"

"我不是那个意思。别失去信仰，玛芮娅。"

"过去几个月，恶魔和神学一直在我脑子里打架。有什么意义？有什么好处？拉撒夕独裁，革提克神秘莫测，而阿刹只是沉默的……沉默的承诺，仅此而已。这对我有什么用？现在我们需要的是计划。我们该怎么办？"

门闩抬起，铰链摩擦的声音打断了我的话。吉荷牡和玛毕尔都看着我，前者惊讶后者困惑。玛毕尔还把忒鲁拉到自己身边。门开了。

门外站着三个人，我绝想不到会看见他们同时出现。凯雷科全套龙骑士团的装扮——盔甲、剑、长矛；他身旁的弗伦一侧肩上挎着两个箭筒，另一侧挎着弓，腰上别一把长猎刀，还穿上了骑龙的束带衣。而站在这两人身前的那个人，腰上配着不搭调的剑、背上背着十字弓和箭筒——是贝鲁埃。

我好不容易才缓过神来："怎么回事？"

贝鲁埃走进房间，"一个钟头前，我为看守你们的人送来了晚餐，里面加了镇静剂。龙厩的守卫也是一样。趁埃达伊和其余炬扎在外巡逻，我们必须马上动身。时间不多了。"

"什么？"我的声音听着有些呆愣愣的，"为什么？你为什么要这样做？"

"你有一个机会证明自己的清白，玛芮娅，而且要让埃达伊都无法否认。等将来审判时，你需要我的证词。但不能只是道听途说或者我个人的意见，必须是拉撒尔圣职人员的亲身经历。你需要我。"

"解释一下。"

凯雷科说："我们该赶紧离开再说。"

我说："我们先听他怎么说。"

贝鲁埃深吸一口气，望着我看了好几秒，然后垂下眼睛，"我们时间不多，很难说明白。在瑞亚特的经历挑战了我最核心的信仰。我见证了许多撼动我的事，看见了自己无法理解的古老遗迹。还有你，玛芮娅，你也在挑战着我。不只是你的话，还有你的行为。你救了我的命，还有泽尔的命。"他与我对视，难以察觉地低了低头，"我知道你不是什么女巫，但现在我必须了解阿刹、拉撒尔和夏龙的真相。"

我说不出话来。他是真心的吗？或者只是又一个阴谋？但什么样的阴谋会把凯雷科和弗伦牵扯进来？贝鲁埃看见了我的契印，但却让我继续披着头发，而且没向埃达伊告发我。事实上，自从埃达伊抵达那天，他就有了些变化。

吉荷牡仿佛看透了我的想法："我们为什么要相信你？"

"你们不信我也不怪你们。我待你们很糟。"

玛毕尔缓缓起身，朝贝鲁埃走了几步，"不只是怀疑。有什么东西在驱使你这样做。是什么？"

贝鲁埃回答时依次看着在场之人，"来自拉撒尔的命令让我第一次觉得事情不对劲。拉撒尔委任埃达伊为总指挥，而且明确命令我们采取一切必要手段抹黑你，玛芮娅。但我已经见了太多，我感到神殿在有意无视真相。但直到今早，当埃达伊揭露出他为达目的所采取的手段，我才知道拉撒尔愿意为此做到哪一步。"

"这么说你信我？埃达伊杀了博果莫斯和库罗达的所有难民。"

熟悉的严厉表情回到他脸上，但现在这张面孔显得十分苍老。"我信。"

"你用语言和行动破坏龙场。你冷酷无情。本来你可以说点什么，却让博果莫斯和他的人白白死了。最糟糕的是，也可能革提克真的就是库鲁宗的一个形态，正如你所说的那样。说到底，真正让你害怕的——也是让埃达伊杀人的——只不过是应该以什么方式讲述那个故事。"

他再次垂下眼睛，点头表示同意。他抬起头，面容憔悴，"我必须知道什么是真什么是假。为了我的灵魂，我必须知道。"

凯雷科说："我们真的得走了。"

玛毕尔抬起一只手放在贝鲁埃胳膊上，"我想我理解你的意思。你带来弗伦，因为他有渊博的知识；带来凯雷科，因为他有力量、又同情我们。"

贝鲁埃点点头："只有一个办法能回答我的疑问、同时终结埃达伊的审讯。所以我们必须走。我们所有人。包括你，玛毕尔。"

"去哪儿？"不等他回答，我已经知道了答案。我膝盖一软。

恐惧在他眼中投下阴影，"通向你我自由的钥匙藏在深山的遗迹中。"

我们走过被药倒的炬扎卫兵，他们的龙都在各自的骑手身旁安然休息。托曼在院子里等着我们，拉努、奥达科斯和嘎嘎全都上好了龙鞍，还带上了我们的装备，包括弓和好几个箭筒的箭枝。此外还有五个凯雷科的人。我只认识玛拉德，他们刚到瑞亚特时凯雷科曾跟我们介绍过，他是凯雷科的一个爪长。

嘎嘎的前脚在地上跳舞，她开心地点着头："玛芮娅！"我亲亲她的鼻子，拥抱她的脑袋。

我爬上龙鞍时正好对上凯雷科的眼睛。他神色严肃，脸上既有安心也有恐惧；有喜爱，但也有悲伤。他满不自在地匆匆转开视线。他知道我不想要他的追求，但他还是跟贝鲁埃一起来了。我为自己让他经历的一切感到内疚。他是个好人，换个人说不定比他糟得多呢。我突然意识到他冒了多大风险，心脏怦怦地跳起来，"你可能会受军法审判。"

"小姐，这里发生的事我无法忍受。在我看来，我的职责是保护龙场，这就包括了你和你的家人。我曾经让你失望，但不会再有第二次。"

我喉咙收紧，点头致谢："凯雷科，很抱歉父亲对你那样严厉，而我又那么像他。我太生气了。你不该被那样对待。"

他也朝我点点头，然后爬到塔本背上，束好皮带。他背后的鞍上挂了不少鞍头弩的弩箭。

贝鲁埃和弗伦一起帮玛毕尔爬上泽尔。玛毕尔穿着他从前的束带衣——结契的龙老死之后剩下的；他把自己绑在贝鲁埃身后的次座，动作还算敏捷。弗伦爬到托曼背后，托曼略加协助，他也绑好了束带。他看着我，勉强笑笑，眼中混合着恐惧和决心。我朝他点点头，希望能安抚他。我很高兴他能来。

吉荷牡和托曼也准备就绪，但凯雷科让塔本挡在托曼跟前："你该带吉荷牡和玛芮娅躲起来，直到我们回来、跟埃达伊解决了眼下的麻烦。"

我内心深处那个饱受惊吓的小孩很喜欢凯雷科的建议，但我摇头道："我要去。我也需要知道真相，而且这是我的战斗，我不能让其他人代我出战。"

吉荷牡说："而我要陪着她。"

凯雷科皱眉道："你和托曼在拿你们的龙父龙母冒险。"

"它们早就不安全了，"我说，"埃达伊亲口说的，他很乐意为拉撒尔获取所有龙仔，需要替换多少龙父龙母都不成问题。"

听了这话，托曼眼底燃起怒火，他投向凯雷科的目光简直能融化石头："这也是我的麻烦。我赞同玛芮娅的话——这是我们的战斗，那就打吧。说实话，我们真应该伏击埃达伊，终结他的审判。就是现在。"

"你们打不过炬扎的，"贝鲁埃说，"他们是战士中的精英。你们必败无疑。"

我说："可我总觉得胜算比回到山里要大些。"

凯雷科朝我倾过身子，"相信我，我衡量过二者的优劣。我见过炬扎战斗，我真的不想招惹他们。"

贝鲁埃道："别忘了还有洛夫。"

凯雷科坐在龙鞍里动了动身子，"我安排了我的人在山洞执勤。我们进去不会碰到洛夫的手下。"

我说:"这真是疯了。"

他点头道:"没错。"

玛毕尔问:"忒鲁呢?"

一个微弱的声音说:"我在这儿。"

忒鲁站在神殿门边,穿着不合身的旧束带衣,手里紧紧抱着绘画的工具。

"如果遗迹那么重要,就该记录下来,不是吗?"

玛毕尔的下巴颤抖起来,"高龙在上,的确如此。贝鲁埃?"

梅利恒打量着侍祭——瘦巴巴的胳膊、蓬乱的深色头发、眼睛瞪得大大的,但嘴巴的线条很坚定。他点头道:"我见过你的画,年轻人,我同意。"

"他可以跟我一起。"吉荷牡让奥达科斯伏下,自己弯腰接过忒鲁的画具,然后伸手拉他爬上横档。他跨坐在她身后,两人一起系好他的束带。

我调整好武器的位置,方便取用。大家互相看了看,眼里都有决心。

贝鲁埃说:"我们准备好了。"

起飞时,下弦月正坐在东部平原上,仿佛一个浅色的碗,半明半暗。空气清冽,四下无风,星星隐约闪烁。凯雷科领头,我们在峡谷阴影的遮蔽下前行,绕过祖尔梵山来到较远的出口,就是我和达瑞安对抗哈洛迪人和凶煞之处。

这会不会是贝鲁埃设下的陷阱?这个念头在我脑中挥之不去。我身体的每块肌肉都收紧了,脖子和胳膊上的皮肤刺痛。我紧咬牙关,直到咬痛了牙齿。周围的每种声音、每种气味我都有所察觉。可说到底,还能怎么办呢?我们需要有人为我们辩护,是好是坏也只有他了。我会像猫一样盯着他。

虽说山洞外的尸骨和木头都已经清理过,但过了这许多个月,我们降落后仍能闻到灰烬和煤烟的气味。洞里的油灯照出新砌的石墙,距离洞口三十尺,从左到右、从上到下切断山洞。石墙中央有两扇巨门,阻挡可能从山洞深处出现的任何东西。

凯雷科的另外两个手下在此等候,其中之一是阿吉赫,凯雷科的另一个爪长。等所有人都安全降落,两人就对自己的坐骑下令,两头龙分别用前爪勾住两根绳子尽头的圆环。绳子从门两侧上方的阴影处垂下,被它们一拉,黑暗中的滑轮发出嘎吱嘎吱的呻吟，沉甸甸的门闩从卡槽里升起，发出响亮的摩擦声。等门闩完全拉出，龙就把铁环套在石头地板上的铁钩里。

凯雷科骑在塔本背上走到我们跟前，转身对所有人说话。"听好！进去的时候听我安排：我走最前面，然后是达锐德和斯果特。"两个我从没听过的名字。"托曼和弗伦，贝鲁埃和玛毕尔。玛芮娅。吉荷牡和忒鲁。然后是玛拉德、安辛和特夫。"又是两个陌生的名字。"我们全程骑龙。目的地是深处的一个房间，只有我和贝鲁埃去过。动作要尽可能快，做完我们来做的事，然后转身，按原来的顺序倒过去往外走。明白吗？"

有些人点头，有些回答"明白"或者"遵命。"我只是咽下喉咙里的胆汁，在裤子上擦擦手心的汗水。

"那好。"他朝自己的爪长点点头。阿吉赫和玛拉德的龙分别咬住两扇门中央的圆环往外拉。铰链呻吟起来，油灯闪烁着，照亮了门背后长长的通道。凯雷科再次让塔本掉头，快步走进通道，我们默默跟上。阿吉赫和他的一个小组留在外头关门。我们听见嘎吱声和门闩从外面落下的声音。门闩回到卡槽里，发出咚的一声响，那一声的回音显得那样决绝，令人胆战心惊。

我们走过通道和最初几段阶梯，周围是阴森的影子和潮湿的空气，耳边是龙爪在石头上空洞的回声，还有嘎嘎紧张的咔嗒声。闪烁的火把让墙上的雕带活了过来，人和龙原本做着各种快乐的事——游行、节庆、宴会——现在看来却显得阴森恐怖。我们走下通往四季之间的长长楼梯，就是在这个闪烁着蓝绿光芒的房间，马利克把嘎嘎给了我。

房间地板上的残骸都已清理干净。落下的石头、骨头，甚至波巴龙的血脚印都已不见。我们沿着喷泉边缘走，我望向东侧的入口，如今那里有扇用钢架加固的门。在奇异的光线底下，门上方的夏龙似乎泛着生命的涟漪。我再次惊叹于雕像的细腻与精确。我打个寒噤，深吸一口气。

嘎嘎扬着头，不断发出咔嗒声，还四下张望。她又叫了一声"波巴"，但不像是在呼唤他，而是扭头朝我说话。她认出了这个房间，她还记得这里发生的事。

我拍拍她的脖子，"没错，宝贝。"

我想低声祈祷，但不知该向谁祷告。玛毕尔就是在这里向我和父亲解释了阿刹尼的哲学。这时我突然意识到它就只是这个：哲学。阿刹不是宗教，而且肯定不是什么神祇,它没这么简单,不。真理要比宗教复杂多了,也更难把握。它可以包含神。它欢迎人们怀疑。你要如何向这种东西祈祷呢?怀疑是可能带来恐惧的。我倾听厄迪姆的声音,但并没觉察到什么。我把这念头压下去,担心仅仅想到它也可能将它招来。不知什么时候,我下意识地把箭搭在了弓弦上。

凯雷科这翼的另外四个人在秋龙维吉斯下方的门前等着我们。这条通道也用一扇钢门堵住。上次来这儿时,哈洛迪战士和厄迪姆就是从那个方向涌进来的。

嘎嘎感受到我的惧意,停下了脚步。我正要催她继续前进,凯雷科则示意所有人止步。他跟门前的骑手轻声交谈,压低的声音失落在耳语般的回声中,被喷泉滴溅的声响掩盖。他的人拿来油灯,分别递给凯雷科、贝鲁埃、吉荷牡和我。我摇头拒绝。我不想带着灯,它会让我成为靶子。那个士兵耸耸肩,把灯递给了玛拉德。

两个骑手分立在门两侧,抓紧门上的轮子开始旋转。门面上的齿轮咔咔作响,声音在整个房间里回荡、叠加,仿佛高烧的梦境中发出的回声。两个粗钢闩从金属外壳的洞里退出,最后发出洪亮的咣当声。这音量让我畏缩了一下。这样大声敲门,谁都能听见吧?我脸颊一侧流下一串汗珠。

凯雷科转身面对我们,塔本不安地挪动脚步。"听着!门对面有个金属门环。我们回来时,敲三短三长作为信号,我的人就会开门。哒哒哒、哒——哒——哒。明白吗?"

嘎嘎悄声说:"肖,搭。"

又是一片遵命和明白。我回头看向吉荷牡。她面如土色,但也像我一样搭箭在弓弦上。

凯雷科一点头,他的两个手下把门往里推去,铰链嘎吱作响。我们一个接一个走进了祖尔梵山黑色的心脏中。

第四十六章

一种奇异的平静笼罩了我。不，不是平静，是恐惧暂时悬置。或者说恐惧整合了。我已经两次在这些山洞里面对哈洛迪人和凶煞，甚至还两次遇到了厄迪姆。此刻我所有的感官都高度警觉，箭已在弦上，龙鞍的束带绷紧。嘎嘎发出警惕的咔嗒声，并放轻了脚步——缩回爪子，只用脚垫触地，避免发出声音。空气的温度、石头和水的气味、同伴们的紧张。我仿佛紧绷的弓弦。

这不是平静。

是准备就绪。

在我前方，凯雷科的油灯投下窄窄的光带，照出融化般的石头。是我和达瑞逃命时经过的那种地形。贝鲁埃一路遮着油灯，但偶尔也会忍不住打开灯罩，照亮某处的雕像或缝隙。龙的咔嗒声在我耳边回荡。它们都在探索这片区域，倾听自己的声音如何反弹回耳中，借回声去观察。这种方法比单靠视力更精确，所以没有谁阻止它们发声。

我催嘎嘎往前，越过贝鲁埃和玛毕尔、越过托曼、越过达锐德和斯果特。我在凯雷科身边慢下来，尽量压低声音说："凯雷科，我们得让龙安静。"

"什么？为什么？"

"如果有其他龙在附近,它们的咔嗒和发声会暴露我们的行踪。"借着几盏半遮半掩的油灯发出的幽暗光线,我看见他转向我,脑袋歪向一侧。他眼睛一亮——我听到的,他也听到了:低沉的声音织成密密的大网,从周围看不见的墙壁和天花板上反弹开,仿佛黑暗中幽幽的乐声。他点点头,或许是这辈子第一次听到并理解了这声音。

"所有人听着,"他的声音很轻,同时又饱含紧张感,"所有龙噤声。不许再有咔嗒声或者任何动静。"

我们身后的骑手低声对各自的坐骑下达指令。凯雷科放下灯罩,黑暗严严实实地罩下来。等到周围完全安静下来他才重新将灯罩揭开一部分,刚好够看清前面的路。

继续前进时,我跟在了凯雷科身后。周围只剩皮革和衣料的窸窣声,以及远处水滴落在石头上或水塘里的回响。龙听到这些微小的声音,是否也能在脑海中勾勒出图像?

我们走下一段长长的阶梯,右侧是深渊,左侧是与之前类似的那种浮雕:人类工作、游戏、征战的图画。就这样默默走了大约一个钟头,最后进入一条狭窄的通道,两侧都有浮雕装饰。大家又把灯罩揭开些。大树沿墙壁向上舒展,用枝叶在头顶的天花板上描绘出复杂的图案,树木之间雕刻着各种动物,全都从墙里往外看。每只动物还配有以古代符文写成的标签,仿佛外面世界的索引。

身后的光线变强了,我还听见摩擦声。回头一看,原来是吉荷牡将灯罩打开一条缝,让弎鲁可以沿途速写。他之前来过几次,但显然都没进到这样远的地方。

我们走出通道,进入另一个圆形房间,只对面有一个出入口。贝鲁埃低声对凯雷科说:"这里是我的第一个问题,我们停一停吧。"他把灯罩开得大些,让大家能看见房间的规模。它比四季之间略小,但拱形的天花板高高升起,对面的墙几乎消失在黑暗中。墙上装饰着一座城市的浮雕,是从站在广场上的某人的视角,描绘他所看到的大街小巷、大山和白云。四散的小人和点缀在空中的龙起到比例尺的作用,但整个浮雕的中心是建筑物。

它们宏伟极了,我从没见过如此高的建筑。当然,我也从没去过帝国的任何大都市。整个画面仿佛石头构成的世界,街道建在峡谷底部,平台上的花园种着参天大树。所有人的目光都被左手边的一个拱顶吸引。拱顶的顶部有个圆圈，仿佛是某种符号——一个简单的环。它底部雕刻的门让人觉得无比宏伟。在相邻的墙上，建筑物的缝隙间似乎能隐约瞥见栅栏，将这座刻在石头中的城市围起来。

对面墙上的画让我大吃一惊。祖尔梵山高耸在大地上，顶峰被写意风格的云遮住一部分。我这才意识到自己见过这座城，但不是图画中这般繁荣兴盛、生机勃勃的模样。我说："辛瓦特。"

弗伦说："没错。"贝鲁埃看着我，既吃惊又迷惑。

在森林中我只找到一丝曾经道路的遗迹，而浮雕中却有无数建筑沿山坡而建；我只看见一个碗的形状，图中却是完整的圆形剧场。我在浮雕里寻找那个被青苔覆盖的巨大头像，不过或许从图中的视角它被什么东西遮住了。没有关系。辛瓦特的幽灵仿佛就住在这大厅中，激动地向我诉说他们在世上的时光。惊奇的泪水挂在我睫毛上。我无数次想象过辛瓦特曾经是何等模样，而现在它就在我眼前，细致得令人吃惊。这些就是我的祖先吗？我感到他们的血在我身体里流淌。

左手边能看见高山平地同大山较低的斜坡交汇之处，我就是从那边的一条缝隙走进山里寻找嘎嘎。不过图上不见山洞，反而有人造的结构，只可能是一种东西：悬崖边上，育龙平台层层叠叠，背后似乎还有更多建筑。"瞧，现在山洞的位置——是龙场。巨大的龙场。"

"再看我们脚下，"弗伦说。"是城市的地图，每条街都在上头。"

"请让我下地画吧，"忒鲁声音很轻，却带着抑制不住的兴奋。"我需要空间展开卷轴。"

凯雷科看看贝鲁埃，眼里带着疑问："我们敢花这个时间吗？"

贝鲁埃只考虑了片刻工夫："可以。应该做个记录。不过画简单些，小子，而且动作要快。"

忒鲁手脚并用从奥达科斯背上爬下来，仿佛被什么力量牵引着一般走到房间中央。"看，"他说，"从这个位置"——他指着凿在他脚下石头里的阶梯说——"完美的视角。就好像站在广场上。效果一丝不差。"

"真希望我们的时间不那么紧迫，"玛毕尔说。"答应我，如果跟埃达伊的事能够善了,我们可以回来,好好记录这一切。"

贝鲁埃迟疑着,似乎觉得没法做出这样的承诺。但最后他说:"我答应你。"

"一定要把那个画进去,"弗伦指着拱顶说,"那是阿刹的神殿,顶上是代表真理的符号。"

贝鲁埃问:"那个圆环?"

弗伦坐在龙鞍里转身面对他,"当然。时光潮汐不断更迭,圆就是最简明的表现形式。"

贝鲁埃沉下脸。几个月前他曾说库鲁宗代表宇宙循环的终结,或者诸如此类的话,但现在他管住了舌头。

玛毕尔在贝鲁埃身后的座位里挪动。"我有个问题,贝鲁埃。"他说,"你为什么要把这一切保密?"

贝鲁埃过了好久才开口:"自尊心吧,我猜是。我希望靠自己解决这一切。但现在看来时间不等人。"

"洛夫也来过?"

"对。"

"而他也从未提起,"玛毕尔继续逼问,"我们自己的山,我们自己的家和历史,你们却不让我们知道。"

贝鲁埃下巴的线条绷紧了,他点点头。

"而现在洛夫和埃达伊要把龙场据为己有,"我说。"这就能解释洛夫为什么在龙场和悬崖之间修了那条大道。他见过这些图,受了启发。"贝鲁埃朝我点头,但没有说话。

吉荷牡和托曼满眼惊奇地四处打量。

"为什么他们要修这么个东西?"凯雷科说,"而且还修在山洞深处。"

"的确,"贝鲁埃说,"我想问的就是这个。"

玛毕尔指指坐在房间中央的忒鲁,侍祭正在一卷羊皮纸上飞快书写。"或许这也是某种记录,他们担心失去所记录的东西。也可能他们当时已经失去它了。"

贝鲁埃催促忒鲁赶紧完成素描。男孩又涂了几笔,又拿出一张空白的羊皮纸盖在拱顶旁的说明文字上，用一截粉笔拓印。他恋恋不舍地卷好羊皮纸、收拾起工具，然后拉住吉荷牡的手爬回奥达科斯背上。我们走进对面的入口，把辛瓦特的记录留在身后。

前方又是墨水一般的黑暗，没有龙的咔嗒声帮忙，全凭几缕灯光照亮。有一次我们似乎是从桥上走过，隐约可见漆黑的虚空从两侧落下，我只听到最微不足道的回声。

嘎嘎悄声道："搭。"即便没有咔嗒声，偶然听到的声音也能为她描绘出地图。

接着我们又走入一条狭窄的通道，装饰通道的浮雕是图书馆的画面。一排又一排书，摆放在书架上，却全是雕刻在山石上的画面。我实在无法想象，怎么会有人制造出这样一座无法阅读的图书馆，其中所有的藏书都不过是书脊和空洞的许诺。忒鲁悄声说："真希望能全部拓下来。"但我们没有停留。

通道化作一条蜿蜒的小径，从自然形成的钟乳石和石笋之间穿过。油灯照不到的黑暗中传来急促的水声。凯雷科把灯罩完全盖上，我这才发现远处一条缝隙里透出淡淡的蓝光。我的眼睛逐渐适应，远远看见墙上有东西闪烁。

他低声道："就快到了。"

第一道瀑布从我们左侧的缝隙涌出，坠入一条狭窄的沟壑中。我们脚下的小径也随着急促的水流迂回向下。又往下走了两段我才意识到光线变强了，已经能照出周围的轮廓。小径一路往下，气温明显下降，最后我们进入一片水雾蒙蒙的缥缈蓝光中。光线很强，我的眼睛过了好几秒才适应。这里是一道宽阔的岩脊，下方好一番奇妙景象。

玛毕尔道："神圣的阿瓦啊。"我听到好几个士兵也发出了惊叹。

蓝光照耀着水流，水流坠入下方，形成一连串瀑布，通过一个又深又窄的空间，最后落进一个大湖。湖面十分平静，几乎不见波光。一束光从远处看不见的洞顶照下来，上方交错的石头挡住了光源。

吉荷牡往上看去，"那是什么？"

"阳光，"贝鲁埃说，"从嶙峋和山峰之间的冰川照下来的。"

托曼道："老天，现在已经是白天了吗？"

"噢，"玛毕尔悄声道，"我明白了。古老的传说里，祖尔梵是沉睡的火山，曾在遥远的过去吐火。这个空间是空的熔岩井。瞧见地上的岩石和瓦砾了吗？曾经的顶部崩塌,露出了上方的冰山,就像天窗。"

"只说对了一半。"贝鲁埃道,"我亲自飞到上面去看过。它的确是冰川,底下却有一层厚玻璃,还有钢拱支撑。这冰川是人造的。边缘的石头崩塌,玻璃的某些部分也碎了,但冰川本身自有其完整性。住在这里的人制造了天窗作为光源,从外面看过去,就跟自然形成的一样。"

吉荷牡说:"他们为什么要这样做?"

玛毕尔问:"住在这里的人?"

贝鲁埃点头:"看仔细些。我相信这是一处隐居地,一个避难所,不为外界所知。"

散落地上的不规则形态并不都是岩石和瓦砾,还有好些历经岁月、摇摇欲坠的方形,上方破损,脚下堆满碎屑。一旦我开始留意,立刻就看出了大街小巷的痕迹。这缥缈的蓝光照亮的是一座城市——有着建筑、院落和大街的真正城市,虽说如今残破不堪,还被黑色的苔藓覆盖,但显然出自人类之手。

托曼说:"难以置信。"

戌鲁在我右边什么地方,铅笔落在纸上沙沙直响。

"我已经入城探查过。"贝鲁埃说,"许多建筑都是住宅,屋里有家具,还有用石头和金属制成的日常用品。这座山曾是一个种族的家园。玛芮娅杀死的哈洛迪萨满似乎占了其中一栋建筑,他的几个副官和仆人也曾住在那里。这些人都去了哪儿我们只能猜测。不过我想让你们看的东西在湖对岸,城市背后。"他拨转泽尔,面对凯雷科,"中士?"

凯雷科让塔本跳下蓝色的裂口,在湖边的秘密城市上方画出一个舒缓的螺旋。我们从死去的建筑上飞过,它们像被遗忘已久的墓地般黑暗、破碎,我不禁战栗起来。过去的街道上不时可见半融化的巨大冰块,表明那极远之外的冰川已经不再完整牢靠。我们进入那道光束中。往上看去,只见浅蓝色的天顶上有着叶脉一般的深色纹路,偶尔还能看到一股股溪流闪烁着落下。凯雷科加速飞越城市,朝湖对面飞去,然后领着我们从一块高悬头顶的古老石头底下飞进一片清理过的区域。我们降落在他身旁。

降落的地方是圆形剧场中央,又大又开阔,因为被山脊遮挡,所以从刚刚能看见天窗的地方看不见它。四周是整片整片的石头座椅和石头阶梯,其间偶有落下的岩石，一切都被坚冰包裹着。石笋从剧场四周升起，与上方垂下的钟乳石相会，仿佛时间铸造的石柱廊。

贝鲁埃指着所有这些座位所朝向的焦点，然后往上指。"这就是我无法解释的画面。这就是令我束手无策的谜题。"

破裂的舞台背后立着一堵墙，与舞台同宽，有几层楼高。墙面平坦而光滑，被分隔成两打又高又窄的墙板。我们的眼睛渐渐适应昏暗的光线，随即看出墙板上雕刻着图画，每一幅都比旁边一幅更怪异。有些很容易看懂——动物和森林——但也有些令人咂舌：奇形怪状的建筑、飞行的怪船仿佛胖大的鲸鱼长出了船帆、爬行在废墟中的机械，甚至还有建筑物飘浮在无法想象的大地上空，往外吐出人和各种东西。它们让我联想到四季之间里的雕刻。

忒鲁没请求许可就忙不迭爬下龙背，摊开绘画工具。我们仿佛收到信号，全都跟着下了地。连凯雷科也不例外。只有他的手下仍然骑在龙背上。

弗伦跪倒在地，他抬头往上看，满脸敬畏的泪水。见他这样，吉荷牡和托曼对视一眼，然后又看看我。凯雷科和贝鲁埃望着玛毕尔。德哈拉钉在原地，全神贯注地钻研巨大的浮雕。他挺直了身板，仿佛多出几寸的高度能让他看得更清楚。凯雷科把灯罩完全打开为他照亮，这时忒鲁也开始写写画画。玛毕尔蹒跚着凑近了最左边的墙板，示意凯雷科拿着灯跟上。

穿着原始皮毛衣服的人类挤在火堆周围。几块巧妙雕琢的石头代表野兽的眼睛，正从下方的森林窥视人类。画面上方，一只两层楼高的熊直立在夜空下，空中还有月亮构成的弧线，从新月到上弦月到满月到下弦月。

玛毕尔一言不发地走向下一面墙板，凯雷科跟过去。雕刻的天空中有仿佛我们的月亮一般的球体，但数量众多，其中一个被压扁的铁环一样的圆环环绕，还有些周围有较小的球体。球体之间散落着形状像星星一样的小凸起，用刻进石头里的线条连接，似乎是代表星座，但看上去全都很陌生。下方的地面上坐着一尊奇特的偶像：一个乳房下垂的女人，肚子鼓起好似怀孕。她周围是结出陌生果子的植物，一条蛇爬到她膝盖上。

下一堵墙面上，空中有一圈火环飞在写意风格的云上方，下方的平原被一条河切开。一座古怪的建筑矗立在丰饶的大地上，看比例建筑的规模非常之大。它是三角形的，背后还有两个较小的三角形。

下一幅图里有许多两轮马车,车上的人带着弓和长矛。背景是一座大山,山顶有云环绕,被阳光笼罩。

下一幅画是一个站在山上的男人,不过墙板上有许多裂缝,又有矿物在外面结了一层壳。后面几幅图的状况也很糟,我只看出一只鸟,新生的羽毛很长,类似鹰或者雕。下一幅里露出狮子咆哮的面孔。接着是满天箭雨,地上的军队刀剑相向,人人惊恐万分。

接下来的几幅图不大容易理解,很像是季节之间的画面。高入天际的巨塔,上方的机械形状仿佛胀鼓鼓的鲸鱼,身上还有帆。架着奇怪投石器的战车,却不见拉车的马。火焰和废墟。人类,手里拿着书、天平、六分仪和不知有什么用途的工具。人的身体构成的大山,顶部有些人举起手中的卷轴,怒气冲冲地大喊大叫,最底部的人抱着死去的亲人哭泣。奇怪的几何形物体,仿佛磨钝的圆柱或碟子或翅膀,悬在布满恒星和行星的空中,下方完全看不到大地的影子。

一幅又一幅的战争和毁灭,里面的机器越来越怪异。最后几面浮雕损毁严重,但也只有在这里,我才头一次看到龙的影子。

最后一幅图让我脊梁发冷。图中的巨龙尽管立在画面前景中,却仿佛要缩回石头里,就像影子。艺术家不知怎么做的,把巨龙变成了空间的反面,不像是存在,倒更像是缺失。我忍不住想到了厄迪姆。还有别的龙飞在空中。刚才在纪念辛瓦特古城的房间里见过的阿刹神殿也在图里,大厦将倾。不过我总觉得还在别的地方见过画中的怪兽。突然间,我想到了是在哪里,脊梁顿时颤抖着冻成冰:我们神殿废墟的雕像,与白龙搏斗的黑龙。达哈克。

几分钟的沉默过后,玛毕尔道:"这是历史。至于是真实还是想象,我无从判断。"

弗伦依然跪在地上,"神话也可能源于早已被忘却的真实。"

玛毕尔点点头:"我的历史知识最远只到我们这个时代的开端,从辛瓦特失落起。"他指着最后一幅画,怪兽挺立在阿刹神殿之上。"这里的东西要古老得多,拉撒尔不愿大家记得它们也是理所当然。"

贝鲁埃半转过身,一只眼睛冷冷地睨他一眼,但并没说话。

玛毕尔继续说道:"考虑到我们已经见过的记录,再加上这些信仰的证言,我相信这座隐秘的城市就是辛瓦特人最后的藏身之地。辛瓦特在它所处的时代终结时陷落，他们于是造了这座纪念碑作为纪念。或许他们死在这里，或许他们出去了，成为我们的祖先。这已经无从得知了。"

"我也这样猜想，"贝鲁埃说，"但我想知道这些墙板是什么意思。"

弗伦站起来："我可以解答。"

贝鲁埃朝他走近一步，"请吧。这就是我们来这儿的目的。"

弗伦深吸一口气："这确实是历史，阿瓦的历史。"

贝鲁埃皱眉道："怎么可能？这怎么会是阿瓦的历史？"

"阿刹尼最古老的经文说，人们最尊崇的一切，他们都会在阿瓦中看到。阿瓦曾以许多不同的形态出现，因为它们真正的形态是我们无法理解的。"

贝鲁埃大惊失色："怎么可能？那么说来，阿瓦不就仅仅是"——他迟疑着寻找适合的词——"仅仅是我们无知的反映了吗？"

弗伦耸耸肩，"当真？或者也可以换个说法不是吗：信使必须化身为收信人所能够理解的模样。我无法解释。我只是古老言语和古老方式的容器。对于自己不理解的东西，人不应当胡乱阐发。他只应该提出问题，让问题引导他走向答案。"

他指着浮雕开始吟咏，仿佛是死记硬背下来的东西。"先有熊和暗夜的时代。之后是母亲与天球的时代，跨越许许多多世纪，生命如蛇一般蜕皮，一次又一次重生。随后是马的时代、山的时代和善王的时代。接下来是鹰、羊与狮的时代。箭的时代。探索与海船、机械与伟大城市的时代。哲学的时代。黄金与大骗局的时代。风暴的时代。沙漠的时代和冰的时代。星星、天空坠落与死亡之雨的时代。造物、绵延的龙之战争的时代。饥荒与人吃人的时代。之后是没有故事的漫长黑夜。"他转身面对我们，"这些画结束于人吃人的时代之前，或许辛瓦特人逃过了那段黑暗的时期，因为最后一面墙板上画的只可能是第一次龙战，达哈克毁灭了他们美丽的城市。永远都有战争，而阿瓦总在变化。"

我们听着远处的水声，过了一会儿弗伦继续说道："我们仍然生活在龙的时代。你们看，之前的大多数时代里都没有龙。它们出现在历史的晚期，星星的时代结束时，但它们活过了许多个循环。它们属于经文中所说的'造物'。在过去科技更昌明的时候，人类把许多生物的有用特质组合在一起，制造了它们。"

"不可能。"贝鲁埃瞪大了眼睛，但眼里并非怒火或者确信，反而近乎恐惧与疯狂。"照这么说，难道阿瓦也是人类创造的吗？"

弗伦摇摇头，"不，阿瓦只是显现为我们最尊崇的事物，可能是野兽，也可能是机械，甚至可能是我们想象的东西。"

贝鲁埃问："你怎么知道真是这样？"

我清清嗓子，"父亲有一次跟我说，他在龙骑士团时认识一个佣兵，那人生活的沙漠养活不了龙，于是阿瓦就以巨马的形象显现给人民。"

贝鲁埃抬头看看其中一面墙板：马拉着奇怪的两轮战车，车上满载着武士。"但这也并不说明拉撒尔的教导就是错的：库鲁宗是原初的烈焰，是本原的终极表达，他用身体推起了高山……"他看着眼前的反证，声音低下去，"许多个时代里根本没有龙的影子。"他跪倒在地，抬头仰望。这些由死人写在石头里的古老故事，它们驳斥的是他借以构建整个生命的信仰。

"我们所尊崇的事物反映出我们的天性，"弗伦说，"好战的人崇拜严苛的神、建造钢铁的祭坛。爱财的人用金子建造祭坛。满足的人，他们修建爱的祭坛。"

贝鲁埃眼里的泪水让我吃惊。他问："那阿瓦究竟是什么呢？"

这正是许久许久之前我问父亲的问题。想到他，我心里充满忧伤。

弗伦回答时小心措辞，似乎很尊重贝鲁埃的痛苦。"就算阿刹尼知道，他们也并未留下任何记录。也许这本身就说明，这是一个他们无法回答的问题。"

我在寒冷的空气中打了个哆嗦。我看着这许多墙板，最后一面刻的是达哈克摧毁辛瓦特，也就是说，这里记录的最后的事件也比我们的废墟更古老。看起来仿佛绝无可能，然而这无声的证言就刻在大山的心脏里，被石头覆盖，被坟墓般的城市环绕。

弗伦说："世界比你想象的更古老。"

凯雷科示意塔本站起来，"我们该走了。我们已经离开太久。"

"再给我点时间！"忒鲁跪在地上，几张羊皮纸在身前摊开呈扇形。他握着粉笔和铅笔，手飞速滑过纸面，像打水漂的石头掠过水面。他时而书写，时而用粉笔灰涂抹色调，时而印下黑色代表阴影或边缘。

贝鲁埃仍然跪在地上，"我真是个傻瓜。"

玛毕尔抓住他的肩膀，"不，好贝鲁埃，事情没那么简单。"

"我以为能在这里找到什么办法，为玛芮娅和你们其他人争取宽大处理。

但假如拉撒尔知道了这个地方，他们会把它埋葬。他们指望我们相信的一切都被这地方证明是谎言。"

"并非一切，"玛毕尔说，"如果埃达伊也来看看，他当然也会——"

"他的任务是保护拉撒尔，而不是质疑它的教导。"贝鲁埃站起来面对我，"你还不明白吗，玛芮娅，你面对的不是我，甚至也不是埃达伊，而是神殿的整个组织。从一开始我就知道不应让革提克的故事流传，应该先由我从中引出真相。但我以为那会是库鲁宗的真相。埃达伊带来的命令要求我彻底败坏你的信誉，若做不到就杀死你，并消灭你的龙。"

远处瀑布的声音与我耳朵里血液流动的响声混在一起。"为什么？"

"因为你对秩序构成了威胁。你代表一种不能允许的古老异端，你让人明白库鲁宗和库鲁宗的神殿并非永恒。拉撒尔会失去太多，绝不可能饶恕你或者承认你。你对他们来说就是毒药，必须清除。拉撒尔别无选择，他们会一直追杀你，直到你死去为止。"

我的心脏在胸口剧烈跳动，"那库鲁宗又算什么阿瓦？"

贝鲁埃缓缓摇头。

"如果阿瓦是我们信仰的反映，那厄迪姆又是什么？"我生怕唤醒了那个影子怪，只敢悄声念出它的名字。"它的天性是什么？它反映了什么？还有乌屠库又怎么说？"我看看弗伦和玛毕尔，向他们寻求答案，但两人都默不作声。"那东西又算什么？"我指着达哈克的雕像，"看起来像是龙，但真的是吗？"没人回答我的问题。

从上方很远处传来进裂声和嘶嘶声，我们转过头，正好看见一块冰从遥远的天花板落到静止的湖面上，激起一大片水花。碎冰屑像雪花一样落在我们周围，被清冷的光线照得闪闪发亮。巨大的回声四下回荡。

"埃达伊肯定已经发现我们失踪，"凯雷科说，"我们得走了。"

"让那孩子继续画！"玛毕尔恳求说，"能画多久画多久。这份记录比什么都重要。"

"还有一个希望，"贝鲁埃的脸仿佛冻僵的面具，"也许正是库鲁宗在利用这次的事件清理自己的神殿、驱逐内部的邪恶力量。或许他化身革提克出现，最终的目的正是要我们看到这些遗物。"

弗伦和玛毕尔交换眼色。

"这也有可能,"玛毕尔说,"又或者你在寻求一种合理化的解释,好让自己不必放弃信仰。"

贝鲁埃把掌根抵在眼睛上:"我不知道该怎么办,也不知道该相信什么。"

"你必须自己去证明,"玛毕尔道。"这要么是库鲁宗的意志,并且会有好的结果,要么不是。然后答案就会显现。但无论如何,这个山洞的真相必须与世人分享。"

贝鲁埃久久盯着玛毕尔,眼中满是悲伤和愤怒,最后老德哈拉走近一步,抓住他的双肩。"不要失去信仰,贝鲁埃。你拥抱了真相,尽管你并不确定真相究竟是什么。这是更高一级的信仰。就在面对疑问时,你更好的天性展露出来了。"贝鲁埃抓住德哈拉的前臂,好似担心自己会跌倒,但他的目光落到我脸上。

他在我眼里搜索,仿佛觉得我该知道些什么。太多不同的观点在我脑子里彼此冲撞:不确定性。拉撒尔的教导。玛毕尔的焦虑。弗伦扔给我的谜题。贝鲁埃的诡计。埃达伊坚不可摧的信仰。父亲的疑惑。就连母亲的诅咒也依然潜伏在我心中,它的根扎得那样深,我几乎以为厄迪姆的声音会再度将它唤醒。天啊!我本以为这诅咒已经被连根拔起。

最后我只能想到一个词,只有它仿佛还有意义。我将其说出了口,对贝鲁埃,对我自己。"真实。"

弗伦点点头:"阿刹曾有过许多名字,包括服从、爱、谦恭。但最重要的名字就是真实。"贝鲁埃盯着我,然后点点头。

这时嘎嘎悄声向我喊道:"玛芮娅。"我这才发现我们所有的龙都完全静止,各自屏息凝听。上方再度传来破裂声,我们转身,正好看见又一团冰块落入湖中、激起一片白色的水花。

"你确定天花板够牢靠?"凯雷科问贝鲁埃。

"几千年都好好的——"

"听!"我喊了一声,所有人都安静下来。

冰块最后的回音尚未止息,可我确信听到了别的声音。不是回声,不是瀑布的水声,是许多翅膀拍打的回声,从头顶很远很远的地方传来。我看见一束束影子,好似疯狂的大树在光之森林中乱舞。我朝圆形剧场边缘走去,进入光线,想偷偷瞄一眼上方是否有什么东西。

　　我悄声道:"阿瓦,救救我们。"

　　数十个破破烂烂的深色身影聚集在天窗下,正往冰川上撞去,在黎明的天空下仿佛一群蝙蝠。

　　凶煞。

第四十七章

凯雷科悄声问道:"你觉得它们看见我们没有?"

"应该没有。它们在撞天花板。"

"为什么? 它们想干吗?"

我打了个哆嗦,"它们想出去。"

"它们能进来,怎么会不知道该怎么出去? 又为什么现在才想出去?"

"没人指挥的话它们自己是没脑子的。最近它们都没有食物,应该在沉睡。但现在有什么东西把它们吵醒了,而且我觉得不是我们。"

凯雷科退回暗处,"是什么?"

我扭头看见他瞪大眼睛,眼里闪着恐惧。我实在说不出厄迪姆几个字。

"上龙。"凯雷科依然悄声说话,只用语气传递命令的力量。他爬到塔本背上,而他的龙骑士团一直没从龙背上下来,随时准备着。我爬上嘎嘎,扭头正好看见凯雷科帮弗伦坐到鞍上。

"德哈拉,梅利恒,"凯雷科道,"请快点。"

玛毕尔和贝鲁埃站在忒鲁身前,催他赶紧。忒鲁手忙脚乱地卷起羊皮纸,抓起工具塞到桶里。吉荷牡把他拉到自己背后坐好、扣好束带。贝鲁埃和托曼帮玛毕尔骑上龙，然后托曼奔向拉努，踩着横档几步跃到龙背上。

凯雷科的目光扫过在场的人，"全速撤退。颠倒顺序，原路返回。尽量安静。"

玛拉德领头沿一排排石头座位往上跑，然后跃入空中。他的两个手下依次跟上。"那些画很重要，"我对凯雷科说，"忒鲁应该走在队伍最中间。"他点点头，挥手示意我去吉荷牡和忒鲁前面。

上方不断传来拍打翅膀的声音，越来越响。突然只听咔嚓一声巨响，拱顶处传来隆隆声。巨大的冰块坠落到下方的建筑上，太大了，以至它们下落时仿佛非常缓慢。另有些冰块坠入湖中，溅起的水像喷泉般把我们浇透。雷鸣般的轰隆声随之而来，在裂口两侧来回反弹。我尖叫起来，声音淹没在这片喧嚣中。

凶煞拍打翅膀和尖叫的声音越来越响，冰和雪从上方落下。它们继续攻击天花板、撕扯金属支架、抓挠上方的冰川。

我大喊道："它们要把天花板弄塌了！"连我自己都听不清自己的声音。

安辛朝战友吼了句什么。他贴着墙走，领我们向城市前进。我们飞过湖面，脱离了不断呻吟的冰铁天窗，进入山洞本体。我们往瀑布旁的山脊爬上去，之后穿过长长的黑暗就能抵达上了闩的金属大门。阿瓦保佑，出去得花好几个钟头呢。

玛拉德降落在山脊上，开始往通道前进，但他突然止步：通道里透出了恶心的绿光。

一只杂交凶煞从阴影里走出来，发出嘶哑的吼叫。它的头和上身曾经属于人类，被缝在一只不到嘎嘎一半大的幼龙肩上。龙的嘴在本该是人类腹部的位置开合。它后面跟着另一只凶煞：两个人缝在一起，共用的腿编织进龙的鞍具和肉里。三具身体乱糟糟地捏成一团，接缝处溢出绿光。它们身后是另一个凶煞，然后又一个。在那一整片移动的影子里，单个的凶煞只仿佛一个个光点。我们的出路被堵死了。它们异口同声地尖叫着冲了过来。

玛拉德从山脊上飞起。我和安辛、特夫原本正准备降落，赶紧改弦更张。更多凶煞从通道中挤出来，铺满整个山脊。

嘎嘎吓得尖叫起来，转身脱离了队伍。"不，宝贝——镇静。"不过她是想去凯雷科那边，我便没有阻拦。

"还有一条出路！"我对他喊道，"肯定有。我们知道的。"

往上,东边。曾经有三只凶煞从那里出来过,当时厄迪姆就蹲伏在出口外的山脊上。它们为什么不从那儿走?为什么放弃那条路?路被堵住了吗?

他喊道:"要怎么找?"

"嘎嘎,帮我找一条小隧道,宝贝。一个小山洞,上面高处。嘀嗒嘀嗒嘀嗒!上。"

她咔嗒两声,侧耳倾听;然后往高处爬一点,重复这个动作。她又咔嗒两次,然后偏着脑袋看我。

凯雷科说:"赶紧,它们过来了。"

"隧道。"我对嘎嘎说。她要怎样才能绘制出隧道的声图啊?一个小而长的空间听起来应该是什么样?紧凑的回声再加上远处传来的回声吗?我说:"嘀嗒嘀嗒嘀嗒……嘀嗒……嘀嗒。"希望这在她耳朵里是隧道的意思。她朝我歪歪脑袋,又开始爬高,似乎目的明确。

她说:"嘀嘀嘀嘀嗒……嘀嘀嘀……嘀嘀……嘀嘀……"听起来很像那么回事呢。

我拍拍她的脖子,转身对凯雷科说:"跟我们走。"

他让塔本飞起来飘在空中,手臂像风车一样挥动,示意所有人从自己身前过去。

我坐在鞍里,身体前倾,双腿弯曲、绑带绷紧。嘎嘎的肌肉在我身下鼓起、拉伸。她用力划动翅膀,一边咔嗒一边倾听。它尝试了好几处岩脊,朝阴影里发出咔嗒声,然后又飞起来。

我往后瞅了一眼。底下的凶煞慢慢跟着我们往上爬来。凯雷科用自己的鞍头弩掩护大家撤退。塔本用胳膊肘拉弦,凯雷科用力转动曲柄装填。他中途停下来一次,扔掉空弹夹,又抽出一个新的啪一声拍上去。我听见了其他人弓弦的呼啸。

城市上方,在冰川的光线下,一束束影子伴着金属的尖叫和冰破裂的声音起舞。几束影子脱离往上爬升的螺旋,上方的怪物落到我们的视线之内。至少三只朝我们这边来了——我们在山洞这一侧,头顶是石头。在它们身后,光柱突然泛起涟漪,它飞快地向下闪烁,与熔岩管道同宽。上方传来震耳欲聋的巨响。祖尔梵的拱顶崩塌了,冰川倾泻而下。空气被往上挤压,我们仿佛被旋风往上推，朝我们逼近的凶煞则被空气卷着撞上石头天花板。黑暗吞噬了一切。我抓紧龙鞍的把手等待撞击，然而撞击并未发生。片刻之后，午后缤纷的光线照出了坠落的大块冰川。它将众多凶煞往下带，最后砸入湖中，并将失落的城市掩埋，冲击力令空气也为之颤抖。玻璃、冰和石头如暴雨般坠落，盖住整座城市。石块落在我周围，我低头躲闪，最澄澈的光线随着冰与雪倾泻而下。下方变成一片废墟：湖、城市、圆形剧场都被埋葬在了冰山下。我心痛得尖叫起来。

凶煞有的原地乱转，有的紧紧贴在高处，最后它们纷纷离开墙边，从灰尘中升起，再次寻找山顶。它们形成扭曲的柱子一路往上爬。通往天窗的空间里挤满凶煞。此路不通。

嘎嘎又咔嗒两声，继续搜索。她找到一道岩脊，上方是人造拱顶，岩脊往山体里倾斜，形成黑漆漆的洞。"嘀嘀嘀嘀嗒……嘀嘀嘀……嘀嘀……嘀嘀……耶！"

我大喊道："这儿！这边！"

玛拉德和特夫率先降落。他们转身摆出防守的架势，凯雷科也到了。"玛拉德——进隧道。别停。头尾互换。走！"

他们快速通过拱顶下方。我停下来，挥手示意吉荷牡和忒鲁通过。我想让他们尽快远离凶煞。

我往身后看去。

一个凶煞拍打着翅膀跃上平台，伸爪去抓凯雷科的一个小组——斯果特。斯果特伏低身子，把盔甲背板的尖刺亮给对方。他的龙朝一侧闪避。怪物想抓斯果特，但惯性让它冲过了头。它从山洞墙上反弹回来落在岩脊上。我的弓弦上还搭着一支箭，于是便拉弓把箭射进凶煞嘴里，目送自己的箭消失在那仿佛地狱熔炉的地方。弗伦的弓砰的一声响，达锐德和托曼的弓紧随其后。斯果特拼命让坐骑后退。凯雷科的鞍头弩发出咻咻咻的声音，塔本不断用自己的胳膊肘张弦，弗伦从他身后放箭。龙骑士团、托曼和我也不断拉弓。那怪物终于冲了过来。

贝鲁埃和玛毕尔经过我身边，从拱顶底下进了山洞。凯雷科大喊道："走！玛芮娅，托曼，走！"

我让嘎嘎退进洞里，趁还有机会继续放箭，直到被托曼和拉努挡住才停下。

外面传来愤怒的叫喊、一只龙的咆哮。狂乱的扭打声和吼声。一声惊恐的尖叫。

达锐德退进隧道，接着是凯雷科和弗伦，即便在这样微弱的光线底下，他们的脸也像鬼魂一样苍白。

"继续走。"凯雷科喘着气对我说。他的塔本在流血，肩头有好几道伤痕。"走。斯果特完了。"

天花板太低无法飞行，嘎嘎沿着满地碎石的上坡小跑。空间越来越低，路面倒是逐渐宽阔。前方传来咒骂声和"下龙"的命令。我很快就明白了原因。

从洞顶冒出粗壮的石柱，仿佛大山自制的栅栏。吉荷牡和忒鲁都爬了下来。嘎嘎还小，我伏在她脖子上，正好不必下地。其他人都在自己的坐骑旁步行，包括玛毕尔。路面崎岖不平，虽然有贝鲁埃扶着他的胳膊，他依然走得很艰难。我唤他一声，让嘎嘎停在他身边。"你来骑，我走。"

"不，孩子，不用，我能行。"

我下了地，嘎嘎趴下，方便他爬上去。

"谢谢你。"

"别担心——她会好好照顾你的。"

他微笑道："我知道。"

我和贝鲁埃帮他爬到嘎嘎背上，我挠挠她下巴，"乖。"

身后再度传来尖叫和拍打翅膀的声音。

我往后喊道："凯雷科？"

"炸糕跟上来了，"他说，"不过它们不喜欢狭小空间，暂时落在了后头。"

"那我们就赶紧拉开距离。"

前方，吉荷牡和玛拉德的油灯仿佛水平的黯淡光带。嘎嘎肚子贴地往前爬。玛毕尔紧紧抱住她的脖子，我走在她身边。我们穿过迷宫般的石柱，一点点朝亮处挪。

我跟跟跄跄冲过一小段下坡，下方是一片骨头。吉荷牡和玛拉德的油灯在前方晃动，影子拉得老长。嘎嘎小心翼翼地滑下来，贝鲁埃没有立刻跟上，反而在盆地边缘停住脚步，有他的油灯照亮，我才看出这地方有多大。

这里不算深，但十分宽敞，到处是龙的骸骨：拱起的胸骨、扭曲的翼骨、螺旋形的脊椎骨。有些已经发白，其余连皮肤变成了木乃伊。石柱吞噬了其中最老的骨头,将它们保存下来,仿佛骨头与玻璃形成的扭曲建筑。

"神圣的阿瓦,"达锐德道,"瞧瞧看。"

"龙的墓地是好兆头,"我说,"龙来这里等死。也就是说附近就有通向外面的出口。"

"那咱们就赶紧找去,"凯雷科说,"不少骨头都被吃掉了一部分。我只知道有两种东西在没有食物时会吃骨头。其中之一是老鼠,但这里并没有老鼠。"

墓地对面,玛拉德找到一条自然形成的隧道,刚够我们的龙不带骑手站直。只有嘎嘎的身量能让玛毕尔继续坐着,他伏在她脖子上,抓紧了龙鞍低处的把手。所有人依次迅速通过。我只稍微放慢了步子,确认凯雷科有没有安全跟上。

通道稳步上升。地面逐渐平坦,不久就变成巨大石板铺就的路面。我们走进了一个天然形成的石室,油灯的光照不到头。玛拉德、特夫、安辛和达锐德重新骑上龙背。大家彼此散开,本能地拉开距离,免得聚成一个大靶子。不过地上出现的东西把我们限制在一条狭窄的路线上,腐肉的刺鼻气味掩盖了石头和水的味道。

"天啊,"我身旁的玛毕尔说,"大家……请揭开油灯的灯罩,让我们可以见证这里发生的事。"

贝鲁埃最先行动,接着吉荷牡、凯雷科和玛拉德也将灯罩打开。

每个方向上都有骨头,一直延伸至看不见的阴影中。人类的骨头,还有龙的。这场噩梦倒是很有规律可循。随处可见钉在石头里的铐子,又有黑色的污渍流入沟槽或低洼处。有时还能看到被镣铐锁住的骨头或者干瘪的脚,可能是腿骨,也可能是翼骨。其余的骨头都很小:手指、手腕的骨头,偶尔还有肋骨。盆骨或颅骨的碎片也很容易分辨。路边布满碎屑。

玛拉德的油灯顺着黑色污渍照到一张工作台,上面挂着尖刺和锁链。还有钳子和针,锯子和铁锤。工作台背后的架子上吊着一个怪物。

吉荷牡倒抽一口气,托曼低声咒骂。凯雷科说:"阿瓦在上。"

架子上绑着手腕、腿、翅膀和躯干。上方的人类部分依然闪着恐怖的非生命之光,空洞处透出的绿色十分黯淡,几近熄灭;人头往后仰,恶魔般的眼睛瞪得大大的。下方的龙沉甸甸地坠着,拉扯着将人、龙连在一起的缝合线。龙像

©LOCKWOOD

焦炭一样黑，肢端和较深的伤口几乎粉碎，露出焦黑的骨架。一堆堆冰冷的灰烬凝固在龙身体下方。

我说："制造它的人没有回来把它做完。"

"什么？"贝鲁埃问。

"哈洛迪人的头领，我杀了他。他控制着追杀我和达瑞安的凶煞。瞧——你们看不出来吗？他在制造凶煞。"

"伟大的库鲁宗，"贝鲁埃道，"所有这些噩梦都出自一个人之手？"

"而且谁知道还有多少呢？我们已经见到了好几打。"我把目光从这血腥的画面上扯开，转向贝鲁埃和凯雷科，"我本以为他是它们的首领，它们是他的手下，但这里的这些人并非自愿，而是被拷在地上。也许是犯人，甚至奴隶。专门用来与龙结合，变成一支军队。"

凯雷科说："凶煞的军队。"

"然后那个哈洛迪头领死了，没人来完成他的怪物。他大概是萨满或者祭司或者什么，反正他死了以后，没人能控制已经做好的几十只凶煞，没人能阻止它们——"我咽口唾沫，免得自己吐出来——"杀死和吃掉所有的囚犯。"

贝鲁埃问："凶煞这样的怪物，究竟是怎么做出来的？"

"或许他原本就带来了不少，"我说，"但为什么要偷龙仔呢？一定还有什么我没想到。"

"至少有一个谜解开了，"凯雷科说，"湖边城里那个哈洛迪头领的手下，现在我们知道了他们是什么下场。"

"但又有了另外一个问题，"我回答说，"现在控制凶煞的是谁？或者说是什么东西？"

架子上的怪物张开嘴，发出沙粒落在玻璃上那种嘶嘶声。它的头猛地摆正，开始挣扎，想摆脱身上的束缚。弓弦声响起，一支箭的力量将它的脑袋往后带。嘶嘶声变成尖叫。第二支箭将它的头钉在墙上。第三支箭击碎了它的脖子。它不再动弹，尖叫消失，恶心的绿光渐渐熄灭。

它的身体垂下，一团龙肉随之落地，发出干巴巴的撞击声。

最后的回声也消失了。弗伦放下弓，眼睛仍盯着那东西。

我们身后的隧道里传来嘶哑的啸叫。凶煞仍然跟在我们后头，距离不算短——目前还不算短,但已经太近了。凯雷科说:"该走了。"

从另一个方向传来脚垫踩在骨头上的轻柔声响,正好挡住了我们的去路。几乎同一时刻,各种图像侵入我脑中:痛苦、眩晕、悲伤、可怕的记忆,它们重叠在一起,力量越来越强。我痛得弓起身子,大口喘气。

我说:"厄迪姆。"

凯雷科:"小姐?"

"哦,德哈拉,它在这儿。"

玛毕尔:"阿刹啊。"

"它在这儿。"虚幻的痛苦让我皱紧眉头——一句恶意的话带来的刺痛、被刀刃割开的痛楚、凶煞冰冷的触感。"我已经了解你了,厄迪姆。现身吧,怪物!"

然而它却展现给我母亲的怒容、达瑞安踩我手指时的轻蔑与憎恶、父亲离开寻找儿子之前脸上扭曲的表情。它汲取我的内疚、羞愧和愤怒,用这些来对付我。

"我让你现身,怪物!"

我们的耳朵比眼睛先捕捉到它——骨头碎裂的声音,翅膀扇动的沙沙声。接着,它走进了我们油灯的光线里。

厄迪姆变了,变得更实在。之前只是雾气和影子,现在却有了核心,仿佛用筋腱连接起来的焦黑骨架装在烟瓶里。我不假思索地朝它射出两箭,全部命中仿佛头部的位置。可两支箭都无声地穿透它,像羽毛一样从它背后冒出来。

它仍在我脑子里翻箱倒柜,从我的记忆中寻找材料,把它们变成射向我的箭矢:眼珠上的苍蝇。朝着清洁的溪水呕吐。渔村里的死人。博果莫斯干瘪的尸体。

埃达伊的威胁。父亲不知去向。

我再次高喊:"我已经了解你了,厄迪姆!"

咱本来喜欢那一个,它愤怒的话语让我大吃一惊。我真的听到了那句话吗?或者只是记得自己听见了?

"那一个?哪一个?"我用回忆发起反击:母亲的微笑,母亲学说龙的语言,嘎嘎教我搭和肖的区别。我感到血流到唇上。

那一个,墙上的那个——它受罪的声音好似音乐。很有趣,这些凶煞。咱喜欢它们。

"你们是谁?"我再次松开弓弦。箭消失在烟一样的身体里。

咱。咱所有的名字。

"你们是什么东西?是达哈克吗?"

那东西暂时中止攻击,仿佛对交谈产生了兴趣。短暂的喘息之后,图像如黑暗的旋涡般涌入我脑中:石头。山洞中满是面无血色的人类和一、两岁的龙,全都拷在地上。凶煞一动不动地站在一旁。哈洛迪萨满在工作台边。

不是我的记忆。是它的。

他们唤醒了咱。咱来看看他们在做什么。咱知道咱属于它。

"我听不懂。"

回答我的是潮水般的攻击:凶煞扑向惨叫的囚犯。撕扯、吞咽、鲜血飞溅。尖叫终止,可怕的疼痛。美味的恐惧。我大叫一声,跪倒在地。在所有这一切之下,是厄迪姆在享受他们所受的折磨,享受将这些可憎的记忆倾倒在我脑中。

我隐约听见弓弦拉响。更多箭头刺穿它的脑袋,它的后背仿佛长出了许多刺,可它毫无反应。

我搜寻别的记忆:阳光,玩耍的龙仔,飞行时令人兴奋的眩晕。然而厄迪姆挖进我内心更深处:箭刺穿血肉的声音。一次又一次,刀不断对着凶煞的脸刺下。尖叫,火焰。各种画面仿佛连珠炮弹,突然又完全消失了。

看他们死的样子,咱学到了很多。他们全部。

我听到身后有动静。玛毕尔蹒跚着从我身边走过。他是怎么从嘎嘎背上下来的?我想抓住他的袍角或垂下来的束带,却没够着。他站到我和厄迪姆之间,挺直肩膀。"放开这姑娘。"

我头脑中的攻势偃旗息鼓,怪物将仿佛脸的东西转向玛毕尔。老人又上前一步。厄迪姆抬起头。玛毕尔因疼痛而绷紧肌肉,全身僵直,手指蜷曲,似乎正忍受极大的痛苦。他哑着嗓子喊道:"我们都了解你,邪恶的厄迪姆!"

弓弦响个不停,箭在它的脖子和胸部绽放。它毫不理会。

玛毕尔的身体绷得更紧了,我从没见他站得这样直。他哑着嗓子说:"你不过是虚幻的影子。"

哦,才不是呢,那东西说,咱曾经是影子,但咱渐渐长成了。

玛毕尔狠狠地抽了口气："是哈洛迪萨满召唤你来的，不是吗？"

厄迪姆沉默了几次呼吸的时间，我脑中瀑布般的画面变成涓涓细流。

我隐约听到我们的弓再次响起，更多箭头穿透它的脑袋，从后脑勺刺出来。我意识到玛毕尔让它分心了，哪怕只一小会儿。

玛拉德和特夫骑在龙背上，从我右边冲上去。利爪尖牙撕扯，龙发出吃惊和痛苦的吼声，一面摇晃脑袋，一面跌跌撞撞地后退。

"厄迪姆的会众是恐惧的人、绝望的人。"玛毕尔在喘息之间吐出这些话语。"它在无知中扎根，在自己的秽物中生长。"他呻吟着跪倒在地，"你吓唬不了我，怪物。"他挺直后背，张开双臂，"你的出现让我万分喜悦，因为你证明了我——"

玛毕尔的身体突然僵直，唇边吐出白沫，鼻孔里流下鲜血。

怪物问，现在你怕咱了不？

有人在抽泣。忒鲁。

"你每次都会失败，"玛毕尔低声道，"循环不会停止。"说完后他叹息着倒在地上。

我大声喊叫，想要站起来。厄迪姆再度转向我。匕首划开我的身体，我看见嘎嘎被倒挂在三角架上，就像——

我推开这画面：嘎嘎在高山上的回声、阳光在水面的闪光、春雨的气味。

它让我看见上一次，它跟在三个凶煞背后走进阳光里，在一旁观察。我看见厄迪姆记忆中的我骑在嘎嘎背上。

咱也从你身上学到不少。

画面像石头一般朝我砸过来，我痛得蹲下。我没想让它看到这些：龙场和瑞亚特，达瑞安和父亲。这个大杂烩一般的噩梦。它对外界的一切知识都来自它的牺牲品。来自我。我让它看见的每个画面背后都有故事，而我为了抵抗它的疯狂进攻，让它看见了我所爱的一切。冰冷的恐惧顺着我的脊柱往下爬。它利用我的防御打开了我的心防，不过我也知道了一件它不想让我知道的事情。

无论这个厄迪姆是否来自古老的过去，它的记忆都是新的。很像是玛毕尔的说法——凭借潜力的释放，它才成为它，才进入物质世界、开始存在。不仅如此，它还记得自己是如何成为自己的。它记得自己如何被哈洛迪萨满所做的事吸引，当那人不再控制凶煞时，随之而来的屠杀又如何吸引了它。所有这一切对它都是全新的东西：属于它自己的记忆。它似乎迫不及待地想跟我分享。

我也召来我的记忆：第一次碰面时，齐延和舒迦把它撕成丝丝缕缕的烟。与此同时，半打弓同时朝它射箭。厄迪姆松开我，我手脚并用爬到玛毕尔身边，一手搂住他的肩膀，趴在地上喘气。

厄迪姆立起来，烟做成的翅膀张开。你看错了咱，小女娃，那东西说。咱是新的，但同时也是老的。咱不在时间之中。而咱指挥怪物。咱把你给咱看的东西给它们看。你的村子，瑞亚特。你的龙场。你对它们的爱。

我们身后传来一声尖叫，走在最前面的凶煞出现了。龙骑士团用箭雨迎接它们。玛拉德和特夫似乎不知该顾着哪头才好，这时厄迪姆退回到黑暗之中。

我挣扎着起身。凶煞冲了过来。

凯雷科一面退后一面喊道："走！"

厄迪姆说：对，走！

弗伦出现在我身旁。我们一起把玛毕尔拖到嘎嘎背上。我把我俩的束带绑好，又把德哈拉的胳膊扳过来环住我的腰。他不省人事，我抓紧他的袖子，好让他身体贴在我的背上。弗伦边退边放箭，直到托曼喊他："这边，弗伦！"他便赶忙爬上拉努后背。

每个人都重新骑到龙背上，我们离开这间囚室，冲入隧道。吉荷牡的油灯晃动、倾斜，照亮前方的路。背后传来尖啸、咆哮和叫喊。一声惊恐的尖叫。我扭头往后看，只见玛拉德身后跟着凯雷科和特夫，三人全速撤退。有一个小组不见了，但我忘了骑手的名字。安辛？谁跟吉荷牡在一起？嘎嘎一路咔嗒、发声，尽管通道中几乎漆黑一片，她的行动却丝毫不受影响。

怪物说：接下来的事真叫咱期待。

"够了，"我呻吟道，"滚出去。"

不断涌现的画面变了，变成从其他受害者心里剥下的记忆，他们的内疚、伤痛和内心的折磨。意想不到的痛苦如雪崩一般，压得我不禁喊出声来。我抓紧了龙鞍的把手，拼命保持神志清醒。前方有光。一条缝。午后的光线照亮东边的天空，看着的确像是我预想的位置。吉荷牡和忒鲁的身影，接着是一个龙骑士小组，然后是贝鲁埃。多了玛毕尔的重量，嘎嘎的速度却丝毫不减，于是我催她向前："再快些！"

厄迪姆在我身后隐去身形——感谢高龙。前方的天空逐渐变宽,向四周展开。我们从裂隙里跑出去,来到祖尔梵山高处一道狭窄的岩脊上,迎接金色的傍晚。吉荷牡在我跟前停下,贝鲁埃停在她身旁。她往后看,忒鲁在她肩头睁大眼睛。他们身后的达锐德挽弓搭箭。我转过身。

凯雷科和特夫并排停在山洞的开口处,玛拉德站在他俩身后。一对凶煞龙和骑手正用箭、牙和爪与他们作战。龙在咆哮,闪着绿光的肉到处飞舞。箭矢如雨点般落在怪物身上。塔本每次朝那东西挥动爪子都为凯雷科的鞍头弩拉开弦;机械中的绳索唱着歌,齿轮嘎吱响,凯雷科放箭的速度与塔本张弦的速度一样快。我拉着玛毕尔的胳膊没法开弓,不过那边战成一团,本来也难觅机会。吉荷牡、托曼和弗伦同样无能为力,只能把箭搭在弓弦上等候。

怪物摇晃、摔倒,躯干里的东西一股脑从正面喷涌而出。它摔进迅速熄灭的余烬中,仿佛崩塌在火堆里的木柴。立刻就有另一只凶煞扒开它的翅膀,踩着它的身体走上来。

"守住!"凯雷科后撤,玛拉德接替他的位置。他抽出鞍头弩的弹夹扔掉,把新弹夹拍进去,又回头朝我们吼:"走。回龙场。我们挡住——"

洞口突然一片尖叫和咆哮,满是痛苦与惧意,一只焦黑的怪兽撞翻了特夫和他的龙。凶煞扑到他们身上,翅膀挡住视线,我们只能听见尖叫声。又一只凶煞从洞里冲出来,与它一起疯狂地撕扯。第三只趁它们进食从它们身旁挤出来。

凯雷科大喊:"快走!"

我和托曼赶紧转身,吉荷牡和达锐德从岩脊边缘起飞。我拉紧玛毕尔的胳膊大声喊:"走,嘎嘎,追上奥达科斯。快!"

我们从峭壁上一头扎下去。嘎嘎两次用力拍打翅膀,等发现奥达科斯的踪影就收紧翅膀,只靠翅尖和尾巴控制滑行动作,像离弦之箭般射出去。我们飞到吉荷牡旁边,我大声喊道:"吉荷牡。"

她猛地抬头。

"你得带忒鲁回四季之间,警告凯雷科的手下:凶煞要进攻龙场。保护好忒鲁。快,趁凶煞还没发现你。"

"可是——"

"一定得你去，因为你要保护忒鲁和他的画。"

在我左侧滑翔的达锐德喊道："我陪他们一起！"

吉荷牡点点头，在龙鞍上伏低。忒鲁抱紧她，但却睁大了眼睛拧着脖子看我，直到再也看不见为止。奥达科斯与护卫一起落入大山的影子里。

我看看周围，只剩我、托曼和贝鲁埃，我们还载着弗伦和玛毕尔。

我大喊一声："回家！"但我偷偷回头看了最后一眼。

两支龙骑士小组挺立在傍晚的天空下。距离太远，我无法分清凯雷科和他的手下。

山洞里钻出另一个带翅膀的形状，然后又一个。然后再四个。再然后我就数不清了。

第四十八章

我们飞快越过最后一道岩脊,龙场出现在前方。一龙一骑朝我们飞来。埃达伊。

他往高处飞,然后转向,从我们身后压迫下来。天啊,他的火炬手可真快。"你做了什么?"他吼道,"女巫,你做了什么?"要不是我背后还坐着玛毕尔,又有斯蒂兰和他手下的人看着,我毫不怀疑埃达伊会把我从空中扔下去。

我没理他。嘎嘎张开翅膀减速,准备降落。"斯蒂兰——凶煞来了!"我喊道。"让你的人准备!"

嘎嘎昂着头,耳膜警觉地展开。每当听到响亮或陌生的声音,她就立刻转头去看。斯蒂兰的手下准备好机器,长矛互相碰撞,弓弩手奔向木栅栏。我拍拍她的契印,"没事,宝贝。你很好。嘘。"她点点头,左眼转过来看着我,但双脚仍不安地挪动。我下地,把她的头拉下来,胳膊盖在她眼睛上。她趴了下来。

埃达伊降落在几码之外,眼里闪着怒火,掉转坐骑面向我们。贝鲁埃和泽尔落到我们之间,拦住他的去路。我听见埃达伊的声音盖过了四周的喧嚣:"你做了什么?这样的反抗是什么意思?"

贝鲁埃的声音,听不清内容,但语气更平和、更舒缓。托曼警告说凶煞快来了,埃达伊咆哮道:"站一边去!"

我松开德哈拉束带的第一个搭扣,眼角的余光瞥见托曼,便朝他喊道:"我们得把蛋和龙母转移到冰窖去。"

"对,"他快步跑开,顺手抓住一个斯蒂兰的手下,"来帮个忙。"

"长官?"

"帮我开门。"他跑向育龙平台,抬起一扇推拉门的门闩。最初的老龙场就是如今围场下方的冰窖,龙场的所有建筑都有通往那里的活板门。我也要把玛毕尔送过去。育龙房的门只是第一条防线。

冰窖是我们仅有的庇护所。

贝鲁埃来到我身边,"你受伤了吗?"

我没理他。他朝玛毕尔束带上的搭扣伸出手,但我推开了他。"别碰他,"我说,"我来。"

贝鲁埃皱着眉头,再次伸出手来,我抓住他的胳膊肘。他只用一个动作就挣脱我的手,反而抓住了我的手腕。他说:"让我帮你。"

我挣开他,"你做得还不够吗?"

埃达伊的声音像刀锋般切入我的听觉,但贝鲁埃转过身去,再次拦在中间。

我解开最后一粒搭扣,让玛毕尔的上半身倒在我肩膀上。我从嘎嘎身边退开,他的腿滑进我的另一只胳膊。

我这才意识到他多么脆弱:一堆裹在羊皮纸里的小木棍,外加丝丝缕缕的头发。我把他像小孩一样抱在怀里朝育龙房走。"嘎嘎,跟我来。"她一跃而起。

斯蒂兰响亮的号令仿佛背景音。弹簧咔咔响,众人大喊大叫。一台战争机器在万向节上转动的嘎吱声。翅膀拍动,一个小组落地,还有玛拉德。我抬头在天上寻找凯雷科,然而越来越深的暮色中只有一大片可怕的影子。育龙房的门半开着。托曼转动绞盘,打开了通往冰窖的活板门。地板上,两侧的活板像百叶窗的叶片一样向后折叠。

埃达伊抓住我的胳膊,他身后跟着一个炬扎战士。"你被捕了。把德哈拉交出来,然后投降。"

我费力地抱稳玛毕尔,不肯让埃达伊带走他。我靠在嘎嘎身上保持平衡。"你怎么不掉到悬崖底下去,"我哑着嗓子说道,"你根本不知道这儿发生了什么。"

他惊得愣了一下，然后贝鲁埃又插进来，拉开埃达伊抓我的手。

埃达伊喝道："你也被捕了！"

我绕过贝鲁埃直接面对埃达伊，我的胳膊沉甸甸的。"我们马上就要遭受攻击，"我的声音很刺耳，"得把蛋和龙父龙母带进冰窖，而且只有三十秒钟来完成这件事。你真想现在来争个高下？"

他拍拍炬扎武士的胳膊，指着我怀里的玛毕尔说："带祭司走。"那人正要行动，洛夫过来进行干涉。

"没时间管这个了，教长。集合你的人，马上。"

埃达伊啪的一声闭上了嘴。趁他气势还没恢复，我转身就朝育龙房走去。凯雷科冲上来迎接我。凯雷科——感谢阿瓦。

他说："你没事。"

"暂时。我们得把蛋和龙母带到地下去。"我再次迈开步子，却被玛毕尔的重量坠得踉跄了一步。凯雷科接住他，把他抱起来。

"你们几个，"他招呼六个正好经过的斯蒂兰的手下，"跟我们走。"士兵金属鞋跟的响声跟着我们走进了育龙房。

地上的活板门位于阿缇斯的巢背后。右手边，葛露斯卧在自己的蛋上，翅膀完全张开，做出威胁的姿态。珂露菲在我们左边发出惊恐的悲泣。阿缇斯轻轻用牙叼起一枚蛋，将它交给一个斯蒂兰的手下，另一个士兵正抱着一枚蛋走下楼梯。我跟过去，"这边。"凯雷科抱着玛毕尔跟上。

托曼点亮油灯，冰窖最里面的地方已经仔细摆好一堆堆稻草，托曼指挥士兵小心翼翼地把蛋放上去。见凯雷科抱来玛毕尔，托曼打开另一捆稻草，铺在一个角落里。凯雷科跪下，让玛毕尔顺着自己的胳膊滑到草垫上，托曼把自己的外套盖在他身上。

我推开凯雷科，用手去摸玛毕尔脖子的脉搏。他的眼睑颤动，眼睛睁开，他四下看看，先是警觉，后是迷惑。等看到我的脸，他沙哑着嗓子叫道："玛芮娅？"

"你在龙场的冰窖。你没事。"

"感谢阿瓦，你活着。"他抬起一只手摸摸我的上嘴唇。我感到干硬的血块在他指尖下粉碎。

"你受伤了吗，姑娘？"

"嗯。"

"严重吗？"

"不知道。我得出去了，凶煞要来了。"

他呻吟着任自己的手落下。"抱歉，我只是想吸引它的注意，好让你可以逃走。你该留下我的。"

"你为我们争取了时间，你救了我的命，德哈拉。我们所有人的命。"

"哦，阿刹啊。"他悄声说话，濡湿的眼睛似乎并没有看着任何东西，"它侵入了我的心。那怪物，在一个老头最后的时刻，却让他看见这样的真相。"

我哽咽着咬牙止住泪水。"我得出去了，德哈拉。但我会回来找你的。我保证。"

他闭上眼睛，点了点头。

我几步跳上通往育龙房的阶梯，嘎嘎在活板门旁吓得发抖。她用鼻子蹭我，我拍拍她的脖子。贝鲁埃手持十字弓跟在我身后，泽尔迎向他。一个士兵抱着又一枚蛋往活板门走。有一半龙蛋还没转移。

我喊道："我们得加快速度。"又一个士兵跳起来帮忙。我走向最后一扇面朝围场方向打开的大门，抓住门把手想把它合上。弗伦伸出一只手挡住我，另一只手招呼几个正朝我们走来的步兵，"这边。快！"

门外的景象把我定在原地。

熊熊燃烧的火把照亮了整个围场。洛夫领着自己这爪的十一个小组随时准备出击，此外还有凯雷科、玛拉德、埃达伊和他剩下的七组炬扎。我们总共有二十二个小组，要面对多少敌人？包括洛夫在内的六个枪骑兵散布在外围的防线上。洛夫一声令下，六头龙摆出坐在后腿上的姿态，每个骑手都从龙背上的匣子里取出一支标枪，装在绞盘上，然后转动曲柄。标枪抬起、从龙的肩膀绕过去，下到腹部停住，然后由龙的前爪引导，制造出一圈扎向外面的尖刺。

"让它们进来，"埃达伊喊道，"把它们引进来！"

我朝围场里斯蒂兰的那几个手下喊："快！"我身后有龙母惊恐的悲泣，还有通往冰窖阶梯上急匆匆的脚步。

凶煞朝围场降下，木炭一样黑，缝隙里闪着绿光。暮色渐暗，又到处是拍打的翅膀，因此很难将它们彼此区分开。它们在我们战士的头顶盘旋，斯蒂兰大吼一声："放！"

半打十字弓应声而去，投石器震动了育龙房、仓库和装备库的房顶。如雨的箭矢、两打帐篷杆一样长的弩箭形成交叉火力。两头怪兽跌落进围场。一个枪骑兵跳起来迎向第一个，不等它落地就射出标枪，刺穿了它。骑手立刻装上另一柄枪。另一只凶煞翅膀和躯干上中了好几支弩箭，正在挣扎就被几张鞍头弩射穿。剩下的怪物在空中乱糟糟地挤成一团。

斯蒂兰又大吼一声："放！"剩下的弓箭手放箭，就连朝我们跑来的几个士兵也暂时停下，射出自己的一箭。怪物散开，发出愤怒的尖叫；它们绕围场盘旋一圈，然后朝掌控投石器的士兵落下。曾经是人类的骑手带着剑和十字弓跃下龙背。埃达伊领着炬扎冲了上去，凯雷科和玛拉德跟上，洛夫手下的小组同时跃起。

在我对面的仓库房顶上，一只凶煞龙正用爪子撕扯保护一台投石器的笼子。一个龙骑士小组落在凶煞身上，龙抓扯怪物的翅膀和肩膀，骑手射箭。但另一只凶煞从天而降，把骑手从龙鞍上扯了下来。它把骑手抓到身前，同时用牙疯狂地撕咬龙的脖子。

两只凶煞一起进攻，龙不断挣扎，被咬掉一块块肉。我招手让几个步兵加快速度，"别往上看。跑！"

更多怪物落在栅栏上。栅栏后面的人从木栅之间架起巨型十字弓。但噩梦中的生物把爪子伸进去抓他们。一个人被凶煞拽进围场，发出惊恐的嚎叫。另两只怪物加入进来，疯狂撕咬，只几秒钟就把那人吃了个干净。

弗伦和最后那名步兵都已退进门里，我用全力推门。大门太沉，一寸一寸慢吞吞地关上，我正好看见一个炬扎小组落在疯狂进食的凶煞旁，做了一件不可思议的事：火炬手吸口气，仿佛要呕吐似的痉挛起来，然后将一大团燃烧的液体吐到凶煞身上。被它黏上的地方立刻点燃，很快就火花四溅烧成一摊摊液体。

我感到片刻的希望。当然，这武器必须谨慎使用，因为燃烧的液体会无差别地黏上一切东西，燃出白热的火焰。也不知火炬手自己会不会被它烧伤？

上方的房顶传来巨大的嘎吱声，接着是撕扯、尖叫、木头折断的声响。许多十字弓噼啪直响，长剑呼啸。一个负责投石器的士兵落到围场里，缺了一只胳膊。育龙房顶"砰"的一声，整个建筑都在摇晃。撕扯声让喊声变成了惨叫。

弗伦过来帮我，我俩齐心协力，终于把门关上。我卡好门闩，又用地板上的螺栓固定。

屋外，战斗的声音越发激烈。我们听到投石器发射时沉闷的砰一声，弩炮和十字弓的声音也从未停止。呼喊和尖叫划破空气，沉重的撞击晃动着房顶和围场的门。有什么东西撞上育龙房靠悬崖一侧的门，然后又是一下。抓挠声。又一次撞击。阿缇斯不安地咆哮，拉努在她身旁。珂露菲吓得直呻吟，张开翅膀摆出威胁的架势，似乎不确定该去保卫哪边的门，悬崖还是围场？巢里还有蛋没来得及送去冰窖。

我吼道："快把蛋拿下去！"一个士兵厉声朝手下人下命令。有两个人抓起蛋跑下楼梯，第三个人正好跑上来拿下一枚蛋。其他人带着自己的超大十字弓沿育龙房散开。

我跑向珂露菲的巢，然而巢边悬崖一侧的门瑟瑟抖动。抓挠声。一条固定木门的金属条被从外面扯掉，发出刺耳的摩擦声。碎屑飞进屋里，砸在珂露菲身上，她愤怒地咆哮起来。门边出现一对爪子。

我摘下挎在肩上的弓，大喊一声："这边。"两个士兵跑过来，托曼紧随其后。弗伦挽弓搭箭，悬崖一侧的攻击越发猛烈。

门向外鼓起。又有一只后腿蹬着旁边的那扇门、令它朝里弯曲。那扇门啪的一声脱离轨道，朝屋里飞进来，带倒了托曼和几个士兵。我面前的门也同时脱离轨道，钢轨里的滑轮迸得到处都是。门扭曲着落入夜色。

凶煞龙悬在空中恢复平衡。它每次向下扇动翅膀，发光的灰尘都从体内喷出，沿脖子和肩膀落到翅膀上。龙背上的骑手拿十字弓对准我们。弗伦的箭射入他肋下。我搭箭射击，在骑手放箭的同时射中了他。他的弩箭射歪，却正好击中珂露菲的翅膀。凶煞龙朝我们冲过来，拍打翅膀降落。我的两支箭射进它的身体。

托曼跳起来，往怪物嘴里放了一箭，令它身体一晃。骑手正在重新装填，手里的弩箭跌落。这时弗伦两箭射进凶煞龙的脑袋，我射中它的脖子。从外面我们看不见的地方有更多弩箭射下来——是不断发射的鞍头弩。怪物转头跳出去，一个龙骑士小组的身影一闪而过，紧追不舍。另一只凶煞冲向我们面前的大门。

托曼道："见鬼！"

我的箭钉在怪物的脖子和眼睛之间，弗伦的箭穿透了它的脸颊，两个战士举着长矛左右包抄过去。龙转身冲击，弗伦一面射箭一面后退，士兵的长矛刺出。怪物一掌将其中一人拍开——他尖叫着落入悬崖下方的黑暗。我们的箭不断射进它的脖子和脑袋。另一个士兵瞅准怪物一口咬下的时机，把长矛扎进它张开的嘴里。他往前猛推，直到武器被对方扯掉。龙从悬崖边摔了下去，骑手没来得及从鞍具中脱身。

悬崖一侧的下一扇门已经被撞开，一只凶煞一掌将其扯掉，仿佛那不过是纸糊的窗帘。拉努、阿缇斯和它们的蛋顿时暴露在外。

怪物还没站稳，拉努就冲了上去，咬住对方喉咙往外推。它们翻滚着落到了平台外。托曼大喊着"拉努！"冲向峭壁，弗伦抓住他的腰带把他拖回来。又一只凶煞斜飞到门口。

我们以最快的速度放箭。阿缇斯在托曼身旁咆哮，嘎嘎在我旁边悲泣。从龙场的房顶也有密集的箭雨落下。二十余支箭正中目标，怪物向后闪躲，骑手趴在龙鞍上，肩膀和头盔都扎着箭。龙转身跳下悬崖。

攻势暂歇。火光中，凶煞纷纷转向，飞到看不见的地方。战斗的声音继续在我们头顶和背后响起。托曼转身喊我："玛芮娅？"

"我没事。"我的声音在颤抖，搭上下一支箭时胳膊也在哆嗦。我迅速扫了一眼周围的局势：三只龙母都还在巢里，守护着尚未运送到楼下的蛋。

猛攻继续展开。又一头怪兽降落在我面前，脚爪抓着平台边缘审视室内的情况。几乎与此同时，一位枪骑兵从上方落下，朝它刺过去。长枪断开，龙扑向怪兽的腰腿将它摁到地上，又用两只前爪各抓住凶煞的两面翅膀，同时一口咬住凶煞骑手，像咬住老鼠的猎犬一样左右摇晃脑袋。凶煞骑手在龙鞍里裂开，像烧红的煤一样闪着光，散落时光亮渐渐消失。龙吐出骑手的躯干，痛得咆哮起来。

又一头怪兽从上方扑下来。枪骑兵的坐骑很有经验，扭背用自己的身体压断第一只凶煞的翅膀，又与第二只互相撕咬。三头龙缠斗在一起，从悬崖边摔了下去。

战斗再度中断，不过房顶和围场依然传来打斗声。木头滚落，石头破裂。我们看着彼此——每张脸上都是恐惧和冰冷的决心。

我说："龙蛋。"

四个士兵过来，我尽快把阿缇斯巢里的蛋取出来递给他们，他们跑下楼梯。

我两手抱着蛋准备跟上去，这时围场一侧面对珂露菲的门被狠狠撞了一下。她发出惊恐的咆哮。门碎了，两只焦黑的凶煞龙冲进来。我们还没来得及做出反应，它们已经抓住珂露菲开始撕咬。我把阿缇斯的蛋放回她巢里，士兵赶紧张弓。弗伦和托曼都在射箭，但却毫无作用，凶煞龙将珂露菲推下了悬崖。

"不不！"我尖叫道，嘎嘎吓得不住地呻吟。

人形凶煞跟在凶煞龙身后，从围场一侧的门冲进屋里，全都拿着弯刀，总共五六个。

士兵在我们两侧排开，其中一个喊道："朝领头的炸糕，放！"他们都朝站在最前面的凶煞放箭。我也放了两箭，还有托曼和弗伦。它的躯干和头颅上中了九箭还是十箭才倒下。我们一面重新挽弓搭箭，一面朝楼梯撤退。两个士兵拔剑朝凶煞逼近。一个士兵朝一只凶煞的脖子挥剑，却被盔甲挡住。凶煞的刀向下一挥，砍断了那人的胳膊。士兵尖叫起来，人形凶煞抓住他的喉咙，用力一捏，叫声戛然而止。第二个士兵朝那东西砍去，也砍断了它的一只胳膊。伤口落下发着绿光的碎片。

我在山洞里见过类似的场景：能让普通人失去战斗力的伤，对凶煞却毫无影响。

怪物并不稍停，单臂打中士兵的盾牌，又用残肢挡住刺向自己脖子的一剑。跟在后面的凶煞加速冲过士兵利剑的攻击范围，抓住他并把他摁倒。冰冷的灼烧感让他大声惨叫起来。

一个龙骑士小组从围场冲进凶煞中间，坐骑用前爪将人形凶煞抓起，冰冻一般的疼痛让龙发出怒吼。龙抓着凶煞冲过育龙房，将它推下另一侧的悬崖。

小组转身面对围场。是凯雷科！我心里一阵轻松。这时又一组凶煞龙冲进来。塔本坐起来，用胳膊肘给凯雷科的鞍头弩上弦，凯雷科不断放箭。塔本的动作韵律十足，一面不断为鞍头弩上弦，一面灵巧地躲避攻击。他先将凶煞引向一侧,又兜个圈子,重新起飞。凶煞跟了上去。我们总算有时间深深吸了几口气。

到处都有火光。有些栅栏仍然立着,但却不断遭受攻击。围场中满是尸体和残肢,龙的人的都有。其中还有一只火炬手面朝下扑倒在地上,龙鞍里只剩半个骑手。

我身旁朝向围场的门被撞得摇晃起来。爪子抓住门边缘,将其从轨道里扯掉。凶煞控制住惯性,正准备攻击,一只火炬手从上方落下,巧妙地折断了凶煞的翅膀,接着又把它的骑手撕成两半。火炬手将怪物压在身下,一口咬断对方头骨后方的脖子。

又是埃达伊。他扭头看见我,催动火炬手跑到我身边,转身面朝围场。"它们数量太多,而且专门围攻炬扎。被它们碰到就像火烧一样疼,所以混战很危险,但箭又不管用。我们撑不了多久了。赶紧把蛋送下去,我们这就跟上。"

我点点头,但葛露斯面前悬崖一侧的门突然被扯开,门后出现一只尖啸的凶煞。葛露斯张开翅膀护住自己的巢,毫不退让地咆哮。怪物落地朝她冲来。她用爪子和牙齿迎战。

埃达伊骑着火炬手冲过去,但又一只凶煞龙撞进来,正好挡住他的去路。激战挡住了我的视线,我赶紧往右边跑,这才看见葛露斯与凶煞缠斗在一起。我用箭瞄准凶煞的躯干,因为担心误伤龙母,所以不敢对准更致命的部位。两只龙大幅度撕打,我从葛露斯翅膀底下闪过,借她的巢作掩体,守着她的蛋。

电光火石间,凶煞已经将葛露斯拽入平台下方的黑暗中,与埃达伊作战的怪兽也脱身跳进夜色里。要不是听到身旁嘎嘎的呜咽,我几乎要被悲伤压垮。我抱住她的头:"哦天啊,宝贝。"

贝鲁埃两腋下各夹着一枚蛋,跟在泽尔后面走下楼梯。我没看见凯雷科。弗伦和几个士兵不断向围场中放箭。

到处都是凶煞——在仓库房顶拆卸战争机器、寻找血肉,在水槽旁争抢尸体。育龙房和装备库之间的栅栏里还有人在战斗。龙骑士团仍然飞在空中,我看见了一次洛夫,还有玛拉德。还有其他人。但我们的阵地不断失守,即便在育龙房内部也一样。一个士兵抱着两枚蛋跑过来。"绝对搬不完的。"他边说边跑下楼梯。在他身后,珂露菲的巢和剩下的蛋消失在一群人形凶煞脚下。

　　"我没箭了！"弗伦大喊着放低了弓，拔出长匕首。他朝楼梯退却，人形凶煞从围场那头冲过来。

　　两只凶煞降落在育龙房的平台上，埃达伊指挥自己的坐骑一面防守一面撤退，自己则下来从葛露斯巢里抱起两枚龙蛋。他将其递给我，然后高喊："所有人下楼！"

　　嘎嘎紧跟着我走下楼梯。一小队士兵跟上，然后是弗伦。埃达伊退下来，他的火炬手仍在与上方的什么东西打斗。弗伦转动活板门的绞盘，但一只凶煞龙已经爬下楼梯，脸被划得稀烂，到处闪着绿光。弓弦拉响，箭扎进它的脑袋、脖子和肩膀。楼梯里空间狭小，它的前爪无法施展，斯蒂兰的手下用长矛刺它。最后火炬手咬住怪物的脸使劲摇晃。那东西倒下，堵住了楼梯。它背上的半截骑手化作煤渣。

　　上方传来尖叫。还有五六个斯蒂兰的手下没下来。沉重的撞击。嘶嘶声。扭打声。钢铁相交。一台战争机器发射，龙场随之摇晃。咆哮和尖啸相互对抗。喊声变成惊叫。机器发射的咚咚声渐渐低下去。片刻的寂静。一支鞍头弩发射。一声咆哮。

　　尖叫声消失了。

第四十九章

托曼迎上来,递给弗伦两个箭筒。阿缇斯紧跟在他身边,悲泣声里满是畏惧与担忧。

我问:"拉努?"

托曼摇头:"不知道。还有葛露斯和珂露菲。"他避开我的目光,递给我一个箭筒,"只有这么多了,冰窖里的全部储备。冬厩和老宅里还有两桶,可现在那里跟阿维卡一样遥不可及。"

说完他转身面对埃达伊,迟疑片刻,终于将最后一桶箭递给对方。埃达伊没有立刻接受,可等他伸出手去,托曼却又不肯放手,逼得埃达伊与他对视。"你还有一个箭筒是满的。我把这给你只有一个原因:你是炬扎,你的责任是保护我们。"

我暗想,换了父亲,肯定不会把箭给他。

不等埃达伊回答,托曼已经转过身去,"贝鲁埃,还有大家——抱歉,已经没有十字弓的弩箭了。"

贝鲁埃边点头边摸摸自己的箭筒。他还剩三支弩箭。斯蒂兰的手下也各自清点自己的储备。

埃达伊瞪着托曼看了一会儿，然后转向斯蒂兰的步兵，指点着说："所有的十字弓弹药由你们四个平均分配。两人一组，听我号令轮番射击和装填，直到射完为止。你们三个用长矛。"

"遵命。"

埃达伊指着冰窖北面偌大的推拉门，"原来的育龙平台。这是我们防御最薄弱的地方。"

"这些门已经几十年没开过了，"托曼说，"而且内外两重门之间塞满了稻草。门是钉死的，至少能拖住它们一会儿——我们会有时间准备。"

鞍头弩连续发射的声音顺着楼梯传下来，然后渐渐远去。有什么东西摇撼着育龙房。瓦砾纷纷落到堵住楼梯的尸体上。

我感受到埃达伊炽热的目光，转身发现他面无表情地看着我。过了好几秒钟，他瞥了眼托曼。我哥哥望着他，弗伦和贝鲁埃也望着他。斯蒂兰的士兵来回看着我们所有人，仿佛期待着什么。

我说："现在不是时候，埃达伊。"

"做什么都该趁早。"

贝鲁埃迈步朝我们走过来。

从旧育龙平台的方向传来沉闷的撞击声，然后是抓挠和木头裂开的声音。因为隔了稻草筑成的屏障，声音十分微弱。

"天啊，"托曼说，"外侧的门完蛋了。"

两支鞍头弩咔咔响。有人在喊话。坠落的声音。

咆哮。

弗伦说："我们有朋友还在外头。"

埃达伊终于转过身去，不再看我。"集中火力，射击最先突破内门的凶煞，"他说，"如果必须撤退，用冰架作掩护。走运的话，它们会停下来吃容易到手的冻肉。"

我们排开，箭都上了弦，胳膊腿像十字弓一样绷紧。阿缇斯、嘎嘎、泽尔和埃达伊的火炬手分别站在自己的契约骑手身旁，沿着内侧的门均匀散开，翅膀收紧，露出牙齿。斯蒂兰的弓箭手负责监视楼梯。弗伦站在我身旁。

声音不断接近，越来越清晰。撕扯。打斗。内门晃了晃。爪子擦刮的声音。

嘎嘎低声咆哮，我从未听她发出过这样的威胁。

十字弓奏响。一个士兵喊道："楼梯！"一个插满弩箭的人形凶煞从龙的尸体旁挤下楼梯。

"别让它们靠近，"埃达伊说，"瞄准！"两个弓弩手退下来重新装填，另一组人上前。埃达伊大喊一声："放！"箭射入人形凶煞体内，它身体不住地抽搐，却依然继续前进。

"瞄准！放！"一个士兵的长矛戳进那东西胸部，往后猛推，让它暂时动弹不得。埃达伊趁机完成另一次轮换。瞄准！放！又有两支箭命中，但凶煞挥剑砍向长矛。我的角度不对，无法放箭。瞄准！放！又一个人形凶煞从前面那个身后爬下楼梯。

哞的一声轰鸣，左边的内门剧烈晃动，碎木屑砸在我身上。门被垂直撕开，门闩迸射而出。一张凶煞龙的脸和前臂往里挤来，但门上包着铁条，挺立不倒。一个士兵冲上前去，砍在凶煞的脖子上，可惜那里有盔甲保护，凶煞并未受伤。箭从它的脸颊和鼻子上弹开，它摇晃脑袋，气得尖叫。滚轮从轨道里进出来，沉甸甸的大门变成了困住凶煞的陷阱。凶煞被门拖着栽倒，正好压在先前的士兵身上。凶煞龙拼命挣扎，骑手从鞍里滑下来，拔出一柄黑色的剑。他背后还坐了一个散兵，这时也下了地。

埃达伊的火炬手扑上去进攻，瞄准骑手露出的脖子，把它像昆虫一样踩扁。埃达伊朝散兵放了一箭，然后放下弓，拔出剑和匕首迎上去。

通往过去育龙房的下一扇门摇晃起来，门上出现了裂缝。

瞄准！放！在我右手边，斯蒂兰的一个士兵接替埃达伊指挥。弗伦的弓弦唱响。一声嚎叫。埃达伊且战且退，剑和匕首闪着寒光，效率惊人。我集中精神盯着育龙房的门，举弓等待目标。一只凶煞龙从边缘探出焦黑的脑袋，我一箭命中。托曼和贝鲁埃也在放箭。门裂开，怪物冲了进来。

阿缇斯迎上去撕咬，在凶煞冰冷的触碰下大声呼痛。泽尔赶过去帮忙。贝鲁埃的十字弓啪啪作响，托曼的弓也唱响调子。怪兽身后不断传来某种有节奏的断音——是鞍头弩。是凯雷科吗？

瞄准！放！我不敢分心往楼梯那边瞧，但持续不断的号令鼓舞着我——斯蒂兰的人还在战斗。

埃达伊的对手失去了双臂，两腿绊在一起跪倒，露出了脖子。埃达伊终于结果了它。贝鲁埃放出最后一支弩箭，扔掉十字弓，拔出刀来。埃达伊的火炬手撕烂了卡在门里的凶煞的脖子，它不再挣扎。

又一只凶煞龙从它背后的影子里钻出来，却突然停住，继而被往后拖开。它挣脱、转身，倒退进冰窖——是凯雷科和塔本。凯雷科用鞍头弩瞄准怪物的脑袋，塔本用利爪撕扯，埃达伊的火炬手从后面夹击。至于埃达伊自己，他放箭的速度简直不可思议。

托曼和弗伦瞄准阿缇斯和泽尔的对手。大团大团的煤灰从它胸口落下，但它还在战斗，又一只凶煞从它旁边挤进了冰窖。

火炬手转而面对新的对手。骑手已经解开束带，跳上平台，朝埃达伊冲过去。它背后也带了一名散兵，却是朝我而来。

我放箭、再放箭。躯干、脖子——但它将一把深色弯刀高举头顶，继续前进。它身体的缝隙里透出地狱般的光亮，让人奇怪它怎么还没烧起来。我一箭射入它前额，它继续向前。我跑进栅栏架中间，却被掉在地上的一包肉绊倒。人形怪物张开没有嘴唇的恐怖大口，发出刺耳的尖叫，抬起手来，准备把我砍成两半。

嘎嘎狠命咬住它的手，剑飞到一边。她剧烈地晃动脑袋，把两只胳膊都扯了下来。她又瞄准它的头，咬住头盔使劲摇晃，虽然痛得尖叫也不肯松口。脑袋与脖子终于分离，那东西总算倒地不动了。她用身体挡住我，大声咆哮着。挑衅、愤怒、疼痛和畏惧，所有的情绪都包含在这声音里。

我爬起来，刚好看见埃达伊的火炬手咬碎了凶煞龙的头骨。凯雷科和塔本干掉了最后一只凶煞。打斗之中，倒地的门被压成碎片。埃达伊浑身是血，但也解决了骑手。

片刻的寂静过后，两个龙骑士小组降落在过去的育龙平台，走进门里。是洛夫和他的一个手下。接着是玛拉德和两组炬扎。无论人龙，所有人身上都有不止一处伤口在流血。

埃达伊问："还剩多少人？"

"就我们了，"洛夫说，"就算双方数量相当，也是它们更强。我们损失惨重。标枪已经用光了，鞍头弩的弹药也所剩无几。这里就是我们最后的战场。"

我只歇了一秒钟，让自己深吸一口气，然后从尸体上拔出箭来准备再利用。出乎我的意料，从凶煞焦黑的肉里取箭很容易。弗伦和斯蒂兰的人也跟着我做，托曼和贝鲁埃则在为各自的龙检查伤口。

泽尔的胸口、肩膀、脖子和脸上都有深深的伤痕。她低头贴着贝鲁埃的脸。他轻声说："对不起，忠诚的姑娘。"她舔舔他的脸。

塔本走到我跟前，凯雷科俯身问："你受伤了吗，玛——小姐？"他的眼睛睁得大大的。

我摇头表示没有，又伸出一只胳膊，搂住嘎嘎的脖子。

"感谢阿瓦。待在我背后。"他让塔本转身面对破损的门。

尚未完全消褪的暮色照亮了老育龙房的远端。多少代人以来，老育龙房第一次从外面打开。刚刚醒来的星星带给我从未有过的感受，这或许是我最后一次看见它们。我深吸一口气，嗅到了陈腐的稻草和灰尘、血和汗，还有凶煞的腐臭。我感受着肺里的空气和自己的心跳。

凶煞的身影几乎立刻挡住了我的视线。它们互相重叠，燃烧在腐烂躯体深处的冷光让人很难将它们区分开来。嘶嘶的叫声和咆哮声回荡在石头间。

洛夫、他的手下和两个炬扎全都下地，各自在自己的坐骑背后站定。他们挽弓搭箭，或者举起长矛，面对着凶煞。玛拉德和凯雷科留在龙背上，他俩的武器是鞍头弩。

我飞快地数了数——我有八支箭。"嘎嘎，站我背后。"

怪物步步逼近，我们不断用箭攻击，直到埃达伊大喊一声"上！"于是军队的龙——炬扎和龙骑士团一起——跳将起来，发起进攻。力量与气势的较量在眼前展开。龙用牙和爪迎击凶煞。齐延攻势狂暴，怪物那冰一般的碰触对他似乎毫无影响。凯雷科用完了最后的弹药，解下长矛击退一只凶煞，塔本一面挥动爪子，一面小心翼翼地后退。两只尖叫的凶煞制服了玛拉德和他的坐骑，一龙一骑大叫一声，消失在一片破破烂烂的翅膀底下。一只火炬手一面抓扯一面想吐火，但它已经吐不出来了。两只凶煞将它压倒。

所有人都快不行了。我只剩三支箭。埃达伊转身面对我，又瞥了眼托曼、弗伦和贝鲁埃。他睁大眼睛，嘴唇紧绷，仿佛做出了决断。他抓起剑和匕首——匕首像蛇一样弯曲，好不怕人。他转身背对战场朝我走来，呼吸加快，嘴唇张开。

我搭上一支箭,拉开弓,"别,埃达伊。"他没有放慢步子。

贝鲁埃握着剑走到我们中间,"别,兄弟。你想错了。"

埃达伊停下来抬头看他,"她诱惑了你,贝鲁埃。别挡道。"

我感受到了厄迪姆的存在,就在意识的最边缘。

贝鲁埃并未抬起剑,但挺直了肩膀。"你不明白,事情不是你想的那样。别——"

"让开,"埃达伊道,"我要结束这一切。就在你眼皮底下的事你也看不见吗?"

弗伦跑到我身边,箭搭在弦上。埃达伊的一个炬扎战士朝贝鲁埃拉开弓,弗伦瞄准那个炬扎。我瞄准埃达伊。

厄迪姆侵入我的思维边界。它说:多有趣啊。

接下来的几秒钟,周围只剩战斗的喧嚣:咆哮和怒吼,惊叫和十字弓发射的声音。砰,咔,呻吟。"让开,"埃达伊又说了一遍,"否则我从你身上踏过去。"

咱喜欢这一出。

我的心怦怦乱跳,呼吸急促:"厄迪姆。"

埃达伊一个假动作敲开贝鲁埃的剑,匕首刺入贝鲁埃肋骨间,直没至柄。须臾之间,另一枚箭头穿透贝鲁埃的后背,带出一团血渍,红色的箭羽扎在心脏下方。贝鲁埃呻吟着从埃达伊匕首上滑落,瘫倒在地。埃达伊的炬扎迅速搭上另一支箭,但弗伦的箭砰一声正中他胸口,将他放倒。我松开弓弦,箭浅浅地扎进埃达伊左臂下方的肋骨。我和弗伦再次挽弓,埃达伊继续朝我逼近。

嘎嘎跳过去挡在他的面前,却也让我们没法放箭。她低下头,发出愤怒的嘶嘶声。埃达伊迟疑了片刻。我往右边迈出半步放箭。但埃达伊的速度快到不可思议,他挥剑挡开了这一击,接着转身朝嘎嘎迈出一步,剑举到肩膀的高度。

躺在地上的贝鲁埃突然发难,一剑刺中埃达伊腿筋的位置。埃达伊痛得大叫,踉跄着转身。他举起匕首,准备给贝鲁埃第二击。

但他的火炬手发出了一声惨叫。他抬起头,发现自己的龙跌跌撞撞地后退;一只偌大无比的凶煞咬住了龙脖子,正在摇晃、撕扯。

它们身后耸立着一片冒烟的影子,像是一只龙腐烂的尸体。是厄迪姆。它就在这儿。

趁埃达伊发愣的机会，我张弓瞄准他的心脏，但厄迪姆的攻击像水坝决堤般汹涌而来。过去一个钟头里的每一次死亡都在我脑中回放，接连不断。所有的惊恐与痛苦、忧虑、愤怒与悔恨，刀锋冰冷的刺痛、尖牙利爪的撕咬。我白白浪费了最后一支箭，长弓脱手，跪倒在地。我发出愤怒和痛苦的叫喊。我听见凯雷科在喊我名字。

埃达伊面朝厄迪姆，扑通一声跪倒。极度的痛苦扭曲了他的手指，武器滑落在地。

透过眼前的迷雾，我看见凯雷科和塔本朝厄迪姆冲过去，却被一只体型无比庞大的凶煞龙拦住。龙的胸口缝着一个人，像地狱来客一般嚎叫。凯雷科抬起长矛。他痛得咬紧牙关，大吼一声："玛芮娅，躲开！"

我动弹不得。厄迪姆转头面对我。既然你们视阿瓦为自己尊崇之物，又为什么会看见咱？

提问的语气很奇怪，仿佛随性聊天，与之相伴的却是可怕的画面：开肠破肚、砍头肢解，还有其他我几乎无法理解的恶心事。这些都是它所享受的。精神性。从他人心中剥夺的感受，全都剥离了背景，朝我掷过来。

我眼前一片血红，鲜血流到嘴唇上。"我还看见了夏龙。"我喘息着，拼命想记起那是怎样的感觉，想看清夏龙高贵庄严的模样。

它不理我。咱现在明白你了。咱了解你的伤疤。很深很深。

厄迪姆放开我，雾蒙蒙的脑袋转向埃达伊。我双手撑地，大口喘气。

瞧这一个。埃达伊呻吟着、抽搐着，仿佛厄迪姆正抓着他的灵魂用力摇晃。他见过许多事，他的伤痕很深，但他的知识也十分渊博。咱利用前者来获取后者，你明白。这一个是满载仇恨、猜疑和恐惧的容器，却又如此精通死亡的技艺。

埃达伊的火炬手被彻底击垮。教长无力移动，发出痛苦的哭喊。

埃达伊承受的痛苦让厄迪姆感到无限喜悦。这情绪淹没了我，像火，像针，像硫酸。它冲刷着我的神经。

我右眼的眼角瞥见了弗伦，他的脸痛苦地扭曲着，但仍在射箭、前进。他失手掉落了一支箭，又去取下一支。厄迪姆也在攻击他吗？与一只怪物搏斗的齐延被推倒在架子上，冰块和一块块碎肉落下。喊声、叫声。

我听见凯雷科的尖叫，转头看见凶煞正用牙齿攻击他。他用长矛刺进它嘴里，它往后缩，咬住长矛，从他手里扯掉，吐到地上。然后它朝他张开嘴，头一甩，他的叫声戛然而止。怪物从龙鞍上扯下凯雷科，跳下悬崖。塔本暴怒，发出悲惨的嚎叫，追着凶煞跳进夜色。

我侧身倒下，尖叫拖长成了抽泣。

喏，瞧见了？你又多了一道疤。

我拼命在脑中描绘夏龙革提克。鲜血和死亡令他的存在不再清晰，滚烫的寒意和极度的疲惫模糊了他的形象。但我还是向他伸出手去。我需要他。厄迪姆让我看见了自己的需要，以此嘲弄我。它还让我重温凯雷科丧命的情景。一次又一次。

我必须想办法回应。我给它看达哈克，在隐藏的圆形剧场，最后一面墙板的浮雕上，以此证明它的种族的失败。

厄迪姆以冰川塌陷的画面反击。冰川埋葬了浮雕，同时埋葬了我对抗拉撒尔的希望。这倒是真的：只有改变永恒不变。任何事都可能发生。

它把各种图像变成了倒刺，从我心头拖过。

玛毕尔满面伤痕。贝鲁埃从埃达伊波纹形的匕首上滑落。凯雷科被一次又一次扯下龙鞍。他们所有人都是厄迪姆的牺牲品。

但厄迪姆从未碰过他们一根指头，甚至连我它也没碰过。没有物理上的碰触，它只是将恶意直接倾倒在我们脑中。它只做了这一件事，仅此而已。恐惧、绝望、破坏、阴沉的情感，它只是这些东西的阿瓦。它想要我畏惧，它需要我畏惧。它以我的畏惧为指引和食物。

我准备将我的怒火奉送给它。我在泪水下找到了愤怒，让厄迪姆看我们废墟中的雕像，白龙击败达哈克。厄迪姆停顿了一眨眼的工夫。

"玛毕尔说的没错，"我一面喘气，一面紧紧抓住这片刻的迟疑，"你每次都失败。"

当真？

齐延面临疯狂的攻击，一步步退得越来越远。一只火炬手被一只凶煞挤到稻草堆前，火炬手翅膀被撕裂，而且再也不能吐火。托曼双手抱头跪在地上，阿缇斯和泽尔正与一只怪物厮打。厄迪姆让我看见了许多历史片段，全都来自它的灵魂。满地战火，永无止境。

你会看见龙的时代让位于凶煞的时代。世界将永远改变。

我忍不住抽泣，但还是硬撑着跪起来，"当你不过是一波波影子的时候，舒迦和齐延把你撕烂了。你现在也只不过是一缕烟罢了。"

那东西脖子往后收，朝我歪歪头。两点无色的光在烟中闪烁，仿佛眼睛的雏形。

然而咱总是越来越强壮。

我抓起自己失手落下的箭，一面喘息一面把箭搭在弓上。

"玛毕尔说你不过是幻象。是影子。"

喔，咱才不止呢。

我一箭射向厄迪姆的脖子。箭头从背面钻出来。那东西身上有许多箭，仿佛长出了箭的鬃毛。它朝我逼近。可就在这时，战斗的旋律突然改变。

朝我们进逼的凶煞原地转身，应付背后出现的新对手。外面传来鞍头弩的声音。

一只凶煞正在吞食埃达伊的火炬手，突然被一只没有骑手的龙从背后攻击，摔倒在地。托曼气喘吁吁地大喊一声："拉努！"他还活着。我们的龙父用牙和爪子撕咬怪物肋腹。阿吉赫、达锐德和凯雷科那爪留在山洞里的四个小组冲进油灯的光线中，鞍头弩砰砰响个不停。吉荷牡和达锐德带来了援军。

厄迪姆放开了我。埃达伊面朝下瘫软在地。凶煞全都迟疑起来，场面出现了片刻的混乱。洛夫、阿吉赫和所有小组都冲上前去。我挣扎着站起来，发现弗伦双手和膝盖撑地，就在我身旁不远。我从他箭筒里抓了一把箭。他晃了晃头，准备起身。

我们的龙击垮了最后几只凶煞。托曼摇晃着爬起来，弗伦跪在地上朝厄迪姆射箭。我们的龙向前逼近，厄迪姆退后一步。

我挽弓搭箭，扭头寻找埃达伊的炬扎。其中一个已经倒下，胸口还扎着弗伦的箭。我找到了另一个，他正抽出一支箭。是要对付我吗？我不准备冒险。我一箭射中他的肋骨。他蹒跚着还想抬起弓，我又放了一箭。他的箭落在地上，人随之倒下。

然后我转向埃达伊，他正挣扎着想要爬起来。他捡起剑和匕首，扭头看着我，鼻翼张开。我近距离放箭。他还想站起来。我又放了一箭。他倒下时，我向他射出第三箭。

我们的龙朝厄迪姆围拢,它们一面摇头一面咆哮,却依然步步逼近。那东西用新长出的眼睛回头看我。

你年轻又强壮,富于韧性。但你与另一个相连,又通过这一个与另外一个相连。阿鲁和达瑞安的图像,他们的契印。

我朝那怪物射了一箭,接着又一箭。之前的攻击似乎毫无效果,但现在每次被射中它都会抽搐。

你从他们身上汲取力量。但他们也是你的弱点,是你最深的伤痕。咱会找到他们,把那伤口打开。你会有更多伤疤。咱会撕扯它们,直到有一天你再也不能抵抗咱。

我们的龙用爪子和牙齿撕扯那幻象,终于逼得它不得不转为防守。我回想我和达瑞安看见夏龙的时刻,那时我们满心惊奇,我们的世界被他的存在彻底撼动。虽然达瑞安让我痛苦,但至少我们分享过那一刻。那个奇妙的时刻。

我说:"我的伤疤给我力量。"

我们的龙的咆哮和怒吼越来越自信,噩梦朝悬崖退却。它在我们脑子里嚎叫,然后踉跄了一下。它似乎破裂、粉碎,最后坠入黑夜。

第五十章

嘎嘎舔我的脸，我张开胳膊抱住她。之后的几分钟，我把头埋在她脖子里抽泣，疲惫和释放的愤怒让我浑身发抖。

其他人的声音把我拉回现实。托曼抱了我一下，然后奔向阿缇斯和拉努。弗伦跪在贝鲁埃身旁，一只手扶着他的头。我也跟跄着走过去跪下。血从他嘴巴和鼻子往外流，衬着死人一样的蓝白色皮肤，越发红得刺目。他的眼睛只勉强睁开一条缝。他望着我轻声道："玛芮娅。"

"我在。"

"对不起，"疼痛让他全身缩紧，他好容易呼哧呼哧地吸进一口气，面孔扭曲，"原谅我。请原谅——"

他快死了，他自己知道。我们谁也做不了什么。现在，在生命结束时，他希望人家原谅他所做的一切。但我不肯用言语赦免他造成的可怕后果。换作两天前，我会留一支箭给他。

他闭上眼睛，仿佛明白我为什么迟疑。"信仰，"他哑着嗓子说，"是我未能看清的牢笼。"他哆嗦起来，唇边冒出血泡，身体瘫软。或许他还有遗言，但最后只化作一声叹息。

我能给他慰藉的机会过去了。我抬头看着弗伦的眼睛。

沉重。悲伤。疲惫到无法形容。他用拇指为我擦去脸颊上的水渍。

我说:"我得去看看玛毕尔。"他点点头。

起身时我正好看见埃达伊的脸,一侧脸颊压在地板上,血在嘴唇下凝固。他的小眼睛瞪视着黑暗的深渊,眼中是冻结的恐惧。我踉跄了一下,然后跑向冰窖最里面的角落。黑暗。稀薄的灯光靠近——是托曼拎着油灯来了。有人跟在他的影子里,之后还有一个人。

德哈拉依然躺在之前的地方,盖着托曼的外套,双手合在胸口。

我伸手摸了摸他的脸,"玛毕尔。"

他的肌肤冰冷干燥,仿佛冷却的蜡烛表面。他的眼睛平静地注视着虚空。

吉荷牡问:"他去了吗?"

我吃惊地转身,看见了她的脸,一把将她拉到怀里紧紧搂住。我悄声说:"是的。"

她抱紧我哭起来。不一会儿,我感到托曼的一只手搭上我肩头,听到忒鲁压抑的抽泣。

我们在孤峰底部找到了珂露菲的尸体。不远处,塔本守着凯雷科,不让任何人靠近。吉荷牡想去自己所爱的龙母身旁,却被塔本赶走。有时候失去骑手的坐骑只能杀掉,否则它会变得疯狂而危险,可我们并没有人手来杀死塔本。也没这意愿。最终塔本蜷缩在自己的契约伙伴身旁伤重而死,我们这才能搬走凯雷科的遗体。

吉荷牡把珂露菲的头抱在腿上,哭了好多个钟头。

泽尔守护着贝鲁埃,不过她允许我们取出他身上的箭,把他放平。我们把他的尸体放进冰里,领她去了冬厩,她一路都哀哀地叫着。等我们为拉努和阿缇斯疗伤过后,她也允许我和托曼处理她的伤口。然后她用翅膀盖住头,整夜悲泣。

葛露斯消失了。我们找了很远,却一无所获。父亲和舒迦失踪,她的蛋几乎全被摧毁,龙场也化作废墟。或许她像拉紧的弓弦一样崩断、逃走了。我希望如此,因为这意味着她还活着,还可能回来。

本地的匠人收集龙的尸体。它们的皮是不可浪费的资源，肉、内脏、骨头也各有用处。这些我们都清楚。但当他们前来带走珂露菲和塔本时，我们都移开了视线。

吉荷牡和奥达科斯。托曼和阿缇斯与拉努。我和嘎嘎。洛夫和齐延，再加上他的一个小组。阿吉赫、达锐德和凯雷科那爪的其他四个人。弗伦。斯蒂兰的三十二个手下活下来七个，但斯蒂兰自己却没能幸免。炬扎全军覆没。就这些。幸存者就这么多。

村子几乎毫发无损，老宅和冬厩也一样。我们把凶煞焦黑的尸体收集起来，在一片空地烧掉。根本没法数清总数，但其中至少有三十个龙的头骨。

厄迪姆也留下一具尸体。孤峰脚下有一副腐烂的骨架，上面覆盖着干瘪的筋腱和破破烂烂的皮，看得出曾经是一头体型超常的大龙，或许来自隐藏于山中的埋骨场。我们经过讨论，最后将它焚烧，找个远离农田和龙场的地方挖个深坑，把骨灰填进去。最后坟墓上盖了一块石板，但并未刻字。

弗伦和托曼开始修葺育龙房。与此同时，我们把剩下的蛋转移到冬厩的巢里。二十九枚龙蛋，幸存十六个。

拉努的伤势让他没法孵蛋。他发起烧来，好几天不退。我们用网把他的翅膀固定在身侧，又将他的腿铐在地板上，免得他伤了自己——也免得他伤了我们。我们从没这么做过，但他如今神志不清，很可能造成危险。

忒鲁还没开始学习刺青的艺术，但玛毕尔教得很好，他的医药知识十分丰富。他弄出了膏药，治疗与凶煞接触所造成的那种奇怪的冷烧——至少得先把龙的嘴治好，它们才能吃东西。他在围场里架起一口大铁锅，为所有伤员煮了好几加仑草药。他帮骑手为龙包扎，甚至在他们用针和肌腱缝合伤口时也出力帮忙。他仿佛不知疲倦为何物。

一周之后，拉努恢复了。他急不可耐地吞下忒鲁的汤药，终于又有力气站起来。珂露菲的死对奥达科斯是沉重的打击，吉荷牡一面哀悼珂露菲，一面尽力照料奥达科斯。每次我看见她，她眼里都有泪水。她与奥达科斯经常出去飞，在空中独处好几个钟头，睡也睡在他身边。

我常常在空中寻找舒迦熟悉的身影，同时也感到愤怒：父亲竟留下我们独自面对恶魔——独自面对凶煞和炬扎。我也担心埃达伊派去与父亲同行的炬扎。

父亲还活着吗？

这期间，嘎嘎喜欢上了孵蛋，她很愿意照料珂露菲留下的蛋。

整个围场都忙忙碌碌，主要是整修，因此也就少不了商人、马车和噪音。但在冬厩里，吉荷牡所谓"安静的期待"又回来了。就连泽尔也有反应。她开始重新进食，还认真观察每天的例行活动，仿佛这才第一次看见眼前的一切。

洛夫派达锐德给阿维卡送去报告。"如果内阁迅速行动——而且这是一定的——"他说，"育龙节之前我们就能盼来援军。"

自从战斗结束，我还没流过一滴眼泪，哪怕在为玛毕尔和凯雷科举行火葬时。我开始怀疑自己是不是出了什么毛病。

我感到消耗殆尽，空虚。仿佛凶煞。这个比较让我吓得发抖。要不是有嘎嘎，我或许真会滑入黑暗。她总是以舌头和快乐的喉音迎接我，同行时张开翅膀护着我，允许我随时抱她。如果我离开她超过几分钟，她就会发出闷闷不乐的悲泣。

天空是我们最大的慰藉。风的爱抚，呼吸与肌肉的节奏，无边无际、不断涌动的寂静。我闭着眼伏在她脖子上，专心感受这一刻。让它将我包裹，把它当成抵御记忆的盔甲。

洛夫把所有人召集起来，包括托曼、吉荷牡和我，弗伦、忒鲁和阿吉赫，开了个情况报告会。我们坐在老宅的院子里，简要讲述山里发生的事。我以为他会训斥我们，或者威胁要逮捕我们，或者说出其他更可怕的话。但他只是坐着，胳膊肘支在桌上，下巴搁在合起的手上，一连好几分钟都没开口。"你们明白吧，我们能打赢凶煞，只是因为它们停下来争夺新杀死的食物。"他说，"没人指挥它们。如果有正确的领导，它们会把我们杀光。"

"这你得感谢玛芮娅。"吉荷牡说，"她杀掉了控制它们的萨满。"

洛夫朝她倾过身子，双手在桌上放平，"你们可以感谢十六个龙骑士小组和不下两打斯蒂兰的大兵。"他又看着我说，"你们还可以感谢炬扎。他们都是为了保护你们而死。他们所有人。"

我感到自己的心跳加快了。

他瞅了眼吉荷牡和托曼，然后目光回到我身上，"我的所作所为只是为了保护龙场。当初我的确准备接过所有权，没错，但我认为现在这已经没有意义了。我们只有一对配偶——托曼的——外加几只作战龙和一只保育龙。我的候选人全都死了。"他重新合拢双手。

"不仅如此，埃达伊死了，而我的意见是，他的决定也随他一起过去了。我并没有邀请炬扎——那是贝鲁埃干的。我对许可证的申请依然有效，但情况有变，我的位置也变了。无论最终如何决定我都会遵从。我所做的都是为了龙场好。"

我说："你还是觉得自己能得到许可证。"

他不大自在地点点头："我会需要你们的专业技能。"

众人瞠目结舌，寂静拖长，终于令我无法忍受。

"我觉得你是一种特殊的懦夫。"

他飞快抬头看着我的眼睛，但并没作声。

"为了得到龙场，你愿意让埃达伊那怪物杀死我。"

他眯起眼睛："我只是服从命令。"

"对你便利的命令。你把所有的权力交给了一个疯子。"

洛夫下意识地捏紧拳头又松开，把手平放在桌上。"我不会为他的死追究你的责任。说实话，我松了一口气。"

我终于明白了，一直以来——已经快一年了——洛夫所说、所做的一切都只是为了达到自己的目的。我真该把他也射死，但那是埃达伊为我和嘎嘎准备的结局——趁战况正酣谋杀我们。

我摇摇头，无论真相如何，眼下父亲不在，龙场需要洛夫这样的人。我是否赞同都不重要。

"有两件事你需要考虑，洛夫上尉。首先，无论有意无意，总之是一个萨满招来了厄迪姆。或许另一个萨满也能唤醒类似的怪物。"

洛夫等着我说下去。

"其二，厄迪姆很可能探得了埃达伊埋在内心深处的秘密。它对我就是这样做的。"

弗伦说："还有我。"

托曼说:"我也是。"

我说完刚才的话:"很可能它对你也做了同样的事。"

他意识到所有人的眼睛都望着他,等他回答,他沉着脸点点头。

我说:"我们应该假定你知道的一切它都已经知道了。"

"但厄迪姆死了。"

"是吗?"

"我们烧了它的尸体。"

我朝他摇头:"我们叫它'厄迪姆'。它叫自己'咱'。"

洛夫煞白了脸:"意思是?"

"我不知道。但如果再出现像它这样的东西,当它渐渐长成时,它会知道多少?它会不会也是'它们'中的一员?'它们'又是什么?它们是不是分享思想?分享记忆?分享知识?"

还有,无论它们是谁,无论厄迪姆是什么形态,它们是被我还是被龙场吸引?我见到夏龙的经历与这有没有关系?尽管埃达伊的判断是错的,但我的确觉得厄迪姆与我之间存在着某种联系。为什么?它未来的后代或者亲属会不会有所不同?

洛夫茫然地盯着自己捏紧的拳头。

我看着桌边的众人:"如果玛毕尔的警告是正确的,这才只是开始。"

欧斯塔拉节过后四周,春天崭露头角,龙蛋在新修好的育龙房孵化,时间刚刚好。

嘎嘎在一旁观看,几周以来我第一次见她这样开心。她两只脚交替着蹦蹦跳跳。

每当蛋壳裂开:"龙仔!"

每当呜呜叫唤的龙仔跌跌撞撞地滚进稻草里,她都满脸惊奇:"肖。"

九个男孩,七个女孩,全都活蹦乱跳。我们给它们清洁身体、称重。八个是阿缇斯和拉努孩子典型的棕灰色和棕褐色。六个是白色和灰色,就像珂露菲和奥达科斯。只有两个带着舒迦的黑色或葛露斯的铜色。我想起当我们准备放弃育龙房时,埃达伊从葛露斯的巢里递给我的两枚龙蛋。

　　龙仔也让阿缇斯和拉努不再抑郁，放松下来。就连泽尔也参与进来，她保育龙的本能复苏了，健康也开始好转。

　　之后的八周，嘎嘎一直与龙仔待在一起，等它们能爬出巢外，就同它们玩耍，同时也守护它们。自从奥达科斯和珂露菲长大，我们的龙场再也没有过一两岁的龙。她真是奇妙——又好奇又热情，正是这个年纪的野龙该有的样子。像个大姐姐。

　　达锐德比援兵先一步返回，刚一降落在围场就来找我。吉荷牡见了也跑来仓库。

　　他问："洛夫呢？"

　　"出去巡逻了。"

　　"好。"他皱着眉，扯下手套，解开头盔的搭扣，"你爹回来了吗？"

　　我咽下心底的痛楚，对他摇摇头。

　　"真糟糕。我有消息要说给你，玛芮娅小姐。真希望是好消息，可惜不是。有一个新教长负责征购，他名叫珀里托，贝鲁埃就是向他汇报的。"他嘴角下垂，看看我和吉荷牡，"他也和埃达伊一样，是炬扎。"

　　我问："他带了多少兵？"

　　"一个爪的龙骑士小组——"

　　"就这些？"

　　"还有整整两个翼的炬扎。"

　　吉荷牡呻吟了一声，坐到一个木桶上。

　　"跟征购车队一起来的有工程师和石匠，"达锐德补充道，"还有更多战争机器。"

　　我叹口气，望着自己的脚点点头。

　　"还有更糟糕的消息，小姐。我带来了他给洛夫上尉的命令。愿阿瓦保佑我，但我弄破封条瞅了一眼。珀里托准备一来就逮捕你，没收你的龙，把你带去阿维卡，接受什么审讯。"

　　我和吉荷牡对视一眼。吉荷牡道："又来了。"

　　"贝鲁埃警告过我们会是这样的。整个拉撒尔反对我们。反对我。"

"对不起,年轻的女士,但我知道……唔,我知道凯雷科会希望我告诉你。我拖不住洛夫太久,但我会尽量帮你争取时间。"

"珀里托什么时候到?"

"最多两个星期,女士。或许更快。但我至多只能给你一天。"

达锐德很年轻,为什么我之前没发觉呢?或许二十二岁。尽管眼窝凹陷,尽管阳光和大风已经在他脸上留下痕迹,但他仍然有种男孩子似的热情。

"谢谢你,达锐德。谢谢你的提醒。该做什么就去做吧。"我肚子里一块石头落了地。我知道自己必须怎么做。

我往育龙房走去。悬崖一侧的门开着,龙仔在峭壁边兴奋地蹦跶。阿缇斯和拉努、奥达科斯、泽尔和嘎嘎在一旁看护,既给它们足够的自由,可以从崖边往下看、感受高度,又在它们太过靠近边缘时用灵巧的爪子和翅膀尖把它们拉回来。这是古老的舞蹈。我们从未因摔下悬崖失去任何龙仔。这是龙的方式。它们爱高,也理解高。

嘎嘎正假装跟一只倔强的小公龙打斗。他是舒迦一样的黑色,带着葛露斯的铜色条纹,长大以后肯定很美。它们的整窝蛋里只有他和另外一只活下来。空气中充满叽叽喳喳和小猫威胁人那种尖声咆哮。阿缇斯和泽尔用低沉的咔嗒声和咕噜声聊天。那是人类无法理解的龙的闲聊。

面前就是我的整个生命,我所熟知的一切:龙的生命循环。在这一刻,我无比想念父亲和舒迦、达瑞安和阿鲁。对他们的忧虑在我胸口燃烧。

通常这是一年中最开心的时光。龙场挤满兴高采烈的龙仔,总在玩闹,总在姆噗着讨要食物。嘎嘎多开心啊。

她不明白我们必须离开。

我终于哭了,为了自己被夺走的一切。

第五十一章

忒鲁为我准备了三个纸包。

里面是草药、种子以及玛毕尔、凯雷科和贝鲁埃的骨灰。我收下来，等着适宜的天气出现。

达锐德把珀里托的命令交给了洛夫，但龙骑士团上尉决定不逮捕我。"你要明白，我不能给你任何帮助，"他说，"但我也不会帮他们扣留你。"

这已经超出了我的预想。我第一次觉得好奇，究竟是什么东西在驱动他呢？每当我以为自己明白了洛夫的动机，他却让我吃惊或是愤怒。他似乎一直在利他主义、责任和贪婪之间轮转。我真希望自己有时间把这人弄明白。可惜不可能。

我和吉荷牡准备好旅行袋，以便一有动静就能出发——可我总是鼓不起离开的力气。龙仔需要我们喂养、清理。虽说斯蒂兰的人很乐意帮忙，但他们缺少天分。我们离开后，托曼一个人准会忙得不可开交。

又有好几个黎明来来去去。我简直把嘎嘎宠坏了，总给她额外的鱼和肥肉做零食：她需要多储备能量。我和她尽可能待在育龙平台，同拉努、阿缇斯和龙仔一起。嘎嘎假装咆哮，爪子轻拍，把宝宝们从悬崖边赶回来。它们围在她身边，从她脚背上往下跳,跟她的尾巴战斗。

托曼站在一旁,看着我与他的龙父龙母道别。阿缇斯脸上有一道道粉红色的伤痕,不过除了几小块小痂,其余都脱落了。我摸摸她的下巴,她用鼻子蹭我。"平安,"她说,"早点回恰。"

"会再见的,"我说,"我保证。"其实我并不能保证这种事。我吻她的鼻子,然后转向拉努。他昂首坐着,胸部和肩膀上有一大片鲜红的伤口,现在才刚刚开始结疤。

"我父亲会为你骄傲的,老男孩。还有舒迦也是。你真了不起。"

他点点头,用龙的话隆隆地说了些什么,然后补充道:"玛芮娅:搭。"活像是跟嘎嘎学说的这个字。他朝我歪歪头,然后低头给我拍。要不是顾忌着伤口,我真想抱抱他。但现在只能一吻。

龙仔拥到我脚边,我跪下来。它们蹦蹦跳跳,你追我赶,不时从我手指上擦过。有着小小突起的柔软皮肤,像精细的皮革。

"玛芮娅,"托曼说,"你知道不该摸——"

"我想让它们认识我。我想让它们记住我。"

他点点头,不再说什么。

第六天,我从风中嗅到了些不一样的东西。清冽而冰冷,正在绽放但尚未成熟。熟悉的气味。我和嘎嘎感到一股难以描摹的紧迫感,便动身去找弗伦。他在崖顶,正把木屑和锯末犁进桶里,为育龙节做准备。

"弗伦,你的影子一向可好?"

他吃惊地抬起头,"我的影子挺好。你的呢?"

"自从我害你受伤,已经一年了,弗伦。"

他微笑着反驳:"自从夏龙出现已经一年了。"

我的话在喉咙里收紧:"我不想离开你。"

他放下耙子,"我明白。我自己也得躲出去呢。不过跟我说说你有什么心事吧,年轻的女士。"

我垂下头,不确定该如何回答,最后决定直说最好。我看着他的眼睛说:"我不知道我的影子怎么样。我很迷惑。有那么多东西要学、要理解。我不知道该相信什么,也不知道该从哪儿开始。"

他噘着嘴，皱起眉头。过了一会儿他说："阿刹尼有句老话：'我们所尊崇的事物反映出我们的天性。好战的人崇拜严苛的神，建造钢铁的祭坛。爱财的人用金子建造祭坛。满足的人，他们修建爱的祭坛。'"

"这话你说过，在山洞里。但我不明白。"

"你的宗教会显露在你生活的方式中。你嘴上说自己信什么并不重要，你必须自己决定你的祭坛是用什么做成的。"

我皱着眉头，走到他跟前，朝他张开胳膊。他拥抱我。天啊，我真想念父亲。

"我的诅咒呢，弗伦？革提克消除了我的诅咒吗？还是把它刻进了石头里，永远无法更改？"

"什么诅咒？"

我耸耸肩，摇头道："达瑞安知道。很难解释。"

他摸摸我的头发，"根本没有诅咒这种东西。"

"达瑞安也总这么说。可你瞧瞧我们周围！"

"孩子啊，别用这种思路去思考。无论诅咒还是祝福，我们都会为此挣扎，二者也总是如影随形。一切都是时光潮汐的组成部分。"

我仿佛看见无数轮子套在其他轮子里，不停地转动。"为什么夏龙会选我？"

弗伦想了想，"是他选了你吗？我倒不这么看。不，我怀疑他是被你所吸引，就像厄迪姆被你吸引一样。"

"这就更让人不安了。"

他微笑道："大家会讲述你的故事，玛芮娅。我知道你不愿成为故事，但你从凶煞手里拯救了龙场。比这更重要的是，你从埃达伊手里拯救了革提克的故事。他输了，玛芮娅。你击败了他。如果你受了诅咒，那你的诅咒就是对我们的祝福。"

我闭上眼睛，"如果你到处跟人说起阿刹，珀里托会逮捕你的。"

"我不过是声波上的一道涟漪。珀里托或许以为他还来得及窒息这个故事，但我们已经听见了它的回声。"

第七天迎来火一般的黎明。我们匆忙跑进院子里，正好看见晨汐滚滚升起。

一大片翻滚的云面向天空爬升，反射出第一道光。它不该出现在盛夏时节。可它出现了，宏伟壮观，而且还在不断升高。

空气清冽甜美。

我感到时间到了。我说："就是现在了，吉荷牡。"

她咽了口气，点点头。

我们立刻行动起来。我和托曼把龙鞍起重臂移到奥达科斯上方，吉荷牡坐到龙鞍上。

弗伦朝我们跑来，"达锐德说在地平线上看见了龙，玛芮娅小姐。阿吉赫迎过去了。肯定是珀里托，不会错的。他今天就到。"

我和托曼跑去护墙瞭望。太阳在许多翅膀上方滑动，一大片明亮的光点闪烁着。

"时机真好，"我说，"他们今天算是大饱眼福。"

"他们以为自己要保护什么呢？"托曼问，"龙场几乎全毁了。"

我瞪他一眼，"保护这个社区，托曼。这是龙场真正的核心。父亲很清楚这点，虽说你一直不明白。"

他瞪着我，"你什么意思？"

"任意两头结契的龙都能生宝宝，这事儿就连埃达伊都懂。当然了，你还得知道如何照料它们，龙父龙母也得匹配才好。但支撑龙场的整个系统——所有这些农场、工匠和原野，这些都还在。我们守住的就是这个。"

他皱着眉，垂下头。吉荷牡把我们唤回龙鞍起重臂前。她爬进座位里，托曼帮她绑好束带，扣上搭扣。

他们默默弄好鞍具，然后他伸手抓住她的手，"我希望你能对他们撒谎，说他们想听的话，然后留下来。"

"你也知道这行不通的。"

"那我就应该跟你一起走。你是我妻子。"

她弯下腰，把另一只手放在两人交握的手上，"你知道我不能让玛芮娅一个人走，你也知道你不能离开。你是育龙使，除非父亲回来，或者珀里托有不同的意思。"

"我知道。"

"你得撑起这一切。你是马格汉的儿子。"

他咬紧后槽牙:"我一直没有好好待你。"说完他爬上龙鞍吻她。两人互相搂着对方脖子,过了很久都没有放手。

我说:"找到达瑞安和父亲我们就回来。"已经过了这么久,这事想想都叫人害怕。根本算不上什么计划,更像是借口。但托曼只是点头表示赞同。

我们很快给嘎嘎上好龙鞍。她和奥达科斯不安地蹦跳着,显然感受到了人类情绪的变化。我、吉荷牡、弗伦和托曼挨个彼此拥抱。

我爬上龙鞍,系好束带。吉荷牡看着我,抬起下巴。我们带了武器、食物、金币和银币。我们有自己的契约伙伴,还有彼此。

我大喊一声:"上!"嘎嘎冲入越来越亮的晨光中。吉荷牡也喊了一声,奥达科斯跟上来。

我们毫不费力地搭着晨汐上升。盘旋的雾气隐藏了下方的村子,只有最高的几处房顶露出头来。龙场所在的孤峰一枝独秀,轰雷瀑布翻滚着落入灰色的虚无,神殿不见踪影。

飞在我身后的吉荷牡喊着我的名字,抬手指向东边。有四五头龙脱离大部队,朝我们这边拍打翅膀。我看了几眼,但并不担心。

我取出三个纸包,每一个的大小都仿佛西瓜,用绳子拴着。我抱着它们,想起自己从忒鲁手里接过它们的那天。"我用过去的方式准备的,"他说,"加了药草,赐福于离去的人,又用种子鼓励他们进入下一个生命轮回。"

我依次解开三个纸包,将它们举到气流中。温柔的涡流卷出纸包内的药草、种子和骨灰,将它们撒向天空。

忒鲁是这么说的:"这不算什么,但我只知道这些了。

"玛毕尔:鼠尾草和松针,代表智慧与谦卑;牛膝草代表牺牲与净化。

"凯雷科:白茉莉代表纯真的爱,薄荷代表美德,石竹代表英勇。

"贝鲁埃:柳条代表悲伤,芫菁代表隐藏的价值。"

我惊呆了:"谁教你的?"

"玛毕尔。很久以前。这是过去的方式,阿刹尼的方式。"

我说不出话来。他的体贴令我感动。最后我说:"谢谢你,忒鲁。保护好那些画。"

"希望它们能派上好用场。"

"会有那么一天的。但现在，它们只会让你惹祸上身。把它们藏好。"

他哽咽道："真希望你能留下。"

我发现自己很想跟他解释为什么我不能留下。贝鲁埃、埃达伊甚至我母亲都说中了，我变成了诅咒。负担。至轻也是妨碍。如果我留下，瑞亚特只会遭到更多伤害。拉撒尔或者厄迪姆会来找我，甚至是别的什么更可怕的东西。对此我确信不疑——又或者我只是被内心的不安所伤，这只是侵入我大脑的力量所留下的伤疤？

我怎么能分辨呢？谁又能分辨呢？

我脑中有两个母亲的声音——其中一个在死前诅咒我，另一个在与龙交谈。

弗伦是怎么说的？无论诅咒还是祝福，我们都会为此挣扎。二者也总是如影随形。一切都是时光潮汐的组成部分。

最后我只是吻吻忒鲁的额头，留下他面红耳赤地站在原地。

吉荷牡又在叫我。炬扎的前哨不断接近。我并不担心这些人，而她指的也不是他们。两只风筝升到龙场上空——博果莫斯给父亲的风筝，感觉已经好久了。肯定是托曼放的。几分钟之内，又有好些风筝升上瑞亚特上空，在晨光中轻轻浮动。

我掀起护目镜，抹去眼中的泪水。我悄声说："谢谢你们。"我并不知道自己感谢的是谁。也许是阿刹。

我们往高处爬升，炬扎骑手转弯拦截。我们沿着晨汐的锋面向北滑行，高高越过嶙峋。晨汐的顶峰盘旋于祖尔梵山的最高点之上，藏住了曾经的冰川、如今的洞窟。

想越过嶙峋，只能从山顶翻越。炬扎绝不可能追上我们，只有些许希望能逃离我领他们飞进的急流。嶙峋周围的气流会将他们吸进去、往下拽。或许有部分人能活下来。

吉荷牡和奥达科斯、我和嘎嘎，我们搭着晨汐一路登顶。比祖尔梵还高，比达瑞安和阿鲁跃下的位置还高。我们不断爬升，地平线随之展开，拉长成越来越细的远方，直至完全消失。

©LOCKWOOD